Manjushree
Thapa

Geheime
Wahlen

*Zu diesem Buch*

Freiheit und Gleichheit – die großen Themen des Romans – streben auch die kleinen Leute an. Rishi ist in der Großstadt Kathmandu ein Zugereister, der sich mehr schlecht als recht mit Nachhilfestunden in Geschichte durchschlägt. Entwurzelt und perspektivlos kehrt er zur Kommunistischen Partei (UML) und in seine Heimatstadt zurück, wo er im Wahlkampf eine konkurrierende Partei ausspionieren soll.
Dort, in einer durchschnittlichen nepalischen Fernstraßen-Kleinstadt, versucht die junge Witwe Binita, sich mit einem Leben am Rand der Gesellschaft abzufinden. Um sich, ihre kleine Tochter und eine Cousine zu ernähren, betreibt sie einen kleinen Teeladen. So wie Rishi und Binita besitzen in Nepals Demokratie nach 1990 die Menschen zwar abstrakte Rechte, doch hindern sie Armut, gesellschaftliche Schranken und korrupte Machthaber, diese auch auszuleben.

»Manjushree Thapa offenbart der Welt mehr über Nepal als je ein anderer vor ihr.« *Sunday Review*

*Die Autorin*

Manjushree Thapa, 1968 in Kathmandu geboren, zählt zu den bekanntesten nepalischen Schriftstellerinnen. Sie wuchs in Kathmandu, Kanada und den USA auf. 2001 veröffentlichte sie ihren ersten Roman. Ihr zweites Buch *Forget Kathmandu* ist eine Essaysammlung, die für den Lettre Ulysses Award nominiert wurde. Heute lebt sie in Kathmandu.

*Der Übersetzer*

Philipp P. Thapa, geboren 1979, studierte Landschaftsökologie und Naturschutz in Greifswald und arbeitete unter anderem als Entwicklungshelfer. Als literarischer Übersetzer spezialisiert er sich auf Werke nepalischer Autoren. Er lebt in Nepal und Deutschland und ist Verleger der Edition Kathmandu.

Manjushree Thapa

# Geheime Wahlen

Aus dem Englischen von
Philipp P. Thapa

Unionsverlag
Zürich

Die Originalausgabe erschien 2001 unter dem Titel
*The Tutor of History* bei Penguin India, Neu-Delhi.
Die deutsche Erstausgabe erschien 2007 in der Edition Kathmandu,
Bergisch Gladbach.

Die Übersetzung aus dem Englischen wurde mit
Mitteln des Auswärtigen Amtes unterstützt durch die Gesellschaft
zur Förderung der Literatur aus Afrika, Asien und Lateinamerika e.V.
Der Übersetzer dankt dem Europäischen Übersetzer-Kollegium Straelen
und der Kunststiftung NRW für ein Förderstipendium.

*Im Internet*
Aktuelle Informationen,
Dokumente, Materialien
*www.unionsverlag.com*

Unionsverlag Taschenbuch 468

Rieterstrasse 18, CH-8027 Zürich
Telefon 0041-44-283 20 00, Fax 0041-44-283 20 01
mail@unionsverlag.ch

Reihengestaltung: Heinz Unternährer, Zürich
Umschlaggestaltung: Peter Löffelholz, Zürich
Umschlagbild: Jeremy Richards
Druck und Bindung: CPI – Clausen & Bosse, Leck
ISBN 978-3-293-20468-3

Die äußeren Zahlen geben die aktuelle Auflage
und deren Erscheinungsjahr an:
1 2 3 4 5 – 12 11 10 09

*Für Ama, Ba, Dai und Birdie*

*Denen, die dableiben, dem Boden.*
*Denen, die fortgehen, dem Pfad.*

# heute kommt es im ganzen land zu regenfällen

## I

Ursprünglich kam er aus der Ortschaft Khaireni Tar im Tanahun-Distrikt, Westnepal, doch inzwischen lebte Rishi Parajuli seit zwölf Jahren in Kathmandu. Er war mehrmals umgezogen, und jede seiner Unterkünfte war weniger billig, weniger schäbig gewesen als die davor. Er gab private Nachhilfestunden in Geschichte. Im Stadtgewühl ging er leicht unter: ein kleiner Mann Mitte dreißig mit dunkler, pergamentartiger Haut, lockigem Haar und feinem Knochenbau; ein alleinstehender Mann, dem es passieren konnte, dass er den ganzen Tag über keinem Bekannten begegnete.

Als Erstes jeden Morgen las er im blauen Licht der Dämmerung nepalisprachige Wochen- und Tageszeitungen. Auch heute überflogen seine hellen Augen die Blätter und suchten nach Fakten. Die Übergangsregierung hatte soeben einen neuen Wahlkommissionsleiter eingesetzt. Rishi erkannte den Namen des Mannes und dachte an die nebligen Wintermorgende zurück, die er vor Jahren in einem Raum voller Diebe, Mörder, Vergewaltiger und Aktivisten abgesessen hatte, alle auf dem kalten, staubigen Boden zusammengekauert, Rücken an Rücken. Der neue Leiter der Wahlkommission hatte der Panchayatregierung angehört, als Rishi bei einer Studentendemonstration für Demokratie festgenommen worden war.

Jetzt, ein Jahrzehnt später, war der Mann wieder an der Macht und richtete Wahlen aus.

Solche Ironie war gang und gäbe im Nepal dieser Tage, diesem felsigen Ländchen, um das ein endloses Brudergezänk tobte. Hier machte sich niemand die Mühe, seine Absichten zu verbergen. Beim Durchsieben der Zeitungen sah Rishi, dass die kommunistischen Parteien, die die Kongresspartei aus dem Parlament zu drängen versuchten, jetzt zum Angriff übergingen. Eine der kommunistischen Wochenzeitungen hatte einen Artikel über den »Apothekenskandal« abgedruckt und beschuldigte den Gesundheitsminister, Bestechungsgelder von ausländischen Pharmaunternehmen angenommen zu haben, die abgelaufene Medikamente verkauften. Eine andere wartete mit einem Artikel über den »Spinatskandal« auf und behauptete, dass der Landwirtschaftsminister den Gemüsekartellen dabei behilflich sei, den Spinatpreis in die Höhe zu treiben. Ein der Linken angehöriges, nepalisprachiges Blatt berichtete über den »Grenzskandal«, einen Vorfall von vor sechs Monaten, bei dem der Innenminister Grundstücke entlang der nepalisch-indischen Grenze an einen indischen Geschäftsmann verkauft hatte.

In den Wochenzeitungen, die von der Kongresspartei unterstützt wurden, schimpften die beschuldigten Minister auf die kommunistische Falschinformationstaktik und schossen ihrerseits Beschuldigungen ab. Rishi las auch diese Artikel, ohne dass sie ihn bewegt hätten. War es denn keine Tatsache, schrieb einer der Kongresskolumnisten, dass die zersplitterten kommunistischen Parteien sogar in den eigenen Reihen die Unterstützung verloren hatten? Der Kolumnist war beliebt genug, um ein Bild seines kantigen Gesichtes oben auf die Seite drucken zu lassen. Rishi hatte ihn auf den Straßen der Stadt gesehen. Der Kolumnist schrieb: Und war die kommunistische Ideologie nicht überholt? »Nicht einmal China«, schloss er, »glaubt noch an den Kommunismus.«

Rishi zog sich von den Zeitungen hoch. Er fand eine Art von Klarheit im Hin und Her dieser Debatten, die plump, aber wirkungsvoll den groben Rahmen schufen, innerhalb dessen ein Leben wie das seine mäanderte. Er legte die Zeitungen weg und machte sich fertig für den Tag, steckte Papiere in eine Büchertasche. Das Zimmer, in dem er wohnte, war sparsam eingerichtet: ein Bett, ein Bücherregal, ein Schreibtisch und zwei Stühle. Seine Anwesenheit in der Stadt war mager. In dem Dorf, aus dem er stammte, hatte er eine fülligere Identität – er war Sowiesos Enkel, Sowiesos Sohn, das Mitglied einer exklusiven Kaste und Klasse –, aber in Kathmandu war er anonym, ein dünner Mann wie alle anderen, ein Schatten, der über eine Wand glitt und bei Bewölkung verschwand. Hier konnte er in jede Verkleidung schlüpfen, die ihm gefiel. Die Sachen, die er heute trug, eine Cordhose und ein kariertes Hemd, waren zu teuer für seine Verhältnisse. Dem Aussehen nach hätte er ein Spross des Kathmanduer Mittelstandes sein können.

Er verließ das Fremdenheim, in dem er wohnte, und trat auf eine Gasse hinaus, die von der geschäftigen New Road abzweigte. Dann bog er in eine noch engere Gasse ein, die von einem süßlichen Tempelweihrauchduft erfüllt war. Er kam an Hunden vorbei, die zusammengerollt in Hauseingängen lagen, erschöpft vom nachtlangen Bellen. Eine Frau, die den Gehsteig kehrte, wirbelte einen kleinen Staubsturm auf. An einer Mauer hing zerrissen das Plakat zu einem Hindifilm, und ein weiteres von derselben Sorte gleich daneben, auch zerrissen. Rishis Schritte störten Papierfetzen auf. Er presste sich gegen eine Wand, um einen Bauern mit einer Ladung Bananen vorbeizulassen. Die Wand roch warm, wie ein Körper. Wenn er an Gruppen von Leuten vorbeikam, hörte er ihre Sprachen: Nepal-Bhasa, Tamang, Magar, die Sprachenmischung der Stadt. Rishi ging weiter, bis er aus den engen Gassen auf den Gemüsebazar in Asan gelangte, wo einige Stände schon mit frischen Wassermelonen und Tomaten bestückt und andere noch leer waren. Ein kleines Mädchen stellte eine Leinwandüberdachung auf, um ihre süßen Erbsen vor der Witterung zu schützen.

Er machte eine Weile im Zentrum von Asan Halt, vor dem Tempel der Annapurna, der Göttin des Getreides und der Erfüllung. Einer seiner Schüler wohnte nicht weit von hier. Aber bis zu den Prüfungen war es noch lange hin, und der Junge ließ sich hängen. Rishi fand keine Befriedigung darin, ihn zu unterrichten. Genau wie seine anderen Schüler konnte sich dieser Junge nicht merken, welcher König welchem auf den Thron gefolgt war, ganz zu schweigen davon, dass er die Feinheiten der nepalischen Geschichte zu würdigen gewusst hätte. Früher hätte das Rishi aufgeregt. Da hegte er noch große Gedanken über die Nation. Früher hatte er seine Rolle darin gesehen, die Geschichte neu, frisch, demokratisch schreiben zu helfen. Aber mit den Jahren war sein Ehrgeiz geschrumpft, und er verdiente gerade so viel Geld, wie es in einer Stadt eben möglich war, die Zugereisten wie ihm jede Chance missgönnte.

Jetzt stand er da und hatte keine Lust, sein Tagewerk anzugehen. Die niedrigen dunklen Wolken über ihm rumpelten, und ein paar Tropfen schrägen Regens wehten gegen seine bloßen Unterarme. Er stellte sich unter das vergoldete Vordach des Tempels. Um ihn herum begannen die Leute, sich eilig einen Unterstand zu suchen. Männer drängten sich zu ihm unter das Vordach. Rishi schaute sie an: Männer mit langen Gesichtern, hervortretenden Wangenknochen, buschigen Brauen; Männer mit Schnurrbärten, der Nasenknorpel bei manchen weich und gepolstert, bei anderen spitz. Einige Männer begegneten seinem Blick, andere wichen ihm aus und wandten ihm das Gesicht wieder zu, wenn sie glaubten, er habe weggeschaut. Einige Männer hatten molassedunkle Haut, andere waren hell wie Weizen. Einige hatten lockiges Haar, das unter bunten Kappen steckte, und andere hatten Bärte – dichte Bärte, spärliche Bärte oder Bartstoppeln, die von ein paar Tagen der Vernachlässigung zeugten, wie bei ihm selbst.

Alle diese Männer warteten darauf, dass sich ihr tägliches Geschick entfaltete. Nun schwoll der Regen zu heftigem Prasseln an. Rishi kam der Gedanke, dass er den ganzen Morgen lang unter dem Vordach des Annapurnatempels bleiben könnte. Oder er könnte die Stadt verlassen … und wohin gehen? Wenn nicht vorwärts, dann zurück: und sei es nur, um aus der Trägheit zu erwachen, einen willentlichen Schritt zu tun, auch wenn der sich als falsch erweisen mochte. Er könnte in einen Bus steigen und nach Hause fahren, nach Khaireni Tar.

Wie viel Wasser herabfiel! Wenn all dieser Regen Rum wäre – nein, Wodka –, dann bräuchte man sich nur mit dem Gesicht nach oben unter den weinenden Himmel zu stellen und den Mund aufzusperren. Giridhar grinste bei dem Gedanken. Wenn dieser ganze Regen Wodka wäre, dann bräuchte er nicht durch Khaireni Tars Schänken zu ziehen, nicht heimlich zu trinken, wenn keiner zusah, keine Plastiktüten in den Falten seines zerknitterten Hemdes zu verbergen oder verräterische Flaschen zu Hause zu verstauen. Weder Vorwurf noch Tadel würden ihn treffen. Ho. Giridhar gab sich dieser Vision hin. Die Natur im Ganzen würde beben, zucken und tanzen vor Trunkenheit. Klare, reinigende Wässer würden in den Boden einsickern und alles durchtränken, sodass man, wenn man den Reis äße, der auf den Feldern wuchs, davon betrunken werden würde. Jeder Schluck Wasser würde einen in Rausch versetzen. Selbst ein Kleinkind könnte Alkohol aus seiner Mutter Brust saugen!

Er saß in der Vorlaube seines Hauses. Es war erst Mittag, und ihm dämmerte vage, dass sein Verhalten vielleicht dumm sei: dumme, nutzlose Gedanken gingen ihm dieser Tage manchmal im Kopf herum, aber – eh, warum nicht? Warum sollte er keinen Spaß am Leben haben, verdammte Scheiße? Er war kein Säufer, kein nichtsnutziger Rakshyaha. Hatte er kein Recht auf ein wenig Zerstreuung?

Er holte eine Viertelliterflasche Khukuri Rum aus der Hemdtasche, nahm einen langen Zug und steckte sie wieder ein. Dann wandte er sich wieder dem Regen zu. So viel Regen! Wenn all der Regen, der draußen vor der Laube herabflimmerte – wenn dieser ganze Regen Wodka wäre! Die ganze Welt würde schweben –

Nachdem sie allen Männern, die mit dem letzten Bus eingetroffen waren, ihren Tee gebracht hatte, wandte Binita ihnen den Rücken zu. Das war ihre Art gegenüber den Kunden. In all den Jahren, seit sie ihren Teeladen in Khaireni Tar eröffnet hatte, hatte sie gegen Fremde und Ortsbewohner gleichermaßen Zurückhaltung gewahrt. Eine alleinstehende Frau, noch jung, in eine graue Witwenphariya gehüllt, eine Frau, die der Vormundschaft der Männer entbunden war: Sie versuchte, kritische Stimmen abzuwehren, indem sie sich unterwarf. Und für die Tradition hatte sie mancherlei gute Verwendung gefunden: Es war kühle Absicht, dass sie ihren Teeladen mit Plakaten dekoriert hatte, die Shiva und Parvati in den hohen Himals zeigten, die Göttin Sarasvati auf einem Schwane, die Umarmung von Radha und Krishna im Walde, einen tanzenden Ganesh und die juwelengeschmückte, leuchtende Laksmi. In dieser geweihten Umgebung benahmen sich die Männer nicht daneben. Die Männer kamen nicht auf den Gedanken, sich an sie heranzumachen.

Sie griff nach einem Schulbuch, dem Buch ihrer jungen Base, die in einem Erwachsenenkurs lesen und schreiben lernte. Binita fuhr die Zeichen mit dem Finger nach. क ख ग घ … Buchstaben wie die, mit deren Hilfe sie die Hände von der Schule nach dem College ausgestreckt hatte, und vom College nach der Welt.

»Noch eine Tasse hier«, rief ein Kunde vom anderen Ende des Teeladens herüber.

Binita merkte auf.

Der Kunde war ein auswärtiger Reisender, der mit dem Bus aus Kathmandu gekommen war, nur ein weiterer namenloser Mann, der sich die Zeit im Teeladen vertrieb. Er hörte einem Taschenradio zu. Als sie ihm den Tee brachte, hörte Binita die Wettervorhersage: »Heute kommt es im ganzen Land zu Regenfällen.«

Monsun: Es würde noch ein paar Monate lang Regen geben. Draußen, außerhalb des Teeladens, war Khaireni Tar von trügerischer Üppigkeit, ein nebliges Land von windverwehtem Regen, feuchter Erde und fettem Laub. Zu dieser Jahreszeit erschien die Stadt so feucht-gemäßigt. Binita wollte sich davon heute nicht beschwichtigen, sich von den milden Gaben dieser Jahreszeit nicht einlullen lassen. Die längste Zeit des Jahres war Khaireni Tar ein dürrer, staubtrockener Landstrich.

Sie wandte sich vom Fenster ab und wieder dem Schulbuch ihrer Base zu. Heute wollte sie sich alles in Erinnerung rufen, was sie verloren hatte, als sie ihr Studium aus einer Laune heraus abbrach, alles was sie für die Liebe eines Mannes riskiert hatte. All ihre missglückten Wagnisse. Sie war in einem verkümmerten Leben gefangen. Heute wollte sie ihr Gefängnis ausmessen. Sie wollte eine harte Ehrlichkeit.

Zum Abend ließ der Regen nach. Dunkelheit schloss sich um Khaireni Tar und verstärkte die Geräusche der zirpenden Grillen, der Leute, die einander etwas zuriefen, der bellenden Hunde und der Radios, die die Nachrichten verkündeten. Om stand vor der Haustür, schaute auf die Ortschaft hinaus und dachte, wie so oft an angenehmen Abenden wie diesem, über sein Leben nach, das Leben dieses Städtchens.

Vierzehn, fünfzehn Jahre war es her. Vierzehn, fünfzehn Jahre, seit er Hongkong verlassen hatte. Danach war er durch Kathmandu gebummelt und hatte Geschäftsprojekte aufgenommen, die ihm zwar Geld, aber keine innere Zufriedenheit gebracht hatten – bis er sich schließlich wieder an seinem Geburtsort niedergelassen hatte. Wir müssen unsere Kräfte dem Wohlergehen unseres Städtchens zugutekommen lassen, hatte Asha ihm geraten, seine liebe Frau. Eines schönen Tages hatte Om also beschlossen, all seine Ersparnisse in eine englische Internatsmittelschule zu stecken, die nicht weniger anspruchsvoll sein sollte als die besten Schulen in Kathmandu: die Pure Hearts Boarding School. Fünf Jahre nach der Eröffnung nahm Pure Hearts kaum genug Geld ein, um die laufenden Kosten zu decken, ganz zu schweigen davon, Oms Investitionen wiedereinzufahren, aber er führte die Unternehmung mit unverändert großer Überzeugung fort. Die Arbeit machte ihm Freude, und er wusste, dass er in einem bescheidenen Rahmen etwas Gutes für seine Gesellschaft tat, die sich eilig zur Moderne hin entwickelte und nach Wohlstand strebte. Nicht, dass Modernität etwas Schlechtes gewesen wäre, oder Wohlstand unwichtig. Gerade um einen Eindruck von der modernen Welt zu gewinnen, und um der wirtschaftlichen Sicherheit willen, hatte er selbst bei den British Gurkhas gedient. Aber irgendetwas an Hongkong hatte ihm nicht gefallen, das Streben nach glatter Perfektion und Sterilität, und dass die Menschen ihre Herzen dazu abrichteten, sich in enge Raster einzupassen. Er hingegen hatte das Gefühl, dass man sich entwickeln konnte, auch ohne die eigene Menschlichkeit aufzugeben, auch ohne die feinen Bande des Gemütes zu kappen, die sich von Herz zu Herz spannten. Das, so hoffte er, würden die Schüler in Pure Hearts lernen.

Denn Menschliches war reichlich vorhanden in Khaireni Tar. Genau genommen gab es hier sogar so viel Menschliches, dass es manchmal zur Herausforderung wurde, jedem einzelnen Leben die gebührende Beachtung zu schenken. Die Gesellschaft war dicht verwoben. Verpflichtungen gab es viele, und oftmals konnten die Menschen nicht so aufmerksam gegen andere sein, wie sie es sollten. Allzu oft wuchsen Kinder unter verwilderten Umständen auf, war man rüde zu den Alten, hatten Ehepaare mehr Trauer und Wut füreinander als Zuneigung. Guten Rates beraubt kamen die Menschen vom Weg ab, gerieten in Not, fanden Kameradschaft bei anderen, und wenn sie das Glück hatten, dort eine selbstlose, brüderliche Liebe zu finden, kehrten sie auf den geraden Weg zurück. Zum Glück kehrten die meisten auf den Weg zurück. Das war es, was Khaireni Tar lebenswert machte, und der Mühe wert.

Die Menschen hier waren großherzig. Wenn Not am Mann war, halfen sie einander immer. Zuverlässig gab es immer ein paar Seelen, die bereit waren, jene zu führen, die vom Weg abgekommen waren. Dieser Gedanke behagte Om. Er fühlte etwas für diesen Ort, das wie schmerzliche Liebe war, eine Art von Sehnsucht oder wehmütiger Zuneigung. Dies war die Erde, auf der er geboren worden war, der Ort, dem all sein Bemühen gelten würde, auch wenn es vergeblich sein sollte. Sein Städtchen. Er schaute auf die verdämmernde Landschaft hinaus, und sein Herz floss über von dem Empfinden, dass alle Menschen der Ortschaft jetzt gemütlich und eng in ihren Häusern beisammensaßen, aßen, plauderten, lachten, und so die zarten Fäden der Verständigung spannen, die sie alle in einem Netz der Kameradschaft verbanden.

# gerüchte über regierungszusammenbruch bestätigt

## 2

*In headline news, rumours of government collapse were confirmed today as parliament dissolved amidst infighting in the House regarding multifarious corruption charges against Minister for Housing and Physical Planning …*

*»In heutige Schlagzeilen wurden Gerüchte über Regierungszusammenbruch bestätigt, nachdem Parlament sich unter interne Streitigkeiten bezüglich mannigfaltige Korruptionsvorwürfe gegen Minister für Bauwesen und Strukturplanung auflöste. Der Zusammenbruch geschah, als unabhängige und kleinen Parteien angehörige Abgeordnete ohne Vorwarnung dahingehend wechselten, den Misstrauensvotum, der heute von Oppositionspartei UML gegen regierende Kongresspartei anberaumt worden war, zu unterstützen. Über einen solchen Spaltung war während die letzten vier Monate spekuliert worden. In gespannte Atmosphäre beim Pressegespräch nach dem Zusammenbruch wies Minister für Bauwesen und Strukturplanung alle Vorwürfe zurück, er habe an jegliche korrupte Aktivitäten teilgenommen, wie Annehmen von Bestechungsgeldern, Gewinnanteile und Vermittlungsgelder und Vergabe von zwei multinationalen Verträgen an seinem Neffen. Gemäß der demokratischen Verfassung des Königreichs Nepal (1990) muss Seine Majestät der König vorzeitigen Wahlen ausrufen, wenn es andere Parteien nicht gelingt, eine Mehrheitskoali-*

*tion zu machen, sagte der Minister. Desweiteren äußerte er die Überzeugung, dass kommenden Wahlen frei und fair in Übereinstimmung mit Ideal von ruhmreichen demokratischen Prinzip durchgeführt werden müssen. Die Nepalische Kongresspartei und Kommunistische Partei Nepals (UML) und alle kleine Parteien und unabhängige Kandidaten bereiten sich auf Wahlen diesen kommenden Winter vor, so wird angenommen.«*

## 3

Khaireni Tar war eine Straßensiedlung entlang der gewundenen Fernverbindung Kathmandu-Pokhara und unterschied sich von anderen solchen Ortschaften durch die tropische Vegetation, die in den Hügelgebieten sonst selten war. Eingefasst von sattgrünen Reisfeldern und getupft mit Jacarandas, Flammenbäumen und Bougainvilleen wirkte ihr Bazar einen Hauch weniger eintönig, weniger lehmbraun als die meisten anderen Bazars an der Fernstraße. In den engen Gassen lagen Dreck, Schnipsel von zerrissenen Schulbüchern und Plastikverpackungen, Glühbirnenscherben, Maschendrahtknäuel, abgeworfenes Laub und Zigarettenstummel herum. Der Großteil der Gebäude war zu einem unschönen Haufen zusammengedrängt, und von dort aus hatte man keinen Blick auf die Himals. Trotzdem war die Ortschaft ein guter Wohnort. Sie war nicht so entlegen wie die Dörfer abseits der Fernstraße. Sie war kein verschlafenes Provinznest. Der Bazar besaß eine Polizeiwache, eine Oberschule, ein Landwirtschaftsamt und ein zweistufiges College; er konnte sogar mit einem englischsprachigen Internat aufwarten, für diejenigen, die batzenweise Geld verdienten. Ein paar von den Läden verkauften fesche Stadtware wie Handtaschen, Sonnenbrillen, Nagellack und Ledergürtel. Khaireni Tar war ein Zwischending von Ortschaft, wo man unterwegs in den Gassen leicht in ein Zwielicht der Kulturen geraten konnte: wo man Nirvana aus einem Transistorradio kreischen hörte, während man an einer Gruppe von Frauen vorbeiging, die frisch gesammelten Dung in Körben auf dem Rücken trugen. Junge Männer aus den vornehmsten Familien am Ort verpflichteten sich nicht mehr nur bei den britischen, indischen oder nepalischen Streitkräften, sondern gingen als Gastarbeiter nach Seoul, Osaka, Australien und Dubai. Aus dem Ausland schickten sie ihren Familien einhundert, zweihundert, dreihundert grüne Dollars im Monat. Junge Mädchen ergaben sich nicht mehr ins Analphabetentum, sondern erstritten sich den Schulbesuch. Schneider, Schuster, Grobschmiede und Sänger, die den Handwerkerkasten angehörten, probten leise die Losungen der Befreiungsbewegungen. Auf dem Bazar konnte man die Leute Nepali sprechen hören, Gurung, Magar, Hindi, Kumhale – und Ausbrüche von Englisch: »Ta-ta, bye-bye, hello Sir.«

Die bauliche Struktur der Ortschaft entsprach ihrem wandelbaren Wesen. Am Rande des Bazars stand eine neue Kirche, unweit der Höhlen, wo ein Hinduasket von Almosen lebte. Die neueren Gebäude des Bazars hatten feste Steinmauern, und bei den wohlhabenden Einwohnern standen Blechdächer hoch im Kurs. Aber die meisten älteren Häuser bestanden aus Lehm und Stroh, und ihre unebenen Wände und ungleichen Fenster trugen die Spuren der Hände, die sie gebaut hatten. Einige Häuser waren mit roter Erde gestrichen, andere mit Außenfarbe, und wieder andere kamen ganz ohne Anstrich aus. Einige hatten Metallstäbe vor den Fenstern, andere hatten nicht einmal Glas. Einige hatten Stromleitungen, andere bleichte nachts das strahlend weiße Licht der Kerosinlampen. Auf diese Weise enthielt jedes Haus seine eigene Archäologie, deren Artefakte von Khaireni Tars Wachsen und Werden zeugten.

In der Ortsmitte befand sich ein zusammengezwirbelter Bar-Pipal-Baum, der mit seinem dichten Laub aus Banyan-

und Bodhi-Blättern die Abgase der Laster und Busse verbarg, die zu allen Tages- und Nachtzeiten in die Bushaltestelle einfuhren. Jeden Morgen versammelten sich die Straßenhändler auf der gestuften Plattform unter dem Bar-Pipal-Baum und boten Obst und Gemüse der Saison, Fertigsnacks, Süßigkeiten und Kekse, Haaröl und Haarbänder und Plunder aus Aluminium und Plastik feil. An regenfreien Tagen breitete die musalmanische Armreifenhändlerin eine Auswahl von Glasarmreifen nach den neuesten Mustern aus. Wenn Leute aus den Bussen stiegen, heischten alle Verkäufer um ihre Aufmerksamkeit: »Bananen so billig, dass sie fast umsonst sind!« »Käsebällchen-Chips-eine-Kette-für-Eure-Tochter!« »Erdnüsse? Erdnüsse? Erdnüsse?« Allein die Armreifenhändlerin erwartete ihre Kunden friedlich und verhandelte mit keinem – »Festpreis, Baba« –, so viel die Leute um sie herum auch feilschten, Gegenangebote machten, einander Betrüger schimpften und die eigene Ehre verteidigten.

Nach der Ankündigung der Neuwahlen kam es im Umkreis des zusammengezwirbelten Bar-Pipal-Baumes zu einigen Veränderungen. Aus den Bussen aus Kathmandu stiegen ein paar mehr Reisende als sonst. Nachdem sie sich unsicher umgeschaut hatten, erkundigten sich die Neuankömmlinge nach dem Weg zu ihren Parteigeschäftsstellen. Täglich füllte sich der Bazar dichter mit unbekannten Gesichtern.

Eines Morgens hisste die Parteigeschäftsstelle der kommunistischen UML, die sich gleich neben dem Bar-Pipal-Baum befand, eine zerschlissene, rote Hammer-und-Sichel-Flagge über der Tür. Am nächsten Tag wies die Partei ihre Mitarbeiter an, die Namenstafel neu zu bemalen, damit sie auch von Weitem lesbar sei: Kommunistische Partei nepals (Vereinigte Marxisten-Leninisten). Von da an versammelte sich jeden Morgen eine Anzahl von UML-Mitarbeitern vor der Geschäftsstelle. Einige von ihnen traten mit Leninschen Ziegenbärten, marxistischen Vollbärten, Castro-Kampfanzügen oder Che-Guevara-

T-Shirts auf, während die eher Biederen unter ihnen handgewebte Dorfkleider oder gemeine Schüleruniformen trugen. Da im Laufe der Zeit immer mehr Mitarbeiter bei der UML-Geschäftsstelle eintrafen, dehnte sich ihr Pulk bis in den benachbarten Geschirrladen aus, wo sie zwischen Aluminiumtellern, Eisentöpfen, Edelstahlgeräten und Plastikeimern mit gesenkten Stimmen über Politik redeten.

Neben dem Geschirrladen befand sich ein Tuchgeschäft, das feine indische Baumwollstoffe und chinesische Kunstseide führte. Die Geschäftsstelle der Nepalischen Kongresspartei war im Nachbarhaus untergebracht, und davor sah man häufig den derzeitigen Parlamentsabgeordneten stehen – bis zu dem Tag, an dem die Partei unvermittelt verlauten ließ, dass sie einen anderen Kandidaten zur Wahl stellen werde. Der neue Kandidat der Kongresspartei, ein pummeliger Bahun, von dem niemand je etwas gehört hatte – aber von dem es hieß, er gehöre der Dynastie an, die über die Kongresspartei herrschte –, tauchte bald darauf an der Geschäftsstelle auf, stets umgeben von Horden junger Anhänger, die er aus Kathmandu importiert hatte.

Die kleine, konservative Rastriya-Prajatantra-Partei verfügte in diesem Wahlkreis nicht über Anhängerschaft, aber sie hatte beschlossen, dieses Jahr von hier aus eine Frau zur Wahl zu stellen – schließlich musste die Fünf-Prozent-Frauenquote bei den Kandidaten irgendwie erfüllt werden. Die RPP-Geschäftsstelle befand sich einige Häuser von der Kongressgeschäftsstelle entfernt, zwischen mehreren Obstständen und der Himal Lodge Restaurant Bar. Aber die Kandidatin der RPP war zu schüchtern, um sich in der Geschäftsstelle sehen zu lassen, und der einsame Bürowachmann, der an der Tür ein Nickerchen hielt, ließ das Gebäude verlassen und mutlos wirken.

Der Getreideladen des blinden Krämers Shankar befand sich neben der RPP-Geschäftsstelle, und in dem großen, luftigen Raum lagen Stapel von Reis, Dal, Getreide, Gewürzen und Öl zum Verkauf aus, ebenso wie allerlei Kleinkram, wie

Zigaretten, Schokozeug, Kekse, billige Puppen, Plastikohrringe und chinesische Regenschirme. Neben Shankars Getreideladen befand sich der Radio- und Uhrenreparaturladen, ein überdachter Stand, der von einem zweistöckigen, gelben und mit Stuck-Ananas verzierten Haus überragt wurde. (Die Großmannssucht des gelben Hauses verleitete Neuankömmlinge stets zu der Vermutung: »Das Haus eines früheren British Gurkha?«) Zu ihren ersten beiden Sitzungen war die Volkspartei hier zusammengekommen und hatte die Gastfreundschaft des Hauseigentümers Om Gurung in Anspruch genommen. In den letzten paar Jahren hatte keine solche Sitzung mehr stattgefunden, und die Volkspartei hatte noch nicht einmal eine Geschäftsstelle am Ort.

Nach Om Gurungs gelbem Haus kam eine Sägemühle, und dahinter die aride, unkultivierbare Ebene, die wie ein Kuhfladen ausdörrte, sobald die Monsunregen endeten, und Khaireni Tar seinen Namen gab: aschgraues Flachland.

Zur Unbequemlichkeit aller politischen Parteien befand sich Khaireni Tars Fernmeldeamt auf der Nordseite der Fernstraße, abseits vom Bazar. Den ganzen Tag lang sah man Parteimitarbeiter eilig die Fernstraße überqueren und in dieses Ein-Raum-Büro laufen, um Ferngespräche zu führen und Telexe zu verschicken. Jeder wusste, dass die Telefonistin ihre Arbeit schnell und gut machte; ebenso bekannt war, dass ihr Aufseher die Gespräche in seinem Mietzimmer über der Amtsstube belauschte, wo er den halben Tag lang auf dem Bett mit den fleckigen gelben Laken herumlümmelte. Die Leute wählten ihre Worte am Telefon mit Bedacht:

»Ich rufe wegen *der* Sache an.«

»Wegen *der* oder der *davor?*«

»Wegen *der*, *die* mein ich!«

»Nicht wegen der *anderen?*«

»Nein.«

Ein kurzes Stück vom Fernmeldeamt entfernt lag Binitas

Teeladen. Binita war eine zurückgezogen lebende Frau, die – das wusste jeder – sich nie von dem Schock erholt hatte, dass ihr Mann bei einem Busunglück ums Leben gekommen war. Als der entstellte Leichnam nach Hause gebracht worden war, hatte die ganze Ortschaft dabei zugesehen, wie sie sich, fast unter den Augen der Leute, aus einem unverfrorenen jungen Ding in eine Einsiedlerin verwandelte. Die konservativeren Chhetri-Bahun-Familien am Ort mieden sie wegen ihrer unschicklichen Entscheidung, alleine weiterzuleben, nur mit ihrer kleinen Tochter zur Gesellschaft, bis vor etwa sechs Monaten ihre junge Base bei ihr eingezogen war. Aber die etwas freizügiger eingestellten Leute im Ort, und die, die Binitas duftenden Milchtee zu schätzen wussten, neigten dazu, in ihrem Laden einzukehren.

Binitas Teeladen schenkte keinen Alkohol aus, und er zog keine Männer an, die darauf aus waren, sich die Abende mit raubeinigem Geplänkel zu vertreiben. Solche Männer verkehrten in anderen Lokalen im Südteil der Ortschaft, in schäbigen Hütten mit Bambuswänden und Strohdächern, die landlose Siedler aus anderen Distrikten von einem Tag auf den anderen aufstellten. Die Herkunft dieser Siedler war manchmal schwer zu bestimmen – manche hatten dunkle, südländische Gesichter, aber ethnische Gurung-Magar-Nachnamen, während sich bei anderen rundliche Gesichtszüge mit einem Namen aus den Chhetri-Bahun-Kasten verbanden. Eine Vergangenheit schienen sie nicht mitzubringen, und manchmal zudem weder Skrupel noch Hemmungen. Die Radios bei ihnen waren ständig an, das Essen billig und der Alkohol stark. Zu ihren Kunden zählten kartenspielsüchtige Regierungsangestellte, Bus- und Lastwagenfahrer auf Übernachtung, Erwerbslose, ortsansässige Schläger, Jugendliche, die es nicht in die Armee geschafft hatten, und Jungen, die kaum aus der Schule waren. In diesen Spelunken drehten sich die Gespräche jetzt zunehmend um die Wahlen.

»Schaun mer mal, wer diesmal gewinnt.«

»Die UML ist an der Reihe.«

»Kongress wird nicht aufgeben.«

»Hat keine Wahl.«

»Hast du von der Volkspartei gehört? Diese – naduweißtschon – Intellektuellenpartei.«

»Eh, die. Stellen die einen Kandidaten auf?«

»Giridhar Adhikari – der Sohn von Baburam Adhikari.«

»Hah, der gewinnt doch nie und nimmer!«

In seinem Haus in den Hügeln nördlich der Ortschaft war dem Vorsitzenden des Distriktverbandes der Volkspartei, Giridhar Adhikari, nur allzu bewusst, dass der Bazar im Flüsterton über ihn tratschte, ihn auslachte, ihn zum Gesprächsthema machte: Habt Ihr gehört, wusstest du schon – Andeutungen zischelte, Gerüchte streute, durchscheinen ließ, dass er bei der Bank wegen seiner Inkompetenz gefeuert worden sei, und es geschah ihm recht, er war unfähig … Es gab für ihn keinen Platz in der Welt. Giridhars Khaireni Tar war eine enge Nachbarschaft, in der jeder ihn kannte und abfällige Bemerkungen über ihn machte und damit zum hohlen Mann abstempelte. Die Ortschaft verdrängte ihn aus ihrem Raum.

Vor Jahren war Giridhar aus seinem Amt als Leiter einer Bankfiliale entlassen worden. Das war nicht seine Schuld gewesen: Im öffentlichen Dienst waren Reformen durchgeführt worden, und alle, die dort seit mehr als zwanzig Jahren gearbeitet hatten, hatten die Stelle verloren, ungeachtet ihres Könnens, ungeachtet ihrer Qualifikation. Es war eine Frage der Vorschriften gewesen. Über seine Fähigkeiten sagte das nicht das Geringste aus. Denn er war ja wohl ein hervorragender Filialleiter gewesen?

In den letzten paar Jahren hatte Giridhar angefangen, sich ganze, lange Tage lang auf dem unsicheren Gelände seines Verstandes zu verlieren, in Schründen und Klüften, die vorbei an der Erinnerung eines Tages, einer Woche, eines Monats, eines Jahres hinabführten in Gefilde, wo die Katastrophen dicht gesät lagen. Heute saß er niedergeschlagen in seiner Vorlaube und schaute auf die terrassierten Reisfelder hinaus, die sich unterhalb seines Hauses ausbreiteten. Die silbernen Regen des Monsun hatten die Ortschaft während der letzten Monate durchfeuchtet. Die Felder hatten eine saftiggrüne Färbung angenommen. Giridhar besaß eine Ackerparzelle am Fuß des Hügels: Deren Ertrag war jetzt sein einziges Einkommen. Auf der anderen Seite dieser Parzelle lag der Pfad nach Khaireni Tar. Von seinem Sitzplatz aus konnte Giridhar den Bazar erkennen, eine unordentliche Häuserreihe, die sich an der Fernstraße entlangzog. Sein Freund Om hatte ihn heute zum Abendessen eingeladen. Aber er hatte keine Lust zu warten, bis die Dämmerung kam. Er wollte jetzt sofort im Bazar sein, zwischen seinem Stein und Zement und rissigen Putz, seinen vollgespuckten Wänden und dunklen Zimmern, seinen flüchtigen Menschen, den neuen Gesichtern, die aus den Bussen stiegen, den telefonischen Mitteilungen, dem Andrang von Körpern, den Gesprächen über das Neueste, den Männern, die flüsterten – habt Ihr schon gehört …

Aber sie machten dort ja nie Platz für ihn.

Früher hatte Giridhar Überweisungen im Wert von Hunderttausenden von Rupien verantwortet. Früher hatte er gewusst, was sich in den Machtzentren des Distriktes abspielte: wer wofür Geld ausgab, und wie. Früher hatte er es gewusst. Aber nun saß er hier. Seine Tage verstrichen in beschämender Untätigkeit. Er brachte den ganzen Nachmittag damit zu, sich in der Vergangenheit zu verlaufen und wieder in die Gegenwart zurückzukämpfen. Er fühlte nicht Mut genug, um sich in die Gefilde der Zukunft vorzuwagen – der Wunschträume, der Erfolgsbilder –, zu unstet sie alle, um ihn zu tragen.

Im Schutz des geblümten Regenschirmes seiner Frau trat der Schütze a. D. des Zweiten British-Gurkha-Regimentes Om Gurung aus seinem gelben Haus hinein in den Bazar. Ein heftiger Regenschauer prasselte hernieder, während er sich langsam von Trittstein zu Trittstein vorantastete. Pfützen überall; sein neuer Safarianzug würde bestimmt Dreckspritzer abbekommen. Um sicher das Gleichgewicht zu halten, ließ er jeden Schritt auspendeln, bevor er den nächsten in Angriff nahm.

Om war ein Mann mit reichlich Fleisch auf den Knochen und gemächlichen Bewegungen, und mit sechsundvierzig war er zwar nicht mehr jung, aber mitnichten alt. Sein Gesicht war breit und strahlend, immer zum Lachen bereit. Er grüßte ein paar Krämer, die trocken in ihren Läden saßen. In der Mitte des Bazars kauerten die üblichen Straßenhändler auf der gestuften Plattform unter dem Bar-Pipal-Baum und beschützten ihre durchgeweichten Kekse, Erdnüsse und Kartoffelchips mit behelfsmäßigen Plastikdächern. Om machte am Getreideladen halt, um mit dem blinden Krämer Shankar ein paar freundliche Bemerkungen auszutauschen: »Die Regenzeit ist dieses Jahr recht lang.« Der Blinde konnte den Wert von Geldscheinen durch bloßes Tasten erkennen, und er faszinierte Om, dem seine Augen unheimlich aufmerksam vorkamen. Aber heute hielt er sich nicht mit Shankar auf. Om hatte Vorbereitungen zu treffen. Sein lieber Freund Giridhar kam zum Abendessen. Ohne Zweifel würde Giridhar über die Wahl reden. Ohne Zweifel würde er etwas über die Pläne der Volkspartei zu sagen haben, in diesem Wahlkreis einen Kandidaten aufzustellen.

In der Himal Lodge Restaurant Bar kümmerte sich gerade Thakalni-Amas jüngste Tochter um den Speiseraum, durch den man das Gasthaus betrat. Die Tochter war zierlich und unschuldig, und es wäre Om grob vorgekommen, ihr Alkohol abzukaufen, also erkundigte er sich nach ihrem Befinden und fragte anschließend: »Und deine wunderbare Mutter, wo ist die wohl?«

Die Tochter schaute zur Küchentür.

Ho ja. Om ging in die Küche und rief fröhlich: »Oho, was ich für eine Tasse Tee von Thakalni-Amas Händen nicht tun würde!«

Die alte Großmutter saß am Herd. Sie drehte sich um und lächelte, wobei sich ihr betagtes Gesicht in Falten legte. Sie säuselte: »Bei diesem kalten Regen seid Ihr nur wegen dem Tee hergekommen?«

Om dachte stets daran, dass ein Gespräch der Höflichkeit bedurfte. Mit Menschen zu sprechen, hieß für ihn, ein Netz aus zarten Fäden zu weben, die durch Taktlosigkeit und Grobheit zerrissen. Er nahm neben Thakalni-Ama Platz. »Könnte mich ein kleiner Schauer von Eurem speziellen Tee fern halten?«

Thakalni-Ama lachte und ging daran, ihm Tee aus importiertem, neuseeländischem Vollmilchpulver zu kochen, den sie nur für Verwandte und Freunde machte. Der Rauchgeruch des Holzfeuers bereitete Om ein tiefes Wohlbehagen. Er machte es sich auf seinem Stuhl bequem. Während der Tee köchelte, erkundigte sich Om nach Thakalni-Amas vielköpfiger Familie, und sie erkundigte sich nach seiner Frau und seinen Kindern. Oms Tochter und Sohn gingen beide auf die Schule, die ihrem Vater gehörte. »Die Schüler in Eurer englischen Mittelschule, lernen die fleißig?«, fragte sie. »Aus denen werden mal große-große Leute, eh?«

Erst nachdem ihm die alte Großmutter eine Tasse Tee eingegossen hatte, erklärte Om: »Also, Thakalni-Ama, ich hoffte ja, hier eine Flasche zu finden. Etwas Gutes, versteht Ihr?«

Solange Om denken konnte, war Thakalni-Ama so gewesen wie heute: schlau und gewieft, aber letzten Endes doch eine gute Seele. »Ich habe neue Viertelliterflaschen Everest Whisky«, sagte sie, um auszuloten, ob er tatsächlich *gut* meinte. »Und Khukuri Rum ist immer da.«

»Oho-ho!« Om täuschte Entsetzen vor. »Den hiesigen Fusel

kann ich überall finden.« Er warf ihr sein bezauberndstes Gaunerlächeln zu. »Vielleicht gibt es bei Euch etwas Spezielles, gut versteckt, eine Flasche Red Label?«

»Ach, Ihr seid Euch jetzt zu fein für den Selbstgebrannten von Eurer Frau?«

»Ich selbst, importierter Schnaps: nein. Aber wir erwarten Gäste, versteht Ihr?«

Thakalni-Ama lächelte. »Dann werd ich mal im Lager nachsehen.«

Als die alte Großmutter den Raum verließ, begann Om darüber nachzudenken, was er Giridhar heute Abend sagen wollte. Die Situation war heikel. Auf der einen Seite stand sein lieber Freund, der dringend einen Aufwärtsschub im Leben benötigte. Seit er gezwungenermaßen in den Ruhestand getreten war, hatte er die Zielstrebigkeit verloren, die er wiederfinden würde, wenn er für einen Sitz im Parlament kandidierte. Und er war streng genommen qualifiziert – vormalig Leiter einer Bankfiliale, war er nun der Distriktvorsitzende der Volkspartei, kein unbedeutendes Amt. Er war ein gut ausgebildeter, weltläufiger Mann; und außerdem war er ein Hiesiger. Er kannte jeden Winkel des Wahlkreises.

Aber auf der anderen Seite stand der frühere Kinoheld Nayan Raj Dahal, der in Kathmandu lebte, aber ursprünglich aus Khaireni Tar stammte. Die ganzen Siebziger über hatte Nayan Raj die Leinwände von Kathmandu beherrscht, denn damals hatte er in jedem Film die Hauptrolle gespielt. Später hatte er in einem Film über die Demokratiebewegung, *Ma Manchhe hun*, einen Revolutionär dargestellt. Der Film war vor zehn Jahren ein großer Erfolg gewesen. Vor ein paar Jahren war Nayan Raj zum Landessprecher der Volkspartei ernannt worden. Seitdem war er ununterbrochen in den Zeitungen zu lesen und im Radio zu hören und bezog mit markigen, schonungslosen Worten Stellung für eine demokratische Reform. Er genoss größeres Ansehen als Giridhar, und Tatsache war, dass die Parteiführung in Kathmandu die Kandidatur wahrscheinlich ihm zusprechen würde.

Thakalni-Ama kam mit einer Flasche White Horse zurück, die schon offen, aber, das schwor sie, nicht gepantscht war. »Mein Sohn und ein Freund haben jeder ein Schlückchen getrunken«, sagte sie und stellte die Flasche an Oms Sitzplatz ab. Taktvoll legte Om einen Geldbetrag daneben, der den Kosten entsprach. Thakalni-Ama ignorierte das Geld und setzte sich wieder an den Herd.

Sie plauderten noch eine Weile. Die alte Großmutter bot Om noch eine Tasse Tee an, und er lehnte ab, und sie bestand darauf, und er willigte ein, »aber nur, weil er so speziell ist«. Eine halbe Stunde verging, ehe er die Gummistiefel anzog, den geblümten Regenschirm seiner Frau nahm und sich auf den Heimweg durch den Regen machte, mit dem White Horse in der Tasche.

Es musste doch einen Platz geben, irgendeinen Platz, wo er hingehen konnte, dachte Giridhar, als er gebückt und kalt und zitternd in die Ortschaft rannte. Regentropfen, hart wie Hagel, klatschten ihm um die Ohren. Rum brannte ihm im Blut, und er fühlte sich aus dem Gleichgewicht. Irgendeinen Platz musste es doch geben in dieser verschlossenen Ortschaft. Unter dem Vordach eines Hauses blieb er stehen, aber das Regenwasser stürzte vom Dach und auf Giridhar herab, also lief er wieder in den Wolkenbruch hinaus und steuerte auf die erstbeste offene Tür zu.

Er gelangte zu einem kleinen Laden – zur einzigen Schusterei am Ort, eine Hütte, die mit Blechstücken zusammengenagelt war. Drinnen war es dunkel, und das Trommeln des Regens auf dem Dach war ohrenbetäubend. Aber es war trocken hier.

Der Schuster saß in einer Ecke, inmitten einer Auslage von Gummischlappen. Giridhar kauerte sich auf eine Bank an der Tür. Eine Schusterhütte an diesem grauen Tag: war das der richtige Platz für ihn? Er fühlte den Blick des Schusters auf sich lasten, und das Gewicht seines Urteils. Jeder konnte sehen, dass er betrunken war. Voller Schuldgefühl gab er vor, seine Schlappen zu inspizieren, und glücklicherweise fand er im rechten ein Loch.

Wortlos übergab er den Schlappen an den Schuster, der ihn zu untersuchen begann. Auf einem Fenstersims lehnte ein Transistorradio, und Giridhar schaltete es ein. Eine Frau beschluchzte den tragischen Tod ihres Geliebten. Giridhar brauchte etwas zu trinken.

»Diese indischen Schlappen sind nichts wert«, schrie der Schuster gegen das Getöse von Musik und Regen an. »Die sehen hübsch aus und halten keinen Monat. Seht Euch das an.« Er befingerte den Riss in der Ferse. »Unsere Elephant-Marke ist besser. Und billiger.«

Giridhar versuchte, ein interessiertes Gesicht zu machen.

»Nepalischer Gummi ist besser, als man meinen möchte«, fuhr der Schuster fort. »Wir glauben doch, oder nicht, dass indische, chinesische Ware besser ist. Aber ist sie nicht. Und jemand wie Ihr sollte nicht in diesem Zustand herumlaufen. Schaut.« Er zeigte auf eine Reihe glänzender neuer Schlappen, Marke Elephant. »Nur fünfunddreißig Rupien.«

Giridhar schüttelte den Kopf.

»Fünfunddreißig Rupien bloß.«

Giridhar murmelte nein.

»Fünfunddreißig Rupien, Hajur.«

Giridhar fauchte: »Aber wer hat schon fünfunddreißig Rupien?« Ihm gefiel der Ton des Schusters nicht, seine Anspielungen und versteckten Hinweise. Dachte der etwa, er leite immer noch die Bank? Er sagte: »Jeder weiß, dass ich kein Beamter mehr bin.«

Der Schuster machte ein Gesicht wie eine Eisenpfanne: ganz rostige Oberfläche, kein Ausdruck.

»Ich bin ein kleiner Mann«, rief Giridhar. »Und darum zieh ich mich auch wie einer an.« Er streckte ein Bein vor. »Schaut

Euch diesen Riss in meiner Hose an. Schaut, dieser Fleck auf meinem Hemd. Warum sollte ich keine kaputten Schlappen tragen, Bhai? Wo ist der Unterschied zwischen Euch und mir?«, und der Schuster wandte das rostige Gesicht ab, und der Regen trommelte laut auf das Blechdach, und von der Tür wehte ein kühler Wind herein, und Giridhars Wut löste sich langsam auf.

Trotzdem war das nicht der richtige Platz für ihn.

Die Frau im Radio heulte vor Schmerz. Giridhar stand auf, plötzlich wollte er ganz schnell hier weg. Er schrie: »Ist er noch nicht repariert?«

Der Schuster murmelte etwas – unmöglich zu verstehen, wenn im Radio gleichzeitig die Becken schepperten.

»Gebt den her.« Giridhar riss dem Mann den halbgeflickten Schlappen aus der Hand und warf ihm ein paar Rupien hin – wofür? Hatte er das Loch überhaupt gestopft? Geld ging einfach so dahin.

»Gebt mir ein bisschen mehr«, protestierte der Schuster. »Was sind ein paar Rupien für einen großen, reichen Mann wie euch?«

Nein, eine Schusterhütte war kein Platz für ihn. Giridhar dachte an den Polizeisubinspektor: sein guter Freund. Der Subinspektor würde ihm etwas zu trinken geben. Und sein Quartier war nicht weit von hier. Er trat nach draußen und ergab sich in das eisige Glitschen des Regens auf seiner Haut.

»Das kommt nicht infrage«, sagte Asha und wischte das Wohnzimmersofa mit einem Lappen ab. »Ihn als Freund zu lieben, ist eine Sache, aber dass Ihr Euch im Alkohol ertränkt, weil er das Gleiche macht: das lasse ich nicht zu.«

»Eh, Liebe«, schnalzte Om und stellte die Flasche White Horse auf den Kaffeetisch. »Er ist mein alter, alter Freund. Ein bisschen Schnaps. Und in der Politik passieren Sachen – davon weißt du nichts.«

»Eure Politik!« Asha war eine grobknochige Frau so groß wie

Om, und mit dem roten Batik-Lungi und dem Goldschmuck sah sie beeindruckend aus. Sie hatten eine Fernheirat durchgeführt, als Om in Hongkong diente; die ersten sechs Jahre seines Ehelebens war seine Braut eine Farbfotografie gewesen. In natura hatte sie sich als bezaubernd komplex erwiesen, und auch nachdem er jahrzehntelang Seite an Seite mit ihr zusammengelebt hatte, staunte er noch über sie.

»Eure Politik«, sagte sie, »ist nur ein Vorwand, um die ganze Nacht zu tratschen.«

Om pflichtete ihr bei. »Nutzloses Zeug, die Politik.«

»Weil, wer wird schon einem Säufer seine Stimme geben, sagt mir das mal. Wer wird einem Säufer seine Stimme geben?« Mit viel Schwung wischte Asha den vergoldeten Rahmen des Spiegels ab, das mit Baumwolle bezogene Sofa, den Kaffeetisch und den Kristallglas-Aschenbecher, das Fernsehgerät, das mit einem bestickten Tuch abgedeckt war, und die Stickerei an der Wand, auf der WELL-COME HOME SWEET HOME zu lesen stand. Om konnte bloß hoffen, dass sie ihren Zorn verausgabt haben würde, bis Giridhar eintraf. In der Küche saßen ein paar Verwandte. Vielleicht würden die sie ablenken. Er ging hinaus in die Vorlaube, um auf seinen Freund zu warten. Giridhar kam zu spät und wirkte völlig gerädert. Er war fast immer etwas schlampig gekleidet, aber heute Abend waren seine Hosen verdreckt, und sein Hemd hatte Farbe gelassen. Er hatte aschgraue Ringe unter den Augen.

Der Anblick beunruhigte Om. »Eh, Freund«, sagte er und nahm Giridhars Hand. »Es ist viel, viel zu lange her.«

Giridhar antwortete mit einem entrückten Lächeln.

Om führte ihn ins Haus, nicht ohne die Schlaffheit seiner Schultern und den schlurfenden Rhythmus seiner Schritte zu bemerken. Hatte er etwa schon getrunken?

Im Wohnzimmer angekommen, schien Giridhar vor Ashas Anblick zurückzuschrecken. »Namaste, Asha-Bhauju«, murmelte er und legte hastig die Handflächen aneinander.

Asha wirkte sehr wachsam, als sie den Gruß erwiderte. »Namaste, Giridhar-Dai.«

Om setzte seinen Freund auf das Sofa. »Schaut, was ich gefunden habe«, sagte er grinsend und nahm die Flasche White Horse in die Hand. »Die alte Thakalni-Ama hatte ihn versteckt, aber es ist mir gelungen, ihn ihr abzuluchsen.« Seine Frau beobachtete ihn von der WELL-COME-HOME-SWEET-HOME-Stickerei aus. Er warf ihr ein versöhnliches Lächeln zu. »Diese Thakalni-Ama«, sagte er, während er zwei Schnäpse herrichtete. »In ihrem Gasthaus gibts alles. Man muss nur danach fragen, dann rückt sies raus.« Er reichte Giridhar ein Glas. »Auf König und Vaterland.«

»Auf König und Vaterland.«

Das war ihr gewohnter, ironischer Trinkspruch. Giridhar ließ sein Glas gegen Oms klirren und stürzte den Schnaps in einem Zug hinunter. Om, der das bemerkte, dachte bei sich, es stimme, dass die Chhetri-Bahun-Kasten zu viel tranken, gerade als ob sie die Enthaltsamkeit ihrer Ahnen wettmachen müssten. Om sah auch, dass Asha ein Stück näher gekommen war und seinen Freund musterte.

Er versuchte es mit heiterer Plauderei: »Dieser blinde Krämer, Shankar. Manchmal könnte ich schwören, dass er nur so tut. Wie seine Augen einem folgen.«

Weder Giridhar noch seine Frau reagierten darauf. Dennoch war es wichtig, dass alle sich entspannten, und um sie zu besänftigen, fuhr Om deshalb fort: »Das heißt, er betreibt also einen Getreideladen. Aber wie hält er Mung- und Rahar-Dal auseinander? Durch bloßes Befühlen? Durch Riechen? Aber was hat Dal für einen Geruch, frag ich mich?«

Die Deckenlampe warf scharfe Schatten über Giridhars Gesicht und ließ es eingefallen und ausgehöhlt wirken. Om sagte: »Was, wenn Shankar-Dai diese ganzen Jahre über alles gesehen hat? Was, wenn –«

»Also«, fiel ihm Giridhar ins Wort.

Om setzte sich auf. Jetzt ging es um die Wahl. »Also.«

»Ich hab heute in meinem Schlappen ein Loch gefunden.«

»Ein Loch«, sagte Om überrascht.

»Ein Loch.«

»Eh.«

»Schlappen Marke Elephant sind die besten«, fügte Giridhar hinzu. »Ohne indischen, chinesischen Gummi. Nur fünfunddreißig Rupien.«

»Nur fünfunddreißig?«

Diesen Augenblick wählte Asha, um das Wort zu ergreifen. »Ich denke, dass Giridhar-Dai die Kandidatur bekommen sollte«, bemerkte sie mit der üblichen Direktheit. »Ich weiß, dass der Kinoheld bekannter ist, aber Giridhar-Dai ist ein Hiesiger und außerdem unser Favorit.«

Giridhar schaute sie an. Er öffnete den Mund, um etwas zu sagen, und schloss ihn wieder, ohne ein Wort herausgebracht zu haben.

Um die Peinlichkeit dieses Augenblickes zu überspielen, griff Om nach dem Glas seines Freundes, das schon leer war. Er tat, als schelte er seine Frau: »Willst du Giridhar-Dai nichts zu kauen anbieten?« Dann goss er mit großem Aufhebens noch zwei Schnäpse ein, wobei er das Schaben und Klirren der Gläser ausdehnte, um die wachsende Stille zu zerstreuen.

Asha bewies jedoch ihren Eigensinn. »Es stimmt aber«, sagte sie und hielt Giridhar eine Schale mit gewürzten Erdnüssen hin. »Nehmt eine Handvoll, Dai. Ich habe sie frisch für Euch gewürzt.« Dann sagte sie mit einem Wagemut, den Om noch in seinem Entsetzen bewunderte: »Wir wollen, dass Ihr bei der Wahl kandidiert, weil Ihr der Beste seid, Dai. Aber Ihr müsst anfangen, Euch auch wie der Beste zu benehmen. Weil jeder hat davon gehört, dass Ihr trinkt. In dieser Ortschaft bleibt nichts geheim. Ein Mann, der sein Leben mit Saufen vergeudet – wer wird dem seine Stimme geben?« Sie sah ihren Mann an und hielt ihm die Erdnüsse hin. »Das ist die Art von

Ratschlag, die ein Freund geben sollte«, sagte sie. »Als Freund muss man einem Freund die schwierige Wahrheit sagen.«

Dann stellte sie die Erdnüsse auf den Kaffeetisch, murmelte etwas von wegen Essen und verschwand in Richtung Küche.

Om grinste Giridhar an. »Die redet zu viel, meine Frau. Wie ein Kind – weiß kaum, was sie da sagt. Ich sage ihr immer: Manche Dinge verstehst du nicht, diese Tatsache musst du akzeptieren.«

Giridhar fragte: »Kandidatur?«

»Die Wahl«, sagte Om und begriff im selben Augenblick, dass Giridhar diese Neuigkeit noch nicht gehört hatte. Wie konnte das sein? »Es sieht so aus, als ob es Wahlen geben wird«, sagte er vorsichtig. Er fügte hinzu: »Oder zumindest dachte ich, dass das Radio das gestern gesagt hätte.« Er war sich nicht sicher, wie er fortfahren sollte. »Und dabei hab ich mir gedacht«, tastete er sich voran, »in diesem Wahlkreis, wer verdient die Kandidatur da mehr als Ihr?«

Giridhars Gesicht nahm einen stumpfen, abwesenden Ausdruck an, als sei alles Leben aus ihm gewichen. Om hatte das Falsche gesagt. »Was ich zu sagen versuche«, berichtigte er sich, »ist, … kandidiert oder kandidiert nicht, das ist mir egal. Es ist bloß, dass ein Freund wie Ihr, ein Hiesiger – der ganze Banken alleine geleitet hat … Und Nayan Raj, was ist der? Nicht, dass er nicht bekannt wäre – aber ein Kinoheld? Im Vergleich mit einem Mann, der den ganzen Distrikt in- und auswendig kennt? Ich meine, wo lebt Nayan Raj denn? Ihr dagegen in Khaireni Tar. Ts.« Om versuchte zu lächeln. »Tatsache ist, es wird Wahlen geben.«

Bedrückung legte sich auf den Raum. Die Verwirrtheit, die sich auf Giridhars Gesicht abzeichnete, schlug Om aufs Gemüt. Er konnte Asha in der Küche mit ihren Verwandten lachen hören.

»Gib mir noch was zu trinken«, brachte Giridhar schließlich heraus, als das Leben in ihn zurückkehrte.

Om verzog das Gesicht.

»Der ist zu lasch.« Giridhar kniff die Augen zu tiefschw Schlitzen zusammen, als Om ihm einen Schluck einschenkte. »Eh, Freund, sei nicht so knauserig mit dem Saft.«

»Mula«, sagte Om, denn allmählich stieg der Alkohol auch ihm zu Kopf. »Wann bin ich bei Euch je knauserig gewesen, Ihr Steckrübe – Ihr seid für mich ein Bruder.« Er goss noch einen Schluck Whisky in Giridhars Glas. »Da. Trinkt, so viel Ihr wollt.«

Giridhar hob das Glas. »Auf die Volkspartei«, stieß er hervor. »Auf unseren Kinohelden Nayan Raj.«

»Nein, auf euch«, sagte Om und hob das Glas. »Ihr seid der Beste, mein Freund.«

Giridhar stürzte das ganze Glas in einem Zug hinunter und sackte wieder auf dem Sofa zusammen.

Om ließ sich kraftlos zurücksinken und verzagte.

Als er mitten in der Nacht durch die Reisfelder stolperte, torkelte Giridhar vom schmalen Pfad hinunter, rutschte auf Moos aus, trat auf scharfe Steinkanten, trampelte zarte Reisschößlinge nieder und torkelte wieder zurück auf den Pfad, und sein Körper begegnete jeder Empfindung mit einem Erschaudern der Adern und einem Erbeben des Fleisches. Blaue und schwarze Flecken tanzten ihm vor Augen. Der Shiva-Mond war eine makellose, schwankende, weiße Sichel. Nach dem Essen bei Om war Giridhar zu seinem guten Freund, dem Polizeisubinspektor, zurückgegangen, um zu beweisen, dass er schon vorher von der Wahl gewusst hatte, um zu sagen: »Was – Ihr glaubt, Ihr seid besser als ich, Ihr Ulluko Pattha Sohn eines Schwachsinnigen Ihr!« Er war noch für zwei, vier Runden XXX Khukuri Rum dort geblieben und hatte geprahlt: »Ich krieg die Kandidatur! Ein künftiger Abgeordneter! Ein Parlamentarier unserer Nation!« Er würde in Kathmandu leben, in einem Haus aus Ziegeln und Zement, für dessen Miete die Regierung Seiner Majestät aufkommen würde. Er würde im Auto zum Parlamentsgebäude fahren. Er würde an jeder Sitzung teilnehmen und der Nation und seinen Landsleuten dienen.

Eh, Träume.

## 4

Nachdem sie die üblichen Gefahren von Mumps, Masern, Röteln, Diphtherie, Hirnhautentzündung, Keuchhusten, Kinderlähmung, Wundstarrkrampf, Fleckfieber und Hepatitis A ebenso überlebt hatte wie die Nachwirkungen von Unterernährung und mangelnder Fürsorge (denn sie war jung verwaist), war Sani, die liebreizende Base der Witwe Binita, zu einer Jugendlichen herangewachsen, deren Heiratsaussichten als ausgezeichnet galten. Denn hatte sie nicht einen Leberfleck am Kinn, und strahlte ihr Gesicht nicht wie der Mond in einer Sommernacht? Und sie arbeitete den ganzen Tag, ohne Unterlass, ohne ein Wort der Klage. »Diese Waise ist ein leuchtendes Juwel«, mussten noch die neidischsten Nachbarn zugeben. »Sie wäre die ideale Schwiegertochter.« Es war Sani gelungen, die Leute ihr unglückliches Schicksal und den Ruf ihrer verwitweten Base vergessen zu lassen, wenn sie über das Mädchen urteilten. Es bestand tatsächlich kaum ein Zweifel daran – auch für Sani selbst –, dass bald die Familie eines jungen Mannes auf sie aufmerksam werden würde, der, wenn schon nicht bei den Indian Gurkhas, dann doch zumindest in der nepalischen Armee diente.

Letztlich war der Grund für Sanis Anziehungskraft, dass sie sich der eigenen Vollkommenheit gar nicht bewusst zu sein schien. Gleichgültig gegenüber dem Matsch, der ihre wohlproportionierten Füße besudelte, stieg sie jetzt in die Felder ihrer Base, um sie auf Schildläuse zu untersuchen; gestern hatte ein Nachbar auf seinen Feldern Maden entdeckt. Sani hatte nicht viel übrig für Binita-Didi; sie wäre nie in diese grässliche Ortschaft gezogen, wenn Onkel und Tante sie nicht gezwungen hätten, das Dorf zu verlassen, in dem sie wohnten. Trotzdem musste sie die Pflichten erfüllen, die sie gegenüber Binita-Didi hatte. Binita-Didis Felder lagen zwischen anderen Terrassenfeldern auf einer steilen Hügelflanke nur ein kurzes Stück außerhalb der Ortschaft. Sani griff in den Bewuchs, sammelte braune und dürre Halme heraus und inspizierte ihre Blattansätze. Schildläuse gab es hier nicht. Daraufhin brach sie in ein Duett aus und sang zuerst mit verstellter Stimme, tief wie ein Junge:

*Ich, ich bin ein Junge aus dem Flachland,*
*ein Junge aus dem Flachland.*
*Eh, junges Mädchen, willst du mit mir durchbrennen?*
*Fahrn wir in einem Taxi davon!*

Sie hüpfte auf die nächste Terrasse hinunter und machte dabei aus Versehen ihren hochgezogenen Kurta-Sural dreckig. Aber ein Matschfleck, was machte der schon? Mit hoher Stimme lehnte sie den eigenen Heiratsantrag ab:

*Du, du bist ein Junge aus dem Flachland,*
*ein Junge aus dem Flachland.*
*Für dich selbst verdienst du kaum genug, für mich erst recht nicht.*
*Mit dir fahr ich nicht im Taxi davon!*

Je sicherer sich Sani wurde, dass die Felder nicht von Ungeziefer befallen waren, desto melodiöser wurde ihr Gesang:

*Ich, ich bin aus dem Bazar,*
*doch du bist aus den Hügeln.*
*Eh, junges Mädchen, wie schön du bist!*
*Fahrn wir in einem Taxi davon!*

Sie erreichte die unterste Terrasse und erwiderte:

*Du, du bist ein Junge aus dem Bazar,*
*ein Junge aus dem Bazar.*
*Wie kann ein Hügelmädchen einem Jungen wie dir trauen?*
*Mit dir fahr ich nicht im Taxi davon!*

Dann, während sie weiter vor sich hinsummte, stieg sie aus den Feldern hinaus und folgte dem Pfad, der zurück in die Ortschaft führte. An einer Stelle, wo ein Wegstück in einem Erdrutsch weggebrochen war und Sani über schlüpfrigen Untergrund klettern musste, wollte es der Zufall, dass sie sich umdrehte und ihr Blick eine ferne Gestalt streifte. Die Melodie auf ihren Lippen brach jäh ab. Es war der Khadka-Junge.

Er stand am Rand der Felder, die seinem Verpächter gehörten, eine dunkle Silhouette, die sich gegen den Himmel abzeichnete, und Sani konnte zwar sein Gesicht nicht erkennen, aber sie war sich ganz sicher, dass es denselben Ausdruck kummervoller Verzückung zeigte, den er immer trug, wenn er sie sah. Sie wandte sich wieder dem Fußweg zu, und ein Glühen machte sich auf ihrem Gesicht breit. Warum glotzte der blöde Kerl sie an? Hielt er sie für eines von den Mädchen, die allein in den Feldern mit Jungen redeten? Ein dürrer Kadaver wie der! – die Gurkha-Rekruteure würden sich totlachen. Eh, nicht mal die nepalische Armee – nicht mal die nepalische *Polizei* würde einen Kadaver wie den einstellen.

Sie blickte zurück und sah, dass der Khadka-Junge hinter ihr auf dem Fußweg war. Er folgte ihr! Ihr Herz klopfte wie wild. Sie beschleunigte ihren Schritt. Binita-Didis Haus war nicht weit von hier: Sani rannte an dem verlassenen Kuhstall vorbei und kletterte über einen Zaun, um den Heimweg abzukürzen. Sie musste diesen Jungen abhängen.

Denn sie war ein anständiges Mädchen. Einen Jungen in den Feldern zu treffen, ihm in die Augen zu schauen und mit ihm zu reden – das würde Gerüchte heraufbeschwören. Denn kein Mensch in ganz Khaireni Tar – außer dem Khadka-Jungen selbst – würde ihn für wert befinden, dass Sani ihre Jugend an ihn verschwendete.

Sie erreichte den Hinterhof ihrer Base und stolperte durch die Gemüsebeete geradewegs auf den Teeladen zu. Zu ihrer Erleichterung war Binita-Didi nicht da. »Dürrer Kadaver«, fluchte Sani leise. »Dürrer, dürrer Kadaver!«

Aber sie hatte keine Zeit, müßig herumzusitzen und den Khadka-Jungen zu verfluchen. Die Nachmittagsbusse würden jede Minute eintreffen und der Teeladen sich mit Gästen füllen. Es war Sani zuwider, gewöhnlichen Fremden Tee servieren zu müssen. Stattdessen setzte sie einen Topf Linsen auf. Bald würde Binita-Didis Tochter Tripti aus der Schule kommen und Hunger auf einen Imbiss haben. Und das Abendessen musste vorbereitet werden. Sie kochte Curry aus frischem Kürbis. Sie wusch den Reis fürs Abendessen. Schon bald hatte sie ihre Fassung wiedergewonnen. Schließlich brach sie sogar in ein sanftes Lächeln aus, das Verständnis zeigte für die Torheit anderer. Sie war nicht völlig unempfänglich für die Ursachen, die liebeskranke Jungen dazu veranlassen mochten, ihr nachzustellen. Aber sie war ein braves Mädchen. Und so saß sie nun am Herd, gesegnet mit allen zweiunddreißig Tugenden unbefleckter Weiblichkeit.

## 5

Innerhalb weniger Tage nach der Ankündigung der Wahlen begann sich Khaireni Tars Bazar durch die Betriebsamkeit zu verändern, die in der Umgebung der Geschäftsstellen von UML, Kongresspartei und RPP entstand. Männer, Jungen und einige wenige Mädchen und Frauen begannen, sich um den zusammengezwirbelten Bar-Pipal-Baum zu scharen, wo sie Fragen stellten und sich Gedanken darüber machten, wer wohl gewinnen werde: Würde die eigene Partei diesmal eine Mehrheit erringen? Einige der neu eingetroffenen Parteimitarbeiter waren jung und städtisch und trugen schnieke Hosen, Hemden, Windjacken und Röcke. Ältere Mitarbeiter trugen volkstümliche Bhotos, Phariyas oder Pajamas aus handgewebtem Baumwollstoff, die sie sich in ihrem Dorf hatten nähen lassen. Die UML-Mitarbeiter hatten den Geschirrladen neben ihrer Geschäftsstelle inzwischen dauerhaft kolonisiert. Sehr zu Thakalni-Amas Vorteil waren viele Kongressmitarbeiter zu Stammgästen in der Himal Lodge Restaurant Bar geworden. Um die RPP-Geschäftsstelle blieb es ruhig, denn die Kandidatin dieser Partei wehrte sich aus Schüchternheit weiterhin, sich dort sehen zu lassen. Bei den Leuten, die sich unter dem Bar-Pipal-Baum versammelten, kursierte das Gerücht, dass die Janamukti-Partei, die für die Rechte der ethnischen Gruppen eintrat, ebenfalls einen Kandidaten aufstellen wolle: Ein Gurung-Magar-Mann würde der Verbitterung der Minderheiten gegen die Vorherrschaft der Chhetri-Bahun-Kasten eine Stimme verleihen. Im Flüsterton sprachen die Leute auch über die Maoisten, die im Zuge ihres Guerillakrieges gegen die Demokratie bereits mehrere fernwestliche Distrikte unter ihre Kontrolle gebracht hatten. Die Möglichkeit, dass es zu Gewalt kommen könnte, machte vielen Leuten Sorgen. »Rohrbomben … Benzinbomben, Dampfdrucktopf-Bomben«, sagten sie unbestimmt. »Die Maoisten sind besser ausgerüstet als die Polizei. Die tragen Gewehre, Pistolen und Khukuri-Messer.«

Dann und wann erwähnte jemand die Volkspartei, aber diese kleine Partei wurde schnell abgetan. »Dieses Sammelbecken miesepetriger Intellektueller, was haben die schon für eine Chance, hier zu gewinnen?«

»Keine Chance.«

»Außer, wenn der Kinoheld Nayan Raj kandidiert.«

Binita, die Nayan Raj Dahals Schwägerin war, hatte beiläufig von der Wahl gehört, aber sie wusste nichts von den Gerüchten, dass ihr Schwager für ein Amt kandidiere. Ihr Teeladen befand sich im Vaterhaus des Kinodarstellers, einem bescheidenen Steingebäude mit Zementanbauten an der Vorderseite. In diesem dürregeplagten Landstrich galt die Lage des Hauses als vorteilhaft. Ein nahe gelegener öffentlicher Wasserhahn lieferte genügend Abfluss, um im Hinterhof den ganzjährigen Anbau von Gemüse zu ermöglichen. Ganz hinten befand sich ein Wasserbüffelstall, und es gab ein modernes Klohäuschen. Eine Steinmauer, die das Grundstück einfasste, sorgte für ein gewisses Maß an Privatsphäre.

Schon vor dem Tod ihres Mannes hatte Binita wenig Kontakt zu ihrem schauspielernden Schwager in Kathmandu gehabt. Sie pflegte keinen Austausch mit Mitgliedern der Volkspartei. Aber sie war äußerst empfänglich für die Signale ihrer Umgebung, und sie bemerkte jetzt, dass die Leute ihr auf einmal große Beachtung schenkten. Auf dem Bazar nahmen die Straßenhändler unter dem Bar-Pipal-Baum mehr Notiz von ihr als sonst. »Aus meinem eigenen Garten«, sagte einer von ihnen und drückte ihr zwei Bananen in die Hand. »Gebt sie Eurer Tochter.« An einem anderen Tag unterbrach ein anderer Händler seinen schrillen Ruf »Käsebällchen-Chips-eine-Kette-für-Eure-Frau«, um sich nach ihrem Befinden zu erkundigen. Binita wusste, dass solche Gesten viel zu bedeuten hatten. Selbst der blinde Krämer Shankar unterbrach seine Geschäfte, als er ihre Stimme im Laden hörte, um sie nach ihrer Gesundheit zu fragen. Passanten drängten sich näher, um ihre Antwort zu hören.

Ihr Schwager musste wieder in den Schlagzeilen sein.

Er musste etwas Außerordentliches getan haben, denn auch die Zahl der Gäste in ihrem Teeladen nahm schlagartig zu, was ungewöhnlich war bei solchem Regen. Die meisten Gäste waren Jungen – Oberschüler, vielleicht gerade auf dem College.

Sie trauten sich. Sie schauten sie geradeheraus an und versuchten, mit ihr ins Gespräch zu kommen. Sie wollten etwas von ihr. Binita wandte ihnen den Rücken zu, wenn sie Tee kochte: schwarz, mit Milch, speziell oder vorgekocht, mit oder ohne Zucker. Ein Frauenrücken war wenig mitteilsam. Im direkten Umgang benahm sie sich so eisig, dass sie diese Jungen durch Einschüchterung zum Schweigen brachte. Trotzdem starrten sie sie weiter an und versuchten, sie zu entschlüsseln.

Was wollten sie?

Sie fand es an einem Tag heraus, der unter unglücklichen Vorzeichen begann, mit einem blutroten Albtraum, der sie immer wieder heimsuchte. Der Morgen wurde durch kleine Spannungen getrübt. Binitas Tochter, der das sonst selten einfiel, bekam einen Tobsuchtsanfall, weil sie löchrige Socken anziehen musste. Die Warteschlange am Wasserhahn war lang, und ihre Base Sani murrte, dass sie das Wasser mit Leuten teilen müssten, von denen sie nicht wüssten, welcher Kaste sie angehörten. Das Kerosin war verunreinigt und räucherte den Teeladen voll. Dann verschwanden zwei auswärtige Gäste, ohne zu bezahlen. Der Tag wurde heiß und schwül, und bis es Mittag wurde, war Binita bereits erschöpft.

Draußen hatten sich die Monsunwolken geteilt und ließen den Sonnenschein durch. In der Nachmittagsflaute übertrug Binita die Teeladen-Aufsicht an Sani und stellte zwei Eimer voll Wasser neben die Bananenstauden auf dem Hinterhof. Sie legte sich ein Badetuch zurecht, zog die einfarbig braune Phariya aus und den Obersaum ihres Unterrockes über die Brust hoch. Dann hockte sie sich auf den Boden und schöpfte einen Becher Wasser.

Während sie sich wusch, schaute ihre Nachbarin Phul Devi vorbei.

Binita konnte Phul Devi nicht leiden und nahm sich in Acht vor ihren seltenen Besuchen, die sie jedes Mal in dem Gefühl zurückließen, in ihrer Intimsphäre verletzt worden zu sein.

»Beim Baden?« Phul Devi setzte sich auf einen Stein neben dem Klohäuschen. Sie war in eine feine Nylon-Phariya gekleidet und legte die Hände so zurecht, dass der Goldring und die glitzernden roten Armreife nicht zu übersehen waren. Ihr Haar glänzte vor Öl, und im Scheitel trug sie einen Klecks leuchtend zinnoberroter Farbe, der ihren Status als verheiratete Frau mit, wie Binita dachte, prahlerischer Genüsslichkeit zur Schau stellte.

Phul Devi fing sofort an, eine Geschichte von einem Tuchhändler zu erzählen, den sie heruntergehandelt hatte: »Fünfundfünfzig Rupien der Meter, sagt der. Für Baumwollstoff aus Nepal! Ich sag zu dem: Was für ein nichtsnutziger Preis ist das? Mit meinen eigenen Augen hab ich gesehen, dass dieser Stoff für fünfunddreißig Rupien verkauft wird …«

Wie viele Worte es die Leute kostete, nichts sagen zu müssen. Binita, unbeholfen in ihrer Hocke, ließ es zu, dass kleine Gesten als Anzeichen ihrer Aufmerksamkeit aufgefasst werden konnten: ein angedeutetes Nicken, ein Heben des Kinns. Phul Devi schnatterte weiter: »Transportkosten, sagt der Händler. Sag ich, habt Ihr den die ganze Strecke auf dem Rücken hergetragen? Verlangt Ihr, dass wir Euch das Essen bezahlen, das Ihr unterwegs gegessen habt?«

Bestimmt war die Nachbarin nicht vorbeigekommen, um über einen Tuchhändler zu traschten. Phul Devi war immer auf irgendetwas aus.

»Es wird sich dann sicher einiges ändern für Euch«, sagte sie schließlich, als Binita sich das letzte Wasser über die stoffbedeckten Beine goss. »Jetzt, wo Euer Schwager zurückkommt.«

Binita hielt einen Herzschlag lang inne und gab damit ihre Überraschung preis.

»Das habt Ihr doch bestimmt gehört!« Phul Devi machte große Augen. »Der Kinoheld kandidiert bei der Wahl! Ich habs von meinem Mann gehört, der mit dem Uhrmacher gesprochen hat, der in Kathmandu war – er hat Euern Schwager sogar tatsächlich besucht. Wusstet Ihr, dass Nayan Raj in einem neumodischen Haus aus chinesischen Ziegeln wohnt? Das hat zumindest der Uhrmacher gesagt.«

»Chinesische Ziegel sind billig in der Stadt«, sagte Binita, um ihre Überraschung zu verbergen. Sie wickelte sich in das Badetuch und sammelte ihre Kleider auf.

»Also wird sich doch einiges ändern für Euch, oder nicht?« fuhr Phul Devi fort und folgte Binita zum Haus. Wenn sie gestikulierte, klirrten ihre Armreifen. »Vielleicht werden auch seine Kinder herziehen. Seine Frau! Seine Arbeiter! Das Haus wird voller Leute sein! Ist das nicht ein Glück für Euch. Ihr werdet nicht mehr Trübsal blasen müssen wie jetzt – so ganz allein, arme Witwe.«

An der Rückseite des Hauses waren zwei Türen, eine, die in den Teeladen führte, und eine zum Alkoven und zum Obergeschoss. Binita blieb vor der Tür stehen. Phul Devi wartete eine Weile, und als ihr schließlich aufging, dass sie nicht hineingebeten werden würde, verkündete sie: »Also, ich geh dann mal. Wir Frauen haben keinen Augenblick Ruhe.«

Oben in ihrem Zimmer legte Binita die Phariya wieder an. Sie ließ sich Zeit beim Falten und Feststecken. Ihr Schwager kandidierte also bei der Wahl. Nayan-Raj-Bhai war viele Jahre jünger als Binitas Mann. Er war schon ein berühmter Schauspieler mit Wohnsitz in Kathmandu gewesen, als Binita seinen Bruder geheiratet hatte, und zu weit entfernt von Khaireni Tar, als dass ihn der Kleinstadtskandal, den sie verursacht hatten, in irgendeiner Form betroffen hätte. Ihr Mann und Nayan-Raj-Bhai hatten sich nicht nahe gestanden. Binita war ihrem Schwager zwar begegnet, aber sie kannte ihn kaum.

Nun wollte er zurückkehren. Oder vielleicht stimmte das Gerücht nicht, das Phul Devi aufgeschnappt hatte. Binita trat an ein Fenster und suchte die Hügel nördlich der Ortschaft mit den Augen ab, bis sie oberhalb der Terassenfelder ein kleines, weißes Haus erspäht hatte. Dort. Giridhar Adhikari wusste zweifellos Bescheid. Ihn zu fragen, hieße allerdings bloßzulegen, dass die Schwiegerfamilie sie verstoßen hatte. Die Verwandten ihres Mannes mussten ebenfalls wissen, ob Nayan-Raj-Bhai zurückkehren würde. Der Familienpatriarch Kainlo-Kaka wusste bestimmt Bescheid. Er hatte es seiner Mühe nicht für wert befunden, ihr die Neuigkeit mitzuteilen. Das war zu erwarten gewesen.

Busse rumpelten in der Ferne, der Wind wehte ein Radiolied heran, ein Kind weinte. Binita lauschte den getrennten, eigentümlichen Geräuschen der Ortschaft draußen vor dem Fenster. Außer diesen Geräuschen vernahm sie nur das eigene Schweigen. Für sie blieb dieses Schweigen. Anderswo summten Gespräche. Anderswo redete die Schwiegerfamilie über Dinge, die Binita etwas angingen. Hier war nur Schweigen.

Unten im Teeladen hielt die Flaute in der Gästezahl weiter an, nur zwei junge Männer saßen an einem Ecktisch. Binita schickte Sani sich waschen und verfiel bald in die Alltagsroutine, spülte Gläser, stapelte Teller, schürte das Feuer und sah nach, wie viel Milch noch übrig war. Ein halber Krug: genug für den Tag. Der Nachmittagsstaub hatte sich abgesetzt, und sie fing an, die Tische abzuwischen und die Bänke geradezurücken.

Dann fragte einer der Kunden quer durch den Raum: »Kandidiert Nayan Raj wirklich bei der Wahl?«

Binita gab vor, ihn nicht gehört zu haben, und brachte sich durch die Hintertür in Sicherheit.

Eine Woche oder zehn Tage, nachdem sein Freund zum Abendessen da gewesen war, unternahm Om die steile Kletterpartie hinauf in die nördlichen Hügel. Er hatte von Giridhar nichts gehört, und das machte ihm Sorgen. Aber es stimmte, sie beide waren nicht mehr so unzertrennlich wie früher. Es hatte eine Zeit gegeben, da war Giridhar jeden Tag vorbeigekommen und hatte stundenlang über alles geredet, was ihm in den Sinn kam. Das war in der Zeit gewesen, als Om frisch aus Hongkong zurückgekehrt war. Sie beide hatten ineinander eine ähnliche Mischung aus Diesseitigkeit, Welterfahrung und sozialem Pflichtbewusstsein gefunden. Sie hatten über ihre Erlebnisse gesprochen, über die Welt, über ihre Ziele. Damals hatte Giridhar praktisch bei Om gewohnt. Nach und nach, von Jahr zu Jahr waren seine Besuche weniger häufig geworden. Inzwischen kam er selten ohne Einladung. Und Om, den die Verwaltung seiner Schule auf Trab hielt, konnte Giridhar nicht so oft besuchen, wie er es sich gewünscht hätte.

Da er mit dem Ränzlein all jener gesegnet war, die genug zu essen haben, bereitete es Om beträchtliche Schwierigkeiten, die Steigung des Pfades zu bewältigen. In den Jahren seit Hongkong hatte er nicht eine einzige Liegestütze gemacht, kein Lauftraining, kein Rumpfheben, keine Dehnübung und kein Gewichtheben. Eigentlich hatte er alle körperliche Anstrengung und alle seelische oder geistige Not glücklich vermieden. Das war die Behaglichkeit des Lebens nach der Befreiung vom militärischen Reglement. Als er schließlich das Haus seines Freundes erreichte, das oberhalb der Terrassenfelder lag, glänzte sein Gesicht schweißnass, und er schnaufte angestrengt.

Er traf Giridhars Frau an, die in der Vorlaube saß. Laksmi-Bhauju stand auf, als sie ihn sah, und bedeckte sich das Haar mit dem Ende ihrer Phariya. Om hielt solche Chhetri-Bahun-Züchtigkeit für völlig unnötig. Er hob die Hand zu einem halben Namaste. »Oho, Bhauju! Ich konnte der Vorstellung von frischem Tee aus Euren Händen nicht widerstehen.«

Diese Worte hätten Laksmi-Bhauju zum Lächeln bringen sollen, aber sie schlüpfte bloß ins Haus wie eine Dienerin, die einen Befehl ausführte.

Om blieb alleine auf der Matte in der Laube sitzen, bis Laksmi-Bhauju ihm ein Glas Tee brachte. »So grüne Felder«, sagte er mit Blick auf die Reisterrassen unterhalb des Hauses. »Das gibt eine hervorragende Ernte dieses Jahr.«

Laksmi-Bhauju zog sich wortlos ins Haus zurück. Om

seufzte. In all diesen Jahren war es ihm nie gelungen, Laksmi-Bhauju in ein Gespräch zu verwickeln. Er wusste, sie gehörte zu den Frauen, die nur mit anderen Frauen sprachen. Mit Asha redete sie manchmal.

Nach einer Weile schlurfte Giridhars alter Vater zur Haustür heraus. Om stand auf. »Ba, namaste. Ich hab schon angefangen zu denken, dass vielleicht niemand zu Hause ist.«

Giridhars Vater war Ende siebzig, ein Verpächter mit beträchtlichen Besitzungen. Er stützte sich bei Om ab, als er sich auf die Matte niederließ, dann schaute er ihn an. »Mein Sohn«, sagte er, und seine Augen blinzelten hinter dicken Brillengläsern. »Der ist in seinem Zimmer.«

»Ich dachte, ich besuch ihn mal.«

Der Alte runzelte die Stirn. Er hatte Giridhars grimmige Augenbrauen und scharfgeschnittene Lippen und machte die gleiche entschlossene Miene. Die Worte, die er schließlich vorbrachte, waren mit Vorsicht gewählt: »Er gibt keine Antwort, wenn wir ihn rufen. Er kommt nur zum Essen heraus. Er redet nicht – nicht einmal mit seinen Söhnen. So hat er das jetzt jeden Tag gemacht. Er sperrt sich ein.« Nach einer Pause fügte er hinzu: »Er trinkt.«

Om dachte sofort, dass Asha recht hatte: Er hätte Giridhar neulich abends bei ihnen nichts zu trinken geben sollen. Oder vielleicht war etwas passiert – ein schlimmes Unglück vielleicht. Er fragte: »Hat er irgendeine Nachricht wegen der Kandidatur bekommen? Irgendetwas von der Parteiführung in Kathmandu?«

Giridhars Vater sackte in die Matte, als würde die Luft aus ihm abgelassen. »Gestern kam der Lakai vom Telefonamt eigens her, um Bescheid zu sagen, dass ein Ferngespräch aus Kathmandu vorliegt. Aber mein Sohn ist nicht hingegangen.«

Om bemerkte, dass Laksmi-Bhauju im Türstock Stellung bezogen hatte. Ihre unterwürfig gebeugte Haltung wirkte, als bitte sie um Hilfe.

»Ich rede mit ihm«, sagte Om und erhob sich.

Giridhars Vater sagte: »Vielleicht hört er ja auf Euch.«

Der Hausflur war dunkel und erinnerte an einen Höhlengang. Om drückte gegen Giridhars Schlafzimmertür, aber sie ließ sich nicht öffnen. Von innen war der Riegel vorgeschoben. »Eh, Freund«, sagte er und lehnte sich gegen das Sperrholz. »Ich bin zum Plaudern vorbeigekommen.«

Er bekam keine Antwort.

»Ich bins«, sagte Om. »Es ist schon Tage her. Meine Alte sagt immerzu: ›Warum kommt unser Giridhar-Dai nicht wieder, ist er sauer auf mich?‹ Ich wollte nachsehen, wie es Euch geht.«

Om wartete eine Weile. Ein jahrealter Kalender hing neben Giridhars Tür. Auf den Flurwänden prangten schmutzige Fingerabdrücke. Om klopfte an die Tür. »Schlaft Ihr, Freund?« Dann versuchte er es in schmeichelndem Ton: »Es gibt eine wichtige Angelegenheit zu besprechen. Eine Parteiangelegenheit.« Dann sagte er nüchtern und knapp: »Seid Ihr krank? Soll ich den Doktor holen?« Schließlich flehte er: »Macht nur die Tür auf, nur einmal!«

Aber es waren weder Knarren noch Bewegung zu hören.

Das beunruhigte ihn. »Eh, Freund«, rief er und schlug mit der Handfläche gegen die Tür. »Ich bins. Lasst mich rein. Ich bins.«

Hinter der verriegelten Tür, geschützt vor den höhnischen Horden, barg sich Giridhar im Schlaf, und seine Augen unter den schweren Lidern gehorchten dem Befehl seiner Begierden. Wenn er aufwachte, setzte er sich auf, stolperte zum Fenster. Eine Wahl würde es geben. Die gelbbraunen Flecken an der Rückwand seiner Augen wichen dem Anblick der Reisfelder. Die Knochen in seinen Beinen zitterten. Er drehte sich wieder nach drinnen. Er musste die Kandidatur bekommen. In seinem Zimmer herrschte Chaos – das Bett zerwühlt, Anziehsachen zusammengeknüllt auf dem Fußboden, der Geruch von Übelkeit und Schweiß. Die Erschöpfung überwältigte ihn schon beim bloßen Nachdenken. Jeder wusste es. Er war ein Säufer. Für ihn würde es keine Kandidatur geben.

Manchmal hörte er jenseits der Tür Stimmen rufen. Es klopfte, und es klopfte wieder. Giridhar wünschte sich, nie wieder einen Menschen sehen zu müssen. Kein Gesicht. Unerträglich die Augen, die ihn anschauten. Seine Frau. Die niedergeschlagenen Augen und der schnurgerade, geölte Haarscheitel. Wenn er nur zwischen die brüchigen Laute ihrer Stimme schlüpfen könnte, die nach ihm rief … Zwischen ihren Silben, im Schweigen dort, da wäre er geborgen. Die Worte seines Vaters hatten etwas Drängendes. »Dein Freund ist zu Besuch hier.« Eine lange Pause. »Er wartet darauf, dich zu sehen.« Stunden später, so kam es ihm vor, sagte sein Vater wieder etwas. »Dein Freund ist jetzt gegangen.«

Giridhars Gesicht verfiel. Das Gewicht seines Körpers brachte ihn zu Fall wie einen Leichnam. Er musste sich hochziehen, stehen, gehen. Er musste nach Kathmandu gehen und die Kandidatur einfordern. Doch die Tage schritten fort, und er fühlte sich niedergedrückt von seiner bleichen Stofflichkeit, der eingetrockneten Speichelkruste seiner selbst. Tage vergingen oder auch nicht, er war sich da nicht mehr sicher. Er trank aus der einen Flasche, dann aus einer anderen. Manchmal konnte er Om flehen hören, auch der bedrängte ihn mit seiner Erwartungshaltung. Giridhar wollte sich in die Fläche seines Bettes einreiben, bis er stofflos wäre. Der Kopf tat ihm weh und die Augen brannten. Seine Gliedmaßen fühlten sich aufgedunsen und taub an, und ein saurer Geschmack überzog seine Zunge. Manchmal torkelte er nachts nach draußen und schleppte sich zum Klohaus. Er kam zurück und schaute nach seinen Flaschen und trank wahllos daraus. Zuweilen fühlte er sich wie im Rausch, ohne etwas getrunken zu haben. Einen ganzen Nachmittag lang saß er auf dem Fußboden, eine Wange gegen die Wand gepresst, und sah Wellen über die Wandoberfläche laufen. Einmal verlor er das Gefühl im rechten Arm. Galle stieg ihm in die Gurgel – und er wusste, dass er die Festigkeit dieser Ortschaft durchleiden musste, sein Körper schwer darin, bis er sich verflüchtigt hätte. Ihm fielen die Augen zu. Er kroch ins Bett und rollte sich zusammen. Keine Wahl würde es geben.

## 6

Die Ortschaft Khaireni Tar war von so eklektischem Charakter, dass nicht alle Bewohner vom öffentlichen Geschehen berührt wurden; und so kam es, dass viele Leute noch nichts von der Wahl mitbekommen hatten. Sani zum Beispiel war weiterhin schon damit vollauf beschäftigt, sich innerlich auf diese ordinäre Ortschaft einzustellen. Ihr wurde allmählich klar, dass Binita-Didis schlechter Ruf allzu leicht ihren eigenen, guten Leumund in Gefahr bringen konnte. Warum sonst sollte es ein Junge überhaupt wagen, ihr nachzustellen?

Als Mädchen konnte man sich gar nicht genug in Acht nehmen: Das wusste Sani. Aus diesem Grund verbarg sie ihre Arme unter langen Ärmeln und passte auf, dass ihr Kurta-Ausschnitt den Anstand wahrte. Binita-Didi hätte sich glücklich schätzen sollen, dass Sani das Geld, das sie verdiente, nicht auf Aufmerksamkeit heischende Armreife, Ohrringe, Nasenringe und Halsketten vergeudete wie Sanis Freundinnen – jung und töricht, wie sie eben waren. Sani sah kaum einmal im Spiegel nach, welcher Seitenscheitel ihr am besten stehe. Trotzdem wählten die Mädchen des Ortes, wenn sie mit ihnen unterwegs war, stets sie zur Schönsten. »Sie ist die Schönste«, sagten die ganzen anderen Mädchen immer.

Auch jetzt befand sie sich in einer Mädchengruppe, die zum ein ganzes Stück südlich der Ortschaft gelegenen Grasland unterwegs war, um Futter für die Kühe und Wasserbüffel zu sammeln. Die jüngeren Mädchen tratschten:

»Nein! Echt?«

»Wenn nicht, fress ich ne Kuh.«

Offenbar hatte vor ein paar Tagen jemand etwas zu jemandem gesagt, der wiederum etwas gesagt hatte. Sani schenkte solchem Geschwätz niemals Beachtung. Ihre Aufmerksamkeit wanderte stattdessen zu dem Pfad, der über die Kante des Flachlandes dorthin hinabtauchte, wo der Akala-Mai-Schrein lag. Es gab keinen heiligeren Ort als diesen gut versteckten Schrein, hatte sie gehört, wo die Gesegneten das Klingeln göttlicher Glöckchen hören konnten. Nur wahrhaft Gläubige konnten diese Glöckchen hören, und auch nur dann, wenn die Mutter mit ihnen zufrieden war.

Sani stieß ihre Freundin Gaumati an, die neben ihr ging. »Horchen wir, ob wir Akala-Mais Glöckchen hören.«

Gaumati war nicht von der frommen Sorte. »Keiner hört die wirklich«, sagte sie. »Am Schrein sind nicht mal Glöckchen. Das ist nur Altweibergeschwätz.«

»Ich hab das Gefühl, heute hören wir was.«

Gaumati sträubte sich Aber Sani war schon über einen Zaun gehüpft, der ein Stück Brachland begrenzte, und nach kurzem Zögern folgte sie ihr.

Der Schrein lag auf der anderen Seite einer ausgedehnten Fläche voller Gebüsch und Dornranken. Als sie die Mitte der Fläche erreicht hatten, blieb Gaumati stehen. »Gehört dieses Land nicht der Hexe?«

Sani blieb ebenfalls stehen. Das stimmte: Dieses Land gehörte der Hexe, die in der Ortschaft herumlief und dabei wie besessen vor sich hinbrabbelte.

Die Mädchen schauten einander an.

»Die frisst uns roh!«, kreischte Gaumati. Sie spurtete plötzlich los, zwischen Sträuchern und Büschen hindurch. Sani rannte in Panik hinter ihr her. Der Boden war rutschig, und sie verlor einen Schlappen, schaffte es aber trotzdem irgendwie weiterzurennen. Die beiden erreichten schließlich den verfallenen Schrein und brachen mit hochroten Köpfen und völlig außer Atem auf einem Flecken feuchten Grases zusammen.

Als der größte Schreck verflogen war, schauten sie wieder zum Hexengrund hinüber. Da war keiner. Eh, Akala-Mai! Die Hexe hatte sie gar nicht gesehen! Gaumati fing zu kichern an. »Wir sind fast gestorben«, keuchte sie. »Wir sind fast gestorben! Heute hat uns die Hexe fast gekriegt!«

»Die würde uns nicht umbringen.« Sani warf einen Blick zurück auf das Grundstück. »Und sie ist eine Verrückte, keine Hexe.« Sani zog ihren Kurta zurecht. »Still jetzt. Horchen wir nach den Glöckchen.«

»Fast hat sie uns roh gefressen!«

»Ts.«

Gaumati hörte endlich auf zu kichern, und die beiden spitzten die Ohren.

Aber das einzige Geräusch, das sie hörten, war ein Quatsch-Quatsch-Quatsch: das Geräusch von jemandem, der durch feuchtes Unterholz pirschte.

Gaumati kreischte: »Die Hexe!«, und sprang auf und rannte davon wie der Blitz.

Sani stürmte hinter ihr her, und vor lauter Verwirrung durchquerten die beiden Mädchen noch einmal den Hexengrund. Sie flogen über den Zaun, schlugen hart auf dem Hauptpfad auf – und merkten erst da, dass sie überhaupt nicht verfolgt worden waren.

Gaumati fing wieder zu kichern an: »Ich dachte, wir würden wieder sterben! Ich sags dir, ich dachte, wir würden noch mal sterben!«

Sani kicherte ebenfalls, vor schierer Erleichterung. Sie sah, dass sie sich den Fuß aufgerissen hatte. Dann bemerkte sie eine Bewegung auf der anderen Seite des Flachlandes. Eine schmächtige Schattengestalt, nichts als Knochen: ein Mann. Es war der Khadka-Junge.

»Gehn wir«, stieß sie hervor und stürzte davon, ohne auf Gaumati zu warten.

## 7

Als er beobachtete, dass die UML, die Kongresspartei und die RPP Wahlvorbereitungen trafen, streifte Khaireni Tars vormaligen Steuereintreiber, Krishnajünger, Ehegatten zweier Weiber, Vater von sieben Söhnen, Großvater von zweiundzwanzig Enkelsöhnen und Gründungsmitglied der Volkspartei, Jimmawal Sharma, der Gedanke, dass er herausfinden müsse, ob auch seine eigene Partei im Begriff sei, auf das moralische Schlachtfeld der Politik zu ziehen. Denn er besaß ein modernes Gebäude, das gerade fertiggestellt wurde … und an wen konnte er es besser vermieten als an die eigene Partei? Bis jetzt war es ein Fehler gewesen, sich dieser Verliererpartei anzuschließen. Er war erst dann beigetreten, als Giridhar ihm sein Wort gegeben hatte, dass die Partei ihre Mitglieder belohnen werde. Doch zu verschenken hatte sie nur nichtsnutzige Ideen und große-große Worte. Nun war da also dieser Neubau, der ihm gehörte – den konnte die Partei doch mieten, für drei-, vier-, vielleicht fünftausend Rupien im Monat. Endlich würde er Gewinn ernten. »Niskama karma«, murmelte Jimmawal-Baje und zitierte damit die innerste Lehre der Bhagavad-Gita: Handle ohne Ansehung der Folgen.

Als die Monsunregen nachzulassen begannen, verließ er sein Wohnhaus und den neunfach bestückten Kuhstall und machte sich auf den Weg zum Bazar, gleichwohl dieser mit entweihenden, nicht-hinduistischen Einflüssen verschmutzt war. Er selbst war ein frommer Mann, der einfache Baumwollkleidung trug, um seine Loslösung von der dinglichen Welt zum

Ausdruck zu bringen. Leise Mantras vor sich hinmurmelnd, schwirrte und manövrierte er mit flinken, munteren Schritten durch die Gassen und hielt Augen und Ohren dabei weit geöffnet.

Unter dem Bar-Pipal-Baum blieb er stehen und beobachtete das Gedränge der Leute vor den Parteigeschäftsstellen. So viele neue Gesichter. Er war überrascht.

»Da läuft der Kongresskandidat«, hörte er den Käsebällchen-und-Chips-Verkäufer zur musalmanischen Armreifenhändlerin sagen. »Der soll ein Neffe vom Kongresspremierminister sein.«

Jimmawal-Baje folgte dem Blick der Armreifenhändlerin und sah einen pummeligen Bahun, der an der Tür zur Geschäftsstelle der Kongresspartei stand.

Die Armreifenhändlerin sagte: »Alles Diebe, Baba. Diese Politiker sind alles Diebe.«

Der Bananenverkäufer sagte: »Der UML-Kandidat ist ein Magar-Junge, irgendwas Ale. Ein Junge von dreißig, fünfunddreißig Jahren.«

»Baje«, wandte sich der Käsebällchen-und-Chips-Verkäufer an Jimmawal-Baje. »Stimmt es, dass Giridhar Adhikari für Eure Partei kandidiert?«

»Ja nein«, erwiderte Jimmawal-Baje und drehte sich schnell weg. Er wedelte unbestimmt mit den Händen. »Die Partei hat noch keine Entscheidung getroffen.«

Als er anschließend an Shankars Getreideladen vorbeiging, fragte der Blinde: »Stimmt es, dass der Kinoheld Nayan Raj für Eure Partei kandidiert?«

»Die Partei befindet sich noch im Diskussionsprozess«, erwiderte Jimmawal-Baje schroff und ging weiter. Die Lage war kritisch, das erkannte er. Er musste seinen Neubau an die Partei vermieten – sofort! Er hatte noch keine Scheiben in den Fenstern, aber in einer Woche oder zehn Tagen konnte er fertig sein. Wo sollte die Partei besser geeignete Geschäftsräume finden? Ein solider Bau, aus Zement, mit vier großen Räumen, ja sogar einer Innentoilette – mit Kachelsplitter-Fußboden! Und er lag ganz in der Nähe von Nayan Rajs Vaterhaus, in dem diese Witwe einen Teeladen betrieb. Gott Krishna, betete er – drei-, vier-, vielleicht fünftausend im Monat!

Ohne auch nur einen Moment lang nachzudenken, machte er sich schleunigst auf den Weg in die nördlichen Hügel, um dem Vorsitzenden seiner Partei einen Besuch abzustatten. Im Nu hatte er Giridhars Haus erreicht. Aber zu seiner Enttäuschung war kein Mann zu Hause. »Mein Mann ist unterwegs«, sagte Giridhars Frau mit schuldbewusster, verlogener Stimme. »Er ist ausgegangen, um Freunde zu besuchen.«

»Um welche Freunde zu besuchen?«, fragte Jimmawal-Baje in scharfem Ton.

Sie wandte das Gesicht ab.

Um sich in einer Spelunke zu betrinken, das war es wohl eher. Da es ihm seinerseits widerstrebte, die dunklen, heruntergekommenen Viertel der Ortschaft abzusuchen, in denen gefallene Männer wie Giridhar verkehrten, beschloss Jimmawal-Baje, dessen Rückkehr abzuwarten. Laksmi schien sich über seine Entscheidung nicht zu freuen, aber sie ergab sich darein: »Ich bringe Tee.«

»Nein!« Ihn schauderte bei der Vorstellung, Nahrung aus den Händen anderer Frauen als seiner beiden Eheweiber anzunehmen. Es war durchaus möglich, dass diese Frau gerade menstruierte. Heutzutage hielten sich nicht alle Frauen an die strikte Trennung. »Ich nehme niemals Nahrung zu mir, die nicht in meiner eigenen Küche zubereitet wurde. Kein Tee für mich.«

Giridhars Frau zog sich ins Haus zurück.

Jimmawal-Baje ging zu einem Spalier Limabohnen, pflückte eine Schote ab und fing an, darauf herumzukauen. Kurz darauf wurde er durch ein Kreischen aufgeschreckt. Giridhars zwei Söhne waren aus dem Haus gelaufen und schlugen mit Schulbüchern aufeinander ein. »Ts, ts, ts«, schnalzte Jimmawal-Baje. »Ihr führt euch auf, wild wie die Bären!« Die Jungen ignorierten ihn und versuchten, sich gegenseitig an den Haaren zu ziehen. Jimmawal-Baje wandte sich angewidert ab und war dankbar für die eigenen Söhne und Enkelsöhne: Jeder von ihnen konnte lange Abschnitte der Puranas aus dem Gedächtnis aufsagen.

Doch wo steckte dieser Trunkenbold Giridhar? Jimmawal-Baje wartete und seufzte; er seufzte, er wartete. Als die Sonne in der Mitte des Himmels angekommen war, beschloss er zu gehen. Aber als er den Hügel wieder hinabstieg und dabei Giridhar verfluchte, bemerkte er zwei Gestalten, die hinter dem Haus standen. Der British Gurkha Om Gurung im Gespräch mit Giridhars altem Vater.

Jimmawal-Baje lief schreiend auf sie zu: »Wenn ich das gewusst hätte!«, rief er. »Stundenlang habe ich am Haus gewartet! Wenn ich nur gewusst hätte, dass Ihr hier seid!«

Giridhars Vater lächelte verlegen. Om Gurung schlurfte ein paar Schritte zur Seite. Er trug eine dieser schillernd-glatten Nylonregenjacken, für die man mindestens einen Tausender bezahlte. Jimmawal-Baje ließ sich nicht davon irreführen, dass Om Gurungs Schule fast pleite war: Bei der großzügigen Pension, die er aus dem Ausland bekam, schwamm der Mann förmlich im Geld und wurde dabei so fett wie ein Fünfjähriger, der immer noch Muttermilch saugte.

»Ich hatte mit Giridhar-Bhai eine dringende Angelegenheit zu besprechen«, sagte Jimmawal-Baje. »Eine wichtige Parteiangelegenheit.«

»Eh.« Dem redseligen Gurung schienen heute die Worte zu fehlen. »Ihr habt Nachricht aus Kathmandu bekommen?«

»Nein, nein.« Jimmawal-Baje gestikulierte in Richtung Osten. »Wer weiß schon, was unsere Führer in der Hauptstadt vorhaben … aber unterdessen hatte ich einen Einfall. Und mein Einfall ist Folgendes.« Er senkte die Stimme. »Wir müssen eine Geschäftsstelle eröffnen.« Ohne Oms Einwände zuzulassen, legte er daraufhin dar, dass sich jedermann frage, was die Volkspartei vorhabe: Stelle sie einen Kandidaten zu Wahl, und wenn, dann wen? »Solche Dinge können nur unsere Führer in Kathmandu entscheiden«, sagte er. »Aber in der Zwischenzeit müssen wir den Eindruck vermitteln, als würden wir aufs Schlachtfeld ziehen. Wir müssen Aufsehen erregen. Wir müssen eine Geschäftsstelle eröffnen.« Er warf ihnen ein Lächeln zu. »Und mein Neubau hat große Südfenster, so neu, so modern, mit weißem Anstrich, und was das Beste ist, mit einer Innentoilette mit Kachelsplitter-Fußboden. Und da ich ein Mitglied der Partei bin, wird sich die Miete in einem angemessenen Rahmen bewegen.«

Giridhars Vater bummelte davon. Om richtete den Blick zum Himmel.

»Wir brauchen eine Geschäftsstelle.« Jimmawal-Baje stach den Finger gegen Oms Brust. »Spräche ich mit unserem Giridhar-Bhai, würde er mir sagen, das machen wir so.«

Om seufzte.

Irgendetwas Außerordentliches ging hier vor. Die beiden Männer benahmen sich, als sollte Jimmawal-Baje gar nicht hier sein. »Tatsache ist, ich mache mir Sorgen«, sagte Jimmawal-Baje und schob sich noch näher an Om heran. »Unser Giridhar-Bhai ist ein schwerbeschäftigter Mann, das weiß ich … und ich kritisiere ihn auch gar nicht. Aber wo steckt er? In diesen Zeiten nationaler Verunsicherung sollten wir Parteimitglieder unter seiner Führung vereint sein … doch stattdessen sind wir zerstreut wie Laub im Sturmwind.«

Om trat nervös von einem Fuß auf den anderen. »Er ist krank«, sagte er schließlich. »Giridhar-Dai hat eine Erkältung.«

Jimmawal-Baje horchte auf. »Er ist zu Hause? Aber seine Frau sagte, er sei ausgegangen.«

»Es ist eine schlimme Erkältung.«

»Ich weiß genau das richtige Heilmittel!« Jimmawal-Baje

ging auf das Haus zu. »Eine Prise Gelbwurz und Salz in heißem Wasser – das reinigt den Organismus wie nur was.«

Aber Om versperrte ihm den Weg.

»Untätigkeit fördert die Schleimbildung«, beharrte Jimmawal-Baje. »Ein Mann wie unser Giridhar-Bhai, der, wie Ihr auch, zu Körperfülle neigt … der sollte an der frischen Luft spazieren gehen, um der Ansammlung von Schleim entgegenzuwirken.«

Doch der Gurung schien es darauf abgesehen zu haben, ihn vom Haus fernzuhalten. Er stellte sich direkt vor Jimmawal-Baje auf und sagte: »Alles, was Ihr wollt, ist, eine Parteigeschäftsstelle eröffnen, ja? Macht das. Ich mache das mit Giridhar-Dai klar.«

Jimmawal-Baje trat einen Schritt zurück. Ho ja. »Ich hänge sofort ein Schild an die Tür«, stimmte er zu. »Die Volkspartei Nepals, soll darauf stehen. In großen-großen Buchstaben, die jeder schon vom Bar-Pipal-Baum aus sehen kann.« Dann zögerte er. »Aber die Miete … So viele Söhne und Enkelsöhne habe ich zu ernähren. Ein armer Bahun, wie ich es bin. Meine Kühe, mit ihren geblähten Bäuchen … und der Preis, den das Landwirtschaftsamt für das Kolikmittel nimmt! Ich frage mich, ob die Miete wohl angemessen sein wird …«

»Ich bin sicher, dass die Miete angemessen sein wird.«

Jimmawal-Baje war entzückt. Gurung-Magars, das wusste er, standen zu ihrem Wort. Was für treue Soldaten sie doch abgaben. Er warf Giridhars Haus einen letzten Blick zu. »La ta, also in Ordnung«, sagte er, und dann hoppelte er durch die Reisfelder bergab.

Am Stadtrand schlüpfte er in eine Seitengasse, um einer großen Pfütze beim Fernmeldeamt auszuweichen. Gegenüber dem Gasseneingang bemerkte er Nayan Rajs verwitwete Schwägerin in ihrem Hinterhof. Sie würde eine wichtige Frau werden, falls ihr Kinoheldenschwager zurückkehrte! Es wäre klug, sie zu grüßen. Die Witwe stand in der strohgedeckten

Laube und schaute ihn unverwandt an. Ihn schauderte. Ihr Blick hatte etwas Unnatürliches. Er hob eine Hand, um ihr zuzuwinken, rutschte jedoch aus und musste um das Gleichgewicht ringen. Die Gasse roch kräftig nach Mist. Als er sich erneut nach Binita umsah, schaute sie ihn immer noch an. Eine Hexe, die ihrem Mann das Blut aussaugte, bis er tot war!

Huren und Säufer überall in diesen finsteren Zeiten des Kaliyuga. Jimmawal-Baje gab es auf, Binita grüßen zu wollen, und eilte nach Hause. »Mütter meiner Söhne!«, rief er und stürmte an seinem Kuhstall vorbei. »Die Partei wird unseren Neubau mieten.«

Das Haus war eigentümlich still an diesem Abend, als Giridhar erwachte und sich nach Wochen in Dunst und Nebel wieder bei klarem Bewusstsein fand. Er musste wieder Halt finden, dachte er. Er musste seinen Körper in die Welt stellen und ihm Gründe finden, sich zu bewegen. Er musste aufhören, sich mit Schnaps zu vergiften. Das war es, was er zu tun hatte.

Er hob einen Bleistift auf. Es verging geraume Zeit, bevor er wusste, was er damit anfangen wollte. Mühsam ging er durch, was er von seinem Heimatdistrikt wusste, und zeichnete auf einem Stück Papier aus dem Gedächtnis eine grobe Karte, indem er sich selbst die Namen sämtlicher Dörfer aufsagte – die ihm zugleich vertraut und völlig unbekannt erschienen. Majhkot, Arunodaya, Gajarkot, Sundhara. Schwarze Striche führten von Dorf zu Dorf. Mithilfe dieser Karte musste er in die Welt hineingehen, die Leute mussten ihm Platz machen. Dann verließ ihn alle Kraft, und der Schlaf übermannte ihn. Er träumte von den pensionierten Armeeleuten, die früher bei der Bank Schecks einzulösen pflegten, von Eltern, die das Geld einzahlten, das ihnen ihre Söhne aus dem Ausland geschickt hatten. Er wachte mitten in der Nacht auf, sah Gesichter in seinem Kopf und erinnerte sich an Gefallen, die er anderen Leuten erwiesen hatte. Am nächsten Tag machte er sich Notizen zu diesen Leuten. Sie waren aus Kihun, Chhang, Bhanumati, Bhimad. Mit punktierten Linien trug er jedes einzelne Dorfentwicklungskomitee auf seiner Karte ein und vermerkte den Namen in englischen Großbuchstaben. In die Mitte von Nepal schrieb er: TANAHUN DISTRICT. Seine Hand zitterte unter dem Gewicht des Bleistifts.

Wiederum schlief er ein, völlig ausgelaugt. Ein paar Stunden später wachte er auf. Er drehte sich im Bett um und spürte die Karte an der Wange. Er setzt sich auf, studierte sie. Tanahun District. Dessen dritter Wahlkreis hatte fünfzehn Dorfentwicklungskomitees mit einer Gesamtzahl von fünfundsechzigtausend Stimmberechtigten. Bei einer Wahlbeteiligung von sechzig Prozent machte das achtunddreißigtausend Wähler. In einem Kopf-an-Kopf-Rennen zwischen drei Parteien würde jede Partei, die fünfzehntausend Wähler für sich gewann, damit auch die Wahl gewinnen. Giridhar trug Khaireni Tar in die Karte ein. Matt schimmerte ihm der Gedanke auf, dass Kathmandu eine achtstündige Busfahrt entfernt sei.

Als er sein Zimmer nun nach zwei Wochen der Abgeschiedenheit verließ, sah er aus wie ein Wrack, die Kleider zerrauft und verdreht. Er konnte die Füße nicht spüren, aber er wusste, dass sie sich bewegten, weil die Wände an ihm vorbeiwankten. Er streckte die Hände nach der Flurwand aus. Er versuchte, nach seiner Frau zu rufen, aber die Stimme trocknete ihm in der Kehle ein. Er hörte ein Gläserklirren aus der Küche. Er schaffte es bis zur Tür und sah sie dort. »Baden«, sagte er heiser.

Laksmi blinzelte und blinzelte noch einmal. Ohne ein Wort zu sagen, langte sie nach einem Eimer. Sie war im Begriff, an Giridhar vorbeizugehen, als er eine Hand nach ihr ausstreckte, um sie ihr auf den Nacken zu legen. Sie zuckte vor Schreck zusammen. Da wusste Giridhar, dass er ihr wieder wehgetan hatte; er tat ihr jedes Mal weh. Er war ihr elendes Schicksal. Er schob sich näher an sie heran, suchte Halt. Sie entspannte sich und schob zaghaft die Schultern unter seine Arme. Ihre

Schritte führten die seinen, als sie durch den Flur zum Wasserhahn hinter dem Haus gingen.

Draußen blendete ihn das Tageslicht. Er fügte sich in die Handgriffe seiner Frau, die ihn hinsetzte und ihm das Hemd, dann die Hosen und schließlich die braune, schmutzige Unterwäsche auszog. Sie füllte Wasser in den Eimer und nahm Seife in die Hand. Als sie ihm den Rücken einseifte, fühlte sich die Berührung leicht und kindlich an. Ihre Finger glitten in die Wärme seiner Achselhöhlen, über die breite Wölbung seiner Hüften. »Macht die Augen zu.« Sie goss ihm Wasser über das Gesicht. »Hebt den Arm.« Mit sanftem Drängen brachte sie ihn dazu, ihr zu gehorchen. Sie hatte das schon manches Mal getan – hatte ihn aus seinem Zimmer geführt und ihn auf die Welt vorbereitet. Ihre Hände spendeten weder Vergebung, noch verweigerten sie diese. Seine Frau sagte nichts. Sie fasste ihn einfach an, wusch ihn, kannte ihn.

An diesem Morgen ließ Giridhar zu, dass Laksmi das Zimmer aufräumte, und dann sperrte er sich darin ein und blieb den Rest des Tages im Bett. Er gab vor zu schlafen, als er Stimmen vor seiner Tür hörte. Om. Om bedrängte ihn mit seiner Erwartungshaltung. Im weiteren Verlauf des Nachmittages vertiefte sich Giridhar in die Karte, die er von seinem Distrikt gezeichnet hatte. Sein Körper die Karte, sein Fleisch das Papier. Seine Runzeln die Striche. Der Mensch verdiente eine Chance. Majhkot, Arunodaya, Gajarkot, Sundhara. Kuhun, Chhang, Bhanumati, Bhimad … Er würde nach Kathmandu gehen und die Partei um die Kandidatur bitten.

Am Abend packte er eine Wechselgarnitur Hemden in eine Plastiktüte, dann schlüpfte er aus dem Haus. Sein Vater und seine Frau sagten kein Wort, als er ging. Seine Söhne, die sich in der Vorlaube zankten, hielten inne und schauten zu ihm auf. Sie wollten einen Mann sehen, den sie bewundern konnten. Giridhar war froh, dass er seine besten Kleider angezogen hatte: schwarze Hosen, ein Hemd, ein Jackett. An den Füßen trug er sein gutes Paar Lederschuhe. Mit Mühe brachte er ein Lächeln zustande. »Ich bringe euch Kekse aus der Stadt mit«, sagte er. Seine Stimme klang unaufrichtig. Dann ließ er eine Taschenlampe vor sich herleuchten und stahl sich in die Nacht davon, wie ein Dieb.

Die Reisfelder hatten im Mondschein eine graublaue Farbe. Der Strahl der Taschenlampe pendelte über den Pfad. Khaireni Tar lag erleuchtet unter ihm, warme, gelbe Fenster in der Dunkelheit. Ein Lichtschein glitt die Fernstraße entlang. Der Nachtbus fuhr ein. Er würde eine halbe Stunde lang unter dem Bar-Pipal-Baum halten, bevor er sich auf den Weg nach Osten, nach Kathmandu machte.

Giridhar hielt die Taschenlampe auf den Boden gerichtet und beleuchtete Matsch, zerrissene Plastikverpackungen, Zweige und abgeworfenes Laub, ein kaputtes Rohr aus verzinktem Eisen, Zigarettenstummel. Am Fuß des Hügels angelangt blieb er stehen, denn er war müde. Seine Lampe warf Licht auf eine Wasserlache, die sich vor ihm ausbreitete, eine Pfütze, die so groß war, dass sie ihm den Weg versperrte. Es gab eine schmale Gasse neben dem Fernmeldeamt. Giridhar kannte die Gassen dieser Ortschaft in- und auswendig. Er wusste, dass er in dieser Gasse niemandem begegnen würde. Er wollte mit niemandem reden, seinen Wunschtraum vor niemandem rechtfertigen. Weit entfernt hörte er die Radios in Khaireni Tars Nachtspelunken. Diese Geräusche von Leuten, die mit ihrem Leben vorankamen, waren ihm eine Qual.

Als er in den Bus kletterte, fühlte er sich endlich frei.

lücken –.

## 8

Kathmandu. Tag um Tag verbummelte Lebenszeit. Tag um Tag, als hätten sie irgendeine Ordnung. Rishi folgte einer festen Routine, aber es war eine Routine, der das Ziel fehlte. Jeden Tag ging er durch die verwinkelten Gassen der Stadt bis zum Haus eines Schülers. Dort sah er die Schulaufgaben des Schülers nach, korrigierte sie und wies dem Jungen die Lehrbuchseiten an, die er genauer durcharbeiten sollte. Die Mutter des Schülers brachte ihm Tee. Manchmal brachte sie ihm auch zwei Scheiben Brot. An den meisten Tagen brachte sie keine. Rishi ertrug den Hunger und beobachtete, wie sich der Junge abquälte, einfache Tatsachen zu verstehen. Im Hintergrund konnte er die Familienangehörigen in den inneren Räumen hören, wohin er noch niemals vorgelassen worden war. Ein Schaben. Knarzgeräusche. Schlurfende Schritte auf dem Linoleumfußboden. Die unbefangenen, rhythmischen Geräusche von Körpern, die sich zu Hause fühlten.

Im Anschluss ging Rishi zum Haus eines weiteren Schülers, der mehr Geld hatte, und danach zu einem dritten. Bei beiden Familien bekam er einen Imbiss. Nach Feierabend machte er an einem Verkaufsstand auf dem Gehsteig halt, um in den Zeitungen zu lesen, und am Ende des Tages führte ihn sein Weg durch die neonerleuchtete Stadt zum Hotel Tanahun. Das war sein Tag. Das war sein Treiben.

Das Hotel Tanahun, ein Speiselokal am Straßenrand, gehörte einem Ehepaar, das aus Rishis Heimatdistrikt zugewandert war. Auch viele von den Gästen stammten dorther, aber Rishi kannte sie nicht. Er saß abseits in einer Ecke und beobachtete die anderen durch die Dampfschwaden, die aus seinem Tee aufstiegen: Männer, die den Teller für einen Nachschlag hinhielten, für eine zweite Portion sauren Reis mit fadem und, um dies zu verbergen, versalzenem Gemüse. Er belauschte die Gespräche der anderen. »Ich arbeite als Lakai in einer Fabrik.« »Ich bin Fahrer bei einem Hotel.« Ganze Lebensgeschichten, zu kurzen Sätzen zusammengedrängt. »Ich besorge Visa für Jungs, die nach Korea wollen.« »Ich hab nen Hof im Distrikt.« Manche Sätze waren länger: »Ich hab zu wenig gewogen, um für die Armee infrage zu kommen, aber nächstes Jahr probier ichs noch mal.« Alle diese anderen, die zu wissen glaubten, wer sie seien.

Er selbst hatte keine Lust, Auskünfte darüber zu geben, was er in der Stadt so mache. Er hatte nicht mehr das Gefühl, das wissen zu müssen. Wenn ihn jemand danach fragte, sagte er, er sei Nachhilfelehrer für Geschichte. »Lehrer an einer Schule?« Nein, ein privater Nachhilfelehrer. »Eh.« Die Leute gingen davon aus, dass er nur die Übergangszeit zwischen zwei Anstellungen überbrücke, bis er eine dauerhaftere Stellung fand. Die Wahrheit löste bei ihnen Beklommenheit aus: Er hatte die Verbindung zu seiner Familie abgebrochen, und in der Stadt hatte er keine Freunde. Er hatte keine Beziehungen, und es gelang ihm nicht, eine Anstellung zu finden. Seit er den Studentenverband der UML verlassen hatte, fehlten ihm die politischen Gönner, die ihm den Weg hätten ebnen können. Er arbeitete jetzt schon fünf Jahre als Nachhilfelehrer, und dieses Leben führte zu nichts.

Manchmal log Rishi auch. »Ich arbeite als Lehrer an einer Schule hier«, sagte er dann. Wenn ihn die Leute fragten, warum er immer noch nicht verheiratet sei, sagte er: »Ich bin schon verlobt.« Und das war er auch einmal gewesen. Aber jetzt konnte er sich nicht vorstellen, eine Familie zu gründen, bei dem Hungerlohn, den er verdiente. Wurde er hartnäckig nach weiteren Einzelheiten gefragt, spann er die Lüge weiter aus. »Meine Familie hat einen Bahun-Namen angenommen, aber wir gehören eigentlich zu den niederen Kasten«, sagte er manchmal und empfand ein herbes Vergnügen, wenn die Leute vor ihm zurückschreckten. Beiläufig manövrierte er sich hinter die kahlen, hohen Mauern und in die kalten Winkel des Platzes, der ihm als Ausgestoßenem zukam. »Um genau zu sein, mein Vater ist in einem Erdrutsch umgekommen«, sagte er bei diesen Gelegenheiten. »Meine Mutter hat sich dann mit einem anderen Mann eingelassen, und der heißt Parajuli.« Warum nicht? In der Stadt konnte er Identitäten abstreifen oder sie überwerfen wie einen Umhang, der seine wahre Gestalt verhüllte. Das war die Bewegungsfreiheit, die er gesucht hatte, als er sich vor Jahren entschied, seine Heimat zu verlassen.

Nachts auf dem Rückweg zu seinem Fremdenheim an der New Road saugten Rishis Augen die Eindrücke auf. Ein Mann mit Seilen um den Oberkörper: ein Träger, der auf Arbeit wartete. Ein Kind, das in einem Gasthaus das Geschirr spülte. Drei Männer, die sich in der Gurungsprache unterhielten. Er blieb stehen und sah zu, wie sich der Fahrer einer Motorrikscha mit einem Kunden stritt. Er beobachtete einen Mann, der einen Luftpostbrief lesend aus dem Hause trat. Er ahmte die Handgebärden einer Jugendlichen nach und verwandelte seine Bewegungen dem schaukelnden Gang eines Ausländers an. Unbemerkt in den Lücken der nepalischen Geschichte zu leben, hieß eben dies: unkenntlich zu werden, unerkennbar für andere und für sich selbst.

Doch hin und wieder überwältigte Rishi die Einsicht, wie hart sein Leben war, wie aussichtslos und ungnädig. An solchen Tagen zerrten unhaltbare Wünsche an ihm. Anders als seine

Collegefreunde wollte er nicht nach Osaka gehen, um als Tellerwäscher, oder nach Kuwait, um als Gärtner zu arbeiten. Er wollte gar keine Riesenmengen Geld verdienen. Was er wollte, war ein bescheidenes Leben, das es ihm erlaubte, die Gedanken fliegen zu lassen. Gelegentlich dachte er daran, nach Khaireni Tar zurückzukehren und dort als Schullehrer zu arbeiten. Aber was wäre damit gewonnen? Heimat. Die Anschuldigungen seines Vaters und die Vorwürfe seiner Mutter. Die zähe Sittenfestigkeit der Dorfgesellschaft –. Er konnte nicht zurück. Er konnte weder einen Schritt zurück machen, noch einen Satz nach vorne. Er konnte sich nur noch verlieren.

Um ganz in seinem Vagabundenleben aufzugehen, hatte Rishi der Stadt Kathmandu eine Wegkarte aufgeprägt, auf der ein dauerhafter Pfad von seinem Fremdenheim zum Hotel Tanahun führte. Die unbeständige Gemeinschaft der Lokalbesucher – Dorfleute, die in Kathmandu etwas zu erledigen hatten – war seine einzige Verbindung zur Heimat. Manchmal kannte er die Gäste sogar – Familienbekanntschaften, Freunde aus seiner Kindheit, Ladenbesitzer, bei denen er Reis und Linsen eingekauft hatte, vor langer Zeit, auf Khaireni Tars Bazar. Doch er hielt sich abseits. Eines Abends erspähte er seinen alten Schulmeister aus Khaireni Tar und drehte sich weg, um ihm auszuweichen. Am nächsten Abend war der Schulmeister wieder im Lokal, umgeben von einer Gruppe anderer Männer. Am darauffolgenden Abend blieb Rishi dem Lokal fern. Als er am nächsten Tag wieder hinging, traf er dort den Schulmeister an, der mit jemand anderem zusammensaß. Es schien, als habe er seinen Platz nie verlassen.

Rishi nahm seinen Platz in der Ecke des Lokals ein, wo er mit dem Gesicht zu seinem früheren Oberschullehrer saß. Der Schulmeister war jetzt wahrscheinlich über sechzig, und er wirkte hart und vom Alter angegriffen. Das silbergraue Haar war ungekämmt, und den Mann, mit dem er sich unterhielt, fixierte er mit zusammengekniffenen Augen. Er strahlte die gleiche Lässigkeit aus, die Rishi schon als Jungen beeindruckt hatte, wirkte abgehärtet wie ein Mann, der eine Katastrophe unversehrt überlebt hatte. Von ihm war Rishi überzeugt worden, der UML beizutreten. Der Schulmeister blickte auf, ließ den Blick durch den Raum gleiten, schien Rishi nicht zu erkennen und sah wieder den Mann an, mit dem er zusammensaß.

Rishi senkte den Kopf und lauschte dem Klappern der blechernen Teller und Löffel und den entfernten Klagelauten des Radiogesangs. Ein Moskito surrte um eine Glühbirne. Der Mann, der mit dem Schulmeister zusammensaß, sprach über die Wahl. Diesmal musste die UML eine Mehrheit erringen. Die Wirtin setzte einen Teller voll Reis und Dal vor Rishi ab. Ein paar Männer, die an der Tür saßen, brachen in schallendes Gelächter aus. Der Schulmeister kam auf den dritten Wahlkreis des Tanahun-Distriktes zu sprechen. Rishi beugte sich vor, um zu hören, was er sagte. »Mit der Volkspartei wird daraus eine Dreierkonkurrenz.«

»Sie werden Stimmen vom Kongress abziehen.«

»Wir brauchen sechzehntausend.«

»Wenn sie drei-, viertausend Stimmen abzögen …«

Die Worte des Schulmeisters waren ein Rascheln am Grunde des Stadtgetöses, und Rishi dachte an die spätabendlichen Treffen in einem dunklen Zimmer in Khaireni Tar zurück, an Reden über den Bolschewismus, gehalten von dieser Stimme, die eindringlich und zugleich verhalten war. Er dachte an einen fernen, blauen Mond zurück, an den nächtlichen Disput der Grillen und an die trappelnden Schritte des Schulmeisters hinter sich auf dem Pfad.

Der Schulmeister schaute im Verlauf dieses Abends mehrmals auf, aber sein Blick glitt jedes Mal über Rishi hinweg; und der wunderte sich über die Anspannung in seinem Rücken, über die Enttäuschung, dass er nicht erkannt wurde. Als er mit dem Essen fertig war, verließ er das Lokal mit einem Gefühl der Leere im Bauch. Draußen regnete es. Die Stadt flackerte hinter einem leuchtenden Vorhang aus gespiegeltem Neonlicht. Sie erschien unwirklich. Rishi gab sich den wehmütigen Erinnerungen hin, die in ihm aufstiegen. Er war ein Junge, den der warme Regen des Hügellandes streichelte. Der barfuß herumrannte und die Kiesel spürte, die sich ihm in die Zehen bohrten. Schwalben huschten über ihm vorbei. Ringelblumen wuchsen in dichten Teppichen am Pfad. Er kam an einen Hang. Er stolperte auf einer Steintreppe, seine Hosen waren zerrissen. Steile Hänge. Er schlitterte nach Hause.

Am nächsten Abend ging Rishi zum Schulmeister und stellte sich vor. Kaum dass die Augen des Schulmeisters sich sicher geworden waren, ihn wiederzuerkennen, stieß ein weiterer Mann zu ihnen. Bevor er sich abwandte, sagte der Schulmeister: »Ich dachte mir, dass Ihr es seid.« Er rutschte ein Stück, um ihm auf der Bank Platz zu machen, und wandte sich dann dem anderen Mann zu. Es schien, als setzten sie eine früher begonnene Unterhaltung fort, bei der es um den Landwirtschaftsminister ging.

Rishi machte es sich auf seinem Sitzplatz bequem. Die Bank war warm vom Körper des Schulmeisters. Obwohl die Unterhaltung nichts mit ihm zu tun hatte, fühlte er sich durch den Schulmeister einbezogen, dessen Schulter die seine berührte. Diese Berührung enthielt eine Einwilligung. Rishi fühlte die Stimme des älteren Mannes als Schwingung an seinem Arm. Der Landwirtschaftsminister sei zu beobachten, sagte der Schulmeister. Wer komme aus seinem Haus, wer gehe hinein: Es könne sich als nützlich erweisen, das zu wissen.

Der andere Mann schaute unruhig zu Rishi hin.

»Wir können frei sprechen«, versicherte ihm der Schulmeister. »Dieser Genosse ist ein ehemaliger Schüler von mir. Während des Aufstands gehörte er zu uns. Er ist einer von denen, die während der Demokratiebewegung ins Gefängnis kamen, stimmts?«

»Das stimmt.«

Rishi begann, sich wohlzufühlen, und hörte den beiden dabei zu, wie sie Enthüllungspläne schmiedeten. Die Wirtin brachte drei Teller voll Essen, und sie aßen schweigend. Danach, als der andere Mann gegangen war, wandte sich der Schulmeister wie beiläufig an Rishi. Er stellte keine Fragen über Rishis derzeitiges Leben, sondern erkundigte sich stattdessen nach seinen Eltern, als wisse er nicht, dass Rishi in all diesen Jahren weder seinem Heimatdorf, ja noch nicht einmal Khaireni Tar einen Besuch abgestattet hatte. Rishi beantwortete die Fragen, so gut er konnte: »Sie sind wahrscheinlich bei guter Gesundheit.«

»Alte Leute auf dem Dorf, die werden krank«, murmelte der Schulmeister unbestimmt. Er hielt nicht an diesem Thema fest. »Die Schüler von Khaireni Tar sind immer noch berühmt für ihre politische Entschlossenheit«, sagte er, und seine Stimme raschelte altvertraut. »Die Kundgebung, die sie am vergangenen Ersten Mai organisiert haben, war die größte im ganzen Tanahun-Distrikt.«

Bei solchen Erzählungen tauchte Rishi wieder in die Vergangenheit ein – er erinnerte sich, wie er von zu Hause ausgebüchst war, um hitzige Nächte beim Schulmeister zu verbringen, mit seinen Reden über Marx, Engels, Lenin, Mao und die Revolutionen der Arbeiter und Bauern. Die Spaltung zwischen der Sowjetunion und China, die Auswirkungen auf ein Land wie Nepal. Jetzt sprach der Schulmeister über die Politik auf Distriktebene, und wie die Leute in den vergangenen paar Jahren unter einem Parlamentsabgeordneten aus den Reihen der Kongresspartei gelitten hatten. Rishi erinnerte sich daran, wie er auf einer Matte im Zimmer des Schulmeisters eingeschlafen war. »Und jetzt diese Wahl«, sagte der Schulmeister. »Dieses Mal werden wir mit Sicherheit eine Mehrheit gewinnen. Die erste demokratisch gewählte kommunistische Mehrheitsregierung. Wir gewinnen mit Sicherheit.«

Rishi erzählte dem Schulmeister nicht, dass er schon vor Langem aufgehört hatte, Parteimitgliedschaftsbeiträge zu zahlen. »Das hab ich auch gehört«, stimmte er zu. »Diesmal könnte die UML eine Mehrheitsregierung bilden.«

Wenn er an den folgenden Abenden im Hotel Tanahun eintraf, suchten Rishis Augen den Speisesaal nach dem silbergrauen Haar des Schulmeisters ab, das im Schein der nackten Glühbirne erglänzte. Normalerweise war er von einer Gruppe anderer Männer umringt. Trotzdem nickte der Schulmeister Rishi zu und lud ihn ein, sich zu ihm zu setzen, während er seine Worte an die anderen Männer richtete. Sie sprachen über die Wahl in Tanahun. Bei der letzten Wahl war die UML nur um zweitausend Stimmen unterlegen gewesen. »Was wir tun müssen«, sagte der Schulmeister, »ist, dafür zu sorgen, dass der Kinoheld Nayan Raj Dahal für die Volkspartei kandidiert. Diese Partei kann vielleicht drei-, viertausend Stimmen vom Kongress abziehen. Damit wird sie uns zum Sieg verhelfen.«

Die anderen Männer, die ebenfalls aus dem Distrikt stammten, erörterten die Vorteile dieser Strategie: »Jeder Sitz ist entscheidend« »Eine Dreierkonkurrenz wird es dem Kongress schwer machen« »Alles, was wir tun müssen, ist zu verhindern, dass die Volkspartei in unsere Hochburgen eindringt.«

Rishi empfand es als Privileg, in solche Gespräche miteinbezogen zu werden, Ohrenzeuge der ersten unvollkommenen Entwürfe der Geschichte zu werden, die sie schreiben würden. Wie jeder, der sich auf dem Laufenden hielt, wusste er über Nayan Raj Bescheid, der der Volkspartei beigetreten war, als seine Leinwandkarriere ins Stocken geriet. In seinem letzten Film hatte er einen Revolutionär gespielt, und als er in die Politik ging, hatten die Leute ihn dafür ausgelacht, dass er jetzt auch im wahren Leben ein Revolutionär sein wolle. Aber in jüngster Zeit waren er und seine Partei zu Glaubwürdigkeit gekommen. Bei der letzten Wahl hatte die Volkspartei die Zweifler überrascht, denn es war ihr gelungen, zwei Parlamentssitze zu erringen.

Die UML-Aktivisten in dem Lokal formulierten nach und nach einen Plan. Jeden Tag würde einer von ihnen ein paar Leute aus Tanahun bei Nayan Raj vorbeischicken, die ihm ihre Unterstützung aussprechen und ihn zur Kandidatur drängen sollten. So würde der Anschein entstehen, der Schauspieler besitze einen breiten Rückhalt bei der Basis. Demokrat, der er war, würde Nayan Raj sich dem Wunsch des Volkes beugen. Er würde kandidieren, er würde Stimmen von der Kongresspartei abziehen – und mithelfen, die UML zum Sieger zu machen.

Als die Männer auseinandergingen, blieb der Schulmeister noch eine Weile in unbefangenem Schweigen bei Rishi sitzen. Er klopfte seinem ehemaligen Schüler auf die Schulter, dann ging auch er. Rishi fiel auf, dass er ihn mit keinem Wort gebeten hatte, ihnen bei der Ausführung des Planes behilflich zu sein, und er bereute es schmerzlich, die Partei jemals verlassen zu haben. Einsam ging er durch die kalte, feuchte Nacht nach Hause. Danach kehrte er Tag um Tag etwas früher ins Hotel Tanahun zurück, wo er den Gesprächen der anderen lauschte, bis der Schulmeister eintraf.

## 9

Als auf dem Busbahnhof in Kathmandus Norden ein Regenguss eingesetzt hatte, war Giridhar unter eine Überdachung geflüchtet. Beim Zerplatzen auf dem Zementboden blinkten die Tropfen auf wie glatte Silbermünzen. Die Luft war kühl. In den Händen hielt Giridhar eine Plastiktüte mit einer Wechselgarnitur Hemden. Vor ihm standen mehrere Stadtbusse hintereinander. Er war sich nicht sicher, welchen er nehmen sollte, und deshalb drückte er sich eine Weile gegen das Gebäude, das hinter ihm stand, und sah einfach dem Gewühl der Leute zu.

Die Männer, die aus den Bussen stiegen, brachten sich schnell vor dem Regen in Sicherheit, und die Frauen lächelten, weil es ihnen peinlich war, in dem Putz, den sie für die Reise in die Stadt angelegt hatten, einen Schnellspurt darzubieten. Ein alter Mann, gebrechlich und krank, wurde von einem jungen Mann auf dem Rücken getragen. Giridhar beobachtete einen Taxifahrer dabei, wie er die schwarze Sonnenbrille auf dem Gesicht zurechtrückte, und einen anderen, wie er mit einem Kunden stritt. Ein Taxi, das in der Nähe stand, sprang plötzlich an und tuckerte davon.

Es war Morgengrauen: Giridhars Armbanduhr zeigte Viertel nach sechs. Er sah sich genötigt, sich ein paar Stunden lang die Zeit zu vertreiben, bevor die Parteizentrale aufmachte. Nach dieser Nacht in dem ruckelnden, ratternden Bus fühlte er sich wie benebelt. Die ganze Fahrt über war er wieder und wieder die Schritte durchgegangen, die vor ihm lagen. Er würde beim Landesvorsitzenden und beim Landessprecher der Partei vorstellig werden und ihnen die Rechtfertigung dafür auseinandersetzen, weshalb er die Kandidatur in Tanahun bekommen sollte. Gründe gab es viele. Erstens: Er war der Vorsitzende des Distriktverbandes der Partei, ein Mann, der sein ganzes Leben in Khaireni Tar verbracht hatte, ein Mann, der den Wahlkreis in- und auswendig kannte. Zweitens: Er war qualifiziert, ein Mann mit Bildung, der mehr als zwanzig Jahre lang Regierungsangestellter gewesen war. Drittens: In seinen Jahren bei der Bank hatte er sich ein Netzwerk von Leuten geschaffen, die ihm Unterstützung schuldig waren; Männer, denen er Geld geliehen hatte, würden sich daran erinnern, wie fair sie von ihm behandelt worden waren, wie er ihnen Kredit gewährt, wie er ihnen Zahlungen erlassen hatte, die sie – in einigen Fällen – nicht hatten aufbringen können. Viertens: Seine Familie genoss im Distrikt ein hohes Ansehen. Und fünftens: Er hatte einen guten Ruf. Aus all diesen Gründen musste die Kandidatur an ihn gehen.

Diese Argumente musste er mit Überzeugung vorbringen, ansonsten würden sie kraftlos wirken.

Ein feiner Sprühregen spritzte vom Pflaster hoch und befeuchtete seine Schuhe. Giridhar hielt sich seine Plastiktüte über den Kopf und rannte auf eine Busreihe zu. Beim ersten Bus fragte er den Schaffner nach dem Weg nach Sinamangal.

Der Schaffner zeigte auf einen grünen Kleinbus.

Giridhar rannte zu dem Kleinbus. Drinnen kauerte er sich zusammen, damit ihm warm wurde. Er musterte die anderen Leute im Bus, bemerkte, wie ordentlich sie gekleidet waren, wie gerade sie den Rücken hielten, wie angeregt sie miteinander sprachen.

Als der Bus den Busbahnhof verließ, schaute Giridhar hinaus und erkannte, dass die Stadt genauso niedergeschlagen aussah, wie er sich fühlte, mit den unfertigen Zementbauten und unverputzten Ziegelsteinen, den Mauern, von denen die Farbe blätterte, den verknäulten elektrischen Kabeln. Die Telefonleitungen beeindruckten ihn jedes Mal, wenn er die Stadt besuchte. Diese vielen, eng gedrängten Häuser, die alle miteinander in Verbindung standen. An den Straßen führten manchmal Gehsteige entlang. Wohin waren diese ganzen Leute unterwegs? Zur Arbeit? Giridhar sah Regenschirme, schwarze, gestreifte, gemusterte. Moderne junge Frauen, die Bürokostüme trugen. Männer auf Motorrädern, in Regenzeug eingehüllt. Er erschrak, als der Schaffner ihn anstieß. »Sinamangal.«

Er trat auf einen Gehsteig aus Ziegelsteinen. Es war immer noch zu früh, um die Parteizentrale aufzusuchen, also duckte er sich in einen Teeladen, bat um ein Glas Tee und schaute von seinem Sitzplatz aus zu dem zweistöckigen Gebäude hinüber, das die Zentrale der Volkspartei darstellte. Das blassrosa Haus gehörte dem Landesvorsitzenden, der mit seiner Familie das Obergeschoss bewohnte. Die Geschäftsräume lagen im Erdgeschoss, aber die höheren Parteimitglieder hielten ständig Sitzungen im Obergeschoss ab. Giridhar war schon einmal hier gewesen, vor Jahren, zu einem Parteikonvent. Mit den Regenwasserstreifen, die sich über die Fassade zogen, wirkte das Gebäude jetzt heruntergekommen, wie das Gegenstück zu Giridhars kleinkariertem Wunschtraum: zum Kandidaten einer der unzähligen kleinen, bedeutungslosen Parteien ernannt zu werden, die nach der Einführung der Demokratie wie Pilze aus dem Boden geschossen waren. Die Vereinigte Volksfront, die Nepalische Nationalpartei, die Nepalische Nationale Einheitspartei, die Vereinigte Demokratiepartei, das Baut-die-Nation-auf-Abhiyan, die Nationale Volksherrschaftspartei, die Friedenspartei Nepal, die Partei Nepalischer Bürger. Es gab allein sechs Kongressparteien: die eigentliche Nepalische Kongresspartei und ferner die Nepalische Kongresspartei (Sozialistisch), die Nepalische Kongresspartei (Demokratisch-Sozialistisch), die Nepalische Kongresspartei unter Subarna, die Radikale Nepalische Kongresspartei und die Echte Nepalische Kongresspartei. Niemand hatte noch Übersicht über die sozialistischen und kommunistischen Parteien im Land. Es gab sogar eine zweite Volkspartei – die Nepalische Volkspartei –, nicht zu verwechseln mit seiner eigenen, der Volkspartei Nepals. Aber wer würde schon auf den Gedanken kommen, ihm eine Kandidatur anzubieten? Und warum sollten sie? Als er so im Teeladen gegenüber der Parteizentrale saß, erschien ihm sein Wunschtraum nicht mehr kleinkariert wie bisher, sondern im Gegenteil vermessen bis zur Lächerlichkeit.

Der Vormittag ging seinen Gang, und der Straßenverkehr wurde immer dichter. So viele Autos, die in diese oder jene Richtung fuhren, so viele dreirädrige Tempos, Kleinbusse, Geländewagen. Hier hatte jeder Fußgänger ein klares Ziel. Giridhar machte den Rücken gerade und stellte sich vor, was wäre, wenn er selbst sich mit solcher Entschlossenheit bewegte. Da musste ihm die Partei doch eine Chance geben. Der Mut verließ ihn, und er sackte wieder in sich zusammen. Sein Hemd war immer noch feucht vom Regen. Er war ein Wrack. Wer würde ihn wählen wollen? Der süße Milchduft, der aus seinem Teeglas aufstieg, heiterte ihn auf. Er musste sein Anliegen mit Überzeugung vortragen. Aber er verdiente die Kandidatur nicht, das wusste er.

Nein, ihm fehlte einfach die nötige Entschlossenheit. Er würde erst morgen zur Partei gehen.

***

Am nächsten Morgen ging Giridhar zögerlich auf das Eingangstor der Parteizentrale zu. Er hielt sich an seiner Plastiktüte fest, während er im Vorhof für eine Weile unter einer blühenden Jasminranke Zuflucht nahm. Ihre gelben Knospen fielen auf ihn herab wie der Segen eines spottenden Gottes. Am Vorabend hatte er sich in einer billigen Absteige ein paar Gläschen Selbstgebrannten genehmigt und fühlte sich nun wie von sich selbst abgeschnitten, zumal seine Gedanken den Bewegungen hinterherhinkten. Es war wichtig, jetzt bei klarem Verstand zu bleiben. Der Anblick des wasserfleckigen rosa Gebäudes bedrückte ihn. Keinen der Parteileute in der Zentrale kannte er richtig. In der Tür standen zwei Männer und unterhielten sich. Sie sahen aus wie er, so als kämen sie aus ländlichen Distrikten – waren Dorfleute mit dem einen oder anderen Fleck auf Kleidern, die zu klein oder groß oder zu warm oder zu sommerlich erschienen. Giridhar strich sich das Haar glatt. Seine Hosen waren klitschnass bis hinauf über die Knöchel. Er rang seine Angst nieder, trat unter der Jasminranke hervor und ging auf die Tür zu.

»Ich bin hier, um den Sprecher zu treffen.«

Die Männer an der Tür zuckten mit den Schultern. Einer von ihnen sagte: »Ich weiß nicht, ob er heute schon in die Geschäftsstelle gekommen ist.« Aber er trat beiseite, um Giridhar durchzulassen.

Der Hausflur war voller bewegter Schatten. Giridhar wartete, bis seine Augen die Gestalten, die im Dunkeln durcheinanderwuselten, einzeln ausmachen konnten. Gesprächsfetzen wirbelten an ihm vorbei. »Macht das zuerst!«

»Und er hat Nein gesagt?« Er richtete die Aufmerksamkeit auf die Gesichter, auf einen Mann, dessen Profil ihm bekannt vorkam, aber die Leute waren im Dunkeln schwer zu erkennen. Jemand sagte: »Von wo seid Ihr hierhergekommen?«

»Giridharji.« Ein Körper drängte sich an ihn heran, und er drehte sich um und sah den Mann an, der ihn angesprochen hatte. Das Gesicht kam ihm bekannt vor. Sie waren sich schon einmal begegnet, eh, ho, auf dem Parteikonvent.

Es gelang Giridhar zu antworten: »Das muss Jahre her sein.«

Der Mann machte Zeichen, dass er ihm folgen solle. »Aus dem Weg, aus dem Weg.« Die anderen traten auseinander, um sie durchzulassen. Der Mann – wie hieß er doch gleich? aus welchem Distrikt stammte er? – führte ihn in ein dunkles Hinterzimmer. Er brachte Giridhar zu einer freien Sitzbank. »Wie lange seid Ihr schon in Kathmandu?«

Giridhar versuchte, die Unbefangenheit der Gebärden nachzuahmen, die sein Gegenüber vormachte, aber es gelang ihm bloß, verkrampft auf der Kante der Bank zu hocken. »Ich komme gerade an.«

Der Mann hatte ein freundliches Gesicht, und Giridhar erinnerte sich, dass sie auf dem Konvent gute Freunde geworden waren, auf die lockere Art, die sich manchmal zwischen Fremden einstellt. Der Mann – wie hieß er doch gleich? – sagte: »Habt Ihr schon mit Nayan Rajji gesprochen?«

Giridhar schüttelte den Kopf.

»Er ist oben. Er ist schon begierig darauf, mit Euch zu sprechen. Ich geb ihm Bescheid.«

Der Mann winkte einen jungen Burschen heran und schickte ihn mit einem Papierstreifen los, auf dem Giridhars Name stand. Dann machte er es sich auf der Bank bequem, und Giridhar versuchte, es ihm gleichzutun.

»Wir wollen diesmal sechs Sitze gewinnen«, sagte der Mann und wurde ernst. »Wir versuchen, vierzig Kandidaten aufzustellen. Jeden Wahlkreis, in dem wir eine Chance haben, ziehen wir in Betracht. So wie Euren Wahlkreis. Sogar noch aussichtslosere Orte – den Fernen Westen, den Osten. Wir müssen die Anzahl unserer Sitze um einhundert Prozent steigern.«

Giridhar versuchte, ihm zu folgen, denn er dachte, es wäre gut, sich das alles zu merken. Anschließend sprach der Mann über andere Parteien und über nationale und internationale Szenarien. Jetzt war er bei den Problemen der Demokratie in der Dritten Welt. »Im Namen der Demokratie sollte ein ungezügelter freier Markt … Demokratie und soziale Gerechtigkeit sind, wie wir wissen, nicht unvereinbar. Deshalb sind Freiheit und Gleichheit beide – ohne soziale und ökonomische Gleichberechtigung, was hat da Freiheit für einen Wert?« Dann fing er an zu erläutern, wie eine Koalition aussehen könnte, die die Volkspartei mit einer zukünftigen Regierung einzugehen bereit sei. In Giridhars Ohren klang das alles gleichzeitig vertraut und exotisch, wie etwas, das er einmal gewusst, aber inzwischen längst vergessen hatte. So redeten die Leute in der Zentrale. Er hatte das Gefühl, etwas sagen zu müssen. Als er den anderen vom europäischen Sozialismus sprechen hörte, sagte er: »Ökonomische Demokratie ist wichtig«, aber der Mann war schon bei einem anderen Thema. Jetzt sprach er, wenn Giridhar sich nicht täuschte, über den Einfluss Indiens auf die nepalische Politik. »Nicht eine einzige Entscheidung wird ohne Zustimmung der indischen Botschaft gefällt.«

Der Botenjunge kam mit der schriftlichen Aufforderung zurück, Giridhar nach oben zu schicken. Als Giridhar sich verabschiedete, fiel ihm der Name des anderen Mannes ein. Aber es war zu spät, um das gewinnbringend einzusetzen. Er warf die Hände zu einem hastigen Namaste zusammen und ging hinter dem Botenjungen her.

Als er die Treppe hinaufstieg, hatte Giridhar das Gefühl, dass die Leute ihn anschauten und durch ihn hindurchschauen konnten und sahen, dass er innen hohl war. Der Hausflur hallte von Geflüster wider. Lippen schürzten sich. Auf dem oberen Treppenabsatz war vor lauter Männern kaum ein Durchkommen. Der Bote schlängelte sich durch einen Flur, und Giridhar folgte ihm, bis er plötzlich ein Zimmer erreichte, das von gleißendem Licht erfüllt war. Geblendet blieb er auf der Schwelle stehen. Als er das Sehvermögen wiedererlangt hatte, sah er einige Männer auf einer Sofareihe sitzen, die an einer Wand aus Glas stand. Einer der Männer blickte auf. »Da ist er.« Und alle wandten die Gesichter, um sich ihn anzusehen, den hohlen Mann.

Sie hatten gerade noch über ihn gesprochen, das erkannte er daran, wie sie plötzlich verstummten. Er legte die Hände zu einem Namaste aneinander, schaute von einem Mann zum anderen. Sie kamen ihm bekannt vor, aber ihr schwarzes Haar, ihre braunen Augen, ihre städtische Blässe verwirrten ihn. Er konnte sie nicht auseinanderhalten.

Einer von ihnen, ein hoch gewachsener Mann, ergriff das Wort. »Wir sind froh, dass Ihr gekommen seid.« Sein Tonfall war freundlich und sein Gesicht blass. Mit dem sauber gekämmten, rabenschwarzen Haar und den frisch gebügelten Kleidern wirkte er wie fabrikneu, wie nicht echt. Ein Filmstar – Nayan Raj Dahal. Er bedeutete Giridhar, sich auf ein Sofa zu setzen. »Das hier ist auch Euer Zuhause.«

Giridhar bückte sich unbeholfen, um die Schuhe auszuziehen. Als er sich hinsetzte, bemerkte er allerdings, dass von den anderen keiner die Schuhe ausgezogen hatte. Er wusste, dass er etwas zu Nayan Raj sagen musste, aber ihm fehlten die Worte. Er drückte seine Plastiktüte fest an sich.

Ein anderer Mann sagte: »Wir versuchen seit einiger Zeit, telefonisch Nachricht aus dem Distrikt zu erhalten.« Er war älter und trug einen baumwollenen Überwurf, und am Finger saß deutlich sichtbar ein Goldring. Der Landesvorsitzende.

»Der Distrikt«, sagte Giridhar. Er wusste nicht, was er sagen sollte, also sagte er: »Ich hab den Nachtbus genommen, bin gestern angekommen.« Diese Aussage gehörte, ging ihm auf, noch zu dem Gespräch, das er im Erdgeschoss geführt hatte. Er murmelte: »Die Fahrt war lang.«

Der Vorsitzende sagte: »Wir sprechen seit Wochen über Euren Wahlkreis. Wir haben jeden Tag angerufen. Erst gestern sagte man uns, Ihr seiet weggefahren.«

»Ja, ich bin hierhergekommen.«

Nayan Raj beugte sich vor. »Alle sagen, dass Tanahun drei ein starker Wahlkreis für uns ist.« Er hielt inne und schaute auf den Boden, als ob er über etwas nachdenke. Er war ein Mann, erkannte Giridhar, der anziehend wirkte, weil sein Gesicht so klar geschnitten war. Nayan Rajs poliertes und lackiertes Äußeres verlieh jeder seiner Gesten eine besondere Brillianz. Und obwohl er nicht mehr der Jüngste war, hätte er auch heute noch ohne Weiteres in einem Kinofilm auftreten können. Nayan Raj fuhr fort: »Wie Ihr wisst, beschloss unsere Partei auf dem letztjährigen Konvent – Ihr konntet nicht teilnehmen, habe ich recht? – dort einen Kandidaten aufzustellen. Eine Menge Leute aus dem Wahlkreis haben mich aufgesucht und mir ihre Unterstützung zugesichert. Auch unsere Parteiführer drängen mich zu kandidieren. Aber ich wollte Eure Meinung hören, die unseres Distriktvorsitzenden. Sagt sie mir.« Er schien durch Giridhar hindurchzusehen. »Wie stehen unsere Chancen, den Sieg zu erringen?«

»Sieg.« Giridhar klammerte sich noch fester an die Plastiktüte und durchwühlte seinen Verstand nach der richtigen Antwort. Sie musste klingen, als sei er der Kandidatur würdig. Er sagte: »Wir haben Parteimitglieder. Wir haben Mitglieder in Khaireni Tar.«

Ein anderer Mann, einer mit Hängebacken, fiel ihm ins

Wort: »Jeder sagt, dass wir gewinnen können. Der Mann am Telefon – wie hieß er noch? – sagte, dass die neue Parteigeschäftsstelle bereits großen Eindruck gemacht hat.«

Giridhar verstand nicht.

Jemand sagte: »Jimmawal Sharma.«

Der Hängebackenmann sagte: »Er sagte, die Leute sind erpicht darauf, dass unser Sprecherji kandidiert.«

»Jimmawal-Baje«, sagte Giridhar. Was für eine Geschäftsstelle? Und warum redeten sie von dem Alten? »Der alte Steuereintreiber aus Khaireni Tar?«

Nayan Raj sah ihn unverwandt an. »Wir sind froh, dass Ihr eine Geschäftsstelle eingerichtet habt«, sagte er. »Wir stehen kurz vor einer Entscheidung, doch ich zögere noch. Ich konnte nichts sagen, ohne mit Euch gesprochen zu haben. Tatsache ist, dass ich noch nie … Basisarbeit – Ich bin kein Hiesiger, wie Ihr es seid. Natürlich bin ich in Khaireni Tar geboren worden. Und ich fühle mich dem Volk sehr nahe. Aber ich werde nicht kandidieren, wenn Ihr mir nicht Eure Unterstützung gebt.«

Seine Worte prasselten um Giridhar herum nieder wie ein ferner Regenschauer. Giridhar fand sich in eine Art Schutzschirm eingehüllt, der seinen Verstand vom körperlichen Umfeld abschied. Er musste selbst um die Kandidatur bitten. Aber alle taten so, als sei sie schon an Nayan Raj vergeben. Der ganze Raum beobachtete Giridhar. Er musste irgendetwas sagen. Aus weiter Ferne hörte er sich selbst die Worte sprechen: »Könnte ich Euch nicht unterstützen?« Etwas anderes konnte er nicht sagen. Die Kehle war ihm ausgetrocknet, und er hatte einen bitteren Geschmack auf der Zunge. »Könnte ich Euch nicht hundertprozentig unterstützen?«

Nayan Raj schaute ihn eindringlich an, als müsse er sich diese Aussage genau durch den Kopf gehen lassen. »Ich fühle mich geehrt«, sagte er schließlich.

Giridhar vernahm das alles wie aus weiter Ferne. In kühlem Ton sagte er: »So schnell ist das entschieden?«

Nayan Raj sagte: »Wir haben nur noch auf Eure Entscheidung gewartet.«

Die anderen Männer im Raum fingen an, untereinander Gespräche zu führen. »Diesmal brauchen wir vier, fünf Sitze. Tanahun drei ist ein starker Ort für uns, dort müssen wir gewinnen.« Das Licht, das durch das Fenster hereinfiel, brannte Giridhar in den Augen. Er versuchte, sich zu konzentrieren. Er merkte, dass Nayan Raj ihn ansah. Der Mann sagte irgendetwas: Wie lange habe er vor, in Kathmandu zu bleiben, wolle er nicht später im Verlauf des Tages in sein Haus kommen, brauche er eine Unterkunft?

»Eh, ich kann nicht hier bleiben«, sagte Giridhar verwirrt. »Ich muss sofort nach Hause zurückfahren.«

»Ihr seid gerade erst angekommen. Es sind viele Dinge zu planen.«

»Nein.« Jetzt fühlte Giridhar Ärger in sich aufsteigen, und Widerwillen. Er war genauso fähig wie dieser Kinoheld – sogar noch fähiger als der. Aus der Jacketttasche zog er die Karte des Wahlkreises, die er gezeichnet hatte. »Seht selbst.« Er strich sie auf der Plastiktüte glatt, die er auf dem Schoß hielt. »Hier ist der Distrikt.« Mit einem Finger fuhr er die schwarzen Striche nach, die aussahen wie die Runzeln seiner eigenen Hände. »Hier und hier kenn ich Leute. Hier. Hier kenn ich den Dorfanführer. Ich hab ihn vor Jahren in der Bank kennengelernt. Ich seh sein Gesicht noch vor mir.« Es gelang ihm nicht, die Streitsucht in seiner Stimme zu unterdrücken. »Alle Bezirkskomiteemitglieder in diesem VDC sind Verwandte von mir. Also dieser Bereich hier ist eine UML-Hochburg. Unsere Chancen stehen in dieser Hälfte besser, wo der Kongress breite Unterstützung hat. Wie in Dhor.« Mit dem Zeigefinger beschrieb er einen Kringel, der den halben Wahlkreis umfasste. »Wir sollten Dhor einnehmen. Wenn wir Dhor einnehmen können, vernichten wir den Kongress.«

An diesem Punkt fiel ihm auf, dass Nayan Raj gar nicht auf

die Karte schaute. Große Männer wie er wollten über die nationale Agenda sprechen, nicht über lokale Strategien. Womit Giridhar sich beschäftigte, war lachhaft. In einem Anflug von Verzweiflung drückte er Nayan Raj die Karte in die Hand und verschenkte damit den Plan, der den Weg zu seiner Zukunft beschrieb. »Behaltet sie«, sagte er. »Da steht alles drauf.«

Nayan Raj legte das Stück Papier beiseite, ohne auch nur einen Blick darauf zu werfen. »Es wird noch einen Monat dauern, bis ich in den Distrikt kommen kann«, sagte er. »Es gibt hier in der Zentrale zu viel zu tun. Mittelbeschaffung, Organisation. Und unser Parteiprogramm muss überarbeitet werden.« Er runzelte die Stirn. »Wir konzentrieren uns bei dieser Wahl stärker darauf, was wir unter demokratischer Reform verstehen. Es muss jedem klar sein, dass wir uns nach hohen Werten richten, Giridharji. Wir müssen unsere Demokratie aus den Händen derjenigen befreien, die sich nur mit Machtpolitik beschäftigen wollen. Wir müssen uns endlich mit den Menschen beschäftigen.«

Ein Schauspieler, der seinen Text aufsagte. Nayan Raj sprach weiter über solche feinen-feinen Ideen, doch Giridhar hörte nicht mehr zu. Der Mann sah schon jetzt wie ein Sieger aus, dachte er, mit dem zurückgekämmten Haar, das der Welt sein anziehendes Gesicht präsentierte. Die Bescheidenheit, mit der er sich äußerte, war sowas von übertrieben. Wie hätte es da passieren können, dass er nicht zum Kandidaten ernannt wurde? Der Schauspieler schloss mit den Worten: »Ich hoffe, Ihr kommt bald wieder hierher, damit wir diskutieren können, wie wir unseren Ruf nach echter Demokratie am besten zu Gehör bringen.«

»Nein, nein.« Giridhar nahm alle Kraft zusammen und stand vom Sofa auf. »Pläne schmieden, Vorbereitungen treffen, Sachen organisieren, das geht nicht in der Stadt, in Kathmandu.« Er legte die Handflächen zu einem Namaste aneinander. »Diese Sachen werde ich zu Hause machen. Ihr –.« Er versuchte, die Heiserkeit zu bezwingen, die sich seiner Stimme bemächtigte. »Wenn Ihr mir eine Nachricht mit Anweisungen sendet, werde ich sie alle befolgen. Alles was Ihr tun müsst, ist, mir Eure Befehle mitzuteilen. Ich werde sie hundertprozentig befolgen.«

Ohne seine Entlassung abzuwarten, ergriff er die Flucht.

Später dachte er, das Problem sei die schiere Größe dieser Stadt, die Gleichgültigkeit, die Enge, mit der die Leute aufeinander hockten und doch nichts voneinander wussten, die Vorurteile, die Beherrschtheit, mit der man sich ausdrückte, die Farben, die Menschenmassen, die Schnelllebigkeit, die Verkleidungen, die geheimen Nachrichtendrähte, das Geflüster und die verborgene Macht. Mit wohltuendem, beruhigendem Rum in den Adern streifte Giridhar durch die New Road, orientierungslos. Er hatte nicht einmal eine Vermutung, wo er sich befand. Auf dem Dorf war der Mensch eingeschränkt. Hier in der Stadt taten sich Räume auf, die ihn den Blicken anderer, ja seiner selbst zu entziehen versprachen. Aber offene Räume waren gefährlich. In weiten Räumen konnte man verloren gehen. Er gehörte in kleine Räume, in Räume, die ihn festhielten. Er musste die scharfen Kanten des Lebens spüren und die eigenen Grenzen kennen. In Kathmandu konnte man in Lücken und Sprechpausen untergehen. Lücken –. Er war ein Irrlicht in diesem Sumpf. Wer würde im Stadtlärm schon hören, was er sagte?

## 10

*In press release statement today, People's Party of Nepal Spokesman Nayan Raj Dahal confirmed that he was »running for the sake of democracy« from Tanahun District electorate number three. Similarly, seven other People's Party members …*

*»In heute veröffentlichte Pressemitteilungsstellungsnahme bestätigte der Sprecher der Volkspartei Nepal Nayan Raj Dahal, dass er ›kandidiere um der Demokratie willen‹ im Wahlkreis Nummer drei von Tanahun-Distrikt. Ebenso bestätigten sieben weitere Mitglieder der Volkspartei ihren Kandidatur. ›Die Volkspartei ist eine ruhmreiche und ehrliche Partei des Volkes und wir werden den Volk dienen wie verdient‹, äußerte sich Parteimitglieder bei Pressekonferenz. Im anschließenden Gespräch mit dem Skribenten sagte der ehemalige Kinostar, dass er stolz darüber ist, seinen hauptsächlichen Philosophie der demokratischen Reform durch sein Teilnahme als Kandidat zu verwirklichen. Das macht insgesamt vierzig Kandidaten von der Volkspartei in einem Versuch, wichtige politische konkurrierenden Partei zu werden neben Kongress, UML und diverse andere. Insgesamt bisher gaben 41 von 93 registrierte Parteien Kandidaten bekannt, obwohl es Gerüchte gibt, die sagen, dass einige der kleinere Parteien gegründet wurden nur um kostenloses Telefonanschluss von Staat zu bekommen, gemäß Regelungsquotenerlaubnis.«*

II

In der Nachhilfestunde versuchte Rishi, das Unverständnis seines Schülers zu ermessen. König folgte auf König – er musste sich nur die Namen merken, König um König, der dieses Land und seine Untertanen vom Vorgänger erbte. Was war daran so verwirrend? Als Rishi ein Kind gewesen war, hatte ihm die Geschichte die Erklärung für die greifbaren Ereignisse des Alltags gegeben. Die Rückständigkeit seiner eigenen Familie war durch die Gewaltherrschaft der Könige verursacht worden, die nicht zuließen, dass sich ihre kindlichen Untertanen zu mündigen Bürgern entwickelten. Dieser Zusammenhang zwischen dem eigenen Leben und großen Ereignissen von nationaler Bedeutung war ihm Grund genug gewesen, diese drolligen Namen auswendig zu lernen: Pratap Singh Shah, Ranabahadur Shah, Girwanyuddha Shah. Unsauber gedruckte, schwarze Devanagari-Schrift. Die stumpfen Augen seines Schülers schweiften lustlos über die Oberfläche des Lehrbuches. Es gehörte nicht zu Rishis Aufgaben, den Jungen zu motivieren. Er wurde bezahlt, um dafür zu sorgen, dass Jungen wie dieser hier – die in die Behaglichkeit eines Kathmanduer Mittelklassehaushaltes hineingeboren worden waren – bei den Jahresabschlussprüfungen ausreichende Noten erzielten. Mehr konnte er nicht tun.

Heute brachte ihm die Mutter des Jungen eine kalte Toastscheibe, die mit Marmelade beschmiert war, und Rishi nahm sie erleichtert entgegen. Den restlichen Tag lang war er zerstreut. Er hatte in den nepalisprachigen Zeitungen von Nayan Rajs Kandidatur gelesen und den Entschluss gefasst, mit dem Schulmeister zu sprechen. Er wollte zu ihm sagen: Warum fragt Ihr nicht mich? Warum bat der Schulmeister nicht Rishi, beim Wahlkampf mitzuhelfen? Falls er ihn fragte, würde Rishi sich wieder ganz in den Dienst der Partei stellen. So lautete sein Entschluss.

Nach der letzten Nachhilfestunde des Tages schaute er am Zeitungsstand auf dem Gehsteig in die Abendblätter, doch zum Lesen kam er nicht. Er war in seine eigenen Gedanken versunken.

Die Fehler der Jugend pflanzen sich fort. Zuerst hatte Rishi einen Fehler begangen, dann hatte er aus Trotz gegen sich selbst absichtlich alles vermasselt, und dann war ihm dieser Trotz zur Gewohnheit geworden. Vor Jahren hatte er seine Anstellung als Schullehrer gekündigt, nachdem er mit dem Direktor über ungerecht hohe Schulgebühren in Streit geraten war. Das war kein Fehler gewesen, aber es hatte Fehler gezeugt. Damals war er mit Radhika zusammen gewesen – sie hatten darauf gewartet, dass er eine Anstellung fand, in der er genug verdiente, um sie nach der Heirat beide versorgen zu können. Sie warteten zu lange, länger, als sie die Sehnsucht ertragen, länger, als sie die

Begierde unterdrücken konnten. Und dann ergriffen sie die einzige Möglichkeit, die sie sich leisten konnten: Sie bezahlten einen arroganten Geburtshelfer, um den Fötus illegal abzutreiben. Rishi erinnerte sich daran, wie er hinter einer Trennwand aus Pressspan gestanden und auf jedes Wort, jedes Husten und jede Bewegung auf der anderen Seite gelauscht hatte. Als es vorbei war, sprachen weder er noch Radhika jemals wieder davon. Sie hatten die Entscheidung gemeinsam getroffen, doch der Kummer, den sie nach sich zog, hatte Radhika verändert, und die Gewissensbisse hatten auch bei Rishi ihre Spuren hinterlassen. Er war aus Radhikas Leben verschwunden, ohne ihr je den Grund zu nennen.

Die Fehler der Jugend. Seine Leidenschaften waren unsicher gewesen, zu schwach, um sich damit dem Leben zu stellen. Ihm hatte es schon immer an Entschlossenheit gemangelt; er hatte immer zu lange gewartet.

Als Rishi an diesem Abend das Hotel Tanahun betrat, wirkte er mitgenommen und erschöpft. Seine Locken waren zerzaust, und er hatte ein ungewöhnliches Leuchten in den Augen. Seine Kleider, die er normalerweise geschmackvoll zusammenstellte, passten nicht zueinander und waren zerknittert und ungepflegt. Allerdings wirkte sein nachlässiger Aufzug anders als beim Schulmeister; er wirkte darin nicht wie jemand, den ein schweres Schicksal abgehärtet hatte. Rishi sah einfach heruntergekommen aus.

Der Schulmeister war noch nicht eingetroffen. Rishi setzte sich an einen Tisch neben dem Radiogerät und schaltete es ein. Die Nachrichten waren vorbei, und der Moderator einer Sendung zum Zeitgeschehen stolperte über die eigenen Worte, während er sich alle Mühe gab, die Untergangsstimmung zu beschreiben, die die geistige Elite im Lande erfasst hatte. »Nepal, vom undp als das weltweit zweitärmste Land eingestuft, hat eine der niedrigsten Pro-Kopf-Raten beim Bruttoinlandsprodukt …«

Die Sendung endete, und danach kamen Liebesduette. Während Rishi sein Abendessen aß, hörte er Lieder, die die Tugenden der Liebe und die Schönheit der Himals priesen. Um neun betrat der Schulmeister das Lokal und setzte sich an einen anderen Tisch, zusammen mit zwei anderen Männern. Rishi wartete ab. Als der Schulmeister eine Stunde später aufstand und das Lokal verließ, ging Rishi ihm nach.

Draußen spürte der ältere Mann Rishis Gegenwart und ging langsamer, damit der Jüngere aufholen konnte. Die Augen des Schulmeisters blitzten belustigt. Aber er verlangte keine Erklärung von Rishi. Er begann einfach zu sprechen und erfüllte die Dunkelheit der Stadt mit seiner unbefangenen, raschelnden Stimme. Aus irgendeinem Grund sprach er über seine Jahre im Untergrund, die Jahrzehnte, nachdem er den Lehrerposten in Khaireni Tar aufgegeben hatte. Von der Regierung gesucht, war er nach Ostnepal gegangen, wo er bei seinem Bruder gelebt und mit ihm einen Zwiebelgroßhandel betrieben hatte. »Ich nahm beliebige neue Identitäten an«, sagte der Schulmeister, und seine Stimme klang, als staune er darüber. »Aber auf diese Weise habe ich mich selbst gefunden.« Er ging mit Rishi im Gleichschritt, Schulter an Schulter. »Manchmal findet man sich selbst in falschen Identitäten.«

Er sprach in dem vertrauten, gleichförmigen Tonfall. Es schien ihm nicht darauf anzukommen, dass Rishi antwortete, aber als Zuhörer schätzte er ihn offenbar. Sein Ton war vertraulich. An Kreuzungen gab er Rishi die Richtung vor, indem er ihm eine Hand auf den Arm legte. Die beiden wanderten lange durch das zerrissene Koordinatennetz von Rishis Kathmandu, in dunkle Gassen, die von den Scheinwerfern der Motorräder plötzlich gelb ausgeleuchtet wurden, vorbei an Gruppen junger Männer, die um Panbuden herumstanden, vorbei an Restaurants, aus denen Neonröhren strahlten und Liebeslieder plärrten, vorbei an Taxis im Leerlauf und Rudeln streunender Hunde. Rishi neigte sich zum Schulmeister hinüber, die Augen, deren Wimpern so dicht waren wie die einer Frau, auf das kantige Gesicht des älteren Mannes gerichtet. Manchmal blieb der Schulmeister stehen, um sich etwas anzusehen: eine Frau, die an einem Schrein am Straßenrand ein Blumenopfer darbrachte, das Gesicht in den Schein der Öllampen getaucht; ein Fenster, das vom flackernden, blauen Licht eines Fernsehers erleuchtet wurde. Manchmal blieb Rishi stehen, um sich ähnliche Dinge anzusehen: einen Mann, der die Straße in leuchtendweißen, neuen Adidas-Schuhen entlangging.

Derweilen sprach der Schulmeister über die Tarnungen, die er übergestreift hatte, als er im Untergrund lebte. Rishi wusste, dass der Schulmeister dabei war, ihm seine Ethik, seine Vision einzuschärfen. Sein alter Lehrer lehrte ihn das Vokabular seiner Politik, ihre Grammatik, ihren Ausdruck. Er legte Rishi dar, dass auch dieser sich in der UML finden könne. Die beiden Männer blieben stehen und schauten drei Prostituierte an, die in einer billigen Absteige verschwanden.

Der Schulmeister sagte: »Was die Leute so machen im Leben.«

Am nächsten Tag fügte Rishi seiner Stadtkarte von Kathmandu eine weitere Linie hinzu: Sie führte von seinem Fremdenheim an der New Road zum UML-Parteibüro am Stadtrand. Er folgte dieser Linie und fand an ihrem Ende den Schulmeister. »Ich möchte wieder der Partei beitreten«, sagte er und erschrak über den flehentlichen Klang seiner Stimme. »Ich möchte der Partei dabei helfen, Tanahun drei zu gewinnen.«

»Ich wusste, Ihr würdet zu uns zurückkommen, Genosse.«

Anschließend saß Rishi in seinem kahlen Zimmer, umklammerte seinen Mitgliedschaftsbeleg und bebte vor Heimweh.

# liebe, die nicht mehr da war

## 12

Mitten in den Feldern gönnten sich die Mädchen von Khaireni Tar eine Pause vom Unkraut- und Ungrasjäten. Sie plauderten über die bevorstehende Ernte: Wie immer würden Gruppen von Jungen und Gruppen von Mädchen zusammen arbeiten. Sie würden Scherze machen und sich necken und miteinander flirten, sie würden singen, und vielleicht würden sie sich verlieben … Alle paar Jahre heiratete ein Mädchen zur Erntezeit.

»Erinnert ihr euch an das Mädchen, das letztes Jahr entführt worden ist?«, sagte eines der Mädchen. »Letzten Endes hat sie den Jungen nicht heiraten wollen, und damit musste er sie an ihre Eltern zurückgeben.«

»Danach ist sie mit einem anderen Jungen durchgebrannt«, sagte ein anderes Mädchen. »Die leben jetzt in Kathmandu.«

Eine stichelte: »Wieso brennst du nicht selbst durch, um in Kathmandu zu leben?«

Das Mädchen protestierte, und die anderen kicherten.

Sani missbilligte Mädchen, die nur über Jungs, Jungs, Jungs redeten – solches Benehmen roch ordinär. Sie war überrascht, dass ihre Freundin Gaumati genauso vor sich hingluckste wie die anderen Mädchen. Gaumati sagte: »Ich kenne einen guten Jungen zum Durchbrennen.«

Das erste Mädchen lachte: »Sei still, Hure!«

»Du bist die Hure«, schoss Gaumati mit einer obszönen Geste zurück.

Sani war entsetzt.

Gaumati wandte sich an Sani. »Ein Rawal-Junge kommt aus Indien hierher«, sagte sie und stupste sie mit der Hacke an. »Seine Arme sollen aus Stahl sein.«

»Ist der Rest von ihm auch aus Stahl?«, kreischte ein anderes Mädchen, und die ganze Gruppe brach in aufgescheuchtes Gegacker aus.

Sani verzog das Gesicht. »Verschwenden wir keine Zeit«, sagte sie streng. »Schnell, jäten wir die Felder.«

Gaumati stupste sie noch einmal an. »Ich wette, der Rawal-Junge wird dich mögen und dich mit seinen Stahlarmen einfangen.«

Alle fingen an zu lachen.

Sani schoss das Blut in den Kopf. Dass ein Mädchen wie sie zur Zielscheibe von solch vulgärem Geschwätz wurde! Sie drohte ihnen mit der Hacke. »Das Unkraut! Was, wollt ihr vielleicht das ganze nächste Jahr lang Unkraut essen?«

Die Mädchen glotzten sie verdutzt an.

War sie hier das einzige Mädchen mit guten Manieren? Sani verlor plötzlich alle Zurückhaltung. »Seid ihr zum Arbeiten in die Felder gekommen, oder um über nichts anderes zu quatschen als Jungs, Jungs, Jungs?«

Nachdem sie etwas so Rechtschaffenes gesagt hatte, blieb ihr nichts anderes übrig, als wutschnaubend abzumarschieren. Genau das tat sie, und beim Aufstehen stampfte sie mit dem Fuß auf den Boden, um ihrer Empörung Ausdruck zu verleihen.

Sie trampelte davon, und die Mädchen kicherten.

»Komm zurück«, rief ihr Gaumati nach. »Wir wollen auch ganz, ganz brav sein, so wie du.«

Machte sich Gaumati über sie lustig? Sani marschierte weiter. Sie ging in Richtung der Ortschaft, dann blieb sie plötzlich stehen: Da stand er vor ihr auf dem Weg, der Khadka-Junge, mit gesenktem Kopf und nach innen gedrehten Fußspitzen.

Der dürre Kadaver!

Zum großen Erstaunen der Mädchen kam Sani in die Felder zurückgerannt und setzte sich zu ihnen. Dann fing sie an, mit der Hacke herumzuwirtschaften und Unkraut auszurupfen.

Der Wasserhahn neben Binitas Haus bestand aus einem PVC-Rohr, aus dem unablässig ein dünner Wasserstrahl rann. Es war mithilfe einer undichten Kombimutter befestigt und stand bei einer Bürstenbaumreihe. Sani kam jeden Morgen hierher, um Wasser zu holen; aber ganz gleich, wie früh sie auch eintraf, jedes Mal standen schon Frauen Schlange und warteten darauf, dass sie an die Reihe kamen. Man konnte bei den Marktbewohnern nicht vom Gesicht darauf schließen, welcher Kaste oder Volksgruppe sie angehörten. Sani fühlte sich verunreinigt, weil sie Wasser aus einem Hahn trinken musste, der von all diesen Leuten mitbenutzt wurde. Doch solcherart war ihr zerrüttetes Schicksal. Heute war die Schlange sechs Frauen lang. Sani stellte sich hinter sie, den Bronzekrug auf die Hüfte gehuckelt. Hinter den Bürstenbäumen war der Bar-Pipal-Baum zu sehen. Die Straßenhändler waren bereits dabei, sich auf der gestuften Plattform am Fuß des Baumes einzurichten. Jenseits des Bar-Pipals lag der Bazar: ein dunkles Gedränge von Gebäuden. Sani war erst zweimal im Bazar gewesen – einmal, als sie vor sechs Monaten in dieser hässlichen, übervölkerten Ortschaft eingetroffen war, und ein weiteres Mal, als Binita-Didi sie mitgenommen hatte, um ihr neue Kleider zu kaufen. Sie hasste den Bazar, die Leute nahmen sich dort zu viel heraus. Faule, ungezogene Leute, die drängelten und rempelten, als würde die Welt ihnen gehören. Und ordinäre Krämer erlaubten es sich, aufdringlich zu werden. Sie war nicht Binita-Didi, das hätte sie ihnen gern gesagt; hätte sie die Wahl gehabt, hätte sie nicht mit einer Frau wie der zusammengelebt.

Irgendetwas tauchte zwischen den Bürstenbäumen auf und versperrte ihr die Sicht auf den Bazar. Sani machte einen Schritt zur Seite, aber das Hindernis folgte ihrer Bewegung. Sie sah genau hin und erkannte im Dämmerlicht – sie war sich nicht sicher – ssss: Da stand eine Gestalt, ein Junge, ein hässlicher Junge, der Khadka-Junge. Er glubschte sie um den Baum herum an!

Dann trat der Junge wirklich aus der Baumreihe heraus, und Sani schrie fast los. In seiner ganzen dürren Länge stand er nur zehn Schritte von ihr entfernt! Ihr Herz raste. Der Schock verstärkte sich noch, als sie das Gesicht des Jungen sah. Ssss, er war so hässlich! Dünnknochig und unmännlich trat er von einem Fuß auf den anderen und hielt dabei einen billigen Blechkübel in den Händen. Ein Junge, der Wasser holte: Sie schnappte nach Luft.

Auch die anderen Frauen am Wasserhahn schauten den Khadka-Jungen erstaunt an.

»Ich –« Er hatte eine hohe Stimme. »Ich bin nur hier, um Wasser zu holen.«

»Hare Shiva, Shiva«, rief eine alte Frau. »Ein Junge, der Frauenarbeit macht! Was für ein Anblick!«

Der Blick des Jungen sprang unsicher von einer Frau zur anderen. Er sagte: »Normalerweise komm ich früher her, vor dem Morgengrauen – damit mich keiner sieht. Die Leute lachen … Es ist erniedrigend.« Seine Augen sahen sich an Sani fest. »Meine Mutter ist bei meiner Geburt gestorben, deshalb bin ich so aufgewachsen, ich musste immer die Frauenarbeit machen.«

Sanis Schock wurde zu Verachtung. Sie derart vor aller Augen in die Enge zu treiben, den Namen seiner toten Mutter heraufzubeschwören, nach Liebe zu betteln: Der Junge war erbärmlich.

Die anderen Frauen hingegen waren angerührt von seiner Not. »Das arme Ding hat keine Mutterliebe bekommen«, sagte eine von ihnen. »Solche Jungen haben immer was Kränkliches. Sie brauchen weibliche Fürsorge.«

Die Frau am vorderen Ende der Schlange machte ihm Platz. »Hier, Bub, füll deinen Kübel, die anderen Frauen brauchen dich nicht zu sehen. Die würden sich bloß über dich totlachen.«

Der Khadka-Junge machte einen Schritt nach vorne, und Sani vor Schreck einen nach hinten. Ts, dass er ihr so unangenehm nahe kam. Zu ihrem Glück wurde der Jungen bald von den anderen Frauen umringt und mit Fragen bedrängt. »Und wer kocht bei euch? Jeden Tag kochst du sämtliche Mahlzeiten?«

»Dein Vater – er behandelt dich nicht wie einen Sohn? Er – er liebt dich wohl nicht, was?«

»Kein Wunder, dass das arme Ding nur Haut und Knochen ist.«

Sani wartete ab, bis der Junge in den Kreis der Frauen eingeschlossen war. Dann schlich sie sich davon.

Am nächsten Morgen bat Sani ihre Freundin Gaumati, für sie das Wasser zu holen. »Ich hab mir den Fuß aufgerissen, damals auf dem Grundstück von der Verrückten – erinnerst du dich? –, und der tut jetzt weh«, sagte sie und zeigte ihr die Schnittwunde in der Wölbung ihres rechten Fußes. Gaumati gehorchte willig. Sani machte sich daraufhin an die Arbeiten im Teeladen. Die beste Art und Weise, einer Begegnung mit dem Khadka-Jungen aus dem Weg zu gehen, war es, zu Hause zu bleiben. Sollte er die Reisfelder nach ihr absuchen, sollte er bis in die hinterletzte Gasse nach ihr schnüffeln, sollte er doch von einer Klippe fallen und sterben!

Binita-Didi ruhte sich heute aus, denn es war der erste Tag ihres Monatszyklus. Widerwillig schenkte Sani Tee an all die Gäste aus, die mit den Morgenbussen eintrafen. Die meisten Männer schmeichelten ihr, indem sie eine zweite und dritte Tasse bestellten. Manche versuchten, mit ihr ins Gespräch zu kommen, doch Sani ließ sich von ihnen nicht einwickeln. In den mittleren Morgenstunden hatte sich der Pulk verlaufen, und sie setzte sich an einen der Tische und blätterte im Lese- und Schreibbuch. Erst auf Binita-Didis Drängen hin hatte sie sich zum Abendunterricht angemeldet. Es nahmen noch fünfzehn andere Frauen daran teil. Sani war die jüngste. Das Lernen machte ihr keine besondere Freude. Einen ganzen Monat lang hatte sie nichts von dem verstanden, was der Sir ihnen beibringen wollte. Inzwischen hatte sie allerdings angefangen, einzelne Buchstaben wiederzuerkennen. Wie diesen hier: Sie legte den Finger unter ein geschwungenes, schwarzes Zeichen. Sie wusste es. Sie wusste es. Welcher war es? Sie öffnete den Mund, um es laut vorzulesen.

»Sani«, sagte eine Stimme, die nicht ihr gehörte.

Mit einem Satz verließ ihre Seele den Körper.

Sie drehte sich um und sah den Khadka-Jungen direkt vor sich stehen, hier im Teeladen, nur eine Armlänge von ihr entfernt. Sani war völlig überrumpelt. Sie dachte daran, nach hinten auf den Hof zu flüchten – aber wenn sie sich rührte, könnte er versuchen, sie aufzuhalten, was hieß, dass er sie anfassen würde. Eh, Götter!

Die schmalen Schultern des Khadka-Jungen hingen schlaff herunter, und sein Gesicht war vor Aufregung verzerrt. Die Haare standen ihm zu Berge. Er war, stellte Sani fest, nicht einmal größer als sie. »Sani«, wiederholte er in seiner weibischen Stimme. »Wie …« Sein Blick flackerte zur Seite, während er zögerte. »Wie leuchtend du bist.«

Eine Stichflamme der Verachtung ließ Sani aufspringen. Sie wedelte mit den Armen wie eine Verrückte, und schließlich stotterte sie: »Geht weg!«

Die Schultern des Jungen sackten nach unten, und seine Augen verschwammen hinter Tränenpfützen.

Ssss, war sie gemein. »Geht weg!«, brüllte Sani, der sich vor Verwirrung die Kehle zuschnürte. »Geht weg!«

Und der Junge drehte sich um wie ein geprügelter Hund und schlich zur Tür hinaus.

Sani blieb stehen, zitternd vor Erregung, und verharrte in Angriffsstellung für den Fall, dass der Bursche zurückkommen sollte. Als er über die Stufen vor dem Ladeneingang verschwunden war, brach sie auf einer Bank zusammen und fing an, jämmerlich zu schluchzen.

Was für ein blöder Kerl! Wie hässlich der war! Warum zwang er sie, seine erbärmliche Gestalt mitansehen zu müssen?

Was, wenn irgendjemand gesehen hatte, dass er mit ihr gesprochen hatte? Sie würden sie für ein Flittchen halten wie ihre Base. Der Vorfall brachte Sani so aus der Fassung, dass sie den ganzen Tag lang zur Teeladentür hinein- und hinausflatterte und verzweifelt die Hände rang. Erst als Tripti aus der Schule heimkam, fiel ihr auf, dass sie keinen Imbiss vorbereitet hatte.

Tagelang noch blieb Sani ängstlich und angespannt. Wie konnte sie den Khadka-Jungen loswerden? Sie fürchtete den Wahn, der ihn antrieb. Und sie war sich sicher, dass irgendjemand spitzkriegen würde, dass sie tatsächlich mit ihm gesprochen hatte. Sie konnte nicht aus dem Haus gehen, ohne Angst zu bekommen. Sie war auf der Hut, wenn sie zum Wasserhahn ging. Sie war auf der Hut, wenn sie auf die Felder ging. Sie wünschte sich, sie hätte kein Gras für die Büffel holen und kein Feuerholz sammeln müssen. Auch wenn sie mit anderen Mädchen in der Gruppe unterwegs war, fühlte sie sich nicht mehr sicher. Selbst Binita-Didis Teeladen schien ihr keinen Schutz mehr zu bieten.

Schließlich beschloss sie, Gaumati um Hilfe zu bitten. Sie wählte dazu den Zeitpunkt, als sie beide nebeneinander auf einem Kastanienbaum hockten und Zweige abhackten, die als Feuerholz dienen sollten. Die anderen Mädchen hockten auf den anderen Bäumen in der Umgebung, kaum außer Hörweite. Sie befanden sich in den zerstückelten Wäldern, die die Hügel nördlich der Ortschaft bedeckten.

Wo sollte sie anfangen? Sanis Vollmondgesicht bewölkte sich. Sie schürzte die Lippen. Der Leberfleck am Kinn zuckte. »Gaumati«, sagte sie schließlich. »Ich weiß nicht, was ich tun soll. Und der Sohn der Zweitfrau von deinem Großvater ist der Großvater von dem blöden Kerl, also dachte ich …«

Gaumati drehte sich zu ihr um.

Sani schoss das Blut ins Gesicht. »Eigentlich ist nichts passiert«, sagte sie. »Aber er läuft mir nach, überallhin, in die Felder, zum Wasserhahn – er ist sogar ins Haus gekommen!« Sie wagte es nicht, aufzublicken und Gaumatis Urteil ins Gesicht zu sehen. »Ein Mädchen, ganz allein … Was, wenn das irgendjemand gesehen hätte? Erzähl das keinem. Schwör, schwör, schwör, dass du keinem davon erzählst!«

Gaumati steckte die Sichel in die Schärpe, kletterte zu Sani herüber und hockte sich neben sie auf einen dicken Ast. »Erzähl mir, was passiert ist«, sagte sie neugierig. »Ich erzähls keinem.«

»Ich sterbe, wenn doch«, wimmerte Sani. »Ssss! Was sollen die Leute denken?«

»Ich erzähls keinem«, versprach Gaumati. »Aber wer ist der Junge? Über welchen von den Enkeln vom Sohn der Zweitfrau von meinem Großvater redest du?«

Sani zuckte traurig mit den Schultern. »Ich weiß seinen Namen nicht, aber er ist ein Khadka-Junge und er ist mager und er spricht wie ein Mädchen und er hat keine Mutter und er holt jeden Morgen alleine Wasser.«

»Über das alles hast du mit ihm gesprochen?«

»Nein!«

In Gaumatis Gesicht ging ein Licht auf. »Das muss Harsha Bahadur sein! Hat er nach oben stehende Haare? Und ein Ziegengesicht?«

Sani nickte.

Gaumati grinste. »Der Schwachkopf!« Nachdem sie sich umgeschaut hatte, um sicherzugehen, dass es keiner hören konnte, flüsterte sie aufgeregt: »Manche Leute sagen, er ist nicht mal der eheliche Sohn von seinem Vater! Er ist kränklich, weißt du, und blass. Bei einem Vater, der dunkelhäutig ist – seine Mutter hatte auch dunkle Haut, sie ist bei seiner Geburt gestorben. Die Leute haben sich gefragt, als Harsha Bahadur geboren wurde, ob da der Vater die Mutter nicht aus Wut umgebracht hat. Auf jeden Fall –. Sein Vater ist so arm. Er ist sowas von arm. Ein Kerl wie der hat es auf dich abgesehen – das ist lächerlich!«

Diese Worte trösteten Sani. Sie rückte näher an Gaumati heran und sagte: »Also dachte ich, da du entfernt mit ihm verwandt bist, vielleicht könntest du ihm sagen … ich weiß nicht. Nein, red nicht mit ihm, sag ihm nicht, dass ich irgendwas gesagt habe. Schwör, schwör, schwör, dass du nicht … Aber vielleicht könntest du ihm sagen, einfach wegzugehen. Einfach wegzugehen und – zur Armee zu gehen oder irgendwas.« Dann fiel ihr wieder ein, was für ein dürrer Kadaver er war, und sie verlor die Beherrschung. »Er würde aber nicht genommen werden«, sagte sie hämisch. »Wer würde den schon haben wollen, der ist so dürr, und außerdem ist er hässlich. Sogar die nepalische Polizei würde sich totlachen über den. Sag ihm, er soll von ner Klippe springen und sterben!«

Gaumati hielt die Luft an. Sani war erschüttert von der eigenen Gemeinheit. Tränen stiegen ihr in die Augen. Beschämt verbarg sie das Gesicht.

Als sie sie weinen hörten, drehten sich die Mädchen nach ihr um, die auf den Bäumen in der Umgebung saßen. Es würde nicht lange dauern, merkte Sani, bis sie herüberkamen, um zu erfahren, was passiert sei. Sie streckte den rechten Fuß aus. Die Wunde war eine gute Ausrede. Und sie flehte Gaumati an: »Sag ihm einfach, dass ich ein braves Mädchen bin, dass ich in Ruhe gelassen werden will. Sag ihm, dass ich ihn nicht heiraten will.

Aber sag ihm nicht, dass ich das gesagt hab. Bring ihn nur dazu wegzugehen.«

Die Bäume begannen zu rascheln, als die anderen Mädchen sich auf den Weg zu ihnen machten.

## 13

Zurückweisung war der rasche Sturz, den man erfuhr, wenn man auf Bambusblättern ausrutschte: keine Zeit, das Gleichgewicht wiederzufinden. Zurückweisung war der Gestank verfaulten Heues voll Kuhgülle. Zurückweisung klang wie eine alte Hexe, die einen nackten Jungen auslachte. Wie schnell sie einen überfiel, die Zurückweisung, wie ein Hagelsturm, der aus heiterem Himmel herniederprasselte. Zurückweisung ließ die Eingeweide sauer werden und schwärzte das Blut. Sie hämmerte in der Zunge und schmeckte nach Eisen: Sie war das herbe Aroma der eigenen Sterblichkeit.

Harsha Bahadur Khadka hatte das einmal im Radio gehört: Ein Dichter hatte es vorgetragen. Es war merkwürdig, wie ihm jetzt jedes einzelne Wort wieder einfiel, während er die Ruhe zu wahren versuchte, da Gaumati vor ihm stand und Zeugnis davon ablegte, dass seine Liebe eine Fehlgeburt war. Als eine entfernte Base aus dem wohlhabenden Zweig der Familie seines Großvaters war Gaumati dazu geboren, auf ihn herabzuschauen. »Sie ist zu gut für euch«, sagte sie strafend. »Sani – und Ihr! Das ist mehr als lächerlich!«

Harsha Bahadur wollte einwenden, dass seine Liebe ein reines, keineswegs besitzergreifendes Gefühl sei. Nach dem, was Sani ihm im Teeladen ihrer Base gesagt hatte, war ihm nun klar, dass sein Schicksal darin bestand, das strahlende Leuchten ihres Sternenlichtes aus der Ferne zu bewundern. Sie hatte ihm ihren Wunsch mitgeteilt, und er würde gehorchen. All das wollte er Gaumati sagen, aber die Base ließ ihn nicht zu Wort kommen.

»Außerdem kommt nächsten Monat ein Rawal-Junge her, um auf den Feldern zu arbeiten.« Gaumati genoss es sichtlich, ihm Schmerzen zuzufügen. »Er arbeitet in einem Hotel in Indien! Alle Mädchen sagen, dass er sich bestimmt in Sani verknallt. Sie sagen, sie ist die Schönste, und er wird sich in sie verknallen.«

Ssss, nein. Harsha wollte das nicht hören. Die Vorstellung, dass ein anderer Sani heiratete, ließ ihn vor Kummer erzittern. Nicht, dass er eine Chance gehabt hätte … und dennoch war es nicht zu leugnen, dass er sich sogar jetzt noch gestattete, tiefe Träume von ihnen beiden zu träumen. Fleisch Haut Sehnen Knochen Blut Galle und Ausscheidungen: Er betete darum, dass seine Kränklichkeit durch Sanis Gesundheit geheilt werden würde. Er stellte sich vor, dass er ihr eines Tages, in ihrer beider Ehebunde, seinen Atem spenden würde, und sie ihm den ihren, und dass sie gemeinsam atmen würden.

»Der Rawal-Junge ist stärker als Ihr, und reicher und schöner«, fuhr Gaumati fort. »Und er hat einen Oberschulabschluss. Desweiteren hat er Arme aus Stahl.«

Gaumatis Stimme driftete in immer weitere Ferne wie eine verblassende Erinnerung – war sie also ein Trugbild gewesen? Denn als Harsha Bahadur blinzelte und die Tränen zu fließen anfingen, war Gaumati verschwunden.

Aber dann erkannte er: Nein, sie war immer noch da, seine Base, und stand vor ihm mit Zorn im Gesicht. Es war Sanis Traumbild, das flimmerte und verblasste. Es war die Liebe, die nicht mehr da war.

In tiefem Kummer beschloss Harsha Bahadur, sein Leben auszuweinen, nichts mehr zu essen, sodass er dahinschwinden würde, und nichts mehr zu trinken, sodass ihm die Tränen zum Weinen ausgehen würden. Und Tränen weinte er ohne Ende. Er brachte ganze Morgende, Nachmittage und Abende unter einem vertrockneten Zitronenbaum zu, der hinter der Hütte seines Vaters stand, rollte sich dort zu einer Kugel zusammen und schluchzte, schluchzte ohne Ende. Er erledigte die Hausarbeit nicht, und er verließ den Baum erst, wenn es Nacht geworden war, um sich erschöpft auf den Holzbrettern seiner Schlafstatt zusammenzurollen. Tag um Tag weinte er so viel, dass er langsam austrocknete. Sein Gesicht verschrumpelte, seine Knochen schmerzten, und seine Eingeweide schnürten sich zusammen, während er versuchte, sich die Seele aus dem Leib zu weinen.

Die Jungen aus der Nachbarschaft begannen, sich um ihn zu versammeln. Sie hatten von Harsha Bahadurs zweifelhafter Abstammung gehört, und sie wussten, dass ihn sein Vater voller Verachtung behandelte, ihn wie eine Tochter arbeiten ließ, statt ihn wie einen Sohn zu verwöhnen. Was, wenn sie ihn fragten, warum er weine – und er sprach unaussprechliche Familienskandale aus? Keiner wollte wirklich etwas von seiner Not wissen. Harsha Bahadur tat den Jungen leid, aber gerade deshalb, weil er so bemitleidenswert war, konnten sie ihn auch nicht leiden. Sein Gemüt war von tiefer Melancholie durchdrungen. Er war empfindsam. Er war unangenehm zart. Einige von ihnen wollten gerne nett zu ihm sein, wussten aber nicht wie.

»Also, unh, ist was, ke, passiert?«, stieß einer der Jungen eines Tages hervor. »Was, du – unh, du scheinst unglücklich zu sein.«

»Ho ja«, sagte ein anderer Junge. »Ist, ke, irgendwas passiert?«

»Du kannst es uns erzählen«, sagte ein anderer Junge. »Wir sind deine Freunde. Wir – stimmts? – wir helfen dir.«

Harsha Bahadur hielt den Kummer zurück und hielt den Kummer zurück – bis er ihn nicht mehr unterdrücken konnte. »Sie hasst mich«, schluchzte er schließlich laut los. »Ich wollte doch nur die Luft atmen … aber sie hasst meine Luft.«

Eh, es war unglückliche Liebe. Die Jungen atmeten erleichtert auf. Jetzt wussten sie, was zu tun war. Sie begannen sofort damit, ihm den Namen des Mädchens zu entlocken, und als ihn erneut der Schmerz überwältigte, heulte Harsha Bahadur: »Sani!«

Der Kosename Sani war allerdings recht verbreitet, und so dauerte es eine Weile, bis die Jungen erraten hatten, welcher Sani Harsha Bahadur nachheulte.

»Sani? Diese Base von der Witwe Binita?«

Harsha Bahadur nickte unglücklich.

Ein paar von den Jungen lachten. »Schau nach, wie groß deine Gurgel ist, bevor du nen Knochen schluckst«, sagte einer. »Du kannst kaum erwarten, ein Mädchen wie die zu kriegen.«

Ein paar Jungen versuchten, freundlich zu dem gepeinigten Dummkopf zu sein. »Du musst sie vergessen. Wer ist sie denn schon? Zu glauben, du wärst nicht gut genug!«

»Ein Junge weint einem Mädchen nicht nach«, erklärte ein anderer Junge. »Er lässt das Mädchen ihm nachweinen.«

»Ho. Das Mädchen muss dem Jungen nachweinen.«

Harsha Bahadur blickte aus seinen Tränen auf und sah eine Welt, die schwankend und nass und von Menschen bevölkert war, die nicht wussten, was Liebe bedeutete. »Sie soll niemals weinen müssen«, fauchte er.

Lässig schlug ein anderer Junge vor: »Such dirn andres Mädchen, Freund – es gibt so viele. Such dirn andres Mädchen und bitt deinen Vater, die Hochzeit mit ihr klarzumachen.«

»Du solltest sie einfach vergessen.«

»Oder geh in die Stadt, such dir ne Stelle – aber dafür bräuchtest du Beziehungen.«

»Du solltest Karate, Kungfu und Boxen üben und deinen Körper trainieren.«

»Ein Junge braucht Geld, wenn er die Mädchen beeindrucken will. Geh nach Kuwait und arbeite als Diener bei nem arabischen Scheich.«

»Aber du bräuchtest Geld, um den Weg ins Ausland zu bezahlen.«

Harsha Bahadur stöhnte.

»Was du brauchst«, riet ihm einer, »ist, dass sie merkt, dass sie dir unrecht tut. Du musst weiter versuchen, sie zu treffen, weiter versuchen, mit ihr zu sprechen. Die Mädchen wollen, dass die Jungs Ausdauer zeigen, um ihre Liebe zu beweisen.«

»Ich denke immer noch«, sagte der erste Junge, »dass er versuchen sollte, sie zu vergessen. Wofür hält sie sich denn? Sie ist ne Waise. Merkt sie denn nicht, wie – treuherzig – dieser arme Junge ist? Merkt sie denn nicht, was für ein zarter, kränklicher Mensch er ist? Ein solcher Schock kann das Leben eines Jungen zerstören. Besonders das von einem, der so schwach ist wie er.«

»Ho, er ist ziemlich schwach.«

»Er ist kümmerlich.«

»Echt, von hier aus sieht er aus wien Skelett.«

Ssss! Harsha Bahadur begann, noch heftiger zu weinen. Jawohl, er war nicht der schönste reichste gescheiteste fescheste Junge der Welt, aber er hatte ein liebevolles Herz. War die Welt denn dafür blind?

Dann wandte sich die öffentliche Meinung gegen ihn. Einer in der Gruppe sagte: »Ich meine, sie ist ein äußerst liebreizendes Mädchen.«

Ein anderer Junge sagte: »Mit einem Gesicht, so strahlend wie der Mond.«

Alle seufzten. Ein Mädchen mit einem so wohlplacierten Leberfleck am Kinn: Es war nur natürlich, dass sie Harsha Bahadur zurückwies.

Da er spürte, dass sie im Stillen zu diesem Urteilsspruch gekommen waren, rollte Harsha Bahadur sich fest zusammen und weinte.

»Jetzt merke ich, dass du meinen guten Ruf beschmutzt hast, weil du da hinten unter dem Zitronenbaum sitzt und irgendnem Mädchen nachheulst. Es gehört sich für nen Jungen nicht, wegen Liebestragödien herumzuheulen. Du warst allerdings noch nie ein starker Kerl – du bist immer schon nach deiner Mutter gekommen, die war so schwach von Gemüt, dass sie gestorben ist, als sie dich zur Welt brachte. Die sah auch so aus wie ein verdörrtes Hühnchen. Jetzt hör mal zu, ich dulde es nicht, dass mein Sohn sich zum Gespött der Nachbarn macht. Ich weiß nicht, was in dich gefahren ist, vielleicht hat die Hexe deine Seele geklaut. Aber reiß dich zusammen, Junge, du musst mehr Zeit auf den Feldern verbringen. So'n Schwächling: Ich hätte dich nie zur Schule schicken sollen. Was bringen sie einem in diesen Büchern bei? Unter Bäumen sitzen und heulen? Ja, ich weiß, du hast den Abschluss in der zehnten nicht geschafft, und ich bin überhaupt nicht zur Schule gegangen, aber so viel weiß ich wohl: Jungen brauchen Strenge, Jungen brauchen Disziplin, Jungen müssen den Stock kennenlernen. Nächstes Jahr meld ich dich bei der Armee an, obs dir gefällt oder nicht. Wenn du erst von deinem Hauptmann Oberst General dafür verprügelt worden bist, dass du so ne Memme bist, lernst du endlich, was es heißt, ein Mann zu sein.«

Harsha Bahadur sah sich in dem Verdacht bestätigt, dass sein Vater nicht wirklich sein Vater sei.

***

Das Schauspiel, das Harsha Bahadur unter dem vertrockneten Zitronenbaum darbot, zog endlich die Aufmerksamkeit seines maoistischen Vetters zweiten Grades auf sich, der Harsha Bahadurs eigenem, mittellosem Familienzweig angehörte, an Khaireni Tars zweistufigem College studierte und ein überaus brillanter Kerl war. »Bürgermädchen wollen Bürgerjungen heiraten«, erklärte sein Vetter in barschem Ton, als er sich neben Harsha Bahadur setzte. Er hatte das markante Profil eines Revolutionärs, aber von vorne wirkte sein Gesicht weich wie bei einem Jugendlichen. Der spärliche Bart stand ihm überhaupt nicht. Sich dramatisch gegen den Himmel abzeichnend, verkündete er: »So ist das mit den Reformisten in diesem multinational-imperialistisch-spekulantenkapitalistischen Zeitalter der Ausbeutung. Das Bürgertum wird seinen Reichtum niemals umverteilen, und seine Frauen auch nicht. Der Rawal-Junge ist der Sohn eines reichen Verpächters, und es ist keine Überraschung, dass er dir dein Mädchen raubt.«

»Aber Sani hat mich doch selbst zurückgewiesen«, jammerte Harsha Bahadur. »Der Ra... Der Rawal-Junge hat sie mir nicht weggenommen, sie hat ihre eigene Wahl getroffen.«

»Wahl!«, fauchte sein Vetter. »Ihr Klassencharakter erlaubt es ihr nicht, dich zu lieben.«

»Ssss. Ihr Charakter – so makellos –.«

»Ihr Charakter wird durch ihre Klasse bestimmt!« Inzwischen schrie sein Vetter fast. Er hob belehrend den Zeigefinger und wedelte damit erzürnt in der Luft herum. »Das Bürgertum lässt nicht zu, dass seine Töchter sich in arme Männer ohne Grundbesitz verlieben. Es sorgt dafür, dass seine Mädchen so denken, und sie werden auch so denken – bis die Arbeiter- und Bauernrevolution sie alle befreit und ihnen klarmacht, dass wir Brüder sind, alle!«

Dieses Argument gab Harsha Bahadur zu denken. »Also ist es nicht ihre eigene Schuld«, sagte er und suchte auf dem Gesicht seines Vetters nach Zeichen der Hoffnung. »Die Gesellschaft hindert sie daran, mich zu lieben, weil ich arm bin.«

Sein Vetter grinste. »Aus diesem Grund, mein Bruder, kämpfen wir für eine maoistische Republik. Wir leben in der turbulenten Übergangszeit von einem feudalen zu einem kapitalistischen System. Aber der Kapitalismus schafft eine bürgerliche Gesellschaft, die uns nicht geben will, was uns zusteht. Die parlamentarische Demokratie ist nur eine Schachfigur der Reichen, und deshalb müssen wir Arbeiter und Bauern bloße Reformbestrebungen ablehnen und für die wahre Revolution kämpfen – wir müssen einfordern, was unser rechtmäßiges Eigentum ist: Bildung! Arbeitsplätze! Elektrizität! Straßen! Eine großmaßstäbige erdrutschartige wirbelsturmmäßige Kulturrevolution!« Er zupfte vor Aufregung an seinem Bart: »Schau, Bruder, der maoistische Volkskrieg ist die beste Wahl für alle, denen das Herz gebrochen worden ist. Glaubst du, du bist der einzige traurige Nepaler? Gibt es nicht Millionen andere, die ebenfalls leiden? Ist auch nur einer von uns frei von der multinational-imperialistisch-spekulantenkapitalistischen Ausbeutung unserer parlamentarischen Demokratie? Du musst aufwachen, Bruder, und kämpfen!«

Harsha Bahadur war sich nicht sicher, ob er mit allem einverstanden war, was der Vetter sagte, aber seinen vertraulichen Ton empfand er als tröstlich. »Es gibt so viele andere Menschen auf der Welt«, stimmte er zu, »die im Unglück leben. Die Armen, die Kranken, die, denen die Häuser von Erdrutschen und Überschwemmungen weggespült werden.«

Sein Vetter warf sich fast auf ihn. »Deshalb musst du dich mir anschließen, um diese bevorstehende Wahl zu sabotieren! Wenn die Leute uns nicht dabei helfen, diese Wahl zu boykottieren, werden wir sie dazu bringen, mithilfe von Benzinbomben, Maschinengewehren, Pistolen und Khukurimessern!«

Was? Harsha Bahadur schaute erschrocken auf. Was war aus dem Gespräch über die Liebe geworden?

Ein Blick auf seinen Vetter, und er fand die Bestätigung: Die Maoisten waren kampflustig und grob und zettelten ständig Aufruhr an. Sie redeten zu schnell, und sie blieben lange auf und schauten sich gegenseitig mit stechenden, blutunterlaufenen Augen an. Harsha Bahadur hingegen war eine friedliebende Seele und wollte einfach nur in der Liebe glücklich werden.

Er sank in tiefe Verzweiflung, denn er wusste nicht weiter.

# kinoheld dies-das dies-das

## 14

Giridhar war völlig aufgelöst aus Kathmandu zurückgekehrt, hatte vier Tage wild saufend in den Spelunken im Südviertel zugebracht und war anschließend in die Abgeschiedenheit seines Hauses geklappt. Seine wirren Äußerungen gaben gerade genug Trockenholz her, um die rasch umlaufenden Gerüchte zum Thema Nayan Raj weiter anzuschüren.

»Er kandidiert, ich habs von seinem eigenen Vorsitzenden gehört. Dieser einstige Nummer-eins-Kinoheld, er kandidiert von hier aus.«

»Ho ja, das hab ich auch gehört …«

Bald versammelten sich die Ladenbesitzer unter den Vordächern der Bazarhäuser und tratschten den ganzen Nachmittag lang, wobei sie nur über eine einzige Aussicht spekulierten: »Gewinnt der Kinoheld, verliert er … Was wird passieren?«

»Tja, er ist der bekannteste Kandidat. Sein berühmter Film – *Ma Manchhe hun* –, der soll einem die Tränen in die Augen treiben.«

»Ho, den hab ich gesehen, der war hervorragend. Ich hab alle seine Filme gesehen, jeden Einzelnen. Persönlich, ich selbst, aus meiner eigenen Sicht glaube ich, dass er gewinnt.«

»Das einzige Problem ist, dass seine Partei unbekannt ist.«

»Und sie hat einen Säufer als Vorstand.«

Die Straßenhändler auf der gestuften Plattform unter dem

Bar-Pipal-Baum kehrten in ihren Gesprächen immer wieder auf das Thema Nayan Raj zurück. »Heute oder morgen kommt er«, sagte der Erdnussverkäufer. »Das Radio hat ihn neulich interviewt, und er sagte, er will von jetzt an sein ganzes Leben der politischen Basisarbeit widmen … jemand Erdnüsse?«

»Ich hab dieses Interview gehört«, sagte der Käsebällchen-und-Chips-Verkäufer. »Er redet sehr ernsthaft, dieser Mann.«

Der Uhrmacher des Ortes, der in seinem überdachten Stand in der Nähe saß, war plötzlich zu einer Autorität in Sachen Nayan Raj geworden, da er den Schauspieler, auf Drängen des alten Schulmeisters von Khaireni Tar, während eines Aufenthaltes in Kathmandu tatsächlich in seinem Haus besucht hatte. »Ich für meinen Teil würde ihm nicht meine Stimme geben«, sagte er umsichtig zu den UML- und Kongressmitarbeitern, die sich um seinen Stand scharten, um Informationen zu sammeln. »Ein Kinoheld. Was weiß der schon über den Distrikt?« Wenn ihn unparteiische Ortsbewohner fragten, gab sich der Uhrmacher allerdings freimütiger. »Der Held, der hat so einen schwermütigen Blick. Sogar wenn er lächelt, sieht er aus, als würde er über ernste Angelegenheiten nachdenken. Ich dachte, er würde arrogant sein – so ein berühmter Mann –, aber das stimmt nicht. Er hat sich meinen Namen gemerkt bis zum Schluss.«

Thainlo Nepali, der aus einer unweit der Ortschaft gelegenen Siedlung von Sängern aus der Gaine-Kaste stammte, hörte der Erzählung des Uhrmachers aufmerksam zu. »Stimmt es«, fragte er schließlich, »dass die Parteien uns Geld geben, wenn wir für sie singen?«

Die Leute um den Stand taten die Frage mit einem Lachen ab.

Thainlo Nepali meinte es allerdings ernst: Er musste mindestens einen seiner Söhne durch die Schule bringen. Die politischen Parteien hatten Geld wie Heu, das sagten alle. Er strich den Bogen über seine Fidel und ließ einen fröhlichen Akkord erklingen. »Diese neue Partei – der Kinoheldenmeister – braucht der keinen Sänger, der über die Dörfer wandert und davon singt, wie ruhmreich er ist?«

Der Uhrmacher deutete auf die Geschäftsstelle der Volkspartei auf der anderen Seite der Fernstraße. Nicht das geringste Anzeichen von Bewegung war in dem Gebäude zu erkennen. »Geht dort rüber, Alter, und fragt, wie viel sie zahlen, um Euer Geblöke anhören zu dürfen.«

Die anderen Leute, die um den Stand herumstanden, brachen in schallendes Gelächter aus, doch Thainlo Nepali ließ sich davon nicht beirren. Während der letzten Hochzeitssaison war er von Dorf zu Dorf gezogen und hatte die Kunde von den jüngsten Vermählungen verbreitet: Sowiesos jungfräuliche Tochter stehe im Begriff, Sowiesos unschuldigem Sohne aus demunddem Dorf angetraut zu werden. »Wie rührend, Eure Weisen«, hatten ihm die Leute gesagt, deren steinerne Herzen durch seine seelenvollen Weisen erweicht worden waren. »Ich könnte den ganzen Tag hier sitzen und zuhören.« Thainlo Nepali wusste, dass er selbst ein Publikum von Taubstummen in Bann schlagen konnte. Es gab keinen Grund, weshalb politische Parteien ihn nicht dafür bezahlen sollten, dass er ihr Lob sang.

Er drehte sich um und musterte die leuchtende neue Parteigeschäftsstelle auf der anderen Seite der Fernstraße.

Nicht alle jedoch interessierten sich für die Neuigkeiten über Nayan Rajs Kandidatur. Die musalmanische Armreifenhändlerin saß weiterhin friedlich an ihrem Stand und blieb durchaus unbeeindruckt. Ein Kinoheld als Politiker – wer brauchte sowas? Die RPP-Kandidatin hatte ihr neulich doch tatsächlich ein Dutzend Armreifen abgekauft – also die war die Art von Politiker, die sie leiden konnte. Die Dame hatte Handgröße vier-zwei, und sie hatte sich für die mehrfarbigen Reifen entschieden, die die Damen der Haute Couture in Delhi Kalkutta Bombay dieses Jahr trugen. Dieser Nayan Raj Sayan Raj – das war bloß ein nichtsnutziger Verursacher von Kleinstadttumulten. Vor allen Dingen wollte die Armreifenhändlerin keinen Tumult – insbesondere nicht in der Nähe ihres Verkaufsstandes, wo sie weibliche Kundschaft anlocken musste.

Der Rest der Frauen im Ort hatte ebenfalls keine Zeit für Politik. Vor einem Monat hatte Khaireni Tars allererster Lese- und Schreibkurs für Erwachsene angefangen, und zwar auf Betreiben von Hom Kumari, der älteren Frau des Polizeisubinspektors. Wie die anderen Frauen im Kurs war Hom Kumari zu sehr damit beschäftigt, Buchstaben zu lernen, als dass sie sich Gedanken über die Wahl hätte machen können. Jawohl, im Alter von fünfundvierzig Jahren lernte sie nun die Buchstaben. Natürlich lachten die Leute darüber. In der ersten Unterrichtsstunde hatte sie selbst nicht mit dem Kichern aufhören können. Eine Mutter von vier Kindern ging zum ersten Mal zur Schule! »Unsere Weiber werden frech«, hatten sich die Männer des Ortes belustigt, als sie zum ersten Mal zum Abendunterricht ging. »Ich frag mich, wie ihr Sir wohl aussieht, dass er solche Scharen von Weibern anzieht!« Manche waren weniger nachsichtig und lästerten, dass die Frauen ja bloß nachts frei herumlaufen wollten, wie die Huren. Aber es gab andere Männer, die es für richtig und wichtig ansahen, dass Frauen lesen und schreiben konnten, und mit Fortschreiten des Kurses gewannen die Schülerinnen zusehends an Entschlossenheit – außer Hom Kumaris Nachbarin, deren Mann sie so arg verprügelte, dass sie zwei Tage lang nichts sehen konnte.

Inzwischen fühlte sich der Bleistift zwischen Hom Kumaris Fingern nicht mehr wie ein Fremdkörper an, und sie kannte alle sechsunddreißig Buchstaben des Alphabets. Jeden Abend hielt der Sir den Frauen Vorträge über Frauenentwicklung. »Ihr solltet eine Müttergruppe gründen«, drängte er sie fortlaufend. »Dann könnt Ihr etwas für die Entwicklung der Frauen tun. Vergesst nicht, die Frauen bevölkern die halbe Erde und halten die Hälfte vom Himmel hoch.«

Was für Gedanken! Man konnte Hom Kumari jetzt kaum mit diesem Nayan-Raj-Helden kommen.

Aber im Allgemeinen, gleich, ob sie den Schauspieler nun leiden konnten oder nicht, trugen die Menschen von Khaireni Tar die Nachricht von seiner Kandidatur weiter. Sogar der Asket, der ein ganzes Stück südlich der Ortschaft in einer Höhle am Seti-Fluss lebte, hörte durch einen vorbeikommenden Almosenspender von Nayan Raj. Der Asket hatte früher selbst einen hohen Rang in der Kongresspartei bekleidet, aber jetzt zuckte er über Politik nur mit den Schultern. Für ihn war die Politik ein Feld niederer Versuchungen. Da die Gelegenheiten zu Amtsmissbrauch, Bestechung, Schiebung und Vorteilnahme so zahlreich waren, erlagen ihnen selbst die besten Männer. Er selbst war ihnen ja zum Opfer gefallen. Zum Glück bot der Gayatri-Mantra dem Menschen die Möglichkeit zur Läuterung. Om bhur bhuba subaha, psalmodierte der Asket den ganzen Tag lang, indem er seinen Atma dem allgegenwärtigen Brahma zuzuführen suchte. Om tat sabitur barenyam. Nur der Gayatri-Mantra konnte den Menschen von den niederen Spielarten des Hungers läutern. Denn falsches Handeln nahm seinen Ausgang vom Bauch; der Bauch war die Ursache allen Übels. Bhargo debasya dhimahi, psalmodierte der Asket. Dhiyo yo na prachodayat. Er hob das Hemd, um seinem Bauch zuzusehen, der sich wellte wie die Wogen auf dem Meer. Erst wenn jeder Politiker seinen Bauch zu beherrschen gelernt hatte, würde das Land von der Korruption befreit sein. Om.

Obwohl Nayan Rajs Name in vieler Munde war, und obwohl ein paar Leute im Ort sich zu überlegen begannen, dass sie für ihn stimmen würden – »Was zählt schon meine eine Stimme, letzten Endes« – ging niemand wirklich zur Geschäftsstelle der Volkspartei, um sich zu erkundigen, ob er ihr beitreten könne. Die Parteigeschäftsstelle wirkte einfach zu verlassen und abweisend. Manchmal konnte man den alten Steuereintreiber

Jimmawal Sharma dort hineilen sehen, und bei anderen Gelegenheiten wurde Om Gurung dabei beobachtet, wie er auf dem Heimweg von der Schule dort vorbeischaute. Giridhar Adhikari war der Mann, mit dem man sprechen musste – aber der kam überhaupt niemals in die Geschäftsstelle. Was würde die Partei bei so einem Vorsitzenden wohl für einen Wahlkampf abliefern?

Und außerdem: War es nicht töricht, eine winzige Partei zu unterstützen, wenn doch in diesen Zeiten zwei große um die Vorherrschaft rangen – die Kongresspartei und die UML? Es stimmte allerdings, dass die großen Parteien mit ihrer Korruption und den internen Machtränken die Wähler immer wieder im Stich ließen. Durch ihre Unfähigkeit hatten sie sogar die Demokratie selbst in Gefahr gebracht: Die Monarchisten, die die extreme Rechte bildeten, sammelten wieder ihre Kräfte, um den König zurück an die Macht zu bringen, und auf der extremen Linken führten die Maoisten einen bewaffneten »Volkskrieg«. Die Volkspartei bestehe aus Männern mit Visionen, hieß es. Ihre Führer erfreuten sich einer sauberen Reputation, etwas allzu Seltenes in der Politik heutzutage. Ihr Ruf nach demokratischer Reform hatte bei Kathmandus geistiger Elite große Glaubwürdigkeit erlangt. Im Radio machten sie einen ehrenhaften Eindruck. Und dennoch – wie weltfern klang das doch, was sie sagten. Denn ganz gleich, wie unverantwortlich die großen Parteien sich auch gerierten, sie schienen – nunja, sie schienen vom Schicksal zu den Machthabern bestimmt zu sein. In einer Tageszeitung, die Khaireni Tar mit zwei Wochen Verspätung erreicht hatte, schrieb ein Kolumnist über diese Parteien: »Sie haben lange Jahre im Untergrund darben müssen, und nun sind sie wie die untreuen Söhne der nepalischen Regierungsgewalt – was sie dazu befugt, das Eigentum ihres Vaters in Besitz zu nehmen, ist allein ihr Geburtsrecht, nicht ihr Verdienst. So will es der nepalische Brauch, so sind die Sitten dieses Landes.« Diese kleinen neuen Parteien – sie machten einen guten Eindruck, aber wer waren sie eigentlich? Würden sie sich auch nur als einen Deut besser erweisen, wenn sie erst gewählt waren? Würden nicht auch sie schon am ersten Tag an der Macht ihre Gier zeigen?

Tatsache war, dass es sich bei der Volkspartei in Khaireni Tar um wenig mehr als eine Namensliste handelte, die mit Tinte in einer mottenzerfressenen Kladde verzeichnet stand, welche, weil sich sonst niemand um sie gekümmert hatte, in Om Gurungs Obhut gelandet war. Aufmerksamkeit genoss die Partei nur auf der nationalen Ebene. Hier, vor Ort, hatte sie vor sich hingekümmert, da sich Giridhar beträchtliche Führungsversäumnisse hatte zuschulden kommen lassen. Die meisten der anfänglichen Parteimitglieder waren in die Untätigkeit abgeglitten oder hatten die Partei gewechselt oder den Distrikt verlassen. Einige waren gar gestorben. Wenige von den verbleibenden Mitgliedern wussten, dass ihre Partei diesmal einen Kandidaten stellte, und noch wenigere scherten sich darum.

Die Kräfte der Volkspartei waren so zerstreut, dass niemand auch nur davon wusste, dass Khaireni Tars wohlhabendster Mann, der Bauunternehmer Chiranjibi Joshi, ein förmlich eingetragenes Parteimitglied war. Das lag daran, dass Chiranjibi nie jemandem davon erzählt hatte. Auf einen seltenen Impuls hin hatte er in der Parteizentrale in Kathmandu die Beitrittserklärung unterzeichnet, wozu ihn Nayan Raj überredet hatte, nachdem er diesem vor ungefähr vier Jahren bei einer Behörde über den Weg gelaufen war. Die Worte des Schauspielers hatten den Bauunternehmer aus irgendeinem Grund nachhaltig beeindruckt. »Die Leute haben immer gesagt, wir würden niemals eine Demokratie werden«, hatte Nayan Raj gesagt. »Und jetzt sagen sie: Ja, wir haben die Demokratie, aber was solls? Hat sie uns eine schnellere Entwicklung beschert? Passt sie zu einem armen Land? Ist sie besser als die Herrschaft des Königs? Können wir mit der Freiheit wirklich umgehen, brauchen wir sie?

Aber wir dürfen nicht vergessen, Chiranjibiji, dass die Verfassung von 1990 nur das Fundament für die Demokratie gelegt hat. Wir müssen trotzdem noch gesellschaftliche Werte verbreiten, Institutionen und Systeme aufbauen, welche die demokratischen Ideale in die Tat umsetzen. Als Erstes müssen wir die Parteipolitik aus den Händen deren erretten, die sie dazu benutzen, ihre Habgier zu befriedigen. Freiheit und Gleichheit, Gleichheit und Freiheit: das sind unsere beiden Ideale.«

Wie gewandt er redete, und so voll müheloser Überzeugung. Aus seinen so feinen und wohlgesetzten Worten schien eine ungewöhnliche Rechtschaffenheit zu sprechen. Später in derselben Woche hatte Chiranjibi den Schauspieler in der Parteizentrale in Kathmandu besucht, und zur eigenen Überraschung hatte er die Mitgliedschaft angenommen.

Doch Chiranjibi war ein pragmatischer Mensch, und nach der Heimkehr hatte er seine Mitgliedschaft geheim gehalten. Das war leicht angesichts der geringen Bedeutung, die die Partei in Khaireni Tar besaß. Jetzt, da Nayan Rajs Kandidatur bekannt gegeben worden war, sorgte sich der Bauunternehmer, dass seine Mitgliedschaft an die Öffentlichkeit gelangen könnte. Das durfte nicht geschehen. Am Anfang dieser Regenzeit hatte die Distriktverwaltung eine Ausschreibung für ein neues Schulgebäude veröffentlicht, und Chiranjibi hatte ein Angebot eingereicht. Die Angebote würden bald geöffnet werden. Es würde seinen Profit in Gefahr bringen, wenn man ihm eine Verbindung zu einer politischen Partei nachsagte, insbesondere zu einer Partei, die so weit von der Macht entfernt war wie die Volkspartei.

Chiranjibi wohnte in kurzer Entfernung von der neuen Geschäftsstelle der Volkspartei, in einem ausgedehnten Gebäudekomplex hinter der Sägemühle, die ihm und seinem Bruder gehörte. Er war ein Mann mit einem unscheinbaren Gesicht und bescheidenem Gebaren, der durch Zimmer, Gruppen und Landschaften schlüpfen konnte, ohne Aufmerksamkeit auf sich zu ziehen. Seine Kleidung war einfacher als nötig, einfache Konfektionsware, und die Stahlfassung seiner Brille wurde von Klebeband zusammengehalten. Trotz seines Reichtumes wurde er von anderen selten beneidet, weil sein Äußeres einen so traurigen Eindruck vermittelte. Wenn die Leute ihn sahen, sagten sie: So reich, der Mann, aber hat sechs Töchter, keine Erben. Er tat ihnen leid.

An diesem Morgen ging Chiranjibi schon früh in die Sägemühle. Sein jüngerer Bruder war bereits mit einigen Arbeitern beschäftigt, mit denen er die frisch geschlagenen Baumstämme ausmaß. In ihrer Partnerschaft war es sein Bruder, der die Bauarbeiten leitete. Holzbalken, Zement, Eisenstangen, Mörtel und Blech gingen Chiranjibi nichts an: Seine Aufgabe war es, Geschäfte abzuschließen und die Bücher zu führen. Die Partnerschaft zwischen den beiden Brüdern war so effizient, dass sie zur Verständigung selten mehr als ein paar Worte zu wechseln brauchten.

»Neue Vorräte«, sagte sein Bruder, als Chiranjibi die Mühle betrat.

Chiranjibi erwiderte: »Die Ausschreibung für die Schule ist so gut wie gewonnen.«

Eine Weile sahen sie gemeinsam zu, wie das Holz ausgemessen wurde. Dann nickte Chiranjibi, und das beendete das Gespräch.

Er ging zu seinem Schreibtisch, der von Bretterstapeln und dem herben Duft von Kiefern-, Sal- und Palisanderholz umgeben war. Der Schreibtisch war aus Teak, und in diesem Umfeld von Sägemehl und Holzspänen wirkte die schimmernde, lackierte Oberfläche wie ein Traumbild. Chiranjibi setzte sich hin und zog das Angebot für die Schulbauausschreibung aus der Tasche. Vierzehn Lakh, eine Vierzehn mit fünf Nullen, für den Bau von sieben Klassenräumen: Zement, Verputz, Stahlträger, billiges indisches Glas, Holzbalken und ein Blechdach. Eine ganze Weile lang studierte er das Angebot, dessen Zahlen am Fuß der Seite zu dem Ergebnis von vierzehn Lakh führten, unter den Worten sum total. Eins, vier, null null null null null. Er konzentrierte sich allerdings nicht auf die Zahlen. Seine Gedanken waren bei den unsichtbaren Gleichungen, die sich außerhalb dieser Zahlen abspielten, schwer fassbare menschliche Gleichungen jenseits der leeren Präzision einfacher Mathematik. Um sich diese Ausschreibung zu sichern, würde er die Krankenhausrechnungen für die Mutter des Distriktschulamtsleiters übernehmen müssen, die tödlich an Knochenkrebs erkrankt war. Er würde einen Job hier und eine Runde Bier dort spendieren müssen, und überall Bares in braunen Briefumschlägen. Dies waren die Berechnungen, die er vorzunehmen hatte, damit die Habgier der Menschen zum gewünschten Ergebnis führte.

Chiranjibi legte das Angebot auf den Tisch und seufzte. Tatsache war, dass dieses Leben allmählich seinen Reiz verlor. Er ließ eine Hand über seinen Schreibtisch gleiten. Erlesenes Teak, so satt und glänzend wie ein nächtlicher Weiher, wenn kein Lüftchen seine Ruhe störte. Chiranjibi hatte dem Tisch nicht widerstehen können, als er ihn in einem Ausstellungsraum in Kathmandu gesehen hatte: Diese stille Oberfläche, die geschnitzten Blattornamente an den Beinen. Er hatte ihn den weiten Weg von Kathmandu in einem Laster hergebracht.

Während desselben Aufenthaltes in Kathmandu hatte er Nayan Raj getroffen. Er musste an etwas denken, das der Schauspieler damals gesagt hatte: »Jedes reine Ideal ist ein Ding der Unmöglichkeit, Chiranjibiji, vielleicht kann es nie in die Tat umgesetzt werden. Aber danach zu streben – nach Demokratie zu streben –, das ist unser Dharma.«

Schauspielerte Nayan Raj bloß, wenn er so im Brustton der Überzeugung sprach? Chiranjibi wunderte sich und wusste es nicht. Doch wie konnte ein vernünftiger, intelligenter Mann ein Ideal hochhalten, das niemals verwirklicht werden konnte? Wie konnte er erwarten, dass ein Bauunternehmer es ihm gleichtue – und sich einer so eklatant unprofitablen Sache verschrieb? Nayan Raj hatte eine Torheit begangen, als er ihn bat, sich der Volkspartei anzuschließen. Es war eine Torheit gewesen, ja zu sagen. Sich in die Politik einzumischen, hieß, den Kreislauf von Angebot, Bestechung, Zuschlag und Bau aufzugeben, und das nur, um ein Ziel zu verfolgen, das so hochgesteckt war, dass sich nicht einmal seine grundlegenden Gleichungen formulieren ließen.

Chiranjibi holte ein Päckchen Yak-Zigaretten aus der Tasche und zündete sich eine an. Wozu nur machten die Menschen etwas so Absurdes wie die Politik?

## 15

Wochen, nachdem Nayan Rajs Verwandtschaft über dessen Kandidatur in Kenntnis gesetzt worden war – und darauf ihre Zukunftspläne errichtet hatte –, fragte sich Binita immer noch, ob er überhaupt kandidieren, und falls ja, was das für sie bedeuten werde. Er würde zurückkommen – wenn nicht für immer, dann zumindest für die Dauer des Wahlkampfes. Er würde in seinem Vaterhaus wohnen wollen. Er hatte ein Recht dazu. Laut Gesetz gehörte das Grundstück zur Hälfte ihm, zur Hälfte ihr.

Aber es würde seltsam werden, ihn hier zu haben. Sie konnte sich ihren sorgfältig gepflegten, eleganten Schwager kaum unter diesen halb ländlichen Wohnumständen vorstellen. Binita war Nayan-Raj-Bhai zweimal begegnet, einmal, als er einen Zwischenstop einlegte, um ihren Mann zu sehen, und das nächste Mal, nachdem der Bus, der von der Straße abgekommen und ihrem Mann zur Todesfalle geworden war, die ganze Dahal-Sippe zur Einäscherung nach Khaireni Tar gebracht hatte. Ihr Mann hatte stets über die Rollen gelacht, die sein jüngerer Bruder in den Filmen spielte, über seine schlechte Lippensynchronisation, die Tanzeinlagen, bei denen er sich wie ein Kreisel um sich selbst drehte, und über seinen Ruhm – »Unser Nayan«, hatte er oft gelacht und den Kopf geschüttelt, »ein Star!« Die beiden Brüder waren zufällige Überlebende nach vielen Fehl- und Totgeburten: die einzigen Söhne betagter Eltern. Aber sie waren bald nach dem Tod ihrer Eltern auseinandergegangen und hatten sich nur selten gesehen. Binitas Mann hatte am College von Khaireni Tar unterrichtet, als Nayan-Raj-Bhai zu Ruhm kam. Nayan-Raj-Bhai war mit einer Frau aus Kathmandu verheiratet. Sie hatten zwei Kinder, aber Binita hatte sie nie gesehen.

Würde die ganze Familie für die Dauer des Wahlkampfes nach Khaireni Tar ziehen? Eine vollständige Familie; vermögende Leute –. Binita fühlte sich herabgesetzt, wenn sie nur daran dachte.

Um auf die mögliche Rückkehr ihres Schwagers vorbereitet zu sein, begann Binita, ihre Habe zu kleinen, umzugsfertigen Stapeln aufzuschichten. Es war nicht viel in ihrem Zimmer. Die braunen und beigefarbenen Phariyas passten säuberlich in einen Aluminiumkoffer, und die Schultertücher und Pullover dazu. Die Blusen und Unterröcke passten in ein paar Plastiktüten, und Nachthemden und Unterwäsche ließen sich zu einem kleinen Bündel zusammenrollen. Die Handtücher und Bettlaken, den Kamm, das Haaröl, die Haarschnüre und den Handspiegel legte sie auf das Fenstersims.

Phul Devi schlenderte herein, als Binita ihre Kleider zusammenfaltete und in die Tüten steckte, die spärlichen Möbel umstellte und Staub aus schwer erreichbaren Ecken putzte. »Ihr macht Euch zum Gehen fertig«, sagte sie wissend. Dann unternahm sie einen Versuch, eine enge und vertraute Freundin zu werden – denn Binita hatte jetzt – so plötzlich – gute

Beziehungen –, und begann eine Reihe längerer Erzählungen von irregeleiteten Bediensteten, verschwenderischen Verwandten, streitsüchtigen Bekannten und undankbaren Freunden. Binita war versucht, die Nachbarin zu fragen, was sie über Nayan-Raj-Bhai gehört habe, aber es wäre ihr peinlich gewesen, ihr – und durch sie dem ganzen Ort – einzugestehen, dass sie von ihrer Schwiegerfamilie abgeschnitten war. Es warf ein schlechtes Licht auf sie, dass Nayan-Raj-Bhai ihr nichts von seinen Plänen mitgeteilt hatte. Sie war nicht achtbar genug, um solche Artigkeiten zu verdienen. Und so ließ Binita Phul Devis Geschwätz über sich ergehen, ohne eigene Gedanken preiszugeben. Als die Nachbarin gegangen war, machte sie sich wieder ans Stapeln, Zusammenschieben, Organisieren; bereitete sich auf Veränderungen vor, die kommen mochten oder auch nicht.

Dann kam eines Morgens der Onkel von Binitas Mann, Kainlo-Kaka, zu Besuch. Kainlo-Kaka war das Familienoberhaupt der Dahal-Sippe, und er wohnte eine Stunde Fußweg südlich der Ortschaft, auf der anderen Seite des Seti-Flusses. Es regnete, als er eintraf. Die wenigen Kunden in Binitas Teeladen waren mit Spekulationen darüber beschäftigt, ob man Angst haben müsse, dass die Wurzelfäule die Reispflanzen befallen werde. Binita saß in einer Ecke und sah Sani dabei zu, wie sie an einem Wort herumriet, das sie am Vorabend im Lese- und Schreibunterricht gelernt hatte. »Dieser Bogen kommt vor dem Buchstaben Ka«, erklärte Binita, um dem Mädchen aus der Verwirrung zu helfen. »Das verwandelt das Ka in ein Ki. Und das Na macht daraus kina. Kina: warum.«

Sie hörte ein Schlurfen am Hoftor, und als Binita zum Fenster ging, sah sie zwei Gestalten, deren Gesichter von schwarzen Regenschirmen verdeckt wurden. Sie erkannte sofort Kainlo-Kakas wackelige Knie und knorrige Hände. Der andere Mann war sein Sohn. Binita trat aus dem Teeladen auf die Hinterlaube, mehr vor Schreck als aus Rücksicht auf die Erfordernisse des Protokolls. Sie strich über ihre Phariya, um sicherzugehen, dass sie ordentlich saß.

In Binitas erstem Witwenjahr hatte Kainlo-Kakas brauchtumsgebundene Frau sie gedrängt, ja hatte ihr regelrecht damit im Nacken gesessen, zu ihnen zu kommen und im Haus der Familie zu leben: »Natürlich kannst du nicht die Küche entweihen, aber du kannst für dich und deine Tochter draußen einen Lehmofen bauen.« Binita, die mit der eigenen, sittenstrengen Familie gebrochen hatte, als sie einen Mann heiratete, der aus der falschen Kaste stammte und doppelt so alt wie sie war, hatte keinen Grund gesehen, der alten Tante zu gehorchen, und beschloss, alleine zu leben. Die weitere Dahal-Sippe hatte sofort eine Nörgelkampagne gestartet. »Keine Schwiegertochter der Dahal-Sippe hat je getan, was du jetzt tust«, hatte Kainlo-Kakas Frau gesagt. »Du hast einen Dahal geheiratet, wir müssen auf unseren Namen achten. Du lebst nach den Regeln unserer Familie.« Als Binita ihren Teeladen eröffnet hatte, war die Kritik gehässig geworden. »Eine junge Witwe, die Tee an fremde Männer verkauft«, hatte Kainlo-Kakas Frau sie gewarnt. »Die Leute werden denken, dass sie viel mehr verkauft als Tee.«

Binita und Kainlo-Kaka hatten schon seit Jahren nicht mehr miteinander gesprochen. Die Entfernung zwischen ihren Häusern hatte ihnen eine bequeme Entschuldigung dafür geliefert, sich gegenseitig aus dem Weg zu gehen. Der Alte war älter geworden. Seine Haltung war leicht gebückt, und die Art, wie er über die Bambuslatten des Tores kletterte, wirkte zaghaft und unsicher.

Im Teeladen begann Sani, Tee zu kochen. Binita prüfte erneut, ob ihre Phariya ordentlich saß. Kainlo-Kaka durchschritt den Hinterhof mit der affektierten Unbekümmertheit eines Mannes, der sich deutlich bewusst ist, dass er beobachtet wird. Sein Sohn ging hinter ihm und prallte gegen ihn wie eine Ziege in der Herde, als der Vater an den Tomatensträuchern stehen blieb. Kainlo-Kaka stieß die Stängel mit dem Fuß an und musterte ihren Wuchs mit gerunzelter Stirn. Dann nickte er wie ein befriedigter Eigentümer und ging den Weg bis unter das rückwärtige Vordach.

»Binita-Buhari.« Er schüttelte den Regenschirm aus und wich ihrem Blick aus. Binita fühlte, wie ein Automatismus von ihren Bewegungen Besitz ergriff, als sie sich verneigte. Das war er nun: ein krummer Mann, der die krummen Hände zur Segensgeste hob. Anschließend verneigte sich sein Sohn vor Binita. Eine Formalität. Binita hob die Hand und führte die erforderlichen Gebärden aus. Ihre Bewegungen waren zurückhaltend, sie war auf der Hut.

Kainlo-Kaka sagte: »Ich bin gekommen, um die Vorbereitungen zu überprüfen.« Weder sah er sie an, noch sie ihn. Er drehte sich zum Hinterhof um und betrachtete mit missbilligendem Stirnrunzeln den Wasserbüffelstall. »Mein Neffe hat letzte Woche angerufen. Ich sagte, wohn bei deinen Onkels, all deine Verwandten sind begierig darauf, dir beim Wahlkampf zu helfen. Aber«, er deutete unbestimmt in Richtung des Hauses, »er sagt, du sollst seine Zimmer vorbereiten, Vorkehrungen für seinen Aufenthalt treffen.«

Binita versuchte, sich nicht gegen seinen Befehlston aufzubäumen. Sie konnte natürlich nicht Nein sagen – aber sie wollte auch nicht Ja sagen. Also gab es nichts zu sagen. Ein starrsinniges Schweigen ging von ihr aus.

Kainlo-Kaka drehte sich um und betrachtete das Haus. Mit demselben missbilligenden Gesichtsausdruck prüfte er die Tür zum Teeladen, dann ging er zu der anderen Tür, die zu den Schlafzimmern führte. Er sagte: »Er wird viele Leute treffen müssen. Ich sagte ihm, wie kannst du Leute in einem offenen Laden treffen? Da ist kein Platz, du solltest bei uns wohnen. Mitarbeiter, Parteimitglieder und wir, deine eigenen Leute – wo willst du die alle treffen? Wo willst du mit deinen Wählern sprechen? Wie soll dieses Haus die Bedürfnisse eines Mannes von deinem Format erfüllen?«

Wiederum fand Binita nichts zu sagen. Sie sah Kainlo-Kaka an und bemerkte, dass sein Gesicht skelettartige Züge angenommen hatte. Die Haut auf den Wangen war vertrocknet, der Schnauzbart war ergraut, und die Augen waren eingesunken. Er schien einiges von seiner früheren Kraft eingebüßt zu haben.

Kainlo-Kaka mied weiterhin ihren Blick und drehte sich wieder zum Hof um. Sein Sohn trat von einem Fuß auf den anderen und betrachtete die Regenwolken über ihren Köpfen. Auch Kainlo-Kaka richtete die Aufmerksamkeit zum Himmel.

Als Binita schließlich etwas sagte, war ihr Ton kühl. »Wird er mit seiner Familie herkommen?«

»Frau und Kinder, nein.« Kainlo-Kaka grinste, aber Binita verstand nicht weshalb. Er sagte: »Seine Frau, weißt du, die arbeitet in einem Büro. Wenn sie aufhört, Geld zu verdienen, wie soll mein Neffe sich die Politik leisten können?«

Binita beschloss, dem Besuch ein Ende zu machen. »Also werde ich das Zimmer oben bereitmachen«, sagte sie.

Kainlo-Kaka warf ihr einen vernichtenden Blick zu. »Das ist, was mein Neffe will.« Dann öffnete er den Regenschirm, und sein Sohn tat es ihm gleich. »Ich bin nur hergekommen, um nachzusehen«, verkündete der Alte, als ob jemand seine Absichten infrage gestellt habe. »Da wir Verwandte sind, wollte ich zusehen, dass die richtigen Vorkehrungen für meinen Neffen getroffen werden.«

Binita hörte sich selbst sagen, dass sämliche richtige Vorbereitungen für den Aufenthalt seinen Neffen getroffen werden würden.

»Gut.«

Dann sah sich Binita dabei zu, wie sie sich verneigte, um seinen Segen zu empfangen, wie sie seinem Sohn ihren Segen spendete, wie sie Habacht stand, während die beiden den Weg durch das Gemüsegärtchen gingen. Am Rand des Gärtchens blieb Kainlo-Kaka stehen, um Tomaten von den Sträuchern zu pflücken. Feindseligkeit loderte in Binita auf wie eine Stichflamme.

Sani kam mit einem Tablett Teegläser aus dem Laden. »Aber ich hab Tee gemacht.«

»Die würden unseren Tee nicht anrühren.« Binita sah Kainlo-Kaka und seinem Sohn dabei zu, wie sie davongingen und sich nicht darum scherten, das Bambustor hinter sich zuzumachen. Und sie war hilflos gegen die Wut, die sich in ihr sammelte und bald in ihr tosen würde wie ein Feuersturm.

Als Binita vor Jahren ihren Teeladen aufgemacht hatte, hatte sie bald erfahren, was eine Familie wert war. Innerhalb von Monaten nach dem Tod ihres Mannes hatten die ersten Gäste – Freunde und Kollegen ihres Mannes, einige Regierungsangestellte – damit angefangen, sie mit unangenehmer Unverfrorenheit zu behandeln. Zunächst hatte Binita versucht, nicht zu viel in dieses Verhalten hineinzuinterpretieren. Aber dem folgten bald Annäherungsversuche, und zwar unter dem Deckmäntelchen des Mitgefühls. »Eine junge Witwe wie Ihr«, hatte sie der engste Freund ihres Mannes eines Tages gefragt, »wie befriedigt Ihr Eure … Die Natur hat jeden Menschen mit – Wünschen – herabgeschickt, das ist natürlich.« Es waren zwei weitere Männer bei ihm, die sie beobachteten, auf ihre Antwort warteten.

Nachdem ein Jahr vergangen war, hatte Binita festgestellt, dass mehr und mehr Gäste sie lüstern anstarrten und ihren Körper mit den Augen abtasteten, als ob man in ihrem Laden nicht Tee und einen Imbiss, sondern sie selbst kaufen könne. Sollte irgendjemand ihnen übel wollen, würden sie und ihre Tochter Tripti über keinen Schutz verfügen. Jeder wusste, dass ihre eigenen Verwandten, die im Nachbardistrikt lebten, Binitas Vorschlag, zu ihnen zurückzukehren, sarkastisch abgewiesen hatten. Den Nachbarn, etwa Phul Devi, war ihr Verhalten zu abweichend, um sich mit ihr abzugeben. Sie war möglichen Misshandlungen schutzlos ausgesetzt gewesen. Sie hatte sich entschlossen, die ausgeleierten Bande zwischen sich und Kainlo-Kakas Frau und Familie zu erneuern.

Auch war ihr zu diesem Zeitpunkt die Einsamkeit ihres Witwenlebens bereits unerträglich geworden. Die Stunden, in denen sie in der Erinnerung an ihren Ehemann schwelgte – sein ungezogenes Lachen; wie er nur Millimeter von ihr entfernt stehen blieb und sich an sie lehnte; die Muskeln seiner Schulterblätter; die Leidenschaft, mit der er zu ihr kam –, diese Stunden allein hatten sie von ihrer Trauer befreit, die mit böser Heftigkeit zurückgekehrt war, sobald sie sich wieder bewusst wurde, dass ihr Mann jetzt fort war: Er war bloß noch eine Sinnestäuschung. Ihre vergangenen Freuden hatten eine Spur der Verzweiflung nach sich gezogen und die Gegenwart ihr keinen Trost gespendet. Sie hatte verzweifelt nach Linderung begehrt.

Kainlo-Kakas Frau hatte kräftig darüber triumphiert, dass Binita in ihr Haus zurückkam und ihre Niederlage damit eingestand. »Wir wissen, dass du deine Kaste weggeschmissen hast, als du unseren Neffen geheiratet hast«, rief sie. »Aber jetzt bist du eine Dahal, und du kannst unseren Namen nicht auch noch wegschmeißen. Beende dein Leben des Kaufens-Verkaufens und zieh zu uns wie eine Frau aus gutem Hause.«

Die jüngeren Tanten hatten in ihren sittenstrengen Ton miteingestimmt. Kainlo-Kaka hatte sich allerdings nachsichtiger gegeben. Ohne sich wirklich für die harschen Worte seiner Frau zu entschuldigen, ließ er Binita wissen, dass sein eigenes Urteil milder ausfalle. »Ein Mädchen in einem Alter, wo sie hübsche Kleider tragen und gut essen sollte«, lamentierte er, wenn niemand anderes zugegen war. »Ein Bus dreht sich, ein Mann stirbt, das Leben der Frau verdüstert sich. Noch kaum mehr als ein Mädchen, wird sie schon ins Witwenleben gezwungen.« So erleichtert war Binita, von ihm Mitgefühl zu empfangen, dass ihr die Kritik seiner Frau erträglich erschien, wenn sie die Familie besuchte. Sie genoss es, der Enge des eigenen Hauses samt Teeladen zu entkommen und diese Stunde am Seti-Fluss entlangzuwandern. Sie genoss die geschäftige, gesellige Atmosphäre von Kainlo-Kakas Haus. Mit jedem Besuch wurde sie weniger unwillkommen. Zwischen ihr und Kainlo-Kakas Frau stellte sich eine Art Kompromiss ein: Keine von ihnen änderte ihre Lebenseinstellung, aber sie gewöhnten sich aneinander.

Dann war Kainlo-Kaka Binita eines Tages zu einem Schuppen hinter dem Haus gefolgt, hatte sich plötzlich von hinten mithineingedrängt und sie mit einem Nacken-Klammergriff vornübergezwungen. »Zappliges Mädchen, zappliges Mädchen«, flüsterte er und stieß sie gegen einen Haufen loser Backsteine, sein schmächtiger Körper plötzlich von überraschender Kraft erfüllt. Sie bemerkte erschrocken, dass er dabei war, ihren Phariya auseinanderzuzerren. »Das hier wird ein zappliges Mädchen wie dich beruhigen.« Vor Verwirrung betäubt hatte Binita nicht gewusst, was sie tun sollte, als stillzuhalten, während er sich auf sie wuchtete. »Das hier wird ein zappliges Mädchen wie dich befriedigen.«

Hinterher hatte er seltsam gelacht und sie weggeschubst.

In den folgenden Wochen war Binita von der entsetzlichen Vorstellung verfolgt worden, sie könne schwanger sein. Als endlich ihre Blutung eingesetzt hatte, war sie weiterhin von dem Gedanken gequält worden, dass sie ein uneheliches Kind hätte empfangen können: Das war es, nicht einmal die Vergewaltigung selbst, das ihr den tiefsten Schrecken eingejagt hatte. Sie ging nie wieder zu Kainlo-Kakas Haus. Noch erhielt sie irgendeine Nachricht von seiner Familie.

Das war der Zeitpunkt gewesen, an dem sich Binita aus der Gesellschaft zurückgezogen hatte. Die Jahre, die sie mit ihrem Mann verbracht hatte, erschienen ihr jetzt als eine magere Entschädigung für das Leben, das ihr danach blieb. Alle Entscheidungen, die sie in ihrer Jugend getroffen hatte, schien sie nun bereuen zu müssen. Sie hätte vorsichtiger sein sollen. Alle hatten sie gewarnt. Ihr Professor – wie leicht sie sich von seiner Verführungskunst, seiner leichtmütigen Spielerei, hatte hinreißen lassen. Und sie hatte seiner Weltläufigkeit nachgegeben. Alles nur für seine Lippen auf ihren Brüsten, seinen Atem auf ihrer Haut, für die Überraschung, dass er sie alle Hemmungen vergessen ließ. Sie hatte ihrer beider gemeinsame Lust für wichtiger gehalten als ihre eigene Sicherheit. Eine unbedachte Bewegung: ein Leben als Freiwild. Nachdem er sie verlassen hatte, schien überall um sie herum, wie ein fahler Schimmer hinter den Dingen, das Verhängnis zu lauern. Der beste Selbstschutz, der ihr einfiel, war der Rückzug in sie selbst.

Nach Kainlo-Kakas Besuch trieben Binita die gleichen Ängste um, die sie nach der Vergewaltigung geplagt hatten. Ihr Schwager kam: Wenn er da war, würden fremde Männer ins Haus kommen. Sie musste sich selbst, Sani und Tripti beschützen. Aber welche Entscheidungen würden sich als richtig erweisen, welche als falsch? Welche Entscheidungen würden sie in Gefahr bringen, welche in Sicherheit? Woher sollte sie wissen, welche Wahl korrekt war?

Mit ihren sechzehn Jahren war Sani immer noch eher ein Mädchen als eine Frau und befolgte blindlings die alten Dorfregeln. Und Tripti war schüchtern und zurückhaltend. Binita gefiel das nicht, aber sie war sich nicht sicher, ob sie Base und Tochter hin zur Rebellion, zum Risiko führen sollte. In den Tagen nach Kainlo-Kakas Besuch schwirrte Sani im Teeladen herum und erledigte die Hausarbeiten mit überlegener Miene. Abends ging sie zu ihrem Lese- und Schreibkurs, und manchmal kam sie ganz aufgeregt zurück. »Heute hat uns unser Sir beigebracht, wie man einen Stift hält, sodass die Spitze genau auf die Linien auf den Heftseiten drückt«, sagte sie. »Ka, hat er uns beigebracht. Ka. Lustig, wie die Geräusche, die wir machen, aussehen, wenn man sie aufschreibt. Ka kha ga gha nga.«

Binita lauschte ihrer Stimme. Die Stimme der frühen Jugend, mit den aufstrebenden Tönen, dem Eintauchen in die tiefen Register, dem kurzen Zögern. Sie versuchte, aus dem Schicksal dieses Mädchens selbst etwas Kraft zu ziehen – Sani hatte noch Jahre, ein ganzes Leben lang Zeit, dieses Leben zu gestalten. Zeit, es auszuprobieren, es zu leben, und, wenn sie wollte, es aufs Spiel zu setzen.

In Triptis leiser Stimme hörte Binita mehr von ihrem eigenen Zaudern. »Wann kommt Nayan-Raj-Kaka her, Ama? Ama, wann müssen wir ausziehen?«

Es war schon immer ihre Art gewesen, armes, argloses Mädchen, Binitas empfindlichste Ängste und Zweifel ans Licht zu zerren. Tripti hatte die Lippen ihres Vaters – oben schmal und unten voll, mit einem wehmütig geschwungenen Zug. Die langen Wimpern hingegen hatte sie von Binita, genauso wie den scharfen Schnitt der Nase und die Knochen, die sich an Wangen und Kinn bereits hervorzuheben begannen. Jeden Abend fragte sie: »Wann kommt er, Ama?«

Um ihretwillen stählte Binita ihren Mut. Um ihretwillen erhielt sie sich ein heiteres Gemüt. »Er kommt bald, meine Kleine. Wir ziehen dann nach unten um. Wir schlafen bei deiner Sani-Didi, wir alle zusammen im Erdgeschoss.«

***

Ein paar Tage später ging Binita zur Himal Lodge Restaurant Bar. Sie brauchte Thakalni-Amas Hilfe, und sie wusste, dass sie sie bekommen würde. Undurchschaubaren persönlichen Grundsätzen folgend, hatte Thakalni-Ama Binita stets geholfen, schwierige Zeiten zu überstehen. Sie war die Erste gewesen, die mit ihr Freundschaft schloss, nachdem sie ihren

Professor geheiratet hatte. Sie hatte Binita durch die Schwangerschaft geholfen, und später, als sie verwitwet war, hatte sie sie so lange gescholten, bis sie aus ihrer Trauer herausfand, und ihr dabei geholfen, den Teeladen zu eröffnen. Binita war nicht die Einzige, der Thakalni-Ama half, und oft vergaß sie Binita für lange Zeit. Doch in schwierigen Zeiten war sie der einzige Mensch, zu dem Binita genügend Zutrauen hatte, um bei ihm Hilfe oder Rat zu suchen.

Das ausladende Gebäude, in dem sich die Himal Lodge Restaurant Bar befand, sah vom Regen mitgenommen aus, der auf der Fassade grüne Flechten sprießen ließ. Es war schon Jahre her, dass Binita das letzte Mal hier gewesen war. Der Vorhof wirkte verlotterter, als sie ihn in Erinnerung hatte. Der Speiseraum war mit Männern überfüllt – Kongressmitarbeiter mit Parteifläggchen an den Hemden. Einige drehten sich nach ihr um. Sie wich vor ihnen zurück und hielt auf die Küchentür zu.

Thakalni-Ama saß mit übereinandergeschlagenen Beinen an einem Herd, in dem ein Holzfeuer brannte, und führte Aufsicht über ein Dutzend Helferinnen – Schwiegertöchter und unverheiratete Töchter, Nichten und Basen, ein Schwarm weiblicher Gestalten in dem schwacherleuchteten Raum. Zwei Kerosinkocher feuerten mit voller Kraft, und ihr Zischen erfüllte die Luft. Der Raum roch nach Senföl, Kreuzkümmel und Koriander, und nach süßen, braun gerösteten Zwiebeln.

»Binita«, säuselte Thakalni-Ama, als sie sie bemerkte. »Ich wollte dich schon länger mal besuchen, aber schau dich um.« Sie zeigte in Richtung des Speisesaals. »Die Kongresspartei hat mein Wahllokal erobert.«

Binita stupste Thakalni-Amas jüngste Tochter an, die über einen auf dem Boden stehenden Mörserstein gebeugt war, und übernahm ihre Arbeit. Thakalni-Ama beobachtete Binita eine Weile lang, als ob sie ihre Fertigkeit beim Knoblauchzerquetschen einzuschätzen versuche. Dann lehnte sie sich zurück und schlüpfte in die Rolle der Ratgeberin: »Ich dachte mir die ganze Zeit, du, ganz allein in dem Haus, und dein Heldenschwager kommt zurück – du weißt, wann er ankommt, oder nicht? Gestern Abend sagten die Jungen vom Kongress, in zwei Wochen. Und nun, wie willst du so ganz allein zurechtkommen?«

»Natürlich hast du jetzt deine Base«, fuhr sie fort. »Diese Waise ist stark geworden; wer in der Jugend leidet, ist in späteren Jahren gesegnet. Aber du, du wirst jetzt keine Ruhe mehr haben, das musst du akzeptieren. Schau.« Sie deutete wieder in Richtung der Kongressmitarbeiter im Speisesaal. »So wird dein Haus aussehen.« Dann wandte sich Thakalni-Ama an eine Schwiegertochter, die Kartoffeln röstete. »Röste sie, bis sie knusprig sind, diesen Jungen wird das gefallen.« Als sie sich wieder Binita zuwandte, fuhr sie mit leiser Stimme fort. »Nutz es zu deinem Vorteil, dass der Held heimkehrt. Familie – etwas geben, etwas nehmen. Gefälligkeiten und Verpflichtungen. Lass dir diese Chance nicht entgehen.«

Der verschwörerische Tonfall der alten Frau ging Binita gegen den Strich. Was geben, was nehmen? Welche Gefälligkeiten und Verpflichtungen? Sie nickte, als ob sie verstanden habe, aber ihre einzige Absicht blieb es, Schutz zu finden. Sie sagte: »Das wird anstößig wirken, Thakalni-Ama. Ein Haus voller Frauen alleine mit meinem Schwager.«

Thakalni-Ama schien das vorausgesehen zu haben. Mit einem raschen Nicken drehte sie sich zu einer Frau um, die in der Nähe an einem Kerosinkocher saß. »Eh, Pramila!«, rief sie und wandte sich dann wieder an Binita. »Pramila braucht nicht für mich zu arbeiten. Sie soll für dich arbeiten, wenn dein Schwager kommt.«

Die Frau kam zu ihnen und wischte sich die Hände an der Baumwollphariya ab.

»Du sagst, hier gibt es nie genug Arbeit für dich«, lachte Thakalni-Ama. »Also, hier ist deine Chance. Binitas Schwager ist der Kinoheld, über den alle reden. Arbeite für ihn. Du wirst berühmt werden, nur weil du ihm Essen bringst und sein Geschirr abwäschst.«

Der pinkfarbene Schal, der um Pramilas Haar gebunden war, gab ihr ein schelmisches Aussehen. Sie grinste. »Ich kann auch singen, und ich kann tanzen!«

»Vielleicht gibt er dir eine Rolle als Heldin.«

Sie verabredeten, dass die Frau bei Binita einziehen würde, sobald der Schwager eintraf.

Binita quetschte den Knoblauch fertig und blieb dann noch eine Weile sitzen, denn sie genoss die geschäftige Betriebsamkeit, die in der Küche herrschte. Als sie die Himal Lodge Restaurant Bar verließ, nahm sie ein Gefühl der Klarheit mit. Auf dem Nachhauseweg legte sie einen Zwischenhalt im Bazar ein und kaufte ein gerahmtes Bild der Göttin Parvati, das sie neben ein Bild ihres Mannes hängen wollte, eines aus einer Zeit, lange bevor sie ihn kennengelernt hatte, bevor sie sich begegnet waren, als Binitas Leben noch einen anderen Verlauf hätte nehmen können. Sie dachte darüber nach, was Thakalni-Ama gesagt hatte. Geben und nehmen. Gelegenheiten. Sie würde heute alle ihre Sachen nach unten bringen, beschloss sie. Sie musste das Beste aus Nayan-Raj-Bhais Rückkehr machen. Für die Dauer des Wahlkampfes würde sie für den Schwager sorgen. Sie würde ihm zu essen geben, seine Wäsche waschen, hinter ihm aufräumen, für ihn kochen, ihm den Aufenthalt angenehm machen. Das wollte sie tun. Nach den Wahlen würde der Schwager seine Schuld begleichen wollen. Vielleicht würde er sie fragen, ob er nicht irgendetwas für sie tun könne. Sie würde ihn um eine Gegenleistung bitten dürfen. Das war Familie: Schuldigkeiten, Gelegenheiten.

Doch Binita war niemand, der sich viel mit Berechnungen befasste, und ihre Gedanken schweiften gerne ab. Eine Woche nach Kainlo-Kakas Besuch saß sie an den Fenstern des Teeladens und starrte auf das Rinnsal aus Regenwasser, das an dem Stamm der Bougainvilleastaude herablief, die vor dem Teeladen stand, und spürte in ihrem Körper die Kanäle und Dämme und vereinzelten Tropfstellen der Begierden, welche in ihr in vollkommener Abgeschiedenheit erblühten, aufschossen und verwelkten. Wie scharf das Verlangen wurde, wenn man es geheim hielt: wie rein, wie entzündlich. Den ganzen Tag lang hatten Binita schon die feinsten Sinneseindrücke abgelenkt: die gänsehautrauhe Oberfläche der Wasserbüffeleuter, das Quatschen regennassen Heus unter ihren Füßen, das Knistern von Plastikverpackungen, das Wellblech des Vordaches, die dünne Staubschicht auf dem Bild ihres Mannes. Lange hielt ihre Haut das Gefühl jeder Oberfläche fest, die sie berührte: lockere Wollfäden, spröde Baumrinde, glatte Fensterscheiben und behaarte Pflanzenstängel, klebriges Harz, Wellen, Schuppen, Flocken, Schleifsteine, Körner. Sie konnte spüren, wie die Hände ihres Mannes über ihren Bauch glitten. Er hatte sie immer genau beobachtet, wenn er sie streichelte, wenn er in sie sank, wenn er ihre Lust immer stärker entzündete. Er hatte immer begierig ihr Erschaudern erwartet –. Draußen stotterte und hustete ein später Monsunsturm um den Teeladen. Das Regenwasser am Bougainvilleabaum kräuselte sich und rann und rann.

## 16

Nun war es bloß noch eine Woche bis zu Nayan Rajs Ankunft, und der vormalige Steuereintreiber Jimmawal Sharma konnte nicht glauben, dass er als Einziger die Partei für das moralische Schlachtfeld gerüstet haben sollte, welches die Politik darstellte. Denn bisher hatte die Partei nur eines getan, nämlich eine Geschäftsstelle zu eröffnen. »Und das –«, hob Jimmawal-Baje gegenüber Om sofort hervor, »war, weil Gott Krishna mir die Voraussicht eingab: Was ist eine Partei ohne Geschäftsstelle?«

Jimmawal-Baje und Om begegneten sich häufig in der

neuen Parteigeschäftsstelle – weniger aus Absicht als deshalb, weil es beiden, wenn auch aus unterschiedlichen Gründen, darauf ankam, dass dieses vom Bazar aus so gut sichtbare Gebäude den Eindruck vermittelte, es werde genutzt. Bei jeder Begegnung gemahnte Jimmawal-Baje Om an die Opfer, die er für die Partei erbracht hatte. »Da unser Giridhar-Bhai … unpässlich ist.« Er wählte seine Worte mit Bedacht, denn er wusste, dass Om dem Trunkenbold die Treue hielt. »Da unser Giridhar-Bhai unpässlich ist, ist es ein Glück, dass die Götter mir halfen, mein Haus an die Partei zu vermieten … zu einem so vernünftigen Zins!«

Om murmelte etwas Unverständliches. Zurzeit sagte er nie etwas, das über Formalitäten hinausging. Und er gab ihm nie etwas über Giridhar preis. Jimmawal-Bajes Neugier wurde dadurch nur angestachelt. Warum kam Giridhar nicht in die Parteigeschäftsstelle? Trank er sich wirklich bewusstlos, wie alle sagten?

In der Hoffnung, aus Om ein paar Worte herausschütteln zu können, stieß Jimmawal-Baje ihn an. »Seid Ihr nicht auch der Ansicht, Om-Bhai, dass es ein Glück war, dass ich dieses Haus gerade zu vermieten hatte, und – Oho, was für ein feines Hemd Ihr anhabt!« Er griff in den Stoff und rieb ihn zwischen den Fingern. »Importiert, wie es aussieht: ssss. Äußerst glanzvoll.« Neid durchkribbelte ihn. Was für ein vornehmes Leben der ehemalige British Gurkha führte, wie reich an samtweichem Wohlstand. Er riss sich los und versuchte, sich daran zu erinnern, was er gerade hatte sagen wollen. Eh, ho. »Seid Ihr nicht auch dieser Ansicht? Es war bisher nur an mir … an Euch und mir … Opfer für unsere Partei zu bringen?«

»Hmm«, sagte Om.

Hmm hah! In Wirklichkeit erbrachte er allein die ganzen Opfer! Angesichts dessen großer, im Ausland verdienter Reichtümer konnte man ja wohl kaum sagen, dass der Gurung irgendetwas aufopferte. Hingegen Jimmawal-Baje selbst, dessen einziger Reichtum in seinen Geisteskräften bestand … ja, seine Mühen waren echte Wohltätigkeit.

Mit einer Schärfe, die er nicht verhindern konnte, fragte er: »Und wann werden wir regelmäßige Besuche von Giridhar-Bhai erwarten dürfen?«

Om gab keine Antwort, und Jimmawal-Baje wandte sich angewidert ab. Solche Parteimitglieder hatte er.

Er ließ Om im Erdgeschoss stehen und ging durch den engen Flur und die Treppe hinauf. Die zwei großzügigen Räume im Obergeschoss entzückten ihn immer noch mit ihrer Neuheit – die glatten, weißen Wände, klaren Fensterscheiben, modernen Lampenfassungen und geölten Scharniere. Im sonnigeren der beiden Räume blieb er am Fenster stehen und schaute über die Fernstraße hinüber, vorbei am Bar-Pipal-Baum des Bazars, auf den neunfach bestückten Kuhstall vor seinem Haus. Heil, Mutter Kuh! Heil! dachte er. Und plötzlich empfing er wie einen Gnadenbeweis von Mutter Kuh den folgenden Gedanken: Die Partei brauchte einen Lakaien. Ho. Die Partei brauchte einen Lakaien, der den ganzen Tag in der Geschäftsstelle saß, einen Jungen, der lesen und schreiben konnte, einen Jungen, der intelligente Antworten auf die Fragen der Öffentlichkeit hinsichtlich des Wahlkandidaten geben konnte, einen Jungen, der noch nicht durch eine nicht-hinduistische Moderne verunreinigt war … seinen siebten Sohn.

Dieser Gedanke gefiel Jimmawal-Baje. Im Nu war er wieder unten bei Om. »Kann es sein, dass die Miete für den ersten Monat schon fällig ist?«, begann Jimmawal-Baje mit einer Frage, die ihm unversehens in den Sinn kam … eine Nebensache im Augenblick, aber wichtig. »Kaum zu glauben, dass es schon einen ganzen Monat her ist, seit wir die Geschäftsstelle eröffnet haben.«

»Wir zahlen die Miete, wenn der Kandidat kommt«, sagte Om.

Wie beiläufig die Reichen über Geld sprachen. »Ja«, sagte

Jimmawal-Baje. »Was ist schon Geld? Es kommt, es geht, ganz nach Laune der Götter. In dieser flüchtigen, zweitägigen Welt bedeutet Geld gar nichts.«

Dann ging er zu jener dringenderen Angelegenheit über, die seinen siebten Sohn betraf. Wie sollte er das Thema anschneiden? Er umkreiste Om einmal, dann ein zweites Mal, dann sagte er: »Ich habe nachgedacht, Om-Bhai. Mein siebter Sohn kann hier im Büro für uns die Stellung halten. Er kann jeden Morgen herkommen, die Türen und Fenster aufmachen und dafür sorgen, dass nur Parteimitglieder in das Gebäude kommen, solche Sachen. Ein brillanter Junge … er kann als Lakai für die Partei arbeiten, dachte ich.«

Eine Weile lang starrte ihn Om begriffsstutzig an. Dann begann sich auf seiner Stirn etwas zu regen. Jimmawal-Baje konnte fast dabei zusehen, wie sich seine Gedanken zu einem Nein verdichteten. Endlich sagte Om: »Einstellen-Entlassen ist Giridhar-Dais Sache.«

So einfach gab Jimmawal-Baje nicht auf. »Aber da er so … unpässlich ist.« Er lächelte. »Wirklich, Bhai, ich weiß, dass er Euer Freund ist und dass er unser Vorsitzender für den Distrikt ist, aber wenn wir darauf warten, dass Giridhar-Bhai alles erledigt … Tja, was soll ich sagen.«

Om seufzte.

Diese Selbstzufriedenheit! »Bhai«, krächzte Jimmawal-Baje. »Wir können nicht auf das moralische Schlachtfeld der Politik ziehen, ohne unsere Männer in Stellung zu bringen. König, Befehlshaber, Truppen und Sanitäter … Wie können wir den Feind vernichten, ohne König, Befehlshaber und so weiter zu haben?« Om hörte ihm gar nicht zu, und das erzürnte Jimmawal-Baje. »Es genügt nicht, einen König zu haben«, rief er. »Es genügt nicht, einen Befehlshaber zu haben.« Er wedelte mit den Händen in der Luft herum, um seine Worte zu unterstreichen. »Wo gibt es ein Büro ohne einen Lakaien? Wer hat sowas je gehört!«

»Einstellen-Entlassen ist Giridhar-Dais Sache«, wiederholte Om.

Aber Oms Augen verrieten, dass ihm die Angelegenheit lästig war. Ho ja. Jimmawal-Baje sah sofort, dass er den Widerstand dieses Mannes zermürben konnte. Mit etwas mehr Hartnäckigkeit, nach ein paar Tagen Stichelei, würde er Ergebnisse einfahren.

## 17

Ein Junge schwänzte die Schule, um Orangen aus einem Nachbargarten zu stehlen: und aus dem Jungen wurde ein Mann, den eine Katastrophe erwartete. Der Junge durchkämmte oft den Waldrand, eine Steinschleuder in der Hand, und erlegte treffsicher Fasane. Stundenlang pflückte er Stachelbeeren im Gebüsch der Berghänge, er watete in tiefen Wasserläufen, um Fische zu fangen. In der Schule kratzte er Buchstabenreihen auf Schiefertafeln, auf seine eigene und die von anderen. Ein übermütiger Junge, ein Junge mit Mumm in den Knochen. Aus ihm wurde ein beeindruckender Jugendlicher, der seine Kameraden nach winzigen historischen Details ausfragte, nach grammatischen Unregelmäßigkeiten, komplexen chemischen Verbindungen und langen algebraischen Formeln. Er reifte zu einem Mann heran, der es kaum abwarten konnte, endlich seiner Berufung zum Beamten zu folgen. Arbeit, Familie und Gesellschaft fügten sich seinem Willen, als ob sie bei seinem Aufstieg Spalier stünden. Und dann kam er in die mittleren Jahre und verlor seine Anstellung und erlitt, auf irgendeine Art und Weise, eine seelische Katastrophe.

Wie konnte man sich damit abfinden?

Om verbrachte viel Zeit damit, über Giridhar nachzusinnen, und über das Rätsel der menschlichen Schwäche. Er hatte es als Verletzung empfunden, als sein Freund sich nach Kathmandu davonstahl, ohne ihm etwas davon zu sagen. Aber als Giridhar bei seiner Rückkehr die Nachricht mitbrachte, dass seine Wunschträume vereitelt worden waren – »Der Scheißkadaver hat sich die Kandidatur selbst unter den Nagel gerissen« – hatte er seinen Unmut beiseite geschoben und Giridhar dabei zu helfen versucht, mit der Lage zurechtzukommen.

Es war schwierig, ihm diese Hilfe zukommen zu lassen. Nachdem er tagelang trotzig und großspurig getrunken hatte, war Giridhar schließlich auf seinem Bett zusammengebrochen. Er roch stark nach Rum, das Gesicht war aufgedunsen und seine Haut gräulich und durchscheinend. »Wir müssen freundlich mit ihm sprechen«, riet Om Giridhars Vater und Frau, »aber ihn dazu bringen, an all die hellen Sonnen zu denken, die ihm in Zukunft noch aufgehen werden. Wir müssen ihm zeigen, dass er von vielen, vielen Menschen umgeben ist, die ihn mit Zuneigung und Wertschätzung betrachten.« Er schlug vor, Giridhar nicht aus dem Haus zu lassen und ihn mit fester Hand des Alkohols zu entwöhnen.

Giridhars Vater und Frau taten, was er verlangte. Aber wie zur Rache wollte Giridhar Om nun nicht mehr sehen. Wie ein beleidigtes Kind schloss er sich jedes Mal in seinem Zimmer ein, wenn Om zu Besuch kam. Om versuchte, das nicht persönlich zu nehmen. Und obwohl in der Schule sehr viele Dinge seine Aufmerksamkeit verlangten, begann er, nur die Vormittage der Arbeit zu widmen und sich gleich nach der Mittagspause auf den Weg in die nördlichen Hügel zu machen. An den meisten Tagen verbrachte er ein paar Stunden mit Giridhars Vater und versuchte, dessen Pessimismus zu zerstreuen. »Wenn die Alkoholgewöhnung seinen Körper erst einmal verlassen hat, wird er sofort wieder der Alte sein«, versicherte Om. »Wir können nichts tun, als warten, Ba.« Zu Giridhars Frau sagte er: »Laksmi-Bhauju, ich gebe Euch mein Wort, dass es ihm bald wieder gut gehen wird.«

Ein paar Tage, bevor Nayan Raj eintreffen sollte, wurde

diese Vorhersage endlich Wirklichkeit. Giridhar saß auf dem hölzernen Bettkasten in seiner Vorlaube, als Om ankam, und er lief nicht weg, als er Oms ansichtig wurde. Und er sah sogar ganz vorzeigbar aus in den gebügelten Hosen und dem dunklen Jackett, das nur an den Armen ein bisschen zu kurz war. Sein Haar war geölt und zurückgekämmt und gab seinem Gesicht eine harsche, männlich schöne Markanz. Auf den Wangen konnte man sogar eine gewisse rosige Farbe ausmachen, die in der Helligkeit der Laube leuchtete.

»Endlich ist ein Ende der Regenzeit in Sicht«, sagte Om heiter und machte eine Handbewegung in Richtung der Reisfelder unterhalb des Hauses. »Noch ein paar Wochen Regen, und alle Wurzeln wären abgefault.«

Giridhar schien ihm nicht zuzuhören.

Om setzte sich neben ihn auf den Bettkasten. »In der Schule«, sprach er weiter, da er vermutete, dass seinem Freund ein wenig Alltagsgeplauder gut tun mochte, »sind wir dabei, uns zu überlegen, vielleicht, wenn sie nicht zu teuer sind – wir haben uns schon fast entschieden, aber wir wissen es noch nicht – überlegen wir uns, Computer zu kaufen.« Er deutete auf das Schulgebäude, das tief unten zu sehen war. »Stellt Euch das nur vor! Computer in unserem Städtchen!«

Giridhar starrte weiter auf die Reisfelder.

Das machte nichts. »Das Problem ist«, fuhr Om fort, »die Schule macht weiterhin Verlust, egal, wie sehr ich mich bemühe, unsere Kosten im Schach zu halten. Es bringt nichts.«

Er bekam von seinem Freund keine Antwort. Eine Weile lang saßen die beiden schweigend nebeneinander. Om streckte die Hand aus und schaltete ein Transistorradio ein, das auf der Matte lag. Es war eine Frau zu hören, die weinte, weil sie verlassen worden war, irgendeine Theatersendung. Er schaltete aus. Und er versuchte, eine wohltuende Heiterkeit auszustrahlen, aber in Wirklichkeit beunruhigte es ihn, dass Giridhar unablässig auf die Reisfelder starrte, als verberge sich dort ein tiefes

Geheimnis. In was für eine undurchdringliche, dunkle Welt war sein Freund versunken? Er dachte: Das Menschenherz ist eine wild wuchernde Siedlung, mit unerwartet ausgestreckten Vororten und veränderlichen Gassenzügen. Im Herzen schießen unordentliche Bretterbuden aus dem Boden wie in einer ungeplanten Ortschaft. Ts. Indem es versucht, mit diesem Wachstum Schritt zu halten, dehnt sich das Ich planlos aus, wird unförmig und verschandelt die eigene Symmetrie. Es gerät mit sich selbst in Streit und verstrickt sich in Missverständnissen und Zwist. So wird aus der Seele ein Elendsbezirk.

Aber zu seiner großen Freude traf er Giridhar auch am folgenden Tag in der Vorlaube an. Es schien fast so, als ob – ja, das war möglich – sein Freund auf ihn gewartet habe. Om versuchte, das Themenspektrum ihres heutigen Gespräches auf Parteiangelegenheiten auszudehnen. »Dieser Jimmawal-Baje«, sagte er mit einem Lachen. »Es geht ihm immer um Geld, Geld, Geld. Er will, dass wir seinen Sohn einstellen. Die Partei muss seinen siebten Sohn einstellen, sagt er.«

Giridhar wandte sich ihm zu und setzte sein geschundenes Gesicht dem Licht aus. »Bei unserer Partei einstellen?«

»Als einen Lakaien, den wir gar nicht brauchen«, lachte Om.

Giridhar lächelte sogar. »Geld, Geld, Geld«, sagte er, ein bisschen ausdruckslos vielleicht.

»Die einzige Leidenschaft dieses Mannes ist das Geld«, sagte Om. »Jeden Tag, wenn ich ihn in der Geschäftsstelle treffe, sagt er, wir müssen seinen Sohn einstellen.«

Und am nächsten Tag eröffnete Giridhar sogar selbst das Gespräch: »Die Parteigeschäftsstelle. Die – wo ist die?«

»Die ist in dem Neubau gleich neben dem Telefonamt.« Om deutete zur Ortschaft hinunter. Er lächelte breit, vor Erleichterung – das konnte er sich nicht verkneifen. »Ihr geht den Hügel runter, nehmt die Gasse hinter dem Telefonamt. Genau dort ist sie.«

»Unh, eh.«

Und Om dachte: Man muss Mut fassen angesichts solcher Zeichen der Genesung.

Aber als er am nächsten Tag verschwitzt und außer Atem eintraf, schlurfte sein Freund auf dem Vorhof herum und flüsterte irgendetwas von Auslöschung. Nichts, was Om tat, brachte Giridhar dazu, sich hinzusetzen oder damit aufzuhören, wie ein Verrückter vor sich hinzubrabbeln. Er hätte gestern keine Parteiangelegenheiten zur Sprache bringen sollen, dachte Om. Er hatte seinem Freund schmerzliche Dinge ins Gedächtnis gerufen, und nun – wenige Tage vor Nayan Rajs Ankunft – war Giridhar der Mutlosigkeit anheimgefallen.

Oder dem Wahnsinn. Am folgenden Tag fand Om Giridhar auf den Knien im Garten hinter dem Haus, wo er etwas über zu viel Regen murmelte, Kürbispflanzen aus den Beeten rupfte, die Wurzeln auf Anzeichen von Fäule untersuchte und sie dabei umbrachte. Laksmi-Bhauju hatte alle Mühe, ihre Söhne fortzuzerren, die sich aus ihrem Griff zu winden und zu sehen versuchten, was in den Vater gefahren war.

Om führte seinen Freund entschlossen ins Haus und zu dessen muffigen Bett zurück. Ihm fiel nichts mehr ein, wodurch er ihm hätte helfen können. Vielleicht sollte er Ashas Ratschlag befolgen, vielleicht sollte er ihm die schwierige Wahrheit sagen.

»Man muss langfristig denken«, ermahnte er Giridhar. Dann verließ ihn der Mut. Aber Asha lag selten falsch, und deshalb fuhr er fort: »Ich dachte, und das stimmt, Ihr werdet mir zustimmen, Freund – Nayan Rajs Kandidatur ist das Beste, was Euch passieren konnte.«

Om wartete einen Augenblick und sagte dann: »Schaut: Unsere Partei wird diesmal nicht gewinnen, egal, wer kandidiert. Keiner wird für eine unbekannte Partei wie uns stimmen, nicht einmal, wenn er Nayan Raj bewundert. Wir haben keine Basis im Distrikt. Wir haben keine Mitarbeiter, keine Anhänger. Keiner kennt unser Symbol auf dem Stimmzettel.

Aber bei der nächsten Wahl«, sagte er, und er war wirklich davon überzeugt, »werden wir eine Parteistruktur aufgebaut haben; wir werden Mitarbeiter und Anhänger im ganzen Wahlkreis haben. Dann sind wir in der Lage zu gewinnen.« Er ergriff die Hand seines Freundes. »Und wer wird dann die Kandidatur bekommen? Ihr! Erweist Euch jetzt als guter Vorsitzender und Ihr bekommt die Kandidatur, kein Zweifel. Ihr seid der zukünftige Abgeordnete der Volkspartei, mein Freund. Beim nächsten Mal werdet Ihr die Wahlen gewinnen.«

Giridhar schaute ihn aus leeren Augen an.

Unmöglich zu erkennen, ob Oms Worte ihm geholfen oder ihn verletzt hatten. »Ruht Euch aus«, sagte Om und überließ seinen Freund der Einsamkeit, die er vorzog.

Im höhlenartigen Korridor draußen vor der Zimmertür sprach er Giridhars Vater Mut zu. »Was schadet es, wenn er sich ein paar Wochen ausruht? Auch nachdem Nayan Raj angekommen ist, wird er damit beschäftigt sein, Verwandte und Freunde zu treffen. Er wird es gar nicht merken, wenn wir nicht alle da sind.«

»Wenigstens hat er mit dem Trinken aufgehört«, sagte Giridhars Vater und blinzelte heftig hinter den dicken Brillengläsern, die seine Augen vergrößerten. »Je mehr er unter Leute geht, desto besser wird es ihm gehen. Besucht ihn, wann immer Ihr könnt, Sohn. Ihr habt damit zu tun, Eure Schule zu verwalten, aber besucht ihn, wenn Ihr könnt.«

»Ja, Ba«, erklärte Om sich einverstanden. Giridhars Frau war aufgetaucht, um zuzuhören. Sie stand verdrießlich da, bedeckte ihr Haar mit dem Ende ihrer Phariya, das Gesicht vor Trauer zusammengekniffen. »Wirklich, Laksmi-Bhauju, ihm geht es bald wieder gut, wartet nur.«

Sie verzog das Gesicht bei dem Versuch, zustimmend zu nicken.

Und daraufhin – entmutigt durch die Trübsal, die das Haus erfüllte – ging Om fort.

Sein eigenes fröhliches, gelbes Haus spendete ihm großen Trost, als er dorthin zurückkehrte. Verwandte huschten durch die Eingangshalle und schwatzten mit Asha: »Wie machen sich die Kinder in der Schule von ihrem Vater, macht die Schule jetzt Gewinn? Sag deinem Alten, er soll seine Schüler nicht so verwöhnen. Eine englische Mittelschule, die Verlust macht – wer hat sowas je gehört!« Ein Nachbar hatte hereingeschaut, und zwei frühere Armeeleute waren vorbeigekommen, um zu plaudern. Asha bewirtete sie im Wohnzimmer mit Imbissen. »Eh, mein Alter«, beklagte sie sich fröhlich, »der sieht ein Kind in Not und kann sich nicht zurückhalten. Fünfundsiebzig, achtzig Prozent von seinen Schülern sind auf Stipendium. Ernähren kann er uns nicht mit den Einnahmen aus der Schule.«

Om ließ sich auf dem Wohnzimmersofa nieder. Das Haus hatte seine gute Laune sofort wiederhergestellt. »Es langt, es langt.« Er rief die Armeeleute zu Zeugen auf. »Seht Euch dieses Haus an, seht Euch meinen Bauch an, schaut Euch das Gold an meiner Frau an – sieht es so aus, als hätte ich nicht für alles gesorgt?«

Asha lachte aus voller Kehle.

Der Fernseher lief und zeigte einen Bollywoodfilm. »Da, im Hintergrund – das ist die Schweiz«, sagte der Nachbar. »Dieser Himal sieht aus wie unser eigener Machhapuchchhre-Himal, aber das ist eigentlich ein Gipfel in der Schweiz.«

»Ist das wahr? Das sieht aus wie unser eigenes Nepal.«

Das Abendessen verging über ausgelassenem Geplauder.

Später jedoch, als sie im Bett waren, fragte Asha: »Ihr habt Giridhar-Dai besucht?«

Om seufzte. »Es ist, als ob er niedergetrampelt worden wäre.« Er spürte seine Frau an seinem Körper, ganz weiche Haut und festes, elastisches Fleisch. Er schmiegte sich an sie und passte Rundung in Rundung ein. Er sagte: »Ein Mann wie er, der so vielen geholfen hat – jetzt allein … von unglücklichen Ereignissen niedergewalzt.« Er seufzte. Er war erschöpft von den Mühen des Tages. Er sagte: »Wir, seine Freunde, müssen ihn aus dem Dunkel herausführen … Ansonsten wird aus dem Herzen ein Elendsbezirk, in traurigen Zeiten. Ich mache mir Sorgen um ihn.«

Asha nahm seine Hand und legte sie in den Zwischenraum zwischen ihren Brüsten, wo er sie im Schlaf hatte. »Die ganze Zeit, die Ihr mit Giridhar-Dai verbringt«, sagte sie, »wird die irgendwas nützen?«

Om kuschelte sich enger an sie. »Aber er braucht Liebe, Liebe.«

## 18

An dem Morgen, an dem Nayan Raj eintreffen sollte, zwang sich Giridhar, schon in aller Frühe in den Ort hinabzugehen. Er war bereit, den Raum des Distriktparteivorsitzenden auszufüllen. Sein Verstand hatte sich geklärt und sein Körper sich erholt in diesem grausamen Monat der Enthaltsamkeit. Manchmal spürte er seine Gelenke geschmeidig werden und seine Arme plötzlich erstarken. Solange er seine Aufmerksamkeit eng auf das konzentrierte, was vor ihm lag, glitt er nicht in Selbstzweifel ab. Er war bereit für den Wahlkampf.

Die Monsunwolken hatten sich in den vergangenen paar Wochen endlich verzogen. Der Himmel war tiefblau, aber die Luft noch feucht. Auf den Terrassenfeldern waren einige gelbe Reisgarben zu sehen. In einem Monat konnte die Ernte eingebracht werden.

Noch bevor Giridhar die Ortschaft erreichte, bemerkte er die Parteigeschäftsstelle: Sie war kaum zu übersehen. So neu. So weiß. Dieses Gebäude stellte ihm Herausforderungen, denen er lieber noch nicht begegnen wollte. Er überquerte die Fernstraße, da ihn die vertraute Lotterigkeit der Bazarläden und -häuser anzog, deren Fassaden jetzt, am Ende der Regenzeit, von Wasserflecken verunstaltet waren. Die Geschäfte waren noch geschlossen, aber der Erdnussverkäufer hatte bereits seinen Stand unter dem Bar-Pipal-Baum aufgebaut. Er rief ihm zu: »Erdnüsse, Vorstandji?«

Vorstandji. Giridhar legte die Handflächen aneinander. »Namaste.« Er dachte: So ein Vorstand muss ganz schön viel Raum ausfüllen. »Keine Erdnüsse«, sagte er. Dann ging er schnell weiter, in der Hoffnung, dabei Selbstvertrauen auszustrahlen.

Er ging an der UML-Geschäftsstelle mit ihrer Hammer-und-Sichel-Flagge und dann am Geschirrladen vorbei. Der Obststand bei der Kongressgeschäftsstelle duftete nach Datelpflaumen. Die RPP-Geschäftsstelle nebenan wirkte verlassen, doch die Himal Lodge Restaurant Bar war dichtgefüllt mit Kongressmitarbeitern. Also hatte sich der Kongress bei Thakalni-Ama eingenistet, dachte Giridhar und blieb stehen, um darüber nachzudenken. Er musste mit der alten Tante sprechen und sie an ihrer beider langjährige Verbindungen erinnern. Er musste ihr sagen: Nehmt das Geld vom Kongress, aber stimmt für uns!

Dahinter war der blinde Krämer Shankar dabei, die hölzernen Türläden seines Getreidegeschäftes aufzumachen. Giridhar hielt auf ihn zu und formulierte im Kopf ganze Sätze, bevor er sie aussprach: »Shankar-Dai, Ihr wisst, dass meine Partei sich an der Wahl beteiligt.« Er fragte sich, ob der Mann seiner Stimme anhören konnte, dass er monatelang betrunken herumgetorkelt war. »Wir werden Eure Unterstützung brauchen.«

Shankar belohnte ihn mit einer gütigen Antwort: »Ihr könnt Euch auf mich verlassen.« Das Lächeln des Blinden war freundlich. »Natürlich werde ich Euch unterstützen, Vorstand-Bhai.«

Vorstand-Bhai. Giridhar war ehrlich gerührt. »Ich zähle auf Eure Hilfe«, sagte er.

Ho. Von dort ging Giridhar den Weg zurück zur Geschäftsstelle der eigenen Partei. Er nahm die Gasse, an der die Schusterhütte stand. Davor blieb er stehen. Es schien angebracht, sein jüngstes Missgeschick hier wiedergutzumachen. Der Schuster saß in einer Ecke der Hütte und beugte sich über einen vom Regen durchgeweichten Schuh. »Bhai«, sagte Giridhar. »Ich bin gekommen, um Euch Schlappen abzukaufen.«

Der Schuster warf einen Blick auf Giridhars Lederschuhe. »Ihr wollt indische, chinesische Schlappen?«

Giridhar zog fünfunddreißig Rupien aus der Tasche. »Ich nehme unsere eigenen, Marke Elephant.«

Der Schuster atmete hörbar durch die Nase ein, als versöhne ihn das. Er griff nach einem weißen Paar Schlappen und wickelte es in die Seiten eines alten Schulheftes ein. Dann sah er Giridhar an. »Vierzig Rupien.«

»Fünfunddreißig. Ihr habt mir erst vor einem Monat gesagt, dass es fünfunddreißig Rupien sind.«

Der Mann schüttelte den Kopf. »Inflation. Die Preise steigen ständig.«

Fünf Rupien in einem Monat? Giridhar wollte sofort zu streiten anfangen, hielt sich aber zurück. Er überreichte dem Mann weitere fünf Rupien und hatte dabei das Gefühl, betrogen worden zu sein. Aber er achtete darauf, dass seine Stimme freundlich blieb: »Ihr wisst, dass meine Partei sich an der Wahl beteiligt. Ohne Eure unbezahlbare Stimme können wir nicht gewinnen, Bhai. Ich zähle auf Eure Stimme.«

»Ich bin nicht zum Wählen eingetragen.«

»Wir werden Euch eintragen lassen.« Giridhar gefiel der Klang dieser Worte. »Es bleibt noch ein Monat, um Euren Namen in die Wählerliste zu schreiben. Kommt zu unserer Parteigeschäftsstelle, wir werden Euch eintragen lassen.«

»Und als Gegenleistung muss ich Euch meine unbezahlbare Stimme geben?«

Warum der abfällige Ton? Giridhar sagte: »Es macht keinen

Unterschied, wem Ihr Eure Stimme gebt. Aber es ist Eure Bürgerpflicht, zur Wahl zu gehen.«

Der Mann gab zurück: »Das Königreich Gottes ist es, wo ich meine Staatsbürgerschaft genommen habe. In den Augen Jesu sind wir alle gleich. Ich habe meine Stimme schon an ihn vergeben.«

Was für eine Unverschämtheit war das? »Dann stimmt halt nicht für mich«, schnaubte Giridhar. »Glaubt Ihr, ich werde Eurer Zwei-Paisa-Stimme nachtrauern? Geht nicht zur Wahl – was scherts mich?«

»Wenn Ihr vor Gottes Richtstuhl steht, dann wirds Euch scheren.«

»Eh, Mula!«

Aber der Mann ließ sich nicht beirren. »Wir alle werden vor Gottes Richtstuhl hintreten, Hajur.«

Giridhar wandte sich erschüttert ab.

Entnervt erreichte er die Parteigeschäftsstelle. Die Eingangstür stand offen. Im Erdgeschoss gab es einen großen Raum und eine Toilette mit Kachelsplitterfußboden. Im Obergeschoss befanden sich zwei sonnige Räume. Giridhar war überrascht, in einem davon einen mageren Jungen anzutreffen.

Der Junge hatte Jimmawal-Bajes fahles Gesicht. »Namaste, Sir.« Er sprang tatbereit auf. »Eine Ehre für uns, Euch an diesem verheißungsvollen Tag der Ankunft unseres Kandidatenji zu treffen. Wir sind sehr stolz, die Gelegenheit zu erhalten, der Partei nach besten Kräften dienen zu dürfen. Wie Ihr wisst, haben wir das Geschäftsstellengebäude auf die Empfehlung unseres ehrenwerten Vaters hin bewacht, obwohl wir dafür nicht einen Paisa bekommen haben … bis jetzt. Aber mit Eurer freundlichen Güte und dem großzügigen Segen der Götter, Sir, hoffen wir, der Partei auch weiterhin zu dienen.«

»Ich kann dich nicht einstellen«, schnaubte Giridhar. »Hier gibts nichts für dich.«

Der Junge lächelte schlau, als ob er es besser wisse. »Aber Sir, heute ist der Tag der Einweihungszeremonie, für die wir alle gebührenden Vorbereitungen getroffen haben.«

Giridhar ließ den Jungen stehen und ging in den anderen Raum. Er war der größere von den beiden und völlig leer. Giridhar musste für sich allein sein. Er musste sich das Gefühl geben, dass er hier in der Geschäftsstelle das Sagen hatte. Er warf die neuen Schlappen beiseite und hatte sich gerade auf dem Boden niedergelassen, als er Oms Stimme im Flur hörte, begleitet von Schürf- und Stoßgeräuschen. »Vorsichtig, ho ja.«

Die Tür ging auf, und zwei Träger kamen herein, die Stühle und Bänke an Seilen auf dem Rücken trugen.

»Oho, Freund!« Oms knallroter Parka blendete Giridhar. Om sagte: »Ihr hier: Ich wusste, dass Ihr kommen würdet. Das ist erfreulich zu sehen.« Er deutete mit einer Handbewegung auf die Möbel, die die Träger gerade abluden. »Für das Büro. Ich dachte, ich bring ein paar Möbel aus der Schule her. Bloß alte Stücke, die dort herumstehen.«

Bald drängten sich zwei zerkratzte Sitzbänke, zwei wackelige Stühle, ein paar Korbhocker und ein Korbbett in dem Raum, dazu mehrere Strohmatten und ein Tisch, der mit Tassenrändern übersät war. Es sah hier aus, dachte Giridhar, wie in einem Möbellager. Om zerrte an ihm, also stand er vom Boden auf.

Om führte ihn zum Bett. »Kommt, nun setzt Euch ordentlich hin.«

Ordentlich hinsetzen. Kritisierte ihn Om dafür, dass er es versäumt hatte, Möbel zu kaufen?

»Ich hab ein neues Mitgliederbuch gekauft«, sagte Om und legte eine Kladde auf Giridhars Schoß. »Die meisten Leute im alten Buch sind nicht mehr im Distrikt. Manche – dieser alte Verpächter aus Tharpu – sind sogar gestorben. Also dachte ich, fangen wir ein neues an, füllen wir es mit neuen Mitgliedern und Leuten, die mit ganzer Kraft daran mitarbeiten wollen, unsere Partei zum Sieg zu führen.«

»Ja«, sagte Giridhar. »Machen wir einen neuen Anfang.«

»Das ist eine hervorragende Art, es zu sagen, Freund.«

Wie Om dieser Tage mit ihm sprach, hatte deutlich etwas Schleimerisches.

In diesem Augenblick wurde die Tür ein weiteres Mal aufgestoßen. »Möge Gott Krishnas Segen mit uns sein!« Jimmawal-Baje stürmte herein, wie üblich in einem makellosen, weißen Daura-Suruwal. »Mit Saturn in der Eklipse und dem Mond am Beginn einer neuen Phase ist dies ein äußerst verheißungsvoller Tag.« Er drehte sich um und gab den Blick auf seinen siebten Sohn frei, der hinter ihm stand. Der Junge hatte eine Rolle rotes Band und eine Schere in der Hand. Jimmawal-Baje sagte: »Für die Einweihungszeremonie. Mein eigener Sohn hat dies vorgeschlagen. Ein kluger Bursche ist er, so dienstfertig ... wir werden über sein Gehalt sprechen, wenn unser Kandidatji kommt. In der Zwischenzeit, Sohn, binden du und ich das Band an die Eingangstür.«

»Passt auf, dass die Tür noch aufgeht«, scherzte Om. »Sonst muss unser Kandidat das Gebäude einweihen, während wir drin sind.«

»Oho, Om-Bhai, Ihr seid so ausgesprochen witzig«, erwiderte Jimmawal-Baje ironisch. »Aber mein Sohn ist vielseitig begabt, Om-Bhai. Er wird das Band so geschickt anbinden, dass selbst ein Dicker wie Ihr durch die Tür passt.«

Damit marschierten er und sein Sohn davon.

Om lachte und wandte sich an Giridhar. »Dieser gierige alte Mann.«

Unpassenderweise verspürte Giridhar den Drang zu lächeln. Es waren zu viele Leute um ihn. Das Fenster verströmte zu viel Licht. Es war schwer, hier einen klaren Gedanken zu fassen.

Om schien seine Verwirrung nicht zu bemerken. »Ein Steuereintreiber in jungen Jahren«, sagte er heiter, »ein Geldeintreiber bis zum Tode. Ständig beschwört er den Namen der Götter – zu welchem Zweck, frage ich mich. Hat er Loslösung von seinen weltlichen Sorgen gefunden? Hat seine Frömmigkeit der Gesellschaft geholfen? Ich meine – meint Ihr nicht auch, Giridhar-Dai? – was nützt blinde Götterverehrung? Soll heißen, ich glaube an die Götter; wer nicht? Aber die Menschen sind auch wichtig. Die Menschen haben Götter in sich. Diese Götter – die Gottheiten in uns – die verdienen größere Aufmerksamkeit als Steingötzen, meint Ihr nicht?«

Ruhe, dachte Giridhar.

Dann war plötzlich das entfernte Zuschlagen von Autotüren zu hören, gefolgt von einem schrillen Ausruf von Jimmawal-Baje – »Er ist hier!« –, und Giridhars Gleichgewicht kippte. Om rannte zum Fenster. »Der Kandidat ist da«, sagte er atemlos. »Kommt, Freund. Heißen wir ihn willkommen.« Etwas zerrte an Giridhars Ärmel, er folgte Om – mussten sie so hetzen? – zur Treppe und prallte gegen ihn. Er fühlte sich von der Umwelt abgeschnitten. Draußen, in der grellen Mittagssonne, waren Leute, Leute, Leute, und da war Nayan Raj, hoch gewachsen, blasshäutig, lächelnd, und erwiderte das Namaste, zu dem sich Giridhars Hände irgendwie zusammengefunden hatten. Der blaue Kleinbus, in dem er gekommen war, parkte in der Nähe. Ein kleiner Pulk stand gaffend dabei: »Der Kinoheld!« Giridhar versuchte zu sprechen, aber die Zunge ließ sich nicht bewegen.

Jimmawal-Baje drängelte sich durch die Menge. »Namaste, Kandidatji!« Der Alte verbeugte sich. »Euch hier zu sehen, heißt, Gottes Angesicht in unserer bescheidenen Ortschaft zu sehen. Ganz herzlich willkommen zu Hause … in Eurem treuen Wahlkreis. Ich selbst, Freund Eures seligen Vaters, Gründungsmitglied und außerdem stolzer Verpächter, bin im Namen meiner Familie und meines siebten Sohnes« – er zerrte seinen Sohn nach vorne – »voller Ungeduld, Euch zu dienen.«

Nayan Rajs rabenschwarzes Haar glänzte und glitzerte im Sonnenlicht. War es gefärbt? Giridhar kniff die Augen zusammen. Der Mann trug einfache Kleider – ein Hemd aus handgewebter indischer Baumwolle und schwarze Hosen –, aber sie waren unnatürlich sauber. Jetzt schaute er Giridhar direkt an.

Die Sonne war heiß und blendete Giridhar. Er hätte etwas sagen sollen, aber sein Körper ließ sich nicht dazu bewegen. Om, der allzeit bereit war, die Erfordernisse des zwischenmenschlichen Umgangs zu erfüllen, trat vor und ergriff das Wort: »So vieles zu besprechen, so viel zu tun. Vielleicht, Kandidatji, sollten wir heute Abend eine Vorstandssitzung abhalten? Falls Ihr es für richtig haltet. Aber zunächst, kommt, Eure Verwandten warten zu Hause auf Euch. Bringen wir Euch erst einmal bequem unter.«

»Ich bin so froh, endlich hier zu sein«, sagte Nayan Raj.

Giridhars Gesicht verzog sich zu einem höhnischen Grinsen, als er den vornehmen Tonfall hörte.

Dann spürte er das Andrängen von Körpern, das ihn lenkte, während Om den Kinohelden zu dessen Vaterhaus führte. Giridhar bemühte sich, Oms roten Parka nicht aus dem Blick zu verlieren und den beiden zu folgen. Unterwegs wurde er gegen Nayan Raj geschoben und verspürte den Drang, das strahlende Weiß seines sauberen Heldenhemdes mit Schmutz zu beschmieren, aber als er die Hände danach ausstreckte, entwich es ihm. Erschütterungswellen durchliefen die Landschaft, als sie am Fernmeldeamt vorbeikamen. Vor dem Laden der Witwe Binita stand eine Bougainvilleastaude. Die Farbe der fuchsienroten Knospen verwirrte Giridhar. Stufen. Eine Tür. Im Teeladen drängten sich die Gesichter – die Verwandten von Nayan Raj? Sie schoben und zerrten und quetschten Giridhar beiseite, und erst als er auf einer Bank saß, fand er eine gewisse Festigkeit wieder.

Es war kalt hier. Die ordentlichen Tischreihen und die Plakate mit den Göttern darauf beruhigten Giridhar. Nayan Raj stand inmitten eines Pulks von Leuten, die ihm sehr ähnlich sahen. Verwandte. Om war zu Giridhar gekommen und schaute ihn besorgt an. Das stachelte Giridhar an. Es gab ihm das Gefühl, jetzt seinen Auftritt abliefern zu müssen. Er erhob sich, strich sich das Haar glatt und zog das Hemd gerade, dann ging er auf den Kinohelden zu. »Wir hatten vor«, sagte er, aber Nayan Raj war gerade mit jemand anderem ins Gespräch vertieft. Giridhar tippte solange gegen sein weißes Hemd, bis er sich umdrehte. »Wir hatten vor, das Gebäude heute einzuweihen.« Er sprach ganz langsam; er hatte beschlossen, dass das die richtige Methode war, um normal zu klingen, um zu klingen, als habe er das Sagen. Doch schon war er sich nicht mehr sicher, ob diese Strategie die richtige war. »Kandidatji wird essen«, fuhr er fort und runzelte die Stirn. »Dann holen wir Euch. Dann weiht Ihr die Geschäftsstelle ein. Dann halten wir eine Sitzung ab.«

Nayan Raj lächelte herzensfroh, wie ein Held, der seine Heldin in einem einsamen Garten erspäht. »Warum essen wir nicht zusammen, Giridharji? Ich bin mir sicher, unsere Binita-Bhauju wird uns zu einer Mahlzeit einladen.«

Vom Herd aus warf seine verwitwete Schwägerin einen steifen Blick in die Runde.

Ein Verwandter lachte. »Ho, das ist schließlich ein Teeladen – der steht der gesamten Öffentlichkeit und ihren Söhnen offen.«

Daraufhin protestierte Jimmawal-Baje: »Ich für meinen Teil esse nie etwas, das außerhalb meines eigenen Hauses zubereitet wurde. Mein siebter Sohn auch. Nie.«

Giridhar schüttelte ebenfalls den Kopf, obwohl er keine Ahnung hatte, wieso er ablehnte. »Ich komm hierher, wenn Ihr gegessen habt«, sagte er. Nach einer Pause fügte er hinzu: »Und im Namen all unserer Parteimitglieder, herzlich willkommen.«

Danach wich er Om aus und lief nach draußen.

Er ging nach Hause und aß schweigend zu Mittag – und wie es ein gnädiger Zufall wollte, entdeckte er, als er mit dem Essen fertig wurde, wie er die Räume ausfüllen konnte, die ihm ein normales Gebaren ermöglichten. Dazu musste er seinen Körper schneller als sonst bewegen, Gesten ausführen, die Selbstbeherrschung ausstrahlten, und sich beim Sprechen eines gleichmäßigen, festen Tonfalls bedienen. Er musste wieder langsam sprechen – und sich dabei bewegen, als spreche er schnell. Er hatte das Gefühl, das jetzt bewältigen zu können.

Er ging zum Haus des Kinohelden zurück. Om und Jimmawal-Baje waren bereits dort und plauderten mit den Verwandten des Helden. Alle gingen gemeinsam zur Parteigeschäftsstelle. An der Tür des Gebäudes zerschnitt Nayan Raj das rote Band, das Jimmawal-Bajes Sohn angeheftet hatte. Neugierige Zuschauer fielen in den Beifall der Parteimitglieder und Verwandten ein. Anschließend führte Giridhar mit einem Selbstvertrauen, das ihn selbst überraschte, alle in den großen Raum im Obergeschoss. Das Erste, was er dort sah, waren die Schlappen, die er am Morgen gekauft hatte. Er trat sie mit dem Fuß beiseite und rückte die Möbel gerade. Der Kinoheld setzte sich auf einen der heilen Stühle, und Jimmawal-Baje und Om setzten sich aufs Bett. Da sie erkannten, dass gleich eine Sitzung stattfinden würde, blieben die Verwandten des Helden auf dem Flur stehen. Jimmawal-Bajes siebter Sohn schwänzelte erwartungsvoll vor der Tür herum, bis Giridhar sie ihm vor der Nase zuschlug.

»Das ist ein hübsches Gebäude«, sagte Nayan Raj. Er sah hier etwas kleiner aus als in Kathmandu, und eine Spur weniger gelackt. Er sah weniger unwirklich aus. »Dieser Raum ist sonnig. Machen wir ihn zu unserem festen Sitzungsraum.«

»Es ist eine Ehre, das Haus zu vermieten», sagte Jimmawal-Baje.

Wichtige strategische Fragen waren zu besprechen, und Giridhar wollte sich nicht von Artigkeiten ablenken lassen. Er sagte: »Ich habe über die beste Strategie für unsere Partei nachgedacht.« Er hielt inne, als alle Gesichter sich ihm zuwandten. Om, der neben ihm saß, lächelte. Warum? Erzählte Giridhar Witze? Giridhar drehte sich von ihm weg und versuchte, sich daran zu erinnern, was er gerade hatte sagen wollen. Eh ho. Die Pläne, die sich den ganzen Monat über in seinem Kopf angestaut hatten, schossen plötzlich ins Freie: »Ich sehe drei Phasen im Wahlkampf: Die erste – wir müssen Mitarbeiter anwerben, das ist nicht leicht. Denn die anderen Parteien haben sich schon alle Jungen geschnappt. Die erste Phase – also zuerst nehmen wir jeden, den wir finden können. Jungen, alte Männer, jeden in Khaireni Tar. Wir brauchen Parteimitarbeiter, die uns ihre Zeit zur Verfügung stellen. Die zweite Phase –«

Der Kinoheld hob eine Hand. Giridhar machte sich auf eine Aburteilung gefasst. Aber der Mann sagte nur: »Wie viele Mitarbeiter streben wir an, und welche Art von Leuten wollen wir?« Er sprach im Tonfall eines Philosophen. »Ich würde gerne nur die besten Mitarbeiter anwerben und sie hinsichtlich unserer Parteigrundsätze ausbilden.«

Scharfe Widerworte formten sich in Giridhars Kopf. Wer konnte zu einem so späten Zeitpunkt bei den Mitarbeitern noch wählerisch sein? Wer hatte die Zeit, sie auszubilden? Er versuchte, seine Gereiztheit zu verbergen, und fragte: »Wir brauchen zwanzig, fünfundzwanzig Mitarbeiter innerhalb von zwei Wochen. Dann halten wir Massenkundgebungen ab, die weitere Mitarbeiter anziehen werden, später müssen wir in jedem Dorf Mitarbeiter anwerben, aber.« Er war zu weit vorausgeeilt. »Das ist die zweite Phase.«

Om sagte: »Bisher ist es ein einwandfreier Plan.«

Giridhar zuckte zusammen.

Nayan Raj sagte: »Ich würde gerne persönlich mit jedem Mitarbeiter sprechen, jedem Einzelnen unsere Vision mitteilen. Sie sollten die Partei alle auf die gleiche Weise vertreten. Sie sind unsere Botschafter beim Volk.«

Man musste sehr dumm sein, dachte Giridhar, um den zusammengewürfelten Haufen junger Burschen, den sie letzten Endes einsetzen würden, als »Parteibotschafter« zu bezeichnen. Das gab ihm Auftrieb: Nur ein Hiesiger wusste, was zu tun war. Er sagte: »Es wird mehrere Gruppen für die Öffentlichkeitsarbeit geben. Sie werden im Wahlkreis unterwegs sein und Plakate kleben, in jedem Dorf Wahlsprüche malen, unser Stimmzettelsymbol bekannt machen. Das Teetassenzeichen muss jedem bekannt sein, wenn er ins Wahllokal geht. Teetasse, Teetasse. Jeder muss uns als Teetassenpartei erkennen.«

Er hielt inne. Keiner sagte etwas. Er fuhr fort: »Wir selbst werden zwei Gruppen bilden, die von Dorf zu Dorf ziehen, Werbung machen, Männer rekrutieren. Unsere wichtigste Aufgabe ist es, Wahllokalkomitees aufzustellen.« Dann bemerkte er einen verlorenen Ausdruck auf Nayan Rajs Gesicht und dachte – was, wusste der Held denn gar nichts? Giridhar erklärte: »Es gibt insgesamt dreiunddreißig Wahllokale im Wahlkreis. Jedes Wahllokal braucht ein Komitee von unserer Partei, das es am Wahltag bewachen soll. Wir müssen diese Wahllokalkomitees in Phase zwei gründen.«

Der Kinoheld sagte: »Sodass wir am Ende dreiunddreißig Wahllokalkomitees haben?«

Giridhar zog ein Stück gelbes Papier aus der Tasche. In der vorigen Nacht hatte er ein zweites Exemplar der Karte gezeichnet, die er Nayan Raj in Kathmandu gegeben hatte, und darauf Pläne für eine andere mögliche Zukunft entworfen. Er fuhr mit dem Finger alle Punkte und getüpfelten Linien, Dörfer und Wege nach. »Hier«, sagte er und deutete auf das südlich gelegene Dorf Kihun. »Hier wählen sie geschlossen die Kommunisten.« Er deutete auf einen anderen Punkt. »Aber ich habe einen Freund in der Nähe, ein alter Dorfanführer, der wird uns dabei helfen, diesen Block zu knacken.« Sein Finger glitt in den oberen Teil der Karte. »Die meisten unserer Stimmen werden aus Kongressgebieten kommen. Dieses ganze Gebiet.« Er deckte die Hälfte des Wahlkreises mit der Hand ab.

»Solche Kenntnis der Dörfer habt Ihr«, sagte Om anerkennend.

Sein schwärmerischer Tonfall ärgerte Giridhar. »Jedenfalls ist das Phase zwei.« Er steckte die Karte wieder ein. »Phase drei beginnt zwei Wochen vor dem Wahltag. Wir beschließen endgültig eine Strategie an jedem Wahllokal, entscheiden, auf welche Lokale wir uns konzentrieren, wo wir aufgeben. Das ist Phase drei.«

Der Kinoheld sagte: »Das klingt nach einem ausgezeichneten Plan.«

»Er ist einwandfrei«, fügte Om hinzu.

Giridhar schnaubte: »So macht man Wahlkampf.«

Jimmawal-Baje fiel ihm ins Wort. »Meiner Ansicht nach brauchen wir vor allen Dingen einen Lakaien. Welche Parteigeschäftsstelle hat keinen Lakaien? Kongress, UML, alle haben einen Lakaien. Die Leute werden uns auslachen, wenn wir keinen einstellen –«

Giridhar riss der Geduldsfaden. »Ich hatte gehofft, dass vielleicht einer von uns sich um die Büroverwaltung kümmern könnte.« Er sah Om an.

»Sagt mir, was ich tun soll«, sagte Om tatbereit. »Vormittags muss ich die Schule verwalten. Aber ich werde die Nachmittage der Partei widmen.«

Jimmawal-Baje sprang auf. »Wir werden meinen Sohn nicht einstellen?«

Giridhar sagte: »Om-Bhai kann sich um den Papierkram kümmern.«

»Aber – aber –«

»Warten wirs ab«, schnaubte Giridhar.

Jimmawal-Baje setzte sich beleidigt wieder hin.

Sowohl die Einzelheiten als auch die größeren Pläne standen damit also fest. Nachdem er nun seine Kompetenz unter

Beweis gestellt hatte, saß Giridhar entspannter im Stuhl. Nayan Raj begann, über seinen tiefen Glauben an die demokratischen Ideale zu sprechen, aber Giridhar hörte nicht weiter zu. Stattdessen fing er an, den eigenen Auftritt auszuwerten. Er hatte sich als guter Redner gezeigt. Er hatte einen Plan dargelegt, und dieser war ebenfalls gut. Gut genug? Er hätte sich seine Stichpunkte vorher aufschreiben können. Er hätte sie langsamer, überzeugender präsentieren können. Er hatte – zu schnell gesprochen. Er hatte nicht ganz und gar würdevoll geklungen.

Der Kinoheld wirkte allerdings, als habe er ihn für sich einnehmen können. »Also werde ich auf Euch alle zählen«, sagte er gerade, als Giridhars Aufmerksamkeit zurückkehrte. »Ich habe den Distrikt als Junge verlassen, ich kenne die Dörfer nicht. Ihr müsst mich belehren. Wenn ich die Menschen hier vertreten soll, muss ich einer von ihnen werden. Ihr alle müsst mich anleiten.«

Om sagte etwas ganz Liebenswürdiges, und Jimmawal-Baje fügte etwas Dankbares hinzu, aber Giridhar fühlte sich zu erschöpft, um zu antworten. Er war zittrig; er brauchte neue Kraft.

Vor ein paar Tagen hatte ihn der Subinspektor besucht und gesagt: »Jetzt, wo Ihr eine Partei leitet, kommt Ihr nicht mehr auf einen Schnaps vorbei – was, denkt Ihr, Ihr seid zu gut für uns geworden, Ihr Scheißkadaver Ihr?«

Anschließend redete Nayan Raj über die demokratische Reform. Er sprach vom Ideal freier und gleicher Wahlen und sagte, die Ideale der Partei seien wichtiger als der Sieg. Er sprach über die Armen, die Unterdrückten, die Frauen. So eine Großtuerei. Er sagte: »Wir müssen den Leuten ein Verständnis von echter Demokratie vermitteln. Wir müssen einen fairen Wahlkampf durchführen.«

Es war sehr hübsch, wie der Held seine Worte drechselte. Giridhar setzte sich im Stuhl auf und dachte, er dürfe sich nicht mehr so launisch benehmen. Er musste lernen, wortgewandt zu sprechen. Er musste ohne Entschuldigung den Raum in Anspruch nehmen, der seinem Körper in der Welt zustand. Der Raum des Vorsitzenden. Es stimmte, er war nicht so schlagfertig, wie er es sein sollte, aber er war so schlagfertig, wie er konnte, angesichts –. Angesichts seiner Sauferei. Aber das war vorbei. Er gab sich jetzt Mühe, und er musste sich auch weiterhin Mühe geben; er musste sich bemühen und bemühen, und er durfte nicht – ts – durfte sein Leben nicht mit Bemühungen verplempern, die jedes Mal – nein, nicht jedes Mal scheiterten.

## 19

Den ganzen Vormittag lang hatte sie sich vor denen verneigt, die ihr den eigenen Segen missgönnten. Verwandte, einige Frauen, viele von ihnen kannte Binita nicht mehr. »Wie geht es dir, armes Ding? Wie geht es deiner armen Tochter?« Mit Widerhaken bewehrte und unaufrichtige Worte waren wie Querschläger durch den Teeladen geschossen: »Und warum besucht Ihr uns nie, die Basen von Eurem eigenen Mann?« Verwandte hatten die Nase in jeden Winkel des Hauses gesteckt. »Das ist der Laden? Und wo sind die Zimmer? Wo soll unser Neffe schlafen? Und du?«

Binita hatte die Form gewahrt, war auf Versuche, ihr ein Gefühl der Zugehörigkeit zu vermitteln, nicht eingegangen, hatte nach außen hin weder ihrer Wut noch ihrem Trotz nachgegeben. Still hatte sie sich Kainlo-Kaka und seinen verwandtschaftlichen Heerscharen gefügt. Als Nayan Raj eintraf, war ihr nichts anderes übrig geblieben, als alle zu bedienen, die Schwiegertochter der ganzen Familie.

Und kaum dass Nayan-Raj-Bhai zu seiner Parteigeschäftsstelle aufbrach, zeigten sie ihr, was sie wirklich von ihr hielten:

In seinem Gefolge verließ die ganze Verwandtschaft den Teeladen. Binitas Haus leerte sich von einem Moment auf den anderen, nachdem es den ganzen Vormittag gegen ihren Willen besetzt gehalten worden war. Der verlassene Teeladen bot ein Bild der Verwüstung. Die Tische und Bänke standen verquer, Essensreste waren im Raum verstreut. Eine Teetasse war zerbrochen, und die Scherben lagen am Boden herum. Es wirkte alles wie geschändet. Binita fühlte sich erniedrigt. Sie ging vor dem Herd auf und ab und fühlte sich ausgenutzt, und der Widerwillen darüber, dass sie an ihrer eigenen Unterwerfung mitgewirkt hatte, schnürte ihr die Kehle zu. Sie hatte den ganzen Vormittag lang nicht ein hartes Wort gesprochen. Gehorsamst hatte sie sich selbst verraten.

Ein Stapel schmutzigen Geschirrs türmte sich an der Spüle, verunreinigt durch Spucke und Speichel derjenigen, die ihr noch die dürftigsten Freiheiten verwehren wollten. Nachdem sie eine ganze Weile auf- und abgegangen war, machte Binita schließlich den Teeladen zu und wies ein paar Männer, die mit fragenden Gesichtern hereinkamen, schroff wieder hinaus. Sie befahl Sani, den Raum sauber zu machen, und der scharfe Ton ihrer Worte machte ihrer Base Beine. Dann setzte sie sich an die Spüle. Übergelassene Reiskörner auf schmutzigem Geschirr. Gelblicher Mung-Dal, die grünen Säfte der Brunnenkresse und Flecken von gewürzgefärbten Ölen. Sie blieb in der Sudelatmosphäre halbverzehrten Essens sitzen und versuchte, sich die eigene Knechtschaft beizubringen. Kainlo-Kakas Spucke und Speichel. Sie musste sich an ihn gewöhnen.

Sie fuhrwerkte noch immer mit den Händen im Geschirr, als Pramila aus Thakalni-Amas Haus bei ihr ankam. Sie hatte eine zusammengerollte Matratze und einen Beutel voll Kleider dabei. »Ich bin bereit, meinen Dienst im Teeladen Binita anzutreten«, sagte sie grinsend. Binita brachte in Erwiderung kaum ein Lächeln zustande. Pramila schien das nicht zu bemerken.

Sie sagte: »Thakalni-Ama hat herausgefunden, dass der Kinoheld angekommen ist, und hat mich sofort losgeschickt.«

Binita stellte das Geschirr beiseite und führte Pramila zum Alkoven. Sie wusste, dass sie irgendetwas sagen sollte, um der Frau das Gefühl zu geben, willkommen zu sein – aber es gelang ihr nicht. Nicht, dass das Pramila irgendetwas auszumachen schien. Sie hatte eine Veranlagung zur Geschwätzigkeit, und ihre Stimme war im ganzen Haus zu hören. »Alle Frauen schlafen in einer Reihe«, bemerkte sie und breitete ihre Matratze neben Binitas und Sanis Betten aus. »Vier Frauen, um einen Mann zu bewachen.« Aus dem Beutel zog sie einen pinkfarbenen Schal und band ihn sich um das Haar. »Jetzt sagt mir, was zu tun ist.«

Binita versuchte, ihre Niedergeschlagenheit abzuschütteln, und zwang sich zu einem Lächeln.

Pramila machte sich sofort an die Arbeit. Nachdem sie Sani dabei geholfen hatte auszukehren, führte sie eine Bestandsaufnahme ihres neuen Umfeldes durch. »Vierzig Gläser und nicht ein einziges angeschlagen!«, rief sie, als sie die Regale in Augenschein nahm. »Sechzehn – nein, siebzehn Tassen; aber nur zwölf Untertassen. Teller, Untertassen, Gabeln und Löffel. Schaut Euch die Untertasse hier an – die hat zwei Sprünge.« Sie tastete auf den Regalbrettern nach Staub. »Komm, Sani. Putzen wir die Regale, bis sie glänzen!«

Binita kehrte an die Spüle zurück. Körner, Körnchen, Säfte und Öl, mit einem fettschimmernden Film überzogenes Seifenwasser. Ihre Aufgabe in diesem Haus war es, zu kochen und zu putzen. Langsam wusch sie jeden einzelnen Aluminiumteller, jeden Edelstahlbecher und Schöpflöffel. Bei diesen Bewegungen entwirrten sich einige ihrer Gefühle. Sie hatte hier nicht mehr das Sagen: Das sollte sie lieber anerkennen. Von jetzt an war Nayan Raj der Herr im Haus. Seine Verwandten waren treue Gefolgsleute. Sie dachte daran, wie Kainlo-Kaka sie an diesem Morgen immer wieder verstohlen angesehen hatte. Er würde jetzt jeden Tag herkommen, flankiert von anderen Familienmitgliedern, und er würde Binita dazu anhalten, ihm zu dienen. Sie würde tun, was er von ihr verlangte, niemals aufbegehren, nur sich selbst schützen.

Eine Schande, so in Angst leben zu müssen.

Pramila hatte unterdessen die Regale fertiggeputzt und hockte nun auf dem Boden, wo sie Zwiebeln, Knoblauch und Ingwer für das Abendessen zerkleinerte. Sie schien es gewohnt zu sein, alles zu kommentieren. »Dieses Radha-Krishna-Bild, wie hell das den Raum macht«, sagte sie vor sich hin, als sie zur Wand aufschaute. Als Binita eine Thermoskanne säuberte, bemerkte Pramila: »Die chinesischen Thermoskannen sind auch nicht mehr, was sie mal waren. Man stößt sie einmal an, und sie zerbrechen.« Ihr Blick fiel auf die Essensreste von der Morgenmahlzeit, und sie sagte: »Der Frau tut es in der Seele weh, wenn man ihr Essen nicht aufisst.«

Binita fand sie etwas laut. Aber Sani, die in der neuen Frau ein bereitwilliges Publikum fand, begann Geschichten darüber zu erzählen, was ihr Sir im Lese- und Schreibkurs gesagt hatte. Binita konnte Sanis selbstgefälligen Ton nicht leiden. »Sir sagt, die Frauen bedecken die halbe Erde und halten den halben Himmel hoch«, sagte Sani und schnitt eine Grimasse.

Pramila lachte. Sie hatte die Phariya über die Knie hochgekrempelt, damit sie ihr nicht in die Quere kam. »Was sagt dein Sir sonst noch?«

»Er sagt die blödesten Sachen. Etwa, die Frauen können genauso stark wie die Männer sein, aber zuerst müssen wir Gruppen bilden, um gegen die Männer zu kämpfen … gegen das Party-Achat.«

»Seht Euch an, was passiert, wenn man Mädchen zum Unterricht schickt!«, rief Pramila in gespieltem Entsetzen.

»Ich wünschte, er würde aufhören, Vorträge zu halten, und uns einfach Buchstaben beibringen, wie es seine Aufgabe ist. Gestern hat er mir beigebracht, meinen Namen zu schreiben –

Sa-Ākār, Na-Īkār. Dann hab ich ihm meinen echten Namen gesagt, damit ich den auch schreiben lerne. Ma-Ākār, Dha-Ukār. Mādhu.«

»Madhu – schöner Name.«

»Sir hat nach Nayan-Raj-Kaka gefragt. Heut Abend werd ich ihm erzählen, dass er hier ist.« Dann drehte sie sich zu Binita um und fügte hinzu: »Der wird hier wohnen, hier schlafen. Nicht, Binita-Didi?«

Manchmal stellte das Mädchen Binitas Geduld auf die Probe. Binita ignorierte die Bemerkung. Sie spülte ihr Geschirr fertig und stapelte es dann in die sauber ausgewischten Regale, als Teil der Vorbereitungen für den Abend, wenn sie wieder alle würde bedienen müssen.

Es wurde Abend, bis ihr Schwager zurückkehrte, und er brachte seine Parteileute mit: Giridhar Adhikari, Om Gurung und Jimmawal-Baje. Kainlo-Kaka, sein Sohn und einige entfernte Neffen waren auch dabei und drängten sich um den berühmten Verwandten. Binita verneigte sich heute zum zweiten Mal vor Kainlo-Kaka. Der alte Mann vollführte ungerührt die Segnungsgebärden.

Nayan-Raj-Bhai war mit seinen Parteimitgliedern ins Gespräch verwickelt, aber er zog sich kurz daraus zurück, um Binita zu fragen – mit einer Rücksichtnahme, die er heute Vormittag nicht gezeigt hatte –, ob es möglich wäre, dass sie heute Abend alle im Teeladen äßen. Er hätte ihr ebenso gut einfach einen Befehl geben können: Konnte sie denn Nein sagen? Sie vermutete, dass er sich das Gefühl geben wollte, ihr nichts aufzuzwingen. »Ich hätte Euch schon vor ein paar Stunden fragen sollen«, sagte er. »Mit diesen Einladungen in letzter Minute mache ich Euch Mühe.«

»Ich hab schon genug Essen vorbereitet.«

Die Männer ließen sich im vorderen Teil des Teeladens nieder. Binita schickte Sani zum Lese- und Schreibkurs und nahm hinter Pramila am Herd Zuflucht. Tripti war im Alkoven und machte Hausaufgaben. Die scharfen Strahlen der nackten Glühbirne tauchten alle Menschen im Teeladen in ein frohes Licht, aber Binita blieb wachsam. Es war ihr auf unbestimmte Weise peinlich, dass der Teeladen nachts noch offen war – er wirkte wie eine Saufspelunke. Der Klang der Männerstimmen mahnte sie zur Wachsamkeit. Einmal ertappte sie Kainlo-Kaka dabei, wie er zu ihr herübersah, und war froh, Pramila bei sich zu haben. Die lauten, lärmenden Bewegungen der Frau nahmen ihr etwas von ihrer Angst.

»Ich kann zehn, zwanzig Leute auf einmal verköstigen, kein Problem«, prahlte Pramila und holte einen Stapel Aluminiumteller hervor. »Ich hab fünfzig, hundert verköstigt in Thakalni-Amas Hotel. Bis zu zwanzig kann ich mit geschlossenen Augen verköstigen.«

Binita versuchte, normal zu antworten. »Thakalni-Ama kümmert sich um so viel.«

Pramila sagte: »Diese alte Großmutter herrscht über ihr Reich wie eine Königin.« Am anderen Ende des Raumes lachten die Männer über etwas, das Kainlo-Kaka gesagt hatte. »Eh, sie ist auf Zack«, fuhr Pramila fort. »Sie täuscht einen, weil sie weich aussieht, aber sie ist schon immer so zäh gewesen wie ein Mann.«

Als der Reis kochte, tauchte noch eine Gruppe von Verwandten auf. Nayan Raj begrüßte sie und bat um ihren Segen. Still setzte Binita einen weiteren Topf Reis auf. Weil es das Protokoll verlangte, ging sie anschließend zu den neu angekommenen Gästen und verneigte sich vor ihnen. Ein alter Onkel sagte taktlos: »Der Teeladen – ich wusste gar nicht, dass der so anständig ist.« Ein anderer entfernter Onkel pflichtete ihm bei: »Der ist nicht, wie ich dachte, dass er ist.«

Von einem Tisch in der Nähe aus sagte Om Gurung: »Er ist genauso gemütlich wie die eigene Küche. Mir ist überhaupt nicht danach, hier wegzugehen.«

Binita kehrte an den Herd zurück und dachte, ja, das war es also, ihr Leben in den nächsten paar Monaten: sich von Fremden beurteilen lassen, die sich als ihre Eigentümer aufführten.

Glücklicherweise ergab sich für sie keine Notwendigkeit, mit Kainlo-Kaka zu sprechen: Er blieb den ganzen Abend über an seinem Tisch sitzen. Nachdem sie ihre Hausaufgaben fertiggestellt hatte, kam Tripti in den Laden und setzte sich auf einen Stuhl am Tresen, von wo aus sie den ungewohnten Aufruhr in ihrem Haus aufmerksam beobachtete. Sani, die vom Lese- und Schreibkurs zurückkam, war erschrocken darüber, wie viele Leute sich im Teeladen drängten. Sie starrte unfroh auf den Pulk und warf Binita einen abschätzigen Blick zu. Nur Pramila schien die Ruhe selbst zu sein. Sie klapperte am Herd herum und warf mehr und mehr Gemüse in den köchelnden Topf. »Was für ein Segen, so viele Leute verköstigen zu können! Es muss mein Schicksal sein, mein Leben lang so viele hungrige Mäuler zu stopfen.«

Als der Zeitpunkt gekommen war, das Essen aufzutragen, ging Pramila mit Scheppern und Krachen zur Sache. »Das ist scheußliches Essen, aber esst es, als wärs gut«, rief sie, während sie allen Gästen dampfende Teller voll Reis, Dal und Gemüse vor die Nase stellte. »Es ist nicht gut, aber esst es, als obs gut wär.«

Dann fing sie fast sofort damit an, Nachschlag anzubieten. »Ihr werdet hungrig nach Hause gehen, wenn Ihr nicht mehr nehmt.«

Da Sani Pramila zur Hand ging, konnte Binita zusehen, dass Tripti etwas aß. Ihre Tochter neigte dazu, im Essen herumzustochern, besonders, wenn sie nervös war. »Iss«, versuchte Binita sie zu überreden. »Du wirst nie größer als ich werden, wenn du nichts isst.«

»Ich hab keinen Hunger.« Triptis Augen kehrten immer wieder zu ihrem Onkel zurück.

»Iss so viel, und danach kannst du gehen.«

Später, als alle gingen, gab es eine weitere Runde Verbeugungen und Katzbuckeleien. Binita, die Tripti an der Spüle wusch, tat, als hätte sie das nicht mitbekommen. Sie wollte sich nicht noch einmal vor Kainlo-Kaka verneigen müssen.

Danach waren die vier weiblichen Bewohner und Nayan-Raj-Bhai allein im Haus. Binita war unsicher, wie sie ihren Schwager ansprechen sollte, und wartete darauf, dass er sich zum Herd umdrehte. Aber er stand bloß an der Tür und betrachtete das Plakat, welches Sarasvati auf einem Schwan zeigte.

Er blieb so stehen, während die Frauen aufräumten. Tripti schaute von der Mutter zum Onkel. Nayan-Raj-Bhais Haltung war entspannt. Sicherlich sann er nicht über die Götter nach; er wirkte nicht wie jemand, der viel mit Religion am Hut hatte. Sein Haar war so schwarz wie das von Binitas Mann, und aus diesem Blickwinkel sah er ganz ähnlich aus wie die Bilder von ihrem Mann, als er noch jung gewesen war. Nayan-Raj-Bhais Gebaren allerdings war strenger. Sogar jetzt, wo er nur dastand und sich ausruhte, wirkte er beherrscht. Er hatte nichts von der schläfrigen Liebenswürdigkeit ihres Mannes, nichts von seinem zerzausten Charme.

Nach einer ganzen Weile seufzte Nayan-Raj-Bhai. Als er sich umdrehte, sah er müde aus.

»Draußen steht ein Eimer Wasser zum Waschen«, bot ihm Binita an.

»Ihr habt für alles gesorgt, Binita-Bhauju.«

Binita führte ihn auf den Hinterhof, wo Sani einen Eimer voll Wasser bereitgestellt hatte. »Ein Handtuch ist in Eurem Zimmer«, sagte sie. »Ich hols.«

Sie ließ ihn stehen und ging die Stiege hinauf in das Zimmer, dass sie für ihn geräumt hatte. Die Tasche des Schwagers, die überraschend klein war, stand an der Wand, noch ungeöffnet. Ein Stadtmensch: Er würde das Zimmer zu kahl finden.

Als sie nach seinem Handtuch griff, hörte sie ihn die Stiege heraufkommen.

»Meine Alte schickt Euch ein paar Geschenke«, sagte er, als er ins Zimmer kam. »Es sind nur Kleinigkeiten. Sie hat sie selbst ausgesucht.«

Binita wartete, während er scheinbar die Hälfte des Tascheninhaltes herausholte. »Sie wäre gerne mitgekommen«, sagte Nayan-Raj-Bhai, indem er sich zu ihr umwandte. »Ihr Büro aber. Sie kann keinen Urlaub nehmen.«

Binita nahm die Geschenke entgegen und gab ihm sein Handtuch.

»Meine Alte hat sich oft gewünscht, Ihr würdet uns besuchen kommen, Binita-Bhauju. Sie wollte Euch immer das Gefühl geben, dass unser Haus in Kathmandu auch Euer Haus ist. Sie lässt Euch sagen, dass sie oft an Euch denkt.«

Binita fand keine passende Antwort. Weil ihr nichts Besseres einfiel, wandte sie sich zum Gehen.

»Binita-Bhauju.« Nayan-Raj-Bhai kaum auf sie zu und neigte sich im gleichen Winkel auf sie zu, wie ihr Mann es immer getan hatte, wenn er mit Leuten sprach. »Ich wollte sagen – meine Anwesenheit hier wird Euer Leben durcheinanderbringen. Verwandte werden zu Besuch kommen, Parteimitglieder vorbeischauen. Es wird endlose Runden Tee, Imbisse, Mahlzeiten geben.« Da war eine Spur Ungeduld in seiner Stimme, als habe er es früher am Tag nicht genossen, so viele Leute zu treffen. Er sagte: »Monatelang werden Leute durch das Haus laufen.«

Das war seine Art, sich im Voraus zu entschuldigen, dachte Binita. Er reinigte sich damit von Schuldgefühlen. Sie war nicht unverfroren genug, ihm zu widersprechen, ihm zu sagen, dass sie sich freue, ihn hier zu haben, und sie seine Gäste gerne bedienen werde. Sie wartete darauf, dass er noch etwas sagen würde, und da er schwieg, schickte sie sich an zu gehen.

Aber er wollte die Unterhaltung noch nicht abbrechen. »Es

wäre verkehrt von mir, Euch etwas aufzuzwingen«, sagte er und hielt sie mit der Stimme in der Tür fest. »Ich wollte fragen – meine Partei wird eine Kantine brauchen, einen Speiseraum, wo die Mitarbeiter essen können.«

Er hatte das Bedürfnis, sie sagen zu hören, dass sie bereit sei, ihnen zu dienen.

Er sagte: »Eine Möglichkeit ist es, dass ich jemanden mit der Arbeit beauftrage, der eine Kantine in der Parteigeschäftsstelle betreiben soll. Das würde es Euch leicht machen. Die andere Möglichkeit ist, Ihr, hier, wie heute …« Er unterbrach sich. Als er weitersprach, klang er kleinlaut. »Der Teeladen ist die Quelle Eures Lebensunterhalts, er ist, was Euch ernährt. Wenn Ihr ihn für die Öffentlichkeit schließt, werdet Ihr vielleicht Kunden verlieren. Deshalb wollte ich Euch die Wahl geben, Binita-Bhauju, ob Ihr möchtet, dass ich jemand anderen mit der Arbeit beauftrage, oder ob Ihr den Auftrag selbst übernehmt.«

Er hob den Blick und schaute Binita in die Augen. Überrascht wandte sie das Gesicht ab. Ihr wurde klar, dass er sich bemühte, auf sie Rücksicht zu nehmen, doch sie wurde von Bitterkeit gepackt. Wie konnte sie ihn denn abweisen? Ihr eigener Schwager weigere sich, Essen zu essen, das ihre Hände zubereitet hatten, würden die Leute sagen. Sie konnte fast schon ihre Nachbarin Phul Devi darüber lästern hören.

»Ihr habt die Wahl«, sagte Nayan-Raj-Bhai.

Binita versuchte, diese Wahlfreiheit zu spüren: aber es gab sie nicht. »Ich kann für Eure Partei kochen«, sagte sie.

»Ich bin dankbar.« Nayan-Raj-Bhai schritt auf sie zu und schob ihr einen Briefumschlag in die Hand. Geld. Binita zog überrascht die Hand zurück, aber er schob den Umschlag erneut und diesmal fester hinein. »Für den ersten Monat. Ihr müsst Buch darüber führen, wie viele Leute Ihr verköstigt, und die Zahlung für den nächsten Monat wird diese Kosten decken.«

Diese Geldübergabe verwirrte sie. »Ich gehe jetzt«, sagte sie.

Nayan-Raj-Bhai verabschiedete sich von ihr mit einer förmlichen Verbeugung und bemerkte offenbar nicht, dass es Binita peinlich war, Geld von ihm angenommen zu haben.

Eine Frau, die sich an Männer verkaufte.

Im Alkoven steckte Binita sich den Umschlag in die Bluse. Natürlich hätte sie es sich nicht leisten können, die Parteimitarbeiter auf eigene Kosten zu bekochen. Noch hätte sie von Verwandten Geld für ihre Mahlzeiten verlangen können. Ihr Schwager war lediglich pragmatisch – ja sogar rücksichtsvoll. Aber irgendetwas an diesem Geben und Nehmen beschämte sie. Sie musste sich ins Gedächtnis rufen, dass Nayan-Raj-Bhai nicht Kainlo-Kaka war; er hatte nicht das gleiche Urteil über sie. Aber wie konnte sie sich sicher sein?

Pramila jauchzte, als Binita mit den Geschenken in den Teeladen kam. Sie machte das Bündel sofort auf und zog daraus hervor, was ihr gerade ins Auge fiel. »Ein roter Pullover! Der ist genau Sanis Größe. Ist der für sie?«

»Der ist für sie.«

Zögerlich nahm Sani das Geschenk an.

Tripti sagte: »Ein Bilderbuch. Und Farbstifte!«

Pramila stieß Binita an. »Da ist eine Phariya für Euch. Eine schöne Farbe, die steht Euch.«

Binita sah, dass die Phariya grün war, ein Farbton, den sie wohl kaum tragen würde. »Nehmt Ihr ihn«, sagte sie zu Pramila.

Pramila biss sich auf die Zunge. »Wie kann ich mich mit einem Geschenk von Eurem Schwager davonmachen? Der wird glauben, ich bin ein Hühnerdieb. Nein, nein – ich kann nicht.«

Binita lächelte. Die Phariya war hübsch, das sah sie. Sie war aus einem feinen, seidigen Material, und die Farbe lag zwischen Grau und Grün, aber näher am Grün als am Grau, der samtige Farbton von Eukalyptusblättern. Nach sieben Jahren mieden nur die allerstrengsten Witwen noch bunte Farben, wie Binita es tat. Ihre Gründe waren rein pragmatisch: Wenn eine Witwe in Farben schwelgte, zeigte das, dass sie Freude am Leben hatte, und forderte Kritik heraus – oder Gefahr. Sie trug gedeckte, bräunliche Farben, um sich selbst zu schützen. Jetzt streckte sie die Hand aus und befühlte das Grün. Früher hätte sie sich nichts dabei gedacht, diesen Farbton an ihrer Haut zu zeigen. Sie verharrte eine Weile so und sah sich an, wie ungewöhnlich die Farbe neben ihrer Hand wirkte. Wie bedauerlich, von einem unerschrockenen Mädchen zu einer unglücklich gescheiterten Frau geworden zu sein. Sie befühlte das Grün.

»Ama, mein Freund hat gesagt, er hat ein Gespenst am Fluss entlanglaufen sehen, es hatte keinen Kopf.« Tripti lag mit Binita auf dem Lager, das sie im Alkoven hergerichtet hatte. Sani neben ihnen war schon eingeschlafen und wandte ihnen den Rücken zu, eine unbekümmerte Rundung. Pramila schnarchte. Sie hatten das Licht schon lange ausgeschaltet, aber Tripti quengelte, um nicht einschlafen zu müssen. Sie sagte: »Das Gespenst hat versucht, den Fluss zu überqueren, aber es hat die Brücke nicht gefunden. Es wollte Leute auf der anderen Seite töten, Ama.«

»Das ist der Kuhhirte, der in seinem Stall getötet worden ist.« Binita zog ihre Tochter enger an sich. »Die, die ihn getötet haben, sind über den Fluss gegangen und nie gefunden worden. Deshalb geht er am Ufer auf und ab und sucht nach einer Möglichkeit, auf die andere Seite zu kommen.«

»Und wenn er die Brücke findet, Ama?«

»Er sucht die alte Brücke. Die ist nicht mehr da, die ist weggeschwemmt worden. Das ist die einzige Brücke, die er überqueren kann.«

»Also kann er nicht auf diese Seite kommen und jemanden töten?«

»Er wird den Fluss nie überqueren können.«

Tripti verdaute diese Information. »Ama«, sagte sie dann und zupfte am Nachthemd ihrer Mutter. Sie versuchte, ihre Wachzeit zu verlängern, und Binita fügte sich dem Wunsch ihres Kindes. Tripti sagte: »Ama, ein Mädchen in meiner Klasse kann zehn Bananen auf einmal essen. Sie hats mir gestern gezeigt. Ama, wachsen Papayasamen im Bauch, wenn man sie verschluckt?«

Binita konnte die Stimme ihrer Tochter durch die Haut schwingen spüren, während Tripti weiterplapperte, über ihre Freunde und ihre Welt kleiner Taten und Wunder. Sie antwortete ihrer Tochter, wenn sie musste, aber meistens hörte sie nur zu. Die Ankunft ihres Onkels hatte Tripti in Unruhe versetzt, das merkte sie. Binita konnte die Frage, die ihre Tochter eigentlich beschäftigte, fast vorhersehen, und schließlich kam sie: »Ama, ist Nayan-Raj-Kaka Babas eigener Bruder?«

Ihr Bedürfnis nach Rückhalt war so offensichtlich, dass Binita den warmen, knochigen Körper des Mädchens fest in die Arme schloss und in die Wärme ihres Bauches hineindrückte. »Er ist der eigene Bruder von deinem Baba.«

»Ist er ein guter Mensch?«

Mit aller Überzeugung, zu der sie fähig war, sagte Binita: »Ja, er ist gut.«

»Wohnt er von jetzt an hier, Ama?«

»Er wohnt für drei oder vier Monate hier, Kleines. Danach weiß ich nicht. Wenn er die Wahl gewinnt, bleibt er vielleicht für immer hier.«

Tripti sagte nichts mehr, weil sie über die Antwort nachdachte.

Binita streichelte ihr feines, glattes Haar, und bald ging der Atem ihrer Tochter tiefer. Binita legte den Kopf neben den ihren; und in fester Umarmung schliefen sie ein.

## 20

In den Tagen nach der Ankunft des Nummer-eins-Hit-Kinofilm-Helden begannen die Bewohner von Khaireni Tar, auf öffentlichen Plätzen herumzulungern – vor Geschäften, auf den Wegen, an der Bushaltestelle, auf der Plattform unter dem Bar-Pipal-Baum – und den Blick wie durch Zufall nach jenem Ortsteil schweifen zu lassen, wo das Fernmeldeamt angesiedelt war, nach jenem Ortsteil, in dem nicht nur Nayan Rajs Vaterhaus lag, sondern auch die Geschäftsstelle der Volkspartei. Nicht, dass einer von ihnen zugegeben hätte, dass er darauf aus war, den Kinohelden zu erspähen: nein. Alle hielten den Anschein der Gleichgültigkeit aufrecht. Aber wenn man einen Blick auf Nayan Raj erhaschen konnte, etwa wenn er aus seiner Parteigeschäftsstelle kam – dann konnte man mit eigenen Augen sehen, ob er immer noch so aussah wie in den Kinofilmen, oder nicht? Nur mal schauen.

Der Erdnussverkäufer faltete ein Stück Zeitungspapier zu einem festen Hütchen zusammen, füllte es mit Erdnüssen und überreichte es einem Kunden, der zur Geschäftsstelle der Volkspartei auf der anderen Seite der Fernstraße hinüberäugte. »Überheblich soll er nicht sein«, kommentierte der Verkäufer.

Sein Kunde schreckte zusammen, als sei er beim Klauen erwischt worden. »Ja«, sagte er und bezahlte die Erdnüsse mit einem zerfledderten Geldschein. Dann machte er sich unauffällig davon.

Ohne sich an jemand Bestimmtes zu wenden, wiederholte der Erdnussverkäufer: »Überheblich soll er nicht sein.«

Der Bananenverkäufer pflichtete ihm bei. »Er soll ein einfacher Mann sein, der Held aus *Ma Manchhe hun* hier mitten unter uns.«

Die musalmanische Armreifenhändlerin blieb von diesem Kinoheldenaufruhr weiterhin ungerührt. Ein Schauspieler als

Politiker – alles Unsinn, Baba. Sehr zu ihrem Verdruss füllte sich der Bazar jetzt mit politisierenden Männern, Männern, Männern. Auf der einen Seite neben ihr saßen zwei Kongressmitarbeiter und redeten über Amerika. Auf der anderen Seite standen zwei Kommunisten und starrten mit misstrauischen Augen in die Runde. Sie wünschte sich, diese Männer würden weggehen und die Umgebung ihres Standes für weibliche Kunden freigeben.

Der Uhrmacher hingegen wollte Nayan Raj unbedingt treffen. Er wollte sehen, ob der Kinoheld ihn von Kathmandu her wiedererkannte; aber er war zu schüchtern, bei ihm vorzusprechen. Eines Tages, als er sich unter dem Bar-Pipal-Baum ausruhte, wurde er belohnt, indem er von fern einen Blick auf den Schauspieler erhaschte. »Schaut, schaut«, zeigte er zur Geschäftsstelle der Volkspartei. »Ich würde ihn überall erkennen. So groß, so schwarzes-schwarzes Haar.«

Die Straßenhändler folgten seinem Blick.

Auf der anderen Seite der Fernstraße war Nayan Raj zu sehen, der aus der Geschäftsstelle kam, ein schlanker, knochiger Mann. Trotzdem er so berühmt war, trug er nur einfache Baumwollkleider. Giridhar Adhikari war bei ihm, ebenso Om Gurung. Der Rest der Leute, die ihm folgten, hatten die Sippenähnlichkeit von Verwandten. Nayan Raj ging in der Mitte der Menschentraube.

Mehrere Tage lang beobachteten die Bewohner der Ortschaft, was auf der anderen Seite der Fernstraße vor sich ging. Sie schauten, sie blieben stehen – aber sie zögerten, hinüberzugehen und dem Kinohelden persönlich zu begegnen. Dann, eines Morgens, unter den Augen des ganzen Bazars, näherte sich der Gaine-Sänger Thainlo Nepali der Geschäftsstelle der Volkspartei. Es war zu jener Tageszeit, als das Sonnenlicht bereits eine gelbe Färbung angenommen, die Luft aber noch nicht die Frische des frühen Morgens eingebüßt hatte. Thainlo Nepali wurde von einem seiner Söhne begleitet, einer stark verkleinerten zweiten Ausgabe des Vaters, eine magere Gestalt mit feierlich ernsthaftem Gesicht, das Oberhemd an zehn Stellen geflickt. Vater und Sohn blieben vor dem Gebäude stehen und warteten darauf, dass Nayan Raj herauskam.

Ihre Anwesenheit bot anderen Männern einen Vorwand, sich um sie zu versammeln. »Spielt uns eine Melodie, wär das nichts?«, rief ein Passant und blieb vor der Geschäftsstelle stehen. »Spielt uns eine schöne, traurige Melodie.«

Thainlo Nepali zupfte an den Saiten seiner Sarangi-Fiedel. »Das Lied kommt nicht einfach so, Hajur«, sagte er mit einem versonnenen Lächeln. »Das Lied kommt nicht einfach so.«

»Da.« Der Mann warf dem Sohn einen Fünfrupienschein zu. »Jetzt singt uns ein schönes Lied.«

Thainlo Nepali wartete, bis sein Sohn den Geldschein eingesteckt hatte, dann begann er, den Bogen über die straffen Saiten seines Instrumentes zu streichen.

*Die Demokratie soll ins Land gekommen sein,*
*um all uns Arme, die von ihren Händen leben, zu befrein …*

Später am gleichen Tag wurde er von Nayan Raj eingestellt.

Danach überschritten andere Bewohner der Ortschaft einer nach dem anderen die Fernstraße, um Nayan Raj zu treffen und ihm ihre Hilfe anzubieten.

Der Erste dieser Freiwilligen war der verhinderte Armeerekrut Juddha Ale, ein Mann, der vom Leben enttäuscht war und daraus keinen Hehl machte. Dürre Jungen am Rande der Schwindsucht wurden in die Armee rekrutiert, weil sie Beziehungen hatten, während er, gut gebaut und wohlernährt, aufgrund einer formalen Spitzfindigkeit ausgemustert worden war: Er hatte die vorgeschriebene Mindestgröße um wenige Millimeter verfehlt. Man brauchte einen mächtigen Gönner, hatte Juddha festgestellt. Der König und seine Höflinge waren jetzt schwach; die Oberherrschaft lag in den Händen der

Parteien. Wenn er der Volkspartei bei diesen Wahlen behilflich war, würde ihm Nayan Raj vielleicht beim nächsten Rekrutierungsdurchgang behilflich sein.

Ein paar von Juddhas Freunden schlossen sich ihm an.

Die Ansammlung vor der Geschäftsstelle der Volkspartei wurde allmählich immer größer. Eines Tages blieben ein paar Schülerinnen vom Collegecampus vor dem Gebäude stehen. »Weswegen seid Ihr hier?«, rief ihnen ein Mann zu. »Wegen einem Helden-Autogramm?«

Eine der Schülerinnen war entfernt mit einer von Nayan Rajs Tanten verwandt. »Seine Frau arbeitet in einem Büro«, sagte sie. »Sie ist eine moderne Frau. Wir sind nur hier, um den Kandidaten zu fragen, was sein Engagement für die Frauen ist. Die Parteien tun nie was für die Frauen. Sieht er uns auch nur als die Leibeigenen unserer Väter-Brüder-Ehemänner, oder glaubt er an die Gleichberechtigung der Frauen?«

Einige der Männer lachten.

Nicht weit von den Mädchen, verächtlich von allen abgewandt, stand der Schläger BB – oder »BB-Gun« – Thapa, und er wusste ganz genau, dass seine Anwesenheit den Kongressjungen unter dem Bar-Pipal-Baum nicht entging – das waren Jungs aus seiner Gegnerbande. BB-Gun warf sich in eine Pose, die seinen Körperbau betonte, und sah dabei mehr nach einem Kinohelden aus als Nayan Raj – wie der Hindifilmheld Salman Khan bestand BB-Gun ganz aus harten Muskeln und gnadenlos gutem Aussehen. In den Gassen von Khaireni Tar hatte er die Krone auf. Keiner wagte es, ihn herauszufordern. Und das – nun ja, das wurde ihm allmählich langweilig. Letzte Woche hatte er einen niedrigkastigen Kumal-Jungen blutig geschlagen, aber es hatte ihm noch nicht einmal Spaß gemacht. Das Leben war zu leicht geworden. Er kämpfte und kämpfte und kämpfte, er wusste mit Nunchakus, Ketten, Schlagstöcken und Schusswaffen aus zweiter Hand umzugehen; er übte sich in Gewichteheben, Judo, Karate, Kungfu. Die Mitglieder seiner Bande waren ihm treu ergeben. Gegnerische Banden schlotterten vor Angst bei seinem Anblick. Und jetzt? Er würde die Kongressburschen vorführen, indem er sich der Volkspartei anschloss. BB-Guns Kameraden, die Halstücher, Ohrringe, zerrissene T-Shirts und chinesische Reeboks zur Schau trugen, standen neben ihm und ahmten seinen unbeteiligten Gesichtsausdruck nach.

Nayan Raj sprach mit jedem Freiwilligen einzeln und machte auf alle gleichermaßen Eindruck. Gegenüber Juddha Ale und anderen, die gerne Armeerekruten werden wollten, sprach er von einer Reform des Systems: »Die Armee gehört allen, nicht nur denen, die Beziehungen haben.« Er argumentierte leidenschaftlicher für die Rechte der Frauen als die Schülerinnen selbst: »Unsere Frauen genießen noch keine vollwertige Anerkennung als Bürgerinnen.« Gegenüber Burschen wie BB-Gun ulkte er sogar: »Hübsche junge Männer wie Ihr sollten in unseren Kinofilmen auftreten.« Seine Wandlungsfähigkeit beeindruckte die Leute. Mit jedem Tag kamen mehr Ortsbewohner, um ihn zu treffen, und die Geschäftsstelle der Volkspartei wirkte dadurch offen und zugänglich.

Es gab natürlich auch Leute, denen Nayan Rajs Anwesenheit gleichgültig blieb oder denen sie sogar zuwider war. Als der Schuster am Ort die wachsenden Scharen von Leuten vor der Parteigeschäftsstelle sah, wühlte er sich in schlechte Laune hinein. »Politiker«, sagte er zum Subinspektor, der sich die Stiefel neu besohlen ließ. »Vor jeder Wahl kommen sie in unsere Siedlungen und sagen, sie wollen uns helfen – aber wollen sie unsere Kinder anfassen, wollen sie die eigenen Wasserhähne mit denen teilen, die sie für unberührbar halten?« Er schüttelte den Kopf. »Nein, Subinspektor-Sah'b, nein. Aber Jesus streckt die Hände aus und streichelt meinen Kindern den Kopf. Das Königreich Gottes ist der einzige Ort für die, die im Königreich Nepal leiden müssen!«

Der Subinspektor runzelte die Stirn, als er dieses kuhfresserchristliche Geschwätz hörte, aber statt dem Schuster den Mund zu stopfen, öffnete er den seinen und gähnte. Er war müde, er war die ganze Nacht auf gewesen. Vor einigen Monaten hatte sich der Subinspektor eine zweite Ehefrau ins Haus geholt, und es gab keine schönere Frau als sie, ein Magarmädchen aus dem Nachbardistrikt, drall wie ein Apfel, geschmeidig wie die Bluse aus Baumwollsamt, die sie zu Beginn der Hochzeitsnacht angehabt hatte. Eh, Götter, ihre weiche, weiche Haut! Wie heftig es den Subinspektor danach verlangte, sich zu seinem Privatquartier zu stehlen und seinen ehelichen Pflichten nachzukommen. Für seine neue Frau trieb er sich den ganzen Vormittag lang auf Chiranjibi Joshis Sägemühle herum und murmelte etwas von Vorschriften, die einzuhalten seien. Für sie belästigte er den ganzen Nachmittag lang Lastwagen- und Busfahrer. Für seine jüngere Frau gefährdete er seine gesellschaftliche Stellung – während seine ältere Frau gegen ihn zu Felde zog und zusammen mit den ganzen anderen Frauen, die in ihrem Lese- und Schreibkurs waren, an ihm herumnörgelte.

Bei den Frauen konnte man nicht gewinnen. Der Subinspektor gähnte. Er brauchte dringend eine Pause.

Gleichermaßen unbeeindruckt durch Nayan Rajs Anwesenheit war der Doktor-Sah'b des Ortes, ehemaliger Lakai eines Gesundheitsstützpunktes und Inhaber des einzigen Arzneiladens in Khaireni Tar. Die Laune des Doktor-Sah'b verdüsterte sich beim bloßen Gedanken an Politik. Denn in dieser Welt mit so vielen Menschen und so vielen Problemen und so vielen unstillbaren Bedürfnissen waren Politiker vollkommen nutzlos, wie Steine auf dem Acker, sie nahmen nur wertvollen Platz weg. Oder wie Bretter, die zu kurz waren, um einen wilden Fluss zu überbrücken – was nutzten sie? Die Wähler glichen alten Bullen, die man an niedere Kasten verschenkte, damit sie sie diskret schlachten und verzehren konnten. Hilflos im Angesicht des Unglücks: das waren die Wähler.

Gestern war eine Frau in den Arzneiladen gekommen, die dort blutete, wo die Frauen bluteten. »Mein Mann ist weg, in der Armee«, hatte sie gesagt. Eine Frau, die schwanger geworden war, während ihr Mann fort war … Nach einer missglückten Abtreibung war sie zwei Tage lang zu Fuß herumgelaufen und hatte jetzt eine nicht gerade spontane Fehlgeburt.

Blutungen, Anämie, Infektionen, Sepsis, Vernarbung des Gebärmutterhalses, Hysterektomien. Wie erbärmlich es sich anfühlte, solchen Patienten hohe Geldbeträge in Rechnung zu stellen. Was das den Doktor-Sah'b emotional kostete! Aber schaut Euch an, wie seine Tochter verblühte, während sie auf einen Jungen wartete, der sie heiraten wollte, schaut Euch an, wie sein Sohn sich sehnlich Marken-T-Shirts wünschte. Seht Euch die Begierden an, die ihnen ins Gesicht geschrieben standen, und sagt ihm, dass er falsch daran tat, von den Patienten überhöhte Preise zu verlangen. War irgendein Politiker in der Lage, dem abzuhelfen? Wählen: was nützte das?

Unweit des Arzneiladens trieb sich die Verrückte herum, die jetzt schon seit Jahren durch die Gassen von Khaireni Tar spazierte und unablässig von Sachen plapperte, die keiner verstand: »Iss das geht steig lauf zu gesundheit«, sagte sie zu den Passanten. »Schief auf sehr so der rückzug tut gleis – hitze bedauerlich liebe von herab flieg schrei belohnung für hand.«

Auch ihr war Nayan Raj egal.

An seinem Schreibtisch in seiner duftenden Sägemühle gab sich der Bauunternehmer Chiranjibi Joshi alle Mühe, das Geflüster der nahen Arbeiter zu ignorieren. »Kinoheld dies-dies-dies«, hörte er sie sagen, während sie Maßbänder um Baumstämme schlangen. »Kinoheld das-das-das.« Was sagten sie über Nayan Raj? Chiranjibi versuchte, sie nicht zu belauschen, aber seine Ohren stellten sich auf, wenn sie den Namen des Schauspielers hörten. Chiranjibi musste sich auf eine wichtige Sache konzentrieren – er hatte gerade eben einen Brief vom

Distriktschulamtsleiter erhalten, der ihn darüber in Kenntnis setzte, dass er die Ausschreibung für das Schulgebäude gewonnen habe. Er musste sofort eine Antwort schreiben. Aber Chiranjibi ertappte sich dabei, wie er herumtrödelte, während er versuchte, nicht zu hören, was die Arbeiter zueinander sagten. »Kinoheld dies-das, dies-das.«

Es war nur natürlich, dass sich die Leute für Nayan Raj interessierten. Es lag nicht nur daran, dass der Mann ein berühmter Schauspieler war, das wusste Chiranjibi. Nein, er hatte eine Anziehungskraft, einen menschlichen Funken. Wie seine Augen sich an den Menschen festsahen, mit denen er sprach; sein respektvoller Ton; wie er sich vorneigte, um anderen zuzuhören: Er war vom Wert der anderen überzeugt, von ihrer Menschlichkeit. Diese innige Überzeugung war es gewesen, die in Chiranjibi etwas ausgelöst hatte, als er sich von Nayan Raj dazu hatte überreden lassen, seiner Partei beizutreten. Natürlich konnte sich der Mann auch verändert haben in den Jahren, die seitdem vergangen waren … Chiranjibi hatte als Bauunternehmer mit Dutzenden von Politikern zu tun gehabt und wusste, dass sie unstete Wesen waren. Ein Politiker mit Prinzipien? Selbst die Aufrechtesten beugten sich beim Anblick von Nullnullnullerbeträgen in Briefumschlägen. Seiner Ansicht nach waren Politiker keine richtigen Menschen: Sie glichen eher Preisschildern, die sich bewegen, gehen und sprechen konnten, Preisschilder, die man mit den angegebenen Summen bedienen musste, um die eigene Arbeit tun zu können.

»Kinoheld dies-dies-dies.«

»Kinoheld das-das-das.«

Unmöglich, sich auf die eigene Aufgabe zu konzentrieren. Chiranjibi stand vom Schreibtisch auf. Auf der anderen Seite der Sägemühle zählte sein Bruder die Stapel frisch zersägter Salbäume. Wie selbstvergessen sein Bruder bei der Arbeit war: Wie er in dieser Welt aus Holzbalken, Ziegelsteinen, Eisenstangen, Mörtel und Zement so vollkommen aufging.

Draußen vor der Mühle stand ein junger Holzarbeiter über Chiranjibis Honda-Motorrad gebeugt und inspizierte den Kilometerzähler. Der Junge konnte nicht älter als sechzehn sein. Er ließ die Hände zärtlich über die Kurven des Motorrads, die Ledersitze und den Benzintank gleiten. Er betrachtete sich in den Rückspiegeln, legte dann eine Hand auf die Kupplung und tat so, als fahre er.

Die Menschen und ihre Wünsche. Der Bauunternehmer ging leise davon; er wollte den Jungen nicht in seinen Fantasien stören. Auf der anderen Seite der Fernstraße lag die Geschäftsstelle der Volkspartei und glänzte in der Sonne. Davor hatte sich ein kleiner Pulk gebildet. Chiranjibi betrachtete ihn aufmerksam und erkannte erschrocken die blasse Gestalt in der Mitte, die zu einer Gruppe von Mädchen sprach. Das war er. Chiranjibi klaubte eine Packung Yaks aus der Hemdtasche. Er zündete eine Zigarette an und füllte sich den Mund mit dem beißenden Geschmack. Lass dich nicht zu Dummheiten hinreißen, sagte er zu sich selbst und kämpfte gegen den plötzlichen Drang an, die Fernstraße zu überqueren. Auf dieser Straßenseite war seine Arbeit, dachte er. Auf der anderen Straßenseite war sein Leben.

War das albern? Er erlaubte es sich nicht, den erstaunlichen Schwung zu bremsen, mit dem dieser Wunsch ihn traf, sondern warf die halbgerauchte Zigarette weg und ging auf die Geschäftsstelle der Volkspartei zu. Nayan Raj führte den Pulk gerade ins Gebäude, und Chiranjibi hatte das Gefühl, nirgends hingehen zu können als hinter ihm her. Bis er durch die Eingangstür schlüpfte, war er bereits außer Atem. Sein Gesicht war gerötet, und er bemerkte es kaum, als sich das Klebeband löste, das seine Brille zusammenhielt. Mit seinem bescheidenen Äußeren fiel er zwischen den anderen Mitarbeitern gar nicht auf. Seine Kleidung war so schlicht wie die der Männer neben ihm, und von seinem Aussehen her wäre man nie darauf gekommen, dass er gerade Verträge, Unterverträge und Geschäftsabkommen im Wert von Millionen von Rupien aufs Spiel setzte, indem er so unklug war, Nayan Raj nachzulaufen.

Chiranjibi zögerte kurz und schob sich dann hinter eine Gruppe von Schlägern, um einen Blick auf Nayan Raj zu erhaschen, auf das gepflegte, rabenschwarze Haar, die präzisen Gesichtszüge. Nayan Raj redete gerade mit jemandem darüber, dass soziale Bewegungen das Fundament der Demokratie vertieften. »Die Bewegung der Handwerkerkasten, die Frauenbewegung, die Schritte, die unsere Minderheitenvolksgruppen unternehmen – sie alle werden die Wurzeln der Demokratie in Nepal bilden«, sagte er.

»Unsere Verfassung«, sagte Chiranjibi leise zu sich selbst. Er zitierte seine erste Unterhaltung mit Nayan Raj aus dem Gedächtnis. »Unsere Verfassung ist nur ein Ausgangspunkt. Wir müssen die demokratische Revolution noch in die Tat umsetzen.«

Benahm er sich gerade albern? Chiranjibi stand hinter den Schlägern und fühlte sich deplatziert, aber dabei auch unglaublich emanzipiert, während er darauf wartete, dass Nayan Raj ihn wiedererkannte.

## das beschämende system mietet keinen schutz vor walde trug

### 21

»Ehrenwerter Vorsitzender und Vizevorsitzender der Kongresspartei, liebe Parteikollegen, verehrte Gäste, ältere und jüngere Brüder, ältere und jüngere Schwestern und alle wohlwollenden Nepaler, die hier versammelt sind:

Jaya Nepal!

Wir sind zusammengekommen, zu dieser Kundgebung, heute, an diesem Ort, wir alle, um die demokratischen Normen zu verteidigen und um die furchtlosen Märtyrer zu ehren, die ihr Blut vergossen haben! Vor einem Jahrzehnt, furchtlos! Das Erbe der Autokratie überwindend und den Baum der Demokratie in unser Land zurückbringend, für den unsere Kongresspartei gekämpft hat und unablässig weiterkämpft. Wir dürfen das Blut nicht vergessen – das unsere Märtyrer vergossen haben! Oder die Tränen! – die aus den Augen ihrer Mütter-Ehefrauen-Schwestern geflossen sind. Nein! Denn wenn wir das vergessen, entehren wir unsere Märtyrer! Deren Opfer nun Früchte trägt, denn es verbreitet – die Freiheit! Wir sind ein rückständiges Land. Aber es ist meine feste Überzeugung, dass unsere Partei – die traurigerweise, aufgrund von internen Querelen und Zwist, und zerstörerischen Tendenzen zur Machthorterei unter den Führungsspitzen, und bitteren Worten, die nackt gegen meinen Onkel den Premierminister ausgesprochen wurden, nicht immer den an sie gerichteten Erwartungen gerecht geworden ist – die Partei muss für die jüngeren Generationen wie mich Platz machen, die warten, geduldig warten, so geduldig, darauf, unsere Nation der Himals und Flüsse, Wälder und Ebenen zu den Früchten der Demokratie zu führen.

Die Demokratie wird es dem freien Markt ermöglichen, aus uns ein Hongkong-Singapur-Bangkok zu machen. Natürlich ist nicht jedes Problem, insbesondere in den ländlichen Gebieten, bereits gelöst. Diese Probleme sind sehr, sehr kompliziert. Aber ehrenwerte Parteiführer, liebe Parteimitglieder, verehrte Gäste, ältere und jüngere Brüder, ältere und jüngere Schwestern, und alle Nepaler, die hier versammelt sind, ich gelobe! – mit meinen Händen zum Namaste vereinigt! – wenn Ihr mich wählt, werde ich Euch die Früchte der Demokratie zu essen geben, die wir alle – wir alle zu essen verdienen!

Jaya Nepal!«

»Revolutionäre UML-Genossen und Gäste und ältere und jüngere Brüder und ältere und jüngere Schwestern und alle progressiven linken Kräfte, die hier versammelt sind:

Lal Salam!

Ein Jahrzehnt nach dem Erwachen der Demokratie sind immer noch zu viele unter uns hungrig obdachlos nackt! Feuer ist auf den Schneegipfeln der Himals! Ein Gespenst geht um in der Dritten Welt – das Gespenst des Kapitalismus! Der freie Markt gedeiht auf unser aller Tränen Schweiß und Plackerei und bedroht die Souveränität unserer Himals Flüsse Dschungel Ebenen! Die Kongressführer zanken sich, während Weltbank IMF und WTO unsere Politik bestimmen! Wir werden zur Schachfigur ausländischer Mächte! Die Reichen werden reicher und die Armen ärmer! Unsere Brüder und Schwestern in den Dörfern sterben jeden Tag! Kranke Babys gebrechliche Erwachsene und die Alten schreien! Doch wer hört das Wehklagen der Armen!

Es stimmt, dass Machtspiele Misswirtschaft Geldgier und eine Neigung zu Zank und Zersplitterung auch unsere Partei gekennzeichnet haben! Einige sagen, ihr Marxisten-Leninisten seid zu kommunistisch! Andere sagen, ihr seid nicht kommunistisch genug! Die Leute fragen, seid ihr Sozialisten oder Kommunisten? Wir tragen den Namen Lenins mit Stolz! Aber wir sind keine altmodischen sowjet-/chinamäßigen Kommunisten: so viel versichern wir euch! Wir haben uns die weltweite Welle der Demokratie zu eigen gemacht, wir stehen zu den parlamentarischen Normen, wir unterstützen die Globalisierung und sind nicht gegen den Kapitalismus, jawohl! Der Markt: wie praktisch der ist! Ich selbst kaufe dort Waren. Die Weltbank und der IMF sind unsere Freunde! Lasst uns sofort der WTO beitreten! Was wir wollen, ist Klassenkoordination, nicht Klassenkrieg! Das ist unser zeitgemäßer Kommunismus.

Das heißt nicht, dass wir bloß Sozialisten sind! Eh, wir sind authentische Vereinte-Marxisten-Leninisten-Kommunisten, durch deren Herzen rotes Blut strömt! Wir lieben die Armen! Wir hören ihre Schreie! Wir schreien mit ihnen! Ich sage, wo ist die Revolution hingekommen? Wählt mich! Wählt die UML! Lasst in Nepal die rote Sonne aufgehen!

Lal Salam!«

## 22

Als eine Nachwirkung seiner verheerenden Liebestragödie begann Harsha Bahadur eine Theorie über die Liebe und sein eigenes Unglück zu entwickeln. Im Körper gab es Stellen, die die Liebe als eine flüssige Absonderung aufnehmen konnten, und die Liebe wurde zu dem zarten, kühlen Wasser, das in den Zellen, im Knochenmark, in den Tränen, im Bindegewebe zwischen den Sehnen, in der Muttermilch und im Blut überall gegenwärtig war. Es war diese Flüssigkeit – dieser Saft – der ihm fehlte, hatte Harsha Bahadur sich überlegt. Und außerdem Luft. Denn in jedem Hohlraum eines gesunden Körpers summte der Atem, wie ein duftender Wind oder eine sonnenwarme Brise. Der Atem war der Liebe wohlgesonnen, ließ sie hüpfen und laufen, ließ sie ohne Grenzen oder Regeln spielen. In Harsha Bahadurs Körper jedoch erfolgte keine Belüftung. Und das war der Grund, weshalb seine schwach flackernde Lebensflamme kurz vor dem Verlöschen stand. Sein Körper besaß keine Temperaturregulation. Bei ihm fehlte der Wärme die Beständigkeit. Stattdessen entzündeten sich seine Leidenschaften zu ungestüm prasselnden Flammen, wie Lauffeuer auf ausgedörrten Hängen; aus seiner Liebe wurde verbrannte Erde. Zu allem Überfluss waren Fleisch und Knochen bei ihm so unfruchtbar wie Sandboden, denn sie enthielten keine Nährstoffe. Nein, seine Erde war nicht von der Art, in der die Liebe einziehen, verweilen, heimisch werden konnte.

Unterdessen wucherten in der Nachbarschaft die Gerüchte. Die Jungen sagten: »Harsha Bahadur hatte eine Liebestragödie mit Sani, und die tut, als wär sie ein unschuldiges Mädchen!«

»Sani, diese liebreizende Schwester von der Witwe Binita?«

»Sie hat ihren guten Ruf besudelt. Und sie zeigt immer noch ihr Gesicht, ohne sich zu schämen.«

Solche beschädigenden Worte. Natürlich hatte Harsha Bahadur sie selbst ausgelöst In der Seelenpein seines Kummers hatte er Sanis Namen preisgegeben und ihren Ruf auf immer befleckt. Das würde sie ihm niemals verzeihen. Er würde es sich auch selbst nicht verzeihen. Überall in den Gassen von Khaireni Tar sprach man über Sani wie über ein gewöhnliches Mädchen, und dafür trug allein er die Schuld.

Immer noch trauernd, verließ er den vertrockneten Zitronenbaum hinter dem Haus seines Vaters und nahm die Haushaltsarbeiten wieder auf. Doch Schmerz peinigte ihn. Ständig musste er daran denken, dass er Sani nie bekommen würde: Wie das Glück war sie unerreichbar geworden. Doch ihr Geist pulsierte überall in seiner Welt. Harsha Bahadur konnte sie spüren, wenn er den Krug am Wasserhahn auffüllte, wenn er für den Vater kochte und putzte, wenn er durch die Reisfelder ging und das Getreide des Verpächters kontrollierte. Je weiter er sich vom ärmlichen Haus seines Vaters entfernte, desto überwältigender spürte er Sani in der Atmosphäre. Der Anblick des tiefblauen Himmels. Ein Windhauch auf dem Gesicht. Das Zwitschern eines Bulbul-Schwarmes. Sani wurde zum Duft feuchter Erde, zum Geschmack einer dicken, reifen Guave.

Vor Kurzem war Harsha Bahadurs maoistischer Vetter zweiten Grades von zu Hause abgehauen und unter die Erde gegangen. Er hatte Harsha Bahadur dazu gedrängt, mit ihm unter die Erde zu gehen, aber Harsha Bahadur hatte zu lange geschwankt. Eines Nachts war sein Vetter einfach verschwunden. Er lebte jetzt in einem Tunnel, vermutete Harsha Bahadur. Er konnte nie wieder dort herauskommen. Alles, was blieb, war die Erinnerung an ihn. Auch Harsha Bahadur stellte sich vor, sich in eine bloße Erinnerung zu verwandeln – eines Tages einfach zu verschwinden.

»Warum sitzt du hier faul herum wie eine angepflockte Ziege, wenn im Haus so viel zu tun ist! Geh an deine Arbeit und hör auf, mir mit deiner hässlichen kränklichen weibischen Gestalt Schande zu machen! Wart bloß, bis ich dich bei der Armee eingeschrieben hab – dann wirst du von all deinen Hauptmann Oberst Generälen zu Lumpen geschlagen und merkst, was es heißt, ein Mann zu sein!«

Was würde passieren, wenn er verschwände?, fragte sich Harsha Bahadur. Wenn er keinen Vater hätte, keine Familie, keine tragische Vergangenheit – welcher Platz bliebe dann noch für ihn auf dieser Welt? Wenn er verschwände, würde dann auch der Teil von ihm verschwinden, der Sani Schaden zugefügt hatte? Würde sie wieder glücklich werden? Und der Teil von ihm, der sie liebte: Wo würde der bleiben?

# 23

Ein paar Wochen, nachdem Nayan Raj in Khaireni Tar eingetroffen war, stieg Rishi in einen Bus und verließ Kathmandu. Es fiel ihm überraschend leicht, das Zimmer zu kündigen, seine wenige Habe zu verstauen und Kathmandu hinter sich zu lassen. Mit jedem Rucken des Busses löste sich Stück für Stück die Verkrampfung, die diese Stadt für ihn bedeutete. Die Fahrt dauerte sechs Stunden. Zur Morgenmahlzeit machten sie an einer Herberge am Straßenrand halt. Der Wirt war ein alter Mann mit drallen Töchtern, die der Fahrer lüstern beäugte. Als der Bus weiterfuhr, schlief Rishi ein und erwachte erst, als sich der Duft von Schiefer, Bächen, wildem Gras und Pflanzensäften in seine Träume mengte. Die Felskämme der Zentraldistrikte, die er zuvor durch die Busfenster gesehen hatte, waren sanft gewellten Hügeln gewichen. Auf den Terrassenfeldern standen die Reispflanzen dicht an dicht. Bougainvilleen blühten neben Hütten am Straßenrand, und ein Hauch von Zitronenduft lag in der Luft.

Ihr geht nicht nach Hause, hatte der Schulmeister ihm im Hotel Tanahun gesagt. Ihr geht in den Untergrund.

Aber es fühlte sich ganz so an, als werde er heimkehren. Eine Gruppe Schulkinder winkte den Busreisenden vom Straßenrand aus zu, und aus einer Laune heraus winkte Rishi zurück. Die tropische Luft lieh seiner Haut ihre Feuchtigkeit. Er fühlte sich locker und leicht. Jetzt musste der Bus bald an dem Eingang zur Abkürzung in die nördlichen Hügel vorbeikommen – ja, da war er, der schmale Pfad, der ihn zu Fuß nach Hause führen konnte. Rishi setzte sich auf, während der Bus darauf zuratterte. Hinter einem Schrein am Straßenrand kam sein Heimatdorf in Sicht, ein Baumdickicht und ein paar blitzende Blechdächer. Automatisch hob er die Hand, um dem Fahrer das Zeichen zum Anhalten zu geben; aber er hielt sich rechtzeitig zurück. Die Abkürzung zu den nördlichen Hügeln rauschte vorbei, ein verwischter Blick auf reisgrüne Terrassenfelder.

Er schlug mit der flachen Hand gegen die Flanke des Busses.

Es folgten ein Quietschen der Räder und ein Vorsacken der Sitze, als der Fahrer bremste. Doch als der Schaffner ihn ansah, schüttelte Rishi den Kopf. »Es war ein Fehler«, sagte er. »Ich dachte, wir seien woanders.«

»Das ist die Abkürzung zu den Hügeln nördlich von Khaireni Tar.«

»Ich dachte, wir seien woanders.«

Nicht lange danach hielt der Bus unter Khaireni Tars zusammengezwirbeltem Bar-Pipal-Baum. Da war es vier Uhr.

»Käsebällchen-Chips-eine-Kette-für-Eure-Frau!«

»Bananen so süß, da haben Bienen reingebissen!«

»Erdnüsse? Erdnüsse? Erdnüsse?«

Rishi drängte sich durch ein Gewusel von Straßenhändlern und ließ den Anblick der Ortschaft auf sich wirken. Er hatte seine ganze Schulzeit hier verbracht, aber die überfüllten Ladeneingänge und Zementhäuser waren ihm neu, ebenso wie die engen Gruppen von Männern auf dem Bazar. Parteimitarbeiter offenbar. Er erinnerte sich an den Bar-Pipal-Baum – aber die Ortschaft seiner Erinnerung, der Schauplatz seiner Kinderzeit: der war verschwunden. Niemand kam ihm bekannt vor. Eben das hatte er gehofft. Zwölf Jahre war es her, dass er fortgegangen war.

Er sah die UML-Geschäftsstelle und machte einen Bogen darum. So hatte es ihm der Schulmeister aufgetragen. Geht ins Südviertel, hatte der Schulmeister gesagt. Sucht Euch Zeugen für Eure neue Identität.

Rishi ging an einer unvertrauten Häuserreihe vorbei und bog in einen Weg ein, an dem ein Arzneiladen lag. Bald erreichte er das aschgraue Flachland. Diesen Ort kannte er gut.

Auf dem kahlen Boden lagen Erinnerungen verstreut, Erinnerungen an eine Dürre. Aber auch das Flachland hatte sich verändert. Auf der einen Seite stand eine kleine Zementkirche, und weiter südlich stand eine ganze Siedlung, die es früher nicht gegeben hatte.

Rishi ging zu der neuen Siedlung. In diesem Teil der Ortschaft waren die Gebäude nicht so dauerhaft – Bambusschuppen, Hütten aus aufgestapelten Betonblöcken, aus Blech zusammengeschusterte Buden – vorläufige Besitzansprüche landloser Siedler. Er ging in ein Haus, über dessen Tür ein Schild mit der handgemalten Aufschrift »Restaurant« angebracht war. Im Inneren war eine Gruppe Männer beim Kartenspiel. Rishi setzte sich zu ihnen an den Tisch. Der Wirt hockte an einem Herd, einen knappen, zusammengeschobenen Dhoti zwischen den Oberschenkeln.

»Gibts einen Imbiss?«, fragte Rishi.

Der Mann stand auf und löffelte lauwarmes Kartoffel-Erbsen-Gemüse auf eine Untertasse. »Tee?«, fragte er, und Rishi nickte. Nachdem er ihn bedient hatte, hockte sich der Mann wieder an den Herd und musterte Rishi in der offenen Art, die Gastwirten zu Eigen ist. »Wo kommt Ihr her, Bhai? Wohin geht Ihr?«

»Ich bin aus Jamune«, sagte Rishi und wählte dabei den Namen eines Dorfes, das nicht weit außerhalb des Wahlkreises lag. Haltet Euch beim Reden dicht an der Wahrheit, hatte der Schulmeister gesagt. »Ich komme her, um zu sehen, ob ich einer der Parteien helfen kann.«

Der Wirt nickte, ohne dass ihn diese Mitteilung zu überraschen schien. Dann stellte er Rishi auf die Probe und fragte: »Die UML sagt, sie vergibt Landtitel an jeden von uns Siedlern.«

Rishi antwortete mit einem neutralen »Hmm«. Die Kartenspieler richteten die Augen auf ihn. Rishi sagte: »Ich habe immer die UML gewählt, aber die haben sich als nicht weniger korrupt erwiesen als der Kongress. Nein, ich dachte – Nayan Raj. Er hat Beziehungen, er kann für mich hinterher eine Stelle finden.«

Der Wirt nahm einen richterlich neutralen Ton an: »Er ist berühmter als die anderen.«

Ein Kartenspieler sagte gehässig: »Alle scharen sich um die Berühmten.«

»Wir alle brauchen Gönner, die uns unterstützen«, erwiderte Rishi.

Der Mann schätzte ihn mit einem Blick ein. »Ho, wir alle müssen überleben.«

Der Wirt machte dem Thema ein Ende. »Landlose Siedler, was wissen wir von der Politik? Wollt Ihr noch Tee, Bhai?«

Danach ging Rishi langsam zu Fuß durch die Ortschaft. Es war ein merkwürdiges Gefühl, fast zu Hause zu sein und trotzdem von der Vergangenheit abgeschnitten zu bleiben. Die Gassen waren dicht mit Menschen gefüllt, die Häuser wie auf Körpergröße angemessen und bedrückend eng. Aber das ländliche Lebensgefühl der Ortschaft war durchschossen mit städtischer Vernachlässigung. Er glitt mit der Hand über eine Zementmauer, die mit Lehm verputzt war, über rohe Pressspantüren und staubbedeckte Fenster, berührte Strommasten ohne Kabel, ein mit Stacheldraht umwickeltes Schild, das Privatbesitz markierte, und einen tropfenden Wasserhahn. PVC-Rohre ragten aus dem Boden, wo Bewässerungsvorhaben nicht zu Ende geführt worden waren. Reggaebeats übertönten die Landwirtschaftssendung von Radio Nepal. Hier, dachte er, traf die Stadt auf die Dörfer. Nepals wandernde Volksscharen hatten sich an der Fernstraße versammelt, und dort wurden aus Bauern und Geschäftsleuten ebenso Nachbarn wie aus Landlosen und Verpächtern, aus Hindus, Buddhisten, Christen, Musalmanen und den Gottlosen wie ihm selbst, und aus Gurungs, Magars, Chhetris, Bahuns, Kumals und unbestimmbaren Mischlingen. Jeder hier, erkannte Rishi, trug eine Landkarte in der Miene. Die Gesichter, die an ihm vorbeigingen, waren von Wünschen geprägt, die sich mit den am Ort gegebenen Mitteln nicht mehr befriedigen ließen. Darin erkannte Rishi das eigene Leben des Unterwegsseins und Suchens wieder, der Arbeitssuche, der Entlohnung für von ihm erbrachte Leistungen, des Bezahlens für von Fremden gekochte Mahlzeiten, des Schlafens auf harten Betten, ohne Träume.

Er drehte eine Runde durch den Bazar, die Landschaft, die für ihn der Untergrund sein sollte. Er schaute in einige kleine Teeläden hinein und ließ alle, die ihn fragten, wissen, dass er die Volkspartei unterstützen wolle. Alles nach Anweisung des Schulmeisters. Alles für die Massen. »Nayan Raj ist ehrlich«, sagte er in einem Teeladen, und auch in einem zweiten. »Was haben die großen Parteien die ganzen Jahre getan?« Er sprach mit lauter Stimme, sodass jeder in der Nähe ihn hören konnte.

Als der Abend anbrach, fragte er sich zu Shankars Getreideladen durch. Bis er hinfand, hatte der Laden schon zugemacht. Er prägte sich die mit Holzläden verschlossenen Türen und Fenster ein und machte sich auf den Weg zur Geschäftsstelle der Volkspartei. Vor dem Fernmeldeamt blieb er eine Weile stehen. Dieses Amt hatte es in seiner Kindheit noch nicht gegeben. Er schaute nach Norden, nach Hause. Sein Dorf war nur einen kurzen Fußmarsch entfernt. Doch er war Rishi Lamsal aus Jamune. Von den nördlichen Hügeln schienen ihn Generationen zu trennen.

Sprecht zuerst mit Giridhar Adhikari, hatte der Schulmeister gesagt. Der sei ein Säufer, und es werde Rishi leichtfallen, an ihn heranzukommen.

Vor der Geschäftsstelle der Volkspartei hielten sich überraschend viele Leute auf, selbst zu dieser späten Stunde. Draußen spielte ein Gaine-Sänger seine Sarangi-Fiedel, und die hell erleuchteten Fenster gaben dem Gebäude ein festliches Aussehen. Rishi hörte sich um und fand heraus, dass Giridhar oben im Sitzungsraum sei. Er wartete im engen Flur und hielt sich von den Mitarbeitern abgewandt, um Fragen zu vermeiden. Die meisten der Parteimitarbeiter waren jung: Jungs in den ersten Collegejahren oder noch in der Oberschule. Ein paar weibliche Stimmen waren auch zu hören. Eine Schlägerbande schritt muskelschwer an ihm vorüber. Alle schienen bereits in der gemeinsamen Identität als Parteimitarbeiter aufzugehen. Rishi ging nach draußen, um dort auf Giridhar zu warten.

Inzwischen hatte der Gaine-Sänger die Nacht dem Trillern der Grillen überlassen. Der Himmel verdunkelte sich, und die nördlichen Hügel waren ein tintenschwarzer Fleck am Horizont: Dorthin waren noch keine Stromleitungen verlegt worden. Blaue Schatten hüllten Rishi ein. Auf der anderen Seite der Fernstraße stand schwach erleuchtet die UML-Geschäftsstelle, und aus den rechteckig hellen Fenstern fiel Licht auf ein paar Gestalten, die im Düstern davorstanden. Der Schulmeister hatte gesagt, er werde nächste Woche in den Distrikt kommen. Es wäre allerdings gefährlich gewesen, ihn zu treffen. Der blinde Krämer Shankar sollte ihnen von jetzt an als Mittelsmann dienen.

Nach einer Weile kamen die Leute aus der Geschäftsstelle und umschwärmten eine Gestalt, die Rishi sofort als Nayan Raj erkannte. Rishi hielt nach Giridhar Adhikari Ausschau – »Pockennarbiges Gesicht, untersetzter Körperbau.« Hinter dem Schauspieler gingen ein paar ältere Männer, die sich untereinander besprachen. Der in der Mitte musste Giridhar sein.

Rishi holte ihn ein. »Ich will der Partei beitreten.«

Sie waren in der Nähe des Fernmeldeamtes, wo schattige Dunkelheit herrschte. Der Mann drehte sich um, und sein Blick heftete sich auf Rishi. Er war stämmig, ohne fett zu sein, mit dunklen Ringen unter den Augen. Sein Blick verriet Übermüdung.

Rishi sagte: »Ich bin aus Kathmandu hergekommen. Ich hoffte, für die Partei zu arbeiten, im Tausch gegen Essen und Unterkunft.«

»Ihr wollt der Partei helfen?«

»Im Gegenzug für Essen und Unterkunft.«

Der Mann zuckte linkisch mit dem Körper, um ihm zu bedeuten, dass er ihm folgen solle. Die ganze Gruppe war auf dem Weg zu Nayan Rajs Vaterhaus. Giridhar – wenn er das war – wandte sich wieder den anderen Männern zu und sagte mit plötzlicher Heftigkeit: »Meine Quellen in den Bergen sagen, dass alle über den Kinohelden reden. Wenn wir erst Kundgebungen abhalten, werden wir Massen anziehen.«

»Solche wie die anderen Parteien?«

»Das garantier ich.«

An Nayan Rajs Haus angelangt, traten sie in einen Speisesaal voller religiöser Plakate, die dem Besucher in aggressiver Frömmigkeit entgegenschrien. Nayan Raj ließ sich an einem der Tische mit einer Gruppe von Mitarbeitern nieder, die, wie Rishi hörte, über eine bevorstehende Massenkundgebung redeten. Der Mann, mit dem Rishi gesprochen hatte – er hörte, wie jemand ihn Giridharji nannte – setzte sich zu einer anderen Mitarbeitergruppe. Die meisten anderen Tische waren besetzt, und Rishi fand sich vor die Aussicht gestellt, bei Leuten zu sitzen, die ihn im unerbittlichen Licht einer Hundertwattglühbirne danach befragen würden, wer er sei.

Er wählte einen unbesetzten Tisch, was an diesem Ort der Zugehörigkeit wie Hohn auf seine Einsamkeit wirkte. Am Nachbartisch redeten junge Burschen über die nächste Parteikundgebung. Es war merkwürdig, dass er so leicht in die Partei eingelassen wurde. Rishi war die strenge Ordnung, die Prüfungen und Gegenprüfungen und die säuberliche Trennung zwischen dem Wir und den Anderen gewöhnt, die die kommunistische Parteikultur prägten. Eine Jugendliche brachte ihm das Essen. Er aß schweigend, ganz in Anspruch genommen von der Saftigkeit der Reiskörner und der sahnigen Konsistenz des Dals. Das Essen schmeckte nach seiner Kindheit. Am Küchentresen stand eine laute Frau, und hin und wieder schallte ihr Gelächter durch das Stimmengewirr der Parteimitarbeiter herüber. Eine eher zurückhaltende Frau saß mit einem Kind am Tresen. Das ältere Mädchen bot Rishi einen Nachschlag an: »Nehmt noch ein bisschen was, Dai.«

Nach dem Essen kam Giridhar zu ihm und blieb düster aufragend an seinem Tisch stehen. »Ihr könnt in der Geschäftsstelle schlafen«, sagte er. »Der Fahrer schläft dort, ein paar Dorfburschen sind auch dort, wenn sie im Ort sind. Ich zeigs Euch.«

Als sie draußen waren, führte Giridhar, dessen Schritte unregelmäßig und sprunghaft wirkten, Rishi durch die Ortschaft. Er schien ihm nichts an einer Unterhaltung zu liegen, oder an einem Einstellungsgespräch in der Art, die Rishi erwartet hatte. Mehr brauchte man nicht zu tun, um hineinzukommen? Keine Fragen zu seiner Familie, seinen politischen Überzeugungen, seinen Plänen, seinen Qualifikationen, seiner Vergangenheit?

»Ich habe einen MA-Abschluss«, begann Rishi. »Schon seit Jahren gebe ich Nachhilfestunden in Geschichte. Ich hoffte, Nayan Raj könnte mir hinterher helfen, eine Lehrerstelle zu bekommen. Wenn ich ihm helfe, hilft er mir, dachte ich.«

Giridhar blieb vor der Parteigeschäftsstelle stehen. Ein paar streunende Hunde waren ihnen gefolgt und blieben ebenfalls stehen. »MA-Abschluss«, sagte Giridhar. Er schien sich nicht sicher zu sein, was er mit dieser Information anfangen solle. Das Licht des Gebäudes fiel auf sein Gesicht, die Pockennarben und Schönheitsfehler. »Woher seid Ihr, habt Ihr gesagt?«

»Jamune.«

»Name, Kaste?«

»Rishi Lamsal.«

»Verwandt mit Dhana Raj Lamsal aus Jamune?«

»Er ist ein entfernter Onkel.«

»Ihr gebt Nachhilfestunden?«

»In Kathmandu.«

Abrupt wandte sich Giridhar ab und führte Rishi in die Geschäftsstelle. In einem Raum im Erdgeschoss lagen nebeneinander aufgereiht mehrere Schaumstoffmatratzen. Auf einer davon saßen drei Männer beisammen. Giridhar stellte sie flüchtig vor – der Parteifahrer, Parteimitarbeiter. »Macht Platz für den neuen Mitarbeiter«, sagte er zu ihnen. Bevor er ging, sagte er zu Rishi: »Morgen teilen wir Euch eine Arbeit zu.« Dann stolperte er davon.

So wenig Mühe hatte es ihn gekostet, eine neue Identität anzunehmen. Rishi wählte eine Matratze in der Ecke. Er stellte die Tasche ans Fußende des Lagers und strich die geblümten Laken glatt. Dann zog er die Schuhe aus, streifte die Socken ab und fing an, sich das Hemd aufzuknöpfen.

»Wollt Ihr Euch zu uns setzen?« Der Fahrer holte eine Flasche hervor, die er bei Giridhars Auftauchen versteckt haben musste. Die beiden anderen – Jugendliche – rückten an ihn heran, um ihr unterbrochenes Trinkgelage wiederaufzunehmen. Der Fahrer hielt eine Flasche Everest Whisky in die Höhe. »Setzt Euch zu uns, Sir.«

Der Mann wirkte freundlich, aber Rishi hatte nicht vor, hier mit jemandem Freundschaft zu schließen. Er schüttelte den Kopf.

»Seid nicht schüchtern.« Der Fahrer lächelte nachsichtig. »Wir arbeitenden Männer brauchen unseren Spaß. Nur ein kleines Gläschen, Sir.«

»Nein.« Rishis Stimme klang allzu mürrisch, aber statt in freundlicherem Ton weiterzusprechen, drehte er den anderen den Rücken zu und fing an, seine Kleider auszupacken. Zwei Hemden, ein Paar Wechselhosen, Unterwäsche, drei Paar Socken, eine Strickjacke für die Wintermonate. Er holte auch das Taschenradio heraus, das er gekauft hatte, bevor er aus Kathmandu abgereist war.

Die Nachrichten hatten schon angefangen. Während sich die anderen Schnaps eingossen, ließ sich Rishi vom Radio mit Meldungen über die weltweite Barbarei beschallen – soundso viele entführt, soundso viele abgeschlachtet, soundso viele vertrieben und vergewaltigt und gefoltert. Vor seinen Augen war eine staubige weiße Wand. Die Decke über ihm war sauber. Hinter ihm tauschten die anderen die übermütigen, schwachen Witzchen der Schnapstrinker aus. Als der BBC World Service anfing, hielt sich Rishi das Radio ans Ohr. Fließendes Kapital, verschärfte Grenzkontrollen, Arbeitskämpfe und Demonstrationen, gescheiterte Verhandlungen und eine Rezession: Meldungen über die Besiegten in einer Zeit der Sieger. Er gehörte zu den Unsichtbaren dieser Welt.

## 24

Nach Nayan Rajs erster öffentlicher Kundgebung herrschte in der Geschäftsstelle der Volkspartei ungehemmt das Chaos. Ununterbrochen strömten Jungen und Männer herein, um Ratschläge zum Vorgehen der Partei loszuwerden und mit dem eigenen Einfluss auf wichtige örtliche Anführer zu prahlen. Sie holten zu langen Nacherzählungen ihrer Lebensgeschichte aus und erläuterten die verworrenen Einzelheiten derselben ebenso wie die Letztbegründungen ihres Wunsches, die Volkspartei zu unterstützen. Sie gaben subtile oder auch nicht so subtile Hinweise darauf, was sie als Gegenleistung erwarteten. Es war ohne Ausnahme die Erwerbslosigkeit, die sie herführte. »Ich hoffe, dass die Partei hinterher eine Arbeit für mich findet.« Die meisten der Neumitglieder waren zwischen zwanzig und vierzig Jahre alt. Viele kamen aus anderen Ortschaften an der Fernstraße, andere aber auch aus weiter entfernten Dörfern: »Ich bin aus Puttar.« »Ich bin aus Bhimad.« Sogar Stadtjungen, die aus dem Distrikt ausgewandert waren, kehrten auf der Suche nach einer Anstellung zurück: »Ich bin aus Kathmandu.«

Ts, die Lage der Nation, dachte Om, als er Rishi Lamsal einstellte. Ein Bursche mit MA-Abschluss, der versuchen musste, sich die Gönnerschaft einer politischen Partei zu sichern – ein trauriger Anblick. Ironischerweise war das sehr gut für die Partei – wie hätte auch nur eine der Parteien den Wahlkampf bestreiten können, wenn Jungen – Männer – wie Rishi nicht Legion gewesen wären? Wie hätte die politische Maschinerie funktionieren können? Om war allerdings niemand, der an solcher Ironie Geschmack fand. Es wühlte ihn auf, Rishi einzustellen.

Om hatte den Ablauf in der Schule so geregelt, dass er die Nachmittage der Parteiarbeit widmen konnte. Natürlich passierte auch in der Schule viel. Aber Giridhar brauchte ihn jetzt. Om verbrachte jeden Nachmittag damit, das Teetassensymbol der Partei in neue Mitgliedschaftsausweise zu stempeln. Er hieß die Neumitglieder willkommen und bemühte sich, ihnen, so gut es ging, ein Gefühl der Wertschätzung zu vermitteln. »Herzlichen Glückwunsch, Ihr seid der Teetassenpartei beigetreten.« Zu allen wollte er Verbindungen knüpfen und vertiefte sich in ihre Lebensgeschichten. »Und dann seid Ihr nach Indien gegangen und habt Arbeit als Türsteher gefunden?« Das Leben führte sie alle auf so verworrene Pfade; Om fand die Menschen so interessant. »Hat es Euch nicht beleidigt, Bahadur genannt zu werden? Fünfzehn Jahre lang habt Ihr auf diesen Namen gehört? Es ist ein gutes Gefühl, wieder zu Hause zu sein, nicht wahr?« Zu jedem Mitarbeiter sagte er: »Wir sind wirklich gesegnet, dass Ihr uns helft« – und es stimmte ja auch, angesichts ihres späten und wenig Erfolg versprechenden Starts war es ein Segen für die Partei, dass sie so viele Freiwillige anzog.

Unterdessen lief Giridhar in der Geschäftsstelle hin und her, ohne sich auszuruhen, ohne sich zu erfrischen – und,

Oms Ansicht nach, auch allzu leicht durch alles abgelenkt, was gerade vor ihm auftauchte. Neumitglieder, deren Namen Giridhar noch nicht einmal gelernt hatte, fragten unablässig, was sie tun, wo sie hingehen, mit wem sie reden sollten, was die Wahlkampfstrategie sei. Und ohne sich einen Augenblick zum Nachdenken zu gönnen, wies Giridhar ihnen Aufgaben zu – »Hier ist ein Eimer Farbe, eine Gruppe von Euch soll losgehen und im Ort Teetassenzeichen malen.« Oder: »Hier ist ein Mikrophon, bringt den Gaine-Sänger zum Bazar und lasst ihn über Nayan Raj singen.« Oder: »Bildet eine Gruppe, geht von Haus zu Haus und bittet die Leute, die Teetassenpartei zu wählen.«

Das machte Om Sorgen. Es stimmte allerdings, dass das nun einmal das Wesen der Wahlkampfarbeit war: pausenlos, anstrengend und vollkommen unorganisiert. Leute kamen herein, um mit dem Kandidaten zu sprechen, der Kandidat ging hinaus, um mit Leuten zu sprechen, es passierte etwas, Krisen ballten sich zusammen, und man stellte sich ihnen, und am Ende hatte man irgendwie eine Kampagne durchgeführt. Und vor einem Monat hätte Giridhar die Anforderungen gar nicht bewältigen können, die jetzt an ihn gestellt wurden. An den Tagen, an denen er auf sein Äußeres achtete, sah Giridhar fast aus wie früher, als er Filialleiter der Bank gewesen war. Die gräuliche Blässe war aus seinem Gesicht verschwunden. Er sprach mit kräftiger Stimme und strahlte die Art von beinharter Männlichkeit aus, die selbst die rüpelhaftesten Mitarbeiter – solche wie diesen Burschen BB-Gun Thapa – dazu brachte, ihm zu gehorchen. Aber Giridhar stand zu stark unter Druck. Einen Großteil der Zeit über sah er müde aus. Obwohl er sein Alkoholproblem offensichtlich in den Griff bekommen hatte.

Aber trotzdem – wo war die Koordination, wo war der Plan? Om sagte dazu kein Wort, aber er machte sich Sorgen. Keiner in der Partei bereitete ernsthaft die Straßenkundgebungen vor, die sie in Kotre, in Dulegauda, in Mauriya, in Tharpu und – das würde die letzte und größte werden – in Khaireni Tar abhalten mussten. Während Giridhar herumrannte – im Grunde planlos, dachte Om –, verbrachte Nayan Raj seine ganze Zeit damit, die Neumitglieder in den Grundsätzen der Partei zu unterweisen. Jedes Mal wenn Om am Sitzungsraum vorbeikam, konnte er den Kandidaten zu einer Mitarbeitergruppe sprechen hören. »Die Menschen sagen, die Demokratie nutzt ihnen nichts, sie sagen, warum die Macht nicht an den Palast zurückgeben oder sich den Maoisten anschließen. Sie vergessen, dass die Bewegung von 1990 nur die Samenkörner der demokratischen Revolution ausgesät hat. Wir müssen die Demokratie in unserem Land erst noch Wurzeln schlagen lassen.«

Bei diesen Reden saß Jimmawal-Baje immer in Nayan Rajs Nähe und nickte unterwürfig zu allem, was er sagte. Sein siebter Sohn stand dabei und wartete immer noch darauf, dass man ihn einstellte. Der Bauunternehmer Chiranjibi Joshi hörte Nayan Raj zu und zog dabei an einer billigen Yak-Zigarette nach der anderen. Der Unternehmer hatte den Ort kürzlich durch die Enthüllung überrascht, dass er schon seit Jahren ein Parteimitglied gewesen sei. Er lief Nayan Raj mit einer Verehrung nach, die ein wenig merkwürdig, dabei aber, fand Om, wirklich rührend war. Wie alle anderen schien der Bauunternehmer stets durch die Worte des Kandidaten überzeugt zu werden. Und es stimmte ja, Nayan Raj redete glänzend. Was er so sagte – politische Demokratie; ökonomische Demokratie – regte das Denkvermögen an. Nayan Raj war ein fescher Kinoheld, ein sympathischer Mann und außerdem ein Gebildeter von nicht unbedeutender Gelehrsamkeit, schien es. Die Partei hatte Glück, über so einen Kandidaten zu verfügen.

Dennoch war die Tatsache nicht abzustreiten, dass sie ohne die geringste Koordination arbeiteten – also der Parteikandidat und der Parteivorsitzende. Dieser Mangel an Koordination würde nachteilig auf Giridhar zurückfallen, wenn die Partei am Wahltag verlieren sollte. Giridhar fehlten die nötigen Fertigkeiten, würden die Leute sagen. Er sei unorganisiert; er sei ein Säufer.

»Ihr könnt einen Büffel nicht daran hindern, von einer Klippe zu springen, indem Ihr ihn auf Eure Schultern nehmt.« Das sagten seine Lieben immer wieder zu ihm, wenn es Om nicht gelang, armen Verwandten aus ihren Schwierigkeiten zu helfen, wenn zänkische Nachbarn trotz seines Einschreitens weiterhin Zwist säten, oder wenn ein widerspenstiger Schüler sich als hoffnungsloser Fall erwies. »Alles, was Ihr tun könnt, ist, Ram Ram zu beten. Manchmal ist das alles, was ein Mensch tun kann.« Selbst Asha nickte zustimmend. Normalerweise bestärkte Asha Om noch in seinen großzügigsten Anwandlungen. Aber jetzt fragte sie ihn jeden Abend, wenn er nach Hause kam, in scharfem Ton nach seiner Parteiarbeit.

»Es läuft glänzend«, log Om. »Ich hab keinen Zweifel, dass unser Giridhar-Dai hervorragende Ergebnisse erzielen wird.«

Bei sich selbst dachte er: Der Knackpunkt ist, Giridhar zu einer langsameren Gangart zu bewegen.

»Eh, Freund«, sagte er eines Tages, als er im Flur auf Giridhar stieß. »Es ist schon so lange her, dass wir uns unterhalten haben.« Durch seinen großzügigen Körperbau neigte Om dazu, in dem engen Flur den Durchgang zu versperren. Er quetschte sich gegen die Wand, um ein paar Mitarbeiter durchzulassen. Er sagte: »Meine Alte sagt immer wieder: Was, schmeckt ihm unser Essen nicht? Warum kommt er nicht mehr vorbei?«

Giridhar machte eine Handbewegung, als scheuche er sich eine Fliege aus dem Gesicht.

»Ihr wart beschäftigt«, gab Om zu. »Und Ihr macht so gute Arbeit. Aber Ihr müsst Euch die Zeit nehmen nachzudenken, zu reflektieren, zu entspannen. Entscheidungen fällt man am besten mit angemessenem Vorbedacht, finde ich. Das ist, was ich meinen Schülern sage. Kommt, gehen wir und setzen wir uns oben hin.«

»Es gibt Arbeit«, sagte Giridhar. Mit einem Nicken deutete er auf die Mitarbeiter.

»Ja, natürlich.« Tatsächlich warteten einige Burschen darauf, mit Giridhar zu sprechen. Om sagte: »Warum kommt Ihr dann nicht heute Abend zu uns nach Hause? Meine Alte macht uns ein spezielles Essen.«

Giridhar nickte und ging davon, und Om verließ ihn, um seinen Pflichten nachzukommen.

Doch am Abend ließ sich sein Freund nicht blicken.

»Denkt Ihr nicht«, fragte Asha, »dass das so ist, wie Wasser in den Sand zu gießen? Was Ihr für ihn tut – denkt Ihr, das hilft?«

Om seufzte. »Er hat kein Selbstvertrauen wie früher. Er ist noch nicht ganz vom Trinken geheilt, Liebe. Aber er braucht uns. In solchen Zeiten braucht er unsere Liebe.«

Asha nickte, aber es war ein mehrdeutiges Nicken.

Am nächsten Tag lautete Giridhars Erklärung dafür, dass er das Abendessen verpasst hatte: »Es gab Arbeit.«

»Natürlich.« Om ergriff die Hand des Freundes, um ihm zu zeigen, dass er ihm das kein bisschen übel nahm. Aber er bemerkte, dass Giridhar eine angespannte, abwehrende Haltung annahm, so als versuche er, die Wiederholung der Einladung abzuwenden, welche Om, das war keine Frage, auszusprechen vorgehabt hatte. »Jetzt grade habt Ihr so viele Mitarbeiter zu führen, so viele Entscheidungen zu treffen«, sagte Om und gab damit dem Freund die Freiheit, die er sich zu wünschen schien. »Ich habe einen schlechten Zeitpunkt gewählt. Wenn Eure Arbeit nachlässt, kommt zu uns, aber. Meine Alte wird entzückt sein.«

Giridhar schaute zur Seite, wie peinlich berührt.

Om wusste, dass er im Augenblick die Bedürfnisse seines Freundes akzeptieren musste. Aber er wünschte sich, seine Zuneigung würde von Giridhar ein wenig erwidert werden. Offengesagt gab es Schulangelegenheiten, bei denen er Hilfe hätte gebrauchen können. Nach vielen Monaten der Unentschiedenheit hatte Om beschlossen, Computer zu kaufen. Billige koreanische Modelle. Sechs Stück. Er hätte gerne Giridhars Meinung dazu eingeholt, ob das eine kluge Entscheidung sei, ob das finanziell sinnvoll sei. Aber er wollte warten. Ein Freund durfte in schwierigen Zeiten keine selbstsüchtigen Forderungen stellen. Ein Freund musste alles geben, was er konnte.

An dem Tag, an dem die Kundgebung in der nahe gelegenen Ortschaft Kotre stattfand, leerte sich die Geschäftsstelle. Fast alle Mitarbeiter zwängten sich in einen Mietbus, um die Zuschauermenge der Ortsansässigen zu verstärken. Als Om zur Geschäftsstelle kam, traf er Jimmawal-Bajes siebten Sohn an, der die zugesperrte Eingangstür bewachte.

»Namaste, Sir, wie schön ist es, Euch in unsere Geschäftsstelle einlassen zu können«, rief der Junge und sprang auf, um die Tür aufzusperren. »Da sich kein höheres Parteimitglied im Gebäude aufhält, erschien es unserem Vater am besten, dass wir hier blieben und das Grundstück beschützten. Die Geschäftsstelle braucht einen bezahlten Lakaien wie uns, wie Ihr es eben selbst erlebt habt.«

Das durchtriebene Gebaren des Jungen erregte Oms Mitleid: Dieser Chhetri-Bahun-Charakterzug stand so einem jungen Kerlchen äußerst schlecht zu Gesicht. Nicht, dass Om irgendetwas gegen die Chhetri-Bahun-Kasten gehabt hätte. War nicht Giridhar ein Chhetri-Bahun? War nicht Nayan Raj ein Chhetri-Bahun? Waren nicht die Hälfte seiner Schüler Chhetri-Bahuns? Nein, nicht alle Chhetri-Bahuns hatten ein durchtriebenes Wesen. Aber trotzdem.

Jimmawal-Bajes siebter Sohn verbeugte sich fast, nachdem er die Eingangstür geöffnet hatte.

Der enge Flur wirkte bereits schmutzig. Die Farbe blätterte von den Wänden. Im Obergeschoss fand Om zu seiner Überraschung einen schlafenden Jungen im Flur, der zusammengekrümmt auf dem Zementboden lag. Er musste aus Versehen eingeschlossen worden sein. Eine zerlumpte Hose und ein altes Hemd hingen ihm lose um den Leib. Das Haar klebte ihm am Kopf, glänzend nass vor Schweiß. Er sah nicht wie jemand aus, den Om schon wahrgenommen hatte – obwohl es inzwischen schwierig war, den Überblick über alle Parteimitarbeiter zu behalten. War der Junge krank? War er in Ohnmacht gefallen? Om hockte sich neben ihn. »Eh, Bub.«

Der Junge sprang auf, Schrecken in den Augen. Er ging ein paar Schritte rückwärts, aus Angst vor Schelte, und blieb zitternd stehen. Einen Augenblick lang beäugte er Om unsicher, dann verzerrte sich sein verkniffenes Gesicht, als er sagte: »Ich war auf der Suche nach meinem Mita-Ba, Schütze a. D. Om Gurung, Sir, ehemals im Zweiten Regiment der nebelweißen British Gurkhas.«

Om lachte. »Der, von dem du sprichst, der bin ich.«

Der Junge ließ den Kopf hängen.

Es kostete Om einige Mühe zu erraten, um wen es sich handeln konnte. Als Om ein Kind gewesen war, hatten ihn seine Eltern durch ein Ritual mit mehreren Mita-Freunden verbunden. Und obwohl der Brauch es wollte, dass man mit Mita-Freunden ebenso liebevollen Umgang pflegte wie mit den eigenen Blutsverwandten, hatten die Launen des Lebens dazu geführt, dass Om zu ihnen allen den Kontakt verloren hatte. Schließlich wagte er einen Versuch: »Du bist der Sohn meines Mita-Freundes Hom Bahadur Khadka?«

Der Junge nickte, ohne jedoch aufzublicken.

Erstaunt darüber, wie groß der Junge geworden war – war es schon so lange her, dass dessen Vater und er sich gesehen hatten? – schloss Om Harsha Bahadur ihn in die Arme. Wie schnell die Jahre verflogen. Der magere Junge zitterte in seinen Armen. »Komm, Sohn.« Er führte ihn in den Sitzungsraum und setzte ihn auf eine Bank. Unter dem Hemd bestand der Junge nur aus Knochen. Die Adern auf seiner Stirn standen vor wie geschlängelte blaue Flüsse. Om fragte: »Wie geht es meinem Mita-Freund? Was macht er? Ist er bei guter Gesundheit?«

Der Junge schien nicht in der Lage, ihm zu antworten.

»Geht es dir gut, Sohn? Ist zu Hause alles in Ordnung? Wie gehts deinem Vater, wie stehts um seine Gesundheit?«

Der Junge sagte: »Ich will zu den British Gurkhas gehen. Ich will diesen Ort verlassen. Ich will sterben.« Dann brach er, zu Oms Erstaunen, in Tränen aus.

Die Situation konnte, Oms Ansicht nach, als Notfall gelten. »Bleib hier.« Er lief in den anderen Raum und suchte jemanden, der auf die Geschäftsstelle aufpassen konnte. Keiner da. Er wollte das Gebäude nicht in der Obhut von Jimmawal-Bajes Sohn lassen: Der Vater des Jungen würde sonst nie damit aufhören, ihn mit der Forderung, ihn einzustellen, zu belästigen. Glücklicherweise war Rishi Lamsal unten im Schlafraum. Om sagte: »Bhai, Rishi-Bhai, könntet Ihr im Büro bleiben, während ich weg bin?«

Rishi war einverstanden. Er schien ein äußerst zuverlässiger Mann zu sein. Dann führte Om seinen Mita-Sohn die Treppe hinunter und nahm ihn mit nach Hause. Der Junge machte zaghafte Halbschritte. Wie geschwächt, wie mitgenommen er aussah. Om erinnerte sich undeutlich an Gerüchte aus dritter oder vierter Hand, die besagten, dass die Frau seines Mita-Freundes unter verdächtigen Umständen gestorben war. Das war es gewesen, woraufhin Om den Umgang mit ihm aufgegeben hatte. Der Mann behandelte offenbar auch seinen Sohn nicht gut. »Also willst du eine Arbeitsstelle finden?«, sagte Om. »Du dachtest, du bittest deinen Mita-Vater um Hilfe? Warum nicht? Deine Mita-Mutter wird entzückt sein, dich zu sehen. Sohn, Mita-Sohn: für uns ist das genau das Gleiche.«

Der Junge antwortete mit einem mutlosen Lächeln. Bis sie zu Hause ankamen, waren seine Lippen blau.

Als Om ihr erst einmal erklärt hatte, wer der Junge sei, nahm Asha ihn unter ihre Fittiche. Sie verscheuchte Verwandte, die zu Besuch waren, und setzte Harsha Bahadur an den Küchentisch. Dann kehrte sie zu Om zurück. »Lieber, schickt jemandem zum Haus von Eurem Mita-Freund, um herauszufinden, was passiert ist.«

Bis Om einen Neffen beauftragt hatte, zu seinem Mita-Freund zu laufen, hatte Asha schon Reis und Dal auf einem Edelstahlteller angerichtet. Sie fügte Gemüse und gekochtes Lammfleisch von der Morgenmahlzeit hinzu und stellte ihn dem Jungen hin.

Er starrte das Essen mit großen Augen an.

»Iss«, sagte Asha.

Demütig gehorchte der Junge.

Nach dem Essen erteilte Asha Om die Aufgabe, mit dem Jungen zum Arzt zu gehen. Om führte den Jungen aus dem Haus und redete in sanftem Ton mit ihm. »Möchtest du zum Arzt gehen? Bist du jemals beim Arzt gewesen?« Den Arm um die Schultern des Jungen gelegt, führte er ihn durch den Bazar zum Arzneiladen.

Der Doktor-Sah'b saß im Laden und machte ein Gesicht, als habe er gerade Essig verschluckt. Er war natürlich der ehemalige Lakai eines Gesundheitsstützpunktes und kein Arzt, aber er diente der Ortschaft als Allgemeinarzt, Chirurg, Endokrinologe, Zahnarzt, Hals-Nasen-Ohren-Spezialist, Geburtshelfer und Arzneimittelhändler. Om stellte seinen Mita-Sohn vor ihn hin.

Mit einem Winken bedeutete der Doktor-Sah'b, dass Harsha Bahadur sich setzen solle. Der Laden war muffig und sonnenlos und roch nach Jod. Om führte den Jungen zu einer Bank, die neben einem Regal voller staubbedeckter Arzneiflaschen stand.

Der Doktor-Sah'b seufzte resigniert, als er Harsha Bahadur mit einer Taschenlampe in die Augen leuchtete. »Typischer Vitamin-A-Mangel führt zu stumpfen Augen schwacher Sicht«, begann er zu leiern, fast noch bevor er nachgeschaut hatte. Dann zwängte er Harsha Bahadurs Mund auf und leuchtete mit der Taschenlampe hinein. »Streptokokken Typ 1 weiße Flecken auf den Mandeln rot entzündete Schleimhäute und Belag auf der Zunge.« Mit dem hinteren Ende der Taschenlampe stieß er dem Jungen gegen die Brust. »Unterernährung verursacht durch wer weiß welchen Parasiten Bandwurm Ringelwurm Verdauungsprobleme oder schlicht zu wenig Essen. Ein derart abgemagerter Junge könnte an Tuberkulose leiden. Er hustet kein Blut?«

Erschrocken sah Om den Jungen an, der zum Glück den Kopf schüttelte.

Der Doktor-Sah'b leierte weiter: »Hundert opportunistische Krankheiten gedeihen in den Mangelernährten. Dem Jungen fehlen unverzichtbare Nährstoffe Vitamine Mineralien Spurenelemente er braucht Tabletten um das Immunsystem zu stärken und Antibiotika für den Hals. Aber was nützt es. Was nützt es kurative statt präventiver Maßnahmen zu ergreifen.« Er schlug mit der Taschenlampe fest auf Harsha Bahadurs Knie. Dann trat er zurück. Die Untersuchung war beendet. »Er muss Glukose nehmen um ihm Energie zu geben und zweifellos hat er Würmer. Wer weiß welche anderen Krankheiten in ihm stecken die ich aufgrund fehlender Labortests an Stuhl Speichel Blut nicht feststellen kann.«

So chronisch verdrossen war der Doktor-Sah'b, dass er nicht einmal lächelte, als Om ihm vierhundert Rupien zahlte. Stattdessen psalmodierte der alte Mann: »Zwei gelbe Tabletten zweimal am Tag nach dem Essen eine weiße Tablette zur Nacht mit Milch. Nehmt den rosa Saft nie vor dem Essen oder die blauen Kapseln nach dem Essen. Was nützt kurative Therapie wenn die Verdauung sich nicht bessert. Gebt ihm eine weitere blaue Kapsel am Tag. Bringt ihn wieder her falls es ihm nicht besser gehen sollte.«

Als er den Arzneiladen verließ, blickte Om am Bar-Pipal-

Baum vorbei zur Geschäftsstelle und sah, dass die Mitarbeiter der Volkspartei von der Kundgebung in Khotre zurück waren. Der blaue Kleinbus, der den Kandidaten, Giridhar und Chiranjibi Joshi befördert hatte, war ebenfalls zurück. Wie war die Kundgebung gewesen? Hatte sie viele Zuschauer angezogen? Waren Nayan Rajs Worte auf Beifall gestoßen? Er fühlte sich ein wenig ausgeschlossen.

Aber seine Aufmerksamkeit musste weiter seinem Mita-Sohn gelten, der inzwischen kaum noch gehen konnte. »Hier lang.« Om führte den Jungen wieder nach Hause. Dort übergab Asha den Jungen an einen Onkel, der ihn in den Hinterhof führte, um ihn zu waschen.

Dann zog sie Om ins Wohnzimmer, zum gestickten Schriftzug WELL-COME HOME SWEET HOME. »Sein Vater will ihn nicht zurückhaben«, flüsterte sie. »Er sagt, Harsha Bahadur ist nicht sein Sohn.«

»Wer ist er dann?«

»Nein, nein.« Asha sprach weiter mit gesenkter Stimme, damit die Verwandten im Flur sie nicht hörten. »Unser Neffe ist Euren Mita-Freund besuchen gegangen – der sagte, dass Harsha Bahadur, nun ja, nicht von ihm stammt.« Normalerweise machte es Asha nichts aus, über solche Dinge zu sprechen, aber jetzt errötete sie, aber wohl eher aus Empörung als aus Schamgefühl. »Er hat grob geredet. Er hat das Andenken seiner seligen Frau beschmutzt, und er hat gesagt, der Junge ist nicht von ihm.«

»Der Strolch!«

»Und so ist er jetzt hier, ohne Zuhause, in das er zurückkönnte, und ohne Ziel, wo er hinkönnte.«

Om gab sofort seinem Impuls nach: »Dann behalten wir ihn. Wir behalten ihn selbst und behandeln ihn gut, wie unseren eigenen Sohn.«

Einen Augenblick lang ließ Asha den Kopf hängen.

Om runzelte die Stirn. »Liebe?«

»Warum fällt das immer uns zu«, sagte sie schließlich, »allen zu helfen, jedem zu helfen, der in der Not auftaucht? Na gut, irgendeiner muss helfen. Aber wieso wir? Wieso immer wir?« Sie warf einen Blick auf den Hinterhof, wo der nackte Junge gebadet wurde. Rippen und Hüftknochen standen weiter vor als das Fleisch. Sie seufzte. »Ich weiß, was heißt es schon, einen mehr zu ernähren. Dieser Junge, gut, behalten wir ihn. Das Kinderzimmer ist frei. Wir können ihm Kleider geben von als Ihr ein junger Kerl wart. Wir haben Glück, wir können es uns leisten, ihm zu helfen. Aber das ist nicht die Frage. Das ist nicht, was ich meine.« Sie wandte sich wieder ihrem Mann zu, und ihre Augen blitzten. »Manchmal denkt Ihr, Ihr seid ein Buddha, Alter.«

»Eh, Liebe.« Om nahm sie bei der Hand.

»Jawohl. Ihr denkt, Ihr seid ein wiedergeborener Buddha.«

»Aber schau dir an, was wir alles haben.« Om zeigte auf das Sofa, den Fernseher, das Regal voller Nippes. »Werden wir jemals Hunger leiden müssen? Und schau dich in unserem Umfeld um – eine Gesellschaft voller Leid. Dieser Junge ist zu uns gekommen. Warum ihm nicht das Gefühl geben, dass unser Zuhause sein Zuhause ist?«

»Das müsst Ihr mir nicht beibringen«, fauchte Asha. »Ich habe gesagt, wir können ihn behalten, oder nicht? Aber wenn es an mir wäre, würde ich seinem Vater die Ohren lang ziehen und ihn zwingen, den Jungen zurückzunehmen. Der Junge hat Glück, einen Mita-Vater zu haben, der sich für einen Buddha hält.«

Om neckte sie: »Seine Mita-Mutter ist der, für den er den Göttern danken muss. Du redest hart, Liebe, aber dein Herz ist viel weicher als meins.«

Asha lächelte durch ihren Ärger hindurch. »Wir zwei beide«, sagte sie und schüttelte den Kopf, »wir haben die gleichen Fehler – in diesen Zeiten ist es nicht gut, ein weiches Herz zu haben.«

## 25

Jetzt, da es ihm wieder gut ging, durfte er es sich nicht erlauben, den Erinnerungen an frühere Erkrankungen nachzuhängen, an seine Fehler zurückzudenken, sich an vergeudete Stunden, Tage, Wochen zu erinnern, sich zu fragen, was gewesen wäre, wenn, sich Vorstellungen zu machen, dem Bedauern nachzugeben. Dieser Tage bewegte sich Giridhar schnell, um dem Zweifel zuvorzukommen. Die Welt um ihn herum hatte sich verfestigt, und sein Körper bewegte sich darin annähernd so, wie er sollte. Morgens wachte er auf, und es war klar, wo sein Platz war. Gegenüber Laksmi verhielt er sich als Ehemann: Er empfing den Morgentee aus ihren Händen, er aß die Mahlzeiten, die sie ihm auftrug, er gab ihr das benötigte Haushaltsgeld. Er hörte ihr zu, wenn sie von den Löhnen für die diesjährigen Erntearbeiten sprach, über die Kostenvoranschläge der Dreschmühlen, über Reparaturarbeiten am Haus, über die gemeinsamen Söhne. Alltäglichkeiten. Nachts streckte er manchmal die Hand nach ihrem knochigen Rücken aus, und nach kurzem, verschämtem Geschiebe, in Augenblicken offenherziger Zärtlichkeit, strich er ihr über das ölige Haar und fragte, sei sie zufrieden, sei sie wirklich zufrieden? Gegenüber seinen Söhnen war er wieder ein Vater. Nicht, dass die Jungen, die gerade das Alter wilden Raufens und Balgens durchmachten, länger als für kurze Augenblicke seine Aufmerksamkeit suchten. Es genügte ihnen schon, dass er ihre Verspieltheit duldete, wenn sie in seiner Nähe waren. Es genügte schon, dass er sie anlächelte. Giridhars Vater allerdings beobachtete ihn aufmerksam. Sein Vater wollte mehr von ihm: Zeichen der Selbstbeherrschung. Und da er diese nicht erhielt, schien er an Giridhar zu zweifeln. Er saß auf der Holzpritsche unter dem Vordach, und anstatt die Schriften zu lesen, die aufgeschlagen vor ihm lagen, schaute er Giridhar durch die dicken Brillengläser an, die seine Augen vergrößerten – und seine Skepsis.

Giridhar wich seinem Vater aus, wo es nur ging. Und es ging: wenn er ständig in Bewegung blieb.

Er verließ das Haus frühmorgens und ging in die Welt hinaus, den abschüssigen Pfad hinab durch die Reisfelder bis zum Fuß des Hügels, wo der Pfad sich gabelte und einerseits zum Fernmeldeamt, andererseits zur Geschäftsstelle der Volkspartei führte. Ohne Ausnahme wählte Giridhar den letzteren Abzweig. Am Ende dieses Pfades warteten Leute auf ihn. Parteimitarbeiter, die sich bei seinem Näherkommen zu ihm umdrehten, bei ihm Führung suchten, ihm Fragen stellten, seinen Anweisungen gehorchten und taten, was er ihnen sagte. Er führte sie, und sie folgten ihm. Sie bestätigten ihn. Sie nannten ihn Giridhar-Dai, Giridharji, Giridhar-Sir. Sie bestärkten ihn auf seinem Platz als Vorsitzender. Und auch wenn es wahr gewesen wäre, dass es Nayan Rajs Name sei und nicht seiner, der all diese Mitarbeiter angelockt habe, wenn es wahr gewesen wäre, dass ihre Treue dem Kinohelden gelte, ja selbst wenn es war gewesen wäre, dass die Mitarbeiter mehr Bewunderungswürdiges an dem Schauspieler fänden – war es trotzdem unbestreitbar, dass Giridhar derjenige war, der wusste, der es besser wusste als Nayan Raj, wie sie den Stimmenanteil der Partei maximieren konnten. Mit allen praktischen Fragen wandte sich der Kinoheld an Giridhar. Giridhar war es, der die Straßenkundgebungen so plante, dass sie von Mal zu Mal mehr Schwung aufnahmen und immer mehr Teilnehmer anzogen. Giridhar war es, der Nayan Raj in die Häuser wichtiger Leute mitnahm und diejenigen Gespräche vermittelte, die allein letzten Endes von Bedeutung sein würden: von Mensch zu Mensch, von Angesicht zu Angesicht, mit Versprechungen im kleinen Kreise. Giridhar war es, der den Kinohelden über den Hintergrund jedes Gesprächspartners in Kenntnis setzte, damit der Schauspieler ihn bezirzen konnte. Giridhars Reich waren das Wer und Wie und Womit, die Auswirkungen im Falle, dass, die Auswirkungen im Falle, dass nicht, das Was-alsnächstes und das Was-danach. Das hier war sein Heimatrevier. Seine Kenntnisse als Hiesiger wogen Nayan Rajs großspuriges Geschwafel auf. Diesen Mann zu treffen, wäre nützlich. Dieser Mann wird uns wohl nicht unterstützen, aber wenn er sich nicht gegen uns stellt, hilft uns das auch. Dieser Mann freut sich darauf, unseren Kandidaten zu treffen. Dieser Mann sagt. Dieser Mann behauptet. Dieser Mann ist einverstanden. Dieser Mann. Dieser Mann.

Nur wenige Männer zweifelten an ihm. Om. Om zweifelte an ihm. Das konnte Giridhar an der Nachsicht sehen, mit der dieser ihn behandelte – Nachsicht, die er aus Mitleid übte. Nachsicht, von der er glaubte, Giridhar brauche sie. Nicht, dass Om jemals unfreundlich gewesen wäre. Giridhar wusste, dass er seinem Freund irgendwann einmal würde danken müssen. Er musste anerkennen, wie viel Gutes ihm durch Oms Hilfe in schwierigen Zeiten zuteil geworden war. Um Om zu versöhnen, musste er ihm sagen, wie dankbar er ihm sei.

Aber er konnte vor Om nur noch zurückschrecken. Der Mann hatte ihn gesehen, als er – nicht einfach krank war: Was war passiert? Durch den Schnaps hatte sein Verstand Schaden genommen. Jawohl. Er hatte die Angewohnheit gehabt zu trinken, und die war er jetzt los. Das war eine gute Erklärung. Om aber wusste mehr. Om hatte ihn im Wahn erlebt. Hätte er mit seinem Freund gesprochen, hätte Om ihm tiefgehende Fragen gestellt, die ihn wieder in die Vergangenheit versetzt hätten. Und die Vergangenheit war wie ein Charakterfehler: etwas, das man loswerden sollte.

Er lief vor ihr davon. Er lief vor Om davon, hinaus aus der Geschäftsstelle, zu Nayan Rajs Haus, in die Ortschaften an der Straße, in die Häuser von Leuten, die vielleicht für die Partei stimmen mochten. Zweifler und unwirtliche Räume, die sich vor ihm auftaten, ließ er links liegen. Er lief und lief.

Und die Welt war gnädig und stand fest und still.

Nachts lag er in seinem Bett und schaute in dumpfer Dankbarkeit zu den braunen Wasserflecken an der Decke auf, die genauso blieben, wie sie waren.

## 26

Es war das Verdienst des Schulmeisters, dass Rishi zur rechten Zeit eingetroffen war, um der Partei von Nutzen sein zu können. Es war sein eigenes Verdienst, dass er den richtigen Eindruck gemacht hatte. Seine Zurückhaltung inmitten des stetig wachsenden und immer schlechter kontrollierbaren Mitarbeiterpulks, seine gemessenen Worte und seine Studienabschlüsse beeindruckten die höheren Parteimitglieder. In ihrer Unerfahrenheit nahmen sie ihn für den, der er zu sein vorgab, und fingen an, sich auf ihn zu verlassen. Mit dem Fortschreiten der Kundgebungen wurde Rishi die Leitung einer Mitarbeitergruppe anvertraut, die für die gesamte Öffentlichkeitsarbeit zuständig war: Schilder malen, Plakate kleben, Parteiflaggen aufhängen. »Die Teetasse«, sagte Giridhar jedes Mal, wenn sie sich über den Weg liefen. »Den Kongressbaum und die UML-Sonne, die erkennt jeder. Jetzt muss man unser Teetassenzeichen wiedererkennen lernen.« Giridhar war zu beschäftigt, um Rishis Arbeit wirklich zu beaufsichtigen. Nayan Raj trug selten mehr bei als ein paar aufmunternd gemeinte Worte: »Ich weiß Eure Mühe zu schätzen, Bhai. Was würde die Partei ohne Euch tun?« Jimmawal-Baje war erkrankt und hatte jüngst aufgehört, ins Parteibüro zu kommen. Chiranjibi Joshi redete kaum, und Om Gurung war nur einen Teil des Tages im Büro.

Zu den Jugendlichen, mit deren Aufsicht Rishi beauftragt worden war, gehörten auch BB-Gun Thapa und seine Bande. Rishi hielt wenig von solchen Jungen aus geistlosem Fleisch; er konnte seine Abneigung gegen BB-Gun nicht verbergen. Diese

Geringschätzung schien gegenseitiger Natur zu sein. BB-Gun bat ihn nie um eine Anweisung. Er setzte Rishi täglich darüber in Kenntnis, was seine Bande zu tun gedenke, und forderte die notwendigen Materialien ein – Farben, Pinsel, Plakate und Kleber. Rishi gab ihm alles, was er verlangte.

Die restlichen Jungen bildeten eine freundliche Gruppe. Einige waren entfernte Verwandte von höheren Parteimitgliedern, andere waren Familienbekanntschaften, wieder andere Schüler auf dem nahe gelegenen Collegecampus – Jungen mitten in der Ausbildung. Sie akzeptierten Rishi ohne Weiteres als Anführer und machten sich jeden Morgen mit vollen Farbeimern an die Arbeit.

Die Teetasse in roter Lackfarbe, die Teetasse in blau. DEMOKRATISCHE REFORM = TEETASSE. WÄHLT DIE VERÄNDERUNG, WÄHLT DIE TEETASSE. Rishi beaufsichtigte die Schüler dabei, wie sie das Parteisymbol und die Wahlsprüche auf Felsen und Mauern malten. »Dort nicht«, sagte er vor einer Grundstücksmauer, die zu einer Masjid wenig außerhalb der Ortschaft gehörte: »Nicht an religiösen Gebäuden.« Die Jungen waren mit seiner Logik einverstanden. Rishi machte an Häusern halt, um die Eigentümer um Erlaubnis zu bitten. »Eine Teetasse mit einer Untertasse«, sagte er. »In weiß auf Eure Hauswand. Nach der Wahl entfernen wir sie wieder.«

Manche sagten Ja, manche sagten Nein, die meisten zuckten nur mit den Schultern.

Zwischen die Bäume, Sonnen, Pflüge und Häuser – die Symbole der anderen Parteien – setzten Rishi und seine Mitarbeiter die Teetasse, schrieben die Volkspartei in die Ortslandschaft ein. Langsam bedeckten sie ganz Khaireni Tar. Die Wand der staatlichen Schule, die Rishi besucht hatte. Die Rückseite des Fernmeldeamtes. Die Zeltplane vom Verkaufsstand des Uhrmachers. Om Gurungs gelbes Haus mit den Stuck-Ananas. Chiranjibi Joshis Sägemühle. Die geflochtenen Bambuswände, die zum Teeladen eines landlosen Siedlers gehörten: Alle wurden bedeckt mit Rishis Zeichen seiner Treue gegen den Schulmeister.

Staub, Schmutz, der Geruch reifender Reisfelder, die Teetasse in einer schmutzigen Ortschaft an der Fernstraße.

Den blinden Krämer Shankar hatte Rishi die ganze Zeit über nicht aufgesucht. Es war ihm nicht nötig erschienen; bisher hatten ihm die Anweisungen des Schulmeisters genügt. Macht Euch unverzichtbar. Erarbeitet Euch ihr Vertrauen. Das tat er, mühelos. Keiner bei der Volkspartei sah genau genug hin, um seine fadenscheinige Tarnung zu durchschauen. Selbst wenn Rishi zufällig dem Schulmeister begegnen sollte, wenn sie sich in einer versteckten Gasse über den Weg liefen, würde es keiner bemerken.

Mit der Entscheidung der Janamukti-Partei, einen Kandidaten ins Rennen zu schicken, war die Wahldynamik festgelegt: Kongress und UML würden sich ein Kopf-an-Kopf-Rennen liefern. Das war Rishis Einschätzung. Das Wahlprogramm der Janamukti-Partei, das die Rechte der ethnischen Gruppen betonte, würde alle außer der UML schwächen, denn der UML-Kandidat war ein Magar. Die Volkspartei, die ihre Basis in traditionellen Kongressgebieten wie Khaireni Tar hatte, würde die Kongresspartei schwächen. Je größer Nayan Rajs Beliebtheit in Kongressgebieten wurde, desto eher würde die Volkspartei der UML zum Sieg verhelfen.

Rishi hielt solche Berechnungen in Sichtweite, wenn er Nacht für Nacht im Schlafsaal des Parteibüros lag. Der Raum diente nun als Unterkunft für Trupps von auswärtigen Mitarbeitern, die eine oder zwei Nächte dablieben und zu zweit oder dritt auf den aneinander gereihten Matratzen schliefen. Rishi beanspruchte einen eigenen Platz in der Ecke. Der Parteifahrer war sein einziger ständiger Kollege hier, ein fahriger Mann, dessen einziges Vergnügen darin bestand, die Mühen des Tages mit Whisky auszulöschen. Er und Rishi wechselten nicht mehr als Grußworte. Wenn Rishi abends den Raum betrat, täuschte er Erschöpfung vor und legte sich auf sein Lager, das Gesicht zur Wand. Er ließ sein Radio an, um die internationalen Nachrichten abzupassen. Hinter ihm redeten und lachten die Mitarbeiter.

Auch in Binitas Teeladen, den er zur Morgen- und Abendmahlzeit und zum Nachmittagsimbiss aufsuchte, blieb Rishi lieber allein. Hier gesellte sich allerdings oft seine Malergruppe zu ihm, die seine Zustimmung stillschweigend voraussetzte. Sie unterhielten sich über Nichtigkeiten: »Sollen wirs morgen mal mit roter Farbe probieren?«

»Was, wenn jemand unsere Zeichen übermalt?«

Er antwortete, wie es die Notwendigkeit gebot, und erfuhr von ihnen die neuesten Spekulationen: »Wisst Ihr, Rishi-Dai, ganz Khaireni Tar tendiert schon zu uns.«

Rishi-Dai.

Die gleichen Bande wurden von den Teeladenfrauen geknüpft. »Rishi-Bhai braucht mehr Reis«, mochte Pramila etwa sagen, bevor sie den Teller ihres fremden Bhai wiederauffüllte. Sani fragte: »Soll ich Euch mehr Dal bringen, Rishi-Dai?« Und er, in seiner Verkörperung des Mannes, der ihr ein Nennbruder war, nickte dann ja, er hätte gerne noch etwas Dal, Sani-Bahini.

Die Witwe Binita wahrte ihren Abstand, und das gefiel Rishi. Einmal hatte sie Rishi gefragt, ob er Tee wolle: Das war bisher der einzige Wortwechsel zwischen ihnen gewesen. Sie hielt sich abseits vom Trubel in ihrem Teeladen. Inzwischen wusste Rishi, dass sie nicht so sittenstreng war, wie ihre Kleidung und die Dekoration des Teeladens vermuten ließen: Sie war eine Frau, die über Kastengrenzen hinweg geheiratet hatte. Aus bestimmten Blickwinkeln sah sie überraschend jung aus.

»Eh, Sani, bring diesem Bhai mehr Reis!«, mochte Pramila sagen. »Esst noch mehr Kürbis, Rishi-Bhai, die kommen frisch aus unserem Gemüsegarten.«

»Wo sollen wir morgen malern, Rishi-Dai? Sollen wir im Südviertel malern?«

Rishi-Dai. Rishi-Bhai.

Selbst Giridhar nannte ihn Bruder. »Nach der Kundgebung in Khaireni Tar«, sagte Giridhar eines Abends zu ihm, »fangen wir mit unseren Dorftouren an, Bhai. Wir brauchen dann zwei Malergruppen. Eine geht mit unserem Kandidaten mit. Der Gaine-Sänger, die Mädchen – die alle gehen mit dem Kandidaten. Zwei Wochen später komme ich nach und gründe die Wahllokalkomitees. Wir brauchen zwei Malergruppen, die beide Teams begleiten sollen, meint Ihr, Ihr könnt das einplanen, Bhai?«

»Ich kümmere mich darum, Giridhar-Dai.«

»Gut.« Giridhar sprach dieser Tage mit größerer Autorität. »Ihr kommt in meinem Team mit, Bhai. Wenn wir von Dorf zu Dorf gehen, kommt Ihr in dem Team mit, das mit mir geht.«

»Ich gehe mit Euch, Giridhar-Dai.«

Rishi-Bhai. Giridhar-Dai. Familienbande der politischen Zweckdienlichkeit.

Der Tumult im Parteibüro wuchs beständig, und in den Zimmern und Fluren drängten sich jetzt hordenweise rastlose, unterforderte junge Männer, die allesamt platzten vor überschüssiger Energie. Nayan Raj, Giridhar, Om und Chiranjibi versuchten, die Mitarbeiter mit Beschäftigung zu versorgen. Aber sofern hinter der Parteiarbeit überhaupt System steckte, konnte Rishi es nicht erkennen. Was er allerdings sehen konnte, war die Schwemme junger Männer, die eine bessere Zukunft suchten, die nützliche Verbindungen zu knüpfen bemüht waren, oder die sich nur die Zeit vertrieben, weil ihr Leben ansonsten eintönig oder trübsinnig war und kaum Unterhaltung bot.

Zwei Tage vor der Kundgebung der Volkspartei zettelte BB-Gun Thapa eine Prügelei mit einem Kongressjungen an. Den Kampf selbst bekam Rishi nicht mit. Er stand beim Arzneimittelladen und half einem der Parteimitarbeiter, eine Teetasse zu malen, als er den Krawall hörte. Bis er um den Teeladen herum und im Flachland angekommen war, hatte der Kampf sich bereits aufgelöst. BB-Gun wurde von seinen Bandenmitgliedern fürsorglich umschwirrt. Der Schläger streckte sich beiläufig und wischte sich den Schweiß vom Gesicht. »Die waren dabei, unsere Teetasse zu übermalen«, sagte er zu Rishi. »Die haben unsere Teetasse überpinselt und wollten stattdessen einen Baum hinmalen.«

Ein Mitglied seiner Bande sagte: »Denen hast dus gezeigt!«

BB-Gun lachte.

Unweit von ihnen beugten sich einige Kongressmitarbeiter über einen Jungen, der am Boden lag. Wenn sie zurückschlügen, konnte die Sache gefährlich werden. »Gehen wir«, sagte Rishi und drängelte sich durch die Gruppe. Er war viel kleiner als die Mitglieder von BB-Guns Bande, und zur eigenen Überraschung fürchtete er hier um seine Sicherheit. »Vergessen wir das hier, gehn wir.«

Doch BB-Gun hatte keine Lust, den Augenblick seines Triumphes so schnell vorbeigehen zu lassen. Er ignorierte Rishi und drehte sich um und starrte weiter zornig zu den Kongressjungen hinüber.

Die Kongressjungen nahmen die Herausforderungen nicht an. Sie sammelten den Jungen vom Boden auf und führten ihn hinkend weg. Er hatte Blut an den Schläfen.

»Gehn wir«, sagte Rishi.

BB-Gun sagte: »Die Scheißkadaver denken, die könnten es mit uns aufnehmen.«

»Die Kadaver haben den eigenen Vater heiraten sehen.«

»Gehn wir«, wiederholte Rishi. »Gehn wir zurück zur Geschäftsstelle.«

Zu seiner Erleichterung waren schließlich alle damit einverstanden.

Als sie das Büro erreichten, begann BB-Gun, mit seinem Sieg zu prahlen, und junge Parteimitarbeiter umdrängten ihn, um alles mitzubekommen. »Jetzt wissen sie, was passiert, wenn Welpen nicht kapiert haben, wer der Stärkere ist.«

Rishi ging nach oben und berichtete Om, was geschehen war, und dieser machte sich sofort auf den Weg, um die anderen höheren Parteimitglieder zu finden und sich bei der Kongresspartei zu entschuldigen.

Nachdem Om das Büro verlassen hatte, entwickelte sich dort Karnevalsatmosphäre. BB-Gun erzählte immer wieder, und mit jedem Mal schneidiger, was sich zugetragen hatte. »Und dann sah ich die Angst in seinen Augen – wie ein Kalb, das einen Tiger sieht. Er hat fast geheult!«

»Und er hat Euch nicht verletzt?«

»Was konnte der Kadaver mir schon tun? Diesen Kratzer hier – aber der blutet nicht mal.«

Fleisch gegen Fleisch.

Rishi ging nach draußen und schaute über die Fernstraße hinüber zum UML-Büro. Dann überquerte er die Straße langsam und schlenderte am Büro vorbei, bot sich dem Blick des Schulmeisters dar, falls der nach ihm Ausschau halten sollte. Das Gebäude war still. Die Fenster waren dunkel. Von Bewegungen im Inneren fehlte jedes Zeichen.

Am nächsten Tag ging er zu Shankars Getreideladen. Der blinde Krämer saß in einer Ecke des holzgetäfelten Ladens, eine kleine Gestalt in dem großen Raum. Eine Gruppe von Frauen verhandelte mit ihm, und ein weiterer Mann wartete darauf, dass er an die Reihe kam. Rishi setzte sich auf eine Bank neben ein paar Kisten mit hiesigem Reis – Mansuri, Basmati, Jarneli, Pohkareli, Dudhe. Entlang der Wand reihten sich Säcke voller Mais, Weizen, Gerste und Hirse. Der Laden roch nach Spreu.

Die Frauen gingen geschlossen hinaus. Der Mann hinter ihnen wollte nur ein paar Kerzen kaufen. Shankar langte hinter sich ins Regal, gab dem Mann die Kerzen und befühlte das

Geld, um die korrekte Wechselsumme zu bestimmen. Dann wandte er sich erwartungsvoll Rishi zu.

»Ich will mit dem Schulmeister sprechen«, sagte Rishi.

Der Mann hielt inne, während er diese neue Stimme aufnahm. Er war ein steinalter, verhutzelter Mann, und die Haltung, in der er dasaß, war die eines Asketen, das Rückgrat vollkommen gestreckt. »Das ist Rishi Parajuli«, sagte er schließlich. »Das ist der Genosse mit dem Kummer in der Stimme.«

Seine Worte erschreckten Rishi. So hatte ihn der Schulmeister beschrieben? Er sagte: »Ich will den Schulmeister treffen.«

Shankar lächelte. »Alles, was Ihr ihm zu sagen habt, sagt Ihr durch mich. Also redet. Was habt Ihr die letzten paar Wochen gemacht? Warum seid Ihr nicht früher hergekommen?«

Der Blinde sprach in einem aufgesetzten, ironischen Tonfall. Rishi sagte: »Sagt dem Schulmeister, dass ich Giridhar Adhikari auf seiner Dorf-zu-Dorf-Tour begleiten werde. Er will dabei die Wahllokalkomitees aufstellen. Über die kann ich dann berichten, und über die Strategie der Partei an jedem Wahllokal.«

Shankar murmelte: »Ja, Ihr seid der Genosse mit dem Kummer in der Stimme.«

Seine Theatralik gefiel Rishi nicht.

In diesem Augenblick kam jemand in den Laden, ein Polizist, der offenbar in Eile war. »Zigaretten, Shankar-Dai. Zigaretten.«

Shankar griff nach einem Päckchen Khukuri-Zigaretten. »Braucht Ihr heute einen Viertelliter Everest-Whisky, Subinspektor-Sah'b?«

»Ja, warum nicht? Ich hab durchaus Verwendung dafür. Hier, nehmt das Geld. Ich habs eilig.«

Als der Subinspektor gegangen war, wandte sich Shankar wieder Rishi zu. »Und in der Zwischenzeit habt Ihr Zeichen gemalt? Gestern habt Ihr Euch mit der Kongresspartei wegen der Zeichen geprügelt?«

»Das ist passiert.«

»Es ist passiert. Warum kämpft Ihr nicht mit den UML-Mitarbeitern?« Der Blinde sprach jetzt mit deutlichem Sarkasmus. »Damit wäre Eure Treue nicht nur als Feind der Kongresspartei, sondern auch als Feind der UML bewiesen.«

»Ich habe das nicht geplant«, sagte Rishi. »Das war ein persönlicher Streit zwischen Banden. Es gab eine Reiberei –«

»Für die Schwachen ist es immer persönlich. Für die, denen es an Ideologie mangelt, ist es persönlich.«

»In diesem Fall war es persönlich.«

Aus irgendeinem Grund lachte Shankar, ein gackerndes Lachen. Dann sagte er: »Kommt Ihr morgen her und malt ein Zeichen an mein Haus? Ein schönes, großes Teetassenzeichen.«

Rishi entschied, dass er den Mann nicht leiden konnte. »Ich möchte einmal mit dem Schulmeister sprechen.«

»Ihr könnt ihn nicht treffen.« Shankar grinste weiter, wie über einen Witz, den nur er verstand. »Ich bin jetzt der, dem Ihr Bericht erstatten müsst, ich bin der, der Euch sagen wird, was Ihr zu tun habt. Kommt morgen her, Genosse. Kommt her und malt mir eine schöne Teetasse – in rot! Beweist, dass Ihr mir treu ergeben seid.«

Rishi starrte den Mann an. Machte er sich über Rishis persönliche Treue gegenüber dem Schulmeister lustig? Die Struktur, nicht die Person; Systeme, nicht Individuen: die Ethik aus Rishis Schulzeit.

»Mit mir zu sprechen, ist wie mit Eurem Schulmeister zu sprechen«, sagte der Blinde, der jetzt ernst wurde. »Er und ich sind der gleichen Sache verpflichtet; wir unterscheiden uns in nichts.«

Proletarier, Arbeiter und Bauern, alle.

»Ich komme morgen«, sagte Rishi. Draußen vor dem Getreideladen bemerkte er im Augenwinkel ein silbernes Blitzen und dachte, er habe Schritte gehört, aber als er sich umdrehte, war niemand zu sehen.

# 27

Inzwischen war die Parteigeschäftsstelle ständig und dicht mit allen Sorten von Mitarbeitern gefüllt, viele von ihnen aufsässige Burschen. Sie machten zu viel Durcheinander. Aber da er nur seine Nachmittagsstunden übrighatte, stand Om hilflos vor der Aufgabe, die Mitarbeiter unter Kontrolle zu bringen. Das war Giridhars Arbeit – doch weder hörte Giridhar Om überhaupt zu, noch schien es ihm darum gelegen zu sein, in der Geschäftsstelle die Ordnung aufrechtzuerhalten. Nicht, dass das Nayan Raj oder die anderen zu kümmern schien. Inzwischen hatten sieben Straßenkundgebungen stattgefunden. In Tharpu, dem Veranstaltungsort der nächsten Kundgebung, sollten sie noch vorher persönlich bei den Anführern der Ortschaft um Stimmen werben, hatte Giridhar beschlossen. Die Anführer hatten ihm Andeutungen gemacht, dass sie – wenn man sich ihnen mit dem angemessenen Zeremoniell, dem gehörigen Takt näherte – willens sein könnten, ihre Unterstützung von der Kongresspartei abzuziehen und sie stattdessen der Volkspartei zukommen zu lassen. Die Partei konnte vielleicht sogar eine Sammelstimme vom Kongressgürtel im Norden des Wahlkreises erhalten. Ab jetzt verbrachten Giridhar und Nayan Raj den ganzen Tag damit, um diese Sammelstimme zu buhlen, und abends kehrten sie erschöpft nach Khaireni Tar zurück, dabei aber noch immer ins Gespräch darüber vertieft, was heute passiert war, was morgen vielleicht passieren würde.

Om beschränkte sich auf die kleinen Aufgaben, um die sich sonst offenbar niemand kümmern konnte, weil alle zu beschäftigt waren. Er entdeckte zum Beispiel, dass viele der neuen Mitarbeiter gar nicht ins Wahlregister eingetragen waren. Das Fristende für die Eintragung rückte schnell näher. »Sammelt die Namen anderer Parteimitarbeiter, die noch nicht registriert sind«, wies Om Juddha Ale an. »Eine Woche vor dem

Fristende nehme ich sie ins Distriktzentrum mit und lasse sie eintragen.«

Manchmal staunte er darüber, was es alles gab, das seine Aufmerksamkeit erforderte. Zum Beispiel hatte die Partei immer noch keine Plakate oder Flugblätter. Also begann er, in seiner Freizeit ein paar Plakate zu entwerfen und ein oder zwei Zeilen Text zusammenzukritzeln, die als Unterzeile unter dem Kandidatenfoto und dem Parteisymbol hübsch aussehen würden. Manchmal ließ er bei den Wahlsprüchen die Fantasie mit sich durchgehen: DIE PARTEI DES VOLKES – VOLKSPARTEI. DIE PARTEI FÜRS VOLK – VOLKSPARTEI. Aber die bescheidensten Sprüche erschienen ihm die besten: SPENDET EURE STIMME DER VOLKSPARTEI.

»Schau«, zeigte er die Entwürfe seinem Mita-Sohn, den er täglich ins Büro mitnahm. »Die werden als Plakate gedruckt, um im ganzen Wahlkreis aufgehängt zu werden.«

Harsha Bahadur glubschte alles, was man ihm vor die Nase hielt, gleichermaßen teilnahmslos an. Der Junge zeigte keine Spur von Interesse oder auch nur Verstehen. Armes kränkliches Ding. Asha hatte den Vorschlag gemacht, dass es dem Jungen dabei helfen könnte, sein Leiden hinter sich zu lassen, wenn er seinen Mita-Vater zur Parteigeschäftsstelle begleitete. »Der Junge muss rauskommen«, hatte sie gesagt. »Stell ihn den anderen Jungs in der Geschäftsstelle vor, gib ihm kleine Aufgaben, die er bewältigen kann. Ich kann ihn nicht immer zu Hause haben, trübselig wie ne sitzen gelassene Frau.«

Harsha Bahadur lief den ganzen Nachmittag lang hinter Om her, aber er schien zu kaum mehr imstande zu sein, als auf Fragen mit einem Nicken oder einem Kopfschütteln zu antworten. Vor allen Dingen schien er schlafen zu wollen, und das tat er täglich bis in den späten Vormittag hinein; und essen, wobei er Mengen verzehrte, die nicht zu einem Jungen seiner Körpergröße passen wollten.

Er werde sich langsam von dieser gegenwärtig noch andauernden Entkräftung erholen, vermutete Om. Der Mensch konnte nicht funktionieren, wenn er nicht sowohl körperlich als auch seelisch gesund war. Man musste sich nur Giridhar ansehen. Jetzt, da er seine Gesundheit wiedererlangt hatte, bekam Om ihn kaum noch zu Gesicht. Bei den seltenen Gelegenheiten, an denen sich ihre Wege kreuzten, war Giridhar – anderweitig beschäftigt. Manchmal schien er regelrecht sauer auf Om zu sein.

»Ich bin beschäftigt, das ist alles«, sagte Giridhar, als Om einmal erwähnte, dass er müde aussehe. »Ich bin den ganzen Tag im Gelände gewesen und hab Leute getroffen. Ist das kein Grund, müde auszusehen?«

»Ho, natürlich, Freund.«

Om wünschte sich, Giridhar würde seine Überempfindlichkeit ablegen. Denn in der Schule gab es Ärger mit den Computern – darüber hätte er sich gern mit Giridhar ausgetauscht. Ehrlich gesagt brauchte er dringend guten Rat. Noch am selben Tag, an dem die Computer in einem gemieteten Kleinlaster aus Kathmandu angeliefert worden waren, war einer von ihnen mit einem gasartigen Pffft ausgegangen und hatte dabei das Stromnetz der ganzen Schule kurzgeschlossen. Der Techniker, der dafür bezahlt wurde, die Computer einzurichten, stellte sofort klar, dass ein Umtausch ausgeschlossen sei. »Es ist nicht unser Fehler, dass Eure Verkabelung fehlerhaft ist«, hatte er gesagt, noch bevor Om die Frage überhaupt ansprechen konnte. »Für die Reparatur müsst Ihr bezahlen.«

»Aber wir haben die Maschine nicht mal angefasst«, hatte Om in vernünftigem Ton gesagt. »Ihr selbst habt sie angeschlossen. Ihr habt den Schalter angestellt, woraufhin Rauch aus den Lüftungsschlitzen gekommen ist.«

Der Techniker hatte die Schroffheit derjenigen, die sich mit technischem Gerät auskannten, von dem andere Menschen sich noch nicht einmal eine vage Vorstellung zu machen vermochten. Er sagte: »Ihr habt mir versichert, dass das Elektronetz sie aushält. Wie dem auch sei«, – er hielt Om die Quittung hin – »hier heißt es, über Eurer Unterschrift, dass Ihr für alle auftretenden Schäden haftbar seid.«

»Ja, aber.« Hier hielt Om inne. Aber was?

Jetzt musste er nicht nur die Reparatur bezahlen, sondern zusätzlich Geld dafür ausgeben, dass der Techniker in Khaireni Tar blieb, während die Leitungen in der Schule instandgesetzt wurden. Es stellte sich heraus, dass das gesamte Netz erneuert werden musste, um Computer versorgen zu können. Om musste Geld dafür ausgeben, dass Elektriker aus der Stadt Pokhara kamen. Diese Kostenexplosion machte ihm Sorgen.

Aber wer konnte ihm in finanziellen Dingen klugen Rat geben? Nicht Asha: Die würde ihn nur wegen seines schwachen Geschäftssinnes schelten. Auch an seine anderen Verwandten oder Freunde konnte sich Om nicht wenden. Er war mit allen Entscheidungen allein, und sie lasteten schwer auf ihm.

Es gab Zeiten im Leben eines Menschen, da konnte man hinsehen, wo man wollte, überall lauerten Schwierigkeiten.

Eines Nachmittags platzte Jimmawal-Baje in den Büroraum, als Om gerade dort saß, Harsha Bahadur neben sich, und über diese Dinge nachdachte. Ansonsten war die Geschäftsstelle leer. Es waren alle ausgeflogen, um an einer Kundgebung teilzunehmen. »Ihr passt auf die Geschäftsstelle auf wie ein Wachmann?«, fragte Jimmawal-Baje. »Sehr treuherzig von Euch, Om-Bhai. Aber ehrlich, der Anblick tut in den Augen weh. Ein Mann von Eurem Format – als Wachmann beschäftigt. Das passt nicht zusammen.«

Inzwischen hatte sich Om an die Umgangsformen des Alten gewöhnt. »Ich bin ein Armeemensch«, sagte er. »Ich tue, was man mir befiehlt.«

Jimmawal-Baje schniefte. »Ein British-Gurkha-Wachmann – die Partei kann sich wahrhaft glücklich schätzen.«

Om schaute ihn scharf an. Das Gesicht des Alten war stark

gerötet. Der lange Safran-Tika auf seiner Stirn war krumm geraten und gab ihm einen leicht dümmlichen Gesichtsausdruck. Om sagte: »Ihr seht nicht gut aus, Jimmawal-Baje. Vertraut die Geschäftsstelle mir an. Geht Euch ausruhen.«

»Es stimmt, die Sterne stehen ungünstig für mich«, sagte der Alte. »Ich halte zu Hause Gebet, darum bin ich nicht auf der Kundgebung … ansonsten –. Die Worte unseres Kandidaten … so inspirierend.« Er richtete die Augen auf Harsha Bahadur, der neben Om saß. »Eh, Junge. Sitzt hier faul herum, statt Plakate Flugblätter anzukleben!«

Harsha Bahadur zog erschrocken den Kopf ein.

»Er ist kein Parteimitarbeiter«, sagte Om. »Er ist mein Sohn, mein Mita-Sohn.«

»Mita-Sohn?« Jimmawal-Baje runzelte die Stirn. Er kreiste um Harsha Bahadur, wie ein Adler die Beute umkreist. »Euer Mita-Sohn scheint nicht besonders tüchtig zu sein«, sagte er. »Er sieht stumpf aus, seinen Augen fehlt das Licht. Vielleicht hat er Würmer im Bauch? Dem Jungen fehlt die Kraft.« Er blieb stehen und hob einen Finger. »Ihr wisst, dass ich schon mit allen darüber gesprochen habe, meinen siebten Sohn einzustellen. Er hat einen Oberschulabschluss … und er ist aufgeweckt, sehr aufgeweckt. Alle sind der gleichen Ansicht – mein Sohn ist so gut wie eingestellt.«

Om seufzte. »Ich hab Euch schon gesagt, Jimmawal-Baje: Wozu brauchen wir einen Lakaien? Es besteht überhaupt keine Notwendigkeit. Jetzt geht nach Hause und ruht Euch aus. Der Mensch muss auf seine Gesundheit achten.«

Jimmawal-Baje starrte Harsha Bahadur noch einen Augenblick lang an. Dann drehte sich der Alte mit der ihm eigenen Flatterhaftigkeit um und fing lauthals darüber zu klagen an, wie nutzlos ihre Parteimitarbeiter waren: »Gott Krishna! Ich habe sie dabei ertappt, wie sie Plakate an Felsen anklebten! Die am Bar-Pipal-Baum sind schon zerrissen … aber erneuert sie irgendjemand? Und ist es wirklich nötig, zehn Stück davon nebeneinander zu kleben? Die Mitarbeiter verschwenden sie – natürlich«, wechselte er in einen listigen Ton, »bestimmt rationiert Ihr sie. Om-Bhai, Ihr müsst sorgfältig den Überblick darüber behalten, wie viele Plakate wir noch übrighaben. Die Mitarbeiter – die werden sie verschwenden wollen … aber Ihr, unser Führer und Wachmann – Ihr müsst das Parteieigentum schützen.«

Om hatte keine Ahnung, von welchen Plakaten Jimmawal-Baje da sprach, und allmählich ärgerte es ihn, dass er ihn einen Wachmann nannte.

»Ich werde tun, wie Ihr befehlt«, antwortete er scherzhaft, doch Jimmawal-Baje, der schließlich ging, hatte ihm die Laune verdorben. Plakate? Hatte die Partei schon Plakate drucken lassen?

Sein Mita-Sohn neben ihm starrte in die Luft. »Eh, Junge«, rüttelte Om Harsha Bahadurs Knie. »Ist alles in Ordnung, geht es dir gut?« Als er Harsha Bahadurs panischen Gesichtsausdruck bemerkte, sprach er mit sanfterer Stimme. »Reiß dich zusammen«, ermahnte er den Junge milde. »Du bist von zu Hause weggegangen, um Unabhängigkeit zu finden, du musst dich jetzt klug verhalten.« Er legte dem Jungen das Mitarbeiterbuch vor. »Hier: So hakst du die Anwesenheit jedes Mitarbeiters ab.«

Harsha Bahadur duckte sich, als er Oms dicke, schwarze Haken sah.

Om hielt ihm den Stift hin. »Mach du. Na los, mach einen Haken neben dem Namen von diesem Kerl hier. Das ist Juddha Ale, er ist auf der Kundgebung, wir haben ihn heute Morgen gesehen, als er ankam. Mach einen Haken hinter seinen Namen. Das zeigt, dass er heute in die Geschäftsstelle gekommen ist.«

Harsha Bahadur hielt den Stift im steifen Griff eines Analphabeten.

Armer Junge. Om sagte: »Ho ja, ein kluger junger Bursche

wie du, du kannst es mit der ganzen Welt aufnehmen, wenn dus probierst.«

Den restlichen Nachmittag lang ärgerte sich Om. Es ging ihm auf, dass er für die Partei nur die langweiligste, uninteressanteste Arbeit machte. Nayan Raj, Giridhar und Chiranjibi Joshi – sie arbeiteten hart, aber sie waren immer zusammen, oder nicht? und hatten sich gegenseitig zur Gesellschaft. Om musste in der Geschäftsstelle bleiben, während anderswo die Kundgebungen stattfanden. Immer wurde er zurückgelassen. Er dachte an das zurück, was Jimmawal-Baje gesagt hatte. Hatte die Partei wirklich Plakate drucken lassen? Wie konnte es sein, dass er darüber nicht Bescheid wusste?

Als die Mitarbeiter von der Kundgebungen zurückkehrten, sah Om, dass sie in der Tat zusammengerollte Plakate in den Händen hielten. Mit Harsha Bahadur dicht im Gefolge ging er in die Eingangshalle, wo er Rishi Lamsal antraf. »War die Kundgebung ein großer Erfolg?«, fragte er. »War die Menge groß? Haben wir die Sammelstimme vom Nordgürtel gewonnen?«

»Es ist gut gelaufen«, sagte Rishi.

»Hervorragend.« Om beäugte die Plakatrolle in Rishis Händen. »Und unser Giridhar-Dai – wo ist der?«

»Im Teeladen, mit den anderen.«

»Und dieses Plakat«, sagte Om. »Ich glaube nicht, dass wir davon welche im Büro haben. Vielleicht darf ich dieses Exemplar mitnehmen, Rishi-Bhai?«

Weiterhin mit Harsha Bahadur im Gefolge, ging er mit dem Plakat zurück in den Büroraum und rollte es dort an der Wand auseinander.

»Hängen wirs auf«, sagte Om. »Sohn, schmücken wir diesen Raum mit dem Plakat unseres Kandidaten. Mach du das, vielmehr. Ja, los, hängs auf.«

Er sah mit Befriedigung zu, wie sein Mita-Sohn das Plakat mit Klebestreifen an der Wand befestigte.

»Unser Kandidat.« Om lächelte. Aber als er das grün gefärbte Porträt von Nayan Raj so betrachtete, fiel ihm auf, wie chhetribahunhaft der Kandidat aussah. Es war kein gutes Bild; die Belichtung hatte Nayan Rajs Gesicht ausgebleicht und ließ es sehr knochig wirken. Der Spruch, der darunterstand, war nicht sonderlich erfindungsreich. Om las ihn laut vor: »Wählt die Teetassenpartei.«

Danach wartete er darauf, dass Giridhar, der Kandidat und die anderen in die Geschäftsstelle kämen. Doch sie kamen nicht. Schließlich ließ Om die Geschäftsstelle in der Obhut von Rishi Lamsal, brachte seinen Mita-Sohn nach Hause und machte sich dann auf den Weg zum Teeladen der Witwe Binita.

Giridhar, Nayan Raj und Chiranjibi steckten an einem der Tische die Köpfe zusammen und waren ganz ins Gespräch vertieft. Om setzte sich zu ihnen, aber sie bemerkten ihn kaum.

»Und die Sache, von der Ihr gesprochen habt«, sagte Giridhar gerade zu Nayan Raj. Chiranjibi fügte hinzu: »Ja, ja«, und Giridhar fuhr fort: »Die Sache, von der Ihr gesprochen habt, darum kümmer ich mich morgen. Damit habt Ihr recht, Ihr habt recht, das sollten wir machen.«

»Es war Euer Vorschlag«, sagte Nayan Raj.

»Das nächste Mal«, sagte Chiranjibi, »sind wir perfekt vorbereitet.«

Om hörte geduldig zu und versuchte, den Einstieg ins Gespräch zu finden. Schließlich fragte er: »Also die Kundgebung heute: war die ein großer Erfolg?«

Seine Frage brachte den Gesprächsfluss zum Stocken. Giridhar schaute ihn an, gab ihm aber keine Antwort. Chiranjibi schwieg. Es war Nayan Raj, der antwortete: »Es gab viel Interesse bei den Menschen, wir haben ein warmes Willkommen erhalten.« Sein Tonfall war höflich, aber mit den Gedanken war er eindeutig woanders. Geduldig wie ein Lehrer, der eine Sache für ein langsames Kind noch einmal wiederholte, sagte er: »Die örtlichen Anführer haben uns ihre Unterstützung nicht versprochen, aber es sieht so aus, als würden sie das noch tun. Wir bekommen vielleicht eine Sammelstimme. Es kommt ganz darauf an.« Dann wandte er sich an die anderen. »Lasst uns in Khaireni Tar von Haus zu Haus gehen, bevor wir hier unsere Kundgebung abhalten, wie Ihr gesagt habt.«

Und das schnellströmende Wildwasser ihres Gespräches fing wieder zu brausen an.

»Die Gruppe, die uns hinterher angesprochen hat, die sollten wir noch mal treffen.«

»Ja, die sind wichtig, die haben viele Stimmen in der Hand, die müssen wir noch mal treffen.«

Om versuchte zu folgen, aber als sich das Gespräch weiter hinzog, packte ihn der Ärger. Warum schlossen die ihn aus dem Gespräch aus? Warum war Chiranjibi Joshi so sehr Teil des Gespräches – wo er die Partei doch erst seit Kurzem unterstützte? Und warum schaute Giridhar ihn überhaupt nicht an? Glaubte er, dass Om nichts zu den Kundgebungen der Partei beizutragen habe? Jimmawal-Baje hatte gar nicht unrecht gehabt, als er ihn einen Wachmann genannt hatte. Genauso wurde er behandelt.

Als das Gespräch langsamer wurde, wandte sich Om an Giridhar: »Stimmt es, dass die Partei Plakate gemacht hat?« Er sprach in scharfem Ton. »Aber wie kommt es, dass ich, der ich den ganzen Tag über in der Geschäftsstelle sitze, nichts davon gewusst habe? Warum wurde ich nicht informiert? Ist die Sache nicht Teil meiner Aufgaben als Geschäftsführer?«

Giridhar hatte sich weggedreht, als sei Oms Problem zu trivial, um es sich auch nur anzuhören. Aber was Om hier ansprach, war doch keine nebensächliche Kleinigkeit, oder? Vom Ärger getrieben sagte Om: »Das zeigt, dass zwischen uns völlig die Koordination fehlt.«

Wieder war es Nayan Raj, der antwortete. »Die Plakate sind gestern Abend angekommen – ich hatte sie aus Kathmandu bestellt. Sie lagern im Augenblick im Obergeschoss.« Er sprach mit allem gebührenden Bedauern in der Stimme, und sofort tat es Om leid, dass er so laut geworden war. Nayan Raj sagte: »Ihr habt recht, wir hätten sie heute Morgen ins Büro bringen und sie unter Eure Obhut stellen sollen. Es ist wichtig, ein System zu haben.«

Aber die besänftigende Wirkung dieser Worte wurde durch den Anblick Giridhars wieder zerstört, der ihm immer noch die kalte Schulter zeigte. Hatte Giridhar es nötig, sich so herablassend aufzuführen? »Und noch eine Sache«, sagte Om zu seinem Freund. »Ich kann nicht den ganzen Tag im Büro sitzen und auf die Räumlichkeiten aufpassen wie ein Wachmann. Die Aufsicht führen, ist eine Sache, Giridhar-Dai. Aber den ganzen Tag herumzusitzen, wenn es draußen bessere Arbeit zu tun gibt –. Ich habe diese ganze Zeit über nicht an einer einzigen Kundgebung teilgenommen. Wir müssen einen Parteilakaien einstellen, denke ich.«

Als Giridhar sich schließlich zu ihm umdrehte, sah Om zu seinem Erstaunen, dass ihm die Röte ins Gesicht stieg. »Wenn Ihr denkt, dass wir einen Lakaien brauchen, dann stellen wir doch Jimmawal-Bajes Sohn ein.«

»Nein, nein.« Dieser Vorschlag verwirrte Om. »Der Junge ist zu aalglatt, ich denke nicht, dass der uns gute Dienste leisten würde. Stellen wir jemand anderes ein. Einen von unseren Mitarbeitern. Oder – ich weiß. Der Vater von meinem Mita-Sohn hat ihn verstoßen. Er hat großen Bedarf nach einer Stelle.«

»Also stellt ihn ein«, sagte Giridhar.

Tat er die Sache so leichthin ab? »Weil in der Schule hab ich auch mit einigem zu tun«, begründete Om. »Ich hab nicht die Zeit, untätig herumzusitzen und die Geschäftsstelle zu bewachen. Nicht, dass ich der Partei nicht helfen will. Besonders bei Dingen, die Nachdenken und Planung erfordern. Aber man kann nicht von mir verlangen, dass ich den ganzen Tag auf die Geschäftsstelle aufpasse wie ein Wachmann. Ich gehöre zum inneren Kern der Partei, oder nicht?«

Einen langen Augenblick sagte niemand ein Wort.

Schließlich lehnte sich Nayan Raj vor. »Ihr tut recht daran, auf die institutionellen Schwächen unserer Partei hinzuweisen«, sagte er. »Natürlich wollen wir nicht mehr Geld ausgeben als nötig. Aber einen Parteilakaien können wir uns sicherlich leisten. Stellen wir diesen Jungen ein, von dem Ihr gesprochen habt. Euren Mita-Sohn.«

»Auf die Art kann ich bei den wichtigeren Dingen mithelfen«, sagte Om, der sich schämte. »Ich kann Euch dabei helfen, die Kundgebung zu planen, die Dorf-zu-Dorf-Kampagne zu planen.«

Nayan Raj sagte: »Ich zähle darauf, dass Ihr mich dabei beratet, wie ich die Stimmen der Gurung-Magar anziehen kann.«

»Ich werde mein Bestes versuchen«, sagte Om. Er schob seinen Unmut innerlich beiseite und fügte hinzu: »Mit einem so ruhmreichen Kandidaten wie Euch wird das nicht schwerfallen.«

»Die Partei braucht das Engagement von guten Menschen wie Euch.«

»Menschen wie wir brauchen die Führung von Menschen wie Euch.«

»Bleibt jetzt – esst mit uns zu Abend.«

Aber Om war es peinlich, sich vor aller Augen wie ein trotziges Kind aufgeführt zu haben. Er stand auf. »Meine Alte wird wütend werden, wenn ich ausbleibe und mit Freunden lache und mich vergnüge.« Zum Abschied gab er Giridhar einen versöhnlichen Klaps auf den Rücken. Da sah er, dass sein Freund bleich geworden war.

Sofort wurde er von Reue überfallen. Er hatte Giridhar verraten, indem er ihn in der Öffentlichkeit herausgefordert hatte. Giridhar hatte es zurzeit sehr schwer. Sollte er sich nicht auf Oms unerschütterliche Unterstützung verlassen können?

»Es ist, als würden wir im Krieg leben«, sagte Om an diesem Abend zu Asha, als sie aneinandergekuschelt im Bett lagen. Und damit übertrieb er nicht. So fühlte er sich manchmal. »Überall um uns herum werden die Menschen von Umständen niedergemacht, die vollkommen ungerecht sind. Armut, schlechte Gesundheit, ein Mangel an grundlegenden Einrichtungen und Diensten. Chancenmangel. Unglück. Aber schau dir uns an – unseren Wohlstand, und mehr als das, unsere Zufriedenheit. Manchmal kommt es mich an: Verdiene ich all das? Verdien ich dieses Haus, meine Familie, verdien ich eine Frau wie dich? All das ist Zufall. Alles Glück. Warum soll ich dann meine Reichtümer horten? Warum soll ich nicht anderen helfen, ihr schlimmes Schicksal zu überleben?«

»Ich hab nie gesagt, dass wir anderen nicht helfen sollen«, sagte Asha.

»Es ist unsere moralische Verpflichtung, die anderen zu lieben, siehst du? Obwohl es manchmal schwierig ist zu lieben. Aber je mehr man liebt, desto mehr kann man lieben. Weißt du, Liebe, mir scheint, dass das Herz sich ausdehnt, sodass mehr und mehr Liebe darin Platz hat. Je mehr man liebt, Liebe, desto mehr erzeugt man im eigenen Herzen die Fähigkeit, mehr und mehr, mehr und mehr, mehr und mehr Liebe zu geben.«

Asha seufzte.

Om drehte sich zu ihr um. »Liebe?«

»Seid still und schlaft, Lieber.«

## 28

An dem Tag, für den die Volkspartei ihre Kundgebung in Khaireni Tar angekündigt hatte, strebten viele Bewohner der Ortschaft zum aschgrauen Flachland hinunter, denn sie wollten unbedingt mit eigenen Ohren hören, wie der Nummer-eins-

Kinoheld um ihre Stimmen warb. Der Schauspieler hatte bei den Kundgebungen in den anderen Ortschaften an der Fernstraße großen Eindruck gemacht. Die Kunde von seiner Bescheidenheit, seinem Charme, seinem Geschick im Umgang mit einfachen Leuten und seiner umfangreichen Kenntnis der Demokratie hatte sich herumgesprochen. Konnte er wirklich so eindrucksvoll sein, wie alle sagten? »Nein, er tut bloß wie ein perfekter Kandidat, so wie er in seinem Film einen perfekten Revolutionär gespielt hat«, sagten manche Leute. »Ich hab gehört, er ist in natura überhaupt nicht eindrucksvoll.« Andere waren anderer Ansicht: »Aber er ist viel mehr als ein Schauspieler, hab ich gehört. Er redet sehr intelligent. Er soll Tausende von Büchern gelesen haben.« »Das bezweifle ich.« »Nein, echt.«

Die Menschen kamen scharenweise, um Nayan Raj zu hören. Wer sich ehrlich für ihn interessierte, drängte sich auf die erhöhte Tribüne hinauf, die nahe der Kirche errichtet worden war. Die Skeptischeren blieben in einiger Entfernung stehen, so als würden sie bloß vorbeigehen. Die Mitarbeiter von Kongresspartei und UML kamen nur, um zu sehen, wer sonst noch gekommen war. Das aschgraue Flachland füllte sich mit Leuten, und alle Augen richteten sich auf Nayan Raj.

Harsha Bahadur stand seitlich von der Menge der Schaulustigen, die Sonnenglut blendete ihn, und er bemühte sich unbeholfen darum, aufrecht stehen zu bleiben, während die Horden der Ortsbewohner gegen ihn anschoben und -drängelten, um besser auf das Podium sehen zu können, auf dem der Kinoheld stand – der Kandidat der Partei, die jetzt auch Harsha Bahadur Arbeit gab. Die vielen Aktivitäten der Partei verwirrten ihn ohnehin, aber das Spektakel, das sich ihm heute bot, war besonders beängstigend. Erschrocken starrte er die Männer an, die sich vor ihm herumschoben, hartgesichtige Männer, höhnisch grinsende Männer, lächelnde Männer, nickende Männer, klatschende Männer und Männer mit finsteren Mienen. Er zuckte zusammen, als er eine Frau sah, die blutroten Lippenstift trug und aussah, als hätte sie gerade rohes Fleisch gefressen. In der Nähe standen ein paar Jungen in seinem Alter, die in der Partei arbeiteten, aber bei denen er nie wusste, wie er mit ihnen rede sollte. Einige von ihnen mochte er nicht. Warum trugen sie schwarze Hemden und Hosen – sowas Unheilvolles. Warum diese dunklen Brillen, die ihre Augen verbargen? Der Junge, der neulich einen anderen Jungen zusammengeschlagen hatte, wandte sich zu ihm um und starrte ihn mit glasigem, schwarzbebrilltem Blick an. Harsha Bahadur erschauderte beim Anblick dieser menschengroßen Fliege.

Der Kinoheld sprach, und seine Stimme, die durch elektrische Vorrichtungen verstärkt wurde, dröhnte durch Himmel und Erde. Was sagte er? Und wieso drängten sich diese ganzen Leute darum, ihn zu hören? Da er selbst der Volksparteilakai war, meinte Harsha Bahadur, dass er verstehen sollte, was da gesagt wurde. Er versuchte, den trompetenden Worten aufmerksam zuzuhören, die gelegentlich in einem schrecklichen metallischen Kreischen untergingen. »Die demokratische Remoulotion ist noch nicht abgeschossen, denn das beschämende System mietet keinen Schutz vor Walde trug … Die Volkspartei für deine fähre Drehen.«

Aber er konnte der geheimen Sprache der Politik nicht folgen. Bei solchen Sachen war er langsam, das wusste er. Er fand es nett von seinem Mita-Vater, dass er ihn als Parteilakaien hatte einstellen lassen, aber er war für diese Aufgabe streng genommen nicht qualifiziert. Seine Arbeit verwirrte ihn. Was genau sollte er mit diesen Büchern und Kladden anfangen? Er ahmte die Bewegungen seines Mita-Vaters nach, aber er verstand nicht, was sie zu bedeuten hatten. Und jetzt, als er den lauten Worten des Kinohelden zuhörte, verstand er nicht das Geringste: »Sieg oder Niederlande. Das ist leichtgültig, solange das Erlebnis wahnhaft den Willen des Volkes niederspielt … Die demokratische Bewegung von 1990.«

Ein sanfter Windhauch wehte von den nördlichen Hügeln

herab und milderte die Sonnenglut. Die langen, dünnen Blätter einer Weide raschelten neben Harsha Bahadur. Der Wind roch nach gekappten Reishalmen. Er schaute nach Norden und sah, wie ein Lichtstrahl ein Staubkörnchen erfasste, das an ihm vorbeiwirbelte und dabei flackerte und flackerte. Sani. Er hatte sie jetzt seit vier Tagen nicht mehr in der Atmosphäre gespürt. Das hier war Sanis reiner Geist. Wo war sie?

Er drängte sich durch die Menge, um dem Windhauch nachzugehen, und schmeckte dessen Wildblumenduft im Mund. Die Sonnenhitze war Sanis Atem. Der kühle Windhauch war ihre Frische. Er stolperte durch die Menge, stieß gegen weiche und harte Körper, and obwohl einige Leute ärgerlich mit der Zunge schnalzten, blieb er nicht stehen, bis er einen freien Platz erreicht hatte, wo die Staubkörnchen im Licht um ihn herum wirbelten und glitzerten, sodass er sich ganz von Sanis Herrlichkeit umfangen fühlte.

»Lasset all das fahren und gehet ein in das Königreich Gottes«, krächzte eine Stimme ihm ins Ohr. Ein magerer Mann stürzte sich auf ihn, dessen Gesicht wie eine verrostete Pfanne aussah. »Erwachet, Bruder. Lasset all das fahren und tretet unserer Kirche bei!«

Harsha Bahadur trocknete die Kehle aus. Er schüttelte die Hände des seltsamen Mannes ab und wich in die Menge zurück, nur um mit einer sehr dicken Frau zusammenzustoßen. Sie drehte sich mit funkelnden Augen zu ihm um, das Haar zerrauft und die Kleider dreckig. »Halt. Ho. Du könntest durch eine kurve auf ein gelänge öffnen!«, donnerte sie.

Eine Hexe: er war einer verrückten Hexe begegnet. Harsha Bahadur taumelte vor Schreck.

Er schaute sich verzweifelt nach seinem Mita-Vater um, aber es waren zu viele Leute da, die ihm die Sicht versperrten. Ständig brüllten ihm die Lautsprecher etwas in die Ohren:

»Das ist Tee muss verwässert werden, sodass für alle in Freiheit Dach unseren Eihennen Breien Villen bellen können.«

Was war das für eine Geheimsprache?

»Großen Parteien denken, es Seiher Erblicht, uns korrigieren.«

Was?

Die Worte störten sein Gleichgewicht. Dann hörte er jemanden »Bruder« sagen und fühlte, wie ein starker Arm sich um ihn legte. Er torkelte in die Arme seines maoistischen Vetters zweiten Grades, und der sagte wie aus weiter Ferne: »Bruder, gehts dir gut?«

»Dai!« Harsha Bahadur klammerte sich an die heldenhafte Silhouette seines Vetters. »Ich dachte, Ihr seid in einen Tunnel unter die Erde gegangen, um dort zu leben!« Er wankte. »Eh. Ich weiß nicht wo … Mein Mita-Vater – ich hab ihn verloren. Wo, wo … Dieses Gedränge!«

»Setz dich.« Sein Vetter ließ ihn auf den Boden sinken. »Du solltest nicht draußen in der siedenden Sonne sein. Hier ist es nicht wie in den Hügeln, die Marktluft ist dick. Du solltest nicht in der Mittagssonne rausgehen.«

Harsha Bahadur sagte: »Normalerweise … Das ist nur heute, die Kundgebung … Ich hab aber nichts verstanden … was hat er gesagt? Dai, mein Bauch tut weh!« Und das stimmte; seine Eingeweide waren plötzlich steinhart geworden. »Ich bin krank, der Doktor-Sah'b sagt, ich bin sehr, sehr krank!«

»Mach dir keine Sorgen, ich bin dein Bruder und ich liebe dich.«

»Ich lieb Euch auch, Dai.«

Sein Vetter zweiten Grades tätschelte ihm den Kopf und sprach voller Herzenswärme: »Wie ich höre, bist du als Lakai bei der Volkspartei eingestellt worden. Sag mir, Bruder: Was genau tust du für diese imperialistische spekulantenkapitalistische die parlamentarische Demokratie liebende bürgerliche Reformistenpartei?«

# 29

»Verehrte RPP-Mitglieder, ehrenwerte Alte, liebe jüngere und ältere Brüder und liebe jüngere und ältere Schwestern. (Soll ich dann anfangen? Eh, in Ordnung. Ich fang jetzt an. In Ordnung.)

Herzliches Namaste.

In diesem unseren schönen Land, mit heiligen Himals und fruchtbaren Tälern und mit lieblichen Flüssen und dichtendichten Wäldern und mit Menschen aus vier sprichwörtlichen Kasten und sechsunddreißig ethnischen Gruppen, aber dennoch mit unzerstörbarer nationaler Einheit am Fuße der heiligen Himals, und vereint unter unserem König als ein Hindu-Königreich, des Weiteren niemals Kolonialmächten unterlegen gewesen aufgrund unserer weltberühmten Gorkhali-Tapferkeit, und immer noch kämpfend gegen äußere Mächte, gegen die wir Nepalis stets bereit sind, die Khukuri-Messer umzuschnallen, stehe ich vor Euch als eine Mutter-Ehefrau-Schwester-Tochter unserer Mutter Heimat, die ihr rotes Blot und ihren blauen Schweiß für uns geopfert hat und unter unserem König vereint bleibt als ein Hindu-Königreich, und die nie ausländischer Einflussnahme unterliegen wird, egal, wie groß der von unserem südlichen Nachbarn ausgeübte Druck wird, und ich bitte Euch, für das nützliche Wahlsymbol der RPP zu stimmen, für den Pflug. Lang lebe unsere Nation, unsere Nation, unsere Nation. Unsere Monarchie ist uns teuer. Wir dürfen niemals etwas tun, dass die Souveränität unseres Bodens in Gefahr bringt. Wir sind stolze Söhne und Töchter des Siddhartha Gautama Buddha und des Sagarmatha-Berges. Deshalb frage ich Euch, als eine Mutter-Ehefrau-Schwester-Tochter – wir müssen aber echt etwas für die Förderung der Frauen tun – wer dazu bereit ist, alles aufzugeben und in die Politik zu gehen, um der nationalen Einheit willen.

Wählt den Pflug!

(Reicht das, kann ich jetzt heimgehen? Mein Mann, die Kinder und die Schwiegereltern warten aufs Essen.)«

»Liebe, ehrenwerte Würdenträger und Mitglieder der Janamukti-Partei, Brüder und Schwestern aller ethnischen Gruppen und alle meine Landsleute:

Namaste.

Unser Land ist Heimat für über sechzig Kasten und ethnische Gruppen und siebzig Sprachen; und dennoch, ein Jahrzehnt nach der Demokratie herrschen nur einige wenige mächtige Kasten, wie in früheren Zeiten. In jeder politischen Partei, in jeder Organisation, in jeder Regierungsbehörde, in allen Bereichen der Gesellschaft liegt die Macht in den Händen der Chhetri-Bahun-Kasten, während die ethnischen Gruppen der Sherpas, Tamangs, Magars, Gurungs, Rais, Limbus weiterhin in den Hügeln unterdrückt werden, und andere ethnische Gruppen werden weiterhin im südlichen Tarai-Tiefland unterdrückt. Auf unsere ethnischen Kulturen wird von oben herabgeschaut, unsere Sprachen sind aus den Behörden verbannt, unsere Anzahl ist in den nationalen Volkszählungen unterrepräsentiert. Da unsere Verfassung Nepal als ein Hindu-Königreich definiert, werden Buddhisten und andere religiöse Minderheiten durch die Vorherrschaft der Hindus unterdrückt.

Aber jedes Mal, wenn wir diese Fragen ansprechen, beschuldigen uns die Chhetri-Bahuns, dass wir versuchen, die Nation zu zersetzen. Sie sagen, wir wollen zurück ins Zeitalter der vierundzwanzig Königreiche, wir wollen ethnische Konflikte befördern. In Wirklichkeit kämpfen wir nur für ein Ende der Diskriminierung, die sich gegen uns richtet – eh, und gegen Handwerkerkasten-Dalit-Gruppen: Ihnen widerfährt großes Unrecht. Wir alle haben unsere Identität verloren, jawohl. Wie stolz unsere Völker waren, bevor sie unter die Herrschaft der Chhetri-Bahun-Kasten kamen. Ursprünglich waren wir egalitäre, friedliche Völker. Wir hatten keine Hierarchien. Es gab keine Kasten. Unsere Frauen wurden nicht von den Männern unterdrückt. Wirklich! Natürlich bedarf das alles noch weiterer Forschungsarbeit. Historiker müssen das nachprüfen. Aber im Grunde genommen war es damals idealer als heute. Wir müssen unsere ruhmreiche Vergangenheit wiederherstellen. Aber wir dürfen nicht rückwärts gehen. Ihr wisst, was ich meine. Vor allen Dingen müssen wir unsere Rechte behaupten. Erst wenn unsere Völker den Respekt bekommen, der ihnen zusteht, wird Nepal wahrhaft demokratisch sein.

Wählt das Janamukti-Haus!«

# gezappel

## 30

Wenn ein Publikum aus Verwandten zugegen war, folgten Kainlo-Kakas Bewegungen einer Schauchoreografie der Väterlichkeit: Er sprach liebevoll von Nayan Rajs Eltern, verfolgte ihre Ahnenreihe zurück, prahlte mit Abstammungslinien und verkündete ewige Treuebünde. Er nahm sich all die Autorität, die ihm seine Stellung gab. Er nahm all die Macht, die ihm als Oberhaupt der Familie zustand. Binita stand in spannungsreicher Nähe zu ihm, zu diesem Mann, der es einmal darauf angelegt hatte – der es vielleicht immer noch darauf anlegte –, sie in ein Häufchen Elend zu verwandeln; zu diesem Mann, der sie, wenn er dazu Gelegenheit erhielte, bereitwillig für ihren Eigensinn bestrafen würde. Er wollte von ihr, dass sie seine Anweisungen befolgte. Sie ballte innerlich die Fäuste gegen ihn zusammen, obwohl sie äußerlich der Form genügte. Sie versteifte sich, wenn er ihr sein anderes Gesicht zeigte. Ohne das geringste Zögern konnte Kainlo-Kaka vor aller Augen sagen: »Meine einzige Sorge ist, dass in diesem Zeitalter des Zerstreutwerdens unsere Familie zusammenhält – wir dürfen unsere starken Bande zueinander nicht abreißen lassen.«

Es war, als nehme er Binita gar nicht wahr – bis sie beide sich allein in einem der abgeschiedenen Räume wiederfanden, die sich manchmal mitten im Gedränge auftaten. Dann wurde er unruhig. Er sah sie an, er sah weg. »Ein Mann in meinem Alter muss auf seinen Blutzucker achten«, gällte er und lehnte ihren Tee ab. »Die Salzigkeit deiner Imbisse wird meinen Druck in die Höhe schnellen lassen.« Wenn er keine Beschwerden fand, hinter denen er sich verstecken konnte, zog er sich in ein säuerliches Schweigen zurück. Er schaute sie an, er schaute zur Seite, er setzte sich hin, er stand auf, er ging auf und ab, er verließ den Laden.

Binita zog Kraft aus seiner Unsicherheit. An manchen Tagen konnte sie sogar über ihn lachen. Durch einen unbestimmten Glücksfall galt sie, die angebliche Hure, in der Gesellschaft als die geschätzte Binita-Bhauju seines berühmten Neffen; und Kainlo-Kaka musste zivilisiert mit ihr umgehen. »Binita-Bhauju«, sagte Nayan Raj jedes Mal, wenn er sie ansprach. »Binita-Bhauju«, sagten auch andere Parteimitglieder und folgten ihm in seiner Ehrerbietung. Bhauju. Ältere Schwägerin. Ehefrau von Nayan Rajs älterem Bruder. Allen Männern eine ältere Verwandte, eine Frau, der Respekt gebührte. Diese Verbindung von Ehemann zu Schwager, von Mann zu Mann, schützte sie.

Nach der Kundgebung in Khaireni Tar kam Kainlo-Kaka nicht mehr so oft in den Teeladen. Das anfängliche Entzücken über die Rückkehr seines Neffen hatte sich abgenutzt. Außerdem war es nun an der Zeit, der Volkspartei beim Wahlkampf zu helfen, und plötzlich gab es Haushaltspflichten zu erledigen, Geschäfte, um die man sich zu kümmern hatte, die Ernte, mit der man anfangen musste. »Unsere Feldarbeiter schreien dieses Jahr nach der Hälfte vom Getreide«, meckerte er. »In diesem Zeitalter von hundertundeins billigen Befreiungsbewegungen, wenn der Mensch da seine Arbeiter nicht im Zaum hält, werden sie noch seinen ganzen Jahresertrag verlangen.«

Da sie nun von der Bitterkeit und Anspannung befreit war, die Kainlo-Kakas häufige Besuche mit sich gebracht hatten, begann Binita sich für das aufgeregte Treiben in ihrem Teeladen zu interessieren. Jeden Morgen versammelten sich die

Parteimitarbeiter, um mit Nayan Raj zu sprechen, füllten auch noch die letzte Bank und plauderten endlos über die Aussichten der Partei. Die Stimmen summten und brummten, brachen in Gelächter aus und senkten sich zu leisem Raunen. An ihrem Platz am Herd konnte Binita kurze Gesprächsfetzen mithören.

»Und dann sagte ein Mann, in Ordnung, ich wähle diesmal Eure Teetassenpartei.«

»Wird er auch seine Anhänger mitbringen?«

»Er hat das Sagen über ein Dutzend Dörfer.«

Binita musste bloß abwarten, dann hörte sie alles.

»BB-Gun wäre sofort rausgeschmissen worden, wenn sich Giridhar nicht persönlich für ihn verbürgt hätte.«

Und wenn sich der Teeladen leerte, gab es immer noch Pramila, die das Haus mit ihrer Lebendigkeit füllte. »Hare Shiva-Parvati, Radha-Krishna, Laksmi, Sarasvati, Ganeshaya-namo«, psalmodierte sie theatralisch, wenn sie den Tag allmorgendlich mit einem Rundgang zu den Plakatgottheiten begann. »Beschützt uns vor Kongress-Kommunisten, bringt uns viel Geld, gebt uns zu essen und macht uns dick!« Pramila war ein ganz schöner Spaßvogel, und sie verulkte und veralberte noch die belanglosesten Begebenheiten. Das Tuch auf ihrem Kopf verlieh ihr ein schelmisches Aussehen, und ihre Phariya war oft in Unordnung, als seien Kleider ihr lästig. Sie hatte eine schonungslose Art, die gelegentlich an Unverschämtheit grenzte. Zu BB-Gun sagte sie: »Deine Mutter stirbt vor Erschöpfung, dir Essen hinzustellen, und du läufst mit Ringen in den Ohren rum.« Einmal, als Kainlo-Kaka einen ganzen Tag lang im Teeladen herumgelungert hatte, sagte sie: »Die Verwandten wachsen wie Pilze in Zeiten der Fülle.« Der Alte gab vor, nichts gehört zu haben, und daraufhin sprach sie ihn direkt an. »Stimmts, Kaka? Die Verwandten wachsen wie Pilze auf einem Misthaufen.«

Manchmal war Pramila zu fahrlässig in dem, was sie sagte;

aber ihre Zungenfertigkeit gestattete es Binita, sich ihrerseits in den vollkommensten Anstand zurückzuziehen. Während Pramila bei Phul Devi stichelte – »Oho, reiche Dame, jetzt ehrt Ihr uns mit dem Geschenk Eures Besuches, aber werdet Ihr uns am Wahltag Eure Stimme geben?« –, konnte Binita artig danebensitzen und eine höfliche Nachbarschaftsbeziehung aufrechterhalten. Doch Pramilas scharfe Zunge geißelte auch Binita. »Wie Ihr in dieser Welt überleben wollt, wo Ihr so schüchtern seid wie ne frisch gebackene Braut, das weiß ich nicht«, rief sie. »Wer sprechen kann, kann Mehl verkaufen, aber wer schweigt, kann nicht mal Reis verkaufen. Ihr müsst den Leuten sagen, was Ihr denkt. Ansonsten frisst die Welt Euch roh.«

»Die ganze Welt redet von Frauenentwicklung«, rief sie einmal ohne ersichtlichen Grund. »Es ist nicht mehr so wie früher – hört nur dem Radio Nepal zu!«

Ein andermal sagte sie zu Binita: »Bringt Ihr mir bei, weniger zu reden, ich bring Euch bei, mehr zu reden. Dann sind wir beide vollkommen.«

Binita war froh, sie im Haus zu haben. Sie wusste nicht viel über Pramila – und keiner ihrer Versuche, mehr über sie herauszufinden, brachte nennenswerte Ergebnisse. Pramila war verheiratet, aber sagte nie mehr über ihren Mann, als dass er in Indien arbeite. Sie war alt genug, um mehrere Kinder zur Welt gebracht zu haben, aber sie erwähnte sie nie. Sie lachte, dass ihr ein einfaches Leben zu langweilig geworden sei und sie deshalb angefangen habe, in Thakalni-Amas Gaststube zu arbeiten. Weitergehenden Nachfragen wich sie durch Schabernack aus.

Es spielte sich so ein, dass Binita das Kochen übernahm, während Pramila und Sani – die jetzt darauf bestand, von allen mit ihrem richtigen Namen, Madhu, angesprochen zu werden – die Gäste bedienten und nach dem Essen sauber machten. An den meisten Tagen waren zwanzig, fünfundzwanzig Mitarbeiter zum Essen da, und manchmal einer oder zwei Verwandte. Der Teeladen mutete allmählich wie ein großes, erweitertes Wohnzimmer an, und Binita stellte fest, dass das Stimmengewirr der schwatzenden Leute ihr angenehm war.

Allmählich kannte sie jeden Parteimitarbeiter einzeln. Mit der Ausnahme von Jimmawal-Baje, dessen schwächelnde Gesundheit ihn von der Parteiarbeit abhielt, kamen die höheren Parteimitglieder jeden Tag in den Teeladen. Giridhar Adhikaris Launenhaftigkeit machte sie neugierig, und sie mochte Om Gurungs überschwängliche Art. Der Bauunternehmer Chiranjibi Joshi war ganz unaufdringlich, und es war schwer zu glauben, dass er so reich war. Die jüngeren Mitarbeiter waren auf ihre eigene Art interessant, ihre Gesichter waren der Zukunft zugewandt, die ihnen die Partei vielleicht eröffnen würde. Es gab ein paar College-Schülerinnen, die ab und an hereinschauten und in begeisterten, altruistischen Tönen über Gleichberechtigung redeten. Binita mochte diese jungen Frauen, die durch keine Angst eingeschränkt wurden. Sie mochte und beneidete sie. Die männlichen Mitarbeiter bildeten eigene Cliquen und Zirkel. Juddha Ale saß mit einer Gruppe von Männern zusammen, die, wie er selbst, verhinderte Armeerekruten waren. Die Zeichenmaler bildeten eine andere Gruppe. BB-Gun Thapa und seine Schlägerbande saßen abseits und plusterten und putzten sich. Binita hielt Sani von solchen Jungen fern. Es gab noch weitere Mitarbeiter – Collegejungen, ein paar vereinzelte ältere Männer – die Binita dem Gesicht, nicht aber dem Namen nach kannte. Der Mitarbeiter aus Kathmandu, Rishi Lamsal, war so unnahbar, dass er schon fast eingebildet wirkte. Er setzte sich, wann immer es ging, alleine an einen Tisch, wie als wolle er sich nicht vereinnahmen lassen.

Von ihrem Platz hinter dem Tresen aus beobachtete Binita auch gerne ihren Schwager. Ihr anfängliches Misstrauen gegen ihn hatte sich gelegt. Nayan-Raj-Bhai war, alles in allem, ein angenehmer Mann. Er begegnete jeder Situation mit Gelassenheit: Er bezahlte pünktlich, was Binita zustand, aber er gerierte sich nie als Kunde und ließ auch nicht in seiner Artigkeit als jüngerer Schwager nach. Mit Pramila alberte und flachste er. Gegenüber Sani gab er sich ermutigend, und gegenüber Tripti war er der verspielte Onkel.

»Binita-Bhauju«, sagte er, und seine Stimme kratzte dabei genauso wie früher die ihres Mannes, wenn er Binita sagte.

Einmal trug Binita gerade die Morgenmahlzeit auf, da sagte Nayan-Bhai: »Ich bin mir nicht sicher, ob meine eigene Binita-Bhauju uns wählen wird.« Er klang zerknirscht und sprach zu den anderen, die mit ihm am Tisch saßen. »Bei all der Mühe, die wir ihr machen, könnte sie stattdessen das gegnerische Lager wählen.«

Om begriff sofort, worauf der Kandidat hinauswollte. »Das stimmt. Binita-Bhauju könnte den Kongress wählen, weil der ihr wenigstens keine Mühe gemacht hat.«

»Das wäre ihr gutes Recht«, sagte Chiranjibi. »Kongress, UML, RPP, Janamukti: sie kann wählen, wen sie mag.«

Dann fing Om zu lachen an, und ihr Schwager grinste.

Die Neckerei traf Binita unvorbereitet: Das Blut schoss ihr ins Gesicht. Sie wusste, dass sie eigentlich hätte beteuern sollen, dass sie natürlich ihren Schwager wählen werde, aber dazu war sie in diesem Moment zu schüchtern.

Giridhar rettete sie mit einer barschen Bemerkung: »Sie wählt die Teetasse.«

Sie drehte sich um und lächelte über das gutmütige Gelächter, das hinter ihr ausbrach. Dass sie so verschämt reagierte, brachte die anderen dann noch einmal zum Lachen. Als sie wieder bei ihrem Herd anlangte, lachte auch sie über sich. Und in ihrem Inneren verwandelte sich das Lachen in Wogen der Freude, die sie immer wieder überkamen, während sie ihr restliches Tagewerk tat. Noch Stunden später fühlte sie das Vergnügen, das diesen Wortwechsel begleitet hatte. Sie hörte erneut Oms gespielten Ernst, sie sah das Grinsen ihres Schwagers. Sie gestattete sich, dieses Vergnügen unter Männern auszukosten – denn wenn es auch gering war, so war es doch selten.

Sie wusste allerdings, dass sie ihre Freude nicht zeigen durfte: Das hatte sie während ihrer Jahre in der freien Wildbahn sehr wohl gelernt. Und trotzdem träumte Binita, die im Teeladen den ganzen Tag lang von Parteimitarbeitern umgeben war, die ganze Nacht lang von Körpern in intimen Umschlingungen, und Tag für Tag spürte sie beim Erwachen ein Verlangen, das sie in seiner Hartnäckigkeit überraschte. Im Lauf der Tage stellte sie fest, dass die morgendliche Stimme ihres Schwagers eine Erinnerung an die Haut ihres Mannes entfachen konnte, und dann spürte sie seine verlorene Berührung den ganzen Tag lang, während sie im Teeladen zugange war. Später, in der Nacht, streichelten sie seine Hände. Wenn sie Parteimitarbeiter beobachtete, die sich freche Bemerkungen zuwarfen, konnte ein Verlangen nach Gelächter, nach der Hemmungslosigkeit über sie kommen, die sie als junge Frau gekannt hatte.

Binita war im Distriktzentrum aufgewachsen, größtenteils unbeaufsichtigt, als einziges Mädchen in einem Haus voller Brüder. Zu spät hatte man ihr gesagt, wie sie sich zu verhalten, was sie zu erwarten habe, was sie wollen dürfe. Da war sie schon unbezähmbar geworden. Sie kämpfte bitterlich mit ihrer Mutter, um das College in Khaireni Tar besuchen zu dürfen, eine einstündige Busfahrt von zu Hause entfernt. Und dort hatte sie die Hände nach der Welt ausgestreckt –. Sie hatte sich weiter und weiter vom Elternhaus entfernt, bis zu jenem Punkt im verlassenen Lehrerzimmer des Collegecampus, wo sie eines Tages nur wenige Zentimeter von ihrem Geografieprofessor entfernt stand. Dort hatte der Mann, der ihr Ehemann werden sollte, sich mit seiner kratzigen Stimme mit ihr unterhalten, hatte Scherze gemacht, hatte mit ihr geflirtet und ihr durch seine Aufmerksamkeit geschmeichelt. Er war ein freidenkerischer, unkonventioneller Mann, der auch mit Ende dreißig noch nicht geheiratet hatte. Die Anziehung zwischen ihnen beiden hatte ihn überrascht. Sie hatten sich miteinander zu verbotenen Freuden verschworen.

Freuden, die Binita später – nach dem Tod ihres Mannes – in einer Welt einsperrten, die ihr noch weniger Luft zum Atmen ließ als die, aus der sie geflüchtet war.

Jetzt weitete sich diese Welt plötzlich, dank ihrem Schwager. Dieser Tage kam es vor, dass ein paar Worte, die sie im Teeladen mit jemandem wechselte, in Binita den Wunsch keimen ließen, sich auszutauschen. So viele Menschen – Männer. Sie hatte geglaubt, dass sie sich so mitten unter ihnen nur ängstigen würde, aber stattdessen musste sie feststellen, dass in ihr ein seltsames Verlangen wilde Blüten trieb.

Hatte das Vergnügen sich erst mit dem Risiko verbunden, mischte sich auch die Gefahr hinein. Binita hatte den ersten Schritt gemacht. Daraufhin hatte ihr Professor sich ihr entgegengebeugt, seine dunklen Hände hatten die Adern unter der Haut ihrer Arme nachgezeichnet, die Berührung hatte ihnen beiden die Hemmungen genommen. Eine Stunde allein in einem Raum, der sich mit der Vorfreude auf einen kommenden Genuss füllte. Binita war siebzehn. Am nächsten Abend stand sie ungebeten bei ihm vor der Haustür. Sie sagte Sir zu ihm, als er ihr die Bluse aufknöpfte. Er lachte und sagte, er sei ein hoffnungsloser Schüler des Lebens, kein Lehrer. Unter einem Strom von Flüsterworten zog er sie aus. Er legte sie auf sein Bett und setzte sich neben sie, um sie anzusehen.

»Sir.«

»Rajesh.«

»Rajesh.«

Er sprach sie vertraulich mit timi an, und sie erwiderte diese Kühnheit. Timi. Rajesh. Ein flüchtiger Rausch, vergänglich, vergangen. Es gab Oberflächen an ihrem Körper, die sich noch immer nach dem Andrang seines Körpers sehnten – nach intelligentem, geistvollem Fleisch, das nach ihr verlangte. Es gab Stellen an ihrem Körper, die danach lechzten, von einem Atemhauch gestreift, von einer Welle der Empfindungen überschwemmt zu werden. Wenn sie sich zwischen den Männern im Teeladen bewegte, kamen plötzlich unmögliche Triebe ans Licht und blieben dort, gegen ihren Willen; sie blieben. Äußerlich war sie beherrscht. Innerlich wurde ihr manchmal schwindelig vor Verlangen nach herben Vergnügungen unter Menschen, nach Wagnis und Gefahr, nach Vergnügungen, die halb Licht und halb Dunkel waren. Plaudernde Stimmen um sie her, ein Arm streifte sie am Rücken, sie spürte die Hände eines anderen durch ihr Haar. »Binita-Bhauju«, sagte ein Mann, und ihre Gedanken verhakten sich in einem Unterton seiner Stimme. »Binita-Bhauju«, sagte ein anderer Mann, und sie stellte sich vor, wie es wäre, wenn er ihr näher käme. Ein beiläufiger Blick, ein einfacher Wortwechsel, ein ganz gewöhnliches Wort, das von einem Tisch in der Nähe herüberdrang, löste Begierden aus, die kamen und gingen, kamen und gingen, ohne sich je in ihrem Verhalten zu zeigen.

»Binita-Bhauju«, sagte ein Mann, den sie nicht kannte. Seine Brauen waren schwer und gewölbt, seine dünnen, feuchten Lippen geschwungen wie bei einem steinernen Relief. »Binita-Bhauju.«

Mit vollkommener Beherrschung erwiderte Binita: »Ja, Bhai.« Bhai. Jüngerer Bruder.

Es kam auch vor, dass all der Lärm im Teeladen Binitas eigene Stille störte; aber dann fand sie Möglichkeiten, allen aus dem Weg zu gehen, alleine hinter dem Haus die letzten Kürbisse und Gurken zu pflücken oder sich um die Wasserbüffel im Stall zu kümmern.

Die Stimmen von Pramila und Madhu bildeten eine warme Hülle um die Kochstelle. Weil Pramila im Haus war, konnte Sani – Madhu – ihren Abendunterricht ohne Unterbrechung weiterverfolgen. An den meisten Tagen war sie beim Nachhausekommen randvoll mit Tratsch. »Die Frauen von Dhorphirdi haben eine Müttergruppe gegründet und fünftausend Rupien gesammelt! Sie haben an jedem Haus gesungen und getanzt, und mit dem Geld, das sie gesammelt haben, haben sie einen Tempel gebaut. Sir sagt, wir sollten das Gleiche hier auch machen.«

»Ich bin die Erste, die tanzt.« Pramila ließ die Hände kreisen. »Aber wer würde Geld dafür zahlen, mir zuzuschauen?«

»Es gibt eine Frau, Hom Kumari, die sagt, sie fängt eine Gruppe an.« Madhu lachte spöttisch. »Sir sagt, wenn die Frauen sich nicht organisieren, können sie das Party-Achat nicht beenden. Unsinn redet der – und diese Hom Kumari glaubt ihm. Ts!«

»Wie kluge Worte die hier spricht«, rief Pramila.

Da ihr Pramilas Ironie entging, strahlte Madhu.

Tripti saß neben ihnen am Tresen und lächelte über diese Dinge, die sie nicht ganz verstand.

Von der anderen Seite des Raumes drangen Männerstimmen herüber.

»Wirklich?«

»Meiner Ansicht nach nicht.«

»Aber ist die Politik, den Landlosen Land zu geben, letzten Endes nachhaltig?«

Ein dünner Mann, dessen zartes Gesicht gerade die Züge des Erwachsenen annahm. Ein anderer, dessen Gebärden grob und dessen Worte fein waren. Ein Mann mit sauberem Hemd und staubigen Schuhen. Ein Mann, der vor ihr den Blick senkte. Binita bemerkte Rishi, den Mitarbeiter aus Kathmandu. Wenn er die Wahl hatte, suchte er sich immer einen Einzelplatz und mied die Gesellschaft anderer. Sie fühlte sich von der Konzentration angezogen, mit der er auf seine Hände hinabstarrte, als studiere er seine Schicksalslinien. Seine trockene, papierartige Haut ließ auf mangelnde Pflege schließen, doch seine Kleidung war von städtischer Eleganz. An den meisten Tagen zog er ein Radio aus der Tasche und hörte die Nachrichten. Er wirkte nüchtern und selbstbeherrscht.

Männer. Konnte sie unbesorgt mit einem reden?

Binita ging zu Rishi. Sein Radio war auf eine englischsprachige Welle eingestellt. Durch das statische Rauschen hörte sie, wie ein Sprecher die Wörter »Nepal« und »Kathmandu« mit ausländischem Akzent aussprach. Als Rishi aufblickte, bemerkte Binita, dass seine Augen eine ungewöhnlich helle Farbe hatten. »Das Essen verspätet sich heute etwas«, sagte sie. Übers Essen zu reden, war ungefährlich.

Reden war niemals ungefährlich. Rishis Blick war von einer Direktheit, die nur durch den ernsten Gesichtsausdruck abgemildert wurde. Sein Blick strich über die Falten ihrer Phariya, schwenkte dann zu den Plakaten an der Wand und wieder zurück. Er sagte: »Der Reis, den es bei Binitaji gibt, erinnert mich an zu Hause.«

»Das ist Mansuri-Reis«, sagte Binita. »Den kauf ich von den Bauern aus den nördlichen Hügeln. Der Boden dort ist reichhaltiger; ihr Reis schmeckt besser als unserer.«

»Ja, er schmeckt wie der Reis bei mir zu Hause.«

Rishi war aller Wahrscheinlichkeit nach älter als Binita, aber da er so dünn war, wirkte er jünger. Es schien in Ordnung, sich weiter mit ihm zu unterhalten. Binita fragte: »Euer Haus ist in der Nähe?«

»Es ist in der Nähe.«

Sie wollte fragen wo; aber er machte eine ausweichende, abwehrende Bewegung, und es entstand ein natürliches Schweigen zwischen ihnen. »Das Essen braucht jetzt nicht mehr lange«, sagte sie und entfernte sich.

Als sie wieder an den Tresen kam, konnte sie immer noch Rishis Radio hören – Nachrichten aus Kathmandu, die von den Stimmen der Männer im Teeladen fast übertönt wurden.

In dieser Nacht, als sie mit Tripti im Bett lag, erinnerte

sich Binita an ihren Mann. Sie hatte mit ihrer Familie gebrochen, und er hatte seinen Ruf als Lehrer aufgegeben, für seine schwieligen Hände auf ihren nackten Brüsten, für geflüsterte Schwüre, für die Umschlingung ihrer Hüften. Sie hätte alles getan, um jetzt das Flussnetz der Adern in seinen Armen pulsieren zu spüren. Seine klaren Gesichtszüge. Wie sie sich auf Nayan-Raj-Bhais Gesicht spiegelten. Nayan-Bhai schlief jetzt gerade im Zimmer über ihr. Binita sah das rabenschwarze Haar ihres Schwagers vor sich, und wie er sie freundlich anlächelte, wenn er mit ihr sprach. Wenn er lachte, bewegte sich in seiner Kehle etwas gleitend auf und ab, und das gefiel ihr. Sie erinnerte sich, wie sich der Hals ihres Mannes angefühlt hatte, wenn sie ihn mit den Lippen berührte. Doch heute Nacht beschränkte sich ihr Begehren nicht allein auf die Erinnerung an ihren Mann. Sie sah Nayan-Raj-Bhai vor sich, seinen städtischen Glanz. Sie sah Giridhars schroffes, von Kratern gezeichnetes und dennoch anziehendes Gesicht und hörte Oms volltönende Stimme. Sie sah Rishis helle Augen und seine trockenen, aufgesprungenen Lippen. Männer. Sie stellte sich vor, dass eine warme Brust sich gegen die ihre drängte. Lippen, die über ihre Haut strichen. Äußerlich lag sie still. Sie konnte sich das Vergnügen eines Mannes nur in ihrer Vorstellung erlauben. Ihre Phantombegierden.

# pause: ich bin ein mensch

## 31

»Ich wär ja nicht zu Nayan Rajs Kundgebung hingegangen, aber alle meine Verwandten sind hingegangen, und ne ganze Gruppe von Freunden ging auch, und das Flachland liegt auf meinem Nachhauseweg, und was konnte das schon schaden, dem Mann mal zuzuhören? Die Menge war dicht, ich war überrascht. Das Mikrophon war nicht gut, aber er hat sich wien netter Mann angehört, der Nayan Raj – chweiß nich. Er war gut aussehend, bescheiden, intellektuell, alles, was man so von ihm sagt. Er hat hauptsächlich über Demokratie gesprochen – und als er erst mal mit dem Thema angefangen hatte … Ich hab eigentlich nich so genau zugehört, aber er klang ehrlich. Ein Kinoheld allerdings … Wie können wir darauf vertrauen, dass er nich bloß schauspielert? Wie er redet, hat mich beeindruckt: so viel sag ich. Sogar in der Verstärkung durch die Lautsprecher hatten seine Worte so ne Ruhe an sich. Mein Sohn wird eines Tages so reden, wenn er den College-Abschluss bekommt – die Worte mit so viel Gewicht ausgesprochen, dass man nicht merkt, dass er aufm Dorf geboren worden ist. Am Ende der Rede hat sich Nayan Raj bei uns bedankt, dass wir ihm zuhörn gekommen sind. Er war nett, abern bisschen zu gut, um ihm zu glauben, vielleicht weil er so viel größer war als alle andern. Seine Haare waren äußerst schwarz. Ein Schauspieler. Den wählen? Ich weiß nicht.«

»Mein Schwiegersohn ist ein Mitarbeiter der Volkspartei, und er hat gesagt: Ba, kommt und trefft Nayan Raj. Also bin ich eines Tages zum Teeladen von seiner verwitweten Schwägerin gegangen. Es stellt sich heraus, dass das Haus nur aus Lehm ist – der Zementteil mit dem Teeladen wurde später angebaut, so siehts aus. Und ich dachte – warum baut dieser Held seiner Schwägerin kein neues Haus? Und warum sollte sie Tee an fremde Männer ausschenken müssen, um ihren Lebensunterhalt zu verdienen? Was, ihr Schwager hat kein Geld? Ein Nummer-eins-Hit-Kinoheld hat kein Geld? Mein Schwiegersohn sagt, Nayan Raj wird ihm nach der Wahl eine Stelle besorgen. Aber dieser Held kann nicht mal den eigenen Leuten helfen – deshalb glaub ich nicht, dass er für meinen Schwiegersohn eine Stelle finden wird. Offengesagt, ich hätte meine Tochter nie dieser Gobar-Giddhe-Rübe mit Scheiße im Hirn geben sollen.«

»Ich hab Nayan Raj einmal getroffen, und er hat mir nicht gefallen. Er sah aus wien totaler Schwindler. Es ist dumm zu glauben, dass er, weiler innem Hitfilm nen Revolutionär gespielt hat, auchn guter Führer sein wird. Ich meine, was weißer schon übers Regieren? Nein, den wähl ich nich. Egal, was scherts mich? Ich bin nur fürn paar Tage auf Besuch hier. Ich hab die letzten sechs Jahre in Kathmandu gelebt – ich muss morgen zurückfahren. Und ich werd für sowas Sinnloses wie ne Wahl nich in den Distrikt zurückkommn.«

»Ich glaub nicht, dass es fair ist, ihn von vornherein auszuschließen, nur weil er ein Kinoheld ist. Hört mal, ich hab mir jeden von seinen Filmen angesehen, ich bin zu seiner Kundgebung gegangen, ich bin ihm jetzt mehrfach begegnet, und ich kann mich für die Tatsache verbürgen, dass er echt ist. Und ich bin kein Idiot; ich bin schließlich ein Angestellter der Regierung Seiner Majestät. Ehrlich, ich finde, so groß ist der Unterschied nicht zwischen der Figur, die Nayan Raj in *Ma Manchhe hun* darstellt, und dem, wie er in Wirklichkeit ist. Ich erzähl Euch die Geschichte des Films, und Ihr macht Euch selbst ein Urteil:

Nayan Raj spielt den Sohn eines armen Bauern, der neben dem Landhaus eines mächtigen Ministers wohnt. Am Anfang des Films sehen wir den Helden auf seinen Feldern arbeiten. Die Tochter des Ministers wird von der Heldin Kabita KC gespielt. Ihr Vater ist sehr, sehr reich und hat Verbindungen in die Unterwelt. Also, Nayan Raj ist ein gut aussehender junger Mann, der seinen alten Eltern gute Dienste leistet. Er spielt mit den Nachbarskindern und nimmt an Märkten und Versammlungen teil. Er ist ein beliebter Kerl. Zunächst ist er kein Revolutionär. Aber dann: Ärger. Eines Tages walzt der Minister Nayan Rajs Felder platt, um ein Schwimmbecken zu bauen – die Tochter des Ministers schwimmt gerne, hab ich vergessen zu sagen. Gleich von Anfang an sehen wir, wie sie ihren Vater bittet, ihr einen Pool zu bauen. Ihr Vater liebt sie sehr und will alles für sie tun. Nayan Raj spricht bei dem Minister vor und verlangt, dass sein Land zurückgegeben wird. Er wird jedoch vom Handlanger des Ministers sehr grob behandelt und darf beim Minister nicht vorsprechen. Aber während er im Landhaus ist, sieht Nayan Raj Kabita KC, und Kabita KC sieht ihn, und sie wechseln aufreizende Dialoge.

Danach schließt sich Nayan Raj einer Gruppe von Demokratieaktivisten an. Seine alten Eltern machen sich Sorgen um seine Sicherheit, aber in einer aufwühlenden Rede sagt er ihnen, dass er für die Demokratie kämpfen muss. Also, der Film wurde kurz nach der Bewegung von 1990 gemacht, und bei Nayan Rajs Rede haben alle im Kino geklatscht. Ich hab auch geklatscht. Währenddessen fängt Nayan Raj an, Kabita KC überall zu sehen: auf den Straßen, in den Feldern, im Dschungel. Kurz vor der Pause treffen sich die beiden Liebenden in einem Blumengarten und tanzen – aber der Minister, der auf dem Weg zum Abholzen einiger Dschungel ist, sieht sie.

Pause. Also, ich hab den Film in einer ärmlichen kleinen Ortschaft gesehen. Es war kein schönes Kino. Der Lüftungsventilator funktionierte nicht – und das Dach war aus Blech, darum wars schweißheiß. Gleich hinter mir war eine Mutter mit einem kleinen Sohn, und der Kleine muss in die Hosen gemacht haben, weil irgendwas roch scheußlich. Die Mutter hat mich auch irritiert. Die ganze erste Hälfte über hat sie »Wer is das? Wer is das?« gefragt, immer wenn irgendwer auf der Leinwand aufgetaucht ist. Wenn Nayan Raj von einer Szene auf die andere das Hemd gewechselt hatte, dann hat sie gefragt »Und wers das jetz?«. Darum hab ich mich in der Pause zu ihr umgedreht und ihr gesagt: »Bahini, im Kino könnt Ihr die anderen nicht stören, indem Ihr immer wers-das, wers-das fragt.« Von Kleidern und Schmuck her sah sie aus wie eine Dorffrau, und sie ist rot im Gesicht geworden. Daraufhin hab ich mich ganz schlecht gefühlt, und deshalb hab ich sie gefragt: »Seid Ihr der Geschichte hinterhergekommen, Bahini?« Sie gab zu, dass sie überhaupt nichts verstanden hatte. Also hab ich ihr und dem Mädchen, das bei ihr war, erzählt, was passiert war. Die Frau sagte: »Dieser Held, der ist wie Gott Krishna, der vernichtet diese bösen Rakshasas, ich weiß.« Wenn diese Wahl damals stattgefunden hätte, hätte sie den Helden gewählt, das kann ich Euch sagen. »Wenn Ihr in der zweiten Hälfte irgendwelche Fragen habt, fragt mich«, hab ich gesagt. »La, ich frag euch«, hat sie gesagt. Dann hat ihr Kleiner zu brüllen angefangen, und sie hat die Bluse hochgeschoben und ihm die pralle tropfnasse Brust hingehalten.

Jedenfalls, was in der zweiten Hälfte von *Ma Manchhe hun* passiert, ist Folgendes: Der Minister beschließt, dass er seine Tochter nur dadurch davon abhalten kann, mit dem Sohn eines armen Bauern herumzuturteln, indem er sie an seinen Handlanger verheiratet, der die Leute mit einem goldenen Messer umbringt und einen dicken, fettigen Schnurrbart hat. Die Tochter sagt Nein, niemals; aber das ist der Wille ihres

Vater –. Der Termin wird für einen Monat später festgelegt. Inzwischen findet ihr Vater heraus, dass Nayan Raj für die Demokratie wirbt. Mit der Hilfe seines Handlangers fängt er Nayan Raj, und in seinem unterirdischen Keller foltert er ihn hemmungslos. Nayan Raj leidet sehr, aber er gibt nie, niemals auf. Sogar als er mit dem goldenen Messer des Handlangers geschnitten wird, dreht er sich zum Minister und sagt: »Ich mag sterben, doch der Kampf für die Demokratie wird weiterleben.« Das Publikum hat wieder geklatscht. »Und was ist mit Eurer Tochter?« fragt Nayan Raj. »Ihre Liebe wird auch mit mir sterben!« Dann gibt Nayan Raj dem Handlanger einen Tritt und schnappt sich sein goldenes Messer. Es folgt ein Kampf. Nayan Raj gegen zehn, zwölf muskulöse Schläger. Er ist umzingelt. Aber er wehrt sie alle mit Karatetritten ab, und in einer dramatischen Szene bricht er durch das Fenster, wobei das Glas zersplittert, und flieht in die Freiheit.

Der Rest vom Film verliert den Fluss. Es gibt Kundgebungen, es gibt gestaffelte Hungerstreiks. Kabita KC schließt sich auch einem Protest an – obwohl ihr Vater sie in einem Zimmer eingesperrt hat. Manchmal sind Nayan Raj und sie auf den Straßen, manchmal grämt sie sich in ihrem Zimmer. Ein bisschen zusammenhanglos ist das. Dann fing die Frau hinter mir an zu fragen »Wer is das? Wer is das?«, und ich musste ihr ständig Erklärungen geben. Aber ganz am Ende, wenn die Demokratie erlangt wird, wird der Film wieder gut. Da tanzen Nayan Raj und Kabita KC dann zu diesem Lied – »Ich bin ein Mensch, ich bin ein Mensch. Du bist ein Mensch, du bist ein Mensch. Teilen wir unsere Menschlichkeit«. Dieses ganze Lied lang haben alle geklatscht.

Wenn ich so daran zurückdenke, es war kein soo guter Film. Stellenweise ist er doof, das stimmt. Aber was erwartet Ihr: Der wurde in Kathmandus Kollywood gemacht, und die Handlung wurde von einem Bollywoodfilm kopiert, der wiederum eine Nachahmung von einem Hollywoodfilm war. Aber trotz der Mängel – als sie die »Ich bin ein Mensch«-Nummer getanzt haben, da hab ich von der Seite ein Mikrophon reinragen sehen – hat der Film all denen Tribut gezollt, die dafür gekämpft haben, die Demokratie in dieses Land zu bringen. Hunderte selbstloser Märtyrer: die haben ihr Leben für uns gegeben. Wir schulden ihnen unsere Freiheit. Wir schulden ihnen unsere Nation. Wir schulden ihnen unsere Menschlichkeit. Und auch schlechte Geschichten können uns berühren, scheint mir. In Ordnung, in Wirklichkeit ist Nayan Raj vielleicht kein Revolutionär. Aber wenn er davon redet, die Demokratie zu retten, dann erinnert man sich an seinen Film, und man erinnert sich daran, was es gekostet hat, die Demokratie zu bekommen, und man bekommt Lust, sie jetzt zu verteidigen.«

»Vergesst Amerika. Wenn die Schauspieler erst mal in Indien damit anfangen, für Ämter zu kandidieren, dann kandidieren sie in unserer Gesehen-Gelernt-Provinz auch bald. Gebt den Leuten einen hohlen Mann, der wie ein Führer aussieht, und sie werden alle Hoffnung auf ihn setzen und ihm die Stimme geben. In diesen Tagen des Satellitenfernsehens liegt die Macht in den Bildern, sagt man. Meiner Ansicht nach sollte Nayan Raj nicht gewinnen, aber das wird er – und seis nur, weil er so aussieht, als würde er gewinnen.«

# die rätselhafte mathematik

## 32

Der Reis auf den Feldern war reif geworden, die Halme hatten eine goldbraune Farbe angenommen, und der Himmel leuchtete in tiefem Blau. Sittichschwärme zogen über den Himmel. Weihnachtssterne standen in Blüte. Sicheln schimmerten in den Händen der jungen Leute, und Liebeslieder schallten durch die Luft. Die Erntezeit war angebrochen. In den Feldern um Khaireni Tar standen Gruppen von Mädchen und Jungen gebückt nebeneinander und arbeiteten. Spreu flog durch die Luft.

*Ich, ich bin ein Junge aus dem Flachland,*
*ein Junge aus dem Flachland …*

Der, der diesen Refrain anstimmte, gehörte zu einer Gruppe, die ein Terrassenfeld aberntete, ein sehr männlicher Junge. Es handelte sich um keinen Geringeren als den Rawal-Jungen, der in Indien lebte und mit dem einzigen Zweck hierher zurückgekehrt war, eine Braut zu finden. Er wurde dem beachtlichen Ruf gerecht, der ihm vorauseilte: Die Muskeln seiner stahlharten Arme wogten und schwollen, wenn er die Reishalme mit der Sichel durchhieb. In einer einzigen, mühelosen Bewegung warf er die Halme auf einen nahe gelegenen Haufen und bückte sich erneut, um das nächste Büschel anzupacken.

*Ich, ich bin ein Junge aus dem Flachland,*
*ein Junge aus dem Flachland.*
*Eh, junges Mädchen, willst du mit mir durchbrennen?*
*Fahrn wir in einem Taxi davon!*

Die Erntezeit war eine Zeit des Laissez-faire, eine Zeit, in der sich die gesellschaftlichen Zwänge durch die betörende Aussicht auf bis oben hin gefüllte Getreidespeicher lockerten. Die Mädchen auf einer benachbarten Terrasse liebäugelten mit dem Rawal-Jungen. Ein Mann, der in Indien arbeitete! Die mutigeren unter den Mädchen erwiderten:

*Du, du bist ein Junge aus dem Flachland,*
*ein Junge aus dem Flachland …*

Andere Mädchen stimmten mit ein:

*Verdienst ja für dich selbst kaum genug, für mich erst*
*recht nicht.*
*Mit dir fahr ich nicht im Taxi davon.*

Der Rawal-Junge richtete sich auf, verschränkte seine stahlharten Arme und lächelte. »Lügt nicht, eh, Mädchen. Ihr wärt doch froh, gute, starke Männer wie uns zu kriegen.«

»Heeh!« Die Mädchen kreischten frech. »Zweige, die umknicken, sobald wir phuuu pusten – die geben damit an, wie stark sie sind!«

Es kam zu fröhlichem Geschrei von den anderen Burschen, kam zu Gelächter von den Mädchen, es kam zu Spötteleien und Neckereien und Tändeleien, und zwischen all diesen halb verschämten, halb unverschämten Stimmen im Balzgesang kam ein Säuseln von Sehnsucht auf.

Doch Sani – doch Madhu kam nicht.

»Du musst auf die Felder kommen«, bedrängte sie ihre

Freundin Gaumati in einer Ecke des Teeladens. »Die ganzen Jungs beschwern sich, dass die schönsten Mädchen zu Hause bleiben. Die sagen, wir machen unsre Arbeit fertig und bleiben nicht einen Tag länger als nötig. Du musst auf die Felder kommen.«

Madhu antwortete nicht. Sie wollte nicht auf die Felder gehen, sie wollte einfach nicht. Wie konnte sie der Welt das Gesicht zeigen? Sie hatte kürzlich herausgefunden, dass dieser Kadaver von einem Khadka-Jungen ihren Namen vor allen Nachbarn ausgeplappert hatte, auch Madhus Freunde redeten alle über ihre skandalöse Liebestragödie. Und alle gaben ihr die Schuld, weil sie ihn ermutigt habe. Sie habe den Khadka-Jungen bezaubert, sagten ihre Freunde. Sie sei ein äußerst hinterhältiges Mädchen. Sie treffe ihn auf einsamen Pfaden, sie rede in den Feldern mit ihm, sie mache ihm am Wasserhahn schöne Augen, sie lasse ihn sogar in den Teeladen ihrer Base kommen, wenn sonst niemand dort war. Sie habe ihn dazu verführt zu glauben, dass sie ihn heiraten werde, und ihm dann eines Tages gesagt, nein, dich heirate ich nicht, und ihm sein dummes Herz gebrochen.

Alle Mädchen sagten das.

»Du musst auf die Felder kommen«, sagte Gaumati.

»Denkst du, das weiß ich nicht?«, schnaubte Madhu.

»Alle sagen, der Rawal-Junge will dich sehn«, sagte Gaumati. »Ein paar Tage Zurückhaltung, in Ordnung: Das zeigt, dass du nicht billig bist. Aber wenn du nie auf die Felder kommst, wie soll er dich dann zur Braut wählen?«

Madhu sträubte sich. »Was schert mich der Rawal-Junge?«

Gaumati verfiel in einen offenherzigen, vertraulichen Ton. »Keiner hat ihm was vom Khadka-Jungen erzählt, das schwör ich. Und außerdem.« Sie schwieg kurz. »Jeder weiß, dass es eine einseitige Liebe war, keiner gibt dir für irgendwas die Schuld – obwohl sie am Ende immer dem Mädchen die Schuld geben. Du weißt, dass es nicht stimmt.« Sie ergriff Madhus Hand, um zu zeigen, dass sie zu ihr stand, von Mädchen zu Mädchen. »Jedes Mal, wenn es zu einer Liebestragödie kommt, sagen die Leute immer, dass das Mädchen den Jungen ermutigt hat, dass sie sich so ordinär wie eine Kuhhirtin benommen hat. Nicht, dass –« Sie wurde knallrot. Als sie weitersprach, klang ihre Stimme ungewöhnlich hoch. »Nicht, dass irgendwer auch nur von der Sache mit dir und dem Khadka-Jungen was weiß. Und auch wenn sie was wüssten, würden sie nicht dir die Schuld geben. Wer könnte schon glauben, dass du dich so billig benehmen würdest?« Sie fügte hinzu: »Und wenn sie – zufällig – dir die Schuld geben würden, würden sie trotzdem dem Rawal-Jungen nichts erzählen. Keiner würde so eine Partie vermasseln.« An dieser Stelle seufzte Gaumati. Als sie weitersprach, klang sie verzweifelt. »Und wenns der Rawal-Junge nach der Hochzeit rausfindet – tja, was Besseres kannst du nicht hoffen.«

Diese letzten Worte waren so niederschmetternd, dass Madhu sich erschrocken abwandte.

»Als Mädchen kann man nicht mehr schwach von Gemüt sein«, rief Gaumati. »Wenn die Welt falsche Anschuldigungen gegen einen erhebt, muss man sagen: Ich hab nichts Falsches getan. Wie werden wir sonst jemals Frauenentwicklung machen? Du kannst nicht nicht auf die Felder kommen – du musst kommen!«

»Ich geh schon, ich geh schon«, sagte Madhu endlich, aber nur damit Gaumati zu meckern aufhörte. »Aber nicht heute. Heute hab ich – zu Hause Arbeit zu tun. Ich geh morgen auf die Felder.«

Am nächsten Tag sagte sie genau das Gleiche.

Tage vergingen.

Gaumati besuchte Madhu nicht mehr.

Madhu tat gar nichts mehr.

Etwas Merkwürdiges passierte.

Ein heftiges Unwohlsein bemächtigte sich ihrer. Sie wusste, dass sie allerhand zu tun hatte, aber sie tat es nicht. Zum Beispiel musste Wasser geholt werden. Aber sie ging nicht zum Wasserhahn.

Musste sie hingehen? Musste sie wirklich dahingehen?

Pramila-Didi ging für sie.

Auch musste Feuerholz gesammelt werden. Es war nur noch ein kleiner Vorrat da. Und dann musste sich um die Wasserbüffel gekümmert werden. Gras war zu sammeln. Und Essen zu kochen. Eine Mahlzeit endete, die nächste musste gekocht werden. Tee, Tee, Tee. So viel Kocherei. Es war aufreibend. Wäre Pramila-Didi nicht eingesprungen, hätten sich die Mahlzeiten verspätet. Und dann mussten Kleider gewaschen werden. Das Haus musste ausgefegt werden. Im Gemüsegärtchen im Hinterhof standen Hacken und Anpflanzen und Gießen an.

Musste sie das wirklich alles machen?

Es war ja nicht so, dass sie es nicht gekonnt hätte.

Sie wollte nicht. Sie sah nicht ein, was es brachte. Ihr ganzes Leben lang hatte man ihr Beschwernisse und Strafen aufgeladen. Ihr ganzes Leben lang war sie brav gewesen. Ihre Mutter war gestorben, als sie erst drei Jahre alt gewesen war. Madhu glaubte sich an eine Begebenheit zu erinnern – aber es konnte auch sein, dass das nie wirklich passiert war –, da stellte sie sich in einer Reihe an, um in ein dunkles Zimmer zu gelangen, zu ihrer Mutter. An ihren Vater hatte sie viele Erinnerungen. Er hatte sie zärtlich geliebt, bis er an einer Gehirnhautentzündung starb, als sie sieben war. Der Onkel, der sie anschließend aufgenommen hatte, war ein kaltherziger Mann, und ihre Tante hatte sie wie eine Hausangestellte behandelt. Madhu hatte es als eine Prüfung des Schicksals angesehen, Tante und Onkel folgsam zu dienen; sie musste ihren toten Eltern die Treue erweisen, indem sie gelassen auf sich nahm, was auch immer sich ihr an Beschwernissen in den Weg stellte. Selbst nachdem

Onkel und Tante sie weggeschickt hatten, zu Binita-Didi, ihrer nächsten Verwandten nach ihnen, hatte Madhu sich jede Mühe gegeben, vollkommen zu sein. Und hatte sie die Pflichten, die sie gegenüber der Base hatte, jemals vernachlässigt? Hatte sie jemals etwas Falsches getan? Im Gegenteil, sie hatte so viel erduldet, wofür sie zu gut war. Warum strafte Gott sie nun damit, dass er ihr den einzigen Schatz wegnahm, den sie besaß, ihren guten Ruf?

Als Binita-Didi sie schließlich fragte, warum sie nicht auf die Felder gehe, log Madhu: »Mein Fuß tut so weh, dass ich nicht arbeiten kann.« Und das stimmte. Die Wunde, die sie sich auf dem Grundstück der Hexe zugezogen hatte, war nicht verheilt. Sie hatte sich entzündet. Am rechten Fuß hatte Madhu eine Hautschicht, die mit einer bräunlichen Flüssigkeit gefüllt war, wie sie sie sonst noch nie gesehen hatte. Manchmal kam die Flüssigkeit aus dem Gewölbe, manchmal aus der Seite, und einmal auch aus dem Zwischenraum zwischen zwei Zehen. Das Gewölbe war mit lilafarbenen Schwellungen überzogen, und die Ferse fühlte sich irgendwie empfindlich an. Täglich untersuchte Madhu ihren jüngsten Abszess und wickelte den Fuß dann fest in alte, zerfledderte Lumpen ein.

Binita-Didi traf Vorkehrungen, dass andere ihr Getreide ernteten.

## 33

»Unser Land ist ein Land der vierzigtausend Dörfer«, sagte Nayan Raj nach der Kundgebung in Khaireni Tar zu den Parteimitarbeitern. »Wir dürfen uns nicht damit zufriedengeben, die Marktstimmen zu umwerben. Wir müssen in die Hügel ziehen und die einfachen Leute überzeugen, unsere Sache zu unterstützen. Lasst uns von Dorf zu Dorf wandern.«

Ein glückliches Staunen machte sich in Chiranjibi Joshis

Herzen breit, wenn er Nayan Raj so reden hörte. Wie viel sich für ihn verändert hatte, seit Nayan Raj hierhergekommen war. Er wusste, es wirkte merkwürdig, dass er beschlossen hatte, einem Mann zu folgen, dem viele als einem Schauspieler misstrauten. Sogar in Chiranjibis Augen erschien Nayan Raj unwirklich. Er glich vielmehr einem Geschenk, einem Gnadenbeweis. Er hatte in Chiranjibi an alte, schlafende Leidenschaften gerührt. Er hatte ihm eine Hoffnung aufgezeigt. Oder etwas Größeres. Chiranjibi wusste es nicht. Schon sonderbar, die Gefühle, die er in diesen Tagen erlebte. Sein Vertrauen zu Nayan Raj – das konnte er sich selbst nicht richtig erklären.

Noch konnte er es vor seinem Bruder rechtfertigen.

Am Tage der ersten Dorf-zu-Dorf-Kampagne saß Chiranjibi an dem Teakholztisch in seiner Sägemühle und fragte sich, wie er seinem Bruder – seinem Partner, seinem lebenslangen Verbündeten – sagen solle, dass er für Nayan Raj in den Hügeln Wahlkampf machen wolle und damit noch mehr als bisher seine Verantwortung für ihr Unternehmen vernachlässigen werde. Im Distriktzentrum warteten lukrative Geschäfte – die Chiranjibi eigentlich hätte tätigen sollen. Er hätte die Runde durch die Privatquartiere von Distriktamtsleitern machen, hätte für wenig oder viel Geld guten Willen schaffen sollen. Doch bei solcher Arbeit war Chiranjibi nicht mehr mit dem Herzen bei der Sache.

Konnte der Mensch sich keine Pause von der Arbeit gönnen? Konnte der Mensch sich nicht einfach ändern? Er mochte ja der Vater von sechs Töchtern sein. Ein Bauunternehmer. Aber besaß er nicht die Freiheit, sich zu ändern? Er hatte das zwingende Gefühl, dass er hier, gerade noch rechtzeitig, falls es nicht schon zu spät war, auf etwas Wichtiges gestoßen war. Aber so konnte er nicht mit seinem Bruder sprechen, in so unzulänglichen und stümperhaften Worten.

Kurz darauf kam sein Bruder mit einer Gruppe von Arbeitern in die Werkshalle. Die Arbeiter begannen, einen Stapel

Holzbalken auf die Seite zu ziehen. Chiranjibis Bruder stand dabei und beaufsichtigte sie. Chiranjibi schaute vom Schreibtisch aus unsicher zu. Er konnte Khaireni Tar nicht verlassen, ohne seinem Bruder Bescheid zu geben. Wenn er einen ganzen Monat fortblieb, würde sich das auf die Gewinne des Folgejahres auswirken.

Chiranjibi nahm die Brille ab und untersuchte das Klebeband, dass sie zusammenhielt. Dann sagte er: »Diese Vertragsarbeiten.«

»Die Bauarbeiten beginnen in einer Woche«, erwiderte sein Bruder.

Was? Eh, das Schulgebäude. »Eh«, sagte Chiranjibi.

An der Pause, die seiner Antwort vorausging, merkte sein Bruder, dass es ein Missverständnis gegeben hatte. »Die Schule, für die wir die Ausschreibung gewonnen haben«, sagte er.

»Die Schule.« Chiranjibi behielt die Brille in der Hand. »Ja.«

Ein Schweigen entstand zwischen ihnen. In diesem Schweigen lag Unsicherheit, auch Steifheit, ein gewisser Zweifel, eine Andeutung von Vorwürfen: ein Vorbehalt. Sein Bruder war von seiner Nachlässigkeit enttäuscht.

Aber das Leben war mehr als die Summe simpler Mathematik. Um ihn herum vermischte sich der Geruch frischer Mangobretter mit dem herben Duft von Kiefernholz. Es gab auch rätselhafte Wahrheiten, nach denen man handeln, Visionen, denen man folgen sollte, dachte Chiranjibi. Es gab ein paar Dinge, die er gerne tun wollte.

Zum ersten Mal, so weit er zurückdenken konnte, missbrauchte er ihre wortlose Art der Verständigung. »Ich bin nur eine Weile weg«, sagte er zu seinem Bruder und verließ die Sägemühle.

Von dort aus stahl er sich nach Hause, teilte seiner überraschten Frau mit, dass er einen Monat lang weg sein werde, warf eine Wechselgarnitur Kleider in den hasenohrigen Tornister seiner ältesten Tochter und schloss sich der Mannschaft der Volkspartei an, die zu der Dorf-zu-Dorf-Tour aufbrach.

Chiranjibi hatte sich nie in die Hügel hineingewagt. Er war seiner Geburt und Erziehung nach ein Bazarmensch und hatte nie Anlass gehabt, sich von denjenigen Gebieten des Distriktes zu entfernen, die gewissermaßen am Straßenrand lagen. Er hatte auch nie Lust dazu verspürt. Er war sich eigentlich nicht sicher, ob er es einen Monat lang ohne die Annehmlichkeiten des Marktlebens aushalten konnte.

Als die Gruppe Khaireni Tar verließ, ging Nayan Raj ganz vorne als Erster. Juddha Ale folgte dicht hinter ihm, und ebenso der Gaine-Sänger Thainlo Nepali und die kleine Gruppe weiblicher Parteimitarbeiter. Die Mitarbeiterinnen hatten lediglich vor, bis zum nächsten Dorf mitzuwandern und noch vor Einbruch der Nacht wieder nach Hause zurückzukehren. Chiranjibi zottelte als einer der letzten hinter der Gesellschaft her und war mit der neuartigen Erfahrung beschäftigt, die Ortschaft zu Fuß zu verlassen. Das Größenverhältnis zwischen seinem Körper und der Landschaft erschien verkehrt. Seine Schritte waren zu klein. Das Land war zu groß. Aus irgendeinem Grund erschien alles so karg. Das Flachland wirkte heute besonders trostlos; einen Monat nach dem Ende der Regenzeit durchzogen schon Trockenrisse den staubigen Boden.

Der Pfad führte vorbei an den Hütten am Südende der Ortschaft und durch eine Mulde zum weißen, kalkreichen Wasser des Seti-Flusses hinab. Ein Asket lebte in den Höhlen am Fluss, hatte Chiranjibi gehört. Er hatte früher einmal ein ziemlich hohes Amt in der Kongresspartei bekleidet, aber jetzt, so lachten die Leute, war seine ganze Beschäftigung, die Götter um Vergebung dafür anzuflehen, dass er früher korrupt gewesen war. Jenseits der Asketenhöhle lagen ein paar morsche Bretter quer über dem Fluss. Die anderen mussten Chiranjibi über das Wasser hinüberhelfen, das wild tobend unter den Brettern hindurchrauschte und nur darauf wartete, jeden fortzureißen, der hineinfiel.

Der größere Teil des Wahlkreises lag südlich des Flusses. Die entlegensten Dörfer waren drei Tagesmärsche entfernt; aber die Gesellschaft wollte in jedem Dorf Halt machen und würde Wochen brauchen, die geplante Strecke durch die südlichen Gebiete abzuschreiten.

Chiranjibi fiel bald hinter alle zurück, arg bedrängt von den Beschwerlichkeiten einer Wanderung unter der sengenden Herbstsonne. Er schwitzte so stark, dass sein Hemd triefend nass wurde. Die Knochen in seinen Füßen gruben sich ihm von innen in die Fersen, und er fragte sich, ob die Stulpenschuhe die Reise überstehen würden. Der Tornister, der seiner Tochter gehörte, enthielt wenig, aber er war lästig auf den Schultern. Chiranjibi versuchte, schneller zu gehen. Er wollte mit Nayan Raj Schritt halten, der mit seinen langen Beinen gemeinsam mit Juddha Ale die Vorhut bildete.

Einem Helden nachlaufen. Werbung für die Demokratie machen. Wer hätte ahnen können, dass er sein Leben in der Politik finden würde? Chiranjibi hatte es immer in den Messungen und der Mathematik des Bauens gesucht, in endlosen Berechnungen. Er hatte geglaubt, dass sich die Menschen nur für Geld bewegten. Aber wie es schien, gab es noch ein ganzes Wirkungsgefüge, dass er gerade erst zu entdecken begann. Die Mathematik der Nullnullnullsummen reichte nicht mehr aus. Keine Nullsummenmathematik mehr. Stattdessen eine Stimme: Es gab eine noch rätselhaftere Mathematik, eine, die sich auf einzelne Individuen gründete, die ihre eine, freie Stimme abgaben. War es lächerlich, so etwas zu glauben?

Nach stundenlangem Gehen erreichte das Team das Dorf, in dem sie diese Nacht über bleiben sollten, eine zerstreute Siedlung aus vierzig oder fünfzig Häusern – bis auf einige wenige alle aus Lehmziegeln, Schieferplatten und Stroh gebaut –, die in bedenklicher Lage auf einem nach Süden blickenden

Hang hockten. Man hatte von hier aus eine gute Aussicht auf die Himals. Ein ortsansässiger Parteimitarbeiter hatte eine kleine Schar von Anhängern aus der eigenen Familie versammelt. »Ich habe es eingerichtet, dass unser Kandidatji eine Rede hält«, sagte er und führte Nayan Raj durchs Dorf. »Die Dorfleute versammeln sich gerade.«

Er führte sie zu einer Lichtung in einem spärlichen, krank wirkenden Orangenhain. Chiranjibis Schritte wurden langsamer, als er die Zuhörer erblickte. Nur zwanzig Leute. Sie sahen ein wenig anders aus als die, die zu den Straßenkundgebungen gekommen waren – Kleidung und Schmuck wirkten traditioneller. Einige der Männer standen auf, um den Kinohelden zu begrüßen, aber die meisten im Pulk guckten bloß, müde von den langen Stunden bei der Ernte. Es stellte sich heraus, dass Nayan Raj hier entfernte Verwandte mütterlicherseits besaß; ein paar Männer ließen ihn schüchtern wissen, dass sie seine Blutsverwandten seien.

Der Kandidat fing mit ihnen sofort ein gut gelauntes Gespräch an. »Ihr seid die eigenen Stiefsöhne der Tante meiner Mutter? Dann kann ich mir sicher sein, hier Stimmen zu bekommen – da meine eigenen Leuten hier sind, um mich zu unterstützen.«

»Ihr seht genau aus wie die Tante Eurer Mutter, Nayan Raj.«

»Ich bin Euer Neffe. Nennt mich Nayan-Raj-Bhada.«

»Aber alle nennen Euch Nayan Raj, den Kinohelden.«

»Aber für Euch bin ich Nayan-Raj-Bhada.«

Juddha Ale ging mit dem Rest der Mitarbeiter los, um im Dorf Teetassenzeichen zu malen. Die Mitarbeiterinnen blieben noch für die Dauer der Rede hier. Thainlo Nepali ging abseits des Zuhörerpulks in die Hocke und strich mit dem Bogen über seine Sarangi-Fiedel. Dann sang er ein Lied, das einem Liebesduett nachempfunden war:

*Eh Liebe, ich treff dich*
*Am Wahllokal*
*Die Vögel flattern hu-ru-ru*
*Unsre Herzen fliegen su-ru-ru*
*Eh Liebe, die Teetasse*
*Wird diesmal gewinnen*
*Die Vögel flattern hu-ru-ru*
*Unsre Herzen fliegen su-ru-ru*

Die Mitarbeiterinnen klatschten dazu fest im Takt. Angelockt durch die Aussicht auf lustigen Zeitvertreib, kamen noch mehr Dorfleute in den Orangenhain. Bald hatten sich fünfundvierzig oder fünfzig Leute versammelt. Die meisten von ihnen waren Männer, aber es kamen auch ein paar Frauen und setzten sich in die Nähe der Parteimitarbeiterinnen. Der Sohn des Dorfanführers tauchte ebenfalls auf, und der hiesige Parteimitarbeiter nutzte die Gelegenheit sofort, um ihn und Nayan Raj einander vorzustellen. Der Kandidat mit seinem untrüglichen Gespür für Etikette lud ihn ein, sich neben ihn zu setzen. Der Sohn des Dorfanführers ließ sich mit dem Gesicht zu den Zuhörern nieder.

Als Thainlo Nepali zu singen aufhörte, eröffnete Nayan Raj seine Rede – die inzwischen vertraut war, aber immer noch erbaulich wirkte.

Von der Seite her musterte Chiranjibi den Zuhörerpulk. Vor dem Hintergrund der Hügel und Täler und der fernen Himals wirkten die Dorfleute klein. Wie leicht ihr Leben auf dem Land lastete. Ein paar der Frauen trugen Gold in den Ohren oder Nasen. Andere stellten ihr überschüssiges Einkommen durch Fettschichten am Körper zur Schau. Die meisten Dorfleute jedoch waren mager. Ihre Gesichter waren ledrig vom Aufenthalt im Freien, und ihre Arme und Beine sehnig von der Arbeit. Wie hart sie arbeiten mussten, um leben zu können. Natürlich hatte Chiranjibi immer gewusst, dass das Bauerndasein schwer war: aber während er heute durch die Hügel gewandert war, hatte er ein wenig von dieser Beschwernis gespürt; sein Körper hatte daran Maß genommen.

Am Anfang beobachtete der Pulk Nayan Raj mit zusammengekniffenen Augen. Als der Kandidat über demokratische Reform zu sprechen begann, entspannte sich die Haltung der Zuhörer allmählich. Chiranjibi sah, dass bei den höherfliegenden Punkten des Kandidaten zwar einige Dorfleute die Stirn runzelten, zu seinen Schlussfolgerungen aber viele beifällig nickten:

»Wir müssen die Demokratie zu unserer eigenen Sache machen. Manch einer sagt, den Armen nützt die Demokratie nichts, wir sollten den König wieder an die Macht bringen. Andere sagen, wir brauchen eine maoistische Republik. Aber keine dieser Alternativen erlaubt es dem Volk, in Freiheit zu regieren. Und ohne Freiheit, was sind wir da schon? Bloße Rindviecher, die ihre Tage damit zubringen, einem System zu dienen, das wir nicht steuern können. Demokratie ist der einzige Weg. Aber wir müssen sie reformieren, wir müssen für beides kämpfen, Freiheit und Gleichheit.«

»Das sind schöne Worte«, sagte der Sohn des Dorfanführers. »Wenn eine Reform überhaupt möglich wäre –«

»Aber sie ist ja möglich. Es liegt in den Händen der Wähler, eine Partei zu wählen, die verantwortungsvoll regieren wird. Es liegt in Euren Händen, die Politiker für Euch arbeiten zu lassen.«

Dazu nickten sogar die Frauen.

»Stimmt es nicht, Sir«, rief eine von ihnen, »dass wir den wählen können sollten, der für uns arbeitet?«

Nayan Raj sagte: »Es ist Euer Recht, frei zu wählen, und auch Eure Pflicht.«

Beim Sohn des Dorfanführers war die Verbitterung größer. »Wenn sie unsere Stimmen brauchen, sagen alle Parteien, dass sie für uns arbeiten wollen. Aber wenn sie an die Macht kommen, lassen sie uns jedes Mal im Stich.«

Ein anderer Mann sagte: »Und die, die am Wahltag die

Fälschungen machen, das sind die Parteien. Wir mögen die Demokratie. Aber was bleibt uns, als dazusitzen und zuzuschauen, wie die Parteimitarbeiter gefälschte Stimmzettel in unsere Wahlurnen stopfen.«

Das löste eine Salve von Fragen aus:

»Aber welche Partei sagt jemals, dass sie Stimmen fälschen will? Die machens einfach. Ohne Ausnahme machen die das.«

»Jede Partei fälscht die Wahlen.«

»Worin seid Ihr anders?«

Nayan Raj antwortete voller Überzeugung. »Viele der Übeln bei uns kommen durch den Einfluss der Politik in Indiens Bihar und Uttar-Pradesh. In einem großen Land gibt es weniger Verantwortlichkeit. Aber wir leben hier in kleinen Dörfern. Wir kennen uns gegenseitig, wir sind voneinander abhängig, um zu überleben, wir leben nach den Regeln einer Gemeinschaft. Es liegt an uns – an Euch – wachsam gegeneinander zu sein und sicherzustellen, dass wir Eure Rechte nicht verletzen.«

Als die Sitzung endete, begannen einige der älteren Dorfleute in der Gruppe, über die Familie des Kandidaten zu reden. Eine alte Frau, deren Haar so weiß war wie die fernen Himals, kam nahe an ihn heran, um sein Gesicht zu betasten: »Jwalarajs Sohn, schaut, wie alt der geworden ist.«

Ein alter Mann prahlte: »Ich war im Hochzeitszug von seiner Mutter.«

Sogar die, die den Namen des Kinohelden bis dahin noch nie gehört hatten, schienen von seiner Fähigkeit eingenommen, ohne den Dünkel zu sprechen, der berühmten Männer allzu häufig anhaftete. Auch der Sohn des Dorfanführers war von Nayan Raj beeindruckt. »Bleibt heute Nacht in meinem Haus«, sagte er. »Wir haben so viel von Euch gehört, Nayan Raj – ich hab Eure Filme gesehen – mein Vater hat auf eine Gelegenheit gehofft, mit Euch zu sprechen. Bleibt in unserem Haus.«

»Kandidatji sollte in seinem Haus bleiben«, empfahl der ortsansässige Parteimitarbeiter.

Als sie schließlich am Haus des Dorfanführers anlangten, war Chiranjibi erschöpft. Die Muskeln schmerzten ihm vom Wandern, und das Pochen in den Schläfen verhieß Kopfschmerzen. Sein Nacken war steif vom Gewicht des Tornisters, der seiner Tochter gehörte, und vor allem war er hungrig. Aber niemand außer ihm schien müde zu sein. Im Haus des Dorfanführers wartete eine Gruppe alter Männer darauf, mit Nayan Raj sprechen zu können. Man begann, sich einander vorzustellen. Und wenig später war Nayan Raj in einen Disput über die Würde des Menschen verwickelt.

Chiranjibi setzte sich wieder abseits von den anderen und bemühte sich, es nicht allzu augenfällig werden zu lassen, wie kaputt er war.

Die weiblichen Parteimitarbeiter brachen auf, als die Sonne die Hügel im Westen berührte. Juddha Ale und die anderen Mitarbeiter hatten hier im Dorf genügend Teetassenzeichen gemalt und kümmerten sich nun um Essen und Unterkunft für die Nacht. Es wurde abgemacht, dass Nayan Raj, Chiranjibi und Juddha Ale im Haus des Dorfanführers bleiben würden. Die anderen Mitarbeiter verteilten sich auf die Häuser anderer Parteimitglieder im Ort.

Es wurde Nacht, und die alten Männer diskutierten im Licht einer Kerosinlampe immer noch über Politik. Nayan Raj war bei den Feinheiten des Parteiprogramms angelangt. Juddha begann sich mit einem Mann in der gemeinsamen Magar-Sprache zu unterhalten. Das Haus war voller Schatten, und das Stimmengewirr der vielen einzelnen Gespräche lullte Chiranjibi ein. Gegen acht begann er einzunicken. »Das ist das erste Mal, dass ich in den Hügeln gewandert bin«, gestand er, als der Sohn des Dorfanführers ihn wachrüttelte. »Mein Haar schmerzt von der Sonnenhitze.«

Der Mann lachte. »Na, welche Medizin könnten wir da anbieten?« Er lachte erneut. »Macht es Euch gemütlich, ich besorg Euch eine Arznei, die hier alle Leiden heilt.«

Er holte einen Krug selbst gebrautes Reisbier.

»In diesen Gegenden«, sagte er, »ist das hier das, was alle Krankheiten heilt.«

Chiranjibi versuchte abzulehnen – aber wie konnte er die Gastfreundschaft des Mannes zurückweisen? Außerdem schienen alle anderen mit Freude zuzugreifen. Der Sohn des Dorfanführers bewirtete zuerst die Alten, dann Nayan Raj. Chiranjibi nippte vorsichtig von der milchigen Flüssigkeit und fand sie überraschend aromatisch, mit keiner Spur von dem sauren Geschmack, den er mit Selbstgebrautem in Verbindung brachte. Er leerte einen Becher und stellte fest, dass der Trunk seinen schmerzenden Knochen wohltat. Als später das Essen aufgetragen wurde, aß er herzhaft.

Chiranjibi hatte noch nie auf einer solchen Strohmatte gelegen wie der, die für ihn in dieser Nacht auf dem harten Lehmboden ausgebreitet wurde. Seine Knochen stachen gegen den Boden, als er sich hinlegte. Keine Stellung war bequem. Er zwang sich, die Augen zu schließen, und versuchte zu schlafen; aber er blieb weit über den Punkt hinaus wach, an dem ihn der Schlaf hätte übermannen sollen, und als die Wirkung des Selbstgebrauten nachließ, spürte er mit Unbehagen, dass seine Muskeln morgen verkatert sein würden. Juddha, der in der Nähe lag, schnarchte sanft. Auch Nayan Raj war längst eingeschlafen. Spät in der Nacht bekam Chiranjibi Bauchkrämpfe. Sein Rücken war verspannt. Die Beine begannen ihm wehzutun. Es dauerte Stunden, bis er in einen benebelten, unruhigen Schlaf glitt.

***

Früh am nächsten Morgen hockte Chiranjibi in bedenklicher Position über einer madenwimmelnden Grube, die dem Dorfanführer als Latrine diente. Er fühlte sich benommen vor Schlafmangel, und das Abendessen hatte seine Verdauung durcheinandergebracht. Jeder einzelne Muskel seines Körpers zitterte. Er fühlte sich wacklig auf den Beinen, und das machte ihm Sorgen. In den Brettern über der Grube klafften große Löcher. Er musste sich mit großer Genauigkeit bewegen.

Er nahm die nötige Kraft zusammen. Und es gelang ihm, die Tatsache vor allen zu verbergen, dass er, hätte keiner zugeschaut, gehumpelt wäre. Es war ihm peinlich, seine Schwäche einzugestehen. Er fühlte sich lächerlich deplatziert – ein reicher Bauunternehmer, der in der Dorfpolitik mitzuspielen versuchte. Er wollte die Aufmerksamkeit nicht auf die allzu wahre Tatsache lenken, dass er nicht hierher gehörte.

Nachdem der Sohn des Dorfanführers ihnen seine Unterstützung zugesichert hatte, machte sich die Gesellschaft auf den Weg zum nächsten Dorf. Wieder gingen Nayan Raj und Juddha voraus und eilten mit schnellen Schritten über den gewundenen Hügelpfad. Chiranjibi fiel zurück, stellte aber beim Weitergehen fest, dass seine Beine sich tüchtiger bewegten, als er erwartet hatte. Gut fühlte er sich trotzdem nicht. Seine Gedärme verarbeiteten immer noch rumpelnd das letzte Abendessen.

Während er vorbei an Terrassenfeldern, durch zerstückelte Wälder und hinauf auf sanft ansteigende Hügel wanderte, fiel es ihm erneut auf: wie langsam der Mensch in der Landschaft vorankam, wenn er zu Fuß ging. Schritt um Schritt um Schritt durch ein Land, das zu Hügeln und Tälern aufgefaltet war, zu Klippen und Ebenen und Klammen und jähen Schluchten. Horizont um Horizont gab den Blick auf kleine, verborgene Siedlungen frei, die voneinander abgeschnitten waren, manchmal durch die Entfernung eines Tagesmarsches. Die Gesellschaft erreichte einen Höhenrücken, der eine besonders gute Aussicht auf die Himals bot. Chiranjibi hatte sich noch nie viel aus Aussichten gemacht, aber die scharfen, weißen Schneiden der fernen Schneegipfel rangen ihm Bewunderung ab.

Dann und wann kamen sie an Dorfleuten vorbei, die die Ernte von ihren Feldern einbrachten, und Nayan Raj hielt an, um mit ihnen zu sprechen. Die Mitarbeiter händigten denen, die von sich behaupteten, lesen zu können, Flugblätter aus. Denen, die nicht lesen konnten, sagten sie: »Bittet Euren Schulmeister, Euch vorzulesen, was drinsteht.« Die Tour war so geplant worden, dass die Mannschaft in denjenigen Dörfern übernachtete, die von strategischer Bedeutung waren. Am Tage konnten sie in den Dörfern nur einige Anführer mit Schlüsselfunktion treffen – denn die meisten Dorfleute waren bei der Arbeit auf den Feldern. Nach Einbruch der Dunkelheit, oft beim Licht von Kerosin- und Petroleumlampen, dauerten die Reden und Dispute oft bis tief in die Nacht.

In den folgenden Tagen spielte sich ein guter, harter Rhythmus ein: frühe Morgenhimmel, schmerzende Füße auf holprigen Pfaden, Felder voller Reisstoppeln, Bar-Pipal-Bäume als Ruhedächer, die Fiedelakkorde des Gaine-Sängers, mit Farbe gepinselte Teetassenzeichen, Ansammlungen von Zuhörern, Reden, Gespräche, Mahlzeiten aus den letzten Resten der vorjährigen Reisernte, Strohmatten auf harten Lehmfußböden. Mit dem Fortschreiten der Tage lernte Chiranjibis Körper, mit den Beschwerlichkeiten des Wanderlebens zurechtzukommen. Die Beine taten ihm nicht mehr weh, und der hasenohrige Tornister seiner Tochter war seinem Rücken keine Last mehr. Nach ein paar anfänglichen Durchfallattacken bewältigte sein Bauch allmählich alles, was er aß, und von der Sonne bekam er keine Kopfschmerzen mehr. Er begann, sich stark zu fühlen. Wenn er nachts auf dem Boden lag, begegnete sein Körper der harten Oberfläche mit ebensolcher Härte. In den Nächten, in denen keine Flöhe oder Bettwanzen im Bettzeug waren, schlief er tief und erwachte ausgeruht. Am Ende der ersten Woche war er fit genug, mit Nayan Raj Schritt zu halten.

Bei den Verhandlungen in den Dörfern hielt er sich aber weiterhin im Hintergrund. Er konnte sich des tiefsitzenden

Gefühls nicht erwehren, dass er eigentlich nur so tat, als sei er Mitarbeiter einer politischen Partei. Was hatte er diesen Dorfleuten zu sagen? Er, der sein Geld mit Projekten verdient hatte, die den Armen hätten zugutekommen sollen. Gelegentlich kam er sich selbst unverzeihlich unaufrichtig vor, wenn er so als Prinzipienreiter durch die Gegend trabte. Eines Tages waren Chiranjibis lederne Stulpenschuhe abgetragen, und er musste sich von einem Dorfbewohner ein Paar Schlappen Marke Elephant ausborgen. Begleitet von ihrem Geschlappgeschlappgeschlapp wanderte er hinter dem Kandidaten her und beobachtete die sparsame Wirtschaftsweise, die das Leben der Menschen regelte, und ihre Bemühungen, in Würde zu leben. Sie kamen durch Magar-Dörfer, durch Chhetri-Bahun-Siedlungen, durch Dörfer, die ganz von Menschen aus den Handwerkerkasten: von Sarkis, Damais, Kamis und Gaines bewohnt wurden, durch Gurung-Siedlungen und durch Dörfer mit gemischter Bevölkerung.

Alle diese Erlebnisse waren für Chiranjibi lehrreich, alles war bedeutsam. Kleine Einzelheiten zogen seine Aufmerksamkeit auf sich: die ernsten Gesichtsausdrücke der Männer, ihre Angewohnheit, auf den Boden zu spucken, bevor sie zu reden anfingen, die Art, wie die Schüchternsten zögerten, ihre Gedanken auszusprechen, und dann überraschend eindringliche Worte fanden. Die Menschen sprachen von Hunger, sprachen von Unrecht, sprachen davon, welche Art von Veränderungen sie noch erleben wollten. Ihre Träume waren nicht üppig. Eine Brücke hier hätte ihr Leben verändert. Ein hundert Meter langes PVC-Rohr, um Trinkwasser ins Dorf zu leiten. Ein paar Sitzbänke für die Schule. Ein wenig mehr Bedachtsamkeit in der Art und Weise, wie die Distriktverwaltung mit ihnen umsprang. Wer sprach von großen Summen? Kleine Zuweisungen genügten. Vielleicht konnte das Distriktzentrum Geld für ein Gesundheitslager im Jahr zur Verfügung stellen?

In einem Dorf fragte eine alte Frau Chiranjibi: »Sohn,

wann könnten wir wohl unser Leben mit elektrischem Licht erhellen?«

Ein Teenager sagte, er gehe nicht zur Schule. »Die Oberschule ist in einem Dorf, das zwei Stunden weit weg ist. Wer soll nach den Feldern meiner Familie sehen, wenn ich die ganze Zeit unterwegs bin?«

Mädchen, die in der Schule hätten sein sollen, mähten die Reisfelder und sangen einträchtig dazu.

In einem Dorf war gerade eine Frau unter den Wehen gestorben, weil ihr Kind sich in Querlage befand.

In einem Dorf von Kami-Schmieden waren alle damit beschäftigt, die Ernte vom Land der hochkastigen Verpächter einzubringen, und hatten keine Zeit, über Politik zu reden. Ein Mann dort sagte verbittert: »Die selben Leute, die uns sagen, dass wir Demokratie haben, sagen immer noch – ihr seid unrein, fasst uns nicht an, kommt nicht in unsere Häuser, benutzt unsere Wasserhähne nicht, entweiht unsere Tempel nicht, ihr seid niedrig von Geburt. Das Gesetz sagt vielleicht, dass wir gleich sind, aber wir leben immer noch wie Leibeigene. Das ist die Art von Demokratie, die wir haben.«

Chiranjibi fühlte sich außerstande, auf so rohe Worte zu antworten. Er fühlte sich persönlich in die Schuld genommen.

In einem Dorf hatten die Monsunregen einen kleinen Bach in eine frisch aufgerissene, klaffende Klamm verwandelt, die das ganze Dorf in einem Erdrutsch mit sich fortreißen konnte. »Wir brauchen eine Stützmauer«, sagte er Dorfanführer. »Ich wähle jede Partei, die uns hilft, hier eine mit Maschendraht überzogene Mauer zu bauen.«

In einem anderen Dorf fragte ein Mann, der am grauen Star litt, ob es stimmte, dass seine Augen durch eine Operation geheilt werden könnten.

Während die Tage vergingen, während sie immer tiefer in den Wahlkreis hineinwanderten, schien der Rest der Welt in immer größere Ferne zu rücken. Wie weit weg Khaireni Tar von diesen Dörfern zu sein schien. Zwischen hier und dem Distriktzentrum schienen Jahrhunderte zu liegen. Chiranjibi dachte an all die Männer in den schäbigen Verwaltungsbüros, die sich gegenseitig Gefallen taten, Geschäfte abschlossen, Absprachen trafen, und von demjenigen Projekt, das ihnen am Ende den meisten Gewinn versprach, Prozente absahnten. Auch sie hielten sich für unterprivilegiert, das wusste er. Sie klagten über zu niedrige Gehälter und sprachen von einer Zukunft, in der sie sich in Kathmandu ein Haus bauen, die Kinder ins Ausland schicken und von Hausangestellten umsorgt ein bequemes Leben führen würden. Sie schauten auf die, die reicher waren als sie selbst, und träumten strahlende Träume. Keiner schaute auf die Armen. Keiner schaute auf die Dörfer, in denen Kamis wohnten, Landpächter seit Generationen, in Schulden gefangen, das Selbstwertgefühl durch Jahrhunderte der Überheblichkeit am Boden zertrampelt. Keiner schaute auf die Dörfer voller Frauen, die darauf warteten, dass ihre Männer aus dem Ausland zurückkehrten. Keiner schaute auf die Mädchen im Schulalter, die eine Stunde bis zum nächsten Bach oder Fluss unterwegs waren, um Wasser zu holen. Keiner schaute auf die Alten, die in Körben zu kilometerweit entfernten Gesundheitsstützpunkten getragen wurden. Keiner schaute auf die Benachteiligten, auf die Beladenen, auf die Menschen, deren Wünsche von Geburt an zum Scheitern verurteilt waren. Keiner schaute auf die Schüchternen. In den Jahren, die er in der Nähe der Mächtigen verbracht hatte, hatte auch Chiranjibi nicht dort hingeschaut.

Nayan Raj hingegen – anders als er, wandte sich Nayan Raj den Armen zu. Im Verlauf der Tour machte der Nayan Raj von Khaireni Tar – der ein wenig wie eine Traumgestalt, ein wenig zu glatt wirkte – einem weniger gekünstelten Mann Platz, der in der Sprache der Dorfleute über ökonomische Demokratie und soziale Gerechtigkeit redete, der zum Widerstand gegen eine Politik der Geld- und Machtgier aufrief. »Armut ist antidemokratisch«, behauptete Nayan Raj. Chiranjibi ging im Gefolge seines Kandidaten, und für den brannte sein Herz. Ja, natürlich war Nayan Raj nur ein Mensch – ein ehemaliger Schauspieler –, kein Visionär, kein Wundertäter, kein Heiliger. Viele Menschen dachten wahrscheinlich, dass er es nicht ehrlich meine; er konnte gut reden, er erfreute das Auge, sagten sie, und das war seine Aufgabe, oder nicht, der Grund, weshalb er die Kandidatur bekommen hatte. Diese Wahl, sagten sie, war für ihn eine neue Erfahrung, oder vielleicht wollte er auch nur die Jahre verlängern, in denen er ein Star gewesen war. Ein Kinostar, ein Politiker, wo war der Unterschied? »Bestenfalls«, hatte ein Verwaltungsbeamter bei einer Geldübergabe zu Chiranjibi gesagt, »ist er ein naiver, irregeleiteter Mensch. Er ist in seiner Rolle aus *Ma Manchhe hun* gefangen. Er sagt nur den alten, auswendig gelernten Text auf, Chiranjibi. Verstanden hat er keine von diesen feinen-feinen Ideen.« Aber Chiranjibi vertraute Nayan Raj. Und mehr als das, stellte er fest; was er für seinen Kandidaten fühlte, war eigentlich eine Art von frommer Verehrung.

Weil die rätselhaften Gefühle, die Nayan Raj in ihm erregte, so zart waren, fühlte sich Chiranjibi vom Zynismus der Leute schmerzlich getroffen.

Zwei Wochen nach dem Beginn der Tour hatten sie mit einem Dorfanführer zu tun, der mit ätzender Bitterkeit davon sprach, wie die Wahlen in seinem Dorf abgehalten wurden. »Stimmen werden hier gekauft, Kinoheldji«, sagte er im provozierenden Ton eines Mannes, der sich bei einem Handel im Vorteil sah. Vielleicht versuchte er, einen Geldbetrag zu ködern. »Ein paar Nächte vor dem Wählen fängt das Verkaufen und Kaufen an. Was Ihr sagt, ist ansprechend«, grinste der Mann, »aber es nützt nichts. Die Dorfleute werden die Partei wählen, die ihnen am meisten zahlt.«

Nayan Raj erwiderte: »Unsere Partei wird sich an solchen Aktivitäten nicht beteiligen.« Der Dorfanführer hatte viele Leute hinter sich und konnte der Partei viele Stimmen bringen. Aber Nayan Raj schmierte ihm keinen Honig ums Maul. »Diejenigen, die ihre Stimme verkaufen, haben kein Recht, sich später zu beklagen, dass die Regierung nicht für sie arbeitet. Sie haben ihre Staatsbürgerschaft verkauft.«

»Aber die Menschen sind arm«, erwiderte der Dorfanführer, um sich zu rechtfertigen. »Ihr könnt ihnen keine Vorwürfe machen, wenn sie ihre Stimmen gegen Geld eintauschen wollen.«

»Wir alle haben Vorwürfe dafür verdient, die Demokratie zu Gespött gemacht zu haben. Die, die Stimmen kaufen, die, die Stimmen verkaufen, und die, die diesen Handel vermitteln.«

Es erfüllte Chiranjibi mit einer kindischen Schadenfreude, solche Rechtschaffenheit zu erleben. Von innerer Überzeugung überwältigt, trat er ebenfalls vor und fügte hinzu: »Die Teetassenpartei wird nichts tun, das die Sache der Demokratie beschädigt.«

Und dann trat er beschämt wieder beiseite.

Später sprach er noch in einem anderen Dorf: »Wir stehen für die Sache der echten Demokratie.« Er merkte, dass er genau wie Nayan Raj klang. Das war ihm peinlich; seine Bewunderung für den Kandidaten war so offensichtlich. Sein Versuch, in der Politik mitzuwirken, war unzulänglich. Er war bloß ein Hochstapler. Er war der Kritik schutzlos ausgesetzt. Er war ins Rampenlicht getreten, um ausgelacht zu werden. Und dennoch –.

Die holprigen Pfade, die heiße Herbstsonne, der Duft der Felder zur Erntezeit, die harten Fußböden, auf denen er schlief, der zu kurz oder zu lang gekochte Reis, das spärliche Gemüse, das Wasser, das nach Erde schmeckte, die Worte, die die Leute sagten – all das gehörte zu seiner Lehrzeit bei Nayan Raj. Die

Menschen, alte und junge, Frauen und Männer, jene, die die goldenen Reishalme ernteten, die krank waren, die sangen, die Wasser holten, die im Schatten ausruhten, wurden seine Lehrer.

***

Doch die Tour ging weiter, und Chiranjibi erkannte allmählich, dass das eine komplizierte Sache war, die demokratische Reform. Auf der Dorfebene versumpfte die Parteipolitik in Vorgeschichten aus persönlichen Treuebünden, generationenalten Schulden, Familienhierarchien und den Streitigkeiten zwischen Ethnien und Kasten. Eines Nachts, als er sich nach einem besonders anstrengenden Tagesmarsch ausruhte, hörte Chiranjibi von den Gewalttaten, die die letzte Wahl verdorben hatten. »Jede Partei hat ihre Mitarbeiter sich betrinken lassen und ihnen gesagt, egal wie, sie sollten die Wähler verscheuchen, damit sie die Wahlurnen mit gefälschten Stimmzetteln voll stopfen konnten«, erzählte ein ortsansässiger Mitarbeiter. »Es gibt hier eine alte Streitigkeit zwischen Gurung-Magar- und Newar-Jungen. Die sind unterschiedlichen Parteien beigetreten. An dem Tag haben sie im Namen der Politik mit Khukuris aufeinander eingehackt.«

Solche Geschichten tauchten nun häufiger auf, während die Gesellschaft von Dorf zu Dorf zog. Schon die einfachsten Wortwechsel förderten Berichte von besetzten Wahllokalen, gefälschten Stimmzetteln und verbrannten Wahlurnen zutage. Jedes Wahllokal hatte seine eigene Methode der Wahlfälschung. Die Stellvertreterwahl war die einfachste und am weitesten verbreitete Art der Fälschung. »Ich selbst hab letztes Mal auch dreimal gewählt«, gestand ein ortsansässiger Parteimitarbeiter grinsend. »Einmal in meinem Namen, einmal im Namen von einem Onkel, der auf Arbeit unterwegs war, und – ts! – einmal im Namen von einem Toten! Sogar mein zwölfjähriger Sohn hat gewählt. Und ich hab meiner Frau gesagt, geh, geh, wähl nochmal, aber meine Frau, die hatte zu viel Angst.« Er bemerkte Nayan Rajs Gesichtsausdruck und wurde nüchtern. »Klar, jetzt, wo ich Mitglied der Teetassenpartei bin, werd ich sowas nicht machen.«

In einigen Fällen hatten sich die Dorfleute selbst an den Fälschungen beteiligt. Das kam häufig vor, wenn ein ganzes Dorf – oder eine Mehrheit seiner Bevölkerung – die gleiche Partei unterstützte. Dann gestattete sie den Parteimitarbeitern, die Wahllokale zu besetzen und die Urnen mit gefälschten Stimmzetteln zu füllen. Deshalb lag die rechnerische Wahlbeteiligung in manchen Wahllokalen bei neunzig Prozent. Oder das Dorf erließ in den letzten paar Tagen vor der Wahl eine Anordnung, wem man die Stimme zu geben habe; am Wahltag sorgten die Parteimitarbeiter dafür, dass jeder dem folgeleistete, indem sie die Stimmzettel inspizierten. In einem Dorf, in dem die Gesellschaft übernachtete, waren zwei Männer niedergestochen worden, weil sie sich einer solchen Anordnung widersetzt hatten. »Wie könnt Ihr von freier Wahl sprechen«, riefen diese Männer, »wenn die Parteimitarbeiter uns mit dem Messer zwingen, ihnen zu zeigen, wen wir gewählt haben? Könntet Ihr unsere Sicherheit garantieren, wenn wir Euch wählen würden? Seid Ihr stark genug, um uns hinterher zu beschützen?«

An anderen Orten fälschten die Parteien die Wahlen gegen den Willen der Mehrheit. Wenn eine Partei wusste, dass sie in einem Wahllokal nicht viele Stimmen sammeln würde, versuchten die Mitarbeiter, Panik zu verbreiten, um die Leute von der Wahlteilnahme abzuschrecken. Oder sie zerstörten die Wahlurne, wenn die Kiste auf dem langen Fußweg ins Distriktzentrum war, wo die Stimmen ausgezählt wurden. Es war ebenfalls gang und gäbe, dass Parteimitarbeiter die Wähler gegnerischer Parteien bedrohten. »Wenn wir Euch wählen und die anderen Parteien das herausfinden, beschützt Ihr uns dann hinterher?«, fragten die Menschen in solchen Dörfern Nayan

Raj. »Bleibt Ihr immer bei uns und passt auf, dass die anderen sich nicht rächen?«

Sicherheit gab den Ausschlag, wenn die Menschen sich für eine Partei entschieden: Schutz vor den örtlichen Machtmaklern aus gegnerischen Parteien. In einem Dorf hatten drei Familien gegen die Partei des Anführers gestimmt, und daraufhin war ihnen auf fünf Jahre verboten worden, den einzigen Wasserhahn des Dorfes zu benutzen. »Wir würden gerne frei wählen«, sagte ein Mitglied dieser Familien zu Chiranjibi, den er mit dem Kandidaten verwechselte. »Aber unsere Frauen können nicht noch mal fünf Jahre lang für jeden Eimer Trinkwasser bis zum Fluss gehen. Nächstes Mal wählen wir die Partei vom Anführer. Also verschwendet Eure Zeit nicht damit, mit uns zu reden. Geht zu unserem Anführer.«

Die Geschichten beunruhigten Chiranjibi. Aus der Ferne wirkte jedes Dorf wie eine friedliche Idylle; und dennoch wurden die Leute gewalttätig, wenn eine Wahl anstand. In diesen versteckten Dörfern wurden die Parteien zu brandschatzenden Heeren. Territorien wurden erobert, beschützt, verteidigt und beherrscht. Wofür? Für die Erschließungsaufträge, die von der regierenden Partei vergeben wurden? Chiranjibi fragte sich: Mehr brauchte es nicht, um die Menschen ihrer ganzen Menschlichkeit zu berauben?

Die, die am wenigsten Macht hatten, ließen sich am leichtesten lenken. »Keine Frage von freien Wahlen hier«, sagte ein Mann aus einer Siedlung von Damai-Schneidern mit einem Lächeln. »Wir wählen, wie es unser Verpächter uns sagt.« Ein Dorf von Sarki-Schustern stimmte nicht einmal einem Treffen mit Parteimitgliedern zu. Juddha Ale schnappte ein Gerücht auf, dass den Bewohnern Gewalt angedroht worden sei, sollten sie sich mit Nayan Raj treffen.

Angesichts all dessen verlangte Nayan Rajs nur noch leidenschaftlicher nach Reformen. Es rührte Chiranjibi, das zu sehen. Nayan Raj sagte: »Gerade dieser Machtmissbrauch ist es, den unsere Partei beenden will.« Er sprach mit wachsender Leidenschaft. »Was wir brauchen, sind Bürgergruppen, die es nicht zulassen, dass die Parteien sich als die Makler der Demokratie aufführen, die hohe Provisionen für die Gunst nehmen, Euch für sie stimmen zu lassen. Wir leben in kleinen Dörfern, wo Verantwortlichkeit leicht sicherzustellen ist. Die Demokratie wird uns nur Macht verleihen, wenn wir die Parteien zur Verantwortung ziehen. Um frei zu sein, müssen alle kämpfen.«

In den meisten Dörfern gelang es Nayan Raj, die Menschen davon zu überzeugen, dass er es ernst meinte. Ohne Ausnahme meldeten sich überall ein paar Freiwillige, die der Partei dabei helfen wollten, am Wahltag die Wahllokale zu bewachen. »Unser Vorsitzender Giridhar Adhikari wird in einigen Wochen herkommen«, sagte Nayan Raj zu diesen Neumitgliedern. »Er wird sich mit Euch treffen und das Wahllokalkomitee gründen. Ihr müsst ihm so gut helfen, wie Ihr könnt.«

Begleitet vom Geschlappgeschlappgeschlapp seiner Schlappen folgte Chiranjibi Nayan Raj auf seiner Wanderung, und mit dem Fortschreiten der Tage kam es ihm vor, als habe er die Grenze zu einer anderen Welt erreicht. Er spürte eine Leidenschaft in sich, wenn er sich auch nur eine freie Stimme vorstellte. Was für ein Glück er gehabt hatte, Nayan Raj zu begegnen. Ein Schauspieler: man hätte nicht von ihm erwartet, dass er sich für die Demokratie einsetzte. So wenig wie von Chiranjibi, einem Bauunternehmer, dass er ihn unterstützte. Ja, man konnte die Geschäftsethik, der Chiranjibi in der Vergangenheit gefolgt war, durchaus infrage stellen. Er hatte sich bereichert. Die Zyniker sollten darüber lachen. Doch ein glückliches Staunen machte sich in ihm breit, wenn er sich vorstellte, wie Menschen in ein Wahllokal kamen und wirklich eine Wahl hatten.

Die Tour ging weiter, durch entlegene Dörfer, die immer ärmlicher wurden: verfallene Lehmhütten mit undichten

Strohdächern, Gemüsebeete mit einer oder zwei Kürbisstauden, Strohmatten voller Läuse. Ungewaschene Kinder mit mageren Gliedern und aufgeblähten Bäuchen starrten die Gesellschaft an, die an ihnen vorbeiging. Frauen, die an Nachtblindheit litten, tasteten sich abends unbeholfen durch die Dunkelheit. Das waren die Menschen, dachte Chiranjibi, die er seit Jahren betrogen hatte, deren Geld er abgesahnt hatte, die er als Mittel missbraucht hatte, um sich selbst zu bereichern. Vergebung war es, wo Nayan Raj ihn hinführte: eine Möglichkeit zur Buße.

## 34

In Khaireni Tar drückte sich Madhu weiterhin um ihre Haushaltspflichten. So viele Dinge mussten getan werden. Aber täglich wurden es mehr, die sie nicht tat – und all diese unerledigten Pflichten häuften sich auf, bis sie zu einem Himal des Versagens angewachsen waren. Mürrisch sah sie Pramila-Didi dabei zu, wie sie Wasser holte. Sie sah ihr dabei zu, wie sie das Haus und den Vorplatz fegte. Sie sah ihr beim Geschirrspülen zu. Sie sah Binita-Didi zu, wie sie das Essen kochte und austeilte. Das allmorgendliche Wasserbüffelmelken übernahm nun Binita-Didi. Sie hatte Helfer angestellt, die die Ernte einbringen sollten, und bezahlte Pramila-Didi dafür, dass sie Gras und Feuerholz holte. Die beiden machten nun all die Arbeit, die Madhu früher erledigt hatte.

Manchmal erledigte Madhu die eine oder andere Aufgabe, wenn ihr gerade danach war. Manchmal fegte sie das Haus und den Hinterhof. Manchmal kochte sie Tee für die Kunden. Aber sie hasste es, auch nur einen Finger rühren zu müssen. Mehr als einmal ließ sie die Milch anbrennen. Mehr als einmal zerbrach sie Porzellantassen. Binita-Didi war nicht streng; sie schimpfte nie mit ihr. Sie beobachtete Madhu bloß. Auch Pramila-Didi beobachtete sie aus den Augenwinkeln. Keine von den beiden sagte irgendetwas zu ihr. Warum sagten sie nichts? Warum gaben sie nicht einfach zu, dass sie von ihrer Liebestragödie gehört hatten? Warum lachten die sie nicht einfach dafür aus, dass sie auf deren Stufe herabgewürdigt worden war?

Sie wurde für etwas bestraft, das sie überhaupt nicht getan hatte.

Madhu begegnete der Wachsamkeit ihrer Base mit vorgetäuschtem Lerneifer. Wenn Binita-Didi in der Nähe war, vertiefte sie sich in ihr Lese- und Schreibbuch und brütete stirnrunzelnd über all den Wörtern und Sätzen. Wenn Binita-Didi näher kam, verstärkte sie das Stirnrunzeln. Wenn Binita-Didi hierhin ging, ging sie dorthin. Wenn Binita-Didi sie direkt ansah, schaute sie zu Boden. Und einmal, als Binita-Didi gerade den Mund aufmachte, kreischte Madhu »Hah!« und stürzte davon, um ein paar Vögel aus dem Gemüsegärtchen zu verscheuchen. Was es auch war, das Binita-Didi hatte sagen wollen, sie wollte es nicht hören.

Aber wie lange konnte sie Binita-Didi zum Schweigen zwingen? Eines Tages ergriff ihre Base das Wort. Binita-Didi, Pramila-Didi, Tripti und sie waren im Teeladen und warteten darauf, dass der Dampfdrucktopf abkühlte. Das Abendessen hatte sich heute verspätet. Draußen war es schon dunkel. Das Licht der nackten Glühbirne ließ Binita-Didis Gesichtszüge besonders scharf wirken. Sie sagte: »Madhu.«

Madhu verzog das Gesicht.

»Madhu«, sagte Binita-Didi noch einmal. »Vielleicht ist irgendwas passiert. Du hast dich verändert.«

Derart angeschuldigt drehte sich Madhu zur Seite.

»Du bist still geworden, du siehst unglücklich aus.«

»Ihr ärgert Euch, weil ich nicht auf den Feldern gearbeitet hab«, sagte Madhu. »Morgen geh ich, stellt niemanden zum Ernten an, Binita-Didi – ich wusste nicht mal, dass die Ernte schon angefangen hat, ich war so damit beschäftigt, Buchstaben zu lernen. Aber jetzt, wo ich mich wieder an meine Pflichten erinnert hab, geh ich bestimmt. Von morgen an geh ich.«

Binita-Didi schaute sie schief an.

Merkte sie, dass sie log? Madhu griff nach dem Dampfdrucktopf. Mit nervöser Stimme sagte sie: »Aber zuerst – wir haben alle Hunger – essen wir.«

Als sie den Deckel vom Dampfdrucktopf nahm, kam eine matschige Masse aus zerkochtem Reis zum Vorschein.

Sie hätte den Reis mit weniger Wasser ansetzen sollen.

»Alles zusammengeklebt«, sagte sie.

Dann geschah etwas Merkwürdiges: Sie begann glucksend zu lachen.

Schwarz und Gold. Hitze und Kälte peinigten sie.

Wenn sie die Augen aufschlug, schwebte das Gesicht ihrer Base über ihr. Das Gesicht eines Flittchens.

Dieses Gesicht sagte Sachen, die sie nicht hören wollte. »Madhu«, sagte es, »Madhu.«

Das Gesicht sagte: »Nachdem deine Eltern gestorben sind, musstest du schnell groß werden. Nur mit deinem Onkel und deiner Tante als Führung. Jetzt bist du hier. Ich hab es nicht geschafft, dich gut zu lenken.«

Das Gesicht sagte: »In einem bestimmten Alter entstehen im Menschen Bedürfnisse. Ich hab vom Khadka-Jungen gehört. Ich weiß nicht, was passiert ist, aber wenn du mir davon erzählen möchtest, kannst du das.«

Das Gesicht sagte: »Du brauchst vor mir nichts zu verbergen.«

Das Gesicht sagte: »Ich werde mein Bestes tun, dich zu führen, wenn du bloß damit aufhörst, Sachen vor mir zu verbergen.«

Sachen verbergen? Wer war diese Hure, und wovon redete die?

Woher wusste die, was schiefgegangen war?

Die Frau redete immer wieder. Wieder und wieder. Wieder und wieder. Bis Madhu es nicht mehr aushielt.

»Ich will bloß lernen«, sagte sie eines Tages. Ihre Stimme war wild. Sie sah das dünne, verkniffene Gesicht von dem Kerl vor sich. Er war ein hässlicher Junge. Sie suchte nach Worten. »Die Mädchen hier in der Ortschaft mag ich nicht. Die sind so doof, so ungebildet. Ich hab die Nase voll von denen.« Tatsache war, dass ihr Körper manchmal brannte und heftig zitterte. Ihr Mund war ausgetrocknet, und in ihrem Kopf brummte es seltsam. Das war eine Strafe – wofür?

Madhu lachte unfroh. »Ich will bloß gebildet und gelehrt und kenntnisreich sein wie Ihr. Ich will bloß Ruhe, um Buchstaben zu lernen.«

»Das kannst du machen, du kannst lernen«, sagte die Frau langsam und sah sie eigenartig an. »Ich will, dass du lernst, ich will, dass du so viel lernst, wie du kannst. Ich werd dir mehr beibringen, als in deinem Buch steht. Du kannst so viel lernen, wie du willst.«

Madhu lächelte, als sei sie nun zufrieden. »Das ist alles, was los war.«

»Bist du sicher, Madhu? Das ist alles, was dir fehlt?«

»Ich will bloß lernen«, jammerte Madhu.

# das lachen der frauen

## 35

Gelangte Nahrung in den Körper – gute, gesunde Nahrung –, so löste sie sich in Tausende von kleinen Teilchen auf, in winzige Tröpfchen aus Gesundheit, und diese waren Balsam für all die festen Knochen und die Gewebe, für all die schlanken Muskeln und all die glitschigen Organe. Die Wässer des Körpers flossen zusammen, und ihre Feuchtigkeit verhinderte das Entstehen von Lauffeuern. Der Geist strahlte eine stetige Wärme ab, die durch den Windhauch des Atems verteilt wurde. Es entstanden Hohlräume für die Liebe, und dort wohnte die Seele.

So empfand es Harsha Bahadur, als er sich Tag für Tag an dem Essen gütlich tat, das seine Mita-Mutter kochte, Essen, das seine Haut glatt machte und seine Haare zum Glänzen brachte, das ihm einen aufrechten Gang und eine weniger quieksende Stimme verlieh und das seinen Körper solchermaßen verwandelte, dass dieser die Liebe aufzunehmen fähig wurde. Fischköpfe in fetter Bratsoße, Brunnenkresse mit gerösteten Bockshornkleesamen, praller Blumenkohl, an dem die Gewürze als dicke Paste hafteten, Dal, der nach Jimbu-Kraut duftete, butterige Bohnen, Pickles aus Kartoffeln und Sesam, lockere Reiskörner. Mahl für Mahl spendete ihm seine Mita-Mutter Zuneigung. Mahl für Mahl saugte er von ihrer Liebe, und er wurde stark.

Gleichzeitig brachte ihm sein Mita-Vater bei, wie er draußen in der Ortschaft aufzutreten habe. Allmählich begriff er, was es mit seiner Arbeit auf sich hatte. Als der Lakai der Volkspartei musste er zum Beispiel über die Anwesenheit der Mitarbeiter Buch führen und die Lagerhaltung der Wahlplakate, Flugblätter und Banner besorgen. Nur der Mitarbeiter Rishi Lamsal verfüge über unbegrenzten Zugang zu diesen Materialien, hatte sein Mita-Vater gesagt. Harsha Bahadur verzeichnete pflichttreu die Anzahl der Plakate und Flugblätter, die Rishi Lamsal entnahm, und sagte allen anderen: »Ich muss meinen Mita-Vater fragen. Mein Mita-Vater hat gesagt, ich soll sagen, dass ich ihn fragen muss.« Der Einzige, dem Harsha Bahadur den Zugriff nicht verwehren konnte, war BB-Gun Thapa. Der schob ihn einfach beiseite. Aber trotz dieses Mangels lobte ihn sein Mita-Vater. »Wenn ich wie du gewesen wäre, als ich ein Junge war«, sagte er, »wär ich jetzt viel besser dran. Ich wüsste, wie ichs schaffe, dass die Schule Gewinn macht.«

War er wirklich ein Junge mit großen Fähigkeiten, ein Junge von großem Wert? Harsha Bahadur bezweifelte es. Aber trotzdem lobten ihn alle … Wenn er nach der Arbeit nach Hause ging, umhegten ihn seine Mita-Mutter und die vielen Mita-Verwandten ohne Unterlass. »Wir müssen den Jungen dickfüttern.« Sie strichen ihm das Haar glatt, wenn es abstand, zogen ihm den Kragen zurecht und klopften ihm auf den Rücken.

Von zu Hause zur Parteigeschäftsstelle. Von der Parteigeschäftsstelle nach Hause. Von diesem Weg wich er selten ab. Er hatte auch gar keinen Anlass dazu. Im Wohnzimmer seines Mita-Vaters gab es ein Regal voller wunderbarer Gegenstände aus der ganzen Welt, die seine Aufmerksamkeit fesselten. Da gab es bleiche, fächerförmige Gegenstände mit gezähnten Rändern. Da drin lebten Meerestiere, erklärte ihm sein Mita-Vater. Dann war da eine Glaskugel, in der Bänder eingeschlossen waren, und wenn Licht darauf fiel, glitzerten sie in allen Farben des Regenbogens. Daneben stand eine Lampe, die seine Mita-

Mutter einmal für ihn eingeschaltet hatte. Sie hatte schwach geleuchtet, und ein Tintenklecks, der am Grund gelegen hatte, war aufgestiegen und dann wieder abgesunken, ganz von alleine. Es gab eine Puppe mit blauen Augen und mehrere weitere Kuriositäten: perlenbesetzte Tücher und bemalte Schatullen, geschwungene Glasvasen und Teller aus Bambusgeflecht. Diese ganzen Sachen waren aus Hongkong, hatte seine Mita-Mutter ihm erzählt. Das war die Insel, auf der sein Mita-Vater bei den nebelweißen British Gurkhas gedient hatte.

Im Haus seiner Mita-Eltern gab es auch ein Fernsehgerät, das mit einem hübschen Tuch abgedeckt war. Es stand in einer Wohnzimmerecke und war ständig an, und es zeigte Bilder vom exotischen Leben in Übersee, die Harsha Bahadur in großes Staunen versetzten. Er begriff nicht viel von dem, was auf dem Bildschirm vorbeiflimmerte und -flackerte, aber er sah ehrfürchtig zu und entnahm diesen unerhörten Erscheinungen wertvolle Informationen über die Welt.

Khaireni Tar erschien ihm nun als freundlicher Ort. An Sani dachte er dieser Tage selten. Harsha Bahadur hatte das Gefühl, dass sein Leben endlich einen günstigen Verlauf nahm, und er dachte, dass das Schicksal – nein, eher nicht – aber doch, jawohl – dass es für ihn vielleicht ein kleines bisschen Glück vorsah.

## 36

Auch nachdem Nayan Raj in die Hügel aufgebrochen war, blieb das Gebäude des öffentlichen Ansehens, das er für Binita geschaffen hatte, erstaunlich stabil. Wenn sie zum Bazar ging, drehten sich die Ortsbewohner nach ihr um, lächelten, erkundigten sich nach ihrem Befinden und murmelten schmeichelnde, anerkennende Worte über ihren Schwager. Die Straßenhändler beim Bar-Pipal-Baum überhäuften sie mit kostenlosen Käsebällchen, Erdnüssen und Bananen. Die Krämer des Bazars gaben ihr Rabatt, und der blinde Shankar schenkte ihr zu jedem Kilo Reis, das sie bei ihm kaufte, eine Handvoll dazu. Eines Tages fragte Tripti, warum ihre Schulfreunde so nett zu ihr seien.

Pramila erklärte: »Du hast einen Kinohelden-Onkel, und jetzt bist auch du berühmt. Das ist nur bis zum Ende der Wahl.«

»Außer, die Teetassenpartei gewinnt«, lachte Binita. »Dann müssen die Leute immer nett zu uns sein.«

Es erschien ihr unwahrscheinlich, dass die Partei ihres Schwagers den größeren Parteien gefährlich werden könne. Ihre neu erlangte Achtbarkeit würde am gleichen Tag verschwinden, an dem die Wahlzeit endete. In dieser Ortschaft war solcher Lack schnell ab. Sie durfte sich nicht daran gewöhnen, dass die vielen Fremden in ihren Teeladen kamen und ihr solchen Respekt entgegenbrachten. Sie durfte sich von der Höflichkeit der Leute nicht verführen lassen. Aber es gefiel ihr trotzdem, dass die Männer sie Binita-Bhauju nannten und zuvorkommend behandelten. Dieses wunderliche Geschenk hatte sie ihrem Schwager zu verdanken: Er hatte sie wieder in die Gesellschaft eingeführt, schirmte sie aber auch gegen deren weniger erfreuliche Aspekte ab. Er hatte ihr die Menschen wiedergegeben, aber auch Schutz vor ihnen.

Was Binita allerdings Sorgen machte, waren Madhus plötzliche Stimmungsumschwünge. Was auch immer zwischen ihr und dem Khadka-Jungen vorgefallen sein mochte, Madhu hatte es schlecht verkraftet. Das Mädchen sträubte sich, wenn Binita mit ihr zu reden versuchte, und behauptete, dass gar nichts los sei. Ein paar Tage lang sah sie aus, als habe sie Fieber, aber als es dann vorbei war, saß sie alleine hinter dem Haus und blätterte in ihrem Lese- und Schreibbuch. An manchen Tagen kam sie in den Teeladen und machte ziellos ein bisschen Hausarbeit. Mit Binita wechselte sie nur wenige Worte. Pramila gab sich alle Mühe, sie aufzumuntern, und manchmal antwortete Madhu darauf mit einem schmalen Lächeln.

Binita verbrachte mehr Zeit im Teeladen. Von den Parteimitarbeitern, die in Khaireni Tar geblieben waren, erfuhr sie, welchen Anklang Nayan-Raj-Bhai in den südlichen Hügeln fand. Manchmal kam Om Gurung – »Der Tee hier ist so speziell, dass ich einem Besuch nicht widerstehen konnte« – und in seiner überschwänglichen Art plauderte er über den Sieg, der kurz bevorzustehen schien. »In den nördlichen Gebieten ist Nayan Rajjis Name schon in aller Munde«, sagte er. »Und jetzt dringen wir in die südlichen Gebiete ein. Binita-Bhauju, die Menschen im ganzen Distrikt – in der ganzen Nation – sind von den großen Parteien enttäuscht. Sie rufen nach einer ehrlichen Alternative.« Binita mochte sein unbeschwertes Lächeln, seinen noch unbeschwerteren Optimismus. »Alles, was uns jetzt noch fehlt, sind starke Wahllokalkomitees an jedem Wahllokal. Und die wird unser Giridhar-Dai einrichten, wenn er seine eigene Dorftour antritt. Ich sage Euch, Binita-Bhauju, unser Sieg ist fast sicher.«

Auch die anderen Mitarbeiter waren von einem ähnlichen Optimismus beseelt. Wenn die jungen Mitarbeiter in den Teeladen kamen, steckten sie gruppenweise die Köpfe zusammen und tratschten. Binita konnte ihnen vom Herd aus zuhören. Einmal sagte ein Junge: »Ein Onkel von mir ist gestern aus Kihun gekommen und hat gesagt, das ganze Dorf ist bereit, uns zu wählen.«

Die anderen Mitarbeiter lachten. »Die anderen Parteien haben gedacht, der Südgürtel gehört ihnen. Tja, hier ist eine Herausforderung für sie.«

Rishi beteiligte sich nicht an solchen Gesprächen. Schweigend wartete er aufs Essen, schweigend aß er, und anschließend blieb er schweigend sitzen und hörte seinem Taschenradio zu. Inzwischen konnte Binita erkennen, dass er nicht arrogant war; er war nur zu nachdenklich, um an solcher Windmacherei Freude zu finden. Seine Zurückhaltung schien ihre guten Gründe zu haben. Das war Binita sympathisch.

»Nayan-Raj-Bhai soll sich ja gut machen«, begann sie eines Tages, als sie seinen leeren Teller abräumte.

Rishi sagte: »Wahlen sind unvorhersehbar.« Seine hellen Augen tasteten ihr Gesicht ab.

»Stimmt.« Sie blieb stehen, um zu sehen, ob er noch etwas sagen würde.

»Die südlichsten Gebiete werden von der UML kontrolliert.« Er redete, als könne er davon ausgehen, dass Binita die Stimmenverteilung im Wahlkreis kannte. »Die wissen, auf wie viele Stimmen sie sich verlassen können, die wissen, wie viele Kongressstimmen sie ausschalten müssen, wie viele zusätzliche Stimmen sie klauen müssen.« Er schaute ihr in die Augen, mit einer Kühnheit, die in seiner Höflichkeit ein Gegengewicht fand. »Viel hängt von den Wahllokalkomitees ab, die Giridharji gründet. Euer Schwager ist ein charismatischer Mann, Binitaji, aber ohne starke Komitees an jedem Wahllokal kann er nicht gewinnen.«

Binitaji: eine förmliche, aber nicht unfreundliche Bezeichnung, die von Familienbanden Abstand nahm. Binita gebrauchte ebenfalls die förmliche Anrede: »Rishiji wird zusammen mit Giridhar Adhikari in die Hügel gehen?«

»In einer Woche oder zehn Tagen.«

»Wird es einem Großstadtbewohner nicht schwerfallen, durch die steilen Hügel zu wandern?«, fragte sie.

Soweit Binita sich erinnern konnte, war es das erste Mal, dass Rishi lächelte. Er sagte: »Ich bin in diesen steilen Hügeln aufgewachsen.«

Sie lächelte ebenfalls und entfernte sich, immer noch lächelnd. Später bemerkte sie, wie sie in Gedanken zu diesem Gespräch zurückkehrte: ein kurzes Frage- und Antwortspiel, aber angenehm.

Aber nicht jeder Kontakt, der sich ihr anbot, machte Binita

Freude. Dieser Tage kam ihre Nachbarin Phul Devi immer häufiger herüber, brachte manchmal frische grüne Bohnen oder Tomaten mit und brach jedes Mal in das hektische Geschwätz aus, das Binitas Nerven strapazierte. »Gestern haben meine Verwandten gesagt, diese arme Witwe, wie verköstigt sie jeden Tag so viele Parteimitarbeiter? Ich hab ihnen gesagt, Ihr denkt, diese arme Witwe weiß nicht, wie man eine Küche führt? Die ist kein Dorfmädchen, die hat die College-Zwischenprüfung gemacht. Sie sieht aus wie ein hilfloses Mädchen, aber sie kann alles, einfach alles.«

Binita versuchte immer, ihre Nachbarin so rasch wie möglich wieder loszuwerden. Auch Pramila ließ sich von Phul Devi wenig gefallen. »Eh, reiche Dame«, sagte sie eines Tages, »die arme Witwe könnte nächstes Mal sehr gut eine größere Ladung Gemüse gebrauchen.«

Phul Devi wusste nie so recht, wie sie auf Pramilas Spitzen reagieren sollte. »Wir engen Freunde helfen, so gut wir können«, sagte sie und zog die Augenbrauen hoch. »So ist das, oder nicht? Ich helfe Euch, Ihr helft mir. Nachbarn helfen einander, wenn Not am Mann ist.«

Pramila machte den Mund auf, um etwas zu sagen, aber Binita schnitt ihr das Wort ab. »So ist das«, sagte sie.

Hinterher stolzierte Pramila herum und tat, als sei sie Phul Devi. »Frisch aus meinem Garten.« Sie zupfte mit gespielter Vornehmheit an ihrer Phariya und reckte die Nase in die Luft. »Morgen bring ich Euch mehr davon. Und nachdem der Kinoheld die Wahl gewonnen hat, komm ich meine Zinsen abholen. Ist das nicht so unter Nachbarn? So ist das.«

Ein paar Tage später kamen zwei Frauen in den Teeladen, um mit Binita zu sprechen. Etwas Neues, dachte Binita, und führte sie in die Vorlaube an der Rückseite des Hauses, wo sie sich unterhalten konnten, ohne von Parteimitarbeitern beobachtet zu werden. Sie breitete eine Strohmatte für sie aus. Eine der Besucherinnen war Hom Kumari, die Frau des Subinspektors, die mit Madhu den Abendunterricht besuchte. Hom Kumari war über vierzig, hatte ein kantiges Gesicht und die füllige Figur eines Menschen, der sich Hausangestellte leisten konnte. Die andere Besucherin war die Frau des Asketen am Seti-Fluss, eine knochige, verhutzelte Alte, die eine leuchtendrote Phariya trug.

»Madhu ruht sich aus«, sagte Binita, um die anfängliche Verlegenheit zwischen ihnen zu lösen.

Hom Kumari errötete ohne ersichtlichen Anlass. »Wir sind in der gleichen Klasse«, sagte sie.

»Ich weiß, sie hat gesagt, Ihr habt den Sir dazu gedrängt, den Unterricht anzufangen. Durch Euch kann sie jetzt Buchstaben lernen.«

Hom Kumari lächelte schüchtern. »Mädchen in ihrem Alter merken sich alles so schnell. Wenn eine Mutter von vier Kindern Buchstaben lernen kann, warum soll sies nicht können? Ihr seid bis aufs College gegangen, oder?«

»Ich hab meine Zwischenprüfung gemacht.« Binita deutete mit einer Handbewegung in Richtung des Collegecampus, sagte jedoch nichts weiter. Die anderen beiden Frauen wussten bestimmt, dass sie dort ihren Mann kennengelernt hatte.

Die Frau des Asketen lehnte sich vor. »Darum brauchen wir Euch. Wir brauchen schriftkundige Frauen wie Euch in unserer Müttergruppe.« Sie schlug die Beine übereinander, schmatzte mit den Lippen und fuhr fort: »Die Gruppe ist noch sehr neu, wir beide führen den Vorsitz. Aber wir haben keinen, der gebildet ist, der Buchstaben schreiben kann – was, wenn wir Papiere schreiben oder lesen müssen? Eine Gruppe von blinden, tauben, stummen Frauen – was können wir machen? Gebildete Mütter wie Ihr müssen sich anschließen.«

Hom Kumari sagte: »Wir bitten alle Mütter des Bazars zu kommen. Unsere Mitglieder gehen alle von Haus zu Haus. Wir wollten selbst mit Euch sprechen, um sicherzugehen, dass Ihr Ja sagt.«

»Junge Mütter wie Ihr müssen sich der Gruppe anschließen«, sagte die Frau des Asketen. Dann sagte sie etwas, das in Binitas Ohren ziemlich unaufrichtig klang: »Eine Witwe wie Ihr – Ihr braucht andere Frauen, die Euch durch Eure dunkle Zeit führen können. Das Leben einer Witwe ist ungnädig, das wissen wir. Ihr braucht Freunde. Ihr müsst Euch unserer Müttergruppe anschließen.«

Binita versuchte, sich nicht aufzubäumen. Wo hatten diese wohlmeinenden, fürsorglichen Frauen noch vor ein paar Monaten gesteckt, als sie noch alleine war? Wo hatten sie davor gesteckt, in ihren schwersten Jahren? Wo hatten sie gesteckt, bevor Nayan-Raj-Bhai nach Khaireni Tar zurückkehrte und ihr wieder etwas Achtbarkeit verlieh?

»Ich bring Euch Tee«, sagte sie und ließ sie unter der Vorlaube sitzen. Bis sie zurückkam, hatte sich Pramila zu ihnen gesellt und neckte Hom Kumari dafür, dass sie eine schriftkundige Frau werden wollte. Binita reichte allen ihren Tee und ging wieder hinein, um das Abendessen vorzubereiten. So gelang es ihr, dem Thema Müttergruppe vollständig aus dem Weg zu gehen.

Am Abend, nachdem sie Madhu überredet hatte, zum Lese- und Schreibunterricht zu gehen, ließ sich Pramila am Herd nieder und erzählte Binita von Hom Kumari. »Seit zehn Jahren ist sie mit dem Subinspektor verheiratet, und ihr Mann bringt plötzlich ein achtzehnjähriges Magar-Mädchen ins Haus, sagt, das ist meine jüngere Frau.« Es fiel Pramila schwer, leise zu sprechen, und die Anstrengung zeichnete sich auf ihrem Gesicht ab. »Sagt der: Nicht, dass ich dich nicht liebe, nur hab ich dieses Mädchen entehrt, und ihre Familie sagt, ich muss sie heiraten. Was macht Hom Kumari daraufhin? Sie fängt ne Klage vorm Gericht an, damit die zweite Ehe annulliert wird. Weil laut Gesetz kann die ältere Frau die zweite Ehe ihres Mannes annullieren, wenn sie innerhalb von dreißig Tagen davon erfährt. Und Hom Kumaris Brüder sind gebildet, nicht, und helfen ihr, die Klage vor dem Distriktgericht anzufangen. Aber das Mädchen – die zweite Ehefrau – klammert sich an Hom Kumaris Füße und fleht sie an, die Ehe nicht zu annullieren. Wo soll ich hingehen, heult sie, wer soll mich nehmen, jetzt, wo ich schon von einem Mann benutzt worden bin? Alle wissen, dass Euer Mann eine Ehefrau aus mir gemacht hat … All das vor dem Distriktgericht – Leute haben sich versammelt, alle schreien, Polizisten versuchen, die beiden Ehefrauen voneinander zu trennen. Ein Aufruhr! Die zweite Frau schreiend zu Hom Kumaris Füßen und fleht um Gnade.«

»Und hat Hom Kumari die Ehe annulliert?«

»Konnte sie ein entehrtes Mädchen rauswerfen?« Pramila schüttelte den Kopf. »Nein, sie hat die Klage fallen lassen. Aber sie hat ihren Mann dazu gebracht, sein Land auf ihren Namen zu überschreiben – um das Erbe ihrer Kinder zu schützen. Gerade noch rechtzeitig. Die jüngere Frau war schon mit nem Sohn schwanger.«

Aus irgendeinem Grund verringerte diese Geschichte Binitas Misstrauen gegen Hom Kumari und die Frau des Asketen. Aber ihrer Gruppe wollte sie sich trotzdem nicht anschließen. Die Gruppe wollte nicht sie – sondern Nayan Rajs Schwägerin. Wäre die Gruppe vor ein paar Monaten entstanden, hätte sich niemand die Mühe gemacht, sie dazu einzuladen. Da war sie sich ziemlich sicher.

Am nächsten Tag erhielt Binita erneut Besuch von einer Frau. Binita stand gerade am Herd und kochte Tee, und auf den ersten Blick glaubte sie nicht, mit der Frau bekannt zu sein. Dann erkannte sie Laksmi, die Ehefrau von Giridhar Adhikari, eine ängstliche, unsichere Frau, die ihr Haus in den nördlichen Hügeln kaum einmal verließ. Binita vermutete, Laksmi suche ihren Mann. »Er ist schon seit Tagen nicht mehr hergekommen, er muss in der Geschäftsstelle sein«, sagte sie.

Laksmi schüttelte den Kopf. »Ich bin gekommen, um mit Euch zu sprechen.«

Binita bedeutete ihr mit einer Handbewegung, dass sie Platz nehmen möge. Verlegen suchte sich Laksmi einen Ecktisch, möglichst weit von den anderen Leuten entfernt. Binita brachte ihr eine frische Tasse Tee.

Laksmi kauerte am Tisch, als müsse sie jeden Moment auf einen Angriff gefasst sein. Ihr öliges Haar war zu einem glitschigen Dutt hochgesteckt, und die Arme hielt sie fest gegen den dünnen Oberkörper gepresst. Mit dem spitzen Kinn, den matten Augen und der allzu scharfen Nase wirkte ihr Gesicht wenig anziehend. Der Blick, mit dem sie andere ansah, war angespannt, als fürchte sie sich vor ihnen. Ihre Stimme war weich und helltönend, und sie sagte: »Es gibt eine Müttergruppe –«

»Unter dem Vorsitz von Hom Kumari und der Frau vom Asketen«, fiel ihr Binita ins Wort. Sie empfand eine instinktive Abneigung gegen Laksmi, und ihr Tonfall verriet Ungeduld. »Ich weiß davon.«

Laksmi sagte: »Sie treffen sich morgen auf dem Flachland. Vielleicht könnten Ihr und ich hingehen.«

Binita schaute zur Seite, um nicht Nein sagen zu müssen.

Laksmi ließ den Blick nicht von Binitas Gesicht, als habe sie das Bedürfnis, ihr in die Augen zu sehen. »Ich geh nicht hin, wenn ich keine Freundin finden kann«, sagte sie, und ihr flehender Tonfall stieß Binita ab. »Ich dachte, Ihr könntet meine Freundin sein, und wir könnten dahingehen.«

Binita brauchte keine Freundin wie Laksmi. »Ich hab zu viel Arbeit«, log sie.

Die Frau ließ den Kopf hängen wie ein gescholtenes Kind. Das regte Binita auf. Alles an Laksmi heischte Mitleid. Na gut, vielleicht gab es auch Gründe, Mitleid mit ihr zu haben – aber Binita wollte sie nicht wissen. Ihre eigenen Glücksreserven waren so spärlich, dass sie sie nicht verausgaben wollte, indem sie sich so eine Frau zur Freundin machte.

Laksmi sagte: »Und wie soll ich ohne Freundin hingehen?«

Sie klang so traurig. »Ich hab nun mal Arbeit«, sagte Binita etwas sanfter. »Ich würd gern hingehen, aber ich kann nicht.«

Kurz darauf verabschiedete sich Laksmi eilig, ohne den Tee angerührt zu haben.

Binita blieb am Tisch sitzen und grübelte. Warum hätte sie sich der Müttergruppe anschließen sollen? Frauen waren nicht miteinander vertraut und verbündet, nur weil es Frauen waren, dachte sie. Sie machten sich häufig zu treuen Handlangern strafender Männer. Hatte Binita das nicht durch das Beispiel ihrer Mutter selbst erleiden müssen, die weit eher der Tradition folgen als die eigene Tochter wieder zu sich nehmen wollte? Hatte sie das nicht durch Kainlo-Kakas Frau erleiden müssen? Und wie stand es mit den Frauen hier im Ort, die sie strikt als Außenseiterin behandelt hatten, bis ihr Schwager zurückgekommen war? Sie hatte kein Bedürfnis, sich jetzt ihrer unaufrichtigen Kameradschaft zu unterwerfen.

Plötzlich spürte sie eine Bewegung an ihrem Tisch. Rishi hatte ihr gegenüber Platz genommen. Er fummelte an seinem Radio herum. Aus dieser Nähe konnte Binita sehen, dass seine Lippen sehr trocken waren. Er drehte an den Knöpfen herum, und das Radio knackte und knallte.

Binita sprach gerne mit ihm. »Rishiji hört immer Radio«, sagte sie.

Er blickte auf. »Mögt Ihr das nicht?«

»Da weint ständig eine Frau.«

Daraufhin lachte Rishi lange, und für einen Augenblick wirkte er völlig anders als sonst. »Ich höre nur die Nachrichten«, sagte er immer noch lächelnd. Er drehte noch eine Weile an den Knöpfen, aber es gab keinen Empfang. Dann schaltete er das Radio aus und fragte: »Habt Ihr vor, Euch der Müttergruppe anzuschließen?«

Er hatte wohl mitbekommen, worüber sie mit Laksmi gesprochen hatte. Binita schüttelte den Kopf.

»Das ist eine gute Sache, die Müttergruppen.« Er holte hörbar Luft und schickte sich an, etwas zu sagen, unterbrach sich dann aber. Einen Augenblick lang schaute er auf seine Hände. Dann holte er erneut Luft. »Sie helfen geschundenen Frauen, untereinander Rückhalt zu finden.«

Das war eine seltsame, schwermütige Bemerkung, und sie ließ Binita zurückschrecken. Eine geschundene Frau: war das das Bild, das er von ihr hatte?

»Ihr solltet Euch der Gruppe anschließen«, sagte er.

»Und Ihr wollt wissen, was ich tun soll?«

Abrupt verließ Binita den Tisch. Am Tresen stand Pramila und schnitt Zwiebeln, also ging Binita zum Herd, wo sie den Reis fürs Abendessen abgestellt hatte. Sie wandte dem Raum – also Rishi – den Rücken zu und machte sich daran, die Körner auszulesen.

Geschundene Frauen: Das war der Eindruck, den sie machte – wie Laksmi? Mit ruckartigen Bewegungen sammelte sie Steinchen und vereinzelte Spelzen aus dem Reis. Sie konnte nichts gegen die Beunruhigung tun, die sie ergriffen hatte. Das war es, was die Leute dachten, wenn sie sie ansahen – dass sie eine geschundene Frau war? Trug sie irgendwelche Anzeichen von Kainlo-Kakas Übergriff, sah man ihr an, dass sie von ihm missbraucht worden war? Sie blickte Rishi an. Er hörte jetzt Radio und war ganz in die Nachrichten aus aller Welt versunken. Er konnte nicht erraten, was sie durchgemacht hatte. Keiner konnte das. Sie war ungesellig, jawohl. Sie hatte Angst vor Männern. Sie hatte sich aus deren Welt zurückgezogen. Aber sie hatte sich nicht unterkriegen lassen, offenbar anders als Laksmi. Sie wirkte nicht wie eine geschundene Frau.

Am nächsten Tag kam Thakalni-Ama zum Teeladen, und Binita wusste sofort, dass sie sie zum Treffen der Müttergruppe holen wollte. »Gehn wir«, sagte die alte Großmutter, als sie den Teeladen betrat. Sie verließ die Himal Lodge Restaurant Bar nur noch selten. Binita räumte eilig einen Tisch für sie frei, aber Thakalni-Ama sah sich lieber im Teeladen um. »Du hast diesen Raum gut eingerichtet. Schöne Bänke. Starkes Holz. Die Plakate – ich sollte mir welche für mein Hotel besorgen.« Als ihr Blick auf Tripti fiel, rief sie: »Eh, die Kleine ist so schnell groß geworden!« Sie schnalzte mit der Zunge, als sie Madhu auf dem Hinterhof sah. »Ich hab die Waise gar nicht erkannt, die ist jetzt eine Frau.« Dann wandte sich die Alte an den Fahrer der Partei, der an einem Nachbartisch Tee schlürfte. »Eh, Junge, seid Ihr ein Parteimitglied? Passt auf den Teeladen auf, während wir weg sind.«

Dem Fahrer blieb vor Überraschung der Mund offen stehen. »Ich muss Mitarbeiter nach Mauriya fahren.«

Rishi, der am nächsten Tisch saß, sagte: »Ich pass auf den Laden auf.«

»Also.« Thakalni-Ama drehte sich wieder in Richtung des Hinterhofes. »Du – Waisenmädchen – bleib hier und sieh nach der Tochter. Binita, Pramila, gehn wir. Das Treffen hat schon angefangen.«

Binita hatte keine Möglichkeit, sich dem zu verweigern. Sie folgte Thakalni-Ama zur Vordertür hinaus. Draußen wartete Laksmi auf sie und lächelte Binita ängstlich an. Sie trug eine leuchtend gelbe Phariya, die sie jedoch in keiner Weise weniger verschüchtert aussehen ließ. Binita fiel auf, dass sie schrecklich klein war: eine Frau von der Körpergröße eines Mädchens.

»Mütter gründen Gruppen im ganzen Land. Warum sollten wir das nicht auch tun?« Thakalni-Ama führte sie über die Fernstraße und auf den Bar-Pipal-Baum zu. Die alte Großmutter war festlich gekleidet; sie trug eine rosafarbene Phariya und gepunktete, chinesische Schuhe. »Alte Mütter wie ich und junge Mütter wie ihr kommen zusammen und machen Radau – ich sag euch, dabei gibt es kein großes Ziel. Auch wenn man alle Zähne verloren hat, ist es wichtig, dass man sich vergnügt. Ihr werdets noch rausfinden, wenn ihr mein Alter erreicht.«

Am Bar-Pipal-Baum rief sie den Leuten auf der Straße zu: »Wir sind unterwegs zum Treffen der Müttergruppe. Ho, das wird heute abgehalten, auf dem Flachland. Dreißig, vierzig von uns treffen sich und machen Radau. Kommt und seht.« Sie schalt ein paar Frauen, die mit Körben voll Dung vorbeikamen. »Seid ihr so beschäftigt, dass ihr nicht mitkommen könnt? Habt ihr keine Zeit fürs Vergnügen? Was, tragt ihr das Gewicht der ganzen Welt auf Euerm Rücken?«

Binita fiel zurück, als sie sich dem Flachland näherten. Eine Gruppe von Frauen hatte auf der kahlen Ebene einen ungefähren Kreis gebildet; sie saßen auf dem blanken Boden. Es waren allesamt Bazarfrauen, Frauen, deren Gesichter Binita wahrgenommen, die sie aber nie kennengelernt hatte. Auf der einen Seite saßen ein paar Newarfrauen beisammen, und ihnen gegenüber einige Gurung- und Magarfrauen. Alle anderen waren Chhetris und Bahuns. Aus den wohlhabenden Familien der Ortschaft war keine anwesend. Phul Devi war nicht da. Ebenso wenig Om Gurungs Frau und die Frauen von Jimmawal-Baje und Chiranjibi Joshi. Die Armen und die niederen Kasten aus der nahen Gaine-Siedlung waren ebenfalls nicht vertreten. Es war eine Gruppe der örtlichen Mittelschicht.

Hom Kumari stand auf, als sie sie bemerkte. »Thakalni-Ama kommt.«

»Mütter, ich komme.« Thakalni-Ama schritt in den Freiraum hinein, der sich öffnete, als ihr die Frauen Platz machten. Pramila folgte ihr bis in die Mitte der Gruppe, und Laksmi wählte ebenfalls einen Sitzplatz in ihrer Nähe. Binita blieb am Rand und setzte sich neben eine Frau, die dem Schmuck nach eine Magarni zu sein schien.

Als sie ankamen, war die Frau des Asketen gerade dabei gewesen, eine Geschichte zu erzählen. Nun fuhr sie fort. »Thakalni-Ama, ich habe gerade von Akala-Mai gesprochen.« Sie war in eine orangefarbene Phariya gehüllt, die ihr ein frommes

Aussehen verlieh. »Akala-Mai war viele Jahre lang nicht glücklich mit der Ortschaft«, sagte sie in dem vertraulichen Tonfall, in dem man Tratsch weitererzählte. »Sie brachte Dürren über das Land und ließ die Menschen hungern. Sie nahm Rache für die Nachlässigkeit, die die Menschen ihr gegenüber gezeigt hatten. Jeden einzelnen Ortsbewohner ließ sie leiden. Sie ließ Männer, Frauen und Kinder weinen.«

Das war eine Geschichte, die Binita schon früher gehört hatte: Erst als die Ortsbewohner ihren Schrein repariert hatten, befreite Akala-Mai sie vom Leiden. Wahrscheinlich hatte jede in der Gruppe die Geschichte schon einmal gehört, aber sie hörten aufmerksam zu und genossen es, wie die Frau des Asketen daraus eine Erzählung spann. »Und so erschien Akala-Mai eines Tages in einem Traum …«

Binita sah sich die Gruppe an. Sie kannte nicht allzu viele von den Frauen. Frauen kamen nie so in ihren Teeladen wie die Männer, und Binita unternahm ihrerseits wenig, um ihnen zu begegnen. Außerdem war jede Frau hier aus einem anderen Landesteil: eine Schwiegertochter, die es nur durch Heirat nach Khaireni Tar verschlagen hatte. Sie hatten keine lebenslange Beziehung zum Ort wie die Männer.

Die Frau des Asketen schloss ihre Geschichte mit einer Forderung: »Das Erste, was die Müttergruppe tun muss, ist, Akala-Mais Schrein zu reparieren. Der Schrein hat Risse an der Seite, und das Dach ist undicht. Noch eine Regenzeit hält er nicht aus.«

»Reparieren wir ihn und machen wir unsere Mutter glücklich«, pflichtete Thakalni-Ama ihr bei.

Ein zustimmendes Gemurmel kam in der Gruppe auf.

Die Frau neben Binita rief: »Warum sollen wir Tempel bauen?« Sie hatte eine Ringelblume im Haar, die ihr rundes, anziehendes Gesicht betonte. Sie sagte: »Reparieren wir unsere Wasserhähne, bauen wir einen Wassertank, machen wir was Nützliches mit dem Geld, das wir sammeln!«

Pramila rief: »Hah, dann sehen die Männer alle, dass wir die Nation entwickeln, und klatschen!«

Die Frauen brachen in Gelächter aus.

»Reparieren wir einfach Akala-Mais Schrein«, sagte Hom Kumari. »Das kostet nicht viel; wir könnens schnell machen. Danach denken wir darüber nach, was wir als Nächstes machen.«

Die Frau des Asketen hob die Hände in einer Geste demütiger Anrufung. »Eh, Akala-Mai, deine Töchter sind bereit, dir zu dienen!«

Daraufhin begannen die versammelten Frauen laut zu schwatzen.

»So haben wir einen eigenen Ort, wo wir uns treffen können.«

»Aber wie sollen wir Geld sammeln?«, rief eine Frau.

Die Frau des Asketen lachte. »Indem wir tanzen, wie alle anderen Müttergruppen.«

»Aber was sollen die Leute denken?«

»Wen scherts, was die denken?«

»Die tanzen in der Öffentlichkeit wie Huren, werden sie sagen.«

»Wir tanzen zu Akala-Mais Vergnügen, werden wir sagen.«

Eine Frau in der Nähe schrie: »Mein Alter lässt mich nicht.«

»Wie kann er Eure Verehrung für Akala-Mai aufhalten?«

»Denkt an unsere Schwiegerväter!«

Binita hörte es gerne, wenn Frauen sich mit so viel Schalk unterhielten. Das wirkte vergnüglich auf sie, wirkte leichtherzig, wirkte wie etwas außerhalb der Grenzen ihres Alltags.

Die Frau mit der Ringelblume im Haar drehte sich um und lächelte. Dann streckte sie die Hände nach Binita aus und begann, ihr Haar zu lösen. Binita drehte sich um, damit es ihr leichter fiel. Die Finger der anderen Frau kämmten ihre Locken, wanden ihr Haar dann wieder zusammen und steckten es gekonnt zu einem Dutt hoch. Dann lehnte sich die Frau wieder zurück und legte ihre Hand in Binitas Schoß.

Irgendwo in der Gruppe fing eine Frau zu summen an. Binita sah, dass sich Laksmi ängstlich umschaute, wie um festzustellen, was nun passieren würde. Thakalni-Ama, die neben Laksmi gesessen hatte, stand nun auf. »Tanzen wir für Akala-Mai. Machen wir Radau für unsere Mutter.« Und trotz ihres Alters stellte sie sich auf die Zehenspitzen und begann, rhythmische Schritte zu vollführen, wobei sie sich erstaunlich geschmeidig im Takt hin- und herwiegte.

Die anderen Frauen begannen zu klatschen und lachten. Das Summen wuchs Atemzug um Atemzug weiter an und wurde zu einem Gesang:

*Am fernen Flusse wolln wir sitzen und reden.*
*Die Sonne über den Hügeln, du und ich, wir wolln wandern.*

Plötzlich waren ein paar Frauen auf den Beinen und tanzten. Hom Kumari sträubte sich, doch Thakalni-Ama überredete sie aufzustehen. Eine Gurungfrau stieß zu den Tänzern, dann erhob sich noch eine andere Frau. Bald tanzten sieben oder acht Frauen auf dem trockenen Flachland und wirbelten mit scharrenden, stampfenden Füßen Staub auf. Passanten blieben stehen, starrten sie an und grinsten unverhohlen über den Trubel.

Statt dem Tanz mit Freude zuzusehen, fühlte Binita sich steif werden. Sie wusste, dass sie sich eigentlich hätte vergnügen sollen. Aber sie hatte den Eindruck, dass die Frauen, die wenig tun konnten, um ihre Lebensumstände zu verbessern, sich nun lediglich eine Ablenkung verschafften, durch die geschmeidigen Bewegungen ihrer rissigen Füße, dem Schaukeln ihrer knochigen Hüften, dem Wirbeln ihrer Arme, die sehnig waren von zu viel Arbeit. Das irritierte Binita. Gelächter klang durch das Händeklatschen. »Da, da!« Die Tänzerinnen wirbelten mit einer Hemmungslosigkeit herum, die ihnen im Rest des Lebens verwehrt blieb. Das alles erschien Binita als Selbsttäuschung. Hom Kumari fing zaghaft an, sich um sich selbst zu drehen, und ein Hüftwackeln, wie es die Frau des Asketen vormachte, wäre bei einer jüngeren Frau unziemlich gewesen. Laksmi, die auf der anderen Seite der Versammlung saß, hatte ein breites Kinderlächeln auf dem Gesicht. Das Ende der gelben Phariya war ihr von der Schulter gefallen. Ein Gefühl wie Verachtung durchzuckte Binita.

Aber dann stand Pramila auf, und einen Moment lang war Binita gebannt von ihrem Anblick. Pramila war wie verwandelt. Ihre Tanzbewegungen hatten nichts von ihrer alltäglichen Klumpigkeit. Die roten und lila Farbfelder ihrer Phariya beschrieben anmutige Kreisbögen. Um sie herum enthüllten sich die Körper der Frauen, wenn die Blusen sich lüpften; sie warfen ihre Züchtigkeit mit wirbelnden Händen von sich. Einen Moment lang überließ sich Binita dem Lachen der Frauen.

Die Magarfrau neben ihr ruckte unablässig mit den Beinen, als wolle sie aufstehen und mittanzen. Ihre Hand lag immer noch in Binitas Schoß, und sie schien sich zu wünschen, dass Binita mitmache. Das entnervte Binita. Eine Witwe, die vor den Augen der ganzen Ortschaft tanzte: das wäre ein grotesker Anblick.

Sie rutschte von der Frau weg, und in der Hoffnung, dass niemand es mitbekam, eilte sie nach Hause.

Rishi passte immer noch auf den Teeladen auf, als sie zurückkehrte, und obwohl Binita wusste, dass sie ihm ein paar Dankesworte hätte sagen sollen, hatte sie überhaupt keine Lust, ihm zu erklären, weshalb sie das Treffen verlassen hatte. Noch wollte sie von ihm gesagt bekommen, wie sie – als geschundene Frau – die Solidarität anderer Frauen suchen sollte. Sie ging ohne ein Wort durch den Teeladen. Madhu und Tripti saßen in der Vorlaube hinter dem Haus und steckten die Köpfe über einem Schreibheft zusammen. Binita wollte allein sein. Sie ging in den Alkoven, den sie jetzt alle gemeinsam bewohnten und wo die Reihe ihrer Betten lag. Plötzlich überkam sie das dringende Bedürfnis zu weinen.

Rajesh. Timi: du. Als sie geheiratet hatten, hatte sie ihn zu ihrer Welt gemacht. Er hatte sie mit seinen Worten gesättigt und mit seinen Berührungen ausgefüllt. Sie hatte es zugelassen. Das war ein Fehler gewesen. Als er ging, blieb nichts Festes in ihrem Leben zurück, nur noch Lücken und Schatten.

In ihrem Leben würde es niemanden mehr geben, der sie mit seinen Worten verführen und sich von den ihren verführen lassen würde. Niemand, der es ihr gestatten würde, die Vorsicht abzustreifen und jene Begierden zu entblößen, die das Feuer in ihr anfachten.

Nach einer Weile kam Tripti herein und fing an, von ihren Schulerlebnissen zu erzählen. Pramila kehrte eine Stunde später aus dem Flachland zurück, verschwitzt und mit heißem Gesicht – und rief laut: »Ihr hättet sehen sollen, wie die Frau vom Asketen später getanzt hat!« Binita murmelte etwas von schlimmen Kopfschmerzen. Sie wollte sich jetzt nicht Pramilas Überschwang aussetzen, sie hatte nicht das Gefühl, dass sie ihn heute aushielt.

An diesem Abend entschuldigte Binita sich von der Arbeit. Sie verbrachte den Abend alleine und machte oben im Zimmer ihres Schwagers sauber. Über einem Stuhl hingen ein Paar Hosen und ein Hemd. Auf dem Tisch lag aufgeschlagen ein Notizbuch mit einigen Listen und Kritzeleien. Die Luft im Zimmer war muffig. Binita öffnete das Fenster. Sie strich das Bettzeug glatt und stopfte das Laken unter die Matratze, dann blieb sie eine Weile stehen und sah sich das Zimmer an – ihres war es nicht mehr –, wo sie vor Jahren Nacht für Nacht bei ihrem Mann gelegen hatte. Ein vertrauter Geruch, ein Geruch aus der Vergangenheit, ging von den Habseligkeiten ihres Schwagers aus.

Ihre Gedanken wanderten zu den Männern, zu einem Mann. Zu Rishi.

Nicht, dass sie –. Das konnte sie nicht.

Sie dachte an das Treffen der Müttergruppe zurück. Wenn die Gruppe beisammen war, gab es Lachen. Es gab vorübergehende Vergnügungen unter Frauen –.

Bitterkeit stieg in ihr auf. Mehr als ein vorübergehendes Vergnügen stand für sie nicht mehr zur Wahl.

## 37

Als der Tag kam, an dem Harsha Bahadur sein erstes Monatsgehalt empfing, starrte er es ungläubig an. »Stecks schön in deine Tasche«, sagte sein Mita-Vater, und einen unfasslichen Augenblick lang glaubte er, er solle es verstecken, weil sein Mita-Vater es gestohlen hatte. Aber nein: Anschließend trug sein Mita-Vater den Betrag von fünfhundert Rupien in eine Rechnungskladde ein und bat ihn, dort zu unterschreiben. Harsha Bahadur tat es und staunte über sich. Er war ein Mann mit eigenem Einkommen.

Nach der Arbeit ging er direkt nach Hause und legte den Geldschein auf den Küchentisch.

Seine Mita-Mutter saß gerade mit ein paar entfernten Tanten am Esstisch und plauderte. Sie alle schauten den Fünfhundertrupienschein an, als hätten sie noch nie eine solche Menge Geld gesehen.

»Was ist das?«, fragte seine Mita-Mutter.

Harsha Bahadur sagte schüchtern: »Für Euch, mein Verdienst.«

Seine Mita-Mutter nahm den Schein vom Tisch, faltete ihn in der Mitte und schob ihn ihm in die Hemdtasche. »Du dummer Junge«, schalt sie ihn. Natürlich war sie nicht verärgert. Ihre Stimme klang wohlwollend. »Geh und kauf dir was Schönes dafür. Jungs in deinem Alter machen das so. Da du keine Familie hast, die du ernähren musst, stehts dir frei, das Geld auszugeben, wies dir gefällt.«

»Geh und kauf dir Fusel wien richtiger Mann«, sagte eine der Tanten.

Die andere Tante lachte. »Eh, diese Chhetri-Bahuns trinken nicht – und wenn sie anfangen, hörn sie nie wieder auf. Der Junge wird in der ganzen Ortschaft rumstolpern und seine Kaste wegschmeißen.«

Die beiden Tanten brüllten vor Lachen.

»Ts.« Seine Mita-Mutter brachte sie zum Schweigen. Dann nahm sie Harsha Bahadur an der Hand und führte ihn aus der Küche hinaus. »Geh auf den Bazar«, sagte sie. »Und komm nicht zurück, ohnen bisschen Geld ausgegeben zu haben.«

Harsha Bahadur war noch nie alleine durch den Bazar gebummelt. Er entfernte sich ein paar Schritte vom Haus und scheute vor den Krämern zurück, die ihn anschauten, als verlangten sie von ihm, ihre Waren zu kaufen. Er wich den zudringlichen Straßenhändlern unter dem Bar-Pipal-Baum aus und machte einen Bogen um die Mitarbeiter der Kongresspartei. Er wollte gerade in eine Gasse einbiegen, als er dort einen Schlägertypen erblickte und schleunigst die Richtung wechselte. Plötzlich fand er sich vor einem Geschirrladen wieder, der mit UML-Mitarbeitern gefüllt war, die ihn anstarrten, als sei er persönlich für alle Übel auf der Welt verantwortlich. Schnell machte er sich auf den Rückweg zum Bar-Pipal-Baum, wo er neben einer friedlich wirkenden Armreifenverkäuferin Zuflucht nahm.

Da tauchte zu seiner großen Freude von der Rückseite des Bar-Pipal-Baumes sein maoistischer Vetter zweiten Grades auf. Er trug einen alten Tarnanzug und machte eine heldenhafte Figur. »Komm, Bruder!« Er legte den Arm um Harsha Bahadur und führte ihn in eine enge Seitengasse. Dort blieb er kurz stehen. »Schau dich an«, sagte sein Vetter. »Einen Monat arbeitest du für eine reformistische Bürgerpartei, und schon siehst du aus wie ein reformistischer Bürgerjunge – aber ich bin dein Bruder und ich vergebe dir.«

Dann führte er Harsha Bahadur durch die Gasse, vorbei an einem flachen Stück Land, trocken wie ein Kuhfladen, und hinauf ins Südviertel der Ortschaft. Sie zogen die Köpfe ein und betraten einen wie aus Flicken zusammengeschusterten Teeladen. Sein Vetter setzte ihn auf eine Bank. »Also vermisst du dein Zuhause nicht?« fragte er. »Ich war mir sicher, dass du die Arbeit bis zur Erntezeit aufgeben würdest, aber schau an: Die Felder sind abgeerntet, und du bist trotzdem hier.«

Bei dem Wort Ernte fiel Harsha Bahadur sofort Sani ein. Wie seltsam, dass er seit Wochen nicht an sie gedacht hatte. Liebe durchzuckte ihn wie ein schmerzhafter Stich. Ssss! »Hat sie – hat sie den Rawal-Jungen geheiratet?«

»Deine Sani?«, spottete sein Vetter. »Sie ist so vornehm, dass sie nicht einmal auf den Erntefeldern gearbeitet hat.«

»Sie hat überhaupt nicht die Felder gemäht?«

»Jetzt, wo sie ein paar Buchstaben gelernt hat, denkt sie, sie ist zu schade für körperliche Arbeit.«

»Vielleicht ist sie das«, sagte Harsha Bahadur.

Plötzlich packte seinen Vetter die maoistische Raserei. »Bürgermädchen betrachten sich selbst als Tauschwaren«, rief er, und seine Augen liefen rot an. »Deine Sani ist glücklich damit, wie eine Kuh zwischen Vater und Ehemann ausgetauscht zu werden. Wo ist ihr Kampfgeist? Wo ist die Rebellion, wo ist ihr revolutionärer Eifer? Wenn die Frauen wie Kühe sind, wie sollen wir da jemals einen Guerillakrieg führen?«

Sani als Kuh bezeichnet zu hören, tat Harsha Bahadur in der Seele weh. Ihn hielt sein Vetter wahrscheinlich auch für eine Kuh. Das machte ihn traurig. Es hatte alles mit der Lehre zu tun, die Maoismus genannt wurde, das wusste er. Er schwieg, denn er wollte nicht noch mehr vom Maoismus seines Vetters heraufbeschwören.

Der Teeladenwirt brachte ihnen Tee.

Nach einer Weile gestand sein Vetter mürrisch zu: »Natürlich kann meine Meinung über sie auch falsch sein.«

Harsha Bahadur lächelte, denn es freute ihn, dass sein Vetter und er sich wieder vertrugen. »Es könnte sein, dass ich nicht weiß, wie die Welt funktioniert.«

Eine Weile lang schwiegen sie beide und schlürften ihren Tee. Dann begann sein Vetter, ihn über seine Arbeit auszufragen.

Harsha Bahadur erzählte fröhlich von den Mitarbeitern, den Plakaten, den Zukunftsplänen der Partei und von der Anleitung, die ihm sein Mita-Vater bei der Arbeit angedeihen ließ. Er erzählte auch von seiner Mita-Mutter, erzählte von den unbenennbaren fremdländischen Objekten in den Regalen seiner rituellen Eltern, und er erzählte vom Fernsehen. Es war schön, wenn einem einer zuhörte. Sein Vetter hörte sich alles, was er sagte, sehr aufmerksam an, und gab ihm hervorragende Ratschläge:

»Nimm deine Arbeit ernst, Bruder. Sei sorgfältig, mach den Leuten Freude, bring sie dazu, dir zu vertrauen. Die Männer, mit denen du in Kontakt gekommen bist – große Männer wie Nayan Raj – die sind wichtig. Die können dir einfach so« – er schnipste mit den Fingern – »eine Stelle geben, wenn sie wollen.«

»Ich verdien das Amt des Parteilakaien eigentlich nicht«, gestand Harsha Bahadur ein.

»Doch, auf jeden Fall«, sagte sein Vetter mit sanfter Stimme. Er schaute erneut Harsha Bahadurs Hemd und Hosen an, die sauber und gebügelt waren. Er sagte: »Und auch, wenn du für die reformistischen Kräfte des multinational-imperialistisch-spekulantenkapitalistischen Systems der Mehrparteiendemokratie arbeitest, ich persönlich unterstütz dich, Bruder. Um dir die Wahrheit zu sagen, meine Genossen würden mich kritisieren, wenn sie mich jetzt sehen würden, wie ich mit dir spreche. Du musst deinen Klassenfeind hassen, sagen sie. Du musst Krieg gegen ihn führen. Du musst unermüdlich für eine großmaßstäbige erdrutschartige wirbelsturmmäßige Kulturrevolution kämpfen.« Er beugte sich zu Harsha Bahadur hin und nahm ihn an den Händen. »Es stimmt, dir fehlt es an Bewusstsein. Aber du und ich, wir sind Brüder, und wir müssen zusammenhalten. Ich werd immer auf dich aufpassen.«

»Und ich pass auf dich auf«, sagte Harsha Bahadur, gerührt durch die warme Liebe seines Vetters.

Als es ans Zahlen ging, zog Harsha Bahadur seinen Fünfhundertrupienschein heraus.

»So viel Geld.« Sein Vetter linste es misstrauisch an. »Wo hast du so viel Geld her?«

»Das ist mein erstes Monatsgehalt«, sagte Harsha Bahadur stolz und händigte es dem Teeladenwirt aus. Er bekam eine ganze Handvoll Wechselgeld heraus.

Anschließend spazierten sie durch ein paar Hintergassen, und sein Vetter sprach im beratenden Tonfall eines älteren Bruders zu ihm, während er ihm in zufälliger Reihenfolge die Neuheiten erläuterte, die in der Ortschaft anzutreffen waren. »Das sind Käsebällchen«, sagte er und deutete auf die Päckchen aus Silberfolie, die in einem Laden am Wegrand verkauft wurden. »In denen ist nichts als Luft, genau wie bei der parlamentarischen Demokratie.« Bei einem anderen Laden sagte er: »Das sind Plastikpuppen, mit denen Bürgermädchen spielen, um zu lernen, wie unterwürfige Objekte aus ihnen werden.« Sie kamen an den Stand des Uhrmachers. Sein Vetter sagte: »Das da sind Digitaluhren aus dem Ausland, die in einem Monat kaputtgehen, sodass man wieder eine kaufen muss, wodurch dem Land das Geld entzogen wird.« Am Bar-Pipal-Baum sagte er: »Hier, kaufen wir ein Päckchen Chips.«

Harsha Bahadur gab dem Käsebällchen-und-Chips-Verkäufer ein paar Geldscheine.

Sein Vetter riss die Tüte auf. »Die hier werden aus nepalischen Kartoffeln, nepalischem Öl und nepalischem Salz hergestellt. Durch ihren Verzehr wird keinerlei multinational-kapitalistische Ausbeutung aufrechterhalten.«

Es gefiel Harsha Bahadur, so herumzuspazieren und Sachen zu kaufen. Als sie an der Gasse vorbeikamen, die zum Arzneiladen führte, fragte er überschwänglich: »Wenn man alle Medizin im Laden vom Doktor-Sah'b essen würde, würde man dann von allen Leiden geheilt werden? Wenn man alle blauen Pillen, weißen Pillen, roten Pillen und gelben Pillen nehmen würde, würde man dann ganz stark werden?«

Sein Vetter blieb stehen und wandte das Gesicht zum Himmel, um eine heldenhafte Pose zu erzielen. »Das würde lediglich die imperialistisch-multinationalistisch-spekulantenkapitalistischen Pharmaunternehmen bereichern«, rief er laut. »Was unser Volk braucht, ist Nahrung, reichlich Nahrung. Es braucht Land zum Erntebau, Saatgut zum Säen, Bewässerungskanäle, Düngemittel. Es braucht Gleichheit, Gerechtigkeit, Befreiung! Unsere geschickte Guerillakriegsführung hat bereits vier, fünf Distrikte befreit! Den Rest des Landes werden wir mit unserer gewaltigen bewaffneten Arbeiter-und-Bauern-Revolution befreien!«

»Eh«, sagte Harsha Bahadur.

»Unsere Regierung ist ein Handlanger multinational-spekulantenkapitalistisch-imperialer Kräfte, die die Armen ausbeuten! Wir werden alle an die Unternehmen verkauft, die die höchsten Gewinnanteile zahlen! Wir werden als Leibeigene behandelt!«

»Eh«, sagte Harsha Bahadur.

»Guerillakriegsführung ist die Methode der Zukunft!«

»Eh.«

Als sie dann den Rand des Bazars erreichten, sagte sein Vetter: »Sag keinem, dass du mich gesehen hast, Bruder« – und verschwand unvermittelt in einem Maulbeerstrauch.

Da lebte er also in seinem Tunnel unter der Erde.

Harsha Bahadur schaute sich verwirrt um und überlegte, was er als Nächstes unternehmen solle. Dem maoistischen Widerstand seines Vetters zum Trotz hielt er es immer noch für eine gute Idee, Medizin kaufen zu gehen. Denn jetzt, wo er nach langer Zeit wieder an Sani gedacht hatte, war ihm eingefallen, dass sie ihn vielleicht deshalb zurückgewiesen hatte, weil er so kränklich war. Denn ein kränklicher Mensch – auch wenn sein Zustand den nachvollziehbaren Grund hatte, dass er in unglückliche Verhältnisse hineingeboren worden war – konnte keine Liebe anziehen. Warum sollte ein so wunderbares Mädchen wie sie nicht lieber einen starken, gesunden und – ssss – mit stahlharten Armen ausgestatteten Jungen wie den Rawal-Kerl nehmen?

Er tätschelte das Geld in seiner Tasche. Dann kehrte er um und ging zum Arzneiladen zurück. Blaue, weiße, gelbe und rote Pillen. Er würde gesundheitsspendende Pillen kaufen.

# rausch

## 38

Unter dem Dunstschleier des Zorns, der ihre Tage und Nächte vernebelte, empfand Madhu eine unerträgliche Bitterkeit, eine Art blinden Neid auf Binita-Didi. Sie konnte es kaum ertragen, sich in ihrer Nähe aufzuhalten. Sie konnte es kaum ertragen, überhaupt etwas zu tun. Ihre Freunde waren ihr alle über. Tripti war eine Transuse. Und Pramila-Didi war bloß ein ordinäres Weib.

Und es war ihr sowas von lästig, zum Lese- und Schreibunterricht hinzugehen. Sie wäre ja einfach nicht mehr gegangen, hätte sie nicht die Lüge erfunden, dass sie sich bilden wolle. Also saß sie jeden Abend auf einer Strohmatte im Schulraum und hörte Sir zu. Manchmal gefiel ihr, wie er redete – mehr der Tonfall als die Worte –, aber nach wie vor hatte sie wenig für das übrig, was er sagte.

Sir war ein zarter junger Mann mit einem panischen Gesichtsausdruck. Er sprach schnell, so als wolle er so rasch wie möglich alles ausspeihen, was in ihm war. »Gha«, sagte er eines Tages. »Welche Wörter fangen mit Gha an?« Sein Blick zuckte durch den Raum. »Gha. Wörter, die mit Gha anfangen.«

Madhu saß im Unterricht immer ganz hinten, und sie duckte sich, um Sirs Augen auszuweichen.

Sirs Blick landete auf der Frau neben ihr. »Gha. Ihr lebt in einem –.«

Die Frau sagte: »Ghar?«

»Jawohl. Gut. Und was ist das an Madhus Fuß? Eine –.«

Madhu zog ihren Fuß unter sich.

»Ghau.«

»Jawohl. Ghar, Ghau.« Sir drehte sich zu Tafel um und schrieb beide Wörter an. Er kreiste das erste ein und drehte sich wieder zur Klasse um. »Ghar. Ein Mann ohne ein Haus ist kein Mann, und eine Frau ohne ein Kind ist keine Frau. Ist diese Aussage richtig?«

Die Schülerinnen scheuten stets davor zurück, sich auf eine Diskussion einzulassen. Ein paar Frauen kicherten. Eine ganze Weile lang sagte niemand etwas. Dann hob Hom Kumari das Ende ihrer Phariya vor den Mund und wagte eine Antwort: »Die Alten sagen das, Sir. Ein Mann ist kein Mann, bis er sich im eigenen Haus niederlässt.«

»Jeder Mann muss ein Haus bauen«, sagte eine andere Frau.

Die Frau des Asketen war anderer Ansicht. »Aber der Vater meines Sohnes hat das eine Haus, das er besaß, aufgegeben. Er sagte, komm du auch mit, leben wir in einer Höhle und geben wir diese verderbliche Welt auf. Meinerseits sagte ich, gebt mir Euer Haus, wenn Ihrs nicht braucht. Überschreibt mir Euer Haus auf meinen Namen.«

»Also ist Euer Mann ein Mann, obwohl er kein Haus hat«, lachte jemand.

»Er ist kein Mann, er ist ein Jogi.«

Sir sagte: »Und ist eine Frau ohne Kind eine Frau?«

Die Frau des Asketen sagte: »Nein, die Frauen werden dazu geboren, Mütter zu sein.«

»Das stimmt«, sagte Hom Kumari. »Gott hat uns auf diese Welt geschickt, um Kinder zu gebären. Eine Frau ohne Kind ist keine Frau.«

»In diesen Zeiten der Überbevölkerung?«, sagte Sir. »In diesen Zeiten der Geburtenkontrolle? Eine Frau ist keine Frau ohne ein Kind?«

»Nein.« Hom Kumari ließ sich nicht erweichen. »Sie ist keine Frau im eigentlichen Sinne.«

»Falsch«, sagte Sir. »Nur weil das ein altes Sprichwort ist, heißt das nicht, dass es wahr ist. Wie viele Männer in den Städten wohnen in Wohnungen. Ein Haus können sie sich gar nicht leisten. Aber sind sie deshalb keine Männer? Wie viele Frauen können keine Kinder kriegen. Aber haben sie kein erfülltes Leben? Sich zu bilden, bedeutet nicht nur, Buchstaben zu lernen. Es bedeutet, dass Ihr nachdenken müsst!«

Madhu fand die meisten Sachen, die Sir sagte, ziemlich blöd, aber da war etwas in seinem Tonfall, eine Wut, eine Ungeduld, das ihr gefiel. Sie fühlte sich angespornt, ihm darin nachzueifern.

Sir wandte sich wieder der Frau neben Madhu zu. »Das nächste Wort. Ghau. Die Wunde da an Madhus Fuß. Was bringt sie zum Eitern?«

»Sie ist wahrscheinlich von einem Geist besessen«, verkündete die Frau. »Die einzige Art, sie zu heilen, ist, einen Jhankri Gebete, rituelles Blasen und Blutopfer machen zu lassen, um den Geist auszutreiben.«

Ein kalter Schauer lief Madhu über den Rücken.

»Falsch.« Sir schaute die Gruppe finster an. »Was die Entzündung verursacht, sind winzige Lebewesen, genannt Bakterien. Wenn man diese Bakterien nicht rechtzeitig tötet, bringen sie die Wunde zum Eitern. Wir müssen wissenschaftlich sein. Das Zeitalter des Geisterglaubens ist vorbei.«

Hom Kumari sagte: »Aber Sir, es gibt Unholde, die bis tief in die Nacht Pläne schmieden, wie sie anderen Leid zufügen können, es gibt Hexen, die ihren Männern das Blut aussaugen, bis sie sterben, die andere Frauen ins Verderben führen, indem sie in sie fahren und sie quälen. Die jüngste Schwiegertochter von meiner eigenen Schwester war von einer Hexe besessen.«

»Alles blinder Aberglaube!«, schnaubte Sir. »Nur moderne

Medikamente können austreiben, was auch immer von Madhus Fuß Besitz ergriffen haben mag.«

Diesen ganzen Streit über verhielt sich Madhu vollkommen still. Jetzt ergab alles einen Sinn. Sie war von einer Hexe besessen. Warum sollte sie sonst die ganze Zeit über so übellaunige und rebellische Gefühle haben? So wie sie hier saß, wirkte sie normal. Aber tief in ihrem Inneren wurde sie von einem bösen Weib gelenkt, das nur darauf aus war, sie leiden zu sehen. Weil sie so vollkommen gewesen war, hatte sie den Neid der Hexe auf sich gezogen. Nun wurde sie bestraft, weil sie so brav gewesen war. Und weil alle Frauen zum Leiden geschaffen waren in diesem von Frauen verfluchten Land.

## 39

An dem Morgen, an dem Rishi mit Giridhar in die Hügel aufbrechen sollte, saß er stundenlang im Teeladen und wartete auf eine Gelegenheit, mit Binita zu sprechen. Es hatte sich bei ihm das törichte Gefühl festgesetzt, dass sie ihn möge. Nicht, dass er ihre Zuneigung für mehr hielt als eine kameradschaftliche Verbundenheit von Mensch zu Mensch; aber dass sich zwei Menschen so begegnen sollten, von Individuum zu Individuum, zu diesem Zeitpunkt und an diesem Ort in seinem Leben, das war doch eine Überraschung. Nur reden. Über die verkrusteten Abstandhalter der Gesellschaft hinweg hatten sie beide dann und wann miteinander geredet – und hatten einander dabei etwas Wesentlicheres mitgeteilt als die Worte, die sie wechselten. Angefangen von Binitas ersten, zaghaften Worten bis hin zu dem trotzigen Schweigen, mit dem sie ihm begegnete, nachdem er ihr gesagt hatte, sie solle sich der Müttergruppe anschließen, hatte er bemerkt, wie sie sich abwechselnd verbarg und zeigte, wie sie die Hände ausstreckte und zurückwich, wie sie sich schützte und dann wieder vorsichtig der Gefahr aussetzte. Abends im Schlafraum, wenn sein Radio lief, ging ihm durch den Kopf, auf welche Weise sie je nach Umstand ihre Sicherheit gewährleistete. Mit Burschen wie BB-Gun redete sie nie. Gegenüber anderen Parteimitgliedern schlüpfte sie in die Rolle von Nayan Rajs Binita-Bhauju. Gegenüber Nayan Rajs Verwandten verhielt sie sich als Schwiegertochter. Für Madhu war sie eine Schwester und für Tripti eine Mutter. Den Ortsbewohnern im Allgemeinen zeigte sie das Gesicht der zurückgezogen lebenden Witwe. Ihm jedoch schien sie weniger zurückhaltend zu begegnen; zu ihm kam sie als sie selbst. Binitaji, hatte er sie genannt. Rishiji, hatte sie erwidert. Rishiji. Ein kleines Stück weit – aber dieses Stückchen hatte sicher etwas zu bedeuten – überschritt sie die gesellschaftlichen Schranken, wenn sie mit ihm redete.

Aber seit sie über die Müttergruppe gesprochen hatten, war Binita ihm ausgewichen. Rishi deutete das als Bestrafung dafür, dass er versucht hatte, sie zum Eintritt in die Müttergruppe zu überreden; aber, dachte er, sie könnte doch so weit nachgeben, dass sie etwas sagte – auch wenn es nur eine Kleinigkeit wäre –, um zu zeigen, dass sie sich seiner bevorstehenden, mehrwöchigen Abwesenheit bewusst war. Doch an dem Morgen, an dem er abreisen sollte, blieb Binita bei ihrem Entschluss, ihn zu ignorieren. Sie wandte ihm den Rücken zu und arbeitete am Herd. Auch ihr Gesicht war abgewandt; Rishi befand sich wohl am äußersten Rand ihres Gesichtsfeldes. Nach dem Essen wartete er noch. Er dachte, wenn sie ihm ein kleines Zeichen gäbe, würde er zu ihr hingehen und sich verabschieden. Aber als sie mit dem Kochen fertig war und sich anderen Arbeiten widmete, hielt Binita ihm immer noch – und mit Absicht? – den Rücken zugewandt.

Auch das war eine Botschaft: Ich denke an Euch und will Euch fernhalten.

Also begab er sich in sein Exil.

Draußen blendete ihn die Sonne. Rishi machte sich auf den

Weg zu Shankars Getreideladen. Die Ortschaft wirkte heruntergekommen. Sonnen, Bäume, Pflüge, Häuser und Teetassen prangten an jeder freien Wand. Zerrissene Plakate flatterten an Baumstämmen. Die Banner, die von Ästen und Strommasten herabhingen, waren von der Sonne ausgebleicht.

Der Getreideladen wurde von einer Gruppe von Dorfleuten ausgefüllt, die über den Verkauf des Getreides verhandelten, das sie vor Kurzem geerntet hatten. »Schaut, Shankarji«, sagte einer von den Dorfleuten gerade, »wir können nicht zu dem Preis verkaufen, den Ihr verlangt. Egal wie viel Dünger wir verwenden, unsere Ernte fällt jedes Jahr magerer aus. Wenn wir keinen fairen Preis kriegen, werden wir noch vor Ende des Winters hungern müssen.«

»Wie kann ich ohne Gewinn überleben?«, sagte Shankar. »Ich bin nicht die Regierung, die von äuslandischen Beihilfen leben kann.«

Da sagte eine raue Stimme aus dem Inneren des Ladens: »Sicher kann unser Shankarji für meine eigenen Leute ein Zugeständnis machen.«

Rishi erkannte die Stimme sofort. Er drehte sich zur Seitentür um. Und da saß er von ihm abgewandt auf einer Bank: der Schulmeister. Rishi war sich einen Augenblick lang unsicher, ob er es sei. Das silberne Haar des Schulmeisters wurde von einer schwarzen Kappe verborgen. Seine Haltung wirkte gebückt, als sei er zu groß für den Raum. Er schaltete sich als Vermittler zwischen den Bauern und Shankar ein: »Sicher überlegt es sich unser Shankarji noch mal – so wohlschmeckender, duftender Mansuri-Reis.«

Da erst fiel Rishi auf, dass die Bauern aus den nördlichen Hügeln stammten – Männer, die er als Kind mit »Onkel« angeredet hatte. Ein Dorfnachbar stand gleich neben ihm. Der Nachbar sah ihn an, wandte sich aber wieder ab, ohne ihn zu erkennen. Das versetzte Rishi einen Stich, der sich eigenartig anfühlte. Bestimmt sah er doch seiner Mutter ähnlich –. Auch die anderen Bauern nahmen keine Notiz von ihm, während sie in der entspannten und langumwundenen Art von Dorfleuten die Verhandlungen zu dem Preis zu steuern versuchten, auf den sie aus waren.

Als Shankar sich schließlich bereiterklärte, zwei Rupien pro Kilo mehr zu bezahlen, waren sie zufrieden und zerstreuten sich. Der Schulmeister stand auf, um zu gehen. Rishi, der nur ein paar Schritte von ihm entfernt stand, hatte gedacht, wenn die Bauern erst fort waren, könnten sie eine Unterredung führen – der Schulmeister, Shankar und er.

»Shankar-Dai«, rief er.

Der Blinde drehte sich um.

»Ich bins, Rishi Parajuli.«

Der Schulmeister ging zur Tür hinaus.

Shankar brach in ein Lächeln aus. »Der Genosse mit dem Kummer in der Stimme.« Er schien Rishis Verdruss zu spüren und zu genießen. Er lachte sein gackerndes, unfreundliches Lachen. »Kommt! Setzt Euch. Erzählt mir, was Ihr in den Hügeln für mich tun wollt.«

Draußen schlug der Schulmeister die Richtung zur UML-Geschäftsstelle ein.

Rishi setzte sich auf die Bank, von der der Schulmeister aufgestanden war. Die Struktur, nicht die Person. Systeme, nicht Individuen.

Rishi händigte Shankar ein Blatt Papier aus, auf dem er den Zeitplan für Giridhars Tour aufgeschrieben hatte.

»Nur für die Augen Eures Schulmeisters«, lachte Shankar und wedelte mit dem Blatt. »Für die Augen Eures Schulmeisters allein.«

Rishi ließ den Sarkasmus des Alten an sich abprallen. Er schaute nach draußen. Der Schulmeister war bereits beim Geschirrladen angelangt und gesellte sich zu einer Gruppe von UML-Mitarbeitern. Die Mitarbeiter waren junge Leute: Schüler des Schulmeisters, wie er einer gewesen war. Ihre Körper bildeten einen standfesten Ringwall. Einen Augenblick lang dachte Rishi daran, hinüberzuschlendern und für sich, seinen Rekruten und Genossen, vom Schulmeister Aufmerksamkeit zu erzwingen.

»Ihr könnt ihn an den Festtagen treffen«, sagte Shankar, als habe er gesehen, wo Rishi hinschaute. »Während der Festtage kommt er, um Euch zu Hause zu treffen.«

»Ich hab nie gesagt, dass ich nach Hause gehe.«

»Ein Treffen im Bazar ist zu riskant. Geht Ihr nach Hause. Euer Schulmeister kommt dorthin.«

Bei diesen Worten wurde es Rishi flau im Magen. »Nein, ich will ihn hier treffen.«

»Euer Schulmeister sagte, Ihr müsst nach Hause gehen.«

Und was der Schulmeister sagte, hatte Rishi zu befolgen. Es war hart, benutzt zu werden, und er machte sich dieses Gefühl bewusst. Ohne eine weiteres Wort zu Shankar stand er auf und machte sich auf den Weg zu seinem betrunkenen Meister Giridhar.

Seit Monaten hatte Giridhar keinen Tropfen mehr angerührt, und er wusste, dass er auf die Prüfung nun vorbereitet war. Die eigentliche Prüfung stand nun kurz bevor. Er hatte das Gefühl, dass sein Körper nun endlich im Gleichgewicht war, und er konnte sich konzentrieren, worauf und wann immer es nötig war. Nachdem Nayan Raj in die südlichen Hügel aufgebrochen war, hatte Giridhar sogar Dorf für Dorf durchgeplant, wen er auf seiner Dorftour treffen wollte – was er sagen und wie er die Stimmen der Wähler für die Teetassenpartei sichern würde. Was ihm nun bevorstand, war die Prüfung seiner Fähigkeiten als Vorsitzender. Mit seinen Tränen und seinem Schweiß, mit seinem eigenen Blut und Fleisch, mit nichts als der Kraft seiner Knochen und den Schicksalslinien, die in seine Handflächen eingegraben waren, würde er die Partei zum Sieg führen. Das war sein Wunschtraum. Indem er Nayan Rajs Tour durch die südlichen Hügel nachvollzog, würde er überall dort Komitees gründen, wo er vor Ort Unterstützung fand. Im Idealfall würde er dreiunddreißig Komitees einrichten, eines für jedes Wahllokal. Diese Aufgabe würde ihm seinen ganzen Scharfsinn abverlangen. Während er sich mit den Dorfanführern traf und Männer von der richtigen Sorte zusammentrommelte – starke Parteisoldaten – , würden seine Mitarbeiter die Plakate, Banner, Wahlsprüche und Symbole ergänzen, die das vorhergehende Team angebracht hatte. Die Aufsicht über diese Jungen würde Rishi führen. Diese Reise – Prüfung – sollte einen Monat dauern. Und wenn diese Zeit um war, würde Giridhar sich eine Zukunft geschaffen haben.

Nun ging er in die Hügel. Aufgrund seiner angeschlagenen körperlichen Verfassung fiel es ihm allerdings schwer, unter der blendenden Nacherntesonne den schmalen Trampelpfaden zu folgen. Die Terrassenfelder waren mit den unansehnlichen Stoppeln abgemähter Reishalme bedeckt. Die Sonne schmerzte Giridhar in den Augen, und er musste dauernd blinzeln, um das stechende Licht abzuwehren. Seine Knochen waren träge, und sein Körper fühlte sich an wie ein roher Haufen Fleisch. Sein Atem ging laut, sein Gesicht glühte, und er verspürte das dringende Bedürfnis nach einer Rast.

Rishi, der sich ein paar Schritte hinter ihm hielt, schien die Anstrengung besser zu verkraften: Bei einem schlanken, jungen Mann wie ihm war das zu erwarten. BB-Guns Bande war über eine längere Wegstrecke verstreut, und während einige Jungen zum nächsten Dorf vorauspreschten, klebten andere als Nachzügler am Wegrand Plakate. Ab und zu, wenn ihn die Trägheit übermannte, blieb Giridhar stehen. Aber er gönnte sich keine Rast. Das Wandern würde im Laufe der Tage leichter werden, das wusste er. Sein Körper musste mit seinem Geist schritthalten, der von Dorf zu Dorf flog, von Person zu Person, von Gedanke zu Gedanke, über Möglichkeiten hinweg.

Die Gedanken, die ihm durch den Kopf gingen, waren

manchmal sehr eigenartig. Zum Beispiel: Es war Zeit genug für alles. Es war Zeit genug, sich im eigenen Zimmer einzusperren, und Zeit genug, sich wieder klar zu werden, wie man in die Welt zurückkehren konnte. Es war Zeit genug, zu reden und zu planen, und um diese Pläne ausführen. Menschenalter vergingen – die Zeit tickte immer weiter –, aber nicht so schnell, dass es keine Zwischenzeiten gegeben hätte, in denen man herumwursteln konnte.

Anderer Gedanke: So etwas wie ein höhnischer Gott existierte nicht. In seiner Jugend war Giridhar Atheist gewesen. Später war er Agnostiker geworden. Aber in letzter Zeit verhielt er sich zunehmend so, als seien die Götter überall – und lachten von ihrem Platz aus über ihn. Entgegen aller Vernunft schrieb er unbeseelten Objekten feindselige Absichten zu, suchte Rückhalt in Zeichen und Omen, katzbuckelte vor den Göttern der Vergeltung und der Furcht. Einen vernünftigen Grund, sich so zu benehmen, gab es nicht. Er war ein moderner Mensch. Er durfte nicht in absurden Begriffen denken.

Und: Was war eigentlich mit den Schlappen Marke Elephant passiert, die er beim Schuster gekauft hatte? Hatte er sie mit nach Hause genommen oder in der Parteigeschäftsstelle liegen gelassen? Hatte er sie verloren? Vierzig Rupien weg, einfach so.

Sehr nützlich waren sie nicht, diese Gedanken.

Rishi, der hinter ihm ging, schwieg. Er schien von Natur aus schweigsam zu sein. Das passte Giridhar, der die Zeit unterwegs zum Nachdenken brauchte. Für jedes Wahllokal mussten Strategien entworfen, mussten taktische Schlachtpläne geschmiedet werden. Bei einer Wahl ging es nicht darum, wohlklingende Reden zu schwingen, wie sein fescher Kinohelden-Kandidat glaubte. Bei einer Wahl ging es darum, alles zu tun, was nötig war, um am Ende Stimmen in der Urne zu haben.

Als sie das erste Dorf erreichten, hörte Giridhar von den

örtlichen Parteimitgliedern, dass der Kandidat hier einen guten Eindruck hinterlassen hatte. Der Sohn des Dorfanführers begrüßte Giridhar und bestand darauf, dass er die Nacht im Haus seines Vaters verbringe. Das dürfte sich als sehr nützlich erweisen, dachte Giridhar.

Im Haus des Anführers erwarteten ihn ein paar alte Männer und befragten ihn nach Nayan Raj, nach der Geschichte der Partei, nach ihrer Vision von der demokratischen Reform. Erschöpft vom Tagesmarsch beantwortete Giridhar die Fragen, so gut er konnte. »Unser Kandidat meint keine drastischen Veränderungen«, sagte er, als der Sohn des Dorfanführers ihn fragte, was genau der Kandidat unter Reform verstehe. »Wir alle müssen uns bessern. Die Parteien, die Parteimitarbeiter, jeder von uns, wir selbst: wir müssen uns reformieren, das ist es, was unser Kandidat sagt.«

»Die Reform, die er fordert«, sagte der Sohn des Dorfanführers, »die muss von den Parteien ausgehen und nicht von einer Veränderung an der Struktur, ja? Er ist nicht gegen die parlamentarische Demokratie, oder?«

»Eh, wir sind keine Maoisten, die gegen das ganze System sind«, schnaubte Giridhar. »Denkt Ihr, wenn wir Maoisten wären, würden wir herkommen und Euch um Eure Stimmen bitten?«

An diesem Punkt trat Rishi vor und gab eine genauere Erklärung. Der Junge – Mann – schien ganz intelligent zu sein. »Unsere Partei ist entschlossen, die Demokratie nicht den antidemokratischen Kräften zum Opfer fallen zu lassen«, sagte er. »Die ganz links und die ganz rechts außen sagen, die Demokratie diene nicht den Armen. Andere, die von der Demokratie überzeugt sind, fragen trotzdem, ob das parlamentarische System in einem Land wie dem unseren funktioniert. Auch das sind zulässige Fragen. Aber unsere Partei glaubt, dass das Versagen der nepalischen Demokratie die Schuld der Parteien ist. Das ist, was Nayan Rajji meint. Der Erfolg der Bewegung von

1990 war nur der Anfang der demokratischen Revolution. Wir müssen sie weiter vorantreiben, indem wir bessere Parteien an die Macht bringen.«

»Das ist, was wir uns gefragt haben«, sagte der Sohn des Dorfanführers, offenbar erleichtert. »Das ist, was wir wissen wollten.«

»Das ist es, was Nayan Rajji meint«, sagte Rishi.

Dieser Rishi Lamsal schien die Botschaft der Partei auswendig gelernt zu haben. Ein Junge aus Kathmandu mit MA-Abschluss: der war zu gebrauchen. Giridhar war froh, sich zurücklehnen zu können, während die Leute Fragen stellten und Rishi antwortete. Dabei pries er den Kinohelden mit Worten, die Giridhar selbst, das war ihm klar, nicht herausgebracht hätte.

Am nächsten Morgen fühlte sich Giridhar frisch. Der Sohn des Dorfanführers willigte ein, bei der Einrichtung eines Komitees für das hiesige Wahllokal zu helfen. Als sie beide alleine waren, fragte Giridhar ihn: »Seht Ihr hier irgendwelche Unregelmäßigkeiten voraus?«

»Ungefähr dreitausend Stimmen fallen in unser Lokal«, sagte der andere Mann. »Wenn wir eine starke Mannschaft haben, können wir dafür sorgen, dass das Lokal nicht wie üblich von UML-Mitarbeitern besetzt wird.«

Giridhar hatte schon immer gewusst, dass die Menschen wie tiefe, dunkle Brunnen waren. Nach ihren geheimen Beweggründen musste man in den trüben Tiefen ihrer Herzen fischen. Er warf ein Netz aus: »Das Wichtige ist es, eine faire Wahl durchzuführen. Also sagt mir, womit können wir Euch helfen, dafür zu sorgen, dass die Wahl frei und fair ist?«

Der Sohn des Dorfanführers sah ihn an, und sie sahen sich gegenseitig in die Augen, und es war klar, dass er Giridhar verstanden hatte. Er schaute zu Boden, und nach einer kurzen Pause sagte er: »Um zu gewinnen, muss die Partei hier ein bisschen was ausgeben.«

Und er nannte seinen Preis.

Giridhar hörte ihm aufmerksam zu und kalkulierte die Kosten. Mehrere Tausend Rupien als Bezahlung für die Männer, die die UML-Mitarbeiter abwehren sollten; noch ein paar Tausend, um die entscheidenden Stimmen zu kaufen. »Die ganze Siedlung bewirtschaftet Land von meinem Vater, die werden Euch wählen, wenn er es ihnen sagt. Ich kann persönlich mindestens fünfhundert Stimmen für die Teetasse garantieren.« Nach einer kurzen Pause sagte der Mann: »Ich selbst, ich will gar nichts haben. Aber mein Vater, er wird allmählich alt. Letzten Monat hatten wir eine Krankenhausrechnung, die ging in die tausende. Wie können wir uns das leisten?«

»Unsere Partei wird ihre Unterstützer reichlich belohnen«, sagte Giridhar. »Ihr müsst kurz vor der Wahl nach Khaireni Tar kommen, damit wir diese Angelegenheit genau besprechen können.«

Sie kamen überein, dass sie ihren Handel dann zu einem Abschluss bringen würden.

Bis sie aufbrachen, hatten Rishi und die anderen das ganze Dorf mit einer frischen Ladung von Teetassenzeichen und Parteiplakaten überzogen.

Und wieder der lange, harte Fußmarsch.

Unterwegs kamen Giridhar wieder sonderbare Gedanken. Zum Beispiel: Wenn Gleichgültigkeit der Stoff war, aus dem die ganze Schöpfung entstand – und mal ehrlich, war die Welt nicht im Grunde ganz gleichgültig –, warum war er sich dann selbst so wichtig?

Und: Übergewicht war, als trage man totes Gewebe am Körper. Ein morbider Gedanke; er versuchte, ihn zu verdrängen. Aber so fühlte es sich an, diese Masse unbewegliches Fleisch auf die steilen, sonnengetränkten Hügel hinaufzuschleppen, zum nächsten Dorf, zum übernächsten und immer weiter.

Was ihn immer wieder überraschte, waren die vielen Leute, die in jedem Dorf zu ihm kamen. So viele Dorfleute wollten der Teetassenpartei helfen, kaum dass sie eine Rede von Nayan

Raj gehört hatten. Giridhar nahm an, dass das gut war. Diese Anhängerschaft würde die Basis bilden, auf der er sich nächstes Mal selbst zur Wahl stellen konnte. Aber es ärgerte ihn auch, dass die Leute ganz aus dem Häuschen waren wegen des Kinohelden. Er sah sich gezwungen, Nayan Rajs Text aufzusagen, von wegen demokratische Reform. Er sah sich gezwungen, sich wieder und wieder Rishis Vortrag über die Vision der Volkspartei anzuhören. Wie hätte Giridhar da gegen Nayan Raj keinen Widerwillen empfinden sollen? In jedem Dorf erzählten die Leute aufs Neue, wie rechtschaffen er sei. »Genauso sollte ein Abgeordneter sein«, schwärmten alte Männer. »Unbestechlich.« Jüngere Männer hielten Giridhar unterwegs auf, um ihm zu sagen: »Eh, Euer Kandidat macht große Worte. Handelt er auch entsprechend?« Und bevor Giridhar sich überwinden konnte, etwas zu sagen, etwas Wahres und Zynisches, beantworteten sie die eigene Frage: »Sieht so aus, als ob. Ein Nummer-eins-Hit-Kinoheld – er gibt nicht mal damit an.«

Sogar die Frauen lobten ihn: »Er hat uns geholfen, Wasser vom Hahn heimzutragen. Und er hat das auch seine Mitarbeiter machen lassen.«

»Alle Männer sollten so sein.«

»Ho ja«, sagte Giridhar mit ironischem Überschwang. »So versuche ich selbst auch zu werden.«

Diese lächerliche Begeisterung für Nayan Raj blieb sich in allen Dörfern gleich. Die Leute waren im Grunde dumm, dachte Giridhar. Nur ein kleiner Anteil der Bevölkerung in diesen Gebieten konnte lesen und schreiben. Es gab keine Fernseher, kein Kino. Die Leute waren leicht zu manipulieren durch einen Mann, der schauspielern konnte.

Giridhars eigene Arbeit war streng pragmatisch. In jedem Dorf schloss er einen Handel ab. Nach einem pflichtgemäßen Vortrag darüber, wie ruhmreich sein Kandidat sei, verwandte er alle Aufmerksamkeit darauf, Männer zu sammeln, die sie handfest unterstützen würden. Er machte frühere Bekannte ausfindig, die ihm etwas schuldig waren, Leute, die Beziehungen in die Welt brauchten, Freunde, entfernte Verwandte und Dörfler, denen er als Bankchef Kredite bewilligt hatte. Er traf sie einzeln oder gruppenweise, versicherte ihnen, dass sie nach der Wahl mit der Hilfe der Volkspartei rechnen durften, und überzeugte sie, in deren Wahllokalkomitees mitzuwirken.

Dank Nayan Rajs Beliebtheit erwies sich seine Arbeit als leichter als gedacht. Manche Leute verlangten als Gegenleistung für ihre Hilfe eine Anstellung, andere gaben sich mit Geld zufrieden, und einige waren dumm genug, sich von ihrer Zugehörigkeit zur Partei des Kinohelden nur einen Prestigegewinn zu erhoffen. In jedem Dorf gab es Anführer und Machtmakler, die eine bestimmte Anzahl von Stimmen gewährleisten konnten, soundso viele für Gefälligkeiten, soundso viele gegen Geld. Verfügen konnten sie über so viele. Klauen konnten sie so viele. Und so viele konnten sie fälschen. Das waren die Kriegsregeln. Giridhar konnte seine Schlachtpläne reibungsloser in die Tat umsetzen, als er es vorher für möglich gehalten hätte. Ohne große Mühe fand er sieben, acht Freiwillige für jedes Wahllokal.

Mit diesen Männern hielt er geheime Sitzungen ab. Er ließ sich erzählen, wie die Wahlen in der jeweiligen Umgegend bisher abgelaufen waren, und fragte nach der Stärke der anderen Parteien: Besetzten sie hier häufig die Wahllokale, versuchten sie, die Wähler einzuschüchtern, griffen sie zur Gewalt? Was war die beste Strategie für die Teetassenpartei? Lange Stunden saß er mit den Komiteemitgliedern zusammen und erörterte, welche Taktik für ihr Wahllokal am ehesten infrage kam. Sein Körper entspannte sich. Diese Arbeit beherrschte er. Aufmerksam hörte er seinen Männern zu. Und die sagten: »Alle anderen Parteien fälschen die Stimmen.«

Immer zierten sie sich ein wenig, und immer mussten sie dann feststellen: »Das sollten wir auch machen. Sonst gewinnen wir nie.« Schließlich sagten sie: »Warum sollten wir herumsitzen und den anderen Parteien dabei zuschauen, wie sie unsere Stimmen rauben? Im allermindesten brauchen wir starke Jungs, um sicherzustellen, dass das Lokal nicht besetzt wird.«

Starke Jungs. Solche Worte verstand Giridhar. In den Jahren bei der Bank hatte er gelernt, genau im richtigen Moment zu nicken und damit sein Einverständnis anzuzeigen, ohne es tatsächlich aussprechen zu müssen. Er nickte ebenso, wenn die Leute sagten: »Wir brauchen Jungen, die uns helfen können, unsere Stellung zu verteidigen.«

Oder: »Ein Mitarbeiterbataillon.«

Und: »Diese Siedlung, deren Treue muss gekauft werden.«

Zum Schluss dieser langwierigen Sitzungen beugte sich Giridhar vor und sagte in vertraulichem Ton: »Ich zähle darauf, dass Ihr Euch um diese wichtigen Aufgaben kümmert.«

Und die Männer der Wahllokalkomitees erwiderten: »Wir zählen darauf, dass Ihr danach an uns denkt.«

Und Giridhar fand alles wieder: das Senken des Kopfes, das Heben einer Braue, das Schürzen der Lippen, um anzudeuten, dass er eine Abmachung als besiegelt ansah. Eine bestimmte Art von Atemholen und Augenblinzeln konnte Zustimmung signalisieren. Eine Bewegung des Oberkörpers signalisierte Vertrauen. Er hatte seine eigenen Bewegungen. Dann bot man ihm spätnachts ein Glas Selbstgebrautes an. Wie hätte er es ablehnen können? Er trank. Und beiläufig sagte er: »Feiern wir unsere Übereinkunft«, was die Frage offen ließ, worin diese bestand. Die Übereinkünfte sollten in den Köpfen immer größer werden. So schuf ein Vorsitzender eine Basis für sich.

Er machte seine Sache gut, und das wusste er. Er gründete ein Komitee nach dem anderen, und von Mal zu Mal wurden seine Gebärden lebendiger. Er zuckte mit den Schultern, er seufzte, noch seine kleinsten Bewegungen schienen voller Bedeutung. Indem er jemanden lange anstarrte, erinnerte er ihn an die Gefälligkeiten, die er ihm erwiesen hatte. Indem er einem Verwandten auf den Rücken klopfte, verwandelte er

Blutsbande, die bloß formal bestanden hatten, in lebendige Verpflichtungen. Er ließ sein Knie das Knie eines anderen berühren. Er schaute die Männer direkt an oder wandte sich von ihnen ab. In seinen besten Momenten war er ganz Andeutung.

Die wirren Einfälle, die ihn unterwegs geplagt hatten, wurden seltener. Warum sollte er auch an unnützes Zeug denken? An Unsicherheit, Schwäche, Angst oder Scheitern? Es fiel ihm immer leichter, in das begeisterte Geschwätz über Nayan Raj einzustimmen. »Unser Kandidat ist nicht nur ein Schauspieler, er ist ein großer Philosoph«, erzählte er den Dorfleuten. »Er meint wirklich, was er sagt.« Denn Tatsache war ja, dass Nayan Raj ein Scharlatan und Schwachkopf war, und das würden die Leute schon früh genug merken. Das oberphilosophische Timbre seiner Stimme, das übertriebene Mienenspiel, mit dem er seine Worte begleitete: wir konnten die Leute das für echt halten? Der Mann färbte sich ja sogar die Haare.

Und was zählte es letztlich schon, was die Leute über Nayan Raj dachten? Der entscheidende Faktor war Giridhars Arbeit. Worauf es ankam, waren die Strategien, die spätnachts beim Licht der Kerosinlampen in verräucherten Zimmern beschlossen wurden. Er hatte Rishi im Gefolge, ebenso BB-Gun und seine Bande. Die Dorfleute respektierten ihn und sahen, dass er über Macht verfügte. Alles passte.

Und dann, nach zwei Wochen der Wanderschaft, als Giridhar gerade wieder ein Dorf verlassen wollte, begann der blaue Himmel über ihm, sich zu krümmen und zu drehen.

***

Rishi, der ein paar Schritte hinter ihm ging, fing Giridhar auf, als dieser zusammensackte, aber sein Gewicht warf ihn um. Sie fielen beide hart zu Boden.

Eines der örtlichen Parteimitglieder eilte ihnen zu Hilfe. »Das ist die Hitze«, sagte der Mann und zog Giridhar auf die

Füße. Giridhar war schlaff und konnte nicht alleine gehen. Während BB-Gun und seine Bande sie umringten und angafften, nahmen Rishi und das Parteimitglied seine Arme auf die Schultern und brachten ihn zum Haus des Parteimitgliedes zurück. Sie legten ihn in die Vorlaube an der Rückseite des Hauses. Das Parteimitglied sagte: »Die Sonne ist dieser Tage heftig, sie zehrt den Körper aus.«

Rishi pflichtete ihm bei: »Das viele Wandern war anstrengend.«

»Er muss Wasser trinken.« Das Parteimitglied rief eine Tochter, die in der Nähe stand. »Geh und hol ein Glas Wasser. Bring eine Matte her, bring ein Kissen her. Dein Onkel ist krank geworden.«

Giridhars Augen zuckten hin und her, um festzustellen, wo er sich befand. Das Parteimitglied stellte ihm fortlaufend Fragen: »Gehts besser? Braucht Ihr noch ein bisschen Zeit? Die Mittagssonne hat zu viel Feuer, da trocknet der Körper schnell aus.« Giridhar gab keine Antwort.

Rishi setzte sich etwas abseits. Er hatte sich bei dem Sturz den Arm aufgeschürft und blutete aus einem Schnitt am Ellenbogen. Die Wunde pulsierte leicht. Ekel überkam ihn – nicht vor dem Blut, sondern weil er für Giridhar blutete – vor diesen ganzen Umständen.

Die Arbeit, die er hier tat, war ihm zuwider gewesen, seit sie Khaireni Tar verlassen hatten und in die Dörfer gekommen waren. Unter den Massen, unter denen, um deretwillen er in jungen Jahren zum Kommunisten geworden war, unter den absolut Armen musste er dieses Betrügerleben führen ... Wird sie kommen, hatte er den Schulmeister gefragt, als er noch ein Schüler war: Kommt die Revolution? Und der Schulmeister hatte ihm mit den Worten des Dichters geantwortet: Sie wird kommen und ein Licht ausbreiten wie die Morgensonne ...

Eine Farce.

Jetzt belog er die, die ihn einst zu revolutionärem Eifer

inspiriert hatten, und folgte einem betrunkenen Meister, dessen Ziel es war, die Wahl zu den eigenen Gunsten zu verfälschen. Er leistete einem skrupellosen Mann Beihilfe, der die Macht, die er über die Armen hatte, missbrauchte. Wenn Giridhar bis tief in die Nacht mit den Wahllokalkomitees flüsterte, klang er genau wie vor Jahren der Schulmeister. Der gleiche leise, heimliche Ton, die gleiche gedämpfte Zustimmung, die gleichen ausweichenden Brummtöne: wie etwas, das Rishi schon in einem früheren Leben erlebt hatte. Er hasste die Umstände, in denen er sich befand, und wollte dem allen ein Ende machen. Aber er war ein braver Genosse. Er hatte Giridhar dabei beobachtet, wie er Leute traf, sie beredete, sie umschmeichelte, mit ihnen verhandelte und schließlich eine Abmachung traf. Er hatte zu allem, was er mitgehört hatte, Notizen gemacht, hatte die Namen der Komiteemitglieder aufgelistet, die Strategien aufgeschrieben und die Pläne aufgezeichnet. Giridhar, der kaum noch etwas wahrnahm außer den eigenen Wunschträumen, hatte gar nicht bemerkt, dass Rishi an den Komiteesitzungen teilnahm. Er hatte nicht bemerkt, dass Rishi sich in einem Schreibheft Notizen machte. Rishis Anwesenheit war gar nicht zu ihm durchgedrungen.

Giridhar schlief in der Vorlaube ein, während das Parteimitglied ihn bemutterte und begluckte. BB-Gun und seine Bande schauten zu und betrachteten den Vorgang offenbar als unterhaltsames Spektakel. Der Nachmittag neigte sich zum Abend, und die Sonne berührte die Hügel im Westen.

Vom Vorhof des Hauses aus konnte man die Himals sehen. Rishi setzte sich und betrachtete die Berge im Licht des Sonnenuntergangs: eine sinnlose Überfülle von Fels und Schnee, wenn man sie durch die Augen derer betrachtete, die von Ackerland träumten. Zwischen Rishi und den Bergen lagen blaue Hügel und fern verstreute Siedlungen. Die Himals leuchteten im letzten tiefen Orange der untergehenden Sonne, und in den Fenstern ferner Dörfer leuchtete das schwache Licht der Kerosinlampen auf. Die Ländlichkeit dieser Dörfer täuschte: Er lebte in einem globalen Zeitalter, und die Kleinbauern in diesem Land träumten von Auslandsware, Auslandsarbeit, Auslandswährung – und begannen sich langsam als Staatsbürger zu verstehen. Wer kümmerte sich um die Armen, die am Rande der Welt lebten? Nicht die Parteien, die die Demokratie erkämpft hatten: Deren Zukunft war durch die Vergangenheit entstellt. Auch keine noch so hochtrabende Internationale. Und keine unabhängigen Linken wie er. Rishi, ein braver Genosse, sinnierte: nach dem Kommunismus die Anarchie.

***

Am nächsten Morgen wachte Rishi über Giridhar, der steif, mit geschlossenen Augen und gerunzelter Stirn auf der Strohmatte lag. Manchmal klappten seine Augen mühsam auf, manchmal grimassierte er mit den Lippen. Er wirkte aufgedunsen. Seine Haut war von einer blaugrauen Blässe überzogen. Er lag stocksteif ausgestreckt, wie in Habachthaltung.

»Ich hab das schon gesehen«, sagte das örtliche Parteimitglied und tupfte Giridhars Gesicht mit einem feuchten Lumpen ab. »Bazarleute unterschätzen die Sonne – die haben noch nie ihr Feuer gefühlt. Einen Tag ausruhen, und er ist wieder in Ordnung.«

Rishi nickte wie voll Mitgefühl, aber alles an Giridhar stieß ihn ab.

Er verließ die rückwärtige Laube und ging auf den Hof vor dem Haus. Dort hingen BB-Gun und seine Bande herum und bewunderten die Aussicht auf die Himals. Rishi mied diese geschlossene Gesellschaft. Die Bande hatte sich die ganze Reise lang eng beieinander gehalten, und das passte Rishi. Eigentlich sollte er die Jungen beaufsichtigen, aber sie ignorierten ihn und er ignorierte sie, und das war gut so.

Er griff sich ein paar Plakate und einen Topf Reiskleister. Er suchte sich einen Felsbrocken neben dem Haus des Parteimitgliedes aus und klebte dort ein Plakat an, das ein Foto von Nayan Raj in blau zeigte. WÄHLT DIE TEETASSE. Das nächste Plakat klebte er an eine nahe Mauer, und das nächste an die Rückwand eines Hauses. WÄHLT DIE TEETASSE. Es war ein heißer Tag, und die Sonne brannte sengend wie eine Schweißflamme am tiefblauen Himmel. Ein betäubender, träge wechselnder Wind wehte aus dem Tiefland herauf. Die Lehmhütten des Dorfes waberten hinter Luftspiegelungen. Während er Plakate aufhängte, war sich Rishi unangenehm bewusst, dass er sich in BB-Guns Gesichtsfeld befand; seine Bewegungen hatten etwas Theatralisches. Er fühlte sich wie ein schlechter Schauspieler in einem schlechten Bühnenbild – reine Schau, keine Überzeugung. Er ging leichtfüßig, und es kam ihm in den Sinn, dass es ihm freistand fortzugehen, jetzt auf der Stelle, und diese ganze Vortäuschung hinter sich zu lassen. Wahlen. Innerhalb von zwei Tagen hätte er wieder an der Fernstraße sein können. Er konnte um Khaireni Tar einen Bogen machen und einen Bus nach Kathmandu nehmen und all das hinter sich lassen.

Am Fuß eines kleinen Hügels zog eine ferne Gestalt seinen Blick an: Oben auf dem Hügel überpinselte ein Junge eine der Teetassen, die Rishi gestern dort hingemalt hatte. Der Junge hatte die Tasse weggewischt und verwandelte ihren Rand in den Strahlenkranz einer UML-Sonne. So sparte er Farbe: ein guter Trick. Rishi stieg bis zur halben Höhe des Hügels hinauf und beobachtete den Jungen.

Der UML-Mitarbeiter vervollständigte die Sonne und wischte dann die nächste Teetasse weg. Die Tasse verschwand, und der Rand verwandelte sich in eine Sonne. Der Junge folgte bestimmt dem Zeitplan, den Rishi noch in Khaireni Tar an Shankar übergeben hatte. Giridhars Erkrankung hatte die Planung über den Haufen geworfen. Eigentlich hätte Rishi jetzt nicht hier sein sollen, um Zeuge dieser Übermalung zu werden.

Mit ein paar Strichen, die vom runden Tassenrand nach außen führten, entstand noch eine UML-Sonne. Ein Gefühl durchzuckte Rishi wie ein Blitz: Neid. Der Junge arbeitete offen für seine Partei. Rishi hingegen war zum Betrug verdammt.

Vom Widerwillen überwältigt, schmiss er die übrigen Nayan-Raj-Plakate in den nächsten Graben. Der UML-Mitarbeiter wischte jetzt die dritte Teetasse weg. Rishi wollte zu ihm hingehen, ihm den Pinsel aus der Hand nehmen und die Aufgabe selbst zu Ende führen. Wahlen. Er stieg den gepflasterten Pfad bergauf.

Da hörte er einen Schrei. Er und auch der UML-Mitarbeiter drehten sich um. Am Fuß des Hügels standen BB-Gun und seine Bande und brüllten.

Rishi musste nicht einmal darüber nachdenken, was er zu tun hatte. Mit ein paar schnellen Schritten war er bei dem UML-Mitarbeiter, der ihn überrascht ansah. Er war noch ein Junge. Rishi packte ihm am Hemd und stieß ihn gegen die rote Sonne, die er gerade gemalt hatte. »Du machst unser Zeichen kaputt.«

Der Junge stand wieder auf und wich ein paar Schritte zurück. BB-Gun und seine Bande blieben am Fuß des Hügels stehen und schauten zu. Der UML-Junge musterte Rishis Gesicht und schien sich unsicher, was er jetzt unternehmen solle. Auch Rishi zauderte. Er hasste, was jetzt passierte.

Der Junge bückte sich unbeholfen nach seinem Farbeimer, machte dann plötzlich einen Satz nach vorne, rammte Rishi und schleuderte ihn neben einen Baumstumpf. Ein Eimer kippte um, und rote Farbe bespritzte Rishis Schuhe. Der Junge ließ los und wollte abhauen, aber Rishi packte ihn.

Der Junge schlug zurück, und offenbar mit der vollen Absicht, seinen Gegner zu verletzen. Er verpasste Rishi eine Ohrfeige und rang ihn zu Boden, und obwohl seine Beine puddingweich waren, hatten sie unerwartete Kraft. Rishi versuchte, ihn abzuwerfen, aber der Junge klemmte ihn mit seinen Ellenbogen fest. Schläge prasselten auf Rishis Flanken nieder. Bis er den Versuch unternehmen konnte, die Hände des Angreifers zu fassen zu kriegen, wurde der Junge schon von BB-Gun weggerissen. »Lasst ihn los, lasst los, jetzt sind wir dran!«

Jetzt war der UML-Mitarbeiter zahlenmäßig unterlegen, und er zog den Kopf ein, als BB-Gun sich über ihm aufbaute. »Eh, Kadaver«, sagte BB-Gun lässig gedehnt. »Willst du die Hochzeit von deinem Vater sehen?«

Rishi kroch davon. Hinter ihm waren dumpfe Schläge zu hören.

Als Giridhar später am Tag wieder zu Bewusstsein kam, waren alle Mitarbeiter in heller Aufregung. Anscheinend war es zu einer Prügelei gekommen, und Rishi hatte einen UML-Jungen geschlagen, und das ganze Dorf war in Aufruhr geraten. Eine Sitzung hatte stattgefunden, und die Dorfältesten hatten sowohl die UML als auch die Volkspartei für den Vorfall als schuldig erklärt. Eh. Ernste Sache. Aber Giridhar dachte nur, wenn er ein paar Schlückchen Selbstgebrautes trinken könnte, würde er sich viel fitter und gesünder fühlen. Denn jetzt, wo er den Himmel sich krümmen und drehen gesehen hatte, wusste er nicht, ob er die Tour fortsetzen konnte. Der Fußboden im Haus des Parteimitgliedes warf Wellen, wenn Giridhar sich bewegte. Die Holzbalken in der Decke wackelten, und die Luft war schwer und leistete ihm großen Widerstand. In der rechten Bauchhälfte spürte er einen anhaltenden Schmerz. Es war zu Schwierigkeiten gekommen, die er beheben musste. Um ihn herum sprachen die Leute über Dinge, die seine Aufmerksamkeit erforderten – die UML hielt sich nicht an die Regeln, sie sollte die Zeichen und Plakate anderer Parteien nicht anrühren, sie forderte ja den Ärger heraus –, aber eigentlich wollte Giridhar nur einen Schluck kräftiges Selbstgebrautes.

Wie viele Tage waren vergangen? Es war jetzt nach Einbruch der Dunkelheit, und sie waren in das Hauptzimmer des Hauses umgezogen. Dort hatten die Parteimitglieder ein paar behelfsmäßige Betten aufgestellt. BB-Gun und seine Bande blieben in der Vorlaube. Rishi hatte bei der Prügelei eine Gesichtsverletzung davongetragen, und seine Bewegungen waren verlangsamt. Über die Prügelei sprach er wenig.

»Wir müssen unseren beiden Invaliden eine Nacht zum Ausruhen geben«, sagte das Parteimitglied.

Ein paar andere ortsansässige Parteianhänger waren zu Besuch gekommen. Sie teilten seine Ansicht. »Unser Vorstandji wird morgen wandern. Wir müssen ihm eine Nacht zum Ausruhen geben.«

Giridhar nahm seine ganze Kraft zusammen, setzte sich auf und versuchte sich an einer lässigen Heiterkeit. »Sind wir so krank, dass wir wie Kadaver herumsitzen müssen?« Unter der Oberfläche fühlte er sich ausgebrannt. Er sagte: »Wir werden noch kränker werden, wenn wir wie Kadaver behandelt werden, die am Flussufer darauf warten, verbrannt zu werden.«

Eines der Mitglieder im Wahllokalkomitee sagte: »Das stimmt, die Kranken müssen lachen, dadurch genesen sie schneller. Je mehr man Trübsal bläst, desto schlechter geht es einem.«

Woher kam es, dass er, wenn er Alkohol haben wollte, so viel Mühe auf die Vorspiegelung verwenden musste, er brauche gar keinen? Giridhar stieß seinen Gastgeber an. »Schaut, besorgt uns jedem ein Glas Selbstgebrautes, und feiern wir unsere zukünftigen Siege. Ansonsten betrauern wir schon die Niederlage.«

Das Parteimitglied lachte schallend. »Meine Frau hat gestern einen Schub gebraut.«

Giridhar lächelte kurz. Rishi saß nicht weit von ihm. Der Junge war immer so in sich gekehrt, so ernst. Er schien stets in Gedanken versunken zu sein. Aber jetzt drehte sich Rishi um, und einen Moment lang sah er Giridhar in die Augen. Dieser Blick teilte ihm etwas mit – keinen Vorwurf, aber etwas Ähnliches. Giridhar wandte schuldbewusst den Blick ab. Es wussten alle, dass er ein Säufer war.

Aber als das Selbstgebraute kam, setzte sich Rishi neben Giridhar und goss sich selbst am meisten ein. Giridhar versuchte, sich auf die Worte des Parteimitgliedes zu konzentrieren, das ihm erklärte, warum die Partei sich wegen einer kleinen Kabbelei mit der UML keine Sorgen zu machen brauchte. »Die Mitglieder von unserem Wahllokalkomitee sind hundertprozentig standfest. Wir tun, was wir tun müssen, um uns den Sieg zu sichern.« Das war ja sehr schön, aber was Giridhar ablenkte, war die Geschwindigkeit, mit der Rishi, der neben ihm saß, ein Glas ums andere leerte. Jedes Mal wenn Giridhar in seine Richtung schaute, schien der Junge – der Mann, was, er musste dreißig, fünfunddreißig sein? – sich wieder ein neues Glas einzuschenken und dabei auch Giridhars aufzufüllen.

Wie erstaunlich, dass Giridhar dieser Durst bei dem Jungen bislang noch nicht aufgefallen war. Natürlich. Dass er so still war: die Zurückhaltung des Jungen kam von einem geheimen Verlangen nach Alkohol.

Der Abend nahm seinen Lauf, und die Männer büßten allmählich den klaren Kopf ein. Vom Alkohol wiederaufgerichtet, verlor Giridhar seine Selbstzweifel. Er fühlte sich stabil genug, um sich auf seinem Lager vorzubeugen, und der Schmerz in seinem Bauch wurden von einem warmen Prickeln im Blut, einem Lockerwerden der Gelenke übertönt. Er genoss den Schneid in den fröhlichen Worten der Parteimitglieder: »Wenn sie unsre Stimmen zu klauen versuchen, ke, dann ziehen wir unsre eigenen Khukuris!«

»Die werden sich das gar nicht trauen, wenn sie sehen, wie beliebt wir sind!«

»Die werden sehen, dass wirs ernst meinen, und werden sich gar nicht trauen!«

Eine zweite Runde, eine dritte, eine vierte Runde regten zu immer waghalsigeren Siegesspekulationen an. »Wir können alle Stimmen kriegen, wenn wir die richtigen Jungs anheuern!«

»Nurn Dutzend.«

»Nich mal.«

Worte, die nichts wogen, flogen himmelwärts und gaben den Gedanken Auftrieb. Eine Welle des Selbstvertrauens erfasste Giridhar, ein Selbstvertrauen, dessen Dringlichkeit noch durch die Bedrohung durch ein schlimmes Schicksal verstärkt wurde, das irgendwo auf ihn zu lauern schien. Es war lebenswichtig, dem Leben etwas Trost abzutrotzen.

Rishi goss sich selbst nach und füllte auch Giridhars leeres Glas auf.

Eh, dachte Giridhar. Der Junge war zu gebrauchen.

Von diesem Tag an entwickelte sich zwischen Rishi und Giridhar eine Vertrautheit, die Rishi ganz und gar durch gezielte Verstellung geschaffen hatte. Am nächsten Tag verkündete Giridhar, den allgemeinen Zweifeln zum Trotz, dass er nun in der Lage sei, die Tour fortzusetzen. Sie brachen schon morgens auf, um die Mittagshitze zu vermeiden. Soweit Rishi erkennen konnte, war Giridhar immer noch unsicher auf den Beinen. Auch Rishis Rippen waren empfindlich. Giridhar schien Rückhalt zu brauchen, und beim Wandern drehte er sich immer wieder um, um Rishi im Auge zu behalten. Ein paar Mal sprach er ihn sogar an und sagte ihm die Art von Worten, die Rishi seiner Einschätzung nach wohl hören wollte: »Die UML-Jungs könnten Rache suchen. Ihr seid sicherer, wenn Ihr bei mir bleibt, Bhai.« Sie hielten nun nachmittags keine öffentlichen Versammlungen mehr ab. Wenn sie sich abends im Haus eines Parteimitgliedes einrichteten, schlug Giridhar vor, dass er und Rishi im gleichen Zimmer schlafen sollten. Er witzelte: »Wir zwei Invaliden müssen zusammenbleiben.« Später, wenn er seine Sitzung mit den Mitgliedern des jeweiligen Wahllokalkomitees abhielt, machte Giridhar neben sich für Rishi Platz.

Rishi wusste, dass Giridhar auf den Alkohol aus war. Jeden Abend schenkte er gehorsam ein, erst ins eigene Glas und dann beiläufig auch in das von Giridhar. Gerstenbier, Reisalkohol, dickflüssige Gebräue aus vergorenem Getreide: Glas um Glas schenkte er voll, im Dienste seines betrunkenen Meisters. »Mero Bhai«, nannte Giridhar ihn nun liebevoll. Mein jüngerer Bruder. »Mero Bhai, kommt und setzt Euch zu mir.«

Und in der vergebungsseligen Klarheit des Rausches dachte Rishi: Giridhar brauchte ihn wirklich, aufrichtig. Er war ein bis zur Lächerlichkeit unfähiger Mann, unfähig, seine Bedürfnisse zu zügeln, und dürstete verzweifelt nach einem Trostmittel. An manchen Abenden, wenn Rishi noch nichts unternommen hatte, um ihm seinen Alkohol zu beschaffen, sah ihn Giridhar verwirrt an, als wisse er nicht, was er noch tun könne, um den Gott des Alkohols gnädig zu stimmen. Rishis Widerwillen gegen ihn hatte nachgelassen. Der Mann war zu bemitleiden.

Und er?

Er war in die brutale Welt des Kampfes von Fleisch gegen Fleisch herabgezerrt worden.

In der Umnebelung des Alkoholrausches setzten sie ihre Tour fort, und Rishi erlebte die nächtlichen Komiteesitzungen nur noch als ein leises Gemurmel von Stimmen. Er versuchte, den Diskussionen zu folgen, aber er war träge geworden. Notizen machte er sich jetzt kaum noch. Er saß neben Giridhar und dachte kalt, dass dieses Gefühl, aufgenommen zu werden, eine gefährliche Sache sei. Es füllte einen so vollkommen aus, dass eine wichtige Frage dahinter zurücktrat: Wohinein wurde Rishi aufgenommen? Seine Abneigung gegen Giridhar war nur deshalb schwächer geworden, weil der Mann ihm einen Platz freihielt. Manchmal machte er sich sogar Sorgen um Giridhar. Der Mann hatte sich noch immer nicht entspannt. So selbstsicher seine Worte auch sein mochten – und bei den Sitzungen zu später Nachtstunde sprach er manchmal mit beeindruckender Klarheit –, blieb er doch ungewöhnlich in sich gekehrt. Unterwegs ging er immer allein und sprach zu anderen außer Rishi selten mehr als ein Wort. Manchmal wirkte er geradezu wahnsinnig. Als ihnen einmal die zu Haufen geschichtete Reisernte den Weg versperrte, ging Giridhar nervös auf und ab und murmelte: »Ist nur ne kleine Sache, ist nur ne kleine Sache«, als könne sich jedes noch so kleine Problem lawinenartig zur Katastrophe auswachsen.

Rishi half ihm, solche Momente zu überstehen. Nachts dann, sofern er dafür nüchtern genug war, betrog er denselben Mann, indem er sich Notizen über seine Arbeit machte. Spielte es überhaupt noch eine Rolle, wofür er sich entschied? Wenn er Giridhar nicht betrog, betrog er den Schulmeister. Wenn er den Schulmeister nicht betrog, betrog er Giridhar. Und er betrog sich selbst, tilgte sich selbst, gleich, welche Wahl er traf.

Irgendwann waren die Batterien seines Taschenradios leer. In dieser Gegend gab es keine zu kaufen. Ohne Nachrichten aus dem Rest der Welt, die seine Erlebnisse in eine größere Perspektive eingeordnet hätten, wanderte Rishi in einem Rauschzustand von Dorf zu Dorf und leistete Beihilfe zur Wahlfälschung – um auf diese Weise der revolutionären Sache zu dienen. Wie das ging? Mit einer verkürzten, zirkulären Logik. Sein Kommunismus war zur hohlen Maske verkommen.

***

Ein langes und sehr verschwommenes Zeitalter nach seinem Aufbruch aus Khaireni Tar kehrte Giridhar triumphierend in den Heimatort zurück. Einige Aspekte des Wahlkampfes waren außer Kontrolle geraten, das wusste er. Rishis Prügelei mit dem UML-Mitarbeiter: nicht gut. Und der Etat, den er benötigen würde, um die Mitglieder der Wahllokalkomitees, die örtlichen Anführer und die Schläger zu bezahlen: diese Kosten musste er erst noch kalkulieren. Ho, einiges war unsicher. Manchmal packte ihn ein Schlottern. Dass der Erdboden sich plötzlich unter ihm auftun könnte, erschien ihm als echte Bedrohung. Aber letzten Endes – wenn es am meisten darauf ankam – würde er die Oberhand behalten. Er war nicht weniger fähig als dieser Kinoheld. Den Beweis dafür hatte er nun geliefert, dreiunddreißig Wahllokalkomitees und die zugehörigen, fertig ausgearbeiteten Strategien.

Als er nach Khaireni Tar hineinging, wirkte die staubige Ortschaft freundlich auf ihn, sie schien ihn still willkommen zu heißen. Die Ortschaft würde ihm geben, was ihm zustand. »Geht voraus, gebt dem Kandidaten Bescheid, dass wir da sind.« Mit einem Wink schickte er BB-Guns Bande voraus – diese geistlosen Bazarjungen waren zum Bersten gefüllt mit den Geschichten über die Heldentaten, die sie auf den Dörfern vollbracht hatten. Rishi, an den konnte sich Giridhar halten. Rishi wollte er bei sich haben, auch jetzt noch. Rishi hatte ihm durch eine schwere Zeit geholfen, und zum Lohn standen dem Jungen ein paar Gläschen Schnaps zu.

Bis sie das Südviertel erreichten, war die Sonne untergegangen, und die Grillen hatten zu zirpen angefangen; bald würden sie kreischen wie wütende Weiber. Doch dieser Abend musste gefeiert werden.

»Kommt.« Giridhar führte Rishi in eine heruntergekommene Herberge, die am Rande des aschgrauen Flachlandes stand. Dass Rishi-Bhai bei ihm war, machte es ihm einfacher, die Herberge zu betreten. So würden die Leute nicht denken, dass er hineinging, um zu trinken.

Er grüßte die Wirtin, eine junge Frau mit langen, eleganten Knochen. »Bahini, ein Glas von Eurem Besten für meinen Rishi-Bhai und mich.«

Die Frau lächelte verschämt. »Das ist ja Monate her, Dai. Wir dachten, Ihr seid jetzt ein großer Mann geworden und habt Eure Freunde alle vergessen.«

Giridhar sagte: »Ich hatte zu viel zu tun.«

Die Frau machte eine Kopfbewegung in Richtung des Hinterzimmers. »Ein paar von Euren eigenen Leuten sind drinnen.«

Giridhar lief zum Hinterzimmer und sah durch die Tür den Leiter des Landwirtschaftsamtes. Ein Haufen Freunde. Er freute sich sehr, auch den Subinspektor hier vorzufinden, und darüber vergaß er Rishi sofort. »Eh, Steckrübe, Ulluko Pattha«, sagte er und verfiel in die Umgangsformen ihrer langen und ausschweifenden Freundschaft, »Wollt Ihr den Saft ganz für Euch allein behalten?«

Rishi setzte sich mit an den Tisch und wartete darauf, dass ihn sein Giridhar-Dai dem Subinspektor und dem Leiter des Landwirtschaftsamtes vorstellte, doch Giridhar war damit beschäftigt, unsterbliche Treue gegenüber seinen Freunden zu beteuern – »Ich hab die letzten Monate kaum einen Tropfen getrunken, das reicht, um den Menschen verrückt zu machen.«

Der Schnaps kam – man bestellte keinen billigen Selbstgebrannten, wenn man auch Everest Whisky oder Khukuri Rum pur trinken konnte. Die Männer sprachen über Themen, bei denen Rishi außen vor blieb – jeder erzählte von den eigenen Sorgen und kümmerte sich wenig darum, ob die anderen ihm zuhörten. Geschichten von langen Arbeitstagen, anstrengenden Aufgaben, anspruchsvollen Ehefrauen und undankbaren Kindern. Geschichten über die Opfer, die sie brachten, über ihr Vermögen, kleine Angebereien und Anmaßungen.

Rishi wohnte dieser Geselligkeit von Fremden bei, ohne seinen Schnaps anzurühren. Er sehnte sich nicht mehr nach dem Vergessen. Er sehnte sich nach dem Schulmeister. Bald waren die Dashain- und Tihar-Feiertage: Der Schulmeister würde in sein Heimatdorf kommen, um ihn dort zu treffen.

Die Heimat war allerdings ein schwieriger Ort, ein hartnäckiger Anachronismus. Rishi hielt es jetzt überall nur schwer aus. Khaireni Tar – der Schlafraum, der Teeladen. Seine jämmerlichen Glücksanwandlungen, weil ihm eine Frau, die er kaum kannte, ein wenig Aufmerksamkeit schenkte. Vielleicht konnte er nach Kathmandu zurückkehren. Wahlen. Wenn er sein könnte, wer er wollte … Es hatte keinen Zweck, darüber nachzudenken. Er wusste nicht mehr, was dann gewesen wäre.

Er tastete im Hemd nach dem Schreibheft, in dem er sich Notizen zu Giridhars Taten gemacht hatte: Zeugnis seiner hervorragenden Arbeit für die Massen. Er wünschte sich, einfach verschwinden zu können. Einer wie er, der sich selbst verachtete, hielt es überall nur schwer aus.

## 40

Madhu nahm ihre häuslichen Pflichten eine nach der anderen wieder auf. Sie ging wieder Wasser holen, fegte wieder Binita-Didis Wohnhaus und Teeladen, sammelte wieder Gras für die Büffel und ging sogar wieder mit den anderen Mädchen in die Hügel nördlich der Stadt, um Feuerholz zu schlagen. Immer regelmäßiger half sie dabei, die Parteimitarbeiter bei den Mahlzeiten zu bedienen. Aber sie war nicht mehr das Mädchen von früher. Die meiste Zeit über war sie launisch, und oft hatte sie unfreundliche Gedanken. Einmal hörte sie im Teeladen, dass der Khadka-Junge dank seines Mita-Vaters Om Gurung eine Anstellung bei Nayan-Raj-Kakas Partei bekommen hatte: und bei dem Gedanken konnte sie nur höhnisch grinsen. Ein Parteilakai! Der schwachsinnige Junge war doch als Pförtner völlig ungeeignet! Ohne die Beziehungen seines Mita-Vaters hätte er nie eine Stelle gekriegt.

Einige Tage später hörte Madhu dann von irgendwelchen Mädchen, es stehe nun fest, dass Gaumati den mit stahlharten Armen ausgestatteten Rawal-Jungen heiraten werde; und innerlich wütete sie gegen ihre alte Freundin, diese Verräterin, Intrigantin und Betrügerin. Wie konnte es sein, dass Gaumati den Rawal-Jungen bekommen hatte – wenn sie nicht halb so schön war wie Madhu und nicht im Geringsten so fehlerlos von Charakter? Gaumati war offensichtlich eine Hure: Sie hatte sich der vulgärsten Schliche bedient, um einen auserlesenen Jungen zu betören.

Während Madhu verschmachtete.

Manchmal überkam Madhu ein wildes Drängen, ein Verlangen ohne bestimmtes Ziel, eine Unruhe, die so stark war, dass sie das Gefühl hatte, den Tag nicht überstehen zu können, ohne jemanden anzuschreien, ohne etwas durchzuschütteln. Sie wollte fort, irgendwohin, irgendetwas tun – was, das wusste sie nicht genau. Sie war dabei, den Anschluss zu verlieren.

Also schlich sie sich eines Tages davon, überquerte heimlich die Fernstraße und stahl sich zum Bazar. Sie fühlte sich bemüßigt herumzuspazieren. An der Bushaltestelle beim Bar-Pipal-Baum fuhr ein Bus ein, und die Straßenhändler schwärmten an die Fenster. Hinter dem Baum starrten Jungen in Gruppen teilnahmslos aus den Parteigeschäftsstellen. Männer und Frauen hasteten vorbei. Die Leute gingen ihrem unergründlichen, unvorstellbaren Leben nach. Was machten die nur, all diese Leute?

Sie bog in eine Gasse ein und fand sich vor einem Arzneiladen wieder. Ohne nachzudenken, trat sie ein.

Ein alter Mann saß mürrisch in der Ecke.

Sie sagte: »Ich möchte gesund werden. Ich bin krank.«

Der Mann wirkte gequält. »Trifft man nicht rechzeitig Vorsorge, reifen Krankheiten heran«, leierte er. »Man muss in den Ort kommen man muss Medikamente kaufen und Geld ausgeben aber was nützt es wenn man keine Vorsorge trifft.« Er legte die Stirn in tiefe Falten. »Setz dich.«

Mit klopfendem Herzen wählte Madhu eine Sitzbank in einer düsteren Ecke, neben der sich in einem überfüllten Regal staubige Flaschen drängten. Der Alte bedeutete ihr, sie solle den Mund öffnen, und sie streckte die Zunge heraus.

Der Mann spähte ihr in den Mund. »Gastroenteritis Verdauungsprobleme Superacidität und Magengeschwüre, vernachlässigt man die Gesundheit braucht man Operationen. Bandwürmer Ringelwürmer Hakenwürmer und Magenläuse. Fieber Schock Schlottern Zittern Bibbern Halluzinationen. Kann man nicht vorsorgen, muss man behandeln. Antiacida Entwurmungspillen Vitamine Mineralien Nahrungsergänzungsmittel. Ein Mädchen das anämisch ist. Eisentabletten. Kostspielig? Lässt man eine Krankheit heranreifen wird die Behandlung teuer das sind die Hauptprinzipien der medizinischen Grundversorgung.«

Wie viele Krankheiten sich in ihrem Inneren eingenistet hatten! Madhus Herz begann zu rasen.

Der Mann stand auf, schlurfte zu einem Regal und nahm eine Reihe glitzernder medizinischer Gegenstände heraus: eine Flasche mit einer schweinchenrosa Flüssigkeit und eine mit dunklem Sirup, mehrere Packen Pillen und eine Plastikflasche. Er stellte den ganzen Fundus auf den Tresen. »Das hier dreimal am Tag im Abstand von sechs Stunden das hier viermal am Tag im Abstand von drei Stunden das hier zweimal am Tag nur nach dem Essen davon zwei Löffel einmal am Tag davon einen Löffel am Tag den Rest einmal am Tag. Nie auf leeren Magen. Nimm nie weniger als verordnet. Kann zu Benommenheit führen. Vergisst man eine Dosis muss man die ganze Behandlung wiederholen und wenn die nicht anschlägt hat man keine Wahl als zu operieren.« Er seufzte. »Kostet zwei fünfzig.«

»Zwei fünfzig!«

Der Mann zuckte mit den Schultern. »Dann zwei vierzig. Für dich Sonderrabatt.«

Madhu hatte kein Geld. Vielleicht konnte sie ein bisschen Medizin für umsonst herausschinden? Sie rang die Hände in gespielter Verzweiflung. »Arme Leute wie wir, wie können wir

Geld für so viel Medizin ausgeben? Wird die überhaupt gebraucht? Wer weiß? Wir leben in Dunkelheit. Wir haben keine Wahl als zu glauben, was man uns sagt.« Sie war von den eigenen Worten fasziniert. Wo hatte sie so zu reden gelernt?

Ungerührt leierte der Alte: »Nimmst du die Medizin nicht müssen wir operieren dafür musst du ins Krankenhaus gehen. Krankenhausrechnungen Transport Behandlungskosten und Zusatzgebühren. Willst du genesen, tu was ich sage.« Verdrossen streckte er die Hand aus. »Endpreis zwei dreißig.«

Madhu starrte auf die ausgestreckte Hand. Es hatte keinen Zweck, gegen einen derart sturen Mann anzurennen. Sie sagte: »Und wenn ich jetzt gerade kein Geld habe? Kann ich mit der Bezahlung wieder herkommen?«

»Du kannst noch mal herkommen.«

»Dann komm ich noch mal her.«

Madhu verließ den Arzneiladen in einer eigenartigen Hochstimmung. Sie würde Binita-Didi um etwas Geld bitten und wieder herkommen, um ihre Medikamente zu holen. Sie sollte häufiger einen Bazarbummel machen. Ja, einen Bummel durch den Bazar.

# fortschreibungen

## 41

Als die Dashain- und Tihar-Feiertage vor der Tür standen, glich Khaireni Tar einem schmuddeligen, alten Notizbuch, in dem ein Schulkind seine Schreibübungen gemacht hatte. Auf jeder freien Wand klebten Plakate und Flugblätter, deren lose Ränder im Wind flatterten. Zerrissene Banner hingen von den Bäumen und baumelten von den Lichtmasten herab und verdunkelten den Himmel. Überall waren mit groben Strichen gepinselte Wahlsprüche zu lesen, die immer gleichen Aufforderungen, wieder und wieder wiederholt: WÄHLT DEN BAUM! WÄHLT DIE SONNE! WÄHLT DEN PFLUG! WÄHLT DAS HAUS! WÄHLT DIE TEETASSE!

Doch die Luft war frisch und roch nach frisch gedroschenem Getreide. Aus der Ferne hallte das Tuk-Tuk-Tuk-Tuk der dieselgetriebenen Dreschmaschinen herüber. Die Terrassenfelder, die die Ortschaft einfassten, waren alle abgeerntet. Es war Herbst. Auf den Vorhöfen der Bazarhäuser blühten leuchtendgelbe Ringelblumen: und schon allein dadurch hatte man das Gefühl, dass die Festzeit gekommen war.

Unter dem Bar-Pipal-Baum verkaufte der Bananenhändler seine letzten einheimischen Bananen und ging zu den indischen Früchten über: »Bananen, so groß, dass sie für eine ganze Mahlzeit reichen!« Der Erdnussverkäufer und der Käsebällchen-und-Chips-Verkäufer boten weiterhin ihre ganzjährigen

Waren feil. Das Geschäft lief allerdings immer schlechter. Die Parteimitarbeiter, die während der letzten paar Monate nach Khaireni Tar geströmt waren, reisten nun einer nach dem anderen wieder ab, um die Feiertage bei ihrer Familie in den Hügeln zu verbringen. Die Parteigeschäftsstellen waren so gut wie geschlossen, die Schulen und Ämter hatten zugemacht, und nur wenige Männer zögerten die Abreise aus dem Bazar noch hinaus. Stattdessen waren die Bewohner der Ortschaft damit beschäftigt, entfernte Verwandte und alte Bekannte ausfindig zu machen und den neuesten Tratsch zu erfahren – wer dieses Jahr wen geheiratet, wer einen Sohn oder eine Tochter zur Welt gebracht hatte, wer ins Ausland gegangen, wer zurückgekommen war, wer verdient, wer verloren hatte, wer gestorben war. Sie bewerteten ihre Ernteerträge, schwelgten in Erinnerungen an die gemeinsame Vergangenheit, frischten Verbindungen auf und redeten nostalgisch über alles, was so gut gewesen und nun dahin war, alles, was so schlecht war an diesen schnelllebigen Zeiten. Und sie frönten dem beliebtesten Zeitvertreib dieser Jahreszeit … sie spielten Glückspiele mit Kaurimuscheln, sie würfelten beim Pasa-Spiel, sie verschoben die Figuren beim Brettspiel Bagh-Chhal, und sie klopften ein Kartenspiel ums andere, wobei die Einsätze immer waghalsiger wurden.

Da der Bazar nun weitgehend männerfrei war, machte die musalmanische Armreifenverkäuferin endlich gute Geschäfte. Denn während die Männer der Ortschaft um Geld spielten, durchkämmten die Frauen die Bazarläden nach neuen Kleidern für die Familie. Was für chinesische Kunstseiden waren dieses Jahr auf den Markt gekommen, was für indische Baumwollstoffe, was für importierte Gabardinen und Wollstoffe? Mit den Einkäufen unter dem Arm befühlten die Frauen all die anderen verlockenden Waren – Schuhe und Gürtel, Lippenstifte und Nagellack – »Aber wer würde schon *blauen* Lack tragen?« – und feilschten um die Preise von Halstüchern und

Haarölen und Parfüms. Auf dem Heimweg blieben sie unweigerlich am Stand der Armreifenhändlerin hängen.

»Die hier sehen aus, als ob sie kaputtgehen, sobald ich sie anziehe.«

»Hab ich Euch jemals Schrott verkauft, Baba?«

Der Bazar wurde auch von Ferienkindern in Beschlag genommen, die zerzaust herumrannten und Zuckerrohrstücke kauten. Banden von Jungen und Mädchen liefen von einer Gasse in die andere und dachten sich wilde neue Spiele aus. »Wer zuerst am Baum ist, darf alle hauen!« Ein paar von den älteren Jungen hatten auf dem Flachland ein Roti-Ping-Riesenrad zusammengezimmert, und die Kinder standen in langen Schlangen an, um auch einmal fahren zu dürfen. Wem die Geduld ausging, der bastelte aus Plastiktüten plumpe Flugdrachen und versuchte den ganzen Tag lang, sie steigen zu lassen.

Dieses Jahr herrschte unter den Gurung- und Magarfamilien der Ortschaft eine gewisse Verwirrung darüber, ob sie Dashain und Tihar feiern sollten oder nicht. Die mitreißenden Reden des Kandidaten der Janamukti-Partei, die für die Rechte der ethnischen Gruppen eintrat, hatte sie gegen die Unterdrückung der Minderheitenreligionen durch die Hindus aufgebracht. Viele Gurung- und Magarfamilien hielten die Zeit für gekommen, zu ihren Wurzeln zurückzukehren. »Wir sind ursprünglich Buddhisten«, sagten die einen und führten als Beweis den Brauch an, ihre Todesriten von buddhistischen Lamas ausführen zu lassen. »Das sagen die Historiker heute, wir sind ursprünglich aus Tibet und dem Glauben nach Buddhisten.«

»Nein, wir sind Animisten«, sagten andere. »Unsere Leute sind die Ureinwohner dieses Landes, wir waren Bönpo, lange bevor wir Buddhisten wurden. Wir haben die Natur verehrt. Wir haben Bäume, Flüsse und Felsen angebetet.«

»Die Frage ist nicht, was wir sind, sondern was wir nicht sind«, sagten die, denen es dringender erschien, sich gegen die Herrschaft der Hindus zur Wehr zu setzen, als sich über den

Urschleim ihrer Herkunft zu zanken. »Es ist klar, dass wir ursprünglich keine Hindus waren, also müssen wir Dashain-Tihar boykottieren.«

Und dann gab es noch andere, zum Beispiel Om. Om glaubte, dass es sicherlich Mächte gebe, die größer waren als er, aber er sah sich nicht an eine bestimmte Religion gekettet. Er glaubte, dass der größte Reichtum dieses Landes die Vielfalt sei, und deshalb unterstützte er den wiedererwachenden Stolz auf die ethnische Identität, aber trotzdem fragte er sich, ob es nicht etwas – naja, etwas freudlos wäre, diese Feste nicht mehr zu feiern, die seine Familie seit Generationen begangen hatte. »Warum sich jetzt gegen eine Hunderte von Jahren alte Unterdrückung auflehnen?«, murmelte er gutmütig, und weder war er in Lage, den Aufruf des Janamukti-Kandidaten abzuweisen, noch war er bereit, ihm folgezuleisten. Dieses Jahr wurden die Feiertage von Ashas ganzer Familie boykottiert. Om sagte: »Bei den Festen geht es nicht um Religion, es geht darum zusammenzukommen und die Gesellschaft seiner Lieben zu genießen.«

Aber Asha hatte das Gefühl, dass es wichtig sei, sich dem eigenen Volk treu verbunden zu zeigen. »Die ethnischen Minderheiten müssen aufhören, vor den Chhetri-Bahuns zu katzbuckeln«, verkündete sie mit einer Bestimmtheit, mit der es Om, wie er nur allzu gut wusste, niemals aufnehmen konnte. »Alle Gurungfamilien des Bazars sagen, seien wir stolz darauf, wer wir sind, feiern wir Dashain-Tihar nicht. Im ganzen Land bekräftigen nicht nur Gurungs die eigene Identität – sondern auch Sherpas, Tamangs, Magars, Rais, Limbus. Aber Ihr, Lieber, wollt so tun, als wärt Ihr ein Chhetri-Bahun.«

»Ts, Liebe, nenn mich nicht Chhetri-Bahun.«

»Also seid Ihr einverstanden?«

Om wollte noch nicht nachgeben. »Also solln wir schlecht gelaunt herumsitzen, während der Rest des Landes feiert?« Es war eine seltsame Vorstellung, dass die Feiertage aus seinem

Leben verschwinden sollten. »Wenn alle um uns herum mit ihren Lieben zusammen sind und einander Segen spenden, wenn alle herrliches Essen genießen – solln wir bloß dasitzen und uns gegenseitig angucken? Die Kinder ...« Er deutete in Richtung Wohnzimmer. Seine Kinder, zwei Söhne und eine Tochter, die Schulferien hatten, saßen mit ihrem Mita-Bruder Harsha Bahadur vor dem Fernseher. »Außerdem ist unser Mita-Sohn ein Chhetri-Bahun. Wie können wir ihm sein Dashain-Tihar vorenthalten?«

Aber Asha wich nicht von ihrem Standpunkt ab. »Wir dürfen nicht dulden, dass wir von der Hindu-Mehrheit weiter unterdrückt werden«, sagte sie mit den genauen Worten des Janamukti-Kandidaten. »Wie stolz waren unsere Völker, bevor wir unter die Herrschaft der Chhetri-Bahuns gerieten. Wir müssen unserer ruhmreichen Vergangenheit Ehre erweisen. Überall auf der Welt machen die Minderheiten ihre Rechte geltend. Aber wir hier in Nepal lassen uns immer noch fröhlich diskriminieren.«

Dann hielt sie inne und warf einen Blick in Richtung Flur. »Es stimmt, dass die Kinder an den Feiertagen was Gutes essen wollen werden«, gab sie zu. »Wir könnten eine Ziege schlachten. Das schadet nichts. Und ich hatte vor, den Kindern neue Kleider zu kaufen.« Sie lächelte. »Wir könnten ja trotzdem unsere Verwandten einladen, nicht? Wir könnten alles machen, außer die Feste wirklich feiern, Lieber.«

»Ja, machen wir was Festliches, Liebe.«

»La, in Ordnung, so viel können wir machen.«

Die Häuser der Hindufamilien waren von geschäftigem Treiben erfüllt. Bei Jimmawal-Baje war eine Familie von Schneidern der Damai-Kaste damit beschäftigt, Kleider für den Alten, seine Frauen und seine umfangreiche Nachkommenschaft zu nähen. Die Tretpedal-Nähmaschinen ratterten rasend, wie im Rausch. Währenddessen saß Jimmawal-Baje auf einer

Strohmatte in seiner Vorlaube und hörte sich die Bitten all der armen Kerle an, die Geld von ihm geliehen hatten und nun verlangten, dass er ihnen die Zinsen erlasse. Allerdings musste der Alte sich seiner schwächelnden Gesundheit wegen häufig hinlegen. Er erlebte derzeit ein Ungleichgewicht der Verdauungsfeuer; wie er diese letzten paar Monate gelitten hatte! Alles hatte mit einer schlichten Magenverstimmung angefangen. Dann hatte er Geschwüre im Mund und einen Hautausschlag bekommen, und schon bald konnte er kein Bröckchen Essen mehr zu sich nehmen, ohne zum Klohaus laufen zu müssen. Er hatte pflichttreu die bitteren Kräuter und Metall-Aschen eingenommen, die ein Ayurbeda-Baidhya seines Vertrauens für ihn herstellte, aber er stand unter einem schlechten Stern. Die Krankheit hatte sich als hartnäckig herausgestellt. Inzwischen war seine Milz entzündet, und der überschüssige Wind in seinem Organismus verursachte ihm Unaufmerksamkeit und Händeflattern. Es schien, als könnten alle bitteren Kräuter und Metall-Aschen der Welt die Wut in seinem Blut nicht löschen.

Doch auch unter diesen Umständen galt: Tu deine Pflicht, ohne Ansehung der Folgen. Niskama karma. Der Schuster war einer von vielen, die bei Jimmawal-Baje einen Kredit aufgenommen hatten. Trotz seiner Unschuldmiene war der Schuster ein gerissener Kerl, das wusste Jimmawal-Baje: Es hieß, er habe von kühefressenden christlichen Missionaren Geld dafür genommen, dass er ihren nebelweißen Gott bejubelte. »Eh, großzügiger Handelsherr«, flehte der Schuster vor Jimmawal-Baje, »die Schildläuse haben dieses Jahr die Hälfte von der Ernte meines Verpächters gefressen; von meinem Anteil kann sich meine Familie keine drei Monate ernähren. Ich versuche, meinen Lebensunterhalt mit dem Reparieren von Schuhen zu verdienen, aber keiner lässt heute noch Schuhe reparieren, die gehen einfach in die Läden und kaufen neue. Meine Taschen sind leer, Hajur. Ich flehe Euch an, erlasst mir dieses Jahr die Zinsen.«

»Dir die Zinsen erlassen kann ich nicht.« Jimmawal-Baje wies die Bitte mit einer Handbewegung ab. »Aber schließlich sind jetzt Feiertage, und ich bin ein frommer Mann, deshalb werde ich dir gestatten, die Zinsen für diesen Monat erst am Anfang des kommenden Monats zu zahlen. Geh jetzt, siehst du nicht, dass ich schwer, schwer krank bin? Deine jämmerlichen Klagen und Beschwerden anhören zu müssen, ist gar nicht gut für meine Milz.«

Der Schuster verbeugte sich tief, in gespielter Dankbarkeit. Und Jimmawal-Baje, der sich in seiner Güte selbst gefiel, lehnte sich zurück und verkündete seinem siebten Sohn: »Zur Dashainzeit, als Mutter Kali den Dämon Mahisasur schlug, muss das Gute über das Böse triumphieren.«

»Das Gute wird triumphieren«, sagte sein Sohn.

Nicht weit weg, in dem Wohnhaus, das sich an die weitläufige Sägemühle anschloss, überlegte Chiranjibi während der Dashainzeit, wie er sich mit seinem Bruder einigen könne, der inzwischen unverkennbare Enttäuschung darüber zeigte, dass Chiranjibi das Familiengeschäft vernachlässigte. Natürlich war sein Bruder zu zurückhaltend, um seine Missbilligung wirklich auszusprechen. Aber seit Chiranjibi von der Dorf-zu-Dorf-Kampagne zurückgekehrt war, hatte er auf dem Gesicht seines Bruder eine Anspannung bemerkt, und er war sich darüber klar geworden, dass er nun über seine neu gefundene – Liebe? – nein, das Gefühl des Verpflichtetseins, das er gegenüber Nayan Raj hatte, Rechenschaft ablegen müsse.

Aber wie sollte er seinem Bruder erklären, dass er sich vom Licht eines reinen Ideals durchflutet fühlte?

Er konnte es nur aussprechen. Mit seinem Bruder sprechen?

Er musste es aussprechen.

Ein paar Tage lang folgte Chiranjibi seinem Bruder durchs Haus und wartete darauf, dass sich eine passende Gelegenheit ergab. Sein Bruder schien zu spüren, dass er ihm etwas mitzuteilen versuchte. Er bewegte sich langsamer, damit Chiranjibi in seiner Nähe bleiben konnte. Er blieb länger im Raum als nötig, um ihm Zeit zum Sprechen zu geben. Er wartete, er trödelte, er hielt inne. Dennoch wusste Chiranjibi nicht, wie er es anfangen sollte. Sollte er einfach damit herausplatzen und drauflosplappern wie ein Idiot? Wie konnte er?

Es einfach aussprechen.

»Es sieht so aus, als müsste ich meinen Gewinnanteil aus unserer Arbeit dieses Jahr abtreten«, sagte er schließlich eines Abends, als sein Bruder den Gewinn aus dem fertiggestellten Schulgebäude zusammenrechnete. Sie saßen am Teaktisch in der Sägemühle, umgeben von einer Ladung frischer Palisanderbretter. Sein Bruder saß von ihm abgewandt, was das Reden leichter machte. Chiranjibi sagte: »Ich hab dieses Jahr nicht genug gearbeitet, um zu rechtfertigen, dass ich was vom Gewinn nehme.«

Sein Bruder verweilte in beständigem und zustimmendem Schweigen. Vielleicht um seine Verlegenheit zu verbergen, rechnete er weiterhin Zahlen zusammen. Wenn Chiranjibi ihn so sah, bedauerte er ihn. Ein Mann, der sein Leben mit Rechnen zubrachte. War dies das Leben, das sein Bruder wollte? Genügte es, den ganzen Tag zu rechnen? Chiranjibi sagte: »Es ist vielleicht am besten, wenn wir öffentlich machen, dass wir keine Partner mehr sind. Auf die Art und Weise kommt meine Politik nicht deinem Lebensunterhalt in die Quere.«

Sein Bruder schaute aus seinen Papieren auf, warf Chiranjibi einen zustimmenden Blick zu und kehrte dann wieder zu seiner Buchhaltung zurück. Aber was für eine unglückliche Gestalt er abgab, wie er da rechnete und rechnete. Wie freudlos so ein Leben war, wie – arm.

»In meinem Alter«, fügte Chiranjibi hinzu, »will der Mensch anfangen, etwas zu tun, das die Seele ausfüllt.«

Sein Bruder warf ihm einen spöttischen Blick zu. Aber Chiranjibi konnte sich nicht zurückhalten. Er sagte: »Diese ganzen Jahre über sind du und ich im Bazar aufgewachsen, unter privilegierten Umständen. Du hättest die Dörfer sehen sollen, wo wir hingegangen sind.« Er nahm die Brille ab und legte sie auf die schwarze Oberfläche des Teakholztisches. Das machte das Reden leichter. »Ein Mensch nach dem anderen, ein Mensch nach dem anderen, alle nehmen aus freien Stücken an einer Regierungshandlung teil. Ein, ein, ein, ein Mensch. Jeder mit seinen eigenen Träumen und Wünschen.« Er tastete nach einer Packung Yaks und zog eine Zigarette heraus. Aber er vergaß, sie anzuzünden. »Schau«, sagte er zu der verschwommenen, unscharfen Brudergestalt. »Ich hab genug verdient, um gut zu essen, bequem zu leben, meinen Töchtern eine Ausbildung zu ermöglichen. Zu einem bestimmten Zeitpunkt im Leben will der Mensch nicht mehr über weltliche Fragen nachdenken, er will tun, was letzten Endes richtig ist. Weißt du«, er deutete mit der Zigarette auf ihn, »du solltest dir das auch überlegen. Dieses Leben«, er machte eine unbestimmte Handbewegung, »diese ganzen rohen Holzbretter, aus denen werden Sachen wie dieser Schreibtisch, so glatt, so fein. Genauso ist die Demokratie aus rohen Menschen gemacht. Diese ganzen rohen Menschen – die werden Teil einer leuchtenden Vision werden.«

Eine ganze Zeit lang sagte die verschwommene Gestalt, die sein Bruder war, nichts. Dann griff sie nach Chiranjibis Brille. »Beim Uhrmacher muss es kleine Schrauben geben«, sagte sein Bruder, als er das Klebeband untersuchte. Chiranjibi spürte, dass er ihm so gut zu antworten versuchte, wie er es in seiner Verlegenheit eben konnte. »Ich kann die zu ihm hinbringen und reparieren lassen.«

»Das wäre hilfreich«, sagte Chiranjibi. »Manchmal wird sie mir doch lästig.«

Zu seiner Überraschung machte sein Bruder dem Gespräch hier noch kein Ende. »Ich bring sie morgen zum Uhrmacher.«

»Ich will sie schon seit Jahren wieder in Ordnung bringen.«

»Ne kleine Schraube, mehr brauchts nicht.«

»Denkst du, der Uhrmacher kann das?«

»Ich denk schon. Nur ne kleine Schraube. Ich bring sie hin.«

»Das wär sehr hilfreich.«

»Das ist gar kein Problem.«

In seinem Haus in den Hügeln nördlich der Ortschaft nutzte Giridhar die Feiertage, um die Bekanntschaft mit seinen alten Trinkkumpanen aufzufrischen. Der Subinspektor und ein paar andere Verwaltungsangestellte kamen jeden Tag zu ihm nach Hause, um Gin Rummy und Flush und Sechsundsechzig zu spielen und über die Volkspartei zu tratschen. »Überraschend, was für einen großen Eindruck Euer Kandidat gemacht hat. Alle sind wie verzaubert«, sagten sie und kippten Gläser mit steifem Whisky und Rum.

»Der Kongress, die UML werden staunen, wie viele Stimmen sie verlieren.«

»Dachten, die hätten das Land geerbt, dachten die. Die werden schon sehen!«

Wenn Giridhar so zwischen seinen alten Kumpanen saß, kam ihm die Zeit seit der Ankündigung der Wahlen wie eine einzige lange Strapaze vor. Er fühlte sich in die Jahre seiner Arbeitslosigkeit zurückversetzt – die mit ihren Abstürzen und Irrfahrten ja auch ganz lustig gewesen waren, oder nicht? Jetzt saß er in einem engen Kreis von rippenstupsenden, schmeichelnden, neckenden, rauchenden, lachenden, schenkelklopfenden Männern, von denen einige verbissen beim Kartenspiel zu gewinnen suchten, während es anderen mehr um das gelöste, ausschweifende Geplauder ging – »Habt Ihr gemerkt, dass die Heldinnen in den Hindifilmen alle Hot Pants unter den Miniröcken anhaben?«

Seine Frau Laksmi sorgte für frisches Sel-Roti aus Reismehl und für frittierte Baras. Giridhars Söhne saßen neben ihrem

Vater und setzten auf seine Karten, Einsätze von fünfzig Paisa. Der Subinspektor unterhielt die Runde mit lautstarken Klagen über seine jüngere Frau, an der er bereits das Interesse zu verlieren begann. »Die ist so verwöhnt, dass sie sich aufführt wie ne Königin.«

Darauf sagte jemand: »Die einzige Lösung ist, sich wie ein König zu benehmen.«

Der Subinspektor wurde von einem langanhaltenden und unanständigen Kichern gepackt.

Giridhar strahlte vor Trunkenheit.

Aber Giridhar hatte es nicht in allem leicht, nein. Seit er aus den Hügeln zurück war, betäubte ihn manchmal ein Unwohlsein, das sich schließlich zu einem Grausen zusammenzog. Einmal blieb er den ganzen Tag lang in seinem Zimmer und konzentrierte sich auf Kleinigkeiten draußen vor dem Fenster: ein Büschel wilder Disteln, das Flügelflattern einer Libelle, ein Tausendfüßer, der über die Fensterscheibe glitt. Den ganzen Morgen über trank er, um die dunklen Vorahnungen von sich fernzuhalten. Aber obwohl seine Arme und Beine kribbelten vor rumdurchtränkter Kraft, war ihm klar: So selbstsicher er in der Öffentlichkeit auch auftreten mochte, er täuschte es doch nur vor. Diesen ganzen Tag lang kroch ihm das Blut nur langsam durch die Adern. Er hörte seine Frau rufen. Sie wusste, dass er innen hohl war. Sie sagte, trinkt nicht. Beschönigende Worte.

Unter allem lag die blutigere Pustel des Verstandes: Galle und Schorf. Giridhars Körper fühlte sich morsch an. Er blieb tagelang in seinem Zimmer, allein. Im Schlaf war sein Geist frei. Wenn er wach war, konzentrierte er sich scharf auf die Gegenwart. Hier das Baumwollaken, das ihm auf der Brust lastete. Diese Wasserflecken an der Decke. Die staubgeschwärzte Glühbirne. Fixpunkte.

Für Binita waren Feiertage stets unangenehm, weil sie dabei außen vor blieb. Selbst die Stammgäste kamen nicht in den

Teeladen, und in den leeren Stunden musste sie sich ihrer Vereinsamung stellen. Eine Frau ohne Familie. Das war der Preis, den sie für die Liebe gezahlt hatte. Dieses Jahr schwärmten die Leute immerhin noch so lange in ihr Haus, wie ihr Schwager am Ort blieb. Die Hiesigen waren von ihren Arbeitsorten im ganzen Land heimgekehrt, um die Feiertage zu begehen, und kamen vorbei, um den Kinohelden zu sehen, der um ihre Stimmen buhlte. Ebenso fanden sich entfernte Verwandte ein, um mit dem berühmtesten Sohn der Sippe ein Wort zu wechseln.

Binita hatte Zuneigung für Nayan-Raj-Bhai entwickelt. Ihr erschien seine Empfindsamkeit nicht als etwas Aufgesetztes. Inzwischen hatte er auch die feineren Machtverhältnisse in der Familie durchschaut und fand Mittel und Wege, um Kainlo-Kaka vom Teeladen fernzuhalten. Wenn dieser doch einmal auftauchte, in Begleitung einer Heerschar von Verwandten, war Nayan-Raj-Bhai besonders höflich zu Binita, um der Verwandtschaft zu zeigen, welche Hochachtung er für sie empfand.

Binita hatte Nayan-Raj-Bhai gerne im Haus. Doch ein paar Tage vor Dashain fuhr er schließlich nach Kathmandu, um die Feiertage mit Frau und Kindern zu verbringen. Auch Pramila machte sich bald darauf auf den Weg zu ihrer Familie. Das Haus und der Teeladen entvölkerten sich plötzlich, und es erschreckte Binita, jeden Schritt einzeln patschen zu hören, wenn sie durchs Haus ging. Sie hörte die Stille, die alles umschloss, was sie, Madhu oder Tripti sagten. Ein nüchternes Beisammensein von Mutter, Kind und verwaister Base: das waren ihre Aussichten auf die Feiertage.

Sie verkraftete diese Stille nur schlecht, und ein paar Mal verlor sie völlig grundlos die Fassung. Dieses Jahr hielt sie die Stille nicht aus. Für sie gab es keine Familien, denen sie Festtagsbesuche hätte abstatten können. Für sie gab es keine Besucher. Was sie gerade erlebte, war die schweigende Ächtung, die sie erwartete, sollte ihr Schwager die Wahl verlieren und Khaireni Tar verlassen.

Sie beschloss, dass dieses Dashain anders werden musste. Das war doch bestimmt nicht unmöglich? An Dashain-Tika zog sie die Seidenphariya an, die der Schwager ihr bei seiner Ankunft geschenkt hatte. Der Blick in den Handspiegel bestätigte, dass sie ihr stand. Je nach Lichteinfall schimmerte der Stoff in den flüssigen Farben eines tiefen Gewässers oder wirkte pelzig wie nasses Moos. Sie fand, dass er gut an ihr aussah.

Sogar Madhu schien Freude daran zu finden, sich für das Fest schön anzuziehen. Sie und Tripti trugen das gleiche kunstseidene Kurta-Sural-Kostüm, das ein örtlicher Schneider für sie genäht hatte. Madhu zog dazu auch den roten Pullover an, den Nayan-Raj-Bhai ihr mitgebracht hatte, und sie betrachtete sich lange im Handspiegel.

Als sie alle fertig angezogen waren, ordnete Binita auf einem Teller zarte, grüne Weizensprösslinge und etwas Zinnoberrot an und stellte für sich selbst ein Schälchen mit gelbem Tika dazu. Zu der Tageszeit, die für Gebete als günstig angesehen wurde, ehrte sie ein Bild der Göttin Durga mit Tika und drückte dann auch sich selbst und den Mädchen Tika auf die Stirn.

Nach dem Essen machten sie sich auf den Weg zu Kainlo-Kakas Haus auf der anderen Seite des Seti-Flusses. Es war ein herzerwärmendes Bild, wie sie so zu dritt dahinspazierten, auf dem Weg zu einem Verwandtenbesuch. Der Tag war hell, der Wind kühl. Trockenrisse zeichneten das Flachland, und obwohl die Fläche nicht bewirtschaftet wurde, roch es hier nach Heu. Binita gestattete es sich, die Dashainstimmung zu genießen, sie tat so, als sei sie zu Verwandten unterwegs, die sie freundlich aufnehmen würden. Tripti lief voraus, weil sie es nicht erwarten konnte, an den Fluss zu kommen. Madhu jagte ihr nach, und Binita freute sich, die Mädchen lachen zu sehen.

Aber als sie den Wasserlauf des Seti überquerten, wurde Binita allmählich nervös. Sie stählte sich innerlich für einen Besuch, von dem sie wusste, dass er unangenehm werden würde. Um Madhus und Triptis willen zwang sie sich zu glauben, dass die Frage ihrer Zugehörigkeit mit ja beantwortet worden sei. Bis auf weiteres mit ja.

Sie brauchten über eine Stunde, um zu Kainlo-Kakas Haus zu gelangen, das weit auf der anderen Flussseite lag. Die Siedlung, die es umgab, war spärlicher, als Binita sie in Erinnerung hatte, und mehrere von den Häusern schienen verlassen zu sein. Kainlo-Kakas Haus stach aus der Ansammlung hervor, weil es anlässlich der Feiertage frisch mit roter Tonerde getüncht worden war. Es wimmelte vor Verwandten, und Binita verneigte sich vor jedem Einzelnen. Keiner machte einen Hehl daraus, dass er überrascht war, sie zu sehen: »Dieses Jahr bist du hergekommen? Endlich hast du an uns gedacht?«

Unter aller Augen, gekleidet in die grüne Seidenphariya, verneigte sie sich, um Kainlo-Kakas Tika zu empfangen. Ihr ganzer Körper verspannte sich, als sie seine Finger auf der Stirn spürte. Sie erschrak, als er seine Segensworte murmelte: »Mögest du dein Dharma erfüllen. Behalte die Götter im Herzen. Finde Trost in der Frömmigkeit.« Als sie die Stirn zu seinen Füßen hinabbeugte, versuchte Binita, innerlich trotzig zu bleiben.

Erst als sie wieder aufstand, überkam sie der Widerwille. War das scheinbare Dazugehören es wert, diese Erniedrigung über sich ergehen zu lassen?

Nach ihr gab Kainlo-Kaka Madhu und Tripti seinen Segen, und Binita stand wachsam dabei und kämpfte gegen die Ängste, die sie zu überwältigen drohten. Es war schwer, in dieser Festung der Familienmacht die Ruhe zu bewahren. Hier gab es keinen Schutz für eine einsame Frau. Das hier war der Ort, wo sie vergewaltigt und mit absoluter Verachtung behandelt worden war. Das hier war der Ort, von dem sie sich zurückgezogen hatte, um Sicherheit zu finden. Sie suchte immer noch nach Sicherheit. Sicherheit, immer Sicherheit.

Mögest du dein Dharma erfüllen.

Das hier war nicht der richtige Ort für sie.

## 42

Ein Raum in einem leeren Bürogebäude; Reihen von gebraucht riechenden Matratzen: Rishis Platz. Kaltes, blaues Licht sickerte durch das Fenster herein. Es hätte jeder Tag, jeder Ort, jede Zeit sein können. Aber es war Khaireni Tar, es war der Tag von Dashain-Tika. Der Fahrer der Partei, Rishis einziger dauerhafter Mitbewohner im Schlafraum, war nach Kathmandu heimgefahren. Sonst war niemand hier geblieben. Bis wenige Tage vor Dashain war jeden Morgen der Lakai Harsha Bahadur erschienen, hatte den ganzen Tag still oben im Büro gesessen und war um vier wieder gegangen. Manchmal war Om Gurung hergekommen, um ihn zu beaufsichtigen. Jetzt kam überhaupt niemand mehr.

Das Radio leistete Rishi Gesellschaft, aber inzwischen war es ihm schmerzlich, die Dashain-Schlagzeilen mitanzuhören. »Familien im ganzen Land versammeln sich für die Festtage«: Das Plärren der Norm, das sein Anderssein übertönte. Schon seit ein paar Tagen ging Rishi nicht mehr zu Binitas Teeladen. Er wollte gerne, aber es war ihm peinlich, als einziges Parteimitglied dort aufzukreuzen. Stattdessen aß er nun in Lokalen im Südviertel. Es war allerdings davon auszugehen, dass am Dashaintag auch diese Lokale geschlossen hatten. Er konnte nirgends hingehen.

Am Mittag schaute er zur Tür der Geschäftsstelle hinaus und sah die Familien – vollständige Familien, Großfamilien – in dicht gedrängten Gruppen vom Haus eines Verwandten zum nächsten ziehen. Ihr luftabschnürender Zusammenhalt stieß Rishi ab. Sie hatten Segensmale aus zinnoberrotem Pulver und Reis auf den sonnenfaltigen Stirnen und trugen Weizensprösslinge hinter die Ohren geklemmt, und diese Leute, die zusammengehörten, gehörten heute besonders eng zusammen, und feierten ihre Sippenhaftigkeit mit roten Phariyas, neuen Hosen, Fabrikhemden und protzigem Goldschmuck. Die Sicherheit der Gruppe, der Horde, der Sippe. In der Festzeit war für das Individuum kein Platz.

Ohne besonderen Vorbedacht hatte Rishi am Vortag Kekse gekauft. Er aß sie am Nachmittag – Glucose, Thin Arrowroot – zwischen den Wänden des Schlafsaals, die zum Glück blind waren. Trotz seiner Gottlosigkeit schämte er sich, zur Festzeit allein zu sein und anstatt eines traditionellen Festessens schale Kekse zu kauen. Das also blieb ihm: Zusatz-, Farb- und Konservierungsstoffe statt milchweißer Reiskörner. Der schwache Krümelgeschmack anstelle von gut gewürztem, in Ghiu gebratenem Dal. Keine Prise Salz, die die Hand seiner Mutter genau abgewogen hatte. Die trockenen Kekse blieben ihm in der Kehle stecken, aber er zwang sich, den faden Geschmack weiter hinunterzuschlucken, den faden Geschmack seiner selbst, wie er hier saß und Kekse aß, während anderswo die Familien beim Festmahl zusammensaßen.

Die Busse fuhren: Er konnte sich immer noch in Kathmandus Anonymität flüchten.

Aber der Schulmeister wollte, dass er nach Hause ging.

Er wollte nicht.

Er verbrachte diesen Tag damit, seiner Vereinsamung nachzuspüren, forderte zwischen diesen kahlen Wänden seine Einsamkeit heraus. Wie viel Ödnis konnte er sich selbst auferlegen? An Dashain ohne die Gesellschaft anderer Menschen zu sein: auch eine Art, Kultur zu ertragen.

Aber er hielt es nicht mehr aus, und früh am zweiten Dashaintag brach er in die nördlichen Hügel auf.

Und dennoch zog es seinen Geist von zu Hause fort. Unterwegs schaltete er immer wieder sein Radio ein, weil er Ablenkung brauchte. Und er schaltete es immer wieder aus, sobald die Festlichkeiten, die die Nation beschäftigten, auch nur erwähnt wurden. Seine Heimkehr erschien ihm unaufrichtig. Er konnte nicht einfach wieder ein Sohn sein. Er durfte es nicht wollen. Er ging nur nach Hause, um dem Schulmeister die Informationen über die Wahllokalkomitees zu geben. Alles für die Massen. Er war ein braver Genosse: mehr nicht. Aber wenn er sein konnte, wer er wollte, wer wollte er dann sein?

Der Tag atmete Ruhe. Rishi ging langsamer, als er sich der Siedlung näherte, die an den Flanken der nördlichen Hügel erbaut worden war. Er kam an ein paar Hütten vorbei, überquerte ein Rinnsal und hielt auf einen niedriggelegenen, kleinen Hügel zu. Anlässlich seiner Heimkehr hatte er ein weißes Hemd und marineblaue Cordhosen angezogen, außerdem eine dazu passende, blaue Strickjacke, die er sich um den Hals geknotet hatte. Seine Augen, in denen die Morgensonne leuchtete, tasteten die Umgebung ab. Der Pfad, der nach Hause führte, war von Zylinderputzerbäumen gesäumt. Rechts von ihm lag der alte Wasserhahn. Fast konnte er das glimmerreiche Wasser seiner Kindheit wieder schmecken. Später kam er an dem Zitronenbaum vorbei, dessen Früchte er als Junge oft gestohlen hatte; der Baum sah kleiner aus, als er ihn in Erinnerung hatte. Auch der Pfad, der sich an einem Bach entlangschlängelte, wirkte zu schmal. Er fühlte sich hier als Riese, dessen Erwachsenenkörper nicht zu den Erinnerungen aus der Kindheit passen wollte. Es reute ihn, dass sein Körper hier so falsch erschien. Was war das für eine hartnäckige Nostalgie, die ihn an diesen Ort zog und ihn glauben ließ, dass der Geruch dieser Tiger- und Weidelgräser den Ort markierte, wo er hingehörte?

Rishi blieb am Bach stehen, der zischelte und murmelte. Am anderen Ufer lag das Haus des Schulmeisters, eingeschmiegt in eine Klamm. Nicht weit davon stand das Haus von Rishis Vater. Das helle Sonnenlicht dieses Tages beleuchtete das kleine Gebäude, aber das Innere der Vorlaube blieb im Schatten. Dort bewegte sich eine dunkle Gestalt. War sie das? Seine Mutter. Sie bückte sich, richtete sich auf, hatte etwas aufgehoben. Sie ging ans eine Ende der Laube, drehte sich um, ging ans andere Ende. Dann bückte sie sich wieder, tat irgendeine Hausarbeit. Decken beziehen.

Wenn er sein konnte, wer er wollte, dann wollte er ihr Sohn sein.

Rishi war schon fast bei seiner Mutter, als sie aufschaute. Ihr kantiges Gesicht war von der Sonne gehärtet, und es war erschreckend gealtert. Sie war dünner als in seiner Erinnerung, an den Ellenbogen stachen die Knochen heraus, und blaue Adern schlängelten sich über die Stirn. Ihre eingesunkenen Augen waren milchig trüb vom grauen Star. Ihre Stirn war kreuz und quer von Sorgenfalten überzogen. Sie musterte Rishi unbeteiligt und rief dann seinem Vater zu: »Unser Ältester ist da.« Es klang wie irgendeine Alltagsbemerkung.

Rishi verneigte sich vor ihr. Sie segnete ihn, ohne ihn zu berühren.

Sein Vater stürmte aus dem Haus hervor, wie immer gewappnet mit Worten, Erklärungen, Meinungen. »Endlich ist er wieder da.« Rishi verneigte sich, um seinen Segen zu empfangen. »Endlich hat unser Sohn sich wieder an uns erinnert.« Auch Rishis Vater war alt geworden: Seine Haut hatte eine wässrige, totengleiche Durchsichtigkeit angenommen. »Warum hast du uns nicht Bescheid gegeben, dass du kommst? Warum bist du nicht gestern rechtzeitig für den Tika gekommen? Wo bist du die ganze Zeit gewesen? Warum hast du nicht geschrieben?«

Seine Mutter blieb draußen und fuhr mit ihrer Arbeit fort: Decken beziehen.

Das Innere des Hauses hatte sich verändert, und es hatte sich nicht verändert. Ein paar Dinge waren anders – es gab jetzt ein Bett im Vorderzimmer, einen Holzfurniertisch, Metallstäbe in den Fenstern und an den Wänden Plakate von Hindifilmstars. War das Zimmer schon immer so cremeweiß gestrichen gewesen? Es wirkte hell. Aber die Abmessungen waren immer noch so klein, der Geruch noch immer so rußig wie früher. Rishi hielt sich selbst davon ab, weitere Vergleiche mit der Vergangenheit anzustellen. Mochte das Haus sich verändert haben. Es war bedeutungslos.

Rishis Vater redete weiter und begann auf Umwegen, wie es seine Art war, ein paar vorläufige Ansprüche bei ihm anzumelden. »Dein Bruder sagte, er hat dich in Khaireni Tar gesehen. Er hat gesehen, dass du für eine Partei arbeitest, meinte er – für die Teetassenpartei von dem Kinohelden. Stimmt das, Sohn? Hast du die Kommunisten verlassen? Dein Bruder, weißt du, der ist dem Kongress beigetreten. Macht immer genau das Gegenteil von dir. Du musst mit ihm reden, ihm Rat geben, ihm den rechten Weg zeigen. Er ist in diesem Alter, kann leicht verdorben werden. Du musst ihn anleiten. Nimm ihn in die Stadt mit. Find eine Stelle für ihn.«

Plötzlich war sie da: die Familie. Plötzlich war er wieder darin eingeschlossen.

Sein Vater musterte Rishi vorsichtig und fuhr dann fort, über die Pflichten der Kinder gegen ihre Eltern zu sprechen. Er klang übereifrig, als versuche er, sich selbst zu überzeugen. Er sagte: »Selbst in diesen Zeiten, wo es schwierig ist, eine Stelle in der Verwaltung zu bekommen, arbeiten viele im Ausland, machen Geschäfte, investieren, schicken ihre Gewinne nach Hause. Selbst in diesen finsteren Zeiten ist es möglich, sich um seine Eltern zu kümmern.« Machte sein Sohn auf ihn den Eindruck, für diese Worte empfänglich zu sein? Er fuhr fort: »So ist das Alter, es ist eine Zeit, wo man Sicherheit will, Bequemlichkeit will. Zu unserer Zeit dachten wir – tu deine Pflicht, dann wirst du belohnt. Das jetzige Zeitalter ist nicht so, das weiß ich auch. Aber wir haben unseren Alten gedient, haben unsere Kinder aufgezogen, wir haben alle Seiten der Dinge angesehen. Wir hatten unsere eigenen Schwierigkeiten, wir sind auf Beschwernisse gestoßen – aber wir haben sie alle mit Ehre getragen. Jetzt sag mir, Sohn, wie lange willst du bleiben?«

Da kam seine Mutter herein und brachte ein Tablett mit Tika und Weizensprösslingen.

»Wir müssen unseren Sohn segnen.« Sein Vater sprang auf, um seine Pflicht zu tun. »So geht es leicht. Hier, schau nach hier. Lass uns dich segnen, nach all diesen Jahren.«

Er nahm Rishi beim Arm und brachte ihn seitlich vom Tisch in Stellung. Rishi sah die Bewegungen seines Mundes, der Rishi seinen Segen auflud. Seine Mutter folgte ihrem Mann, ohne ein Wort zu sagen.

***

Es war ein Fehler gewesen heimzukehren. An diesem und den darauffolgenden Tagen versuchte Rishi, sich von seiner Familie freizuhalten. Er hörte oft Radio und lenkte seine Aufmerksamkeit auf alle Nachrichten, die er finden konnte. Hochwasserwellen zur Unzeit, Schlammlawinen, Erdbeben der Stärke sieben auf der Richterskala: ein Katalog der Katastrophen. Er wartete darauf, dass der Schulmeister auftauchte.

Anfangs stellte sein Vater noch hartnäckig Fragen und tat seine Meinung kund. Immer wieder fragte er Rishi danach, was er diese ganzen Jahre über getan, wie viel er verdient habe, in welchen Umständen er in Kathmandu lebe, was seine Zukunftspläne seien, ja, wolle er nicht heiraten? Was für ein Geschäft könne er aufziehen, welche Aussichten habe er?

Rishis Antworten waren Lügen. Er sei Lehrer an einer englischen Internatsmittelschule, sagte er. Er verdiene sechstausend im Monat, genug zum Leben, aber nicht, um etwas davon nach Hause zu schicken. Er lebe mit Freunden in einem Mietshaus. Die Partei, für die er jetzt arbeitete, sei mächtig; sie werde ihm helfen, eine neue Stelle mit einem höheren Gehalt zu kriegen. Es gebe da ein Mädchen, das er gernhabe, Radhika. Sie beide würden heiraten, sobald er eine bessere Stelle gefunden habe.

Sein Vater nahm jede seiner Angaben aufmerksam auf, mit zusammengekniffenen Augen. Glaubte er ihm wirklich? Wenn Nachbarn und Verwandte vorbeikamen, schlüpfte er in seine Rolle und verkündete: »Unser Sohn ist heimgekehrt, um sich um uns zu kümmern.« Der Mythos des geehrten Vaters. Wenn sie allein waren, zeigte er sich zögerlicher. Er sagte, und es klang wie ein Tadel: »Es ist wichtig, sich um die eigenen Eltern zu kümmern.« Sein Blick flatterte von seinem Sohn fort, richtete sich auf den Boden. Er sagte: »Der Sohn von dem Alten im Nachbarhaus, der ist nicht zurückgekommen, aber er schickt seiner Familie ab und zu Geld. Die sagen, er ist in Korea. Und der Jhankri, von dem die beiden Söhne sind den Indian Gurkhas beigetreten. Neulich hab ich gehört, es gibt freie Stellen in der Verwaltung, du musst nur eine Prüfung machen und dann stellen sie dich ein.«

Als könne er seinen Sohn vielleicht doch noch dazu überreden, ihm zu dienen.

Vom Tag von Rishis Heimkehr an hielt sich sein Bruder, der jetzt siebzehn war, von ihm fern und starrte ihn trotzig an, ohne den Versuch zu machen, mit ihm zu reden. Seine Haut war dunkel geworden, und Rishi erkannte an ihm die gleiche Huldigung des Fleisches wie bei BB-Gun Thapa. Er versuchte nicht, seine Verbitterung zu verbergen. Die Last, für das Glück der Familie verantwortlich zu sein, war ihm zugefallen. Er war es, der seine Ausbildung abgebrochen hatte, um sich um die Familie zu kümmern. Er war es, dessen Hände und Füße schwarz waren von der Feldarbeit. Er war immer noch in all dem gefangen, dem Rishi entflohen war. Er trug einen stieren, missgönnenden Ausdruck in den Augen. Rishi wusste, dass er mit seinem Bruder hätte reden, seinen Teil der Verantwortung hätte übernehmen sollen; aber er war nicht in der Lage, sich dafür herzugeben. Der Junge war aus bloßem Trotz gegen ihn der Kongresspartei beigetreten. Es war Rishi unmöglich, sich selbst nicht ebenso zu hassen, wie sein Bruder ihn hasste.

Die ganze Zeit über ging Rishis Mutter den Hausarbeiten nach, die schon immer ihr ganzes Leben gewesen waren. Rishi hörte sie morgens beim Anbruch der Dämmerung aufstehen und verfolgte ihre Bewegungen durch den Tag. Sie betete am Familienschrein, holte Wasser, fegte den Fußboden, kochte, spülte das Geschirr ab, mahlte Mais zu Mehl und saß in der Laube, um zerschlissene Kleider zu flicken. Sie zeigte keine Reaktion, wenn Rishi sich ihr näherte. Auch wenn er direkt neben ihr stand, benahm sie sich, als sei sie allein. Sein Blick wurde immer wieder von den hervorstechenden Knochen angezogen. Mit dem Älterwerden war sie geschrumpft, und sie wirkte schmächtiger als früher. Er hatte keine Ahnung, was in ihr vorging. Sie hatte sich in eine dauerhafte Einsamkeit zurückgezogen. Oder vielleicht war es Ausdruck ihres Unmuts, dass sie Rishi so beflissentlich ignorierte. Wäre es ihr lieber gewesen, er wäre nicht zurückgekommen? Oder wusste sie bereits, dass er nicht um ihretwillen hergekommen war? Sie breitete rote Chilischoten zum Trocknen in der Sonne aus, sie zerstieß frische Linsen, sie sammelte Steine zwischen den Reiskörnern heraus. Als er jünger gewesen war, hatte er beobachtet, wie sie seinem Vater den knochigen Rücken zuwandte. Jetzt bekam er ihn zu sehen.

Hatte sein Vater ihr den Eigensinn ausgeprügelt? Sein Vater – Rishi begann ihn wieder zu hassen wie als Kind. Sein Vater hatte die eigene soziale Anerkennung auf das Leid seiner Familie gegründet. Als sie noch jünger gewesen war, war seine Mutter nachts zu Rishi gekommen, mit den blauen Flecken und Schrammen, die ihr Mann ihr beigebracht hatte, das Haar zerzaust, die Kleider durcheinander, das Gesicht schleimig von Schweiß und Dreck und Rotz. Im Dunkeln hatte sie geweint. Sie hatte sich an Rishi geklammert und ihm verzweifelte Bitten und Gebete ins Ohr geflüstert. Er hatte ihre Krämpfe gespürt, und ihre Knochen, die sich in seinen Körper drückten. Er sei ihr Junge, hatte sie geflüstert. Er sei ihr König, ihr Gott. Wenn er mit seiner Ausbildung fertig sei, werde er eine Stelle in der großen Stadt bekommen; er werde ein großer Mann werden. Sie hatte ihn mit den Beinen umklammert. Er werde zurückkommen und sie retten.

Er hatte gesagt: Ich hol Euch fort von all dem hier.

Und jetzt –. Jetzt versuchte Rishi nachts, nicht nach Geräuschen zu lauschen, die bestätigt hätten, dass seine Mutter weiter litt. Außen ein braver Genosse, im Kern, im Persönlichen, ein jämmerlicher Versager. *Für die Schwachen ist es persönlich.* Als Kind hatte er gefragt: Wird die Revolution kommen, Mutter? Und die Dichter hatten für seine Mutter geantwortet:

*Ja, mein Lieber, sie wird kommen.*
*Sie wird kommen und ein Licht ausbreiten wie die*
*Morgensonne.*
*Eine Waffe wirst du glänzen sehen*
*wie Tau an ihrer Hüfte.*
*Mit der wird sie gegen das Unrecht kämpfen …*

Als Sohn und Rächer hatte er versagt.

Das Radio bewahrte ihn davor, noch irgendwen retten zu wollen. Nichts, was er hörte, war ihm so wichtig wie der BBC World Service: Nachrichten über Flugzeugabstürze, Naturkatastrophen, Rettungs- und Hilfsmissionen. Neue Regierung gewählt. Ein Volksaufstand. Schießereien und organisiertes Verbrechen. Die Geräuschkulisse aus dem Radio lenkte seine Gedanken von unmöglichen Wünschen ab. Lebensfreude zu schaffen, für sich selbst, für seine Mutter. Wieder zu lieben. Einen Fötus wieder zum Leben zu erwecken, dessen Abtreibung Jahre zurücklag.

Er wartete darauf, dass der Schulmeister ihn aufsuchte, und dachte: Bestimmt gab es Fortschreibungen seines Lebensweges, die ihn vor der Vergangenheit retten konnten.

Fortschreibungen:

Er war hartherzig und hartäugig. Er glaubte nicht an das Gute, in nichts und niemandem. Auf der Brust hatte er ein münzgroßes Muttermal. Manchmal schloss er die Augen. Einmal hatte ihn ein Mann gefragt: »Was wisst Ihr?«, und Rishi hatte geantwortet: »Alles, was man weiß, ist Lüge.« Seine Schritte waren ungleichmäßig. Die Socken löchrig und das Hemd gepunktet. Er plärrte vor Lachen.

Fortschreibungen:

Sein Manifest war nicht Marx oder Lenin geschuldet, sondern Bakunin. »Aber der Anarchosyndikalismus«, sagte er dann etwa zu einem Vertrauten, »löst eigentlich gar nichts.« Der Umlauf war sein liebster Zeitvertreib. Der Umlauf faszinierte ihn. Rishi markierte jeden Rupienschein, der durch seine Hände ging. Er borgte sich die Kleider seiner Freunde und verlieh die eigenen. Wenn ihm jemand einen Teller Reis hinstellte, gab er ihn weiter.

Fortschreibungen:

Einmal zählte er alle Menschen, denen er je begegnet war. Aber viele vergaß er dabei – zum Beispiel den Jungen, der in der zehnten Klasse hinter ihm gesessen hatte. Wenn der Mensch die Summe seiner Interaktionen war, hatte Rishi viele Schulden offen. Hatte das etwas zu bedeuten?

Gab es überhaupt etwas, das etwas zu bedeuten hatte?

Fortschreibungen: Er musste mit der Familie Schluss machen.

Eine Woche nach Dashain hatte ihn der Schulmeister immer noch nicht aufgesucht. Inzwischen wollte Rishi nur noch weg.

Sein Vater war wieder zum täglichen Kartenspiel zurückgekehrt. Sein Bruder ging auf die Felder und pflügte, um die nächste Auspflanzung vorzubereiten. Rishi blieb zu Hause und sah seiner Mutter zu, wie sie ihm die kalte Schulter zeigte. Er hatte sie ihrem Schicksal überlassen. Jetzt überließ sie ihn dem seinen.

Noch ein Tag verging, und noch einer, ohne dass der Schulmeister auftauchte.

Was für eine Dürre war sein bisheriges Leben gewesen, dass er selbst das hier ertragen konnte?

Am nächsten Morgen nahm er einen Pfad, der durch einen nahen Bananenhain führte, und sprang über die Wasserrinne, hinter der das Grundstück des Schulmeisters lag. Ein schmaler Pfad durchquerte den Garten. Rishi konnte sich an Zeiten erinnern, als er in diesem Garten klein gewesen war. Er ging jetzt vorsichtig, denn er fühlte sich fehl am Platz. Das Haus lag still. Warum sollte es jetzt zur Festzeit still im Haus sein? Er betrat die Vorlaube. Die Haustür war geschlossen. Er drückte sie auf und spähte hindurch. Drinnen in der Dunkelheit regte sich nichts. Beim Schulmeister war niemand zu Hause.

Alles für die Massen.

Als er durch die Klamm kletterte, war er bereit wegzugehen.

Er ging noch einmal in die Küche, um ein letztes Mal dort zu essen. Seine Mutter saß am Herd. Sie blies ins Holzfeuer, das Gesicht vor Anstrengung zusammengekniffen. Das orangerote Licht der Glut leuchtete auf ihren Wangen und funkelte in den Schweißtropfen.

Sein Vater saß bei ihr und wartete auf das Essen. Im Lauf der vergangenen Tage war sein Vater langsam still geworden und hielt Rishis Schweigsamkeit nun die eigene entgegen. Vielleicht begriff er, dass seine Ermahnungen wirkungslos an seinem Sohn abprallten. Er stählte sich innerlich gegen einen möglichen Angriff.

Rishis Bruder war noch nicht aus den Feldern zurück. Das

war auch nicht zu erwarten. Das erkannte Rishi: dass der Bruder ihm aus dem Weg ging. Rishi setzte sich neben seinen Vater. Von diesem Mann hatte er den feinen Knochenbau geerbt. Die beiden warteten, während Rishis Mutter zwei Stahlteller mit Essen füllte.

Und auch das war vertraut: Essen, sparsam ausgeteilt von einer gleichgültigen Hand.

Rishi sagte: »Ich möchte meinen Anteil am Familiengrund verkaufen.«

Sein Vater sah ihn an.

»Ihr könnt ihn mir abkaufen«, sagte Rishi. »Fünfundzwanzigtausend.« Er sah seine Mutter an, die teilnahmslos auf den Boden schaute. Konnte überhaupt nichts mehr sie aus der Fassung bringen? Er sagte: »Wenn Ihr das Land wollt, geh ich zum Distriktzentrum, mach die Urkunde fertig und komm wieder her, um die Bezahlung abzuholen. Der Preis ist mehr als fair.«

Sein Vater runzelte die Stirn. Der Preis entsprach weniger als der Hälfte von dem, was angemessen gewesen wäre. Sein Vater würde den Grund kaufen, das wusste Rishi. Aber zunächst musste er die Form wahren. Er sagte: »Aber warum?« Er klang wenig überzeugend, denn er wollte nicht, dass sein Sohn es sich anders überlegte. Rishi hasste ihn. »Warum dieses Land verkaufen?«, wiederholte sein Vater. »Ein Mann braucht ein kleines Grundstück. Einen Ort, wohin er heimkehren kann. Den Ort seiner Vorfahren.«

»Wollt Ihr das Land?«

»Warum sprichst du so schroff mit deinem Vater?«

»Wenn Ihr das Land wollt, mach ich die Urkunde fertig.«

Rishis Vater seufzte. Er klang wie ein Mann, der um des Sohnes willen seine Lebensfreude opferte: »Tu, was du willst. Schneid dich selbst vom Land ab. Aber deinen Hochmut, Junge –«

»Ich komme mit der Urkunde wieder her.«

Rishi aß schnell. Er nahm das Essen kaum wahr, das ja ohnehin nicht für ihn gedacht war. Als er fertig war, war sein Bruder immer noch nicht von den Feldern heimgekehrt, und er war dankbar dafür. Als sein Vater endlich zum Kartenspielen aufbrach, holte Rishi die sechstausend Rupien aus der Hosentasche, die Ersparnisse seines ganzen Lebens. Seine Mutter saß immer noch am Herd und hielt das Essen für ihren jüngeren Sohn warm. Sie hielt die Luft an, als Rishi ihr die Hand entgegenstreckte. Es beschämte ihn, dass seine Tat an nichts etwas änderte, und dennoch legte er ihr das Geld in die Hand und schloss ihre Finger darum. Sechstausend Rupien. Wiedergutmachen konnten sie nichts. »Ich gehe«, sagte er.

Sie warf ihm einen verschreckten Blick zu. Dann stand sie wortlos auf und steckte das Geld in eine Blechdose, die auf einem Regal hinter ihr stand. Würde sie es für sich behalten? Oder es später ihrem Mann geben?

Rishi ging fort, ohne ihren Segen zu erbitten oder zu empfangen.

Während er nach Khaireni Tar hinunterging, hielt er eine Hand auf dem Schreibheft, das seine Notizen über Giridhar enthielt. Er fühlte sich auf einmal wie von einer Last befreit. Er malte sich den fortgeschriebenen Lebensweg eines neuen Rishi Parajuli aus, der sich am äußersten Rand der Gesellschaft bewegte, eines Mannes, der sich aus der Gewaltherrschaft der Vergangenheit befreit hatte. Ein vollkommen ungebundener Mann, der in einer bedeutungsfreien Zukunft lebte.

Er konnte kein Mensch sein, den er schon kannte.

## 43

Pramila war nach Dashain sichtlich verstört in Binitas Teeladen zurückgekehrt, und nachdem sie ein paar Tage lang stoisch Hausarbeiten verrichtet hatte, setzte sie sich eines Nachmittags in die Hinterlaube und fing an zu weinen. Als Binita sie fragte, erzählte sie ihr schluchzend, was passiert war. Sie habe gehofft, von ihrem Mann in Indien zu hören, erklärte sie. Er habe schon vier Jahre lang keine Nachricht mehr geschickt, und jetzt wisse niemand mehr, wo er sei. »Ist er krank, ist er in Not, hat er Schwierigkeiten, ist er gestorben?« Vor Kummer legte sich ihre Stirn in tiefe Falten. »Hat er eine andere Frau gefunden und eine neue Familie gegründet? Wie konnte er uns derart vergessen?«

Die Geschichte der älteren Frau fesselte Madhu. Zur allgemeinen Überraschung brach sie danach in ein Gezeter aus, dass sich gegen Pramilas Mann richtete. »Wahrscheinlich lungert er nichtsnutzig da im Ausland herum«, sagte sie. »So sind die Männer, das sind alles Nichtsnutze. Ein Fluch ist das, der auf den Frauen liegt, dass wir die überhaupt brauchen.«

Tripti versuchte Pramila auf sanftere Art zu beruhigen. »Wir bitten Nayan-Raj-Kaka, dass er die Polizei nach ihm suchen lassen soll.«

»Ho, die Polizei wird ihn zurückbringen.« Pramila lächelte durch die Tränen.

»Verlasst ihn einfach. Verlasst ihn«, sagte Madhu mit funkelnden Augen.

»Ich verlass ihn«, stimmte ihr Pramila zu.

Aber als sie mit Binita alleine war, überkam sie wieder die Trauer. Binita fragte sie nach ihrer Familie, und diesmal konnte sie nicht lachen und die Sache mit einem Scherz abtun. Sie hatte zwei verheiratete Töchter und zwei unverheiratete Söhne zwischen zwanzig und dreißig. Die Familie ihres Mannes war gut zu ihr, aber arm. Nachdem ihr Mann nach Delhi gegangen war, um als Bahadur-Angestellter zu arbeiten, hatte er alle paar Monate einen Teil seines Verdienstes nach Hause geschickt. Nach einiger Zeit fand er eine Anstellung in einem Restaurant. Aber dann ließ er immer unregelmäßiger von sich hören, und schließlich schickte er auch kein Geld mehr. Da hatte Pramila angefangen, für Thakalni-Ama zu arbeiten.

»Wenn ich nur wüsste, dass es ihm gut geht«, klagte sie. »Das Letzte, was wir von ihm gehört haben, war, als er Delhi verlassen hat und sagte, er kommt nach Hause. Aber das war vor vier Jahren. Ist er in schlechte Gesellschaft geraten, ist ihm was passiert, lebt er überhaupt noch?« Mit schärferer Stimme fuhr sie fort: »Wenn dieser Kadaver sich eine andere Frau genommen hat, dann schwör ich bei Kali-Mai, ich find ihn und hack ihn in Stücke.« Sie weinte ein wenig und schwieg dann lange. Schließlich seufzte sie. »Ich weiß nicht, ob ich um ihn trauern soll oder ob ich wütend auf ihn sein soll.«

Auf Binitas Rat hin fuhr Pramila ein paar Tage später zu ihren Brüdern. Sie hatten ihr angeboten, eigene Kontakte zu bemühen, um ihren Mann aufspüren zu helfen. Sie wolle nach dem Tiharfest wiederkommen, sagte sie.

Und in Haus und Teeladen kehrte wieder Stille ein. Pramilas Kummer hatte Binita mitgenommen und ihre eigene Traurigkeit vergrößert. Die ganze Ortschaft schien voller beschädigter Lebensläufe zu stecken. Was bot dieses aschgraue Flachland für Tripti? Sie hatte Anspruch auf mehr, als Binita ihr geben konnte. Und Madhu? Binita saß im leeren Teeladen und brütete über den zusammengestutzten Aussichten, mit denen sie alle drei leben mussten.

Dann tauchte eines Abends zur Essenszeit Rishi im Teeladen auf. Er war sicher der einzige Parteimitarbeiter, der dieser Tage in der Geschäftsstelle wohnte. Warum war er nicht zu Hause? Rishi gab keinerlei Erklärung, ja grüßte sie kaum. Er setzte sich alleine an einen Tisch und blätterte in einem zerfledderten Schreibheft. Seine Haut wirkte noch trockener als sonst, und das lockige Haar war ungekämmt. Seine Kleidung zeugte trotzdem von einem Rest städtischer Eleganz. Noch in seiner Vereinzelung blieb er überlegen, ja stolz. Er wirkte sorgenfrei.

Es waren keine anderen Kunden im Teeladen. Madhu und Tripti saßen an einem Tisch und schrieben Texte aus ihren Schulbüchern ab, was ihre Aufmerksamkeit ausreichend in

Anspruch nahm. Rishis nachlässiges Auftreten weckte Binitas Neugier. »Ihr seid früh wiedergekommen?«, fragte sie ihn, als sie ihm das Essen brachte.

Rishi ließ die hellen Augen auf ihr ruhen. »Ich habe mit meiner Familie gebrochen«, sagte er. Er sah sich in dem leeren Raum um, als führe er sich vor Augen, wie fehl am Platz er hier sei. Dann fragte er: »Kommen Eure Brüder zu Tihar hierher? Ich würde stören, wenn ich zum Essen herkomme.«

Binita schüttelte den Kopf.

»Und Euer Schwager«, fragte er, »verbringt er Tihar in Kathmandu?«

Er entblößte ihre Einsamkeit, um zu verhindern, dass sie ihm das Gleiche antat.

»Ich, Madhu und meine Tochter sind alleine«, sagte Binita. Sie gab ihm die Ehrlichkeit, die er sich wünschte. »Alles ist wie früher.«

Rishi schüttelte den Kopf. »Aber es hat sich alles geändert. Ihr seid jetzt auf die Unterstützung Eures Schwagers angewiesen. Ihr habt Euch in die Familie zurückgezogen, und Ihr seid nicht mehr unabhängig.«

Seine Worte erschreckten Binita. Sie zuckte mit den Schultern und wusste nicht, was sie sagen sollte, und als Rishi noch etwas sagen wollte, fragte sie: »Ist das Essen in Ordnung?«

Rishi lächelte und ließ ihre Ausflucht gelten. »Der Mansuri-Reis aus den nördlichen Hügeln ist immer hevorragend.«

Danach hielt sie sich von ihm fern, aber sie dachte später wieder an Rishis Worte: Ihr seid nicht mehr unabhängig. Er hatte die Veränderungen beobachtet, die in diesen letzten Monaten in ihrem Leben stattgefunden hatten. Seine Aufmerksamkeit schmeichelte ihr, und die Vertrautheit, die dies bedeutete, machte sie nervös. Doch als Rishi am nächsten Vormittag zum Essen kam, verspürte sie den Wunsch, das Gespräch fortzusetzen. »Für einen Mann ist es leicht, unabhängig zu sein«, sagte sie, als sie seine Teller abräumte.

Er begriff sofort, worauf sie anspielte. »Für einen Mann ist es leichter, sich von der Familie zu trennen«, stimmte er ihr zu. »Aber für eine Frau ist es wichtiger. Für unsere Frauen.«

Das war alles, was sie einander an diesem Tag sagten, aber in der Nacht, als Binita zwischen ihrer Base und ihrer Tochter lag, gab sie sich den unwahrscheinlichsten Traumbildern hin. Rishi hatte sie im Laufe des Tages zwei- oder dreimal angesehen, mit einem neutralen, aber ausdauernden Blick. Seine Direktheit war entwaffnend. Wenn er so offen mit ihr sprach, war das eine Anmache? Und kam sie ihm entgegen, indem sie mit ihm redete? In ihrer Vorstellung konnte sie sich mit seinen hellen Augen und dichten Wimpern beschäftigen. Vorstellen durfte sie es sich, ihm mit der Hand über die Haut zu streichen und einen Finger auf die trockenen Lippen zu legen. Aber in ihrem Verhalten durfte sie nicht so töricht sein, den Abstand zwischen ihnen zu brechen.

Was für ein überraschendes Gefühl es war, von den Fesseln befreit zu sein. Eine eigentümliche Kraft wuchs in Rishi heran. Er hatte das Gefühl, überall hingehen und alles tun zu können. Er fühlte sich leicht. Vieles, was ihn früher angeschlagen hätte, glitt jetzt fast wirkungslos durch ihn hindurch: die muffige Luft im Schlafraum, sein Platz zwischen schweißfleckigen Laken, seine Warterei, seine zwecklose Warterei, sein zielloses Umherirren. Und er erkannte, dass er mehrere Wahlmöglichkeiten hatte. Er konnte seine Notizen über die Wahllokalkomitees bei Shankar abgeben und wegfahren, einfach so. Er konnte noch länger hier bleiben und den Schulmeister zu treffen versuchen. Er konnte Nayan Raj die Pläne des Schulmeisters verraten und ernsthaft für die Volkspartei arbeiten. Manchmal spielte er sogar mit dem Gedanken, Om Gurung um eine Lehrerstelle an der Pure Hearts Boarding School zu bitten. Er konnte alles sein. Ein Untergrundarbeiter, ein erwerbsloser Nachhilfelehrer. Rishi-Bhai, Rishi-Dai. Es war alles bedeutungslos, und es blieben nur richtungslose Streifzüge übrig, ein Leben ohne Gewicht.

Doch nun übte Binita eine verführerische Anziehungskraft auf ihn aus. Jetzt, da sie alleine war – auch wenn ihre Base und Tochter niemals fern waren –, sprach sie mit ihm und erlaubte ihm, seinerseits offener zu sprechen, ohne befürchten zu müssen, dass sie sich ihm verschloss. Meistens sagte sie etwas, und dann suchte sie einen Ausflucht und entzog sich. Es kam ihm der Gedanke, dass sie mit ihm spiele, wenn auch auf sehr zurückhaltende Art. »Rishiji« nannte sie ihn. Nicht Rishi-Dai, nicht Rishi-Bhai. Wie Frau und Mann? Er wusste es nicht.

Der erste Tag des Tiharfestes war Kag-Puja, der Tag der Krähen. Als Rishi in den Teeladen kam, waren Binita und die beiden Mädchen in der Hinterlaube und verstreuten gekochte Reiskörner auf dem Hof. Er stellte sich an die Tür zur Laube und sah ihnen schweigend zu.

»Schaut, Ama, da ist eine Krähe, und da ist noch eine Krähe«, rief Tripti und warf Reis in Richtung der Raben, die auf den Bananenstauden hockten. »Hier, Kag, das ist für dich. Iss ein bisschen Reis.«

»Das sind Kauwas«, sagte Rishi. Von seiner Stimme aufgeschreckt, drehte Binita sich um und sah ihn unverwandt und eindringlich an.

Rishi bückte sich zu Tripti hinunter. »Schau, das ist ein Dhobini«, sagte er und zeigte auf einen Vogel, der an den Opfergaben herumpickte. »Da ist ein Phiste, und da ist ein Chanchar.«

Tripti war in ausgelassener Stimmung. »Wir haben gerade einen Papageienschwarm gesehen! Die sind dort langgeflogen. Vielleicht fliegen sie wieder her.«

Sie blieben zu viert in der Laube und fütterten Vögel, fast wie eine Familie. Und einen traumverlorenen Augenblick lang glaubte Rishi, er könne sich auf diesen Ort einlassen und ausruhen, er könne in Khaireni Tar bleiben, um zu dieser Familie zu gehören.

Als Binita hineinging, um nach dem Essen zu sehen, folgte er ihr. Madhu und Tripti blieben in der Laube. Statt wie sonst an einem Tisch auf das Essen zu warten, setzte er sich an den Tresen und beobachtete ihre präzisen Bewegungen zwischen Tresen und Herd, zu ihm hin und von ihm weg. Seine Nähe schien sie nicht zu stören. Sie bewegte sich, wollte es ihm scheinen, sogar langsamer, um die Nähe länger andauern zu lassen.

Sie stellte ihm das Essen auf den Tresen, setzte sich auf die andere Seite und beobachtete ihn. Wie Mann und Frau?

»In solchen Zeiten, wo Ihr keine Parteiarbeit habt«, sagte Binita, während er aß, »vielleicht könntet Ihr da meine Base und Tochter beaufsichtigen, wenn sie Buchstaben schreiben.«

»Ihr Nachhilfelehrer sein?«, lachte Rishi bitter.

Binita warf ihm einen überraschten Blick zu. Aber sie ließ es nicht dabei bewenden, wie man hätte erwarten können. »Das wäre hilfreich für sie, dachte ich. Nur über die Feiertage, wo Ihr keine Parteiarbeit habt.«

Sie bot ihm einen Platz in ihrem Leben an. Rishi nahm das Angebot an. »In Kathmandu hab ich als privater Nachhilfelehrer gearbeitet«, sagte er. »Ich hab Jungen in der neunten, zehnten Klasse unterrichtet, Jungen vor der College-Zwischenprüfung. Die meisten hab ich in Geschichte unterrichtet.« Er schaute zu Madhu und Tripti hinüber, die immer noch in der Laube waren. Wenn er den Mädchen Nachhilfe gäbe, würden sie vier mehr Zeit miteinander verbringen. Das wäre eine Möglichkeit, die geltenden Verbote zu umgehen. Er sagte: »Selbstverständlich betreu ich sie beim Schreiben.«

»Das wäre von Vorteil für sie«, sagte Binita. Sie lächelte zum Dank und entfernte sich dann, wie es ihrem gewohnten Rhythmus des Kommens und Gehens entsprach.

Später sah Rishi die Hefte der Mädchen durch, um festzustellen, was er ihnen beibringen könnte, und nahm dabei Binitas Bewegungen wahr, wie sie kam und ging.

Binita, Madhu, Tripti und er – entspannt beisammensitzend.

Binitas Rücken war es, woran er dachte, wenn er nachts alleine im Schlafraum lag. Die Knochen in ihrem Nacken, die Wölbung ihrer Schultern, die Sehnen in dem Teil ihres Rückgrats, der oberhalb des Blusensaumes zu sehen war. Ihr Rücken hatte Charakter und Ausdruck. Rishi konnte ihre Stimmung an seinen Bewegungen ablesen, am Straffen und Lockern der Muskeln. Ihr Rücken war es, woran er dachte, wenn er alleine war und sich vorstellte, sie zu berühren. Sanft würde er sich ihr von hinten nähern, ihr die Lippen in den Nacken legen und sie mit zärtlichen Berührungen aus dem Exil locken.

An Kukur-Puja, dem zweiten Tag des Tiharfestes, zog Binita die grüne Phariya an, die sie auch an Dashain getragen hatte. Am Morgen verteilten Madhu und Tripti Essensreste an streunende Hunde, und während Binita ihnen zusah, wurde sie sich bewusst, dass sie auf Rishi wartete. Er musste jetzt in der Parteigeschäftsstelle sein. Gestern war er um diese Zeit in den Teeladen gekommen. Sie war schon ganz aufgeregt. Dann zügelte sie sich. Sie war einer unvernünftigen Laune erlegen. Was sie wollte – was sie zu wollen glaubte –, war albern.

Sie überließ Madhu und Tripti sich selbst und ging in den Alkoven, um sauber zu machen.

»Wieder allein?« Phul Devi schaute herein, als Binita gerade die Betten bezog. Sie starrte Binitas grüne Phariya unverhohlen an und schürzte die glänzenden, geschminkten Lippen. »Euer Schwager, was, der ist zu Tihar nicht hier und Ihr seid ganz alleine, genau wie früher?«

»Er kommt wieder, sobald die Feiertage um sind.«

Phul Devi setzte sich auf Binitas Bett und sah ihr dabei zu, wie sie die Laken von Madhus Bett fertig feststeckte. »Seide«, sagte sie und streckte die Hand aus, um Binitas Phariya zwischen den Fingern zu reiben. Sie setzte sich wieder aufrecht hin. »Ihr könntet mehr Farben zu tragen anfangen. Kein ordinäres Rot oder Rosa – aber Blau und Grün könntet Ihr anziehen.« Sie wischte über die eigene Phariya, die mit Zinnoberpulver befleckt war. »Witwen aus den ethnischen Gruppen haben natürlich weniger Beschränkungen. Und in den Städten tragen die Leute alles. Aber es wirkt billig, also, wenn eine Witwe bunte Farben anzieht – als ob sie sich feilbietet und den Männern zeigt, dass sie frei ist.«

Binita versuchte mit aller Kraft, sie zu ignorieren.

»Und neulich«, sagte Phul Devi mit hoher, wissender Stimme, »haben diese ganzen Frauen vor den Augen der halben Ortschaft getanzt. Um Geld für einen Tempel zu sammeln, glaubt Ihrs?« Sie gab ein kurzes Lachen von sich. »Die haben sich gerüttelt und geschüttelt, während die halbe Ortschaft zugeschaut hat, und dann sind sie rumgegangen und haben Geld verlangt!«

Binita drehte sich bestürzt zu ihr um. »War das die Müttergruppe?«

Phul Devi verzog das Gesicht. »Die ältere und die jüngere Frau vom Subinspektor, und die bewegten sich da zusammen wie Tanzmädchen, Ihr hättet sein Gesicht sehen sollen! Auch andere waren da – die ganzen neuen Bräute im Ort kenn ich ja nicht. Die rüttelten und schüttelten sich, als obs einer sehen will, wenn sie ihren Anstand wegschmeißen. Wie unansehnlich das war. Als Zuschauer musste man sich mehr schämen als die, die das gemacht haben!«

»Das war die Müttergruppe?«

»Eine Trottelgruppe. Verlangen Geld wie Huren, im Namen der Frauenentwicklung.«

In diesem Augenblick wünschte sich Binita, sie könne irgendetwas Unverschämtes sagen und Phul Devi damit ein für alle Mal loswerden. Eine Grobheit, eine Wahrheit. Doch ihre gewohnheitsmäßige Zurückhaltung war stark. »Wollt Ihr Tee?«, fragte sie schroff und hoffte, dem Besuch damit ein Ende zu machen.

Phul Devi blinzelte mehrmals und überlegte, ob sie Binitas Ton als Beleidigung auffassen solle. »Eh, nein, ich kann mich nicht aufhalten«, sagte sie schließlich. Sie schaute Binitas Phariya noch einmal lange an und stand dann vom Bett auf.

Höflichkeitshalber folgte Binita ihr nach draußen.

»Ich wollte nur, also, nur schauen, dass Ihr nicht zu einsam seid«, sagte Phul Devi in der Hinterlaube. Als sie an der Tür zum Teeladen vorbeiging, konnte sie der Versuchung offenbar nicht widerstehen, einen Blick hineinzuwerfen. »Keiner da«, vermeldete sie sich selbst. Schließlich drehte sie sich wieder zu Binita um und zeigte ihr ein zuckersüßes Lächeln. »La ta, ich geh mal.«

Nachdem die Nachbarin gegangen war, blieb Binita lange starr schweigend sitzen.

Dann ließ sie das Haus unter Madhus Aufsicht und machte sich auf den Weg zu Thakalni-Amas Gasthaus.

Sie war beunruhigt und erregt. Warum war sie zu dem Treffen der Müttergruppe nicht eingeladen worden? Warum hatte ihr keiner etwas gesagt?

Ohne die Kongressmitarbeiter war es still in der Himal Lodge Restaurant Bar. Thakalni-Ama saß mit untergeschlagenen Beinen auf einer Bank auf dem Hof und unterhielt sich mit jemandem – und als sie näher kam, erkannte Binita, dass es Laksmi war.

»Eh, Binita«, sagte Thakalni-Ama und kniff von der Sonne geblendet die Augen zusammen. »Komm, nimm dieses Kissen. Setz dich.«

Laksmi dreht sich um und musterte Binita, als versuche sie, aus ihrem Gesicht etwas abzulesen. Dann wandte sie sich wieder an Thakalni-Ama. »Von Gemeindebezirk zu Gemeindebezirk zu gehen, ist besser«, sagte sie mit ihrer leisen, lispelnden Stimme. »Sonst verpassen wir manche Häuser und besuchen andere mehrmals.«

Thakalni-Ama nickte. »Die Leute werden uns kritisieren.«

»Bisher hat sich eigentlich keiner gegen uns gestellt.«

»Wenn wir ihnen eine Gelegenheit geben, lachen die uns aus. Wir dürfen ihnen keine Gelegenheit geben.«

Die beiden sprachen nur zueinander, und Binita fühlte sich kalt ausgeschlossen. In eine Gesprächspause hinein sagte sie: »Ich wär gekommen. Wenn ich von dem Treffen gewusst hätte, wär ich gekommen.«

Laksmi warf ihr einen merkwürdigen Blick zu. Sie sagte: »Letztes Mal seid Ihr früh gegangen. Wir waren nicht sicher, ob Ihr mitmachen wollt.«

Binita ließ sich nicht gerne tadeln. Sie sagte: »Ich will mitmachen.«

»Junge Mütter wie du – ihr müsst mitmachen«, sagte Thakalni-Ama. »Was, denkst du diese Gruppe ist für die, die auf den Tod zugehen, wie ich?« Sie setzte sich auf der Bank um, damit die Sonne ihr auf den Rücken schien. »Das nächste Treffen ist nach Tihar. Wir fangen im ersten Gemeindebezirk mit dem Tanzen an und sammeln von Haus zu Haus Geld.«

Laksmi schaute Binita immer noch vorwurfsvoll an. »Ihr seid früh gegangen, deshalb dachten wir …« Dann hellte sich ihr Gesicht plötzlich auf. »Wollt Ihr dann also wirklich bei der Gruppe mitmachen? Wenn Ihr zu den Treffen kommt, könnt Ihr meine Freundin sein, und ich bin Eure Freundin.«

Ihr sehnlicher, flehender Ton stieß Binita ab. Aber sie dachte an all die anderen Frauen in der Gruppe. Ihr Lachen … Sie wollte mit Frauen zusammen sein. Sie sagte: »Ich komme.«

Den Blick immer noch beflissen auf Binita geheftet, begann Laksmi daraufhin, vom letzten Treffen zu erzählen. Nur ein paar der Frauen hätten getanzt, sagte sie. Sie hätten ein paar Hundert Rupien eingenommen. Ab dem nächsten Mal müssten sie bei jedem Treffen mindestens fünfhundert einnehmen. Binita hörte ihr zu und fragte sich dabei: War das wirklich die Art von Gesellschaft, die sie sich wünschte? War das der richtige Platz für sie? Ein Platz zwischen Frauen, die verunsichert und schutzlos, die unterjocht, zerschunden und gefangen waren, und deren stümperhafte Freiheitsbemühungen sie allzu leicht der Lächerlichkeit preisgeben konnten: Gehörte sie da hin?

Nachdem er den ganzen Vormittag lang über seine nächsten Schritte nachgedacht hatte, überquerte Rishi am Nachmittag die Fernstraße und ging zu Shankars Getreideladen. Er wollte dem Schulmeister eine Nachricht zukommen lassen. Es war heute ruhig im Bazar, und die UML-Geschäftsstelle schien geschlossen zu haben. War der Schulmeister also in den nördlichen Hügeln? Der Geschirrladen hatte geöffnet, aber drinnen war kein Mensch zu sehen. Die Geschäftsstelle der Kongresspartei, die hinter dem Obststand kam, war geschlossen. Auch die Türläden von Shankars Getreidegeschäft waren geschlossen, aber der Blinde saß daneben und sonnte sich auf einer Strohmatte.

»Ich erkenne Euren tapsigen Gang«, sagte Shankar, als Rishi sich ihm näherte. Er wandte ihm das Gesicht zu und schielte an ihm vorbei. »Genosse. Habt Ihr also Euren Schulmeister getroffen? Habt Ihr Eure Treue zu ihm bekräftigt? Seid Ihr nicht mehr bekümmert?«

»Ich musste dort weg«, sagte Rishi kurzangebunden. »Ich werd ihn jetzt hier treffen müssen.«

Der Blinde lachte. »Aber Ihr hättet ihn dort treffen sollen.« Dann wurde er ernst. »Ihr, Genosse, müsst tun, was man Euch sagt. Ich bin nicht Euer Schulmeister, ich habe nicht sein Charisma, ich habe nicht sein Gespür. Aber ich habe seine Autorität, ich bin seine Stimme. Ihr müsst zurückgehen und zu Hause auf ihn warten.«

»Das kann ich nicht.«

»Dann gebt mir die Notizen.« Shankar hob die Hände wie ein Bettler, der um Almosen flehte. »Ihr sagtet, Ihr hättet Notizen gemacht. Ich gebe sie Eurem Schulmeister.«

Rishi entgegnete: »Meine Notizen sind nur für die Augen des Schulmeisters bestimmt.«

Einen Augenblick lang wirkte der Blinde verunsichert. Dann lachte er sein gackerndes Lachen, scheinbar ohne sich beunruhigen zu lassen. »Ihr rebelliert? Ihr wollt uns die Notizen nur dann geben, wenn Ihr Euren Schulmeister treffen könnt? Ihr feilscht um den Verkauf Eurer Notizen?«

»Ich will nicht mehr für die Partei arbeiten.«

»Aber Ihr gebt uns die Notizen?«, lächelte Shankar. »Um den Preis eines Treffens wollt Ihr Eurem Schulmeister die Notizen geben?«

»Sagt ihm, dass ich mit ihm reden muss«, sagte Rishi und ging. Er wollte sich Shankars Sticheleien nicht weiter aussetzen.

Es lag eine gewisse Süße darin, nicht zu wissen, wie es jetzt weitergehen würde. Er kam an den Bar-Pipal-Baum und setzte sich auf die gestufte Plattform. Die Ortschaft war immer noch mit den Festlichkeiten beschäftigt. Rishi lehnte sich an die beiden zusammengezwirbelten Baumstämme und betrachtete starr die Linien auf seinen Handflächen.

Er konnte sich nicht entschließen, zu Binita zu gehen. An diesem Morgen war er mit dem Gefühl aufgewacht, dass es nicht unmöglich sei, sich einen Platz in ihrem Leben zu schaffen. Liebe. Seine Gefühle erschienen ihm fahrlässig und vorschnell. Den ganzen Morgen lang hatte er sich in der Stille des Schlafraumes Träumereien hingegeben, die der Wirklichkeit spotteten, hatte sich vorgestellt, wie er Binita auszog. Es wäre nicht unmöglich, sich in den anonymen Freiräumen von Kathmandu mit ihr ein Leben aufzubauen. Er, Binita, Madhu und Tripti konnten eine Familie werden. Nicht unmöglich im heutigen Nepal.

Aber auch nicht sehr wahrscheinlich.

Er wollte erst zum Teeladen gehen, wenn diese Anwandlung abgeklungen war.

Aber während er noch auf der Plattform saß, sah er, wie

Binita die Himal Lodge Restaurant Bar verließ. Sie trug eine gedeckte grüne Phariya. Sie ging mit gesenktem Gesicht, in sich gekehrt, absichtlich abweisend gegenüber den Blicken, die sie treffen mochten. Als sie kurz vor dem Bar-Pipal-Baum war, stieg Rishi von der Plattform und gesellte sich zu ihr.

Zwischen ihnen hatte sich eine Umgangsform eingespielt, die beiden angenehm war, und Binita erschrak nicht, als sie ihn bemerkte. Sie kamen zum Bougainvillea-Baum. Dort im Schatten blieb Binita stehen. Sie hielt sich etwas von ihm abgewandt, und Rishi konnte ihren Gesichtausdruck nicht erkennen, aber er spürte, dass sie innerlich aufgewühlt war. Eine Zeit lang schwiegen sie beide, dann sagte Rishi plötzlich: »Binitaji muss mir sagen, ob ich einen Fehler gemacht habe.« Der vertrauliche Unterton in seiner Stimme überraschte ihn. Binitas Haltung verriet ihre Anspannung. Er spürte, dass er sich zurückhalten musste, und verschränkte die Arme. »Ich hab mit meiner Familie gebrochen«, sagte er mit ruhigerer Stimme. »Meine ganze Kindheit über hat mein Vater meine Mutter misshandelt – er hat sie geschlagen, er hat sie aus dem Haus geworfen.« Er machte eine Pause. »Ich hab versprochen, zu ihr zurückzukommen, aber als ich erst mal weg war, bin ich nie wieder heimgegangen. Bis zu diesem Dashain. Um Jahre zu spät.«

Der ganze Bazar hatte freie Sicht auf sie, und dennoch war eine überraschende Privatheit zwischen ihnen entstanden. Binita hatte ihm das Gesicht nicht zugewandt, aber sie war auch nicht weggegangen, und dafür war Rishi dankbar.

Er sagte: »Muss man den Anfangsfehler beheben? Muss man zu den frühen Irrtümern zurückgehen, um etwas wiedergutzumachen? Oder kann man das Unrecht anderswo beheben – als Wiedergutmachung?«

Endlich wandte ihm Binita das Gesicht zu. Kurz zeichnete sich Verwirrung in ihren Augen ab. Dann erkannte Rishi, dass sie beschlossen hatte, sein Vertrauen zu erwidern.

Sie sagte: »Eines Tages geht Ihr vielleicht zurück und helft Ihr. Was jetzt unmöglich erscheint, kann plötzlich möglich werden. Wege tun sich auf, wo es scheinbar nur Mauern gibt.«

Es elektrisierte ihn, dass Binita so direkt zu ihm sprach, mit ihrer sanften, klaren Stimme.

Rishi sagte: »Erinnert Ihr Euch daran, wie ich Euch gesagt habe, Ihr solltet der Müttergruppe beitreten? Dabei hab ich an meine Mutter gedacht und hoffte, dass sie bei anderen Frauen Kraft gefunden hat.«

»Jeder muss seine eigenen Mittel finden.«

Rishi trat näher an sie heran. »Aber wartet man solange, bis einem diese Mittel zufallen, oder geht man sie suchen?«

Binita sah ihn lange, fragend an.

Er sagte: »In diesem Land kämpft eine neue Sorte Mensch darum, geboren zu werden. Ein freier Mensch.«

Sie nickte unsicher. »Es ist schwierig zu wissen, wie man frei wird.«

»Aber wartet man solange, bis einen die Umstände befreien«, sagte Rishi, »oder erzwingt man die eigene Freiheit?«

Bei diesen Worten wandte Binita die Augen ab, und was sie dachte, blieb Rishi verborgen. Dann lächelte sie ihn an. »Vielleicht ist das ein Rätsel«, sagte sie heiter. »Ihr habt von Geburt gesprochen. Wer empfangen wird, wer überlebt, wer stirbt – diese Dinge können vom Zufall abhängen.«

Sie wich ihm aus.

Sie wollte gehen, und Rishi streckte die Hand nach ihr aus.

Als seine Hand ihren Arm streifte, warf sie ihm einen schneidenden Blick zu.

Er trat einen Schritt zurück.

Ohne erkennen zu lassen, was sie fühlte, sagte Binita unvermittelt: »Kommt, Ihr müsst hungrig sein, Rishi-Bhai«, und ging an ihm vorbei auf das Haus zu.

Rishi spürte die Wirbel, die in der warmen Luft durch ihre Bewegung ausgelöst wurden. Sie hatte ihn jüngerer Bruder genannt. Bhai: Mit einem einzigen schnellen Wort wollte sie jedes Risiko eindämmen, das er für sie bedeuten könnte. Sehr geschickt, wie Finger, die eine Flamme auszwickten; es tat nicht weh.

Er wollte nicht ihr Bruder sein.

Er folgte ihr nach Hause.

Den ganzen nächsten Tag über probierte Binita aus, wie es war, mit Rishi zusammenzuleben. Rishiji. Rishi-Bhai. Oder einfach Rishi: eine unwahrscheinliche Träumerei.

Als er zum Essen kam, als er Madhu und Tripti Nachhilfe gab, als er danach noch dablieb und Radio hörte, prüfte Binita, wie es sich anfühlte, ihn bei sich zu haben. Sein Interesse für sie war nicht zu übersehen. Er weigerte sich immer noch, eine verwandtschaftliche Anrede zu gebrauchen, und rief sie Binitaji. Ansonsten drängte er ihr seinen Wunsch nicht auf. Er verhielt sich vielmehr wie jemand, der ein Angebot gemacht hatte, das sie annehmen, aber auch ablehnen konnte. Meinte er es ehrlich?

Binita dachte: Sie hatte jetzt viele Jahre lang im Verborgenen gelebt. Sie hatte die Grausamkeit betrauert, mit der die Welt ihr begegnete. Um sich selbst zu schützen, hatte sie ihr Leben wissentlich verstümmelt, hatte sich keine Freude erlaubt. Sie dachte an den Ratschlag, den ihr Thakalni-Ama vor ein paar Monaten gegeben hatte: Nutze die Heimkehr des Helden zu deinem Vorteil. Früher oder später musste sie sich aus ihrer Betäubung befreien, musste sie sich aus eigenem Willen in Bewegung setzen und ihr Glück suchen.

Aber war die Liebe eines einzigen Mannes die Gefahr wert, in die sie sich begeben musste, um ihrer habhaft zu werden? Über diese Frage blieb sie im Zweifel. Rishi – *ein freier Mensch, der darum kämpfte, geboren zu werden:* War er deshalb jemand, der eine Witwe lieben konnte? Ein freier Mensch: ein Mann, der sich von den Schwierigkeiten der Liebe nicht abschrecken ließ – in diesem Land voller unzuverlässiger Männer?

Es war der dritte Tag des Tiharfestes, Goru-Puja, der Tag der Bullen. Zwei Tage später kam Bhai-Tika, der Tag, an dem die Frauen ihre Brüder beschenkten. Binitas Brüder kamen schon lange nicht mehr zu ihr, um ihren Segen zu empfangen. Rishi schien keine Anstalten zu machen, eine Schwester zu besuchen. Binita hätte ihm Tika geben und einen rituellen Bruder aus ihm machen können. Rishi-Bhai.

Aber weil diese unvernünftige Sehnsucht sie plagte, war ihr Rishiji lieber. Es gefiel ihr, wie er Madhu und Tripti unterrichtete. Er ging ernsthaft, aber freundlich mit ihnen um. Rishiji.

Oder einfach Rishi: unter weniger verqueren Umständen, in weniger gefahrvollen Zeiten.

An Gai-Puja, dem vierten Tag des Tiharfestes, als Rishi gerade aus der Geschäftsstelle der Volkspartei trat, tauchte hinter ihm jemand auf und fragte mit raschelnder Stimme, ob er Feuer habe. Er drehte sich erschrocken um. Neben ihm stand der Schulmeister, eine unangezündete Zigarette in der Hand. Das sonnenverbrannte Gesicht des Schulmeisters glühte unter seinem silbern leuchtenden Haarschopf. Er wirkte größer und feingliedriger als in Kathmandu. Er wiederholte die Frage, ohne sich im Geringsten anmerken zu lassen, dass er Rishi kannte: »Habt Ihr Streichhölzer, Genosse?«

Rishi schüttelte den Kopf, sprachlos vor Überraschung.

»Ich brauche die Notizen, die Ihr gemacht habt.«

Reflexartig tastete Rishi in sein Hemd, wo er das Heft aufbewahrte. Er sagte: »Ich muss Euch treffen.«

»Gebt die Notizen bei Shankar ab.«

»Ich muss mit Euch reden.«

»Dann kommt ins Moonlight Hotel im Südviertel.«

Daraufhin ging der Schulmeister. Ihr Wortwechsel war so kurz gewesen wie eine beiläufige Plauderei zwischen Fremden. Rishi fühlte sich überrumpelt.

Als er Binitas Teeladen erreichte, wurden Madhu und Tripti

gerade mit den Übungen fertig, die er ihnen gestern aufgegeben hatte. Binita stand am Herd, mit dem Rücken zu ihm. Sie drehte sich nicht um. Seit ihrem Gespräch am Bougainvilleabaum hatte sie sich in sich selbst zurückgezogen. Rishi sah sie aufmerksam an, aber er konnte ihre Stimmung nicht deuten. Als sie ihm das Essen brachte, wich sie seinem Blick aus. Sie trug ihm das Essen auf den billigen Kunststofftellern auf, die den Familienangehörigen vorbehalten waren. War das ein Zeichen ihres Entgegenkommens?

»Ihr habt bestimmt Hunger, Rishiji.«

Rishiji. Einen Tag vor dem Fest der Brüder und Schwestern befreite sie ihn von den Familienbanden. Frau und Mann. Sie erprobte das verhaltene Werben zwischen ihnen, um festzustellen, ob sie sich dabei wohlfühlte. Er würde warten.

Rishi dachte an den Schulmeister. Im Moonlight Hotel erwartete ihn die Vergangenheit. Diesseits davon stand Binita. Er verbrachte den Rest des Tages im Teeladen, wo er Madhu bei ihrer Buchstabenmalerei und Tripti bei den Additionsrechnungen betreute, die er ihr aufgegeben hatte. Heute hörte er kein Radio; er achtete darauf, ob Binita ein Zeichen des Einverständnisses gebe. Er spürte einen längst vergessenen Kitzel, als sie ihm endlich einen kurzen Blick zuwarf und schnell wieder wegschaute. Er wollte wieder so offen mit ihr reden wie zuvor. Berühren wollte er sie, sie spüren, sie dazu bringen, ein Leben mit ihm zu erproben. Er wartete.

Aber er sah nur, dass sie ihm auswich.

Madhu und Tripti zündeten gerade die Kerzen in den Fenstern an, als er den Teeladen verließ, ohne gegessen zu haben. Es war Gai-Puja, eine Neumondnacht. Da er nicht sofort in den Schlafraum gehen wollte, hockte sich Rishi an die Außenwand des Fernmeldeamtes. Herbstnebel senkte sich über die Ortschaft. Er zog die Strickjacke fester um sich. Aus den Bazarhäusern drangen Radioklänge. Um ihn lag alles in Schatten. Geradeaus, hinter dem schwarzen Schatten des Bar-Pipal-

Baumes, leuchteten die Fenster der UML-Geschäftsstelle. Im gelben Rechteck der Eingangstür sah er huschende Gestalten, aber in dem schwachen Licht konnte er nicht erkennen, wer sie waren.

Er blieb lange sitzen, während die Kälte der Nacht ihm in die Knochen kroch.

Sie musste diesem verkrampften Leben entfliehen und anderswo Fuß fassen. Es war Bhai-Tika; Binita hatte nicht vor, Rishi Tika zu geben. Sie wollte keinen Bruder aus ihm machen. Mit großer Bedachtsamkeit hatte sie sich alle Möglichkeiten, die sie für sich sah, durch den Kopf gehen lassen, und dennoch … Damit sie und Rishi zusammen sein konnten, mussten sie sich mit Tripti und Madhu nach Kathmandu absetzen. Selbst wenn das möglich gewesen wäre – wenn sie ihre gegenwärtige Sicherheit aufgegeben und sich Rishis Obhut anvertraut hätte –, würde er sich denn als zuverlässig erweisen? Er machte einen vertrauenswürdigen Eindruck. Aber wenn er eines Tages verschwände, wie ihr Mann, zu einem Gespenst würde – was dann?

Und ihre Lage hatte sich in den letzten Monaten ja verbessert. Nayan-Raj-Bhais Anwesenheit hatte einige Türen für sie aufgestoßen: Die Leute gingen ihr nicht mehr aus dem Weg, ihr Geschäft machte mehr Umsatz, und auch in der Familie ihres Mannes hatte sich ihre Stellung verbessert. Die Müttergruppe versprach für die Zukunft ein weniger einsames Leben. Vielleicht konnte sie unter den Frauen einen Platz für sich finden. Überschaubare Gefahren, überschaubare Freuden. War das nicht genug Veränderung in ihrem Leben?

Aber wie Rishis Hand sie am Arm gestreift hatte – daran musste sie immer wieder denken. Wie viel Begierde diese flüchtige Berührung wachgerufen hatte.

Sie konnte noch so viel nachdenken, sie kam auf diese Weise zu keiner Entscheidung.

Bei Einbruch der Nacht zündeten Madhu und Tripti zuerst in der Hinterlaube die Kerzen an, die sie dort zu einer Reihe aufgestellt hatten, und gingen dann nach vorne, um die Vorderlaube mit Lichtern zu schmücken. Als Rishi zum Essen kam, war das Haus erleuchtet wie ein Tempel.

Binita saß in der Hinterlaube. Rishi setzte sich so nahe zu ihr, dass zwischen ihnen nur wenige Zentimeter Abstand blieben. Sie konnte den Geruch neuer Wolle wahrnehmen, der von seiner Strickjacke ausging. Die Dunkelheit der Neumondnacht hüllte sie beide ein. Er sah sie an. Aus dieser Nähe konnte sie die helle, goldene Farbe seiner Augen erkennen, die gewölbte Form seiner dichten Wimpern. Sie konnte ihn sogar atmen hören. Aber er unternahm nichts – er saß nur neben ihr und schaute sie an. Er würde auf sie warten.

Genügte seine persönliche Rechtschaffenheit als Gewähr?

Sie fragte sich, wie seine trockenen Lippen schmecken mochten.

»Für Männer ist es leichter, frei zu sein«, sagte sie.

Und er schien ihr Dilemma zu begreifen: »Für unsere Frauen ist es wichtiger.«

Dann – weil es das einzig Vernünftige zu sein schien – stand Binita auf und ging fort.

Rishi senkte den Blick und betrachtete seine Handflächen.

Morgen würde Nayan Raj wiederkommen. Auch andere Parteimitarbeiter würden wiederkommen, und die Parteiarbeit würde wieder losgehen. Es waren nur noch ein paar Wochen bis zum Wahltag. Die Parteimitglieder würden in Binitas Teeladen strömen und der Privatheit ein Ende machen, die sie beide eine Weile genossen hatten. Die Zeit des Werbens war vorüber.

# liebe, boden, pfad

## 44

Pramila-Didis Unglück hatte Madhu in ihrer neuen Überzeugung bestärkt, dass es auf dieser Welt wahrhaft keine Gerechtigkeit gebe. Pramila-Didi sollte ihren Mann vergessen. Sie sollte alleine ihren Weg gehen. Oder sich einen anderen nehmen! Warum nicht? Was hatte man davon, wenn man einer geraden Linie folgte? Auch Binita-Didi – was hatte sie davon, dass sie dem Andenken an ihren toten Mann so treu geblieben war? Hatte sie die Liebe von Freunden und Verwandten gewinnen können? Madhu selbst war so brav gewesen – und nun brauchte man sich nur anhören, wie die Leute über sie redeten. Inzwischen betrachtete Madhu ihre eigene Blödheit mit kaltem Blick. Sie sah sich mit gnadenlosen Augen um. Und was sie sah, überraschte sie.

Jeden Abend sah sie von zu Hause aus den Bazar funkeln wie einen sternenbesetzten Himmel. Sie hatte nie viel für diese Aussicht übriggehabt. Aber nun bemerkte Madhu, dass die Ortschaft Macht besaß. Ihre gewundenen Pfade führten bis zu allen vier Enden der Erde. Ihre Läden boten fremdländische Waren an, die die Leute verzauberten und sie dazu brachten, Geld für sie auszugeben. Hier, am Scheideweg, kam es zu Begegnungen zwischen Fremden, die Orte in sich trugen – die Orte, wo sie aufgewachsen waren, die Orte, wo sie gewesen waren, die Orte, wo sie dereinst hingehen würden.

Stundenlang streifte sie jeden Tag durch den Bazar, wie ein Mädchen von niedriger Geburt. Sie konnte nichts dagegen tun. Es gab so viel zu sehen. Zum Beispiel den Uhrmacher in seinem überdachten Stand, der sich über einen Teller voller winziger Metallteile beugte. Er bastelte immer mit Metallstückchen herum. Auf Madhu wirkte die ganze Ortschaft wie dieser Mann – sie war in der Lage, Dinge zu verstehen, nach denen Madhu noch nicht einmal hätte fragen können. Madhu hatte ihr ganzes Leben lang einer althergebrachten Moral gehorcht und hatte all das verpasst. Sie hatte das Gefühl, ausgetrickst und betrogen worden zu sein. Das ärgerte sie.

In ihrem Inneren wütete der böse Verdacht, dass es ungerecht zugehe auf der Welt. Und die hatte sie einfach sitzen lassen. Man brauchte sich bloß Gaumati anzuschauen, die jetzt mit dem Rawal-Jungen verheiratet war. Oder den Khadka-Jungen, einen Büroangestellten. Da lief einiges falsch. Verstärkt wurde ihr Ärger durch die Sachen, die Sir jeden Abend im Lese- und Schreibkurs sagte: »Cheli«, sagte Sir, als er sie die Wörter durchgingen, die mit dem Buchstaben Cha anfingen. »Sind Schülerinnen besser oder schlechter als männliche Schüler? Sind die Mädchen intelligenter, oder die Jungen?«

»Die Mädchen sind gefühlvoller«, sagte eine der älteren Frauen. »Die Mädchen sind nicht so intelligent wie die Jungen, aber sie verstehen die Menschen besser.«

»Nein, ich bin intelligenter als mein Mann«, stichelte eine der Frauen. »Aber er hat lernen dürfen, er ist in der Verwaltung angestellt, während für mich bis zu diesem Kurs hier, da waren schwarze Buchstaben so gut wie Wasserbüffel. Aber ich bin intelligenter, das mein ich ehrlich.«

Das gab Madhu zu denken: War sie intelligent? Sie hatte sich nie mit solchem Maß gemessen. Wichtiger war es gewesen, schlicht, umgänglich und tugendhaft zu sein. Wer intelligent sein wollte, der musste listig sein. Der musste schlau, durchtrieben, gerissen sein. Der musste misstrauisch gegen alles sein und die unangenehmsten Gedanken denken. Der musste sich auseinandersetzen, zanken und streiten. Der musste sich im Grunde schlecht benehmen.

Nicht, dass es ihr sehr schwer gefallen wäre, sich schlecht zu benehmen, jetzt, wo sie vom Geist eines bösen Weibes besessen war. Inzwischen hatte sie keinen Zweifel mehr, dass die Hexe sie verflucht hatte, weil Madhu unerlaubt ihr Land betreten hatte. Warum sollte sie sonst ständig so unfeine Gedanken haben?

Sie lief jeden Tag im Bazar herum und grollte gegen all die Jungen, die fesche Kleider trugen, Hosen und Kragenhemden, an den Füßen Lederschuhe. Warum durften die so nichtsnutzig herumstolzieren? Warum war es ihr Schicksal, nicht so herumstolzieren zu sollen? Was erlaubte es diesen ordinären Jungen, über sie zu urteilen und zu spotten? Sie hasste jeden Einzelnen von diesen Jungen. Sie waren dumm und gemein, aber sie durften hier herumstolzieren, weil sie Macht und Vorrechte besaßen, die Madhu fehlten. Und diese – diese Freiheit, die sie besaßen, die wollte Madhu auch. Ohne die Freiheit des Bazars konnte sie nicht sein.

Und während sie eines Tages so durch den Bazar ging, kochend vor Wut, kam ihr auf einmal aus heiterem Himmel der Gedanke, dass doch der Khadka-Junge ihr seine Freiheit geben könne. Ja. Vielleicht. Er war ein Mann mit eigenem Einkommen. Er war hässlich. Aber er besaß eine Freiheit, die sie unbedingt haben wollte. Natürlich war er ein dürrer Kadaver. Und natürlich liebte sie ihn nicht. Die Liebe war eine Form der Gewaltherrschaft, das wusste sie. Von der wollte sie sich nicht gefangen nehmen lassen.

Sowohl Pramila-Didi als auch Binita-Didi waren von der Liebe festgekettet und zugrundegerichtet worden. Vor der Liebe lief man am besten davon.

## 45

Nach den Feiertagen strömten die Parteimitarbeiter zurück nach Khaireni Tar und machten sich wieder daran, für ihre Parteien Wahlkampf zu betreiben, doch sie wirkten dabei unbeholfen und duselig. Bis zum Wahltag war es nicht mehr lange hin. Jetzt zählte jeder Tag. Aber die Feierlichkeiten hatten sie alle aus dem Tritt gebracht. Der Wahlkampf hatte Mühe, wieder in Fahrt zu kommen. Alle Parteien taten das Nächstliegende: pappten frische Plakate über die alten, verblichenen, zogen mit Lautsprechern durch die Ortschaft und plärrten Wahlsprüche, malten alte Parteisymbole mit frischer Farbe nach.

Die Tage waren von kristallfunkelnder Klarheit, die Luft frisch und voller Wintersonne. Kranichschwärme zogen unter laut aufgeregtem, ungraziösem Gequäke nach Süden. Wer zu den Auserwählten gehörte, die ein Feld mit künstlicher Bewässerung besaßen, fing mit dem Hacken an, um demnächst die Saat für eine Runde Wintermais oder -weizen auszubringen. Aber bis dahin war noch Zeit. Die Leute in der Ortschaft waren weder mit Arbeit ausgelastet, noch hatten sie ganz frei: Obwohl es das eine oder andere zu tun gab, hatte man genügend Zeit, sich zurückzulehnen und das politische Schauspiel zu genießen.

Als Nayan Raj aus Kathmandu zurückkam, füllte sich die Geschäftsstelle der Volkspartei wieder mit Arbeitern. Juddha und die anderen verhinderten Armeerekruten machten sich daran, die alten Plakate zu überkleben. Rishis Schülergruppe übernahm die Aufgabe, in der ganzen Ortschaft die verblichenen Teetassenzeichen nachzumalen. Die weiblichen Mitarbeiter gingen von Haus zu Haus und beredeten die Frauen, dass sie die Teetassenpartei wählen sollten. BB-Gun und seine Bande zogen mit Megaphonen durch die Stadt: »Wählt die Teetasse! Wählt die Teetasse! Wählt die Teetasse!«

Aber inzwischen wirkte der Wahlkampf unverkennbar wie eine der Lustbarkeiten, die zu dieser Jahreszeit dazugehörten. Die anstrengendsten Teile der Kampagnen waren vorüber. Alle Parteien hatten um die Stimmen der Wählerschaft geworben, hatten öffentliche Reden gehalten und Wahllokalkomitees eingerichtet, die am Wahltag zum Zuge kommen sollten. Was jetzt noch zu tun blieb, war vorwiegend Feinarbeit: Man musste die örtlichen Anführer umwerben und mit ihnen stille Übereinkünfte treffen, ihnen im Gegenzug für ihre Unterstützung Versprechungen machen, durch sie den An- und Verkauf von Wählerstimmen in die Wege leiten, die Fälschung der Wahlzettel und die Eroberung von Wahllokalen vorbereiten. Die Wahlkampfarbeit, die es jetzt noch zu tun galt, war sehr wichtig; aber sie war für die Augen unsichtbar.

Und so steckten die höheren Mitglieder aller Parteien in ihren jeweiligen Geschäftsstellen die Köpfe zusammen, schmiedeten Pläne, entwarfen Strategien, wägten Möglichkeiten ab und schmiedeten ihre Pläne um. Konnte man dieses oder jenes Dorf kaufen, konnte man es einschüchtern? Konnte man die staatlichen Wahlbehörden dazu überreden, bei diesem oder jenem Wahllokal über Wahlfälschungen hinwegzusehen? Wie viele gemeldete Wähler waren in diesem Dorf abwesend – konnten in ihrem Namen Vertreterstimmen abgegeben werden? Welche Wahlurnen sollte man zerstören, falls die Wahl nicht so lief wie erhofft? Und wie wahrscheinlich war es, dass ausländische Wahlbeobachter dieses Wahllokal besuchen würden?

Ab und zu sah man Parteimitarbeiter über die Fernstraße huschen, um dringende Ferngespräche anzumelden. Der kleine Geschäftsraum des Fernmeldeamtes war proppenvoll mit Männern, die eifrig die Gespräche der anderen belauschten. Die Telefonistin stellte die Anrufe unverzüglich durch. Aber alle wussten, dass ihr Aufseher, der in seinem Zimmer über dem Geschäftsraum auf dem fleckigen, weichen Bett herumlümmelte, die Gespräche mithörte. Wer an die Reihe kam und den Hörer in die Hand nahm, versuchte, sich vorsichtig auszudrücken.

»Uns ist *es* ausgegangen, Genosse, wir brauchen mehr *davon.*«

»*Davon* oder von dem *anderen?*«

»Ho, genau, ich meine *von dem anderen*, nicht *davon*. Wir brauchen noch mal zwei Lakh, dringend.«

»Ist nicht nötig, einen Betrag zu nennen, Genosse.«

»Habt Ihr gehört? Wir brauchen noch zwei Lakh Rupien.«

Die Männer im Geschäftsraum traten von einem Fuß auf den anderen und taten, als hätten sie gar nichts gehört.

Von der Geschäftsstelle der Volkspartei huschte kein Bote hinüber, um Ferngespräche anzumelden. Eigentlich waren dort überhaupt keine Anzeichen für verschwörerische Vorgänge auszumachen. Nayan Raj war ausgeruht aus den Feiertagen zurückgekehrt und trug schon das Siegesleuchten im Gesicht. Im Gegensatz zu den Kandidaten der anderen Parteien steckte er weder die Köpfe mit seinen Mitarbeitern zusammen, noch hetzte er von einer Verhandlung zur nächsten, um in letzter Minute Geschäfte abzuschließen. So groß war seine Zuversicht. Stattdessen verbrachte er seine Zeit damit, von Haus zu Haus zu gehen und mit gewöhnlichen Leuten vom Ort zu reden. Dabei wurde er von Chiranjibi und manchmal auch von Om begleitet.

Seine Zuversicht machte die Ortschaft neugierig. War der Kinoheld allzu zuversichtlich? Oder hatte er Grund dazu, so selbstsicher aufzutreten? Angesichts seines ruhigen Gebarens wirkten die anderen Parteien wie gehetzt – ja fast verzweifelt, als seien sie sicher, dass sie verlieren würden. »Nayan Raj soll in den südlichen Hügeln echt Eindruck gemacht haben«, sagten die Leute, die unter den Vordächern und Sonnensegeln der Bazarläden miteinander plauderten. »In allen Dörfern, sogar in den größeren Ortschaften sollen die Leute nur über Nayan Raj reden.«

»Die großen Parteien, die laufen hierhin, dorthin, überall herum und zittern vor Angst.«

»Die werden von der Teetasse fertiggemacht, ha ha.«

Giridhar konnte es fast hören, wie alle über die Teetassenpartei redeten und sich fragten: Wo ist der Teetassen-Vorstand, was macht der denn zu Hause, warum ist er so unfähig? Er wusste, dass er einiges zu tun hatte. Doch er hatte zwar nach Dashain-Tihar versucht, mit dem Trinken aufzuhören – dann aber feststellen müssen, dass es nicht ging. Vielleicht hätte er es schaffen können – aber dabei den Verstand eingebüßt. Denn wenn er zu wenig von dem Saft im Blut hatte, gab es für ihn keinen Trost. Erschreckende Anfälle von geistiger Umnachtung trieben ihn zurück an die Flasche. Giridhar wusste, dass die letzten Wochen des Wahlkampfes die entscheidenden waren. Im ganzen Wahlkreis warteten die Wahllokalkomitees auf seine Anweisungen. Dorfanführer mussten überzeugt, Stimmen gekauft, junge Kerle in ihre Aufgaben eingewiesen werden. Nun galt es jetzt oder nie, alles oder nichts, ganz oder gar nicht. Die eigentliche Prüfung stand ihm kurz bevor.

Aber das Einzige, wozu er fähig war, war es, Flaschen zu beschaffen, sie bei sich in den Zimmerecken zu verstecken und sie, wenn es nötig wurde, an den Mund zu heben. Manchmal versuchte seine Frau, die Flaschen zu verstecken oder wegzuwerfen. Verzweifelt erklärte er ihr, dass der Alkohol nicht die Ursache seiner Krankheit, sondern eine Arznei gegen noch größeren Wahnsinn darstellte. »Sags keinem – ich bin verrückt geworden«, gestand er ihr. »Sags meinem Vater nicht. Sags meinen Söhnen nicht, dass ihr Vater den Verstand verliert.«

Dann ertrug er Laksmis gequälten Anblick nicht mehr und weinte, bis sie ihm eine Viertelliterflasche Rum brachte. Und noch eine. Und noch eine. Und eine Halbliterflasche. Der Verrat, den er ihr abverlangte, zehrte Laksmis schmales Gesicht aus. Aber sie war ihm weiter zu Diensten. Wortlos holte sie die Flaschen, um die er sie bat, und gab sie ihm mit ihren kleinen, knochigen Händen. Die Augen hielt sie während des ganzen Vorganges gesenkt. Versuchte sie, ihn mit dem Schnaps umzubringen? In einem Tobsuchtsanfall schmiss Giridhar eine Flasche an die Wand, wo sie zerschmetterte. Als Laksmi mit aufgerissenen Augen ins Zimmer kam, sprang er sie an und schüttelte sie, bis sie wimmerte. »Willst du mich umbringen, du Hure? Willst du mich mit Schnaps vergiften?«

Am nächsten Tag musste er sie anflehen, ihm noch eine Flasche zu bringen. Wortlos gehorchte sie.

Hatte er Rum in den Adern, rappelte sich Giridhar aus dem Bett hoch, torkelte aus dem Zimmer und wollte in die Welt hinaus. Die Teetassenpartei. Eine Wahl. Aber er verkam immer mehr zu einem geistlosen Gestell aus Blut, Galle, Haut und Knochen. Er ging in der Vorlaube auf und ab und setzte sich schließlich auf die Holzpritsche. Warum fiel es ihm so schwer, einen klaren Gedanken zu fassen? Da unten lag die Ortschaft. Wahlen: Strategie. Strategie. Strategie.

Einmal kam Om vorbei, offenbar um ihn auszuschnüffeln. »Oho, Freund«, trällerte er mit unnötiger Fröhlichkeit. Er trug die Uniformfarben seiner Schule: weißes Hemd, graue Hosen und eine rotbraune Strickjacke. Er kam wohl von einer Schulveranstaltung. Nach der Anstrengung des Aufstieges musste er eine Weile verschnaufen. »Es fällt mir mit jedem Mal schwerer«, sagte er. Er wischte sich mit einem gepunkteten Taschentuch über die Stirn. »Wisst Ihr noch, wie wir an den Hängen herum geklettert sind und Beeren gepflückt haben, als wir klein waren? Wie leichtfüßig wir herumgerannt sind! Und schaut Euch uns jetzt an.«

Oms überschwängliche Munterkeit deprimierte Giridhar.

Om nahm neben ihm auf der Pritsche Platz. »Neulich meinte meine Alte, unser Giridhar-Dai bereitet bestimmt seine Felder auf die Winterfrucht vor. Warum sollte er sonst nicht in die Geschäftsstelle kommen? Ich hab ihr gesagt, denkst du, unser Giridhar-Dai hat Zeit für seine Felder? Arbeiter, Feldarbeiter, Tagelöhner: das hat unsere Laksmi-Bhauju alles im Griff. Nein, unser Giridhar-Dai plant unsere Wahlstrategie. Er zeichnet die Pläne, die uns zum Sieg führen werden.«

Giridhar zog sich in sich selbst zurück.

»Eh, Freund.« Om legte ihm eine Hand auf den Rücken. »Ihr habt wunderbare Arbeit geleistet. Das sagen alle. Kaum ein paar Monate, nachdem Nayan Raj sich zur Kandidatur entschlossen hat, haben wir überall Mitarbeiter, Wahllokalkomitees, Unterstützer. Unser Kandidat – ein feiner Mensch. Aber hätte er dreiunddreißig Wahllokalkomitees einrichten können? Da geht es um andere Fähigkeiten. Er redet, Ihr handelt. Alle sagen das.«

Dieser Erwartungsdruck. Er zehrte seine Kraft auf. »Sag ihnen«, sagte Giridhar. Aber was? »Morgen um punkt zwölf findet eine Sitzung statt.«

Om nickte.

»Jetzt geht und sagt ihnen das.« Giridhar wollte Ruhe haben. »Jetzt ist es an der Zeit. Geht.«

Oms Lächeln erstarb.

Was, der wollte hier herumsitzen und quatschen? Ts. Warum, andauernd? Warum diese ganze Freundlichkeit? »Geht«, knurrte Giridhar.

»In Ordnung, Freund«, sagte Om kurz angebunden. Es war nicht zu übersehen, dass ihn Giridhars Abfuhr verletzt hatte, aber ebenso wenig war zu übersehen, dass er das nicht zeigen wollte. Natürlich. »Ich werd eine Sitzung für morgen um punkt zwölf Uhr mittags anberaumen. Macht Euch keine Sorgen«, fügte er etwas sanfter hinzu. »Ich sag allen Bescheid.« Zum Abschied griff er nach Giridhars Hand.

Giridhar entzog sich ihm. Er war am Ende. Er stolperte in sein Zimmer zurück und nahm einen Schluck aus einer Flasche XXX Khukuri Rum.

Im Ort begannen sich tatsächlich einige Leute über Giridhars Abwesenheit Gedanken zu machen. Chiranjibi zum Beispiel. Es war unverantwortlich von Giridhar, jetzt zu Hause zu bleiben. Nayan Raj redete den ganzen Tag lang mit Leuten und drängte sie, ihre Stimme dafür einzusetzen, dass ihre Regierung für sie arbeitete. Seine Worte waren stets eindringlich, sein Auftreten liebenswürdig. Aber Chiranjibi machte sich Sorgen. Schöne Worte allein würden die Partei nicht zum Sieg führen. Die Menschen trafen ihre Wahl aufgrund komplizierter Verpflichtungen gegenüber ihrer Gemeinde, Kaste und Sippe; wenn sie für die Volkspartei stimmen sollten, mussten sie sich der eigenen Sicherheit sicher sein können. Die Ideale, von denen Nayan Raj sprach, waren wichtig – und wahr. Aber schon bald würden die Mitglieder der Wahllokalkomitees nach Khaireni Tar kommen, um sich ihre endgültigen Anweisungen abzuholen. Nur Giridhar wusste, wer diese Leute waren. Nur Giridhar wusste, wie sie die Bewunderung, die Nayan Raj bei den Menschen genoss, in Wählerstimmen verwandeln konnten. In dieser Stunde der Entscheidung hätte Giridhar die Führung übernehmen sollen.

Chiranjibi selbst war keine große Hilfe für die Partei, aber seine Einsatzbereitschaft stand außer Frage. Heute trugen drei Arbeiter seines Bruders den Teakholztisch aus der duftenden Sägemühle in die Geschäftsstelle der Volkspartei. Chiranjibi hatte beschlossen, den Tisch an die Partei zu spenden. Die Arbeiter hatten Mühe, den Tisch über dem Boden zu halten, während sie ihn durch die Gassen des Bazars schleppten. Chiranjibi ging voraus.

Als die Parteiarbeiter versuchten, den Tisch durch den Eingangsflur zu befördern, entstand vor der Geschäftsstelle ein Auflauf von Parteimitarbeitern und Ortsbewohnern, die nichts anderes zu tun hatten. Es zeigte sich, dass der Flur zu eng war. »Wir werden ihn an der Hauswand hochziehen und dann durch das Fenster im Obergeschoss bugsieren müssen«, sagte Juddha. BB-Gun und seine Bande meldeten sich freiwillig. »Ziehen wir ihn mit Seilen an der Hauswand hoch.«

Es dauerte eine ganze Stunde, bis sie den Schreibtisch mittels Seilen und Flaschenzügen durch das Fenster des Sitzungsraumes gehievt hatten, und als die Arbeiter ihn mitten im Raum abgestellten, wirkte er wie maßgezimmert für seinen neuen Standort. Dann verging eine ganze Weile, bis alle Mitarbeiter einmal in den Raum gekommen waren, um ihn anzuschauen und zu bewundern.

»Echtes Teakholz, der muss ein Vermögen gekostet haben, Chiranjibi-Dai.«

»So dunkel, so eine satte Farbe.«

Chiranjibi blieb noch im Sitzungsraum, nachdem alle anderen gegangen waren. Überall an den Wänden hingen Zettel, die Giridhar mit Klebeband angebracht hatte: Listen der Dorfentwicklungskomitees des Wahlkreises, hingekritzelte Landkarten, Notizen in seiner fahrigen Krakelschrift. Die Farbe an den Wänden war wie Pulverstaub abgebröselt und hatte den darunter liegenden Zement bloßgelegt. Die Glühbirnen an der Decke waren dreckig, auf den Fensterbänken lag Staub, und über die Wände zogen sich Pfade aus Fingerabdrücken. Der Schreibtisch stach aus seiner Umgebung heraus, als ein flüssigschwarzes Farbfeld, wie eine leuchtende Vision.

## 46

Um zwölf Uhr am folgenden Mittag ließ Om seine Schulmahlzeit ausfallen und machte sich auf den Weg zur Parteigeschäftsstelle, um an der Sitzung teilzunehmen, die Giridhar einberufen hatte. Er war unglücklich. Die Schroffheit, mit der Giridhar ihn gestern behandelt hatte, gefiel ihm nicht – Giridhar hatte ihm praktisch befohlen, zu verschwinden und seine Anweisungen auszuführen. Nicht, dass so eine kleine Unverfrorenheit ihre Freundschaft beschädigt hätte, natürlich nicht. Oms Liebe zu seinem Freund war eine Dornenstaude; sie klammerte sich in unwirtlichem Gelände fest und überlebte, indem sie dicke, zähe Wurzeln ausbildete. Doch die Freundschaft war ein empfindliches Gewächs. Durch zu viel Rücksichtslosigkeit konnten ihre Wurzeln verkümmern, konnte die ganze Pflanze welken und eingehen. Das war der Grund dafür, dass Om sich schlecht fühlte.

»Und das ist schwer, Liebe … aber wir dürfen nicht aufgeben«, hatte er Asha letzte Nacht gestanden. »Für Menschen wie uns ist ein Leben ohne Liebe so öde wie die Oberfläche des Mondes. In der Wüste kann man einen Brunnen graben; aber sag mir – wer will schon auf dem Mond leben?«

»Ihr redet, als sei es Euer ganzes Karma, Giridhar-Dai zu dienen«, hatte Asha gesagt. »Es gibt andere, denen würde die gleiche Liebe viel mehr nützen. Schaut Euch Euren Mita-Sohn an. Der ist jetzt ein anderer Junge.«

»Vor meinen Augen leidet jemand, bringt sich jemand in Gefahr. Auf dem Schlachtfeld, im Gefecht – würdest du da einen Freund im Stich lassen?«

»Über was für ein Gefecht redet Ihr? Was für ein Krieg soll im Gange sein?«

»Ts, Liebe. Diese ganze Unbarmherzigkeit, die unschuldige Menschen niedermacht … In unserem Land wird ein unerklärter Krieg geführt, gegen die, die kein Glück haben.«

Asha hatte geseufzt. »Ihr dürft nicht in so großen-großen Begriffen denken. Ihr und ich, wir sind kleine Leute. Wir können nur kleine Sachen tun.«

Jetzt betrat Om die Parteigeschäftsstelle und drängelte sich durch die Traube von Mitarbeitern, die den engen Flur verstopfte. »Namaste, namaste«, grüßte er Juddha und die Mitarbeiterinnen der Partei.

Harsha Bahadur fand er in dem Büroraum im Obergeschoss, wo er den verbleibenden Plakatevorrat bewachte. Der

Junge war fesch angezogen, mit einem Pullover, der ihm nur ein kleines Stück zu groß war, und sauber gebügelten, schwarzen Hosen. Asha hatte recht: Er wirkte wie verwandelt. Harsha Bahadur war in dem Alter, in dem Jungen endlich nach etwas auszusehen anfangen; sein Gesicht füllte sich allmählich aus.

»Komm, wir dürfen nicht zu spät kommen«, sagte Om. Sein Mita-Sohn sollte bei der Sitzung Protokoll führen, hatte er beschlossen. Solche Aufgaben würden sein Selbstvertrauen stärken.

»Komm, Sohn.« Om ging nach nebenan in den Sitzungsraum, und als er die Tür aufmachte, wurde er vom Anblick eines Teakholzschreibtisches überrascht, der so groß war, dass um ihn herum kaum noch Platz blieb.

Und was war das: Giridhar saß in einer Ecke und hing mit dem Oberkörper schlaff auf dem Tisch.

»Oho, Freund!« Om zwängte sich bis zum Nachbarstuhl seines Freund durch. Er klopfte mit der flachen Hand auf den Tisch. »Endlich Qualitätsmöbel, die dem Format unserer Partei entsprechen. Und warum auch nicht? Alle sagen, was Ihr für gute Arbeit geleistet habt. Alle sagen, die Teetassenpartei gewinnt. Ich kann es kaum erwarten, unsere endgültige Strategie kennenzulernen.«

Giridhar setzte sich auf und schaute ihn ausdruckslos an.

Om lächelte breit, um ihm zu zeigen, dass er wegen gestern nicht beleidigt sei.

Giridhar schaute Harsha Bahadur an, der immer noch in der Tür stand. »Was wills du, Junge?«, sagte er.

Om erklärte: »Er wird Protokoll führen, seht Ihr?«

»Nein.« Giridhar schüttelte den Kopf. »Nich der Junge führt Protokoll, sondern Ihr.«

So ein Benehmen gehörte sich einfach nicht. »Nein«, sagte Om mit fester Stimme. »Harsha Bahadur ist unser Lakai, und er wird für mich Protokoll führen.«

»Was hats dann fürn Zweck, dass Ihr für die Büroarbeiten zuständig seid?«

So wie Giridhar lallte, blieb kein Zweifel daran, dass er betrunken war. »Es ist nicht meine Aufgabe, Protokoll zu führen«, sagte Om. Seine Stimme zitterte, denn Meinungsverschiedenheiten war er nicht gewohnt. Trotz seiner militärischen Ausbildung hatte er die Kunst des Zuschlagens nie gemeistert, und sei es zur Verteidigung. Auch jetzt hatte er noch das Gefühl, sich allzu streitsüchtig zu verhalten. »Harsha Bahadur ist ein fähiger junger Mann«, erklärte er entschuldigend. Bevor Giridhar Nein sagen konnte, drehte er sich zu seinem Mita-Sohn um, der die beiden anstarrte wie eine erschrockene Ziege. »Setz dich, Sohn. Hier, setz dich neben mich, und wenn du irgendwelche Fragen hast, kannst du deinen Mita-Vater fragen.«

Schüchtern nahm Harsha Bahadur neben Om Platz.

Giridhar ließ sich wieder nach vorne sacken und legte den Kopf auf den Tisch.

Ts, dachte Om. Es wäre eine Schande, ihn die Sitzung in betrunkenem Zustand eröffnen zu lassen. »Ich dachte gerade«, sagte er, »ich hätt eigentlich gern einen Tee.« Um Giridhar zu überzeugen, warf er einen auffälligen Blick auf seine Armbanduhr. »Und es scheint, als hätten wir noch eine Menge Zeit, bevor die Sitzung anfängt. Was sagt Ihr, Giridhar-Dai? Gehn wir los und überraschen wir meine Alte, indem wir eine Tasse Tee verlangen.«

Giridhars Miene verfinsterte sich.

»Die wird entzückt sein«, sagte Om. »Ich werd ihr sagen: Mach uns eine Tasse Tee, schnell.«

Er stand auf, damit sein Freund es ihm gleichtue, aber Giridhar rührte sich nicht. Om blieb unbeholfen stehen, eingezwängt zwischen Tisch und Wand.

Als Giridhar endlich etwas sagte, war seine Stimme ein wütendes Knurren. »Wollt Ihr, dass ich zu spät zu der Sitzung komm, die ich selbs einberufen hab?« Er schüttelte die Faust und mit ihr die Armbanduhr an seinem Handgelenk. »Es is schon nach zwölf, und keiner is gekommen. Denken die nich, dass ich was Wichtiges zu sagen habe?« Er kniff die Augen auf eine Art und Weise zusammen, die ihn sehr unattraktiv aussehen ließ. »Ich weiß, was Ihr denkt, Ihr denkt – was weiß der denn, der is ein nichtsnutziger Lümmel, seit Jahren ohne Arbeit, der is rausgeschmissen wordn, weiß du nich?« Plötzlich brüllte er: »Ein Säufer! Ihr denkt, Giridhar Adhikari is ein Säufer! Ihr denkt, was weiß der schon, wie man einen Wahlkampf führt, wir gewinnen auch ohne den, nur durch die Schauspielkünste von unserm Kandidaten. Hah! Denkt Ihr, die Leute wählen einen, bloß weil er schauspielern kann? Denkt Ihr, ohne mich kann der gewinnen?«

»Ssss.« Zu Oms großer Bestürzung schien Giridhar regelrecht zu schäumen vor Wut. Om setze sich hin und widersprach ihm: »Keiner denkt das.«

»Ihr denkt das!« Giridhar schrie immer noch, und Om befürchtete, dass die Mitarbeiter im Erdgeschoss ihn hören konnten. »Alle denken das – der Kinoheld wird allein durch seine schönen Worte gewinnen! Aber nur ich weiß« – er schwenkte den Arm in Richtung der Zettel, die er im Lauf der vergangenen Monate mit unregelmäßigen Abständen an die Wand gehängt hatte – »nur ich weiß, worauf es wirklich ankommt, um uns zum Sieg zu führn!«

»Genau«, sagte Om, der sich verzweifelt und unglücklich fühlte. »Euer Sachverstand ist ohne jeden Zweifel von allergrößter Wichtigkeit für unsere Partei. Nur Ihr kennt alle Dörfer, Giridhar-Dai. Ihr entstammt diesem Boden. Nur Ihr kennt alle Strategien, die wir für jedes Wahllokal vorbereiten müssen.« Weil er keine Wahl hatte, als die schwierige Wahrheit auszusprechen, fügte er zögerlich hinzu: »Aber vielleicht wollt Ihr Euch vor der Sitzung ein wenig ausruhen. Ihr habt hart gearbeitet, Giridhar-Dai, eine Tasse Tee könnte beheben, was Ihr über die Feiertage an – ha ha – an Vergnügungen genossen habt.«

»Sagt nich Säufer zu mir!«

»Ich sag nicht Säufer zu Euch, ich –«

»Immer unterschätz Ihr mich, Ihr behandelt mich von oben herab, Ihr redet mit mir als wär ichn Kind!«

»Eh, nein, ich –«

»Immer Euch einmischen, einmischen, einmischen! Frag dies, frag das, gebt mir alle möglichen Ratschläge, als ob ich ohne Euch nicht funktioniern würde!«

Schwall um Schwall sammelte sich die Gekränktheit in Oms Herzen an. »Ts, streiten wir uns nicht«, sagte er. »Wir wollen einfach – uns nicht streiten, Giridhar-Dai.«

Giridhar richtete seinen dicken Zeigefinger auf ihn. »Sprecht mit mir nich wie mit em Idioten!«

»Ich –«

»Nie!«

Om war von diesen unfreundlichen Worten so getroffen, dass seine Augen plötzlich zu tränen begannen, und er musste das Gesicht abwenden.

Eh, mit welcher Kraft die Vergänglichkeit des Körpers doch die Lebenslust anstachelte! Inzwischen genas der vormalige Steuereintreiber Jimmawal-Baje von seiner langwierigen Erkrankung – Gott Krishna schützte die Frommen vor dem Leide. Da ihn kein rasendes Ungleichgewicht der Verdauungsfeuer mehr ans Lager fesselte, stolzierte er im Rahmen seines täglichen Konditionstrainings auf seinem Grundstück herum, ging flinken Schrittes über den Vorplatz hinüber zu seinem neunfach bestückten Kuhstall und wieder zurück. Er war nicht mehr so kräftig wie früher, das stimmte wohl. Er hatte Hautausschlag, zitterte manchmal heftig und musste immer noch sieben-, achtmal am Tag das Klohaus aufsuchen. Aber die bitteren Kräuter und Metall-Aschen, die er die letzten Monate lang treulich eingenommen hatte, hatten ihm einen Teil seiner früheren Stärke wiedergegeben. Wie kurz doch die Lebensspanne sei, die der Mensch in diesen irdischen Gefilden zubringe, dachte er, während er sich für die heutige Parteisitzung zurechtmachte. Wie dringend die Notwendigkeit sei, jedem Jahr, Monat, Tag, ja jedem Augenblick wie einer Zitrone die reichlich vorhandenen, aber verborgenen Säfte auszupressen.

»Du bist der Einzige, der mir einige Sorge bereitet«, sagte er zu seinem siebten Sohn, der ihm half, sich für die Sitzung anzukleiden. »Eines Tages wird Yama Rajs Streitwagen mich holen kommen«, sagte er und schlüpfte mit den Beinen in den weißen Pajama. »Vor dem Herrn des Todes gibt es kein Entrinnen. Ich, ich habe ein frommes Leben geführt, ich bin bereit, diese letzte Fahrt zu unternehmen … Ich werde meine ganze Familie zurücklassen und in die nächsten Gefilde übergehen.« Schon der bloße Gedanke an diese unvermeidliche Reise machte ihn traurig. »Eh, das wird schwer«, sagte er und ließ seinen Sohn die Gürtelschnur zubinden. »Ich werde Eis und Feuer ertragen müssen, werde körperliche und geistige Qualen erdulden müssen, werde vor Unholden und Dämonen fliehen müssen, werde über einen Fluss aus Eiter übersetzen müssen.« Er deutete auf sein Haus und seinen neunfach bestückten Kuhstall. »Kann ich all das mitnehmen? Kann ich das dort oben genießen? Habe ich das zu meiner eigenen Genugtuung zusammengetragen? *Ihr* seid es doch, für die ich so hart gearbeitet habe.«

»Eure Güte ist unermesslich, Vater.«

»Diese Zeiten sind verderbt.« Jimmawal-Baje seufzte. »Mach dir keine Sorgen, Sohn. Gott Krishna wird zusehen, dass ich nicht sterbe, … bis ich dich in einträglicher Anstellung sehe.«

Nachdem der Junge ihn fertig angekleidet hatte, zog Jimmawal-Baje seine chinesischen Schuhe an und griff nach seinem Schirm. Es war das erste Mal seit Monaten, dass er Haus und Hof verließ. Während er zur Parteigeschäftsstelle hinübereilte, wirkte er geistesabwesend. In diesen Zeiten der Veränderung, diesem Kaliyuga, waren Kaste und Stellung kein hinreichender Schutz mehr vor der verkommenen Menschenwelt. Geld, das war es, worauf es in diesem dunklen Zeitalter ankam. Gott Krishna, dachte er, wie könne es ihm, um seiner Familie zu dienen, bloß gelingen, ein winziges bisschen Reichtum anhäufen?

Er empfing die Antwort in jenem Augenblick, als sein Blick auf die Parteigeschäftsstelle fiel.

Gott Krishna, war das Gebäude schon heruntergekommen! Entgeistert ging er darauf zu. Mit dem Regenschirmgriff klopfte er gegen den Türrahmen, von dem schon der Lack blätterte. Nur ein paar Monate alt, und schon war überall Dreck. Man hätte denken können, das Haus gehöre irgendwelchen Heiden!

Aufgebracht stürmte er in den Flur des Erdgeschosses. Dort blieb er erschrocken stehen. Wer waren all diese Leute? Warum lümmelten die hier derart herum? »Raus, raus«, verscheuchte er ein paar College-Jungen. Hinter ihnen stand eine Bande von Schlägertypen … was hatte die Partei da für gottlose Rüpel angeworben? Zu seinem Entsetzen spuckte einer von denen an die Wand, gerade als Jimmawal-Baje vorbeiging. Eine direkte Provokation! Er schlüpfte vorbei, als habe er nichts gesehen. Er war gesundheitlich in empfindlicher Verfassung … er musste jede Aufregung vermeiden. Auf jeden Fall aber mussten ihm alle erlittenen Schäden erstattet werden!

In einem Zustand höchster Erregung platzte er in den Sitzungsraum.

Dort blieb er erneut erschrocken stehen. Vor ihm stand ein äußerst kostspieliger Schreibtisch, der den ganzen Raum ausfüllte. Reines Teakholz: Tausende über Tausende musste der gekostet haben!

An diesem Tisch saß der Trunkenbold Giridhar, und neben ihm der reiche, mit Geld gesegnete Om. Zu Jimmawal-Bajes Verwunderung war auch Oms schwachsinniger Mita-Sohn mit im Raum. Wie lethargisch diese Gruppe wirkte! Wie schwunglos sie hier im Zimmer saßen!

Jimmawal-Baje schwang sich in einen Stuhl bei der Tür. »Wer würde hier von einem neuen Haus sprechen!«, stammelte er. Sein Herz schlug unregelmäßig. »Wie soll ich vom nächsten Mieter einen fairen Preis bekommen! Gestern kam ein Mann, wollte wissen – ob ich ihm das Haus wohl nach der Wahl vermieten würde? Ich bin bereit, eine großzügige Miete zu zahlen, sagte er. Ich meinerseits sagte: Meine Treue zu meiner Partei ist fest, lockt mich nicht mit Angeboten, die doppelte Miete zu zahlen, egal wie viel Ihr mir zahlt, ich könnte der Partei nicht sagen, sie solle ausziehen!« Jimmawal-Baje ging der Atem aus. »Der Mann«, keuchte er, »der sagte – Baje, Euer Haus ist so schön, ich zahl Euch das *Dreifache* von dem, was die Partei bezahlt!«

Streng genommen entsprach nichts davon der Wahrheit. Aber es gab keinen Grund, warum ein solches Gespräch nicht stattgefunden haben könnte. Das Haus war – war es zumindest früher gewesen – viel mehr wert, als die Partei an Miete zahlte.

Doch weder Giridhar noch Om schienen ihm zuzuhören.

»Das *Dreifache* der Miete«, krächzte Jimmawal-Baje. Der Ausschlag auf seinem Gesicht begann zu jucken. »Allerdings ist meine Treue zur Partei fest; ich lasse Euch das Haus weiter mieten. Aber für einen armen Bahun wie mich ist es nicht fair, solche Verluste erleiden zu müssen!«

»Wann habt Ihr jemals einen Verlust erlitten?« Om murmelte diese Worte mit leiser Stimme. Doch weil es so ungewöhnlich war, dass er sich zu einer zornigen Äußerung hinreißen ließ, fühlte sich Jimmawal-Baje trotzdem hart getroffen. Om sagte: »Für einen frommen Mann denkt Ihr zu viel ans Geld, Baje.«

»Wer würde das nicht!« Jimmawal-Baje schlug mit der Faust auf den neuen Tisch. »Eine Partei, die sich solche feinen-feinen Tische leisten kann!« Er ließ den Blick über Oms importwollenen Pullover gleiten. Sogar der junge Lakai trug neumodische ausländische Kleidung. Er sagte: »Ich bin nicht wie Ihr, Om-Bhai. Ich bin ein armer Bahun, der zwei Weiber, sieben Söhne und zweiundzwanzig Enkel ernähren muss. Ihr mit Eurem im Ausland verdienten Wohlstand, denkt Ihr, dass alle reich sind?«

Om erwiderte scharf: »Wir hätten gleich von Anfang an ein günstigeres Haus mieten sollen. Dann hätten wir mehr Personal einstellen können, sodass ich meine Zeit nicht im Büro hätte verschwenden müssen.«

»Es ist ja nicht so, als ob Ihr hier viel Zeit verbracht *hättet*«, erwiderte Jimmawal-Baje, ganz erfüllt vom Zorn des Gerechten. »Unser Om-Bhai sieht aus wie ein schlichter und einfacher Gurung, aber er ist genauso gerissen wie ein Bahun, scheint es. Gerissen genug, um seinen eigenen Mita-Sohn einzustellen, damit der die ganze Parteiarbeit macht.« Er warf dem Jungen einen finsteren Blick zu. »Alle haben sich die Partei zunutze gemacht, alle haben profitiert, außer mir!«

Daraufhin tat der Gurung etwas wahrhaft Furchteinflößendes. Er stand auf – seine ganze massige Gestalt hievte sich hoch – und schlug so heftig mit den Händen auf den Tisch, dass dessen Holz wie unter einem Donnerschlag erzitterte. »Kennt Eure Raffgier keine Grenzen!«, brüllte er. »Hört Ihr nie auf, an Euren eigennützigen Profit zu denken, an Eure eigennützigen Bedürfnisse?« Er beugte sich vor, und er sah dabei aus, als könnte er wirklich einen Satz machen und sich auf Jimmawal-Baje stürzen. Er rief: »Einen Mann wie mich zu beschuldigen, sich die Partei zunutze gemacht zu haben – Euer geistloses Geschwätz, Jimmawal-Baje, muss eine Grenze haben. Das dulde ich nicht!«

Jimmawal-Baje versuchte, sich auf seinem Stuhl aufrechtzuhalten. »Gott Krishna.« Er zitterte. Seine Eingeweide knurrten. Eh, Götter! Die Winde der Aufregung hatten seine Verdauungsfeuer angefacht. Sein Organismus lief Gefahr, sich zu entzünden. Was für Rohlinge es gab in dieser unreinen Welt.

Und er mit seiner empfindlichen Gesundheit! Da er den Zorn des Gurung nicht weiter herausfordern wollte, blieb er still am Tisch sitzen.

Aber was das für ein Tisch war. Zehn-, zwölftausend musste der gekostet haben – zwölf, vierzehn, vielleicht mehr. Irgendwie musste er die Miete erhöhen.

Konnten die nicht einfach alle still sein? Dann, wenn es darauf ankam, zu zeigen, was er wert war, hatte er niemanden, der ihn unterstützte. Giridhar stand allein da. Trotzdem würde er allen zeigen, dass er fähig war. Er kramte in der Hosentasche nach dem Zettel, auf dem er sich die Strategie für jedes Wahllokalkomitee aufgeschrieben hatte. Er fühlte die glatte Rundung eines Kugelschreibers, einen zerknüllten, samtigen Rupienschein, Münzen, einen monatealten Zigarettenstummel, Holzsplitter, Staub und Fussel. Keinen Strategiezettel. Wie konnte der Strategiezettel weg sein? In der anderen Tasche steckte eine Viertelliterflasche Khukuri Rum. Aber kein Zettel. Ts. Versagen. Nein, das machte nichts. Das, was er sich auf diesen Zettel aufgeschrieben hatte, wusste er auswendig. Bloß, er musste sich auch daran erinnern … Vielleicht würde es ihm wieder einfallen, wenn er erst zur reden anfing.

Sie warteten eine ganze Weile – Giridhar, Om, Jimmawal-Baje und der Lakai –, dass der Kinoheld seinen Auftritt machte. Nach langer Zeit hörte man das Scharren von Schritten vor der Tür, und der Kandidat kam mit Chiranjibi herein. Die beiden lächelten einmütig, und ihre Verbundenheit fiel Giridhar sofort ins Auge. Beide trugen die gleichen Hemden aus handgewebtem Baumwollstoff.

Chiranjibi setzte sich gleich neben den Kandidaten. Giridhar dachte: Warum klebte er an dem, wenn die ganze restliche Bank frei war?

Nayan Raj sagte: »Die Menschen sind in den letzten Tagen voller Fragen. Wer wird gewinnen, fragen sie. Wen sollen wir wählen? Wir werden denjenigen wählen, der gewinnt, sagen sie. Sie fürchten, dass sie später bestraft werden, wenn sie gegen die Gewinnerpartei stimmen.«

Der Bauunternehmer sagte: »Die Menschen erwarten von den politischen Parteien Gönnerschaft und Schutz. Diese Vorstellung von Freiheit – von freier Wahl –, die hat bisher nicht die richtigen Bedingungen vorgefunden, um zu gedeihen.«

Giridhar dachte: Ach ja? Wusste das nicht jeder? Was war daran so tiefsinnig?

Alle Augen richteten sich auf Giridhar. Er sah, wie ihn Om anstarrte, und dachte, vielleicht sollte er zur Eröffnung etwas Lustiges sagen, so wie Om das immer machte. »Die haben recht«, sagte Giridhar, aber ihm trocknete die Kehle aus. Er hustete und fuhr dann fort: »Die, die an die Macht kommen, bestrafen immer die, die nicht für sie gestimmt haben.«

»Es hat viel Machtmissbrauch gegeben«, pflichtete Nayan Raj ihm bei.

»Aus dem Grund –« Giridhar konnte nicht weitersprechen. Nicht solange dieser Hochstapler vor ihm saß, der so redete, als sei er immer noch der Held in einem blöden Kinofilm. Und dann fiel Giridhar wieder ein, dass er über jedes einzelne Wahllokal hatte sprechen wollen. Er kramte in den Taschen herum. Kein Strategiezettel. Unvermittelt sagte er: »Wie dem auch sei, was am Ende zählt, ist die Wahllokalstrategie, nicht diese großen-großen Ideen. Kommen wir zu den praktischen Dingen.« Er wollte Respekt einflößend klingen. Alle starrten ihn erwartungsvoll an. Am Rande seines Gesichtsfeldes flackerte eine matte, gelbe Flamme. Einen Augenblick lang fürchtete er, der Körper werde ihn im Stich lassen. »Auf meiner Dorf-zu-Dorf-Tour«, begann er, »habe ich festgestellt, dass die Leute gut auf die Persönlichkeit unseres Kandidatenji angesprochen haben, auf seine Botschaft. Sie glauben tatsächlich, dass er –«

Nayan Raj fiel ihm liebenswürdig ins Wort: »Dass wir.«

»Dass *wir* ihnen eine Alternative zu den großen Parteien bieten. Das heißt –«

Jimmawal-Baje stimmte in das Lob mit ein: »Alle sind fasziniert von unserem Kandidatenji!«

Giridhar stockte. Diese ständigen Unterbrechungen schienen seine Autorität infrage zu stellen. Noch einmal kramte er in seinen Taschen nach der Wahllokalliste. Er hätte mehr Eindruck machen können, wenn er den Zettel mitgebracht hätte. Er fühlte die kühlen Kanten der Flasche Khukuri Rum. »Für jedes Wahllokal hab ich ein Komitee eingerichtet.« Dann begann der Raum plötzlich ohne Vorwarnung zu schwanken, und es war offensichtlich, dass er vom Stuhl rutschen würde. Er hielt sich an der Tischkante fest. »Unsere Jungs –«

»Männer und Frauen«, sagte Chiranjibi.

»– in jedem der Komitees werden unsere Stimmen beschützen, allerdings ist das nicht leicht.« Giridhar schloss die Augen und sah Dörfer vor sich, undeutlich, wie unter einem dunklen Schleier. Sein Mund war voller Wörter, was das Sprechen erschwerte. Mühsam sagte er: »In Phirdi hat der Kongress die Mehrheit, die Jungs dort werden grob, die werden bestimmt versuchen, das Wahllokal zu erobern. Wir haben eine Kampftruppe zusammengestellt, um ihnen entgegenzutreten, und die müssen wir für ihre Mühe bezahlen. In Puttar sind wir stark, wir haben Jungs in Stellung und bereit, das Lokal am Mittag zu erobern. Wir können achtzig Prozent der Stimmen auf unseren Namen fallen lassen.«

»Ihr –«

»Und.« Giridhar zwang sich, dort zu bleiben, wo er war, weiterzusprechen, als täten sich unter ihm keine Abgründe auf. »In Chhang müssen wir am Wahllokal Unruhe stiften, um die Wähler fernzuhalten. Das ist das Beste für uns, weil wir dort keine Stimmen erwarten. Unseren Jungs was zu trinken geben, sie loslassen, mehr braucht es nicht. Dort gibts einen örtlichen Boxmeister, der seine Hilfe zugesagt hat.«

»Ihr –«

»Mijethum allerdings gibt mir immer noch zu denken. Die Mitarbeiter dort sagen, wir sollten uns einfach auf die Stellvertreterstimmen verlassen, aber mir kommt es so vor«, Giridhar machte die Augen auf, und die Wände wankten, und er hatte das Gefühl zu fallen. »Mir kommt es so vor, dass wir da ein wenig List brauchen. Nun ist es so, dass die Dörfer im Umkreis seit Monaten auf eine Brücke warten und jeden wählen, der ihnen die gibt. Ich schlage vor –«

»Giridharji.«

»– wir laden dort ein paar Tage vor der Wahl ein paar Bretter ab und sagen, dass wir ein Projekt herangeholt haben, um ihnen eine Brücke zu bauen, und hier ist der Beweis. Bretter für ein paar Tausend Rupien werden uns Tausende von Stimmen beschaffen.«

»Giridharji!«

Diesmal brachte ihn der scharfe Ton des Kandidaten zum Schweigen.

Alle starrten ihn an.

Was? Verstört suchte Giridhar Blickkontakt mit Om, der aber wegschaute. Sein Gesicht war gerötet.

»Was?«

Der Kandidat wirkte empört. »Ihr habt nicht etwa vor, Stimmen zu stehlen?«

»Stehlen?«

Von seinem Platz neben dem Kandidaten aus bemerkte Chiranjibi mit kalter Stimme: »Unsere Strategie muss, wie Ihr wisst, lediglich darauf abzielen, die Stimmen zu schützen, die ohnehin zu uns kommen, nicht, Stimmen zu stehlen, die anderen Parteien zufallen sollten.«

Das ärgerte Giridhar nun wirklich: Ein Bauunternehmer wollte ihm Vorträge über Ethik halten. Er schnaubte: »Das ist nicht der Zeitpunkt für Demokratieunterricht.« Er schüttelte den Kopf, um seine verschwimmende Sicht zu klären. »Ich rede nicht von der Wichtigkeit der freien Wahl oder Freiheit oder Gleichheit. Ich gebrauche keine schicken Wörter, um über feine-feine Ideen zu reden. Nein. Ich rede darüber, wie die Wahlen von allen anderen durchgeführt werden und wie wir selbst sie durchführen müssen.«

Nayan Raj sagte entschieden: »Aber unsere Grundsätze sind immer klar gewesen.«

»Grundsätze.« Giridhar verzog höhnisch das Gesicht. »Unser Kandidatji redet, als ob wir in einem Kinofilm leben.« Die Hand in der Tasche schloss sich um die Rumflasche. »Jede Partei hat Überzeugungen. Der Kongress sagt Sozialismus, meint aber den freien Markt. Die UML sagt Kommunismus, meint aber Sozialismus. Was heißt das? Am Ende gewinnen sie nur, indem sie die Wahl fälschen. Warum sollten wir das nicht auch machen?«

»Weil unsere Partei für die freie Wahl steht.« Dieser Unsinn kam nicht von Nayan Raj, sondern von Chiranjibi. Es waren trotzdem die Worte des Kinohelden.

»Also, ich habe – ich hatte – einen Zettel!«, schrie Giridhar den Bauunternehmer an. »Ich hatte ihn bis heute Morgen bei mir, nach der Sitzung find ich ihn. Darauf sind die Strategien für alle Wahllokalkomitees aufgeführt, und wenn wir uns nicht an die halten, verlieren wir.«

»Wir werden wohl so oder so verlieren«, sagte der Bauunternehmer ernst. »Unsere Absicht, wie Nayan Raj viele Male gesagt hat, ist nicht unbedingt zu gewinnen. Unsere Absicht ist es, die Menschen durch unsere Fairness zu beeindrucken. Unser Ziel ist es, das ganze System zu reformieren, Giridharji. Wenn nicht jetzt, dann werden wir nächstes Mal gewinnen.«

Dieser letzte Satz verwirrte Giridhar. »Wir werden nächstes Mal gewinnen?«

»Denn Nayan Rajji ist nicht nur hier, um Stimmen zu sammeln«, fuhr Chiranjibi mit seinem Vortrag fort, und Giridhar sah Om an – der immer noch wegschaute – und begriff plötzlich, dass die Welt sich in dieser Stunde des Unterganges zusammenzog und ihn hinauspresste, so wie er es immer geahnt hatte. Die Hände begannen ihm zu zittern. Chiranjibi redete weiter, doch am Rande von Giridhars Gesichtsfeld loderte Feuer auf. Der Tisch drängte sich gegen ihn und machte ihm das Atmen schwer. Die Wände verfärbten sich in Gelb- und Brauntönen. Die Decke krümmte sich. Er brauchte etwas zu trinken.

Sein Körper wurde schlaff. Alles schien ihm ganz weit weg zu sein. Irgendwo sagte irgendjemand: »Jetzt lasst uns herausfinden, wer in unseren dreiunddreißig Wahllokalkomitees ist, und entscheiden, wie sie unsere Wähler beschützen können.«

»Ja, fangen wir an.«

»Giridharji?«

»Giridharji?«

»Freund?«

Giridhar saß zusammengesunken da und ließ den Tisch gegen sich andrängen. Wahn. Er brauchte etwas zu trinken.

Jimmawal-Baje, der nie eine Gelegenheit verpasste, Verschiebungen im Machtgefüge zum eigenen Vorteil zu wenden, musste nun feststellen, dass er sich während der letzten Monate schwerwiegend geirrt hatte, indem er sich an den Trunkenbold Giridhar hielt – während doch Chiranjibi der Aufsteiger in der Partei war. Was für ein Unglück, dass er das nicht schon früher erkannt hatte! Was für ein Glück, dass er es jetzt erkannte! Ho: Ein Blick auf den Bauunternehmer und man konnte erkennen, dass er ein stiller, aber fähiger Mann war. Er sah so gewöhnlich aus – ein Mann, der Millionen durch Aufträge auf Distriktebene verdient hatte, ohne je den Eindruck zu vermitteln, dass er reich sei. Chiranjibi wusste Geld diskret zu verdienen, diskret zu sparen und diskret auszugeben. Solche Diskretion konnte man nur bewundern. Mit seinem Geld hatte er sich Nayan Rajs Vertrauen erkauft und sprach jetzt von hohen Idealen – *daran* konnte man sich ein Vorbild nehmen!

Sobald die Sitzung um war, pirschte sich Jimmawal-Baje an Chiranjibi heran. Giridhar saß in Hörweite, weshalb Jimmawal-Baje dem Mann seine Hochachtung nicht allzu offensichtlich ausdrücken konnte. Er deutete Chiranjibi seine Unterstützung nur mit einem eifrigen Nicken an.

Doch Chiranjibi wandte sich ab.

Der Mann wollte bekniet werden – das war ganz natürlich. So lauteten nun einmal die Regeln der Macht; die Schwachen mussten ihnen gehorchen. Und, Gott Krishna, warum sollte man ihnen nicht gehorchen? Niskama karma, dachte Jimmawal-Baje, und folgte Chiranjibi, der Nayan Raj folgte, aus dem Raum.

Als er im Sitzungsraum wieder mit Giridhar und seinem Mita-Sohn allein war, überlegte Om hin und her, was er nun tun solle. Er beobachtete seinen Freund, der auf seinem Platz zusammengesunken war, und widerstand dem Drang, ihn zu trösten. Warum sollte er einem so skrupellosen Mann Hilfe leisten? Giridhar hatte alle Ideale der Partei verraten … Er hatte vorgehabt, den Wählern Schaden zuzufügen. Om dachte: Ein Junge schwänzte die Schule, um Orangen aus dem Nachbargarten zu stehlen … aber das war lange her. Jetzt war er ohne Rücksicht gegen die Gefühle der Menschen. Er war arrogant, und er lehnte jede Hilfe ab. Was er Gutes in sich hatte, das vergiftete er mit Schnaps. Und er trieb den eigenen Untergang voran. Er wirkte … angeschlagen. Verbraucht. Und bevor er wusste, was er da tat, war Om zu Giridhar hinübergerutscht. Er legte ihm den Arm um die Schulter.

»Freund?«

Giridhar schüttelte seine Hand ab.

Om fühlte einen vagen, ungerichteten Schmerz in der Brust.

Giridhar: sein alter, alter Freund. Lass ihn auf seinem barbarischen Schlachtfeld zurück. Geh jetzt, sagte sich Om. Lass Giridhar hinter dir.

»Komm, Sohn.« Er stand von der Bank auf und führte Harsha Bahadur zur Tür. Von dort aus warf er einen letzten Blick auf Giridhar. Sein Freund stierte auf den Tisch, wie er es die ganze Sitzung über getan hatte. Aus seiner Jackentasche ragte ein Flaschenhals.

Ts. Om sagte: »Freund …«

Giridhar fuhr hoch. »Glaubt bloß nicht, ich weiß nicht, was Ihr Leute über mich denkt!«

Ihr Leute – für Giridhar war er also Ihr Leute?

Die Flasche, ein Funkeln aus Gold und Weiß, zerplatzte an der Wand.

Om ging zur Tür hinaus und machte einen Schnitt. Er durchtrennte das älteste Liebesband seines Lebens.

## 47

Jimmawal-Baje starb am folgenden Tag. Er war gerade in der Parteigeschäftsstelle und bedrängte Chiranjibi, einen höheren Mietzins zu zahlen, als er umfiel und das Bewusstsein verlor. Ein paar Parteimitarbeiter rannten los, um den Doktor-Sah'b zu holen, aber nicht einmal der Vater des Doktor-Sah'b hätte den Steuereintreiber wieder ins Leben zurückstoßen können. Er atmete schon lange nicht mehr, als sein Sohn ein Taxi anhielt, um ihn in das Krankenhaus im Distriktzentrum zu transportieren.

»Der alte Baje ist mit Gott Krishnas Namen auf den Lippen verschieden«, sagten die Ortsbewohner, die angesichts des Todes Großmut und Ehrfurcht walten ließen. »Möge seine Seele Loslösung aus dem Kreislauf der Wiedergeburten finden, möge er einen Platz in den oberen Gefilden finden.«

Am folgenden Tag nahmen der Kandidat und alle Parteimitglieder an seiner Einäscherung teil, die am Ufer des Seti-Flusses stattfand. Rishi folgte dem Trauerzug durch das Südviertel. Doch bevor sie den Fluss erreichten, scherte er aus und hielt auf die Hütten der landlosen Siedler zu. Er wollte das Moonlight Hotel finden, um den Schulmeister zu treffen. Er würde seine Verfehlungen erklären und die Zusammenarbeit aufkündigen. Er würde seinem Untergrundleben ein Ende machen.

Er fand das Moonlight Hotel ohne große Mühe, in einer stillen Gasse, eingekeilt hinter dem Landwirtschaftsamt. Es handelte sich um eine der größeren Gaststätten des Südviertels, mit zwei getrennten Räumen zum Essen und Schlafen. Die Wirtin sagte, der Schulmeister sei heute noch nicht dort gewesen. »Er kommt morgen«, sagte sie und musterte Rishi ungeniert. Sie hielt einen Säugling auf dem Arm. Ihre Bluse war zu eng und bedeckte die Brüste nur dürftig, und die Frau strahlte die achtlose Geschlechtlichkeit einer stillenden Mutter aus. »An den meisten Tagen kommt der Schulmeister um ein Uhr her.«

Vom Südviertel aus nahm Rishi einen Bus ins Distriktzentrum, um seinen Grund auf den Namen seines Vaters zu überschreiben. Es konnte Monate dauern, bis die Urkunde fertig war, wenn er nicht die entsprechenden Schmiergelder zahlte, also zahlte er. Ein paar Stunden lang saß er am Fluss in der Nähe des Distriktzentrums, auf einer Uferböschung aus Sand und Schiefer. Als er am gleichen Nachmittag nach Khaireni Tar zurückkehrte, waren die Parteimitarbeiter von Jimmawal-Bajes Einäscherung zurückgekehrt.

Am Abend im Teeladen redeten die Parteimitarbeiter weiter über die Einäscherung. Jimmawal-Bajes Tod beschäftigte alle; aber den Verlust zu bedauern schien niemand. »Erst gestern ist er in die Geschäftsstelle gekommen und hat gedroht, die Miete zu erhöhen«, sagte Juddha. »Er sah nicht gut aus, aber ich hätte nie gedacht –«

Ein anderer Mitarbeiter sagte: »Am Scheiterhaufen, sein siebter Sohn sah genauso aus wie er. Einen Moment lang dachte ich, er ist es.«

»Auch seine ganzen älteren Söhne haben wie er ausgesehen.«

»Die weißen Kleider.«

»Warum hat Jimmawal-Baje sich immer weiß angezogen?«

Das belanglose Geplauder, das dem Ableben eines Menschen folgte: des Menschen flüchtiges Leben nach dem Tode. Unmerklich hielt sich Rishi Binita zugewandt. Seit ihr Schwager aus Kathmandu zurückgekehrt war, hatte sie sich wieder in ihrer Rolle als die Binita-Bhauju der Ortschaft verschanzt. Rishi und sie waren wieder auf Abstand gegangen, wie durch ein stillschweigendes Übereinkommen, dass sie ihre Vertrautheit vorerst aussetzen mussten. Rishi gab Madhu und Tripti weiterhin Nachhilfe und war sich ganz sicher, dass Binita auch jetzt an ihn dachte. Er wollte gerne warten, bis sich ihnen eine passende Gelegenheit bot, miteinander zu reden.

An diesem Abend sah er vor dem Essen kurz die Übungen durch, die er den Mädchen aufgegeben hatte. Unter seiner Anleitung entwickelte Madhu Interesse fürs Lernen, auch wenn sie ein leicht erregbares Mädchen war, das sich leicht ablenken ließ. Triptis größter Schwachpunkt war Mathematik. Noch die einfachsten Geteiltrechnungen begriff sie nicht, und obwohl sie in der Lage war, die Brüche aus dem Schulbuch abzuschreiben, verstand sie nicht, was sie bedeuteten. Rishi war geduldig mit ihr. »Pass jetzt auf«, sagte er. »Noch zwei Brüche, dann bist du fertig.« Von Zeit zu Zeit blickte Binita zu ihnen herüber, wie sie drei – Lehrer und Schülerinnen – sich über ihre Hefte beugten. Rishi hatte das Gefühl, dass sie ihnen durch den Lärm des Teeladens hindurch zuhörte. »Noch zwei Brüche«, sagte er zu Tripti. »Hör mir zu. Du kannst das.«

Am nächsten Morgen fuhr er erneut ins Distriktzentrum, um wegen der Grundbesitzurkunden nachzuhaken. Er hatte gehofft, am Nachmittag wieder das Moonlight Hotel aufsuchen zu können, aber als er nach Khaireni Tar zurückkam, spielte sich vor der Geschäftsstelle der Volkspartei ein Aufruhr ab. Giridhar war am Morgen aus seinem Amt als Parteivorsitzender entlassen worden. Man hatte Om gebeten, an seine Stelle zu treten, aber der hatte abgelehnt. In Ermangelung einer besseren Alternative hatte sich schließlich Chiranjibi widerwillig bereiterklärt, den Posten zu übernehmen.

Im Mittelpunkt der Szene, die sich von der Geschäftsstelle bis zum Rand der Fernstraße erstreckte, stand Giridhar, der Chiranjibi wegen seiner Unerfahrenheit verhöhnte. An Giridhars zerzaustem Äußerem war deutlich zu erkennen, dass er betrunken war. Chiranjibi stand inmitten eines Auflaufes von Parteimitarbeitern und versuchte, vernünftig mit ihm zu reden; aber Giridhar ließ keine vernünftigen Argumente gelten. »Macht, was Ihr wollt, wir wolln mal sehn, wie viel Stimmn Ihr zusammenbringt«, schrie er Chiranjibi an, während der ganze Bazar am Bar-Pipal-Baum stand und mit gereckten Hälsen zusah. Giridhars Worte waren bis zur Unkenntlichkeit verschwommen, und er gab eine lächerliche Figur ab. Offenbar war er schon jenseits von Schmach und Schande. Er machte eine obszöne Geste in Chiranjibis Richtung. »Eeeh, Schamhaar! Eeeh! Führt Eure Wahl doch durch, wies der Kinoheld will, schaun wir, ob Ihr gewinnt, Scheißkadaver!«

Juddha Ale versuchte, ihn zurückzuhalten. »Lasst es gut sein, Giridhar-Dai, lasst es gut sein.«

»Eeeh!«

Rishi verfolgte das Spektakel aus der Entfernung. Der Aufruhr zog sich über den ganzen Tag hin, denn Giridhar kam immer wieder zurück, um in seinem schlimmer werdenden Rausch über das erlittene Unrecht zu fluchen und zu schimpfen. Wenn er wieder einmal an der Parteigeschäftsstelle aufkreuzte, hinderten ihn die Mitarbeiter daran, das Gebäude zu betreten. »Lasst mich rein, Scheißkerle, ich hab diese Partei mit meim eignen Blut und Schweiß aufgebaut! Die Teetasse gehört mir, Ihr könnt mich jetz nich mit Tritten verjagn wien Straßenköter!« Eine ganze Weile lang wütete er so. Dann, wie im Wahn, begann er, das Lied aus *Ma Manchhe hun* zu singen. »*Ich bin ein Mensch, ich bin ein Mensch*«, sang er schief und wackelte dazu obszön mit den Hüften, als höhnische Nachempfindung des Revolutionärs, den Nayan Raj dargestellt hatte. »*Du bist ein Mensch, du bist ein Mensch.*« Er hüpfte auf eine imaginäre Heldin zu, die unter einem blühenden Baum stand. »*Teilen wir unsere Menschlichkeit.* Eeeh!«

Die Ortsbewohner quittierten diesen Klamauk mit unverhohlenem Gelächter, und der Erfolg, den er beim Publikum zu haben schien, trieb Giridhar zu noch größeren Absonderlichkeiten. »Kann'n Kinoheld Politik machen?«, schrie er über die Fernstraße hinüber und rief sie damit als Zeugen an. »Ein Intellektueller aus Kathmandu! Tut so, als würd er die Dorfleute liebm! Denkt der, keiner merkt, dass er bloß schauspielert? Die Teetassenpartei, hah! Ich piss in die Teetasse, ich hau die in Stücke! Der Kinoheld soll zeigen, wie er gewinnt! Der Mann färbt sich die Haare schwarz! Aber mir kann der nix vormachen! Eeeh!«

Erst gegen Abend gelang es dem Subinspektor, ihn wegzulocken, indem er ihm etwas zu trinken versprach.

Die Parteimitarbeiter in der Geschäftsstelle waren empört. Was Giridhar gesagt hatte – die Wahnworte eines Betrunkenen –, hatte trotzdem Unruhe und Zweifel ausgelöst. Nun ließen sie dem Zynismus, den sie bisher im Zaum gehalten hatten, freien Lauf. Die Mitarbeiter glucksten, wenn ihnen wieder einfiel, wie Giridhar die Tanzbewegungen von Nayan Raj nachgeahmt hatte. Färbte Nayan Raj sich wirklich die Haare? Spielte er ihnen bloß vor, ein Politiker zu sein, so wie Giridhar sagte? Schließlich war der Kandidat fremd im Distrikt, ein Auswärtiger. Und ein Kinoheld. Er wirkte aufrichtig. Aber wirkte er eigentlich nicht schon *zu* aufrichtig? War er nicht zu vollkommen, um echt zu sein?

Bis zum Abendessen fanden die Mitarbeiter ihre Ernsthaftigkeit wieder. Es war jetzt zu spät für sie, Nayan Raj *nicht* zu unterstützen – nun konnten sie genauso gut ihre Zusagen einhalten und sich dafür nach der Wahl die verdiente Entschädigung holen. Außerdem: Auch wenn Nayan Raj ein Hochstapler gewesen wäre, war er kein schlechter Mensch. Er behandelte alle sehr freundlich. Er gab niemandem einen Grund, ihn nicht zu mögen. Selbst nach dessen beleidigenden Auftritt wollte er Giridhar nicht verurteilen, und das ließ ihn – nun, noch unechter wirken. Trotzdem konnte der Mann nicht nur ein Hochstapler sein. Die Haare färbte er sich wahrscheinlich nicht. Und was er über die demokratische Reform sagte – das klang etwas ölig, aber es stimmte.

Doch die Partei stand noch vor einem ernsteren Problem. Giridhar hatte seine Pläne für die Wahllokalkomitees niemandem mitgeteilt; und keiner kannte sie außer ihm. Als Rishi am Nachmittag Madhu und Tripti Nachhilfe gab, hörte er, wie sich andere Mitarbeiter, auch wenn sie es nicht so unumwunden aussprachen, wegen Chiranjibis Unerfahrenheit Sorgen machten. »Wir wissen nicht mal, wer in unseren Wahllokalkomitees ist«, sagte Juddha an einem Nachbartisch. »Wie können wir denen Anweisungen geben, was sie machen sollen?«

Für Rishi schien sich damit eine Gelegenheit zu eröffnen – eine Gelegenheit, alle Lügen hinter sich zu lassen. Er dachte die ganze Nacht darüber nach, was er tun wollte: wie er sich als freier Mensch verhalten wollte. Und am nächsten Morgen händigte er Nayan Raj sein Schreibheft aus. »Das sind ein paar Notizen, die ich gemacht habe«, sagte er und beendete damit die Zusammenarbeit mit dem Schulmeister. »Ich war mit Giridhar in den Dörfern. Ich weiß, was er für die Wahllokale geplant hat.«

Rishi verbrachte den Tag mit Nayan Raj und Chiranjibi und

ging mit ihnen die Namenslisten durch. »Ram Bahadur Ale, Harka Prasad Pun, Devi Nath Parajuli, Karna Dhoj Malla«, las er aus seinem Heft vor. »Die wollten an diesem Wahllokal zehn Jungen anheuern. Am nächsten Lokal waren Lal Bahadur Thapa, Romani Regmi, Hit Man Gurung. Die wollten einhundert und ein paar Stimmen kaufen.«

»Und beim Wahllokal von Rayapur«, fragte Chiranjibi, »wer sind die Mitglieder des Rayapur-Wahllokals?«

Rishi las aus seinem Heft vor. »Bhim Nidhi Shrestha, Harihar Rawal, Jetha Thapa Magar und Kirtiman Gurung. Dieses Gebiet hat eine Mehrheit von UML-Wählern. Der Kongress hatte vor, ihnen Angst einzujagen, um sie fernzuhalten.«

»Dhor? Was ist mit Dhor?«

»Laxman Mahat, Chudamani Aryal, Keshab Pun und Shyam Prasad Adhikari. Das ist eine Kongresshochburg. Wir können mit viel Gewalt rechnen, falls es nicht danach aussieht, dass der Kongress gewinnt.«

Rishis ganze hervorragende Arbeit für die Massen. Er empfand es als eine Befreiung, seine Notizen vorzulesen. Er erwarb sich Nayan Rajs Dankbarkeit: Ab jetzt hatte er einen Gefallen gut. Aber nicht um Nayan Rajs willen hatte er diese Wahl getroffen. Nicht einmal, um sich noch näher an Binita heranzubugsieren, eigentlich nicht. Er tat es, um seine Fesseln abzuwerfen.

Am nächsten Tag versuchte er, sich davonzumachen, um den Schulmeister zu treffen und ihn wissen zu lassen, dass er ihn verraten hatte, – aber Nayan Raj und Chiranjibi hielten ihn mit Fragen zu den Notizen fest. Die beiden waren jetzt dicke Freunde und steckten über den Papieren flüsternd die Köpfe zusammen. Om beteiligte sich manchmal an ihren Beratungen, aber die anderen, jüngeren Mitglieder wurden nie hinzu gebeten. Rishi war es ohnehin lieber, nicht um Rat gefragt zu werden. In ein paar Tagen würde die Grundbesitzüberschreibung abgeschlossen sein, und er würde das Geld bekommen, das sein Vater ihm schuldete. Dann würde es nichts mehr geben, was ihn hier festhielt. Alles, was er noch von der Politik erwartete, war eine letzte Gelegenheit, mit dem Schulmeister zu sprechen, um sich zu erklären. Warum? Um sein Mitgefühl zu empfangen? Unvorstellbar. Der Ältere würde ihm sein anarchisches Verhalten niemals verzeihen.

Als es ihn an diesem Tag schließlich gelang, sich aus der Geschäftsstelle davonzustehlen, war es schon um vier.

»Er hat gestern auf Euch gewartet, er hat heute auf Euch gewartet«, sagte die Wirtin des Moonlight Hotel. »Ich hab ihm gesagt, vielleicht kommt Ihr um eins, und er hat auf Euch gewartet.« Sie deutete auf ein Bett, das neben dem Küchenherd stand. Dort schlief ihr Kind, eingewickelt in eine Flanelldecke. »Setzt Euch, Bhai. Ich mach Euch Tee.«

»Ich kann nicht.«

Die Frau kam näher. »Was ist es – ein Heft, das Ihr habt?« Sie warf ihm ein grübchentiefes Lächeln zu. »Der Schulmeister hat gesagt, das könnt Ihr bei mir lassen. Aber zuerst mach ich Euch nen heißen Tee.« Sie nahm ihn beim Arm und schob ihn auf das Bett zu. »Ich nenn den Schulmeister jetzt schon seit Jahren meinen Dai. Ihr könnt mir vertrauen. Bei mir braucht Ihr keine Angst zu haben.«

Rishi wurde klar, dass die zu enge Bluse – dieselbe wie neulich – kein Zugeständnis an die Mutterrolle war; sie war ein Angebot. Die Frau wollte einen Tauschhandel in die Wege leiten, durch den er – und sie – zu Figuren auf dem Plan des Schulmeisters geworden wären. Der oberste Haken an ihrer Bluse stand offen.

Rishi riss sich los. »Das Heft hab ich nicht mitgebracht«, sagte er.

»Dann bringts morgen mit.«

Er verließ das Hotel und dachte: Binita. Wäre sie ihm so nahe gekommen, hätte sie sich ihm so angeboten, hätte er ihr die Bluse aufgehakt.

## 48

Wenn Rishi den Teeladen betrat, versuchte Binita, ihn nicht anzusehen. Sie versuchte auch, ihn nicht anzusehen, wenn er den Laden verließ. Manchmal sah er sie an, und sie musste sich abwenden. Sie befürchtete, dass ihre Verbundenheit auffallen könnte. Wenn er Madhu und Tripti unterrichtete, schaute sie die Mädchen an, nicht Rishi. Trotzdem sah sie ihn. Sie sah, auf welche Art er ihre Base und Tochter unterrichtete, und bemerkte, wie aufmerksam er mit ihnen umging. Madhu, Tripti, Rishi. Zusammen gaben sie ein ungewohntes Bild ab. Aber kein falsches. Ein interessantes Bild. Rishi wirkte interessant. Durch die eher ungebärdigen Geräusche des Teeladens hörte sie seine gemessenen Worte, und sie hatte das Gefühl, dass er eigentlich zu ihr spreche.

Sie versuchte, sich durch Arbeit abzulenken. Pramilas Rückkehr hatte sich verzögert, und es gab viel zu tun. Vom Aufwachen bis zum Einschlafen bewegte sich Binita von einem Routinehandgriff zum nächsten. Sie konnte die Gespräche der Mitarbeiter mithören, die sich im Teeladen über die Vorgänge in der Partei unterhielten. Doch sie schenkte ihnen keine Aufmerksamkeit. Sie konzentrierte sich auf ihre eigenen Fragen.

Ein Leben voller zurückgehaltener Begierden.

Es entlastete Binita spürbar, als Pramila von dem Besuch bei ihrer Familie zurückkehrte und die Arbeit im Teeladen wiederaufnahm. »Geht und ruht Euch aus«, sagte Pramila zu ihr und band sich ein Tuch ums Haar. »Jetzt bin ich wieder da, Ihr könnt mit verschränkten Armen herumsitzen wie eine Prinzessin.«

Es ging Pramila besser als zur Dashainzeit. Ihre Brüder hätten Erkundigungen über ihren Mann angestellt, sagte sie. Sie hätten jemanden gefunden, der ihn vor zwei Jahren in einem Hotel in Lucknow gesehen haben wollte. Mithilfe von Männern, die dort als private Sicherheitskräfte arbeiteten, versuchten sie nun, ihn ausfindig zu machen. »Wahrscheinlich gibt der Knülch sein ganzes Geld für Fusel und Huren aus«, knurrte Pramila. »Weiß er denn nicht, dass ich Tag und Nacht arbeite, um seine Familie zu unterstützen – seinen Vater, seine Mutter? Kümmert ihn das gar nicht?« Sie legte die Handflächen zusammen und reckte die Arme theatralisch den Plakaten an der gegenüberliegenden Wand entgegen. »Eh, Radha-Krishna, Shiva-Parvati, gebt ihm den Verstand, auch mal an seine Familie zu denken, und nicht nur an sich selbst, seinen Fusel und seine Huren.«

Madhu und Tripti freuten sich sehr, dass sie wieder da war. »Es gibt keine Gerechtigkeit auf dieser Welt«, sagte Madhu. Das Mädchen hatte in letzter Zeit etwas von ihrer Hochnäsigkeit abgelegt. Sie sagte: »Ihr seid ohne Euren Mann besser dran. Ihr seid besser dran, wenn Ihr frei seid.« Binita war froh, dass sich das Mädchen änderte. Sie hatte einfach nicht herausfinden können, was in Madhu vorging. Es schien, dass Pramila sich ihr geschickter zu nähern wusste.

Mit Pramila im Haus konnte Binita sich wieder entspannen. Aber ihre Unruhe war zu groß, als dass sie ohne Arbeit hätte auskommen können. Sie machte sich im Teeladen zu schaffen und wartete darauf, dass Rishi kam. Und wenn er kam, musste sie ihn immer wieder ansehen. Sie wusste, dass ihr Verhalten unvorsichtig war. Manchmal versuchte sie, sich vom Teeladen fernzuhalten. Einen ganzen Tag lang schleppte sie Eimer voll Wasser von der Zapfstelle in den Hinterhof, um die Beete fürs Wintergemüse zu bewässern. Sie baute Beeteinfassungen und jätete Unkraut. Sie arbeitete Mist in den Boden ein. Aber wenn sie sich am Abend ausruhte, dachte sie an Rishis helle Augen, seine ruhigen Worte. Dann ging sie wieder in den Teeladen, um nachzusehen, ob er schon da war.

In einigen Tagen sollte wieder ein Treffen der Müttergruppe stattfinden. Auch darauf freute sie sich.

An dem Tag, für den das Treffen der Müttergruppe anberaumt worden war, ging Binita zu Thakalni-Amas Himal Lodge Restaurant Bar. Dort traf sie Laksmi an, die auf sie wartete. »Sie ist schon losgegangen«, sagte Laksmi und deutete in Richtung Küche. »Ich hab gewartet, damit Ihr und ich zusammen hingehen können.«

Sie machten sich gemeinsam auf den Weg in die Ortschaft. Binita stellte fest, dass Laksmis Verhalten ihr gegenüber sich nicht verändert hatte, trotz des Streites zwischen Giridhar und Nayan-Raj-Bhai. Ihr Haar war heute gewaschen und sauber zurückgekämmt. Doch um die Augen hatte sie dunkle Ringe. Es war offensichtlich, dass ihr Mann sie viel Kraft kostete. Beiden Frauen schien es lieber zu sein zu schweigen, während sie in den ersten Gemeindebezirk hinübergingen, der sich am aschgrauen Flachland entlangzog. Dort hatte die Müttergruppe mit dem Spendensammeln angefangen, und in ein paar Wochen wollten die Frauen damit im zweiten Gemeindebezirk weitermachen. Es würden wohl an die drei Monate vergehen, bis sie in allen Gemeindebezirken Geld gesammelt hatten.

Die Frauen waren vor einem Haus zusammengekommen, das einem alten Leutnant der Indian Gurkhas gehörte. Ganz vorne standen Hom Kumari und die Frau des Asketen, zusammen mit Thakalni-Ama. Andere Frauen traten verlegen von einem Fuß auf den anderen. Binita entdeckte die Magar-Frau, neben der sie beim ersten Treffen gesessen hatte. Sie ging auf sie zu, und Laksmi folgte ihr.

Die andere Frau erkannte Binita wieder: »Zum letzten Treffen seid Ihr nicht gekommen.« Wie damals trug sie eine Ringelblume im Haar. »Ich hab nach Euch gesucht, aber Ihr seid nicht gekommen.«

Der Leutnant saß mit verschränkten Armen in seiner Vorlaube. Die Männer des Hauses hockten in der Nähe, während die Frauen der Familie an der Haustür standen und ihr Lächeln hinter dem Phariya-Ende versteckten. Der Leutnant scherzte:

»Ich hatte gehört, dass die Mütter von Haus zu Haus gehen, und hab mich schon gefragt, wann sie wohl zu uns kommen.«

Die Frau des Asketen hob die Hände. »Die Mütter sind gekommen, Laph'tan-Sah'b! Die Mütter sind zu Eurem Haus gekommen.« Sie drehte sich zu den Frauen um und begann zu singen:

*Wie schön sie ist, unsere Mutter.*
*Wie hell und voller Kraft.*

Das war ein Gebet an die Göttin Durga, das viele kannten. Einige Frauen stimmten mit ein:

*Mit dem Löwen ihr zu Füßen.*

*Andere begannen zu klatschen.*

*Den Speer zum Kampf bereit gegen das Böse in der Welt.*

Die Gruppe schob sich geschlossen und unsicher nach vorne. Binita blieb hinten stehen, neben der Frau mit der Ringelblume im Haar. Die Frau sang mit. Laksmi klatschte. Binita klatschte mit. Noch tanzte keine der Frauen, und sie schauten sich alle nach den anderen um und hofften auf einen Wink, wie sie es anfangen sollten. Das Lächeln wirkte etwas steif auf ihren Gesichtern; es war ihnen peinlich, vor Männern aufzutreten. Laksmi drehte sich immer wieder zu Binita um, wie um nachzuschauen, ob Binita Freude an der Veranstaltung hatte und ob man das auch von ihr selbst erwartete. Ein paar der Frauen kicherten wie Schulmädchen.

Plötzlich rauschten Thakalni-Ama und die Frau des Asketen auf die Männer in der Leutnantsfamilie zu. »Die Mütter tanzen«, rief Thakalni-Ama. »Schaut, wie unsere alten Knochen tanzen!«

Der Gesang der anderen Frauen wurde lauter:

*Wie schön sie ist, unsere Mutter.*
*Wie hell und voller Kraft.*

Auch das Klatschen wurde lauter, aber sie trauten sich immer noch nicht mitzutanzen. Binita dachte an Phul Devis Worte – dass die Frauen sich rüttelten und schüttelten, als ob das irgendeiner sehen wolle. Die Frauen der Müttergruppe befürchteten, dass sie genau dieses Urteil auf sich ziehen würden: Tanzen schickte sich nicht für sie. Binita hätte nie in der Öffentlichkeit getanzt, unter den Augen der ganzen Ortschaft.

Thakalni-Ama und die Frau des Asketen bewegten sich eine Weile zu dem frommen Lied. Dann unterbrach sie jemand mit einem anderen, gefälligeren Lied: einer seelenvollen Wehklage über verlorenes Liebesglück. Dieses bange Rufen einer verlassenen Geliebten lockte Hom Kumari und ein paar weitere Frauen aus der Reserve, und sie begannen ebenfalls zu tanzen.

Inzwischen war Pramila zur Versammlung hinzugestoßen. Als das Klagelied endete, trat sie vor. »Ich hab ein Lied.« Sie stemmte die Hände in die Hüften. »Eh«, begann sie. Dann stimmte sie den Nummer-eins-Hit aus dem Radio an:

*Ich, ich bin ein Junge aus dem Flachland,*
*ein Junge aus dem Flachland.*

Die anderen Frauen lachten.

»Du bist kein Junge«, rief die Frau neben Binita.

Pramila strich sich über ihren eingebildeten Schnurrbart. »Ho ja, ich bin ein Junge.« Frivol zwinkerte sie der Frau zu:

*Ich, ich bin ein Junge aus dem Flachland,*
*ein Junge aus dem Flachland.*

*Eh, junges Mädchen, willst du mit mir durchbrennen?*
*Fahrn wir in einem Taxi davon!*

»Ho, was für ein hübscher Mann!« Die Frau trat vor. Ohne eine Spur von Verlegenheit erwiderte sie:

*Du, du bist ein Junge aus dem Flachland,*
*ein Junge aus dem Flachland.*
*Für dich selbst verdienst du kaum genug, für mich erst*
*recht nicht.*
*Mit dir fahr ich nicht im Taxi davon.*

Andere Frauen begannen, sich hinter Pramila zusammenzuscharen, und sangen ihre Strophe mit:

*Ich, ich bin aus dem Bazar,*
*doch du bist aus den Hügeln.*
*Eh, junges Mädchen, wie schön du bist!*
*Fahrn wir in einem Taxi davon!*

Eine andere Gruppe erwiderte im Chor:

*Du, du bist ein Junge aus dem Flachland,*
*ein Junge aus dem Flachland.*
*Wie kann ein Hügelmädchen einem Jungen wie dir trauen?*
*Mit dir fahr ich nicht im Taxi davon.*

Als das Duett zu Ende war, gab der Leutnant ihnen zweihundert Rupien.

Die Frauen lachten vor Freude über ihren verrückten Erfolg und gingen zum Nachbarhaus. Hier tanzten Pramila und ein paar andere Frauen zu einem Lied über eine unreife Jackfrucht. Der Haushaltsvorstand sah den Tänzerinnen in förmlicher Habachtstellung zu. »Ihr müsst Euch weiterhin organisieren«, sagte er, als er Hom Kumari die Spende seiner Familie überreichte. »Ihr müsst tun, was Ihr könnt, um die Frauen zu entwickeln.«

Die Frauen gingen von Haus zu Haus, sangen, klatschten, tanzten, ersuchten jede Familie um Hilfe für Akala-Mais Schrein und zählten fröhlich, wie viel die Leute spendeten. Schließlich verloren sie ihre Hemmungen. Jüngere und ältere Frauen tanzten gemeinsam; statt frommer Lieder stimmten sie Liebeslieder und Wechselgesänge an. Einmal tanzten Hom Kumari und die Frau mit der Ringelblume im Haar miteinander. Binita sah, wie Laksmi bei diesem Anblick auflachte.

Binita fragte sie, wer die Frau sei. »Ich hab mit ihr geredet, aber ich weiß nicht, wer sie ist.«

Laksmi sah Binita in die Augen. »Das ist Lalita, die jüngere Frau vom Subinspektor. Hom Kumari und Lalita: seine beiden Frauen tanzen miteinander.«

Binita wandte den Kopf, um ihnen weiter zuzusehen, und dachte daran, dass Hom Kumari versucht hatte, die zweite Ehe für ungültig erklären zu lassen. Wer soll mich nehmen, jetzt, wo ich schon von einem Mann benutzt worden bin? Alle wissen, dass Euer Mann eine Ehefrau aus mir gemacht hat. Lange konnte das nicht her sein. Und jetzt waren die beiden Ehefrauen zusammen hier und tanzten miteinander. Hom Kumari schwitzte, weil es sie solche Anstrengung kostete, den prallen Leib in Bewegung zu halten. Lalita war weniger üppig gebaut, aber ungezwungener in den Bewegungen. Als Lalita die Arme hob, sah Binita unter dem Rückenteil ihrer Bluse eine lange, gelbliche Verfärbung hervorscheinen – einen alten Bluterguss.

»Wie diese alten Knochen sich bewegen können«, rief die Frau des Asketen und gesellte sich zu den jüngeren Frauen. »Wie sie sich schwingen können im Dienste von Akala-Mai.«

Lalita lachte. »Was für fromme Weiber wir sind.« Ihre Respektlosigkeit gefiel Binita. »Wir opfern unsere Zeit, Kraft und unsern guten Ruf für Akala-Mai.«

»Das ist alles für Akala-Mai«, sagte die Frau des Asketen, der die Ironie entgangen war.

Als Lalita mit dem Tanzen aufhörte, kam sie wieder zu Binita zurück. Sie konnte nicht älter sein als fünfundzwanzig oder sechsundzwanzig, vermutete Binita. Ihr Gesicht war erhitzt, und mit der Ringelblume im Haar sah sie beeindruckend aus.

»Was sind wir doch fromm, oder?«, sagte Binita zu ihr.

»Fromm wie Priester, die Rituale gegen Bezahlung durchführen«, sagte Lalita.

Sie lachten miteinander.

»Was?« Laksmi drehte sich begierig zu ihnen um. »Was?«

»Frauen sind fromm«, sagte Lalita.

Laksmi lächelte unsicher und beäugte die beiden.

Dann rief Lalita der Gruppe zu: »Zähln wir unser Geld, schaun wir, wie viel wir verdient haben!« Sie entfernte sich von Binita, und Laksmi folgte ihr.

Binita ergriff diese Gelegenheit und ging. Es war nach zehn, und sie musste zum Teeladen zurück, um Madhu bei der Morgenmahlzeit zu helfen. Pramila hatte ihren Spaß, und Binita störte sie nicht dabei. Sie verabschiedete sich auch von niemandem. Die Gruppe wollte sich jede Woche treffen. Sie würde zu den Treffen hingehen. Jetzt war sie froh, dass sie sich der Gruppe angeschlossen hatte. Sie mochte Lalita. Vielleicht würden sie Freunde werden. Sie dachte an den gelblich verfärbten Bluterguss unter ihrer Bluse. Das hartverdiente Lachen der Frauen: War das nicht genug Veränderung in ihrem Leben?

Sie fühlte sich leichter als sonst, während sie durch das Südviertel nach Hause ging. Obwohl sie nicht mitgetanzt hatte, hatte sie das Gefühl, etwas Draufgängerisches, wenn nicht Schamloses getan zu haben. Sie konnte die Rufe der Mütter noch hören, als sie zwischen den strohgedeckten Bambushütten der landlosen Siedler hindurchging. Bald kam sie an einer Reihe von Braubuden vorbei. In diesen Teil der Stadt ging Binita sonst nie, hier hatten sich Zugewanderte aus anderen Distrikten angesiedelt. Wahrscheinlich kannten sie Binita nicht, und Binita kannte sie nicht. Aus einem strohgedeckten Teeladen drang das ungehemmte Lachen einer Frau herüber. Ein Mann sagte etwas. Auf dem Pfad lungerten ein paar Jugendliche herum, die darauf zu warten schienen, dass das Leben losging.

Binita folgte dem Pfad ins Innere des Viertels. Danach kam eine Weggabelung: Sie konnte entweder zur Fernstraße hinaufgehen oder dem Pfad folgen, der am Landwirtschaftsamt vorbeiführte. Sie wollte gerade auf den Pfad abbiegen, als sie Rishi entdeckte.

Er saß mit dem Rücken zu ihr im Vorderraum eines Hotels, neben einem großen Mann mit aufrechter Haltung und borstigem Silberhaar. Diesen Mann erkannte Binita sofort: der alte Schulmeister von Khaireni Tar, berüchtigt für seinen lebenslangen Einsatz als Kommunist. Er war der Sekretär des UML-Distriktkomitees.

Sie blieb stehen, um den Anblick auf sich wirken zu lassen. Irrte sie sich? Nein. Rishi und der Schulmeister saßen so eng beieinander, dass ihre Flanken sich berührten. Die Gesichter konnte Binita nicht sehen, konnte nicht sehen, ob sie miteinander sprachen oder nicht. Rishi schaute auf seine Hände hinunter und hörte dem anderen Mann zu. In der gleichen Haltung saß er oft in ihrem Teeladen, wenn er Radio hörte. Binita blieb noch eine Weile stehen und beobachtete die beiden Männer, die einträchtig nebeneinander saßen. Ihre Verbundenheit war nicht zu übersehen. Dann bog Binita in den Pfad ein, der am Landwirtschaftsamt vorbeiführte.

Überraschend war sie nicht, die Täuschung.

All die unzuverlässigen Männer: Gespenster von veränderlicher Gestalt. Rishi hatte die Partei ihres Schwagers ausspioniert. *Eine neue Sorte Mensch kämpft darum, geboren zu werden. Ein freier Mensch* … Hatte er auch sie getäuscht? Indem er sich ihr öffnete; indem er geduldig abwartete, dass auch sie sich ihm öffnete? Indem er sich Zeit ließ und ihr alle Entscheidungsgewalt gab? War er ihr nicht aufrichtig begegnet? Rishis papierne Haut, die Zartheit seines Knochenbaus. Seine Einsamkeit, die an Hochmut grenzte. Seine trockenen Lippen. Sie war sich sicher, dass sie ihn kannte.

Als sie das andere Ende des Landwirtschaftsamtes erreichte, drehte sie sich um und sah noch einmal hin. Rishi war aufgestanden und schaute in ihre Richtung. Er war zu weit weg, als dass Binita hätte erkennen können, ob er sie gesehen hatte, aber seine Körperhaltung wirkte plötzlich wachsam und angespannt. Binita blieb stehen. Es versetzte sie in unbehagliche Erregung, dass sie nun ein Mitwisser in Rishis Verschwörung war.

Was sollte sie mit ihrer Entdeckung anfangen? Sie ging weiter und verließ den Pfad, der am Landwirtschaftsamt vorbeiführte. Als sie den Rand des Bazars erreichte, sah sie sich die Gesellschaft an, die ihr ihre mageren Freuden zuteilte. Ein paar Männer hatten sich um den Stand des Uhrmachers versammelt und sahen ihm beim Arbeiten zu. Andere standen in Ladentüren beisammen und tratschten. Weiter hinten das Gewimmel der Bushaltestelle. Die Männer schienen den ganzen Bazar für sich erobert zu haben.

Dann sah Binita ihren Schwager aus der Geschäftsstelle der Volkspartei treten, die auf der anderen Seite der Fernstraße lag. Vor dem Gebäude wimmelte es von Leuten, aber hoch gewachsen, wie er war, stach Nayan-Raj-Bhai aus dem Pulk heraus. Er machte sich auf den Weg zu Binitas Teeladen, um die Morgenmahlzeit einzunehmen.

*Ein freier Mensch.* Binita ging nach Hause und tarnte sich wieder als die Binita-Bhauju von Nayan Raj.

# 49

Es war so weit, und er brauchte eine Antwort. Eine Antwort auf die Frage: Wohin ging es mit ihm? Rishi stürmte in Binitas Teeladen und dachte, es sei so weit. Ein Raum voller wachsamer Männer. Binita stand am Herd, mit dem Rücken zum Raum. Als er sie vom Moonlight Hotel aus sah, hatte sie ihm etwas mitgeteilt: Ich habe dich erkannt. Er hatte sich vom Schulmeister verabschiedet und war ihr gefolgt, allerdings zu spät. Sie musste gerade erst angekommen sein.

Rishi setzte sich an einen Tisch beim Tresen. Om, der den Tisch in Beschlag genommen hatte, redete mit den Männern am Nachbartisch. Als Rishi sich setzte drehte Om sich zu ihm um und begann langatmig und wortreich zu reden, wie es seine Art war. »Oho, Rishi-Bhai. Kommt, setzt Euch. Ihr seht hungrig aus. Es war alles so hektisch. Wir waren alle so beschäftigt, dass wir zu essen vergessen haben. Wir alle arbeiten als Einheit, wir alle sind eine Familie – und damit meine ich nicht bloß die Parteimitglieder. Wir, wir alle – die Ortschaft. Wir gehören zur weitläufigen und verflochtenen Familie der Menschheit, stimmt das nicht?«

Rishi konnte sich kaum dazu bringen, ihm zuzuhören. Er ließ den Blick durch den Raum schweifen. Die Phariya, die sie heute trug, hatte ein Muster aus schwarzen und weißen Dreiecken.

»Es ist unsere Pflicht, uns gegenseitig Liebe entgegenzubringen«, sagte Om, warum auch immer. »Natürlich ist das schwierig. Liebe ist nicht einfach, Liebe macht Arbeit.«

Woran dachte Binita, mit dem Rücken zu ihm? Würde sie ihrem Schwager erzählen, was sie gesehen hatte? Hatte sie es ihm schon erzählt? Oder würde sie sein Geheimnis hüten? Und würden sie sich treffen, heimlich treffen?

»Denkt Ihr, ich bin da unvernünftig, Rishi-Bhai?«, fragte

Om. Er sprach nicht weiter, sondern wartete auf eine Antwort, also zuckte Rishi mit den Schultern. Binitas Haltung hatte etwas Entschlossenes. Om sagte: »Manchmal frag ich mich, obs an mir liegt. Aber rührt nicht gerade die Sittlichkeit des Menschen aus seiner Liebesfähigkeit her? Wir leben in einem so harten Land. Unser Boden – den müssen wir nähren. Wir müssen die Armen lieben, die Unglücklichen. Wir müssen Freunde lieben, die in Not sind. Aber –«

Rishi hatte jetzt keine Geduld für solche überschwänglichen Gefühlsduseleien und schaute wieder zu Binita hinüber. Ein Zeichen: Binita stand einfach da, am Herd; sie richtete nicht seinen Teller her. Versuchte sie, Zeit zu schinden?

Unterdessen fuhr Om fort: »Aber was Giridhar-Dai der Partei angetan hat. Ts. Wir konnte er? Wo ist das Herz? Wenn ein Mensch Liebe nur nehmen kann, aber keine zurückgeben kann – was nützt das? Eigentlich tut er mir leid.«

Binita wollte Zeit schinden.

Om schien endlich mitzubekommen, dass Rishi ihm gar nicht zuhörte. Er folgte Rishis Blick zu Binita. »Vielleicht ist der Reis alle«, legte er taktvoll nahe. »Ich bin sicher, dass Binita-Bhauju noch welchen für Euch kocht.«

Rishi schoss das Blut ins Gesicht, weil er in seinem Begehren ertappt worden war.

Om schien seine Verlegenheit nicht zu bemerken. Liebenswürdig sagte er: »Sie ist ein Segen für die Partei, die Binita-Bhauju. Durch ihr hervorragendes Essen fühlen wir uns alle wie zu Hause. Wie sie diese ganzen Monate lang Hunderte von Mitarbeitern verköstigt hat: Die Partei hat ihr viel zu verdanken.«

Rishi sah, dass Om mit dem Essen fertig war und auf den richtigen Augenblick wartete, um aufzustehen und sich die Hände zu waschen. An einem anderen Tisch hatten auch Nayan Raj und Chiranjibi die Mahlzeit beendet und standen nun auf. Binita drehte sich um, als sie das Schaben der Bänke hörte.

Ihr erster Blick galt Rishi. Ihre Augen wirkten ruhig. Sie wartete auf eine Gelegenheit, mit ihm zu reden.

Rishi sagte: »Wascht Euch ruhig die Hände, Om-Dai. Ihr braucht nicht auf mich zu warten.«

Om blickte von Rishi zu Binita, dann wieder zu Rishi und schaute schließlich diskret zur Seite. »Seid Ihr sicher, Bhai? Wenn es Euch also nichts ausmacht, dann geh ich Hände waschen.«

»Ja, natürlich.«

Als er allein am Tisch war, hatte Rishi Mühe still zu sitzen. Der Raum kam ihm plötzlich kalt vor. Jetzt ließ sich der Winter endgültig in der Ortschaft nieder, und die lange Trockenzeit hatte angefangen. Diese Kälte wollte Rishi jetzt spüren. Er zog die blaue Strickjacke aus und legte sie auf die Bank. In Kathmandu herrschte zu dieser Jahreszeit Eiseskälte. Er dachte an das Zimmer zurück, das er dort zuletzt bewohnt hatte. Das Bett, der Tisch, der dunkle Zementboden, enge Flure als Zu- und Ausgang. Orte, an denen es nicht auf ihn angekommen war. Jetzt zogen sich ihm die Schultern vor Kälte zusammen. Um ihn herum wurden die Mitarbeiter einer nach dem anderen mit dem Essen fertig und verließen den Teeladen. Die Verbleibenden tauschten aus, was an Tratsch über Giridhar noch übrig war. Rishi gab sich keine Mühe, dem Gespräch zu folgen. Binita stand immer noch am Herd. Er versuchte, sich hart zu machen gegen das Zittern der kalten Knochen.

Und dann, im Stimmengewirr, das den Raum erfüllte, während die verbleibenden Mitarbeiter sich unterhielten, kam Binita zu ihm. Ohne ihn anzusehen, ohne ein Wort zu sagen, stellte sie ihm Reis, Daal, Gemüse und Pickles hin. Sie war nur eine Armlänge entfernt. Sie hatte auf ihn gewartet. Auch das war eine Form von Vertrautheit. Die schwarzen und weißen Dreiecke auf ihrer Phariya standen still. Im selben Augenblick, in dem sich entschied, ob er ihr Vertrauen endgültig verloren hatte, wusste Rishi, dass ihm ohne sie kein neues Leben gelingen würde.

»Das Beste ist, Ihr geht.« Wort für Wort fügte sich das Bild zusammen.

Rishi sagte: »Ja.« Blitzartig begriff er. Sie hatte ihn geschützt. Sie würde niemandem etwas erzählen. Sie würde ihn nicht verraten; aber auch ihren Schwager wollte sie nicht verraten. Wenn Rishi fortging, wäre der Gerechtigkeit Genüge getan. Sie hatte die Sache durchdacht. Sie hatte ihm einen Ausweg eröffnet. Sie stand da, schwarze und weiße Dreiecke, eine Armlänge von ihm entfernt.

Die beiden waren von Leuten umgeben, aber niemand schenkte ihnen die geringste Beachtung. In dem kleinen, intimen Raum, der sich mitten im Pulk auftat, sagte Rishi: »Und wenn ich nach der Wahl zurückkomme und beweise, dass ich keine Täuschung begangen habe?«

Binita sah ihn eindringlich an.

»Vertraut Ihr mir dann?«, fragte Rishi. »Kommt Ihr dann mit nach Kathmandu? Ihr, ich, Tripti – Madhu. Wollt Ihr mich heiraten, wollt Ihr mir Euer Leben schenken?«

Binita blieb vollkommen regungslos und sah ihn an.

»Oder wollt Ihr der Welt weiter die Binita-Bhauju vorspielen?«

Binita blickte zum Küchentresen hinüber, zu Madhu. Tripti war in der Schule. Unmöglich, Binitas Gedanken zu lesen. Dann sah sie ihn wieder an und begegnete ruhig seinem Blick. Sie sagte: »Seid Ihr zu Euch selbst aufrichtig gewesen?«

»Ich war aufrichtig zu Euch.«

»Ihr werdet Euch ehrlich zeigen?«

»Ich werde mich Euch zeigen.«

Dann sah Binita wieder zu Madhu hinüber.

Rishi sagte: »Ich komm in einem Monat.«

»Zwei Monate.« Binita hatte die Sache durchdacht. Sie sah wieder Rishi an, bedächtig und ernsthaft, und so verschworen sie sich mitten im Teeladen zu ihrem zukünftigen Glück.

Rishi erklärte sich einverstanden. »Ich komm in zwei Monaten.«

Binita senkte den Blick, und dann gerieten die schwarzen und weißen Dreiecke auf ihrer Phariya in Bewegung, als sie davonging.

Rishi beugte den Kopf vor und aß zum letzten Mal vom Mansuri-Reis der nördlichen Hügel. Er war bereit, seine Kindheit hinter sich zu lassen, und mit ihr die Rolle als Beschützer seiner Mutter, seine dürre Schulzeit, seine romantischen Jugendtage in der kommunistischen Partei, seine junge, unbesonnene Liebe, sein trotziges Erwachsenenleben, sein Heimweh nach dem Schulmeister. Er würde allen Papierkram im Distriktzentrum abschließen, dann nach Hause gehen und sich die fünfundzwanzigtausend Rupien holen, die ihm sein Vater schuldete. Und dann –

Würde es nur noch die unentwegt fortschreitende Gegenwart geben. Keine Sehnsucht mehr nach dem, was vergangen war.

## 50

In jüngster Zeit hatte sich eine Idee in Madhus Kopf festgesetzt: Sie musste den Khadka-Jungen finden und ihm sagen, dass sie ihn heiraten wolle. Ho. Na gut, alle Männer waren Nichtsnutze, und er war ein hässlicher Junge. Aber er hatte gute Aussichten. Und seine Freiheit – die musste sie haben. Ein Ehemann – jedem Mädchen ging irgendwann mal einer in die Falle. Wo war da heutzutage das Problem? Auch sie musste einen Ehemann finden und sich auf ihm ein freies Leben aufbauen.

Die Pillen, die sie beim Doktor-Sah'b gekauft hatte, hatten ihren Fuß wieder in Ordnung gebracht und gaben ihr Kraft; schnell wie der Wind konnte sie über die Fernstraße und in den Ortskern laufen. In den vergangenen Monaten hatte ihr Gesicht ein wenig von seinem Vollmondglanz eingebüßt, aber nach wie vor mangelte es Madhu nicht an Reizen. Nach wie vor errötete ihr Körper in Rosentönen – und hatte sie denn keinen Leberfleck am Kinn? Sie trug nun oft ihren besten Kurta-Sural und kämmte sich das Haar zu einem Linksscheitel, weil ihr der am besten stand. Sie hatte festgestellt, dass man als Mädchen gut aussehen musste, wenn man einen Jungen abkriegen wollte.

Jeden Tag streifte sie durch die Vordergassen der Ortschaft, und stets war ihr Ziel Om Gurungs gelbes Haus mit den Stuck-Ananas. Sie musste diesen Jungen finden. Es gab unzählige Wege, die er zur Arbeit nehmen konnte; sie suchte sie alle ab, in der Hoffnung, ihn zu treffen. Und während sie so herumstreifte, sah sie Dinge, die sie in einer sonderbaren Mischung aus Verwunderung und Bitterkeit gefangen nahmen.

Sieh mal: Eine Gruppe von Mädchen ging an ihr vorbei und sang ein Lied, das sich wie ein Liebesduett anhörte, in Wirklichkeit aber um Wahlstimmen warb:

*Erdbeben, Hungersnöte, Bergrutsche, Fluten.*
*Wählt die Sonne, wir beenden dies Schwitzen und Bluten.*

Eines der Mädchen hatte kurz geschnittenes Haar und trug Hosen wie ein Junge.

Madhu ärgerte sich.

Sie musste diesen hässlichen Jungen finden.

»Wo ist Harsha Bahadur Khadka, Sohn von Krishna Bahadur Khadka?« Diese Frage richtete sie mit großem Mut an den blinden Krämer Shankar. Shankar drehte sich nach ihr um, und sein Blick kam auf einem Punkt hinter Madhu zu liegen. Sie wiederholte: »Harsha Bahadur Khadka, Sohn von Krishna Bahadur Khadka.«

Der Krämer starrte weiter an ihr vorbei. »Wofür ist das?«

»Ich muss mit ihm über was reden.«

»Über?«

Madhu schoss das Blut ins Gesicht. »Halt was.«

»Und du bist?«

Plötzlich überkam sie die panische Angst, dass er vielleicht gar nicht blind sei. Vielleicht konnte er sie sehen!

»Und du bist?«, wiederholte er.

»Niemand.« Ein Mädchen auf der Suche nach einem Jungen –. »Denkt nicht weiter drüber nach«, sagte Madhu und floh nach Hause.

Aber sie kam jeden Tag zurück und setzte sich in eine geschützte Nische beim Uhrmacherstand, von wo sie nach dem hässlichen Jungen Ausschau hielt. Mit jedem Mal, das sie in den Bazar kam, wuchs ihre Verbitterung. Man hatte sie um so vieles betrogen. Insbesondere über die moderneren Frauen ärgerte sie sich. Die marschierten auf der Straße herum und machten sich überhaupt keine Gedanken darüber, wie komisch sie aussahen oder was die Leute über sie sagen könnten. Madhu starrte sie unablässig an. Es gab eine Frau in einem billigen Teeladen, die lächelte die Männer an, wenn sie sie bediente. Eine andere Frau saß, einen Säugling im Tragetuch auf dem Rücken, in einer Vorlaube und las in einer Zeitschrift. Eine Verkäuferin war ganz alleine im Laden. Eine ihrer Kundinnen – auch sie ein unverheiratetes Mädchen – redete ohne das geringste Schamgefühl mit einem Jungen, der neben ihr in der Schlange stand. Keiner schien solches Benehmen ungewöhnlich zu finden. Die Bazarluft war so frei.

Nachdem sie mehrere Stunden im Bazar verbracht hatte, fragte sie den Uhrmacher: »Wie viel Uhr ist es, Dai?«, und auch ohne seine Antwort wusste sie, dass es Zeit war, dem allen zu entfliehen, für heute.

# eine eine eine eine stimme

## 51

Am Nachmittag des letzten Tages vor der Wahl, als Harsha Bahadur sich nach getaner Arbeit auf dem Heimweg befand, trat sein maoistischer Vetter aus einem Maulbeerstrauch hervor und führte ihn in eine Seitengasse. Dort überbrachte er ihm eine erstaunliche Nachricht von gänzlich unmaoistischer Spielart: Sani laufe durch den Ort und suche nach ihm.

Mit einem Mal entfleuchte der Atem aus Harsha Bahadurs Körper. Er stammelte: »Sa-Sa-Sa-Sani?«

»Inzwischen nennt sie sich Madhu.«

Sani. Ihr Gesicht leuchtend wie der Mond in einer Sommernacht. Der wohlplacierte Leberfleck am Kinn. Ihre Sittsamkeit, ihre Anmut, ihre Vollkommenheit. Seine Liebe. Sani suchte nach ihm. Benommen fragte er: »Habt Ihr mit ihr geredet?«

»Mit ihr geredet?«, spottete sein Vetter. Mit jedem Mal, das Harsha Bahadur ihm begegnete, sah er heldenhafter aus. Auch heute trug er wieder einen Tarnanzug, und sein spärlicher Bart war gestriegelt und gekämmt. Er sagte: »Ein Mädchen, dessen einziges Ziel es ist, sich eintauschen zu lassen wie eine Kuh? Nein, mit der hab ich nicht geredet.« Er wandte das Gesicht für eine Weile zum Himmel, und Harsha Bahadur machte sich darauf gefasst, dass der Maoismus schimpfend aus ihm hervorbräche. Doch stattdessen sah ihn sein Vetter mit funkelnden Augen an. »Ich hätte dir das nicht sagen müssen, weißt du.«

Harsha Bahadur senkte den Kopf. »Ich weiß, dass Ihr sie noch nie gemocht habt, Dai.«

Seines Vetters Bart bebte, als er sagte: »Das tu ich alles nur, weil ich dich liebe, du dummer Bürgerjunge.«

»Ich weiß, dass Ihr mich liebt, Dai.«

»Liebe!« Sein Vetter zog ein höhnisches Gesicht. »Eine imperialistisch-spekulantenkapitalistisch-bürgerliche Verschwendung menschlicher Lebenszeit ist das, die Liebe. Man muss sich dem Guerillakrieg verschreiben.« Erneut wandte er sich gen Himmel. »Die Revolution braucht Krieger, nicht Liebhaber. Die Revolution braucht Denker, nicht Fühler. Wie sollen die Arbeiter und Bauern jemals befreit werden, wenn ihre Krieger mit Lieben beschäftigt sind?« Dann seufzte er und schaute wieder Harsha Bahadur an, und sein Gesicht wirkte dabei weich wie das eines enttäuschten Kindes. »Aber es ist zu spät, Bruder: Ich liebe dich und muss feststellen, dass ich bereit bin, alles für dich zu tun.«

Harsha Bahadur war gerührt. Sein Vetter liebte ihn wirklich. Trotz der Arbeit, die er unter der Erde zu tun hatte, tauchte sein Vetter auf, wenn Harsha Bahadur Gesellschaft brauchte, hatte ihm Mut gemacht, mit ihm geredet, ihn ermuntert, seinen Erzählungen gelauscht, ihm Rat gespendet und ihn in die Gepflogenheiten des Bazars eingeführt. Er war wahrhaft mehr als ein Vetter zweiten Grades – er war ein Freund. Harsha Bahadur sagte: »Ich liebe Euch auch, Dai.«

Der Vetter grunzte. »Morgen nehm ich dich mit, um sie zu treffen«, sagte er. »Komm morgens hierher, ich bring dich zu ihr.«

Die ganze Welt wankte und wirbelte um Harsha Bahadur. »Mich zu ihr bringen?«, quiekte er.

»Ich bring dich zu ihr.«

Nein, er durfte nicht einmal davon träumen, Sani weiter zu

begehren. »Aber die Geschäftsstelle«, protestierte Harsha Bahadur. »Es ist meine Pflicht, die Geschäftsstelle zu bewachen, wenn alle anderen am Wahllokal sind.«

Sein Vetter lächelte zum allerersten Mal, solange Harsha Bahadur sich erinnern konnte. Er sah sehr nett aus, wenn er lächelte. Er sagte: »In Läden, in Häusern hat sie gefragt: Wo ist Harsha Bahadur Khadka? Meiner Meinung nach, Bruder, steht dein bürgerlicher Traum, ein glücklicher Ehemann, Vater und Großvater zu sein, kurz davor, wahr zu werden. Und ich kann dir dein Glück nun mal nicht vorenthalten, so konterrevolutionär und reformistisch es auch sein mag. Du bist ein Lumpenproletariat; es mangelt dir schwer an Bewusstsein, und ohne bewaffneten Kampf kannst du nicht gebessert werden. Also.« Er legte einen Arm um Harsha Bahadur. »Ich bewache die Geschäftsstelle für dich. So weich im Herz bin ich für dich geworden. Jetzt geh. Komm morgen früh hierher, ich bring dich zu ihr.«

Dann, von einem Augenblick auf den anderen, verschwand er in einem Maulbeerstrauch.

Harsha Bahadur stand neben dem Strauch, zitterte und bebte und vergrub das Gesicht in den Händen. Wie das? Das ferne Gestirn über seinem dunklen Leben mit einem Leberfleck am Kinn das makellos war und das er liebte aber das wie er dachte ihn nicht liebte fragte jetzt namentlich nach ihm damit es ihn auf freie und faire Weise wählen konnte so wie alle Wahlen getroffen werden mussten wenn sie wahrhaft demokratisch genannt werden können sollten laut dem Kinohelden Nayan Raj für dessen Teetassenpartei er als Volksparteilakai arbeitete. Sani ihn wählen? Ohne dass er um ihre Stimme gekämpft hatte? Wie das?

Wahre Liebe. Er erschauderte. Harsha Bahadur dachte an seine Mutter, die aus lauter Liebe ihr Leben hingegeben hatte, als sie ihn zur Welt brachte. Er dachte an seinen Vater, der vielleicht nicht einmal sein Vater war und der mit seiner Liebe so geizte wie ein Stein, den man auswrang, mit seinem Wasser. Seine Mita-Eltern hatten ihm Liebe gespendet, die so nahrhaft war wie Milch für ein hungerndes Kind. Ihre Zuneigung hatte ihm Kraft gegeben – aber war er bereit dafür, die Liebe in den flüssigen Absonderungen tief in seinem Innern aufzunehmen, war er bereit dafür, wahre Liebe durch seine Seele wehen zu lassen? Sein Herz schlug unregelmäßig. Doch seine Körperwärme war konstant, und die festen Hohlräume in ihm waren jetzt vielleicht zur Liebe fähig. Nachdem er sich so viele Monate lang an der Liebe seiner Mita-Eltern gelabt hatte, gab es jetzt vielleicht einen Ort in seinem Körper, der beständig genug war, um Sani zu empfangen.

Er zitterte heftig. Er musste stark sein. Er wusste, was er tun musste.

Er ging am Bar-Pipal-Baum vorbei und hielt geradewegs auf den Arzneiladen zu, wo er schon viele viele Male gewesen war.

Dort sah er dem mürrischen Doktor-Sah'b unverwandt in die Augen. »Gebt mir Medizin«, sagte er. »Ich hab was zu tun, für das ich Kapseln über Kapseln voll Kraft brauche.«

Der Doktor-Sah'b machte wie üblich ein unglückliches Gesicht. »Ein Leben lang Hunger Unterernährung und Krankheit«, sagte er. »Und du willst eine Heilung über Nacht. Du willst Kraft.« Er ließ den Blick abschätzig über Harsha Bahadurs mageren Körper gleiten. »Du musst essen. Fleisch Gemüse Reis Milch. Das hab ich dir schon oft gesagt es gilt Vorsorge nicht Heilung was nützts ich hab schon zu viel Geld an dir verdient ich kann nicht mehr ein Mann wie ich hat auch seine Skrupel. Nein ich verkauf dir keine Medizin mehr.«

»Was?« Harsha Bahadur blinzelte erschrocken.

Der Doktor-Sah'b schien überrascht von seinen eigenen Worten. Er starrte verwirrt zurück.

Doch Harsha Bahadur war entschlossen zu bekommen, was er brauchte. Er holte all sein Geld hervor und klatschte es auf den Tresen. »Ich zahl Euch all das hier«, sagte er.

Der Doktor-Sah'b hob die Augenbrauen. Aber er schüttelte den Kopf. »Kommst alle zwei Wochen verlangst Arzneimittel Vitamine Nahrungsergänzungsmittel du wirst arm werden in all den Jahren die ich auf dem Gebiet der Volksgesundheit arbeite hab ich noch nie einen Jungen gesehen der so viel für Arzneimittel ausgibt was nützts was nützts Vorsorgemaßnahmen brauchst du ein Mann wie ich hat auch seine Skrupel ich geb dir heute keine einzige Kapsel.«

»Was?«

Harsha Bahadur wedelte mit den Händen panisch in Richtung der staubigen Regale, die voll gestopft waren mit Flaschen, Pillen, Verbandszeug und Tränken – allesamt unerreichbar für ihn. »Aber ich kanns bezahlen, ich kann zahlen, so viel Ihr wollt!«

Der Doktor-Sah'b beäugte Harsha Bahadurs Geld. Dann sagte er: »Was nützts was nützts was nützts.« Und zu Harsha Bahadurs großer Erleichterung stand er auf und holte eine blassgrüne Schachtel heraus.

»Glukosepulver«, sagte der Doktor-Sah'b und stellte die Schachtel auf den Tresen. »Umsonst. Nimm so viele Löffel davon wie du willst in Wasser aufgelöst dann hast du alle Energie die du brauchst. Also ein Mann wie ich hat auch seine Skrupel ich geb dir keine einzige Kapsel aber Glukose kannst du umsonst haben.«

Harsha Bahadur griff nach der blassgrünen Schachtel. Er wollte dem Doktor-Sah'b sagen, was für ein lieber Mensch er sei, aber der alte Mann machte ein säuerliches Gesicht und winkte ihn fort. »Es nützt nichts es nützt nichts geh weg.«

Glukosewasser: Harsha Bahadur wusste, dass er es gebrauchen konnte.

Früh am nächsten Morgen, am Wahltag, nachdem er vier Gläser Glukosewasser getrunken hatte, begab sich Harsha Bahadur zum erstbesten Maulbeerstrauch, den er finden konnte. »Dai«, rief er. »Seid Ihr da? Ich bin gekommen, wie Ihrs mir gesagt habt. Seid Ihr da?«

Und sein Vetter trat aus dem Strauch hervor.

Wortlos führte er Harsha Bahadur durch Schleichwege, die schließlich auf die andere Seite der Fernstraße führten.

Er trug den gleichen Tarnanzug wie gestern, aber er wirkte wie ausgetauscht. Er sagte nicht ein einziges Wort zu Harsha Bahadur, und er umklammerte ein Tragenetz, als fürchte er, dass er es verlieren könnte. Sein Bart war heute unordentlich. Als sie die Parteigeschäftsstelle erreichten, machte er ein Handzeichen. »Mach auf, Mula«, zischte er. Er achtete darauf, dass sein Gesicht zur Wand zeigte.

»Hier ist keiner«, sagte Harsha Bahadur, um ihn zu beruhigen. »Die Tür wäre nicht abgeschlossen, wenn der Parteifahrer noch drinnen wäre. Einer von den Mitarbeitern, Rishi Lamsal, hat hier übernachtet, aber er ist vor ein paar Tagen abgefahren. Die anderen Mitarbeiter wohnen alle bei sich zu Hause. Hier ist keiner, Dai«, sagte er.

»Mach die Tür auf, Mula. Wir müssen schnell machen, kapierst du das nicht?«

Die Glukose hatte Harsha Bahadur nervös gemacht. Seine Hände zitterten, und es schien ihm nicht gelingen zu wollen, den Schlüssel ins Schloss zu stecken.

»Rasch, rasch«, sagte sein Vetter.

»Ich versuchs ja, Dai.«

Nachdem er eine ganze Weile herumgefummelt hatte, öffnete er schließlich die Tür.

Als sie schließlich den engen Flur betreten hatten, entspannte sich sein Vetter. »Ich warte hier«, sagte er. Aus irgendeinem Grund flüsterte er. »Du geh und wart am Uhrmacherstand. Da wird dein Bürgermädchen hinkommen. Wart so lange wie nötig, mach dir keine Gedanken, dass du mich hier gelassen hast. Ich liebe dich, Bruder, und ich werde so lange warten, wie du brauchen wirst, um dein Mädchen zu treffen.«

»Wir brauchen nicht zu flüstern, Dai.«

Aber sein Vetter flüsterte lieber. »Du kannst jetzt gehen, Bruder.« Er schaute links und rechts den Flur hinab. »Geh zum Uhrmacherstand. Geh und wart auf sie.« Dann sah er Harsha Bahadur an und umarmte ihn. »Und denk ab und zu an mich, denk dran, dass ich dich auf meine Weise geliebt habe. Ich hab dich nur ein ganz klein wenig ausgenutzt; ich hab dich vor echtem Schaden bewahrt. Aber nun führt mich mein Pfad nach anderswo.« Er klang tiefsinnig wie ein Dichter. »Wir haben schon vier, fünf Distrikte befreit, und wir werden nicht aufhören, bis wir das ganze Land in einer großmaßstäbigen erdrutschartigen wirbelsturmmäßigen Kulturrevolution befreit haben! Die Zukunft liegt im Guerillakrieg, Bruder. Ja, der ist gefährlich. Aber mach dir um mich keine Sorgen. Weine nicht um mich, wenn du hörst, dass ich im Gefängnis bin oder von der Polizei gefangen genommen worden bin oder mein Leben für den revolutionären Volkskrieg hingegeben habe.« Dann nahm sein Vetter eine revolutionäre Haltung an, die Faust nach oben gereckt. »Jetzt geh.«

Der Tonfall seines Vetters hatte Harsha Bahadur die Tränen in die Augen getrieben. Seine Hände zitterten, und er war schrecklich nervös. »Zum Uhrmacherstand gehen?«

»Da wird dein Mädchen hinkommen. Um welche Zeit, weiß ich nicht genau. Aber ich sag dir, sie kommt.«

»Ich liebe Euch, Dai.«

»Ich liebe dich auch, Mula. Jetzt geh.«

Und Harsha Bahadur ging.

## 52

Am Morgen des Wahltages stand Chiranjibi nur widerwillig auf. Die Vorfreude auf die Wahl war ihm vergangen, seit die Ereignisse außer Kontrolle geraten waren. Er hatte nicht an Giridhars Stelle gesetzt werden wollen. Er wollte kein verantwortliches Amt ausfüllen. Parteivorsitzender für den Distrikt – wodurch war er dazu qualifiziert? Nächtelang war er aufgeblieben und hatte sich mit diesem Gedanken gequält. Er folgte lieber, als zu führen. Sein ganzes Leben lang war er lieber im Hintergrund geblieben. Jetzt stand er im Mittelpunkt, und alle konnten ihn sehen und sagen – was weiß der schon? Er kam sich idiotisch vor. Ja, was wusste er denn schon? Seit Rishis plötzlicher und unerklärter Abreise hatte er niemanden mehr, bei dem er sich Rat holen konnte. Seit er mit Om und Nayan Raj allein war – die, wie er selbst, fast nichts über die Dörfer wussten –, hatte Chiranjibi sich für jedes Wahllokalkomitee eine Strategie aus den Fingern gesogen. Beschützt die Stimmen: Das war die Botschaft, die sie allen dreiunddreißig Wahllokalkomitees hatten zukommen lassen. Und wenn ein Komiteemitglied in den Bazar kam und handfeste Fragen stellte – »Unsere Wähler fragen, werdet Ihr wenigstens genügend Jungs anheuern, um uns am Wahltag vor den anderen Parteien zu beschützen?« – wünschte sich Chiranjibi, er könnte sich hinter einem anderen, erfahreneren Vorsitzenden verstecken. Er wusste nicht, was er sagen sollte.

Am Wahltag strahlte vom frühen Morgen an die Sonne, als sei dies ein Tag wie jeder andere. Doch über der Ortschaft lag eine unheimliche Stille. Für die Fernstraße galt ein Fahrverbot, das verhindern sollte, dass Stellvertreterwähler aus anderen Distrikten herangekarrt würden. Die Bushaltestelle war leer, und auf der gestuften Plattform unter dem Bar-Pipal-Baum hielten sich keine Verkäufer auf. Das Fernmeldeamt auf der anderen Seite der Fernstraße hatte geschlossen. Gerüchten zufolge hatte der Kongresskandidat seinen Einfluss auf den Leiter des Fermeldeamtes ausgespielt, und da sich dieser der Partei zum Gehorsam verpflichtet fühlte, die ihm zu seiner Stelle verholfen hatte, war er mit der Behauptung hausieren gegangen, dass die Leitungen unterbrochen seien.

Chiranjibi traf schon früh in Binitas Teeladen ein. Nayan Raj wartete bereits auf ihn, und nach einem Glas Tee machten sie sich auf den Weg zu Khaireni Tars Wahllokal. Der Kandidat war heute schweigsam, wirkte aber gelassen: Es schien ihn kaum zu bekümmern, ob er gewann oder verlor. Bestimmt war diese Gefasstheit doch nur gespielt? Chiranjibi selbst war nervös. Er tastete nach seinen Yak-Zigaretten; immer wieder nahm er die Brille ab und untersuchte das Gestell. Er fühlte sich, als hätten die Eingeweide sich in ihm verknotet. Er wünschte sich, für nichts von dem, was heute passieren würde, verantwortlich zu sein. Um ehrlich zu sein, wünschte er sich, diesen Tag überhaupt nicht erleben zu müssen. Er hätte dieser lächerlichen Berufung nicht folgen sollen. Politik. Was für ein törichter Beweggrund hatte ihn dazu verleitet, in der Politik mitspielen zu wollen?

Om war bereits bei der staatlichen Oberschule angekommen, die der Ortschaft als Wahllokal dienen sollte. Auch Juddha, BB-Gun und die anderen Parteimitarbeiter hatten sich dort versammelt. »Also, Freunde, wir haben unser Bestes getan, und es besteht kein Zweifel, dass das Volk uns unsere Mühe vergelten wird«, sagte Om in heiterem Ton; aber auf Chiranjibi wirkte seine gute Laune gekünstelt. Chiranjibi sah alle kurz an, bevor er sich – wie man es von einem Vorsitzenden erwartete – den Regierungsbeamten vorstellte, die angetreten waren, um Khaireni Tars Wahllokal zu beaufsichtigen.

»Seid Ihr von der Volkspartei?«

Chiranjibi zog die nötigen Unterlagen aus der Tasche. »Wir sind das Wahllokalkomitee.«

»Wartet.«

Die Wahlbeamten drehten sich um und beobachteten den Subinspektor bei den Sicherheitsvorkehrungen für das Wahllokal. Sechs magere Polizisten, die mit rostroten Gewehren bewaffnet waren, wurden um das Schulgebäude in Stellung gebracht, in dem die Stimmabgabe stattfinden sollte. Das Gelände war mit Seilen abgesperrt, und vor den Klassenräumen hatte man für jeden gut sichtbar zwei Kästen als Wahlurnen aufgestellt. Auch Mitglieder aus den Wahllokalkomitees der anderen Parteien waren anwesend und standen in wachsamen Gruppen beisammen.

An sie wandten sich die Wahlbeamten, nachdem alle Polizisten auf ihrem Platz waren. »Zwei Leute aus den Wahllokalkomitees setzen sich ans Wahllokal.«

Juddha und ein weiterer Mitarbeiter blieben dort, wie geplant. Chiranjibi stellte sich in kurzer Entfernung vom Wahllokal auf. Er war sich nicht sicher, ob er alles tat, was er sollte. Er sah genau zu, wie die Regierungsbeamten die Wahlurnen überprüften und sich dann an den Eingang zum abgesperrten Bereich setzten, wo sich die Wähler identifizieren mussten. Die Aufgabe, jeden Versuch der Stellvertreterwahl zu verhindern, fiel Juddha zu. Juddha würde seine Sache gut machen, versicherte Chiranjibi sich selbst. Er hatte sich durchweg als ernsthaft und fleißig erwiesen – und das, obwohl es nicht sicher war, dass die Partei ihm Einlass bei der Armee verschaffen konnte. Das schien allerdings auch nicht mehr Juddhas Hauptantrieb zu sein. Irgendwann im Verlauf des Wahlkampfes hatte Juddha einfach angefangen, sich als Teil der Partei zu fühlen; von da an unterstützte er Nayan Raj aus Gewohnheit, aus Verbundenheit. War das der Grund, weshalb Menschen sechs Monate ihres Lebens für diese Dinge hergaben? Nicht des Prinzips wegen – sondern aufgrund von Zufallsverbindungen? Chiranjibi rauchte mehrere Yaks hintereinander. Es war eine Art persönlicher Trieb, der die Leute dazu nötigte. Die Politik war verlockend. Sie versprach Geselligkeit, und wenn einem langweilig war, Aufregung. Sie gab dem Menschen eine Möglichkeit, sich selbst zu definieren. Die Politik spann die Menschen ein. Chiranjibi war es so ergangen. Er hatte sich von ihren leuchtenden Ideologien verführen lassen und war in ihrem matschigen Netz versumpft.

Nein, er durfte nicht die Zuversicht verlieren. Die Partei brauchte ihn. Nayan Raj brauchte ihn. Aus diesem Grund hatte er das Amt des Vorsitzenden übernommen. Ein hohles Gefühl, wie als ob er ohne Körper sei, überkam Chiranjibi. Er hatte in den vergangenen Wochen zu wenig geschlafen. Seine Augen waren gerötet und seine Gedanken unkonzentriert. Er kämpfte gegen seinen Widerwillen an und beobachtete, wie sich die ersten Wähler am Wahllokal zu versammeln begannen, und er ahnte voraus, dass – was? In den vergangenen Wochen waren ganze Dörfer gekauft, geschmiert, betrogen, eingeschüchtert, genötigt worden, von allen Parteien. Versprechungen über Geld, Arbeitsstellen, Zukunftsaussichten waren verteilt worden wie billige Flugblätter. Armeen waren vorbereitet und Waffenlager aufgefüllt worden. Man hatte keine Kosten gescheut: Das war die profane Mathematik des An- und Verkaufs von Freiheit.

Die Stimmabgabe sollte um acht Uhr anfangen. Um halb acht hatten sich am Wahllokal Mitarbeiter aller Parteien versammelt, die sich zu getrennten Gruppen zusammenrotteten und gegenseitig beäugten. Die Kandidaten der anderen Parteien waren irgendwo anders, an den Wahllokalen ihrer Heimatorte. Trotz des Aufruhrs der vergangenen Wochen wurde erwartet, dass Nayan Raj sich in Khaireni Tar wacker schlagen werde. Er hatte den gesammelten Einfluss all seiner Verwandten hinter sich; und seine Berühmtheit hatte die Ortsbewohner in Bann geschlagen. Am Wahllokal galt ihm die Aufmerksamkeit aller Anwesenden. Die kleinste seiner Bewegungen wurde von den gegnerischen Parteimitarbeitern kritisch begutachtet und jedes seiner Worte belauscht. Wenn er ein paar Schritte machte, drehten sich die Augen der gegnerischen Parteimitarbeiter in diese Richtung, und wenn er zurückging, drehten sie sich zurück. Nayan Raj wirkte nicht mehr so frisch und aus dem Ei gepellt wie bei der Ankunft in Khaireni Tar. Doch er war gelassen, viel gelassener als Chiranjibi. Kümmerte es ihn wirklich nicht, ob er verlor? Und dann kam Chiranjibi der alberne Gedanke: Vielleicht war Nayan Raj ja gar nicht von dieser Welt; die leidvolle, verderbliche, unsichere und verfängliche Welt der unvollkommenen Menschen, wie er selbst einer war, wie sie Giridhar und diese ganze Ortschaft waren – vielleicht stand Nayan Raj ganz über alledem.

Langsam, in kleinen Gruppen tröpfelten die Wähler ins Wahllokal. Zwei mit Seilen abgesperrte Wartereihen führten zum Schulgebäude: eine für Männer und eine für Frauen. Einer nach dem anderen stellten sich die Menschen dort an, lächelten zuerst verlegen, und wenn sie sich ein wenig entspannt hatten, hockten sie sich zum Warten auf den Boden.

Einfache Wähler. Ihre Normalität hob Chiranjibis Stimmung. Insbesondere die Frauen schenkten ihm Zuversicht. Sie hatten sich für den Anlass herausgeputzt und trugen ihre schönsten Festtagskleider: kräftige Rottöne mit Goldfüllung, getupfte Blautöne, rosa Blüten auf grüner Baumwolle. Sie hatten Tücher auf dem Kopf, um sich vor der Sonne zu schützen, und Schnüre in den Haaren, Blüten hinter den Ohren, schwarzes Gajal um die Augen, Armreife um die Handgelenke, Perlenketten um den Hals und blitzendes Gold an Ohren und Nase. Manche hielten sich an den Händen, andere lehnten sich aneinander und einige begannen lange Geschichten zu erzählen, so als seien sie nicht hier, um zu wählen, sondern um mit ihren Freundinnen zu schwatzen. Einige der Frauen waren weniger geduldig und riefen dem Subinspektor zu: »Polizei-Dai, wir haben zu Hause so viel zu tun! Schnell, lasst uns einfach wählen und wir sind wieder weg.«

Aus der Männerreihe erwiderte jemand: »Was ist mit uns?

Für jeden Mann gehn da zwei Frauen rein, wir brauchen fürs Wählen doppelt so lang.«

Die Frauen riefen: »Aber Ihr habt doch alle Zeit. Ihr habt keine Kinder zu Hause, die aufs Essen warten. Ihr habt keine Arbeit zu tun.«

»Das reicht, das reicht: Wir haben gesehen, was für Arbeit unsre Weiber machen, wie sie immer arbeiten und arbeiten mit dem Mund.«

»Glaubt Ihr, Eure Frauen könnten Euch zu essen geben, wenn sie Karten spielen und Fusel trinken würden wie die Männer?«

Die Männer wandten sich lachend ab.

Es tat Chiranjibi wohl, dass die Leute sich so normal verhielten. Sie schienen alle zum Spaßen aufgelegt zu sein. Die Atmosphäre am Wahllokal glich nun der eines Dorfjahrmarkts. Die Sonne war heller geworden. Der Tag war schön.

Die Leute blieben bei guter Laune, auch als die Warteschlangen immer länger wurden. Ein paar jüngere Männer versuchten, sich an einigen älteren Männern vorbeizudrängeln. Die älteren Männer schubsten sie zurück. »Eh, wartet, bis Ihr dran seid.« Viele Leute hatten Schirme mitgebracht, um sich während der langen Wartezeit Schatten zu spenden.

Es kam zu einem plötzlichen Aufruhr, gerade als die Stimmabgabe beginnen sollte. »Aus dem Weg, aus dem Weg!«, rief ein Mann und drängte sich durch die Reihen. Er ging weit vornübergebeugt, denn auf dem Rücken trug er einen Korb und darin eine alte Frau. »Aus dem Weg, lasst uns durch!« Die Frau im Korb – wahrscheinlich seine Großmutter – wirkte, als habe sie sich ihrer Gebrechlichkeit längst ergeben.

»Eine alte Großmutter, die wählen kommt«, bemerkte jemand. »Sie ist die Mutter vom UML-Kandidaten.«

Der Uhrmacher, der in der Mitte der Reihe stand, sagte: »Nein, die vom Kongresskandidaten.«

»Sie muss als Erste wählen dürfen«, sagten die Leute. »Es bringt Glück, wenn wir mit einer Großmutter ihres Alters anfangen.«

Der Pulk murmelte zustimmend, als der Mann die alte Frau ans vordere Ende der Wartereihe trug. Der Subinspektor entfernte das Absperrseil und ließ sie durch, und alle sahen dabei zu, wie der Mann seine Großmutter identifizierte. Die Mitglieder aus den Wahllokalkomitees aller Parteien überprüften ihre Identität, dann machten die Regierungsbeamten einen Daumenabdruck und gaben ihr einen Stimmzettel. Der Mann, dessen Schritte unter der Last unsicher wirkten, trug seine Großmutter auf einen der Klassenräume zu, wo sie ihren Stimmzettel ausfüllen sollte.

Doch jemand aus der Männerreihe rief: »Wie können zwei Leute auf einmal in den Wahlraum gehen? Soll die Stimmabgabe nicht vertraulich sein? Würde der Enkel nicht die Rechte der Großmutter verletzen?«

»Ho yes«, rief der Uhrmacher aus der Reihe. »Das Radio sagt, das ist eine Verletzung der Menschenrechte.«

Der Mann mit der Großmutter auf dem Rücken blieb stehen und drehte sich um. Der Subinspektor und die Mitglieder der Wahllokalkomitees sahen sich ratlos um. »Das stimmt«, sagte einer der Wahlbeamten. »Das ist gegen die Vorschriften.«

Der Pulk schaute vom Subinspektor zum Enkel mit der Großmutter und schätzte die Lage ein. Offensichtlich konnte die alte Frau, die schlaff im Korb saß, nicht alleine in den Wahlraum gehen. Schwankend unter ihrem Gewicht rief der Enkel: »Eine Stunde lang hab ich sie auf meinen Schultern getragen, wie lang soll ich hier rumstehen? Ich bin ihr eigener Enkel, lasst mich durch!«

Und so schauten die Wahlbeamten weg, und der Subinspektor schaute weg, und Juddha und die Wahllokalkomitees der anderen Parteien schauten weg, und der Pulk nahm sein

Geplauder wieder auf, während der Mann seine alte Großmutter in den Wahlraum trug.

Der vernünftige Konsens der Volksjustiz. Würde nicht eben diese Vernunft die Menschen anleiten, wenn sie ihre Wahl trafen, dachte Chiranjibi. Der Mensch war seinem Wesen nach auf Fairness aus; die Leute waren im Grunde gerecht. Oder würde jetzt die Treue gegen Sippe, Kaste, Volksgruppe die Oberhand gewinnen? Würde ein enges Eigeninteresse das Steuer übernehmen? Würde heute die Angst die höchste Herrschaft ausüben? Würden die Menschen wählen, als ob sie die zornigen Götter der Macht durch eine Opfergabe zu besänftigen suchten?

Om und Nayan Raj stellten sich an der Männerreihe an, Chiranjibi aber blieb, wo er war, und bemühte sich, alles im Auge zu behalten.

»Eh, Polizei-Dai, lasst uns durch«, rief eine Gruppe junger, farbenfroh gekleideter Frauen kokett aus der Frauenreihe. »Wir haben zu Hause Arbeit zu tun.«

Der Subinspektor warf sich in eine galante Pose. »Wenn Ihr zu Hause Arbeit zu tun hättet«, sagte er, »warum solltet Ihr Euch dann herausputzen, als würdet Ihr auf den Jahrmarkt gehen?«

Die jungen Frauen kicherten.

Chiranjibi fasste Mut.

Der Mann mit der Großmutter auf dem Rücken kam aus dem Wahlraum, bückte sich, damit sie ihren Stimmzettel in den Kasten werfen konnte, und trug sie dann aus dem abgesperrten Bereich heraus. Endlich setzte er den Korb auf einem Flecken trockenen Grases ab. Die alte Großmutter stieg heraus und hockte sich auf den Boden wie ein gehorsames Schoßtier. Der Enkel wischte sich den Schweiß von der Stirn. »Den langen Weg aus den nördlichen Hügeln sind wir hergekommen«, erzählte er den Leuten in den Wartereihen. »Ich hab gefragt, Bajai-Ama, wollt Ihr wählen? Und sie hat »ja« genickt, was konnte ich also tun? Als Enkel muss man tun, was die Großmutter befiehlt.«

Der Bananenverkäufer hatte unweit vom Wahllokal seinen Stand aufgebaut. »Bananen so gelb, dass sie die Augen blenden«, rief er und schwenkte ein Bündel Bananen durch die Luft.

»Wie viel für dieses Bündel Bananen?«, fragte der Enkel.

»Zehn Rupien, nur für Euch.«

Die Frauen in der Reihe hörten das und riefen: »Zehn Rupien für ne Handvoll indische Früchte!«

Der Verkäufer rief zurück: »Die sind den langen Weg aus den südlichen Ebenen hergebracht worden – was kann ich tun?«

Die Frauen lachten. »Geschmacklose indische Bananen, wer soll dafür Geld ausgeben?«

Auch diese Begebenheit beruhigte Chiranjibi. Solange Frauen am Wahllokal waren, würde alles gut gehen.

Während der Morgen alterte, kreuzten die meisten Ortsbewohner auf, um ihre Stimme abzugeben. Thakalni-Ama brachte eine große Gruppe von Frauen mit, zu der die zwei Frauen des Subinspektors und andere aus der Müttergruppe gehörten. Binita und Pramila kamen zusammen mit einer Gruppe von Nayan Rajs Verwandten. Oms Frau kam mit ihren Familienangehörigen und Freunden. Chiranjibis Bruder kam mit Frau und Schwägerin. Manche Wähler hielten sich nur so lange auf, wie sie brauchten, um die Stimme abzugeben; andere blieben danach noch eine Weile am Wahllokal, analysierten die Wahlbeteiligung und spekulierten über die Ergebnisse. Chiranjibi hielt sich abseits von allen anderen, denn er wollte jetzt nicht abgelenkt werden. Es fiel ihm auf, dass Giridhar noch nicht zum Wählen erschienen war. Doch Giridhars alter Vater kam, und er sprach mit Chiranjibi. »Meinem Sohn geht es nicht gut«, sagte er betrübt. »Er hätte sich nicht so verhalten, wie er sich verhalten hat, wenn er nicht – nicht diese Krankheit hätte.«

»Giridharji ist ein fähiger Mann«, sagte Chiranjibi, der den Vater nicht mit seiner Meinung vom Sohn belasten wollte.

»Er ist einfach krank«, sagte Giridhars Vater, und seine großen Augen blinzelten. »Es wird ihm besser gehen, wenn er von Freunden wie Euch Hilfe bekommt.«

Chiranjibi fühlte sich schuldig, als er das hörte. »Ja, Ba.« Er hatte sich nie als Giridhars Freund gesehen. Aber er sagte: »Nach der Wahl komm ich – wir – kommen wir und reden mit ihm.« Er fügte hinzu: »Ich wollte diesen Posten gar nicht haben, Ba. Es wäre viel besser für Giridharji gewesen zu bleiben. Wenn –« Er stockte. Es wurde ihm klar, dass er log. Doch Giridhars Vater schien seine Worte als Trost zu empfinden. Chiranjibi sagte: »Wenn es nicht am Ende dieses kleine Missverständnis gegeben hätte.«

Wenig später verließen Nayan Raj und Om das Wahllokal, um den Tag im Teeladen zu verbringen. Die restlichen Parteimitarbeiter blieben mit Chiranjibi am Wahllokal, als eine dicht gedrängte Gruppe, wie sie jeweils auch die Kongress- und UML-Mitarbeiter bildeten. Doch die Atmosphäre blieb freundlich. Chiranjibi stellte sich selbst zur Stimmabgabe an. In der Frauenreihe ihm gegenüber sah er die RPP-Kandidatin, die sich hinter Frauen aus ihrer Verwandtschaft versteckte.

Der Kandidat der Janamukti-Partei, der ein paar Schritte vor Chiranjibi stand, rief ihr etwas zu. »Ich wähl Euch, wenn Ihr mich wählt«, sagte er freundlich.

Der Pulk um sie herum lachte.

Die Kandidatin errötete, als sei es ihr peinlich, dabei erwischt zu werden, wie sie sich selbst wählte. »Wie kann ich dem Wort eines Politikers trauen?«, sagte sie. »Alles, was die tun, ist, die Leute zu belügen, unsere Politiker.«

»Aber Kandidatinji«, sagte der Janamukti-Kandidat, »Ihr seid selbst Politiker.«

Der Pulk brach in schallendes Gelächter aus, doch die Kandidatin protestierte: »Die Partei musste die Fünfprozentquote für Frauen erfüllen, also haben sie mir gesagt, ich soll kämpfen, also hab ich gekämpft, aber ich bin kein Politiker; nennt mich nicht so.«

Und Chiranjibi dachte: Solange Frauen mitanstanden, würde alles gut gehen.

Es dauerte über eine Stunde, bis er am vorderen Ende der Wartereihe angelangt war. Dort identifizierte er sich, ließ sich den Daumenabdruck abnehmen, erhielt einen Stimmzettel und ging in das dunkle Klassenzimmer. Seine Augen stellten sich langsam auf die Dunkelheit ein, bis er schließlich vor sich einen Tisch ausmachen konnte. Auf dem Tisch lagen ein Stempelkissen und ein Stempel. Auf dem Stimmzettel sah er die Symbole aller Parteien: die Sonne, den Baum, den Pflug, das Haus und die Teetasse. In dieser Größe wirkte die Teetasse wie eingeschrumpft. Vielleicht hatte er sich daran gewöhnt, sie groß auf die Wände der Ortschaft gekleckst zu sehen. Er färbte den Stempel ein und setzte seine Stimme auf die Teetasse. Die eine freie Stimme, über die er verfügte, war vergeben.

Als er aus dem Wahlraum trat, blendete ihn die Sonne. Als er endlich sehen konnte, wo es aus dem abgesperrten Bereich hinausging, machte er sich auf den Weg dorthin, den Stimmzettel noch in der Hand.

Eine Hand klopfte ihm auf die Schulter. »Die Wahlurne ist dort drüben«, sagte der Subinspektor.

»Eh, ho.« Was war er bloß für ein Parteivorsitzender? »Die hab ich gesucht«, log Chiranjibi.

Am Nachmittag wurde die Frauenreihe kürzer und die Männerreihe länger. Nach und nach kamen Leute an, die weiter weg wohnten. Aus den nördlichen Hügeln kamen die Wähler in Gruppen an. Auch aus der nahen Gaine-Siedlung kamen Wähler. Die Armreifenverkäuferin kam mit einer Gruppe von

Musalmaninnen. Im Verlauf des Tages wuchs auch die Anzahl der Parteimitarbeiter, die in der Umgebung des Wahllokals herumliefen. Das machte Chiranjibi Sorgen. Glücklicherweise beherrschte eine allgemeine Mattigkeit die Parteimitarbeiter, die im Augenblick vollauf zufrieden zu sein schienen, wenn sie nur einen schattigen Sitzplatz fanden. Morgens und abends war es zwar dieser Tage kalt, doch in der Nachmittagssonne wurde es immer noch heiß.

Chiranjibi blieb angespannt und beobachtete alles. Machte er alles so, wie er sollte? Inzwischen war Juddha am Wahllokal von einem anderen Parteimitarbeiter abgelöst worden. Auch Juddha saß in der Nähe und sprach leise mit den Mitarbeiterinnen. BB-Gun und seine Bande standen ein Stück von ihnen entfernt und ließen prahlerisch die Muskeln spielen. Ihre Kleidung war modischer als sonst, eigenartig zerrissene und zusammengeflickte Jeans und T-Shirts, auf denen Designerlogos prangten. Sie trugen eine theatralische Lässigkeit zur Schau und beäugten einander, beäugten das Wahllokal, beäugten eine Gruppe von Kongressjungen.

Chiranjibi bemerkte, dass sie noch nicht gewählt hatten. Das bedrohliche Bild, das sie abgaben, gefiel ihm nicht: Sie ließen die Volkspartei wie eine Gaunerbande aussehen. Er bat Juddha, sie irgendwie vom Wahllokal zu entfernen. »Sag ihnen, sie sollen die Parteigeschäftsstelle bewachen«, sagte er. »Heute ist keiner in der Geschäftsstelle außer unserem jungen Lakaien.«

Aber BB-Gun sträubte sich. Juddha kam zu Chiranjibi zurück und zuckte mit den Schultern. »Sie sagen, sie warten darauf, ihre Stimme abzugeben. Sie werden nicht zulassen, dass wir sie vom Wählen abhalten; sie sagen, sie haben ein Recht zu wählen.«

BB-Gun starrte sie eindringlich an. Chiranjibi ließ die herausfordernde Miene des Jungen auf sich wirken, und er fühlte sich eigentümlich körperlos, wie schon am Morgen. Hier stand es vor ihm, sein Versagen als Führer. Er musste sich damit abfinden. Er wünschte sich, er wäre nicht hier. Er hätte viel lieber mit Nayan Raj im Teeladen gesessen. Was war er bloß für ein Vorsitzender? Andererseits, was war Giridhar für ein Vorsitzender gewesen? Wie schlampig Giridhar eine Partei zusammengeschustert hatte, indem er auf Jungs wie BB-Gun baute. Jetzt stand Chiranjibi hier im Mittelpunkt, wo alle ihn sehen konnten, und musste die Fehler eines anderen ausbügeln.

Die Kongresspartei-Jungs ahmten BB-Guns übertriebenes Männlichkeitsgehabe nach. Die Feindschaft zwischen den beiden Banden war nicht zu übersehen. Wenn es an diesem Wahllokal überhaupt zu Handgreiflichkeiten kommen sollte, dann würden sie von diesen Jungs ausgehen, erkannte Chiranjibi. Traditionell war es der Kongress, der an diesem Wahllokal zu Gewalt griff. Im Augenblick sah es aber so aus, als sei BB-Gun ebenso in der Lage, Ärger anzufangen. Ein Mitarbeiter der Volkspartei als Streithahn, der einen Kampf anzettelte … unter seinem Vorsitz.

Chiranjibi versuchte, seine Befürchtungen zurückzudrängen, indem er sich an die Dorf-zu-Dorf-Tour erinnerte, bei der ihn das Freiheitsbedürfnis der Menschen so bewegt hatte. All diese Menschen, die hier Schlange standen: all die zappelnden, zuckenden Wünsche in ihnen, die nach Ausdruck verlangten. Ein Wasserhahn, eine Brücke, ein Plastikrohr, eine Tafel und ein paar Bänke für die Dorfschule. Gesundheitslager. Eine Drahtgeflechtmauer, um einen Erdrutsch zu befestigen. Das war alles, was die Menschen von ihrer Regierung erwarteten: und trotzdem war es nicht zu erreichen, ohne dass rivalisierende Heerscharen um die Macht kämpften, Entwicklungsaufträge vergeben zu können. Er durfte seinen Glauben nicht verlieren. Doch jetzt überkam ihn kein glückliches Staunen. Nayan Rajs Vision war richtig, aber naiv. Chiranjibi war in einer Stellung gefangen, die er gar nicht besetzthalten wollte. Im Hintergrund wäre er viel effektiver gewesen. Er gehörte in den Hintergrund.

Es war später Nachmittag und die Stimmabgabe verlief immer noch normal, als in die engen Straßen, die zur Schule führten, zwei Landrover einbogen, eine Staubwolke hinter sich. Internationale Beobachter. Chiranjibi rauchte mehrere Yaks, während er sie beobachtete. Aus den Fahrzeugen stiegen drei Ausländer, die von nepalischen Funktionären einer Menschenrechtsorganisation begleitet wurden. Während die Funktionäre zu den Wahlbeamten gingen und mit ihnen sprachen, starrten die Ausländer unsicher um sich. Es handelte sich um eine Inderin, einen Briten und eine Amerikanerin. Die Amerikanerin holte einen Fotoapparat aus der Handtasche und machte Bilder von den Kindern, die sich versammelt hatten, um die Beobachter anzustarren.

Die Inderin bemerkte abfällig: »Diese Kinder, die sind nicht nur zum Schauen hier, die sind zum Wählen hier.«

»Die sind offensichtlich minderjährig«, widersprach die andere Frau. »Wie könnten die in die Wahlkabinen kommen?«

»Sie haben ja keine Ahnung, was für Manipulation, Gewalt und Betrug in unseren Gegenden stattfindet.«

Die Amerikanerin steckte den Fotoapparat wieder ein und beäugte die Kinder misstrauisch.

Die Inderin fuhr fort: »Was nützt es überhaupt, dass wir herkommen und uns solche Warteschlangen anschauen?« Sie zeigte mit dem Finger auf Chiranjibi. »Diese Leute, die haben schon zwei-, dreimal gewählt. Es ist überall das Gleiche, in Indien-Nepal und auf dem ganzen Subkontinent. Stellvertreterwahl, hemmungsloser Wahlbetrug.« Sie machte ein wissendes Gesicht. »Wir kommen hier so her, um die Wahl zu beobachten – aber was sehen wir schon? Nicht das Geringste. Was da vor sich geht, bleibt für uns unsichtbar.«

Der Mann war unterdessen zur Frauenreihe gegangen und grinste ein paar Frauen an, die Klebe-Tikas in der Form winziger Bäume trugen. »Rook, rook«, sagte er tölpelhaft, wobei er das Wort für Baum falsch aussprach.

Die Frauen in der Wartereihe, leidenschaftliche Anhängerinnen der Kongresspartei, riefen auf Nepali zurück: »Setzt Eure Stimme auf den Baum!«

Die Inderin fuhr ihren Kollegen an. »Aber warum wirbt unser Freund vom britischen Parlament für die Kongresspartei? Das ist gegen die Beobachterregeln.«

Der Brite verdrehte die Augen, und die Amerikanerin wandte sich ab, als habe sie nichts gesehen.

Doch die Inderin wurde ungehalten. »Die ganze westliche Welt zittert bei dem Gedanken, dass in unseren Gegenden die Linke noch lebt! Wenn die nur wüssten, wie sehr ihnen die Leute ihre koloniale Denkweise übel nehmen! Das Erbe ihrer Teile-und-herrsche-Politik, die Zwietracht, die sie in der ganzen Region gesät haben! Indien-Nepal, ganz Südasien. Unseren ganzen Ärger haben wir doch euch zu verdanken!«

Die nepalischen Funktionäre hatten die Befragung der Wahlbeamten beendet und kehrten zu ihren Kollegen zurück. »Hier läuft alles ganz ruhig«, sagte einer von ihnen.

Die Inderin war jedoch entschlossen, ihre Sicht der Dinge klarzustellen. »Aber haben wir nicht alle gesehen, wie unser Freund vom britischen Parlament unsere eigenen Regeln verletzt hat? Wie typisch, dieses Verhalten! Ich will das sofort melden!«

»Madam«, erwiderte der nepalische Funktionär, »gehn wir jetzt, sonst wirds dunkel und es kommt zu Gewalt.«

Daraufhin stiegen die internationalen Beobachter wieder geschlossen in ihre Landrover.

Alle Blicke folgten ihnen, als sie in einer Staubwolke davonfuhren.

»Die werden in ihren Fünfsternehotels zu Abend essen, wenn der ganze Ärger losgeht«, bemerkte ein Mann mit lauter Stimme, und die Männer in der Schlange kicherten.

Gerade als die Sonne hinter die westlichen Hügel zu tauchen begann, kam eine Gruppe von Mitarbeitern der Volkspartei angelaufen, um Chiranjibi zu holen. »Die Geschäftsstelle«, keuchten sie ganz außer Atem. »Die ist kaputt, kommts Euch ansehen!«

Übelkeit schwappte in Chiranjibi hoch. Erwartete man von ihm, dass er wisse, was zu tun sei? Er folgte den Parteimitarbeitern in den Ort und wünschte sich, der Vorsitzende hieße noch Giridhar.

Die Parteigeschäftsstelle war von Schaulustigen umringt. Jemand murmelte etwas von Maoisten. Chiranjibi ging langsamer. Drinnen drängten sich die Mitarbeiter im Eingangsflur und lasen die Schriftzüge, die in schwarzer Farbe auf die Wände geschmiert worden waren: WIR WOLLEN KEINE REFORMISTISCHE DEMOKRATIE: TOD DEM BÜRGERLICHEN PARLAMENT: LANG LEBE DER REVOLUTIONÄRE VOLKSKRIEG.

Auch Nayan Raj und Om standen im Flur und lasen.

»Wir haben eine Explosion gehört«, sagte Om. »Die Fenster im Obergeschoss, die sind zerbrochen.«

Die drei sahen einander an, und Chiranjibi wusste, dass für ihn die Zeit gekommen war, die Führung zu übernehmen. Er lief die Treppen hinauf, Nayan Raj und Om hinter sich. Er versuchte, seine Bewegungen selbstsicher wirken zu lassen. Doch er fühlte sich, als treibe er in der Strömung eines Flusses, den er in keiner Weise steuern konnte. Auch der Flur des Obergeschosses war mit Sprüchen voll geschmiert: TOD DEN HANDLANGERN DES IMPERIALISMUS: TOD DEM MÖRDERISCHEN PARLAMENT: LANG LEBE DIE REVOLUTION. Die Tür des Sitzungsraumes wirkte demoliert. Sie hing nur noch an einem Scharnier. »Vorsicht«, warnte ihn Nayan Raj von hinten, als Chiranjibi die Tür aufstieß.

Schwarzer Ruß färbte die Wände, und auf dem Boden lagen Metallsplitter verstreut. Chiranjibis Teakschreibtisch lag umgekippt an der Wand, und eines der Beine war abgesprengt worden.

»Eine Dampfdrucktopf-Bombe«, sagte Om und deutete auf einen tragbaren Kocher. »Jemand hat den angezündet und ist dann weggelaufen.«

Draußen im Flur sagte jemand: »Unten war ein Fenster offen, da müssen sie reingekommen sein.«

»Warum hat niemand die Geschäftsstelle bewacht?«, sagte ein anderer. »Wo ist der Lakai? Mussten denn alle zum Wahllokal gehen?«

»Einer hätte zur Sicherheit hier bleiben sollen.«

Chiranjibi starrte unablässig auf seinen Schreibtisch.

Om stieß ihn an. »Bleiben wir nicht hier, es könnten noch weitere Bomben im Gebäude sein.«

Chiranjibi nickte. Die Tischplatte, die einst so glatt und tief schien wie dunkles Wasser, war grausam zerkratzt worden: TOD DEN REFORMISTEN.

Das war die Art von Politik, die er machen wollte?

Eine Verwundung öffnete sich in Chiranjibi – und plötzlich fühlte er sich vollkommen körperlos. Man hatte Hass auf ihn abgefeuert. Dieser Hass schoss durch ihn hindurch, aber er verletzte ihn nicht – weil Chiranjibi nicht der Welt der Festkörper angehörte, oder doch? Der Mensch war nicht nur Fleisch und Blut. Im Kern war jeder ein Geist, unerreichbar für grobe Verwundungen.

Er schloss die Tür hinter sich und bedeutete den Mitarbeitern im Flur, dass sie das Gebäude räumen sollten. »Gehn wir zum Wahllokal zurück«, sagte er. Er hatte seine Entscheidung getroffen: Sobald die Wahl vorbei war, würde er vom Amt des Vorsitzenden zurücktreten. Das war nicht der richtige Ort für ihn. Zu Nayan Raj sagte er: »Nayan Rajji sollte nach Hause gehen. Das Wahllokal schließt in zwei Stunden. Omji und ich und unsere Mitarbeiter begleiten die Wahlurnen zur Stimmenauszählung ins Distriktzentrum.«

»Ich sag dem Fahrer, dass er den Bus holen soll«, pflichtete Om ihm bei.

Als sie nach unten kamen, war Jimmawal-Bajes siebter Sohn an der Geschäftsstelle angelangt. Er trug makellos weiße Trauerkleidung und sah darin aus wie eine zweite Ausgabe seines Vaters. »Das Haus meines Vaters!« jammerte er und kam auf Chiranjibi zu. »Verrußt und verbrannt … kaum dass er in die himmlischen Gefilde eingegangen ist!« Er flatterte entsetzt durch den ganzen Flur. Dann rief er mit der gleichen eigennützigen Empörung wie sein Vater: »Wie sollen wir armen Söhne reiner Bahuns die Kosten eines solchen Schadens aufbringen?«

»Die Partei wird Euch für Euren Verlust entschädigen!«, sagte Chiranjibi.

Der Junge sperrte die Augen auf. »Das muss sie! Ich habe zwei verwitwete Mütter, sechs Brüder und zweiundzwanzig Neffen zu versorgen! Ihr müsst sofort die Miete anheben, Vorstandji.«

Chiranjibi schob den Jungen beiseite und machte sich auf den Rückweg zum Wahllokal.

Als die Dämmerung anbrach, verschwanden die Frauen vom Wahllokal. Auch die Männerreihe lichtete sich, und die Jahrmarktatmosphäre verwehte. Ein Schweigen legte sich über die Umgebung. In den Schatten überall um das Schulgebäude hielten sich Gruppen rivalisierender Parteimitarbeiter auf. Am Himmel zeigten sich die ersten Sterne. Grillen begannen in der Dunkelheit zu zirpen, und Männerstimmen murmelten in der Luft, die allmählich zur Ruhe kam.

Der Subinspektor, der am vorderen Ende der Reihe stand, war ernst geworden. Die Polizisten waren den Gruppen der Parteimitarbeiter zahlenmäßig weit unterlegen; sollte sich Ärger anbahnen, würden ihnen die Mittel fehlen, ihn zu verhindern. BB-Gun und seine Bande stolzierten umher wie die Gockel. Ihnen gegenüber stolzierten die Kongresspartei-Jungs herum. In etwas größerer Entfernung hatten sich die UML-Mitarbeiter um ihren Führer versammelt, den alten Schulmeister von Khaireni Tar. Keiner machte eine falsche Bewegung. Aber die Männer blickten einander wachsam an und waren bereit, auf den geringsten Vorfall zu reagieren.

Juddha war zwischen dem Wahllokal und dem Ort hin und hergelaufen, um herauszufinden, was sich an den anderen Wahllokalen abspielte. Er war der Erste, der die Nachricht überbrachte, dass es überall im Wahlkreis zu Manipulationen kam: »In Mijethum ist ein Kampf ausgebrochen. Die Kongressmitarbeiter haben das Wahllokal erobert.«

»Jemand ist niedergestochen worden«, berichtete ein anderer Mitarbeiter. »Einer, der für uns gestimmt hat. Om-Dai sieht zu, dass er ins Distriktkrankenhaus gebracht wird.«

»Eh«, sagte Chiranjibi. Was wurde jetzt von einem Vorsitzenden erwartet? Giridhar hätte es gewusst.

Chiranjibi blieb einfach, wo er war, und sah zu, wie die Dunkelheit sich um das Wahllokal legte.

Nach einer Weile kam ein anderer Mitarbeiter aus dem Ort angerannt. »In Bhimad ist eine Wahlurne verbrannt worden – sie denken, dass es die UML war.«

»In Chhang haben die Kongressleute alle Wähler gezwungen zu zeigen, wen sie gewählt haben – und haben alle verprügelt, die nicht für sie gestimmt haben.«

»Eh.«

Die Dunkelheit wurde immer undurchdringlicher, und die Mitarbeiter in Chiranjibis Umfeld begannen, Vermutungen und Gerüchte zu verbreiten. »Der Kongresskandidat hat sein Land verkauft, um seinen Wahlkampf zu finanzieren.«

»Die Kommunisten haben mit Lakhs über Lakhs um sich geworfen.«

»Der Kongress hat dem Dorf Bari gestern Abend Bleche geschenkt. Und fünf Säcke Zement.«

»Die UML hat eine Brücke über den Seti-Fluss versprochen.«

»Wenn wir Bari fünftausend gegeben hätten, hätten die uns gewählt.«

Chiranjibi hielt seinen Blick auf das Wahllokal gerichtet, das unter Schatten lag. Es wurde allmählich kalt, und er zog einen Pullover über, doch danach fror er immer noch.

Die Mitarbeiter der anderen Parteien berieten ebenfalls über die Vorfälle an den anderen Wahllokalen. Juddha Ale lief weiterhin zwischen Wahllokal und Ortschaft hin und her, und jedes Mal brachte er Nachrichten von anderen Lokalen mit. »Beide Wahllokale in Dhorphirdi sind von Kongressanhängern erobert worden«, berichtete er, »und ein Lokal in Manapang. Kongressjungs haben das Lokal umzingelt, die Polizisten verprügelt und die Wahlurne mit gefälschten Stimmzetteln voll gestopft. Der Dorfanführer hat ihnen die Anweisung dazu gegeben.«

»Wir hatten mit Ärger in Manapang gerechnet«, sagte Chiranjibi. Plötzlich regte sich Trotz in ihm. Wie schlimm konnte das alles noch werden? Das wollte er doch mal sehen. »Wir hatten mit Ärger in Manapang gerechnet, das überrascht mich nicht. Die Gegend dort wird von Kongressschlägern kontrolliert.«

Die Nacht färbte sich schwarz. Grauer Nebel senkte sich auf das Wahllokal. Das einzige Licht, das das Umfeld erhellte, drang aus ein paar nackten Glühbirnen an der Außenwand des Schulgebäudes. Das Wahllokal war von Männern umgeben, die im Schatten unruhig abwarteten. Aber die Parteien hatten alle die gleiche Anzahl von Mitarbeitern hier. Das würde Ärger verhindern.

Wieder kam ein Mitarbeiter angelaufen. Noch ein Wahllokal war erobert worden, diesmal in Dulegauda. »Dort ist jemand schwer verletzt worden, der wollte in den Bazar laufen, um zu melden, dass eine Wahlurne verbrannt worden ist, und sie haben ihm mit einem Ziegel den Schädel gespalten.«

»Eine Bande von Kongressanhängern dort sagt, dass sie Euch und Nayan Rajji steinigen wollen.«

War das alles? Merkwürdigerweise hatte Chiranjibi keine Angst. Bloße Verwundungen des Fleisches. Er sagte: »Sagt unseren Mitarbeitern, sie sollen auf ihre Sicherheit achten. Aber sagt ihnen, sie sollen nicht kontern, sie sollen überhaupt nicht zurückschlagen. Wir müssen unseren Überzeugungen treu bleiben.«

Er wandte sich einem anderen Mitarbeiter zu, der weitere Nachrichten brachte. Was war das Schlimmste, das passieren konnte? Der Wahlkreis verwandelte sich in ein Kriegsgebiet. Was konnte es da für Freiheit geben? Das hätte er gerne gewusst.

Um sechs Uhr machte der Subinspektor die Seilabsperrung um das Wahllokal zu und rief die Vertreter aller Parteien zu sich, um das Versiegeln der Wahlurnen zu überwachen. Der Schulmeister von Khaireni Tar, ein Kongressmitarbeiter, der Janamukti-Kandidat, ein RPP-Mitarbeiter und Chiranjibi brachten der Reihe nach ihre Parteistempel an. Dann gingen sie alle den Polizisten nach, die die Kästen aus dem Wahllokal trugen. Die dunklen Männergestalten in der Umgebung wurden zu bedrohlichen Schattenrissen. Sie beobachteten die Wahlurnen, die an ihnen vorbeigetragen wurden, als handle es sich um ein feierliches Ritual. Chiranjibi musste daran denken, dass jeder dieser Männer in der Lage war, den anderen Schaden zuzufügen. Jeder von ihnen ließ durch seine Körperhaltung wissen, dass er zu Gewalt bereit war.

Und es kam zu Gewalt; als sie das Wahllokal verließen, fingen BB-Gun und seine Bande an, die Kongressjungs zu schlagen und zu schubsen. Schreie ertönten; Chiranjibi hörte ein Stöhnen, einen Schwall von Schimpfwörtern, das Zerbersten einer Flasche und das Geräusch von Körpern, die hart auf den Boden prallten.

»Bandenstreitereien«, sagte der Subinspektor und schob die mageren Polizisten vor sich her. »Passt auf die Urnen auf,

Jungs. Wir haben nicht genug Leute, um uns jetzt um Bandenstreitereien zu kümmern.«

Die Wahlurnen wurden rasch zur Fernstraße verbracht und sicher im Laderaum eines Regierungslasters abgestellt. Dort würden sie noch einige Stunden lang bleiben müssen. Die Urnen mehrerer anderer Wahllokale würden im weiteren Verlauf der Nacht aus den Hügeln hier eintreffen. Dann würde man sie alle zusammen ins Distriktzentrum fahren, wo die Stimmzettel in den nächsten paar Tagen ausgezählt werden sollten.

Chiranjibi traf Om am Kleinbus der Volkspartei, der in der Nähe geparkt war. Der alte Schulmeister von Khaireni Tar und die Vertreter der anderen Parteien bildeten getrennte Gruppen. Zum Glück erstreckte sich die Prügelei, die am Wahllokal ausgebrochen war, nicht bis hierher. Die Wahlurnen von Khaireni Tar waren in Sicherheit. Doch die anderen Urnen, die zum Teil stundenlang über nächtliche Hügelpfade getragen werden mussten – Chiranjibi zweifelte nicht daran, dass viele von diesen Kästen zerstört und ausgetauscht werden würden.

Stimmen gewonnen, Stimmen verloren, Stimmen gekauft und abgenötigt und geklaut. Eine eine eine eine Stimme. Alle geraubt. Das waren die Regeln der Macht, dachte Chiranjibi. Das war die profane Mathematik der Nullsummenpolitik. Morgen wollte er zurücktreten und wieder folgen, statt zu führen. Still im Hintergrund zu arbeiten; das war sein Weg. Er setzte sich auf den Beifahrersitz des Parteibusses und fing zu rechnen an, überschlug die zu erwartenden Abstimmungsergebnisse der Volkspartei in den verschiedenen Wahllokalen, von dem im Dorfentwicklungskomitee-Gebäude Majhkot zu dem in der Grundschule Barahi; vom Lokal in der Mittelschule Rajpur zu dem in der Ratna-Jyoti-Oberschule. Dreiunddreißig Wahllokale insgesamt. Er zählte und rechnete mithilfe der Finger.

Durch die Nachtluft schwebten entfernte Rufe und Schreie heran.

Die Partei hätte zwölftausend Menschen hinter sich gehabt, wenn alles mit rechten Dingen zugegangen wäre. Das war Chiranjibis Schätzung. Aber es war nicht mit rechten Dingen zugegangen. Man konnte jetzt nur sehr grob rechnen. Der Preis der Menschen, der Preis ihrer Stimmen. Das Geld, das es kostete, an die Macht zu kommen: das würde sich die Siegerpartei später zurückholen – mit einer Regierung, die im bezahlten Auftrag arbeitete.

Aber trotzdem gab es noch Rätsel, denen man dienen konnte. Ideale, denen man folgen konnte. Kleine, leuchtende Visionen, denen brutale Angriffe nichts anhaben konnten. Chiranjibi rauchte eine Yak. Wenn ihn Nayan Raj weiterhin führte, würde er seiner Vision von echter Demokratie folgen: ein freier Mensch und noch einer und noch einer. Denn wenn die Welt auch verderbt war, so war sie letztlich doch – musste sie es sein – im Innersten heilig.

## 53

Als Madhu an diesem Abend nach Hause kam, klang ihr das Gespräch mit Harsha Bahadur noch immer in den Ohren.

Er hatte vollkommen lächerliches Zeug geredet. »Sani, ich will dich nicht belästigen oder bedrängen oder dir nachstellen«, war es aus ihm herausgeplatzt, sobald sie einander gegenüberstanden. »Zuallererst möchte ich sagen, dass das, was ich getan habe, sehr sehr falsch war. Ich habe deinen guten Ruf befleckt, und das kann ich mir niemals vergeben. Es ist verständlich, dass du meine Luft hasst. Außerdem, es hat sich herausgestellt, dass ich sehr undemokratisch war, weil ich dir keine Wahl gelassen habe, als mich zu lieben. Das ist alles mein Fehler, das weiß ich jetzt. Ich wollte Liebe haben, aber es war mir egal, ob du sie geben wolltest. Aber Mädchen müssen die Wahl haben. Mädchen brauchen Freiheit, Mädchen müssen eigene Entscheidungen treffen. Es hat sich herausgestellt, dass das die Bedeutung von Demokratie ist.«

Madhu hatte gedacht, dass der dumme Junge bloß nervös sei. Sie hatte sich gezwungen zu lächeln und ihm nette Sachen zu sagen. Sie hatte ihm sogar erzählt, er sehe nett aus. Und das stimmte sogar. Er wirkte größer als früher. Sein Haar war gekämmt und sein Gesicht war fülliger geworden. Seine Haut war glatt und glänzte. Er war jetzt fast hübsch – obwohl das andererseits auch nur an den Sachen liegen konnte, die er angehabt hatte: ein Hemd mit Kragen, saubere, gebügelte Hosen und glänzende Lederschuhe.

Doch je freundlicher sie geworden war, desto komischer hatte der Junge sich benommen. Stundenlang hatte er irgendwas von der Bedeutung freier Wahlen gestammelt. Madhu hatte ihm sehr geduldig zugehört. Aber schließlich hatte sie mit den Augendeckeln geklimpert, um ihm ihre eigentliche Absicht klarzumachen. Und da war er einen Schritt zurückgewichen. Merkwürdig. War das jetzt Schüchternheit? hatte sie sich gefragt. Sie hatte ihm gesagt, dass sie an ihn gedacht und sich gefragt habe, ob er an sie gedacht habe. Sie brauchte seine Freiheit. Sie war ganz nah an ihn herangetreten.

Aber der Junge hatte nicht aufgehört, zusammenhangloses Zeug zu reden; er hatte fortlaufend irgendwas von Demokratie gestammelt. »Es ist nicht länger meine Absicht, dich dazu zu zwingen, mich zu lieben, mein einziges Ziel ist zu akzeptieren, dass du mich nicht liebst. Nur weil ich deinen guten Ruf befleckt habe, heißt das nicht, dass du mich lieben musst. Du hasst meine Luft, ich akzeptier das. Hiermit lass ich dich dies wissen und wünsche mir, dass du von nun an deine eigene freie Wahl triffst hinsichtlich dem, was du mit deinem Leben machen willst. Ich will dir jetzt lediglich sagen, dass ich einen Fehler gemacht hab mit meinem früheren undemokratischen Verhalten. Ich will dich nicht mehr zwingen, mich zu heiraten.«

Madhu hatte gesagt: »Aber Ihr könnt mich heiraten.«

Und der Junge hatte gesagt: »Aber du – liebst du mich?«

Liebe? Er wollte, dass sie ihn heiratete – und ihn dann auch noch liebte?

»Liebe muss sein«, hatte er gesagt.

Was?

Madhu hatte ihm die Wahrheit gesagt.

Sie hatte ihm gesagt, dass sie ihn hasse.

Es sei nicht seine Schuld, hatte sie ihm ruhig mitgeteilt. Sie hasse ihn einfach, sie sei so, das sei sie, ein Mädchen, das ihn hasse, weil er eine Freiheit besitze, die ihr fehle. »Aber Ihr könnt mich heiraten«, hatte sie gesagt. »Ich verzeih Euch, dass Ihr meinen Namen rachsüchtig vor der ganzen Ortschaft ausgeplappert habt, und erklär mich jetzt bereit, Euch zu heiraten.«

»Das wäre undemokratisch«, hatte der dumme Junge geblubbert. Einen Augenblick lang hatte er genauso ausgesehen wie damals, als er ihr nachstellte. Er war ein hässlicher Junge. Sein Gesicht hatte sich vor Anstrengung verzerrt, bevor er ein Wort herausbrachte. »Diese Sache, die man Demokratie nennt«, hatte er gesagt, »die gibt uns die Möglichkeit zu wählen, verstehst du. Wir müssen auf der Welt so viele Wahlen treffen, vielleicht wäre es verkehrt, diese eine Wahl zu treffen, wenn keine wahre Liebe besteht.«

Liebe? Madhu hatte sarkastisch gekichert. Liebe?

Da waren sie auseinandergegangen. Danach hatte sie stundenlang am Rand der Fernstraße gewartet und stürmisch gedacht, vielleicht könnte sie einfach irgendwo hingehen, für immer entfliehen, einfach in einem Taxi davonfahren. Aber die Fernstraße war unbelebt gewesen; heute fuhren keine Taxis. Kein Bus, kein Kleinbus war vorbeigekommen. Irgendwann hatte dann der Nachthimmel den Punkt verschluckt, wo die Fernstraße an den Horizont stieß.

Und daher kam es, dass sie wieder hier vor Binita-Didis Haus stand. Der Teeladen war zum Bersten gefüllt mit Parteimitarbeitern. Die Fenster waren erleuchtet. Binita-Didi war drinnen, in ihrem Leben als Geächtete. Vielleicht war sie zufrieden mit ihrem Witwendasein. Aber Madhu – die sehnte sich nach Freiheit. Sie liebte den Khadka-Jungen nicht. Wozu auch? Was von ihr Besitz ergriffen hatte, waren große, ruhelose Leidenschaften, nicht die Liebe.

In seinem Zimmer im Haus seiner Mita-Eltern zitterte Harsha Bahadur immer noch, denn nur um Haaresbreite war er einer lebenslänglichen Fehlentscheidung entronnen, die unvorstellbare Folgen gezeitigt hätte. Wie viel geringer der Eindruck war, den Sani nun auf ihn machte, da er sich eine Weile von ihr ferngehalten hatte. Wie vulgär, wie derb sie sich benahm – so ganz anders als das Bild, das er zuvor von ihr gehabt hatte. Wo war dieses mondgleiche Leuchten, das er so geliebt hatte? Wo waren ihre Anmut, ihre Vollkommenheit? Einst hatte ihm geschienen, sie sei gesegnet mit den zweiunddreißig Tugenden unbefleckter Weiblichkeit. Aber heute hatte sie ihn schamlos angelächelt und dabei alle Zähne entblößt, sie hatte gezuckt und gezappelt, sie hatte mit hoher Stimme gesprochen wie ein unanständiges Mädchen, und sie hatte mit den Augendeckeln geklimpert. Wo war die – die Romantik, die er so oft im Fernsehen gesehen hatte? Wo war die Liebe? dachte Harsha Bahadur. Und außerdem war es – naja, ein wenig undenkbar, nicht wahr, dass ein kluger Junge wie er ein Mädchen wie sie heiratete, das nicht einmal bis zur fünften Klasse zur Schule gegangen war. Was hatte er sich früher wohl dabei gedacht? Was er sich da vorgemacht hatte! In Anbetracht seiner gütigen Mita-Eltern und seiner bezahlten Anstellung als Büromitarbeiter standen ihm wesentlich bessere Möglichkeiten zur Auswahl. Harsha Bahadur zitterte, denn er war nur mit knapper Not entkommen. Zum Glück war er immer noch frei.

Er war gesund und munter. Seine Mita-Eltern liebten ihn, sie würden ihn in die weite Welt hinausführen. Er durfte nie zurückschauen, er musste ausschließlich nach vorne schauen und jede sich bietende Gelegenheit ergreifen, um seine Stellung im Leben zu verbessern.

# dürre

## 54

*Election report was released today at Election Commission, and international election observers reported at press release that barring »only a few incidents of irregularities«, the elections were conducted in a free and fair manner. Leading intellectuals have supported this finding …*

*»Wahlbericht wurde heute bei Wahlkommission veröffentlicht, und internationalen Beobachter berichteten bei Pressemitteilung, dass abgesehen ›nur einige wenige Vorkommnisse von Unregelmäßigkeiten‹ die Wahlen auf freie und faire Weise durchgeführt wurden. Führenden Intellektuellen haben diesen Befund bestätigt, trotz die Behauptungen von unterliegenden Kandidaten, Wahlbetrug erlitten zu haben. Mehrere Gerichtsverfahren sind anhängig. Jedenfalls ist Stimmung nicht positiv in Regierung. Wegen Pattsituation in Parlament besteht sehr pessimistischen Aussicht auf Ringelreihen von Koalitionsregierungen, wobei jedes Partei für kurzen Zeitabschnitt an der Macht bleibt, bevor sie wieder in Blitzwahl auseinanderbrechen. ›Stabilität‹ ist von schwerwiegenden Bedeutung, erklärte der Führer der Kongresspartei, über dem spekuliert wird, dass er der nächste Premierminister werden konnte, wenn er vom ehemaligen Premierminister, seinen Schwager, unterstützt wird. Derzeit führen alle Parteien geheime Verhandlungen, um zu sehen, wer Koalitionsregierung bildet. Führende Intellektuel-*

*len äußern die Ansicht, dass eine instabile Regierung dazu führen wird, dass bilateralen und multilateralen Geberorganisationen Angst bekommen und multinationalen Geschäftspartnerschaften in Privatsektor abgeschreckt wird. Auf informeller Ebene findet große Menge Bestechung und Kauf von Abgeordneten im Zuge von ungehemmten Machtgeschäften statt. Gebote zum Kauf von Treue von einzelner Abgeordneter erreichen angeblich bis zu Lakhs von Rupien, Häusern und Grundstücke, Auslandsreisen und Bargeldern in internationale harte Währung.«*

## 55

Einen Monat, nachdem im Wahlkreis Tanahun drei der Kongresskandidat zum Sieger erklärt worden war, fuhr Nayan Raj wieder nach Kathmandu, plante aber, bald zurückzukehren. Sonderbarerweise hatte der Kinoheld eine vernichtende Niederlage erlitten. Er hatte nicht mehr als dreitausend Stimmen auf sich zu vereinen vermocht, von denen der Großteil aus Khaireni Tar kam. Aber er war weiterhin entschlossen, sein Leben der politischen Basisarbeit zu widmen. Zumindest sagte er das. Schließlich war er ja ein Schauspieler, sagten die Leute im Ort jetzt. Er hatte behauptet, die Teetassenpartei werde die Wahl nicht manipulieren – doch am Wahltag hatte er dann BB-Gun Thapa auf die Kongressjungs losgelassen. Konnte man den Worten eines Kathmanduer Intellektuellen jemals vertrauen? Konnte man einem Kinohelden Glauben schenken? Sein eigener früherer Parteivorsitzender Giridhar sagte, dass er sich die Haare färbe. Und in der Tat waren Nayan Rajs Haare außerordentlich schwarz. Vom Charakter her war er zu freundlich. Er war zu bescheiden, zu liebenswürdig, zu intelligent. Er konnte zu gut reden. Sagte er nicht bloß einen schönen, auswendig gelernten Text auf? Er hatte sie alle zum Narren gehalten.

Die Geschäftsstelle der Volkspartei war nach der Wahl geschlossen worden, und seitdem stand sie leer, denn niemand wollte sich in einem Gebäude einmieten, in dem die Maoisten eine Bombe gezündet hatten. Bisher war in Verbindung mit dem Anschlag niemand verhaftet worden. Der Subinspektor hatte Om Gurungs Mita-Sohn eine Weile verhört, aber nur, weil der Junge fortlaufend etwas über einen Maoisten blubberte, der in einem Maulbeerstrauch wohne. Der Junge hatte seine Behauptungen jedoch nicht greifbar untermauern können. Die Untersuchung des Anschlages ging offiziell weiter, aber der Subinspektor arbeitete nicht mehr daran. Wer wollte denn wirklich einen Maoisten fangen? Die einzige Möglichkeit, den maoistischen Volkskrieg zu beenden, war eine funktionierende Regierung; und für das Wohlergehen der nepalischen Bürger zu arbeiten, dazu schien kein Politiker bereit zu sein. Warum sollte sich der Subinspektor also den Kopf darüber zerbrechen, wie es ihm gelingen könnte, bewaffnete Guerillas festzusetzen? Hoffentlich zogen die Maoisten in einen anderen, ärmeren Distrikt weiter, den sie leichter in ihre Gewalt bringen konnten – und dann würde der Subinspektor wieder in Frieden leben dürfen.

Giridhar kam nur noch selten in den Ortskern. Es gab Gerüchte, dass er viel trinke. Om beschäftigte sich weiter damit, seine Privatschule zu verbessern, und nachdem er ein großes Grundstück gekauft hatte, mietete er eine Planierraupe, um es in ein Fußballfeld zu verwandeln. Inzwischen wusste die ganze Ortschaft von den Computern in seiner Schule. Sechs glänzende koreanische Computer in Khaireni Tar! Die Leute lobten ihn dafür, dass er sie ins einundzwanzigste Jahrhundert katapultiert hatte.

Unmittelbar nach der Wahl hatte Chiranjibi sein Amt als Vorsitzender der Volkspartei niedergelegt. Er setzte sich jedoch weiterhin ungewöhnlich stark für die Partei ein und war oft zu sehen, wie er durch den Bazar ging, um Sympathisanten der Teetassenpartei zu Hause aufzusuchen. Er bot ein merkwürdiges Bild: ein Millionär, der nichts weiter wollte, als der Führung eines Kinohelden zu folgen. Die Leute im Ort sahen ihn und dachten – ein Mann mit sechs Töchtern und keinem Erben, und der gibt seine Tätigkeit als Bauunternehmer völlig auf, um einer Partei nachzulaufen, die es zu nichts gebracht hat. Man bedauerte ihn.

An der gestuften Plattform unter dem zusammengezwirbelten Bar-Pipal-Baum streiften die Gespräche immer noch dann und wann die Wahlnacht. »Diese Schläger, die sich gegenseitig niederstachen«, sagte der Bananenverkäufer und schnalzte missbilligend mit der Zunge. »Ich hab sie mit eigenen Augen gesehen! Ich dachte, die hätten sich in der Nacht da umgebracht, ich dachte, die hätten den Tod gefunden. Nach dem ganzen Reform-Gerede warens dann die Schläger von der Teetassenpartei, die den Streit angezettelt haben.«

»So sind alle Parteien«, sagte der Erdnussverkäufer. »Ihre Führer mögen zwar sagen, dass sie ehrlich sind, aber man kann ihnen kein Wort glauben.« Er spuckte mit Nachdruck aus. »Und allein der Gedanke, dass ich meine Stimme an die Teetasse verschwendet hab. Wo doch der Kongresskandidat der Neffe vom Premierminister ist – natürlich musste der gewinnen! Was hab ich mir bloß dabei gedacht?« Er sprach einen Passanten an. »Erdnüsse?«

Der Uhrmacher machte an der Plattform eine Pause. »Ich wusste, dass Nayan Raj die ganze Zeit nur geschauspielert hat«, sagte er. Der Mann, der stehen geblieben war, um Erdnüsse zu kaufen, hatte enge Beziehungen zum neuen Abgeordneten der Kongresspartei. Es war wichtig, sich als Anhänger der jeweils machthabenden Partei darzustellen. Der Uhrmacher sagte: »Wir sind anders, hat Nayan Raj ständig gesagt. Wir werden Euch Eure freie Wahl nicht wegnehmen. Aber unser neuer Kongressabgeordneter – der in eine äußerst ruhmreiche Dynastie von Demokraten hineingeboren wurde –, also *der* ist wohl derjenige, der uns jede Reform bringen wird, die wir brauchen.«

Die musalmanische Armreifenverkäuferin, die ganz in der Nähe saß, ignorierte dieses ganze nichtsnutzige Geschwätz. Jetzt, da der Kleinstadttumult um die Wahlen nachgelassen hatte, war der Bazar sie endlich losgeworden, diese ganzen nichtsnutzigen Männer, Männer, Männer. Die Verkäuferin saß zurückgelehnt hinter ihrem Stand, auf dem sie hundert gläserne Armreifen nach den neuesten Mustern zu Schau stellte. Damit würde sie weibliche Kundschaft anlocken. Um sie herum riefen die anderen Straßenhändler:

»Erdnüsse? Erdnüsse? Erdnüsse?«

»Bananen so reif, dass sie wie Zucker schmecken!«

»Käsebällchen-Chips-eine-Kette!«

»Erdnüsse?«

Natürlich gab es auch andere, die sich um das ganze Wahlgeschehen überhaupt nicht gekümmert hatten: den Schuster zum Beispiel. Er hatte sich in den vergangenen Jahren leidenschaftlich bemüht, andere zu bekehren, und es endlich geschafft, ein paar verlorene Seelen zu retten: Seine eigenen störrischen jugendlichen Söhne hatten das Wort Christi angenommen. »Ein Gott, in dessen Augen wir alle gleich sind, ist der einzige Gott, der den Glauben unserer Sarki-Kaste verdient.« Der Schuster hatte verirrte Schäflein in ihres Vaters Königreich heimgeführt – was scherten ihn die jämmerlichen Gruppen im Königreich Nepal?

Den Asket in der Höhle am Seti-Fluss ließ die Aufregung um die Wahl ebenfalls vollkommen kalt. Ebenso wenig kümmerte es ihn, dass seine frühere Partei, der Kongress, als Sieger aus der Wahl hervorgegangen war. Wie der Schuster verfolgte der Asket eine höhere Mission, und deren Erfüllung kam er jeden Tag näher. Hatte auch nur ein nepalischer Politiker seinen Appetit zu beherrschen gelernt? War auch nur ein Mitglied der

Kongresspartei wahrhaft frei von Gier? Möge jeder Mensch den eigenen Bauch zu beherrschen lernen, dachte der Asket. Om.

Eine weitere Person, die sich kein bisschen um die Teetassenpartei oder irgendeine andere Partei scherte, war die Verrückte von Khaireni Tar. Nach wie vor machte sie den ganzen Tag lang sinnlose, aber ernsthafte Verlautbarungen: »Aufgrund des unnatürlichen brüllens hinab eine untersuchung für die allgemeine linke sodass wir dunkel in den beruf oberhalb des hauses gehen«, sagte sie jedem, der in ihre Nähe kam. »Brich nur den streit in einiger macht von dunkeligem abscheu.«

Für sie war es nicht von der geringsten Bedeutung, wer bei der Wahl gewonnen und wer verloren hatte.

In Binitas Teeladen, auf der anderen Seite der Fernstraße, hatte sich allmählich wieder der Normalzustand eingestellt. Nach Nayan Rajs Rückkehr nach Kathmandu waren die Parteimitarbeiter einer nach dem anderen verschwunden. Die einen kehrten ins alte Leben zurück. Die anderen reisten nach Kathmandu, um die Partei daran zu erinnern, dass sie ihnen Arbeitsstellen, Empfehlungen und Beziehungen versprochen hatte. Nach dem Wahltag kam Om noch einige Wochen lang in Binitas Teeladen, als sei dieser weiterhin der Mittelpunkt der Parteiarbeit. Dann nahm ihn der Schulausbau zu sehr in Anspruch. Chiranjibi kam ein- oder zweimal vorbei, um sich mit Parteimitarbeitern zu treffen. Dann kamen gar keine Parteimitglieder mehr, und Binita öffnete den Teeladen wieder für gewöhnliche Gäste.

Zunächst schauten nur wenige Ortsbewohner herein, um Tee zu trinken. Anfangs erkundigten sie sich nach Nayan Raj und saßen so höflich auf den Bänken, als seien sie geladene Gäste statt zahlender Kundschaft. Aber im Lauf der Zeit schien die Ortschaft sich den Teeladen zurückzuerobern. Immer mehr Ortsbewohner kamen über die Fernstraße herüber, um ein Glas von Binitas duftendem Milchtee zu trinken, und schließlich fanden auch die Busreisenden zu ihr zurück. Der Teeladen war den ganzen Tag lang geöffnet und schloss pünktlich zur Abendzeit, so wie früher.

Binita hatte jedoch Vorkehrungen für einen Umzug des Teeladens getroffen. Ihr Schwager wollte auf dem Familiengrund ein moderneres Haus errichten, und er hatte Binita für ihre Hälfte ein faires Angebot gemacht: »Ich will nicht, dass Euer Geschäft durch meine Politik Schaden nimmt, Binita-Bhauju. Verlegt Euren Laden doch näher an den Bazar.« Familie: Geben und Nehmen. Binita hatte sein Geld angenommen und war sich bereits mit der Nachbarin Phul Devi einig geworden, dass sie ihr ein Teilstück von ihrem Grund abkaufen werde. Sie hatte den Kauf allerdings noch nicht getätigt. Das hatte sie gar nicht vor; jedenfalls solange nicht, wie sie sich über ihre Zukunft nicht im Klaren war.

Pramila war nach der Wahl wieder in Thakalni-Amas Himal Lodge Restaurant Bar zurückgekehrt. Sie kam Binita immer noch oft besuchen, und dann füllte sich der Teeladen mit ihrer Fröhlichkeit. »Mein Mann, der, sobald der zurückkommt, bring ich ihn selbst um«, schwor sie und wehrte mit ihrem Lachen die Befürchtung ab, dass er vielleicht niemals wiedergefunden werden könnte. »Es ist besser für ihn, wenn er nicht zurückkommt – sobald er hierherkommt, wird er von seiner Frau umgebracht.«

Madhu war immer noch ein bisschen unberechenbar. Gegenüber Binita verhielt sie sich abwechselnd launisch, trotzig und gelegentlich auch angriffslustig. Sie war unübersehbar in einem stürmischen Alter. Oft besuchte sie Pramila in der Himal Lodge Restaurant Bar. Sie schien die Gesellschaft der älteren Frau zu genießen. Pramila erwiderte ihre Zuneigung und behandelte das Mädchen voller Herzlichkeit, als eine jüngere Schwester. Binita freute sich über die Nähe zwischen den beiden. Sie unterstützte sie, denn mit dem nüchternen Pragmatismus, der dieser Tage von ihr Besitz ergriffen hatte, dachte sie: Wenn Madhu nicht mit ihr und Rishi nach Kathmandu gehen wollte – in dem Fall, dass Binita tatsächlich mit ihm durchbrannte – dann würde das Mädchen bei Pramila Hilfe finden können.

Binita hatte keinem davon erzählt, dass sie die Ortschaft verlassen wollte. Es ging einfach nicht; das Risiko war zu groß. Sie verbarg ihre Absichten und ermutigte Madhu, den Lese- und Schreibunterricht für Fortgeschrittene zu besuchen. Sie ließ Tripti unbelastet ihr Leben zwischen Schule und Familie weiterleben. Insgeheim aber schmiedete Binita Pläne. Insgeheim traf sie Vorbereitungen. Sie behielt das Geld, das sie von Nayan-Raj-Bhai für ihren Grundstücksteil bekommen hatte, bei sich im Haus. Auch von ihrem Bankkonto hob sie Geld ab. Sie machte sich fertig für die Abreise. Mit Tripti würde sie keine Schwierigkeiten haben. Madhu hingegen – Madhus Verhalten war nicht vorherzusehen. Würde sie in die Stadt mitkommen, als die Base einer wiederverheirateten Witwe? Würde sie ihren Platz in dieser Ortschaft aufgeben wollen, um Binita in ein Leben als Ausgestoßene zu folgen?

In dem Fall, dass Rishi sich als aufrichtig erwies.

Bei der Abreise aus Khaireni Tar hatte Rishi eine dunkelblaue Strickjacke zurückgelassen. Binita trug sie oft in diesen kalten Wintertagen. Auch heute, da sie auf dem Weg zum Akala-Mai-Schrein war, um an einem Treffen der Müttergruppe teilzunehmen. Der Schrein lag ein kurzes Stück jenseits des Flachlandes. Binita ging allein hin. Thakalni-Ama kam heute nicht, und Laksmi ließ sich schon seit Wochen nicht mehr bei den Treffen sehen. Eigentlich war Binita erleichtert, von Laksmis angestrengter und unsicherer Freundschaft befreit zu sein. Viel lieber schloss sie Freundschaft mit Frauen, die etwas Mut, etwas Entschlossenheit besaßen.

Das braune, unkultivierbare Flachland war rissig und versengt von der Mittwintersonne. Die lange Trockenzeit würde noch ein paar Monate andauern. Binita mochte diese Dürre; sie war ihr lieber als die trügerische Üppigkeit der Regenzeit. In dieser Trocknis gab es keine vorgetäuschte Leichtigkeit, sondern nichts als die herbe, unverstellte Wahrheit.

Hinter der Kirche öffnete sich eine Kluft im Flachland, die zu einer grasbewachsenen Böschung führte. Ein paar Mitglieder der Müttergruppe waren schon am Schrein versammelt. Lalita, die jüngere Frau des Subinspektors, war noch nicht eingetroffen. Ohne große Mühe waren Binita und Lalita gute Freundinnen geworden, und bei den Treffen der Müttergruppe saßen sie üblicherweise nebeneinander.

Inzwischen hatte die Müttergruppe fast achttausend Rupien gesammelt. Noch ein paar Wochen, dann würden sie ihre Runde durch die Gemeindebezirke beendet haben. Heute erwarteten sie einen Bautechniker, der einen Kostenvoranschlag für die Reparaturen an Akala-Mais Schrein erstellen sollte. Die eine Seite des Schreines war fast vollständig zusammengebrochen, denn dort hatte ein junger Banyanbaum die Wände nach außen gedrückt. Das Dach war eingesackt und musste repariert werden. Hom Kumari saß mit der Frau des Asketen neben dem Schrein. Ein paar andere Frauen jäteten in der Umgebung Unkraut.

Dann sah Binita Laksmi, die an der Vorderseite des Schreines Unkraut ausrupfte. So vornübergebeugt wirkte sie kleiner, als sie in Wirklichkeit war. Ihr Gesicht wirkte nervös, die Augen trocken. Das ölige Haar war in Unordnung, als habe sie es seit Tagen nicht gekämmt. Offenbar machte die Trinksucht ihres Mannes ihr zu schaffen.

Aus Mitleid gesellte sich Binita zu ihr und rupfte ein kleines Büschel Löwenzahn aus, das bei ihren Füßen stand.

Laksmi blickte auf. »Für Akala-Mai«, zirpte sie niedergeschlagen. Sie streckte die Hand nach einem Büschel Disteln aus, die aus der rissigen Wand des Schreines wuchsen.

Binita sagte: »Für Akala-Mai.«

Laksmi arbeitete wortlos weiter. Binita wusste nie, was sie zu ihr sagen sollte. Beide zupften weiter wilde Blumen aus der Rückwand des Schreines. Nach einer Weile wandte Laksmi sich der Steingötze von Akala-Mai zu, die in der bogenförmigen Öffnung an der Schreinvorderseite stand. Die Gottheit war ein nach innen gewölbter Stein, beschmiert mit Zinnober und Reis und mit Ringelblumen überhäuft. Mit einem scharfkantigen Stein kratzte Laksmi das Moos von den Flanken der Götze.

Binita hielt inne und sah der kleinen, knochigen Frau zu, wie sie sich bei der Arbeit auf und ab bewegte. Sie konnte das Senföl in ihrem ungekämmten Haar riechen. Die Ausdünstung ungewaschener Kleidung ging von ihrer Phariya aus. Trotz der Kälte hatte sie kaum etwas anderes an.

Binita rang den Widerwillen nieder, den sie gegen Laksmi verspürte, und setzte sich neben sie. »Euer Mann«, sagte sie. »Ist er immer noch krank?«

Laksmi hörte mit dem Mooskratzen auf. Sie hatte in der Hocke gearbeitet und ließ sich nun auf den Hintern fallen. Auf ihre unsichere Art fixierte sie Binita, als suche sie etwas.

Binita versuchte, sich davon nicht abschrecken zu lassen. Sie sagte: »Mit einem alten Schwiegervater und zwei Söhnen zu versorgen, und ohne Hilfe – das muss schwer für Euch sein.«

Einen Augenblick lang sah Laksmi sie an, als bezweifele sie, dass Binita sich wirklich Sorgen um sie mache. Diesem Urteil war kaum zu widersprechen. Binita schaute weg. Eine Frau mit mehr Großmut hätte Laksmi getröstet. Eine fürsorglichere Freundin hätte ihr von Tag zu Tag einen Weg durch diese schwere Zeit gezeigt. Binita hortete das eigene Glück, denn sie fürchtete, dass die andere Frau die mageren Reserven aufzehren könnte. Sie war geizig zu Laksmi, das war ihr klar.

»Es sind schon Jahre, dass mein Mann krank ist«, sagte Laksmi schließlich. »Aber jetzt stirbt er. Und ich helfe ihm beim Sterben.« Sie senkte die Stimme. »Ich hab immer gedacht, er würde aufhören, wisst Ihr. Er trinkt schon, seit ich als Braut hierhergekommen bin. Jetzt verlangt er mehr und mehr, und« – sie streckte die Hände aus, wie um eine Gabe darzubringen – »ich gebe ihm den Tod.«

Binita sah ihre Hände an: Knochen und bläulich-rote Haut.

»Ich mach mich selbst zur Witwe«, sagte Laksmi.

Dann wandte sie das Gesicht ab und starrte über die Steigung des aschgrauen Flachlandes hinweg.

Ein kalter Windhauch regte sich. Laksmis Arme bekamen eine Gänsehaut. Binita nahm ihre Hand.

Laksmi sah sie mit trockenen Augen an. Binita schaute wieder weg. Sie konnte – und sie wollte – Laksmi keine echte Freundschaft geben. Sie konnte nur eine Weile hier mit ihr zusammensitzen und ihre Hand halten, als ob sie Freundinnen seien.

Auch so konnte man in dieser Ortschaft leben. Frauen, die es durch eine Heirat hierher verschlug, konnten sich ein Leben unter Fremden aufbauen – und mit etwas Glück die Gemeinschaft von einer oder zwei gleich gesinnten Freundinnen finden. Vielleicht konnte Binita bei Laksmi bleiben, bis sie bessere Freunde fand. Das war nicht viel; aber mehr fiel ihr nicht ein.

Irgendwo aus weiter Ferne hörte sie das Klingeln von Tempelglöckchen. Sie lehnte sich noch bequemer an den Schrein. Bald würden sich alle Frauen der Müttergruppe um sie versammeln. Bald würde Lalita kommen, die jüngere Frau des Subinspektors, mit der Binita befreundet war. Vielleicht konnte Laksmi ihre Sorgen vergessen, wenn sie mit ihnen beiden zusammen war.

Das war die Frauengesellschaft, die sie gerade erst für sich entdeckt hatte. Gerade erst hatte sie die Frauen gefunden; und sie würde sie für Rishi aufgeben. Für das Vergnügen eines einzigen Mannes.

Und wenn er sie im Stich ließ?

Sie hatte etwas Geld; sie würde sich etwas einfallen lassen. Darüber hinaus gab es keine Sicherheitsvorkehrungen.

## 56

Die Wohnung, die Rishi nun gemietet hatte, befand sich im obersten Stockwerk eines alten Backsteingebäudes, und ihre Fenster blickten nach Norden auf einen modernen Wohnkomplex. Draußen Beton und spiegelndes Glas. Drinnen ein Bett, ein Hemd an der Tür, ein säuberlicher Kleiderstapel auf dem Boden. An der Decke eine Leuchtstoffröhre mit bloßliegenden, schwarzen Drähten. Am Ende des Flurs war ein Badezimmer, in das man sich das Wasser mitbringen musste. Die Küche hatte fließendes Wasser, in der Regenzeit. Rishi hatte noch ein zweites Zimmer gemietet. Den Hauseigentümern – einer newarischen Bauernfamilie – hatte er erzählt, dass seine Familie aus dem Dorf nachziehen werde.

Die Wohnung genügte konventionellen Ansprüchen – dem Zusammenleben von Mann, Frau und Kindern. Ein Ort, der von der Norm abweichenden Formen von Glück als Tarnung dienen konnte. Zwei Monate, hatte Binita gesagt. Sie brauchte Zeit für die Vorbereitungen. Die zwei Monate waren um. Auch er hatte seine Vorbereitungen getroffen. Nach der Rückkehr in die Stadt hatte er eine Anstellung an einer der zahlreichen minderwertigen Privatschulen gefunden, die in den vergangenen zehn Jahren wie Pilze aus dem Boden geschossen waren: an der Hardvard International Boarding School. Als Rishi ihn anrief, hatte der Schulleiter gefragt: »Wer sind Eure Referenzen?« Rishi hatte gesagt, er habe der Nichte des Schauspielers Nayan Raj Nachhilfe gegeben. »Treffen wir uns mal«, hatte der Schulleiter erwidert. »Wir brauchen Lehrer. Ihr sagtet, Ihr hättet einen Master-Abschluss?«

Seinen Schülern – Mädchen und Jungen aus der unteren Mittelschicht – brachte Rishi bei, wie man sein Leben mit den weggeworfenen Fetzen und Bruchstücken der Weltgeschichte fristen konnte. »Wo ist Amerika, Sir?«, fragten sie ihn vor und nach dem Unterricht. »Sir, wo ist Japan? Wie werden Computer hergestellt? Was ist ein Computer, Sir?« Draußen drehte sich das Machtgetriebe weiter. Die Parteien rangen immer noch jähzornig um die Vorherrschaft. Die extreme Rechte rief nach einer Rückkehr zur absoluten Monarchie, die Maoisten führten ihren Guerillakrieg, und die Märkte brachten weiterhin Horden von schlechtinformierten Verbrauchern hervor. Seinen Schülern vermittelte Rishi die einzige Überzeugung, die ihm geblieben war: Wenn sie bedächtig lebten, würde es ihnen vielleicht gelingen, sich ihre Würde zu erhalten.

Diese Überzeugung propagierte keine großen, einfachen Lösungen. Für Rishi gab es keine Revolution mehr – sondern nur noch die ständige Unruhe der Menschen, die unbemerkt durchs Land gingen. Wo er früher von kollektiver Befreiung geträumt hatte, gab er sich nun mit der persönlichen Würde des Einzelnen zufrieden. Seiner Würde. Der seiner Schüler. Der Würde der Menschen, die durch sein Leben gingen:

Binita.

Die Schule, an der er unterrichtete, wollte in Kürze eine Kinderkrippe aufmachen. Mit Tagesstätten konnte man Geld machen, spekulierte der Schulleiter. »Meine Frau sucht Arbeit«, hatte Rishi gesagt. Und der Schulleiter, ein unbeschwert gewissenloser Mann, hatte erwidert: »Wir stellen jeden ein, der für unseren Lohn arbeitet.«

An einem nebligen Wintermorgen genau an dem Tag, den Binita bestimmt hatte, verließ Rishi seine Wohnung, um nach Khaireni Tar zurückzukehren.

Der Morgen war eisig kalt. Die Stadt, die Rishi beim Verlassen des alten Backsteingebäudes betrat, erschien wie ein in

Dunst gehülltes Fabelwesen. Er ging in ihre Formlosigkeit hinein. Unterwegs tauchten Gebäude aus dem Nebel auf, Dunkel und Licht funkelten vorbei. Um sich herum hörte er das Schlurfen von Schritten, Straßenhändler im Nebel, die das Gemüse vom Vortag feilboten. Auf den Straßen rollten sich Hunde zum Schlafen ein. Geruchsschwaden von Tee, Staub und Pisse stiegen Rishi in die Nase. Hinter sich und vor sich hörte er Schritte: Lederschuhe, die klackend auf den Asphalt trafen. Ein Mann drängelte sich an ihm vorbei, um ein Taxi zu kriegen. Kinder auf dem Weg zur Schule rannten kreuz und quer durch den Verkehr. Er kam an einem Speiselokal vorbei und roch die öligen Küchendämpfe.

Auf dem Busbahnhof kaufte Rishi eine Fahrkarte für den nächsten Bus: noch eine halbe Stunde. Auf dem Gehsteig stand eine alte Frau, die frisch gekochten Tee verkaufte. Er setzte sich nicht weit von ihr auf eine niedrige Mauer, und die Alte drehte sich lächelnd zu ihm um. »Möchtest du ein Tässchen Tee, Sohn?«

Ihr liebevoller Ton überraschte Rishi. Er sagte: »Ich hab gar kein Geld, Mutter.«

Sie wandte sich ab. Er war ihre Mühe nicht wert.

Eine harte Bestätigung überlief Rishis Haut wie ein Schauder. Er blieb sitzen, wandte sich von der Alten ab und dachte an Binita.

Ihr schlanker Rücken, das wellenartige Straffen und Lockern der Muskeln. Ihr Rücken war es, dem er sich sanft nähern würde. Die Knochen in ihrem Nacken. Er würde die Linie ihres Schlüsselbeines nachfahren und sie zu sich umdrehen, bis sie ihm schließlich fest in die Augen sah. Binitas Begehren. Seine Liebe. Ihr gemeinsames Glück, der Gesellschaft gewaltsam abgerungen. Wenn sie beide endlich allein wären, würde er sich ihr nähern, mit ihrer Zustimmung, in Liebe, um sie zu küssen.

# Danksagung

Beim Schreiben dieses Romans haben mir viele Menschen geholfen, und jedem von ihnen bin ich zu Dank verpflichtet. Maya Sonenberg und Shawn Wong lasen die ersten, unausgegorenen Fassungen des Manuskriptes, ohne davonzulaufen; die Ratschläge, die sie mir in der Frühphase gaben, haben sich bis zum Ende als äußerst wertvoll erwiesen. Spätere Fassungen haben viel durch Tej Thapas furchtlose Kritik gewonnen: »Schmeiß das alles raus. Was ist mit dir los? Ts. Lass deine Figuren sich verlieben, yaar.«

Bei Penguin India hatte ich in Ravi Singh einen verständnisvollen Lektor, der stets taktvoll blieb, selbst wenn er vernichtende Kritik zu üben hatte. Ich bin David Davidar dankbar, dass er mir half, von weit entfernten Außenposten aus zu arbeiten, und Thomas Abraham dafür, dass er die Nepaler nicht abschrieb, nachdem er Augenzeuge der verstörenden Hrithik-Ausschreitungen geworden war. H. K. Dua und Vinod Mehta setzten mir in meiner Orientierungslosigkeit dankenswerterweise das Wer, Wo und Wie des literarischen Delhi auseinander. Khushwant Singh hat mir den großen Gefallen getan, mich mit Forschheit, Witz und Güte in die Welt der Verlage zu scheuchen.

Bevor ich nach Delhi kam, lernte ich in Kathmandu viel von Wayne Amtzis, Kesang Tseten, Joel Isaacson und anderen englischsprachigen Schriftstellern. Gespräche mit den nepalischen Schriftstellern und Dichtern Khagendra Sangraula, Narayan Dhakal, Govinda Bartaman, Shyamal, Rajav und Bimal Nibha trugen dazu bei, meine Ästhetik zu verfeinern, während Banira Giri, Manjul und Susmita Nepal mir Mut zusprachen. Außerhalb der literarischen Zirkel gaben mir Pratyoush Onta und die äußerst scharfsinnigen Leute bei Martin Chautari intellektuellen Rückhalt, während ich an diesem Roman schrieb: Diese und andere Gruppierungen von engagierten Intellektuellen bestärken mein Vertrauen in Nepals demokratische Bürgergesellschaft. Dr. Chandra P. Gurungs visionäre Arbeit in der Annapurna-Region war prägend für meine Darstellung der Müttergruppen; ich betrachte es als riesengroßes Glück, dass ich mit ihm zusammenarbeiten durfte. Nachdem Kanak Mani Dixit irgendwann aufgehört hatte, mich wegen meiner antisozialen Ader zu schelten, leistete er bereitwillig Hilfe, als ich ihn darum bat.

Die Fulbright-Kommission Nepal und der Studiengang Kreatives Schreiben an der Unversität Washington halfen mir dabei, mich von einer gut bezahlten NGO-Mitarbeiterin in eine Schriftstellerin ohne einen Paisa Geld zu verwandeln: Penny Walker leistete hierbei besondere Unterstützung. Unterwegs erhielt ich wertvollen literarischen Rat von Malcolm Griffith, Charles Johnson, Ranji Khanna und David Shields. Meine Lehrer Tsoknyi Rinpoche und Chyoki Nima Rinpoche spendeten mir Licht und Güte für meine schriftstellerischen Bemühungen und mein Leben. Viele weitere gute Freunde in Kathmandu, Seattle und anderen Ecken der Welt halfen mir, die Jahre zielloser Schreiberei durchzustehen. Ich bin ihnen von Herzen dankbar für ihre Kameradschaft. Für Aavaas möchte ich den Traum hinzufügen, dass wir eines Tages alle frei von gesellschaftlichem Aufruhr leben, lieben und schaffen können.

Vor allen anderen jedoch hätte ich diesen Roman nicht ohne die Hilfe meiner Familie schreiben können. Von Anfang an haben mir meine Eltern Bhekh Bahadur und Rita Thapa das größtmögliche Privileg geschenkt, nämlich freizügige Liebe. Außerdem jagten sie ihren gesunden Menschenverstand in den Wind und unterstützten mich in meinen unkonventionellen Neigungen. Mein Bruder Bhaskar, meine Schwester Tej und ihre Familien: Sumira und Barune, Ciaran und Maya (die mir mit vollem Ernst etwas vorschwärmte) leisteten mir Beistand aus der Ferne. Mein Onkel Deepak und meine Tante Jyoti Thapa ermöglichten es mir weiterzuschreiben, während das Haus um mich herum auseinanderfiel. Ich konnte mich auf ihre Unterstützung verlassen – was ich allzu sehr tat –, und ich bin ihnen und anderen Verwandten zu großem Dank verpflichtet, die mir dabei halfen, mich in Kathmandu zurechtzufinden.

Und dann gibt es ja in Nepal einen wirklichen Tanahun-Distrikt und darin ein wirkliches Khaireni Tar. Ich bitte die Menschen dieses Landstriches um Nachsicht, denn wie sie selbst feststellen können, sind die Figuren, die die Schauplätze dieses Romans bevölkern, vollkommen fiktiv. Ebenso wenig sollte die Darstellung der politischen Parteien als maßgeblich genommen werden: Nepals Parteien haben den demokratischen Raum geschaffen, in dem ein Roman, wie dieser einer ist, öffentlichen Ausdruck finden kann, und ihre Mitglieder haben sicher mehr im Sinn als Machtspiele.

## *Erläuterungen*

1. Vornamen und Götter

Viele der Figuren tragen »sprechende« Namen, die auf ihren Charakter anspielen. Die Namen von Göttern sind als Vornamen in Nepal sehr verbreitet.

*Akala-Mai* Unglücks-Mutter: örtliche Schutzgottheit von Khaireni Tar

*Asha* Hoffnung

*Bahadur* wörtlich: mutig. Dieser typisch nepalische zweite Vorname ist in Indien zum (abfälligen) Synonym für Nepaler geworden, ähnlich wie Ali für Türken in Deutschland.

*Binita* unterwürfig, gebeugt

*Chiranjibi* langlebig

*Durga* siehe Parvati

*Ganesh* Gott für Glück und Erfolg, Sohn von Shiva und Parvati. – »Ganeshaya-namo« ist ein Fragment des Sanskrit-Mantras *om shri Ganeshaya namah,* so viel wie »Gelobt sei der Name Ganeshs«.

*Giridhar* sinngemäß: der einen Berg trägt (einer der Namen des Gottes Vishnu)

*Harsha* Freude, Glück

*Hom* (Feuer-)Opfer

*Jimmawal* Verantwortlicher, Anführer

*Juddha* Kampf

*Kainlo-Kaka* siehe unter 3.

*Kali* siehe Parvati

*Krishna* die neunte Inkarnation des Gottes Vishnu (Bewahrer des Universums), in Gestalt eines Kuhhirten. Auf Darstellungen ist Krishna an seiner blauen Haut und der Hirtenflöte zu erkennen. Er wird oft auch als wohlgenährtes Kleinkind abgebildet. Radha ist seine Gefährtin.

*Kumari* Mädchen, Jungfrau

*Laksmi* Göttin des Reichtums

*Lalita* schöne, üppige, lebensfrohe Frau

*Madhu* wörtlich: schön, süß. Der Name hat zwei Schreibsilben: das Konsonantenzeichen म *ma* mit dem Vokalzeichen für langes *ā (ākār);*

und das Konsonantenzeichen ध *dha* mit dem Vokalzeichen für kurzes *u (ukār):* माध

*Nayan Raj* sinngemäß: König der Augen – Der Ausdruck *Nayan Raj Sayan Raj* kann in etwa mit dieser Nayan-Raj-Dingens übersetzt werden. Er entspricht einer flapsigen bis abfälligen Redeweise, bei der das betreffende Wort mit einem »s« am Anfang wiederholt wird, zum Beispiel *pahila bhat sat khaun*: »Essen wir erst mal Reis *(bhat)* und Zeugs!«

*Om* heilige Silbe, die im Hinduismus, Buddhismus und in anderen südasiatischen Religionen von zentraler Bedeutung ist

*Parvati* schöne und lebhafte Gefährtin Shivas, die auch in Gestalt der kriegerischen Durga und der schrecklichen Kali erscheint. Durga wird oft mit Waffen in den Händen und auf einem Tiger reitend dargestellt. Zu Dashain (siehe unter 4.) feiern die Hindus Durgas Sieg über das Böse. Kali, die schwarze Göttin, die ebenfalls gegen Dämonen kämpft, trägt eine Kette aus Schädeln um den Hals und trachtet nach Blutopfern.

*Pramila* Müdigkeit, Schlaf

*Rishi* Weiser, Gelehrter

*Radha* Gott Krishnas ewige Geliebte, die er jedoch niemals heiratet

*Radhika* anderer Name für Radha

*Sani* Kleine (Kosename)

*Sarasvati* Göttin der Gelehrsamkeit, Gefährtin des Schöpfergottes Brahma. In Darstellungen reitet sie auf einem weißen Schwan und spielt das Saiteninstrument *vina.*

*Shankar* wohltätig, ein Name des Gottes Shiva

*Shiva* der Zerstörer und Neuschöpfer des Universums, auf Darstellungen am Dreizack, seinem Reittier, dem weißen Bullen, und der Mondsichel am Kopf zu erkennen. Parvati ist seine Gefährtin. Gott Shiva erfährt in Nepal besonders große Verehrung, auch als Pashupati (Herr der Tiere) oder in Gestalt phallusförmiger Steine *(lingam).*

*Thainlo* siehe unter 3.

*Thakalni-Ama* siehe unter 3.

*Tripti* Zufriedenheit, Erfüllung

Auch nepalische Familiennamen »sprechen«. Da sie in der Regel jeweils nur innerhalb einer bestimmten Bevölkerungsgruppe verbreitet sind, geben sie Aufschluss über die Zugehörigkeit des Namensträgers. Auch wenn die Familiennamen nicht unmittelbar der Kasten- oder Ethnienbezeichnung entsprechen, werden die meisten Namen von den Nepalern ohne Weiteres mit einer bestimmten Bevölkerungsgruppe in Verbindung gebracht.

Die traditionelle Hindugesellschaft kennt vier Kastenkategorien – grob gesagt: Priester, Krieger, Händler und Dienstleister –, die eine Rangfolge des Wertes und der rituellen Reinheit bilden sollen. Die Angehörigen der ersten beiden Kastenkategorien werden auf Nepali als Bahun und Chhetri bezeichnet. Die Kasten der Damai, Gaine, Sarki, und Kami, von denen in diesem Buch ebenfalls die Rede ist, gehören der untersten Kategorie an; sie gelten traditionell als unrein und daher als »unberührbar«.

Im Vielvölkerstaat Nepal überlagern sich die Begriffe Kaste und Ethnie (in der Alltagssprache sagt man pauschal *jat*), und von einem klaren, allumfassenden »System«, in dem jede Gruppe ihren festen Platz hat, konnte auch in der Vergangenheit nie die Rede sein.

*Ale* Magar-Familienname
*Adhikari* sowohl Bahun- als auch Chhetri-Familienname
*Bahun* Brahmane: Angehöriger der höchsten Hindu-Kaste
*Chhetri* zweithöchste Hindu-Kaste
*Dahal* Bahun-Familienname
*Dalit* niedrigste Hindukaste, Unberührbare
*Gaine* Sängerkaste
*Gurung* tibetischstämmige Volksgruppe, die vorwiegend südlich der Annapurna- und Lamjung-Gebirge zu Hause ist (einschließlich des Tanahun-Distriktes)
*Hindi* größte nordindische Sprache
*Joshi* Bahun-Familienname
*Khadka* Chhetri-Familienname
*Kami* Grobschmiedekaste
*Kumal* Töpferkaste der Newar

*Kumhale* Sprache der Kumal
*Lamsal* Bahun-Familienname
*Limbu* ostnepalische Volksgruppe, die eine tibeto-birmanische Sprache spricht; eng mit den Rai verwandt
*Magar* Volksgruppe mit einer tibeto-birmanischen Sprache, die ursprünglich südlich des Dhaulagiri-Gebirges und heute schwerpunktmäßig in den Distrikten Palpa und Tanahun zu Hause ist
*Nepal-Bhasa* Sprache der Newar (nicht zu verwechseln mit Nepali)
*Newar* Ureinwohner des Kathmandu-Tales
*Parajuli* Bahun-Familienname
*Rai* ostnepalische Volksgruppe, die eine tibeto-birmanische Sprache spricht; eng mit den Limbu verwandt
*Rawal* Chhetri-Familienname
*Sarki* Schusterkaste
*Sharma* Bahun-Familienname
*Sherpa* tibetischstämmige Volksgruppe, die vorwiegend im Solu-Khumbu (Everestgebiet) zu Hause ist
*Tamang* tibetischstämmige Volksgruppe, die vorwiegend in Kathmandu und den Nachbardistrikten zu Hause ist
*Thapa* sowohl Chhetri- als auch Magar-Familienname

## 3. Anreden und Verwandtschaftsbezeichnungen

Verwandtschaftsbezeichnungen werden in Nepal häufig im übertragenen Sinne verwendet. So spricht man auch einen wildfremden Menschen, den man etwa nach dem Weg fragen möchte, je nach Alter und Geschlecht zum Beispiel als Didi oder Bhai an, und die Frau eines Freundes meistens als Bhauju.

*Ama* Mutter
*Ba* Vater
*Baba* Vater; Armreifenverkäuferin: meine Liebe
*Bahini* jüngere Schwester
*Bajai-Ama* Großmutter
*Baje* Großmutter/Großvater
*Bhada* Neffe

*Bhai* jüngerer Bruder

*Bhauju* Schwägerin (Ehefrau des älteren Bruders)

*Buhari* Schwiegertochter

*Dai* älterer Bruder

*Didi* ältere Schwester

*Hajur* ehrerbietige Anrede, so viel wie hoher Herr oder hohe Dame

*-ji* förmliche Anrede, die in etwa dem deutschen Herr oder Frau entspricht. Auf Nepali ist *-ji* nur als Suffix gebräuchlich, im Hindi (aus dem es übernommen wurde) auch als eigenständiges Wort im Sinne von *Hajur*.

*Kainlo* Bezeichnung für den vierten Sohn eines Elternpaares (siehe auch Thainlo)

*Kaka* Onkel (jüngerer Bruder des Vaters)

*Sah'b (Saheb)* ehrerbietige Anrede, die besonders gegenüber Ausländern und den Angehörigen bestimmter Berufsgruppen (etwa Ärzten, Lehrern, Fahrern) gebraucht wird

*Sir* englische Anrede, die auch in Nepal gebräuchlich ist. Insbesondere sprechen Schüler ihre Lehrer und Lehrerinnen gewöhnlich mit *Sir* und *Madam* an.

*Thainlo* Bezeichnung für den fünften Sohn eines Elternpaares (siehe auch Kainlo)

*Thakalni* älteste Frau der Familie

Das Nepalische verfügt über mehrere Höflichkeitsstufen, die in den Personalpronomen (du, er usw.) und den zugehörigen Verbformen Ausdruck finden. Diese Differenzierung wurde im englischen Originaltext nicht wiedergegeben; im Deutschen ist dies zumindest für die zweite Person (Anrede) leicht möglich. Bei der Rekonstruktion der nepalischen Anredeformen konnte der Übersetzer, wie bei vielen anderen Fragen, auf die freundliche Hilfe der Autorin zurückgreifen.

Bei den Anreden steht im Nepalischen der Gedanke einer förmlichen Rangfolge im Vordergrund, und erst an zweiter Stelle kommt es darauf an, wie eng die Sprecher miteinander vertraut sind. So redet Asha ihren Ehemann Om mit dem ehrerbietigen *Hajur*, er sie hingegen von oben herab mit *timi* an, und Om und Giridhar verwenden, obwohl sie enge Freunde sind, untereinander das förmliche *tapain*. Die niedrigstufigen Pronomen *tan* und *timi* sind in diesem Buch als »du«, die Pronomen von *tapain* aufwärts als »Ihr« wiedergegeben. Die deutsche Übersetzung »Ihr« erscheint treffender als »Sie«, da »Sie« heute in erster Linie fehlende Vertrautheit widerspiegelt. »Ihr« lässt hingegen ein Nebeneinander von Förmlichkeit und Vertrautheit zu, gerade weil es auf eine Zeit verweist, in der die Anredeformen im Deutschen in dieser Hinsicht ähnlich gehandhabt wurden wie heute auf Nepali.

4. Allgemeine Stichwörter

क ख ग घ (ङ) *ka kha ga gha (nga):* die erste Konsonantenreihe im Devanagari-Alphabet. Entspricht ABC.

*Abhiyan* Kampagne

*Atma* individuelles Selbst, Seele

*Ayurbeda-Baidya* Ayurveda-Gelehrter, Arzt. Ayurveda ist die traditionelle indische Medizin.

*Bagh-Chhal* Tiger-Schnippchen: nepalisches Strategie-Brettspiel, bei dem der eine Spieler vier Tigerfiguren und der andere bis zu zwanzig Ziegenfiguren bewegt. Die Tiger sind darauf aus, die Ziegen zu »fressen«, indem sie über sie hinwegspringen, während die Ziegen versuchen, die Tiger einzumauern und sie damit bewegungsunfähig zu machen.

*Banyan- und Bodhi-Blätter* siehe Bar-Pipal-Baum

*Bar-Pipal-Baum* Bäume der beiden Feigenarten *Ficus benghalensis* (Bar, Banyanbaum) und *F. religiosa* (Pipal, Bodhi) gelten als heilig und werden oft zusammen angepflanzt, besonders an Tempeln oder Rastplätzen. Gott Vishnu wurde im Schatten eines Banyanbaumes geboren, und am Fuß eines Bodhibaumes fand Buddha Erleuchtung.

*Bara* würziges, frittiertes Küchlein aus Linsenmehl

*Bhagavad-Gita* zentraler Hindu-Text, Teil der Mahabharata. In diesem Dialog, der unmittelbar vor dem Beginn einer großen Schlacht angesiedelt ist, erläutert Gott Krishna, in der Gestalt eines Wagenlenkers, dem Prinzen Arjun wesentliche Züge der Hindu-Philosophie. Eine wichtige ethische Lehre der Bhagavad-Gita wird in der Formel *niskama karma* zusammengefasst: »Handle ohne Ansehung der Folgen; tue deine Pflicht, ohne an deinen Vorteil zu denken.«

*Bhai-Tika* siehe Tihar

*Bhoto* nepalisches Männerhemd mit doppeltem Brustteil, das an vier Stellen mit Stoffbendeln zugeknotet wird

*Bihar und Uttar-Pradesh* indische Bundesstaaten, die an Nepal grenzen

*Bönpo* vorbuddhistische, schamanistische Naturreligion Tibets

*Brahma* kosmisches Selbst, Weltseele

*British Gurkhas* Seit dem 19. Jahrhundert unterhält die britische Armee sogenannte Gurkha-Regimenter, in die ausschließlich Angehörige bestimmter nepalischer Volksgruppen rekrutiert werden, insbesondere der Gurungs. Der Name Gurkha geht auf das Fürstentum Gorkha zurück, aus dem und dessen Eroberungen sich das heutige Nepal entwickelt hat. Als Indien unabhängig wurde, übernahm es einige der dort stationierten Gurkha-Regimenter (Indian Gurkhas).

*Chanchar* Drossel

*Cheli* Schülerin

*Dal* Linsen, Hülsenfrüchte; Soße, die daraus zubereitet wird

*Dashain* Nepals wichtigstes Hindufest, das Pendant zu Weihnachten. Es erstreckt sich über fünfzehn Tage im September/Oktober (vor dem Tiharfest) und feiert den Sieg der Göttin Durga über das Böse. Am achten und neunten Tag werden Opfertiere geschlachtet, vor allem Ziegen. Am zehnten Tag (Vijaya-Dashami) stehen Glückwunschnachrichten und Verwandtenbesuche an, bei denen die Eltern und andere ältere Verwandte den Nachkommen Tika geben (daher heißt der Tag auch Dashain-Tika). Mindestens am letzten Feiertag, der stets auf einen Vollmond fällt, wird mit Karten und Würfeln ausnahmsweise um Geld gespielt.

*Dashain-Tika* siehe Dashain

*Dharma* Religion, Glaube; Pflicht

*Dhobini* Dajaldrossel (wörtlich: Wäscherin): ein auffällig schwarz-weiß gezeichneter Vogel aus der Familie der Fliegenschnäpper

*Dhoti* im Süden Nepals verbreitete Männerkleidung: ein langes Tuch, das um die Hüften gewickelt und zwischen den Beinen hindurchgezogen wird

*Dorfentwicklungskomitee* Village Development Committee (VDC): unterste Verwaltungseinheit in Nepal. Der Ausdruck bezeichnet zum einen das Gemeindegebiet, zum anderen die gewählte Gemeindevertretung. Jede Gemeinde ist in neun Bezirke (*wards*) aufgeteilt, die ihrerseits jeweils ein Bezirkskomitee wählen. Alle Bezirkskomitees und das Dorfentwicklungskomitee einer Gemeinde bilden zusammen den Gemeinderat.

*eh* ach, ach so

*Gai-Puja* siehe Tihar

*Gajal* Kajal: schwarze Farbe aus Ruß und Pflanzenöl, die um die Augen herum aufgetragen wird

*Gayatri-Mantra* die bedeutendste und beliebteste hinduistische Gebetsformel

*Gemeindebezirk* siehe Dorfentwicklungskomitee

*Ghar* Haus

*Ghau* Wunde

*Ghiu* geklärte Butter, Ghee

*Gobar-Giddhe-Rübe* Kuhdung-Geier-Rübe

*Goru-Puja* siehe Tihar

*Himals* schneebedeckte Berge, Himalaya

*ho* ja

*Indian Gurkhas* siehe British Gurkhas

*IMF* International Monetary Fund Internationaler Währungsfond

*Janamukti-Partei* Volksbefreiungs-Partei: kleine, linke Partei, die sich für die Rechte der Nicht-Chhetri-Bahun-Bevölkerungsgruppen einsetzt. Ihr Stimmzettel-Symbol ist das Haus.

*Jaya Nepal!* Hoch lebe Nepal!

*Jhankri* Schamane

*Jimbu* ein im Himalaya wild vorkommendes, stark riechendes Gewürzkraut aus der Zwiebelgattung *(Allium wallichii)*, das meistens in getrockneter Form gehandelt und verwendet wird

*Kag* Krähe

*Kag-Puja* siehe Tihar

*Kaliyuga* das gegenwärtige, dunkle Zeitalter, auf das nach der Hindukosmologie die Zerstörung und Neuerschaffung der Welt folgt

*Karma* Arbeit, Handlung, Pflicht

*Kauwa* hier: Rabe

*ke* was (wird gerne als Füllwort gebraucht)

*Khukuri* nepalisches Allzweckmesser mit gekrümmter, gewöhnlich dreißig bis vierzig Zentimeter langer Klinge

*Kommunistische Partei Nepals (Vereinigte Marxisten-Leninisten)* Communist Party of Nepal *(*United Marxists-Leninists*)*, cpn-uml: neben der Kongresspartei die stärkste politische Partei Nepals, gemäßigt-sozialistisch ausgerichtet. Ihr Stimmzettel-Symbol ist die Sonne.

*Kongresspartei* Nepali Congress Party: neben der UML die stärkste politische Partei Nepals, demokratisch und im Vergleich eher konservativ ausgerichtet. Ihr Stimmzettel-Symbol ist der Baum.

*Kurta-Sural* ein weites Hemd, das oft bis über die Knie hinabreicht, (Kurta) und eine weite, knöchellange Hose (Sural)

*Lakh* einhunderttausend

*la (ta)* also, na dann, in Ordnung

*Lal Salam!* Roter Gruß!

*Lungi* Wickelrock

*Machhapuchchhre-Himal* Fischschwanz-Berg: bekannter Gipfel im Annapurna-Gebirge, der von Südosten gesehen in seinem Umriss einem Fischschwanz ähnelt (*machha*: Fisch, *puchchhar*: Schwanz)

*Ma Manchhe hun* Ich bin ein Mensch: Titel von Nayan Raj Dahals letztem Film

*Maoisten* Communist Party of Nepal (Maoist) linksextreme Partei, die 1996 einen »Volkskrieg« gegen den nepalischen Staat ausrief. Zu dem Zeitpunkt, zu dem die Geschichte spielt, hatten die Maoisten erst einige wenige, entlegene Distrikte unter ihrer Kontrolle, und die zunehmend düsteren, dauerkrisenhaften Jahre, deren Beginn das »Palast-Massaker« vom 1. Juni 2001 markiert, standen dem Land noch bevor.

*Masjid* Moschee

*Mero Bhai* Mein jüngerer Bruder

*Mita* Wenn zwei Kinder – hier Harsha Bahadurs Vater und Om – in einem besonderen Ritual als Mita verbunden worden sind, dann gelten sie einander als Verwandte, und folglich treten sie auch in Verwandtschaftsbeziehung mit den Angehörigen ihres Mita.

*Mula* Rettich

*Mung-Dal* von ihrer grünen Schale befreite, dann gelbe Linsen

*musalmanisch* muslimisch (in einer dem nepalischen *musalman* anverwandelten Wortform)

*namaste* Begrüßungs- und Abschiedswort, das im Regelfall mit dem Aneinanderlegen der Handflächen einhergeht

*nebelweiß* Hellhäutige Ausländer werden in Nepal unter anderem als *kuire* bezeichnet (*kuiro*: Nebel), das die Autorin auf Englisch als foggy-white wiedergibt.

*nepalisprachige Zeitungen* In Nepal sind auch zahlreiche englischsprachige Medien verbreitet, darunter wichtige einheimische Zeitungen. Wie anderswo in Südasien gelten der Gebrauch und die Beherrschung des Englischen als Statussymbole einer städtischen, international orientierten Elite.

*niskama karma* siehe Bhagavad-Gita

*New Road* Schnurgerader Straßenzug, der vom alten Königspalast ausgehend das Gassengeflecht des Kathmanduer Stadtkerns durchschneidet. Haupteinkaufsviertel für Elektronik, Tonträger, Uhren und Schmuck.

*Nunchakus japanische Schlagstöcke, die durch eine Kette miteinander verbunden sind*

*Paisa* Währungseinheit: Hundert Paisa sind eine Rupie.

*Pajama* weite südasiatische Hose

*Pan* Blatt des Betelpfeffers *(Piper betle),* das zusammen mit gelöschtem Kalk und geriebener Betelnuss (Same der Betelpalme *Areca catechu*) oder Tabak gekaut wird

*Panchayat* Rat (Gremium). In den Jahren 1962 bis 1990 war der nepalische Staat nach einer Art von Rätesystem verfasst, in dem die Dorf- und Stadtpanchayats und das Nationalpanchayat direkt vom Volk gewählt wurden, während die Vertreter in den Distriktpanchayats von den Dorf- und Stadtpanchas aus ihrer Mitte bestimmt wurden. Politische Parteien waren verboten, und das gesamte System stand unter der Kontrolle der Monarchie. Die 1990er-Volksbewegung, die von den im Untergrund tätigen Parteien angeführt wurde, erreichte die Einführung der konstitutionellen Monarchie mit parlamentarischer Mehrparteiendemokratie. Der König behielt jedoch den Oberbefehl über das staatliche Militär.

*Pasa* Würfel

*Phariya* nepalischer Sari: ein langes Tuch, meist aus Baumwolle, das sich Frauen als Kleid um die Hüfte wickeln. Das lose Ende wird von vorne nach hinten über die linke Schulter geworfen. Darunter trägt man eine bauchfreie Bluse.

*Phiste* kleiner, brauner Vogel aus der vielfältigen Familie der Grasmücken

*Puja* religiöses Ritual

*Puranas* wichtige Hindu-Texte, die unter anderem (mythische) Geschichtsschreibung und Anweisungen für religiöse Zeremonien zum Inhalt haben

*Rahar-Dal* gelbe Linsen oder Erbsen

*Rakshasa* Dämon, Ungeheuer

*Rakshyaha* Trunkenbold (zu *rakshi:* Schnaps, Alkohol)

*Rastriya-Prajatantra-Partei (RPP)* Die Nationale Demokratische Partei trat zu dem Zeitpunkt, zu dem die Geschichte spielt, noch offen für die Monarchie ein. Ihr Stimmzettelsymbol ist der Pflug.

*rook* Was der britische Wahlbeobachter zu sagen versucht (Seite 466), ist *rukh:* Baum.

*RPP* siehe Rastriya-Prajatantra-Partei

*Sagarmatha* Stirn des Himmels: nepalischer Name des Mount Everest

*Sarangi* viersaitige Fiedel von etwa dreißig Zentimetern Länge, deren Körper aus einem einzigen Stück Holz geschnitzt und an der Vorderseite mit Pergament bespannt wird

*Sel-Roti* leicht gesüßter, frittierter Teigring aus Reismehl

*Shiva-Mond* sehr schmale Mondsichel, wie Gott Shiva sie auf Darstellungen am Kopf trägt

*Sinamangal* Stadtteil im Osten Kathmandus, in der Nähe des Flughafens

*strikte Trennung* In der Hindutradition gelten Frauen während ihrer Menstruationszeit als unrein und dürfen unter anderem die Küche nicht betreten.

*Tihar* Lichterfest, nach dem Namen seines wichtigsten Tages auch als Divali oder Dipavali bekannt. In Indien ist Tihar das wichtigste Hindufest, in Nepal das zweitwichtigste – nach Dashain, an das es sich zeitlich nah anschließt (Oktober/November). Am ersten der fünf Feiertage werden die Krähen verehrt (Kag-Puja), die als Boten des Todesgottes Yama gelten; am zweiten Tag die Hunde (Kukur-Puja), da sie die Seelen über den Totenfluss geleiten; am dritten Tag die Kühe (Gai-Puja); und am vierten Tag die Bullen (Goru-Puja). Am Abend des dritten Feiertages, auf den eine Neumondnacht folgt, werden Tempel und Häuser mit Lichtern geschmückt, um Laksmi, die Göttin des Wohlstandes, willkommen zu heißen (Laksmi-Puja, Dipavali). Am fünften Tag geben Frauen und Mädchen ihren jüngeren Brüdern Tika und Süßigkeiten, und die jüngeren Brüder schenken ihnen dafür kleine Geldsummen (Bhai-Tika). (Die Festlichkeiten, wie sie im Text beschrieben werden, weichen von dieser Reihenfolge ab.)

*Tika* hinduistisches Segensmal, meist aus rotem oder gelbem Farbpulver, das oberhalb der Nasenwurzel auf die Stirn aufgetragen wird

*Ulluko Pattha* wörtlich: Eulensohn. *Ullu* (Eule) wird auch im Sinne von Dummkopf, Schwachsinniger verwendet.

*UML* siehe Kommunistische Partei Nepals

*VDC* siehe Dorfentwicklungskomitee

*WTO* World Trade Organisation: Welthandelsorganisation

**Mulk Raj Anand** *Der Unberührbare*

Bakha lebt in einer von Kloaken umgebenen Lehmhüttensiedlung am Rande der Stadt, dort, wo all die aus der Hindugesellschaft Ausgestoßenen wohnen. Auf ihm, dem Unberührbaren, lastet ein Fluch: Aus Versehen hat er einen Hindu hochgestellter Kaste berührt. Am Abend strömt eine riesige Menschenmenge zusammen: Mahatma Gandhi spricht von den Kindern Gottes, wie er die Ausgestoßenen nennt. In Bakha wird eine Hoffnung wach.

**Kamala Markandaya** *Nektar in einem Sieb*

Am Ende ihrer Tage hält eine indische Bauernfrau Rückschau auf ihr Leben. Drei Schwestern wurden vor ihr verheiratet, und als die Reihe an sie kam, war als Mitgift nicht einmal mehr ein diamantener Nasenschmuck übrig. Auch ihr Ehemann Nathan hat nichts zu geben als Liebe und Sorge. Eines Tages fahren in langen Kolonnen Karren mit Backsteinen im Dorf ein. Eine Stadt wächst heran, eine Bestie, die die Schwächsten verschlingt.

**Dieter Riemenschneider (Hg.)** *Reise nach Indien*

Indien – ein Kontinent voller Geheimnisse und Gegensätze. Seit Jahrhunderten sucht Europa ihn zu ergründen. Hier kommen indische Autoren zu Wort und berichten über Glauben und Götter, über Räuber und Heilige, über Musik, Tanz und Handwerk, über Neureiche, Industriemagnaten und Kastenlose, über die Lage der Frauen, über die Umwälzungen der IT-Industrie und die Konflikte ihres Landes auf dem Weg zur industriellen Weltmacht.

**Alice Grünfelder (Hg.)** *Reise in den Himalaya*

Erzählungen aus den Ländern des Himalaya berichten jenseits aller verklärenden Nostalgie von dessen ungebrochener Anziehungskraft und vom Leben in den abgelegenen Bergregionen. Auf dem »Dach der Welt« finden sich die vielfältigsten Kulturen und Religionen. Ob Tourist, Trekker oder Bergsteiger – wer in den Himalaya reist, erlebt hier ein intensives Leseabenteuer vom Leben und Denken dieser abgelegenen Bergregionen.

**Nepal in der Edition Kathmandu**

Ballaststoffarmes Fernwehfutter überlassen wir anderen. Die Edition Kathmandu kredenzt Vollwertkost, authentische Stimmen, die vom Nepal jenseits der Klischees erzählen.

Manjushree Thapa
*Vergeßt Kathmandu.*
*Ein Grabgesang für Nepals Demokratie*

Warum scheitert die Demokratie in Nepal immer wieder? In den düsteren Jahren nach dem Palastmassaker von 2001 begibt sich Manjushree Thapa auf eine Suche nach Antworten, die sie tief in die nepalische Geschichte und weit weg von der Hauptstadt Kathmandu führt. Ihr Buch, eine Mischung aus politisch-historischem Essay und Reisebericht, kam in die Endauswahl zum Weltreportagepreis der Zeitschrift *Lettre* und wurde in mehrere Sprachen übersetzt.

Samrat Upadhyay
*Der Liebesguru*

Als der schlecht bezahlte Mathematiklehrer Ramchandra in eine Affäre mit einer Nachhilfeschülerin stolpert, zieht seine Frau Goma mit den Kindern wieder zu ihren reichen Eltern. Nach dem Traum vom Eigenheim droht nun Ramchandras ganzes Leben einzustürzen. Da macht ihm Goma einen unmoralischen Vorschlag.

»Ein großes neues Talent.« *Amitav Ghosh, Autor von* Der Glaspalast

Abonnieren Sie unser literarisches Rundschreiben »Brief aus Kathmandu«, um vierteljährliche Kostproben zu genießen: Buchauszüge, Essays, Gespräche und Fotografien direkt vom Fuß des Himalaya. Mehr dazu und zu allen unseren Büchern und Autoren auf

***www.edition-kathmandu.de***